할랄

紅樓夢

1

조설근 지음 · 홍상훈 옮김

솔

가영춘賈迎春

迎春

가석춘賈惜春

왕희봉 王熙鳳

경환선고
警幻仙姑

警幻

| 일러두기 |

1 ─ 이 번역은 조설근曹雪芹·고악高鶚 저, 『홍루몽紅樓夢』〔북경北京: 인민문학출판사
　　人民文學出版社, 1996〕을 완역한 것이다.

2 ─ 독자들의 이해를 돕고자 각 권의 책 뒤에 역자 주석과 함께 가계도, 등장인물 소
　　개, 찾아보기, 대관원 평년도, 연표 등을 부록으로 붙였다. 번역의 주석은 저본底
　　本의 주석과 기타 문헌을 참조하여 각 회마다 1, 2, 3, 4… 차례대로 번호를 매겨
　　붙였으며, 특별한 경우가 아니면 저본의 원래 주석은 따로 구별하여 밝히지 않았
　　다. 본문의 등장인물에는 •, 찾아보기에는 * 표시를 하고, 부록 면에 각각 가나다
　　순으로 간단한 설명을 달아두었다.

3 ─ 이 번역에서 책 제목은 『 』로, 시나 짧은 문장, 그림 제목, 노래 제목 등은 「 」로 표
　　시했다.

4 ─ 등장인물에 대한 호칭은 대화를 비롯하여 특별히 필요한 경우가 아니면 일괄적으
　　로 본명으로 표기했다. (예: 가우촌→ 가화, 진사은→ 진비)

5 ─ 본문에 인용된 시 구절은 주석의 분량이 길어지는 것을 감수하고 가능한 한 원작
　　전체를 소개했는데, 이는 해당 구절의 정확한 의미와 인용된 맥락을 이해하는 데
　　도움을 주기 위해서이다.

6 ─ 각 권 앞에 실은 그림들은 청나라 때 개기改琦가 그린 것으로 『청채회홍루몽도영
　　淸彩繪紅樓夢圖詠』(중국서점, 2010)에 수록된 것이다. 본문 중 각 회마다 사용된
　　삽화는 『전도금옥연全圖金玉緣』의 공개된 삽화를 다듬어 사용한 것이다.

7 ─ 본문에서 시詩, 사詞, 부賦 등 문학작품, 역자 주석이 달린 부분, 성어成語, 의미 강
　　조가 필요한 부분, 동음이의어와 인명, 지명, 사물명 등 처음 나오는 고유명사에
　　한자를 병기했다. 부록의 각 항목에도 한자가 병기되어 있으며, 한글과 독음이 다
　　를 경우 〔 〕를 사용했다.

| 옮긴이 서문 |

# 나이와 세대를 뛰어넘는 인생의 필독서

세속의 삶에서 누구나 연연해하는 부귀영화의 덧없음에 대해서는 비단 종교에서뿐만 아니라 문학, 특히 동양의 문학에서는 유서 깊은 창작의 주제이기도 하다. 이미 2000년 전 한漢나라 때에 지어진 노래에서도 "백년도 되지 않는 인생에 늘 천년의 시름을 안고 사는〔生年不滿百 常懷千年憂〕" 인간사의 슬픔을 한탄한 바 있고, 시선詩仙 이백李白 역시 「장진주將進酒」에서 "보게나, 화려한 집 맑은 거울에 비친 슬픈 백발을. 아침에는 검푸른 실처럼 싱싱하더니 저녁에는 눈처럼 하얗게 변해버렸구나〔君不見高堂明鏡悲白髮 朝如靑絲暮成雪〕!"라며 순식간에 늙어버리는 인생에서 부귀영화의 허무함을 통렬하게 지적한 바 있다. 그러나 너무 일반적이고 익숙한 이 주제를 이야기로 풀어내는 것은 쉽지 않은 일이다.

그런데 이 주제에 관한 한, 중국 고전소설의 각종 창작 기법, 사대부 문학의 중심이라고 할 수 있는 시가詩歌 예술의 향기와 유교, 불교, 도교의 인생관이 융합된, 그야말로 중국 고전문학의 정화精華라고 일컬을 만한 작품으로 평가되는 『홍루몽』은 충분히 특출한 예외로 꼽을 만한 작품이다. 무엇보다도 이 작품은 '색즉시공色卽是空'이라는 현학적이면서도 진부한 주제를 기상천외하고 흥미로운 방식으로 세련된 시적 분위기 속에 아름답

게 녹여놓았다. 이 작품에서는 한계에 이른 봉건사회의 단면을 청사진으로 보여주는, 무려 700명이 넘는 등장인물로 구성된 방대한 스케일의 구도 속에 역사적 흥망성쇠를 겪는 거대한 귀족가문을 설정하고, 다시 그곳을 무대로 하여 신화세계와 현실세계를 오가는 신비로운 사랑의 삼각관계를 깊이 있게 그려내어 마침내 삶의 진정한 의미에 대한 진지한 고뇌와 성찰을 제시한다.

이 작품의 줄거리는 두 개의 맥락이 융합된 방식으로 진행된다. 그 첫째는 봉건사회의 축소판인 가賈씨 가문, 즉 녕국부寧國府와 영국부英國府의 호화로운 삶과 거기에 기생하는 수많은 군상들, 그리고 그 가문의 쇠락으로 이어지는 일종의 사회사적 흐름이다. 여기에서는 조상의 음덕으로 부귀영화를 누리는 귀족가문의 무능한 후손들이 사치와 방탕을 일삼아 도덕적으로 타락하면서 동시에 가문의 운세까지 기울게 만드는 과정과 그들의 그늘에서 사리사욕을 챙기는 위선적인 무리들의 실체가 다양한 계층의 남녀노소를 망라하여 철저하게 폭로된다.

둘째는 '목석전맹木石前盟'이라는 전생의 인연으로 엮어진 가보옥賈寶玉과 임대옥林黛玉, 그리고 '금옥량연金玉良緣'이라는 현세의 운명으로 엮

어진 가보옥과 설보차薛寶釵의 비극적인 삼각관계이다. 이 사랑 이야기는 가씨 가문의 거대한 저택 안에 있는 대관원大觀園이라는 정원에 운집한 미녀들의 순결하고 아름다운 삶과 함께 슬픈 동화처럼 펼쳐진다. 봉건 예교禮敎에 얽매인 냉정하고 잔혹하기까지 한 현실 속에서 주인공들의 순수한 이상은 비극적으로 희생당하는 것이다.

이처럼 이 작품은 덧없는 꿈과 같은 인생의 본질을 120회나 되는 장편의 이야기로, 또 '꿈속의 꿈'으로 절묘하게 서술해나가기 때문에 일단 펼쳐 들면 도저히 도중에 덮어버릴 수 없을 정도로 독자의 심금을 휘저으며, 심지어 마지막 회가 끝났을 때조차 그 여운이 오래도록 가슴에 남는다. 특히 일부 앞뒤의 서술에서 미묘한 모순이 있다는 점은 오히려 독자로 하여금 여전히 '미완성'인 이 작품의 줄거리를 자기 나름대로 완성시키고 싶은 충동을 갖게 만들기도 한다.

현대의 중국인들에게도 『홍루몽』은 중국 고전소설들 가운데 가장 널리 읽히는 작품이다. 이를 통해 그들은 자신들의 민족적 전통을 되돌아보고, 나아가 보편적인 인간 삶의 대표적인 틀을 정리하는 기준으로 활용하기도 한다. 이 때문에 지금도 중국인들은 과거와 현재를 연결해주는 이 작품의

주요 주인공들과 대표적인 에피소드들을 자주 언급하여 자신들의 보편적인 정서와 인생관을 나다내는 수단으로 삼고 있으며, 심지어 이 작품을 언급하는 자체가 대화의 격을 고상하게 한다고 여기기도 한다. 또한 주인공 가보옥의 성장 속에 묘사되는 고뇌는 현대의 젊은 세대에게도 유용한 간접 경험의 기회를 제공해준다. 그러므로 이 작품은 중국과 중국인에 대해 관심을 가진 이들뿐만 아니라, 나이와 세대를 뛰어넘는 모든 이들이 인생의 필독서로 삼을 만한 자격을 갖추고 있다.

마지막으로 오타로 얼룩진 초고를 꼼꼼히 읽고 교정해준 이영섭 선생과 출판계의 어려운 여건 속에서도 흔쾌히 간행을 결심해주신 솔 출판사 임양묵 사장님에게 이 지면을 빌려 감사하는 바이다. 또한 이 기회에『홍루몽』이 번역되어 나오기까지 3년이 넘는 기간 동안 항상 따뜻한 후원자였을 뿐만 아니라, 필자의 모든 번역과 저작에 대해 가장 성실한 독자가 되어주는 가족들에게도 그동안 말로 표현하지 못했던 마음을 전하고 싶다.

2012년 가을

김해 백운재에서    홍상훈

| 차례 |

옮긴이 서문  18

제1회  진비는 꿈속에서 신령한 돌을 알게 되고
       가화는 속세에서 미녀를 그리워하다  25

제2회  임대옥의 어머니는 양주에서 세상을 떠나고
       냉자흥이 영국부에 대해 자세히 설명하다  55

제3회  가화는 권세가의 도움으로 옛 벼슬을 다시 얻고
       임대옥은 아버지를 두고 경사로 들어가다  73

제4회  박명한 여자는 하필 박명한 남자를 만나고
       호로묘의 중은 살인 사건을 엉터리로 판결하게 하다  101

제5회  태허환경을 노닐다 열두 미녀에 대한 수수께끼를 듣고
       신선의 술 마시며 홍루몽 노래를 듣다  119

제6회  가보옥이 처음으로 운우지정을 경험하고
       유노파가 처음으로 영국부에 들어오다  165

제7회  궁중에서 보낸 꽃을 전하며 가련은 왕희봉을 희롱하고
       녕국부 연회에서 가보옥은 진종을 만나다  185

제8회  통령보옥을 살피다 금앵은 슬쩍 뜻을 드러내고
       설보차를 탐문하다 임대옥은 조금 질투를 품다  205

제9회  사랑을 좇아 벗과 함께 글방에 들어가고
       의심에 찬 못된 아이가 학당에서 소란을 피우다  227

제10회  김과부는 이권을 탐하다 모욕을 당하고
         의원 장씨는 병을 논하며 근원을 자세히 따지다  243

제11회  녕국부에서는 생일 축하 잔치가 열리고
         왕희봉을 본 가서는 음탕한 마음을 품다  257

제12회  왕희봉은 상사병을 다스릴 독한 계책을 세우고
         가서는 풍월보감의 앞면을 비춰보다  275

제13회  진가경은 죽어 용금위에 봉해지고
         왕희봉은 녕국부의 일을 도와 처리하다  289

제14회  임해는 양주성에서 죽고
         가보옥은 길에서 북정왕을 알현하다  305

제15회  왕희봉은 철함사에서 권세를 부리고
         진종은 만두암에서 재미를 보다  323

제16회  가원춘은 봉조궁에 뽑혀가고
         진종은 요절하여 황천으로 가다  339

제17~18회  대관원에서 재주를 시험하여 대련을 짓게 하고
            현덕비가 찾아와 영국부에서 보름달을 즐기다  361

역자 주석  416

부록  가씨 가문 가계도  460 | 주요 가문 가계도  461 | 등장인물 소개  462
      찾아보기  493 | 가부와 대관원 평면도  546 | 연표  547

# 제1회

진비는 꿈속에서 신령한 돌을 알게 되고
가화는 속세에서 미녀를 그리워하다
甄士隱夢幻識通靈　賈雨村風塵懷閨秀

진비가 꿈속에서 통령보옥에 대해 알게 되다.

이 부분은 소설의 첫 회이다. 작자는 한바탕 꿈같은 경험을 하고 난 뒤에 진짜 사실은 숨기고 '신령한 돌〔通靈〕'의 이야기를 빌려 이『석두기石頭記』*를 지었다. 그래서 진사은甄士隱[1]을 운운한 것이라고 스스로 말한다. 그렇다면 책에는 어떤 사건, 어떤 인물들이 기록되어 있는 것인가? 작자는 또 이렇게 말한다.

"이제 세상사가 하릴없이 바쁘기만 할 뿐 한 가지 일도 이루어놓지 못했는데 문득 옛날에 사귀었던 여자들이 떠올랐다. 하나하나 살피며 비교해보니 그들의 행동거지와 식견이 다들 나보다 뛰어났다는 것을 깨달았다. 반듯하고 당당한 남자로서 이 몸이 정말 저 치마 입고 비녀 지른 여자들보다 못한 것인가? 정말 너무도 부끄러운 일이지만 후회해보았자 아무 도움도 되지 않고, 도무지 어쩔 수 없는 나날이었다. 이에 지난날 하늘의 은혜와 조상의 덕을 입어 화려한 옷을 입고 온갖 산해진미를 마음껏 먹으며 지내다가, 가르치고 길러주신 부모 형제의 은혜와, 훈계하여 바로잡아주신 스승과 벗들의 덕을 저버리고, 재주 하나 없이 반평생을 초라하게 보낸 죄를 짓게 되었다. 그것들을 한데 모아 서술하여 온 세상 사람들에게 알리고자 한다. 그렇다 하더라도 내 죄는 면할 수 없겠지만 못난 나의 단점을 가리려고 규방의 훌륭한 이들마저 결코 함께 사라져버리게 할 수는 없다. 비록 지금은 누추한 집에서 보잘것없는 살림살이로 살고 있지만, 그래도 아

침저녁으로 바람 불고 이슬 내리며 계단과 정원에 버들가지 늘어지고 꽃이 무성하니, 또한 내 마음의 회포를 글로 풀어내는 데 방해가 되지는 않는다. 내 비록 배우지 못하여 훌륭한 글재주는 없지만, 이야기 한 단락 지어내는 것〔假語村言〕쯤이야 어찌 못하겠는가? 또한 그럼으로써 규방의 이야기를 분명히 전하고 세상 사람들의 눈을 즐겁게 해주어 시름과 고민을 덜어줄 수 있다면 마땅히 할 만하지 않은가? 그렇기 때문에 '가우촌賈雨村'* 어쩌고저쩌고 한 것이다."

이 회에서 자주 쓰이는 '꿈〔夢〕'이니 '환상〔幻〕'이니 하는 단어들은 독자의 눈을 일깨워주는 것이기도 하고, 아울러 이 책을 쓰게 된 본래 취지이기도 하다.[2]

독자 여러분, 이 책이 어디에서 나온 것인지 아시오? 유래를 이야기하자면 조금 황당하게 들리겠지만, 자세히 살펴보면 깊은 재미가 담겨 있음을 알게 될 거요. 아래에서 이 내력을 설명하면 여러분도 의혹 없이 이해하게 될 거요.

원래 옛날에 여와씨女媧氏[3]가 하늘을 보수할 때 대황산大荒山 무계애無稽崖[4]에서 높이가 열두 길〔丈〕에 너비가 스물네 길이나 되는 단단한 돌 삼만 육천오백 한 개를 단련해 보수했다 하오. 하지만 와황씨媧皇氏는 이 가운데 삼만 육천오백 개만 쓰고 남은 하나는 이 산의 청경봉靑埂峰[5] 아래에 버려놓았다오. 그런데 누가 알았겠소? 이 돌은 단련을 거친 후에 이미 영성靈性이 통해 있었던 게지요. 이 돌은 다른 돌들이 모두 하늘을 보수하게 되었는데 저만 혼자 재주가 없어 버려졌다는 사실을 깨닫고 스스로 원망하고 탄식하며 밤낮으로 슬피 울고 부끄러워했다오.

하루는 그 돌이 비탄에 잠겨 있던 차에 멀리서 스님 한 명과 도사 한 명이 다가왔지요. 생김새가 비범하고 기품이 뛰어난 그들은 담소를 나누며 오다가 청경봉 발치에 이르자 돌 옆에 앉아 고상한 담론을 마음껏 나누었

답니다. 먼저 구름 덮인 산과 안개 낀 바다에 사는 신선들의 환상적인 이
야기를 조금 나누고서 곧 속세의 부귀영화에 대해 이야기했지요. 그런데
이 돌이 그 이야기들을 듣고는 자기도 모르게 인간 세상에 내려가 그 부귀
영화라는 것을 한번 누려보고 싶다는 마음이 들었답니다. 하지만 못난 자
신으로서는 그렇게 할 수가 없었기 때문에 곧 사람의 말로 그 스님과 도사
에게 이렇게 말했지요.

"위대하신 스승님, 이 제자가 어리석어서 인사를 제대로 올리지 못했습
니다. 마침 두 분께서 인간 세상의 찬란한 영화에 대해 나누시는 말씀을
듣고 마음속으로 너무나 선망하게 되었습니다. 제가 비록 자질은 못났지
만 성정은 그래도 조금 신령한 편입니다. 게다가 신선 같은 두 분의 모습
을 뵈오니 틀림없이 예사로운 분들이 아니라, 분명 하늘을 보좌하고 세상
을 구원하는 재능과, 만물을 이롭게 하고 인간을 구제하는 덕을 갖추고 계
실 것 같습니다. 조금만 자비심을 베푸시어 저를 속세로 데려가 저 부잣집
마당, 온화한 동네에서 몇 년만 살게 해주신다면 그 크나큰 은혜는 영원토
록 잊지 않겠습니다."

두 신선은 그 말을 다 듣고 일제히 어이없다는 듯이 웃으며 말했다오.

"옳거니, 그래! 저 속세에도 즐거운 일이 조금은 있지만 영원히 거기에
의지할 수는 없다. 하물며 '아름다운 것에도 부족한 바가 있고 좋은 일에
는 마가 많이 낀다[美中不足 好事多魔].'는 말이 이렇게 긴밀히 이어져 있
으니, 즐거움이 극에 달해 순식간에 슬픔이 생겨나기도 한다. 세월이 지나
면 인생도 변하는 법이니, 결국 한바탕 꿈일 뿐 모든 것은 공空으로 돌아가
나니 차라리 가지 않는 게 좋겠구나."

하지만 이 돌은 이미 인간 세상에 가고 싶다는 마음이 달아올랐으니 이
말이 귀에 들어왔을 리 있겠소? 그래서 서너 차례 다시 간곡하게 부탁했다
오. 두 신선도 억지로 말릴 수 없다는 것을 알고 이내 탄식하며 말했다오.

"이 또한 고요함이 극에 달하면 움직임을 생각하고, 없음 가운데 있음이

생겨나는 운수인가 보구나. 기왕 그렇다면 우리가 너를 데려가 한번 누리게 해주마. 다만 뜻을 이루지 못한다 하더라도 절대 후회해서는 안 되느니라."

"물론입니다. 물론이고말고요!"

그러자 스님이 말했다오.

"네 성정이 신령하다곤 하지만 또 이렇게 자질이 어리석고 특별히 좋은 점이 없구나. 그렇다면 한발 나아갈 기회를 주는 수밖에. 됐다! 내 이제 불법佛法을 크게 베풀어 너를 도와주마. 그리고 겁劫[6]이 끝나는 날 다시 본질로 돌아오게 해서 이 문제를 마무리 짓도록 하마. 네 생각은 어떠냐?"

돌은 그 말을 듣고 감사해 마지않았다오. 그 스님은 곧 주문을 외우며 부적을 써서 엄청난 환술幻術을 펼쳤다오. 그러자 그 커다란 돌이 순식간에 선명하고 영롱하게 빛나는 아름다운 옥으로 변했고, 또 부채 손잡이에 달린 장식만 한 크기로 줄어들어 차고 다니거나 들고 다닐 수 있게 되었다오. 스님은 그 돌을 손바닥에 올려놓고 웃으며 말했다오.

"겉모양만 봐서는 그래도 보물이라 할 만하구나! 하지만 실제로는 훌륭한 점이 없으니 몇 글자를 새겨서 사람들이 보는 즉시 네가 기이한 물건임을 알아볼 수 있도록 해주는 게 좋겠다. 그런 다음에 내 너를 데리고 저 환하게 빛나는 융성한 나라〔昌明隆盛之邦〕에서 『시경詩經』*과 『서경書經』* 같은 경전을 읽고 예절을 배워 대대로 높은 벼슬을 하는 가문〔詩禮簪纓之族〕과 꽃과 버들이 아름답게 어우러진 땅〔花柳繁華地〕, 온유함과 부귀로 가득 찬 고을〔溫柔富貴鄕〕로 데려가 편안하게 업業[7]을 즐기도록 해주마."

그 돌은 무척 기뻐하며 물었지요.

"제게 특별한 능력을 몇 가지나 주시렵니까? 또 저를 어디로 데려가시려는 겁니까? 자세히 좀 알려주십시오."

스님이 웃으며 말했지요.

"묻지 마라. 나중에 자연히 알게 될 것이니라."

그렇게 말하면서 스님은 그 돌을 소매에 넣고 도사와 함께 표연히 길을 떠났는데, 그들이 어느 곳 어느 집으로 갔는지는 모른다오.

훗날, 또 얼마나 오랜 세월이 흘렀는지 모르지만, 공공도인空空道人*이라는 이가 신선이 되는 법을 배우러 돌아다니다가 우연히 이곳 대황산 무계애 청경봉 아래를 지나게 되었지요. 이곳에서 그는 큰 돌 하나를 발견했는데 그 위에는 또렷한 글씨로 자세한 이야기가 쓰여 있었다오. 공공도인이 처음부터 끝까지 읽어보니 그것은 바로 하늘을 보수하는 재주가 없어서 모습을 바꾸고 인간 세상에 들어간, 저 망망대사茫茫大士*와 묘묘진인渺渺眞人*이 속세로 데려가준 돌이 만남의 기쁨과 헤어짐의 슬픔이 뒤얽혀 변천하는 세태를 두루 경험했다는 이야기였지요. 그리고 뒷면에는 다음과 같은 게송偈頌*이 한 수 적혀 있었답니다.

푸른 하늘 보수할 재능이 없어
풍진 세상에 잘못 들어간 지 몇 해던가!
이 몸의 전생과 후생 일을
누구에게 신기한 이야기로 남겨달라고 할까?
無材可去補蒼天
枉入紅塵若許年
此係身前身後事
倩誰記去作奇傳

그 시 뒤에는 바로 이 돌이 떨어진 고을과 어미의 태胎를 빌려 태어난 곳, 자신이 직접 경험한 옛이야기가 적혀 있었지요. 이야기 속에는 집안과 규방의 자잘한 일들, 한가로운 정취를 노래한 시詩와 사詞*들이 그래도 온전히 갖추어져 있어서 정취를 즐기며 고민을 풀 수 있을 것 같았다오. 하

지만 왕조의 이름과 연대, 지리와 지방의 명칭들은 모두 빠져 있어서 어느 때의 일인지는 알 수가 없었지요.

공공도인은 곧 돌에게 말했다오.

"이보게, 자네 말로는 이 이야기가 제법 재미있어서 여기에 적어놓아 기이한 이야기로 세상에 전하고 싶다고 했네. 하지만 내가 보아하니 우선 왕조와 연대가 기록되어 있지 않고, 현자나 충신이 조정 일을 처리하고 풍속을 다스리는 등 훌륭한 정치를 펼쳤다는 이야기도 전혀 들어 있지 않네. 그저 몇몇 특이한 여자들이 사랑에 빠지거나 시시한 재주로 별것 아닌 일을 했다는 얘기뿐이고, 반소班昭[8]나 채염蔡琰[9]처럼 덕 있고 유능한 이들의 이야기는 없네. 설령 내가 베껴간다 해도 사람들이 즐겨 볼 것 같지는 않네그려."

그러자 돌이 웃으며 대답했지요.

"도사님, 어찌 그리 아둔하시오! 고증할 만한 왕조가 없다면 도사님께서 한나라*나 당나라*의 연기年紀*를 더해 엮으시면 되지 않겠소? 그게 뭐 어렵겠소? 하지만 내 생각에 자고이래로 야사野史는 모두 천편일률적인지라, 그런 투를 빌리지 않아서 오히려 신기하고 특별한 경지를 이룬 내 이야기가 더 낫소. 이야기가 정서와 이치에 들어맞으면 그만이지 무엇하러 굳이 왕조의 연기에 얽매인단 말이오! 또한 시정市井의 속된 이들 가운데 도리와 다스림에 관한 책을 즐겨 보는 이들은 매우 적지만, 정취를 즐길 만한 한가한 글을 좋아하는 이들은 특히 많소. 역대 야사 중에는 군주와 재상을 비방하거나 남의 아낙과 딸을 깎아내리는 간악하고 음란하며 흉악한 얘기가 넘쳐나오. 더욱이 남녀의 사랑을 다룬 이야기라는 것들은 추악한 음담패설로 가득찬 해로운 글들이라 젊은이들을 망쳐놓는 경우가 헤아릴 수 없이 많소. 그리고 선남선녀의 이야기들은 천편일률적인데다 지나친 서술이 있을 수밖에 없어서, 온통 반안潘安[10]이나 조식曹植[11] 같은 잘생기고 재능 많은 남자에, 서시西施[12], 탁문군卓文君[13] 같은 미녀들만 나오지

요. 하지만 작자가 자신의 애정시愛情詩나 나긋나긋한 부賦* 한두 편을 써보려고 일부러 남녀 두 사람의 성명을 빌리고, 그 옆에 반드시 못된 인간〔小人〕을 하나 등장시켜 그 사이에서 파란을 일으키게 하니, 마치 희극의 광대 배역인 '소축小丑'14과 같소. 게다가 하녀들까지도 입만 열면 '지호자야之乎者也'*와 같은 고상한 말들을 해대니 수사修辭가 어울리지 않거나 이치에 맞지 않소. 그러니까 하나씩 살펴보면 모두 모순되거나 정서와 이치에 크게 어긋나는 이야기이니, 내가 반평생 직접 보고 들은 이 몇몇 여자들만 못하오. 비록 그들이 이전 시대의 책에 나오는 사람들과 같다고 감히 말할 수는 없지만, 사건의 자초지종을 보노라면 독자들은 근심과 고민을 내려놓을 수 있소. 또한 조잡한 시 몇 수나 익숙한 이야기들도 입속에서 밥알이 튀어나올 정도로 큰 웃음을 주거나 술자리 안주 정도는 될 수 있을 것이오. 만나고 헤어지는 기쁨과 슬픔, 운명의 흥성과 쇠락에 관한 이야기는 실제의 자취를 그대로 따라 기록했고, 감히 조금이라도 덧붙이거나 견강부회牽强附會*하여 한낱 눈요깃거리나 제공하려고 사실을 왜곡하지는 않았소. 원래 가난한 이들은 하루하루 입에 풀칠하는 데 전전긍긍하고, 배부른 사람들은 또 부족하다는 생각을 품고 일순간의 심심풀이라 할지라도 음란한 색정色情에 탐닉하거나 재물을 좋아하여 근심을 자초하지 않습니까? 그러니 어디 도리와 다스림에 관한 책을 읽을 겨를이나 있겠소? 그러니까 나는 이 이야기를 전해 세상 사람들에게 기묘하다는 칭송을 들으려는 것도 아니고, 사람들이 꼭 즐겨 읽기를 바라지도 않소. 다만 얼큰히 취하고 배불러 누워 있을 때나, 혹은 세상사를 피해 시름을 씻고자 할 때 재미 삼아 이걸 한번 읽어주면 좋겠다, 이 말이오. 그러면 수명과 힘을 아낄 수 있을 게 아니오? 허무맹랑한 것을 추구하는 이야기들보다 내 이야기가, 잘잘못을 따지는 구설수에 올라 바삐 도망쳐야 하는 괴로움을 덜어줄 수도 있을 것이오. 또한 세상 사람들의 안목을 새롭게 해주어, 억지로 이야기를 끌어다 붙여 주인공들이 갑자기 만나고 헤어지며, 온통 재

제1회  **33**

능 많은 남자와 정숙한 여자, 조식이나 탁문군, 홍낭紅娘[15]이나 곽소옥霍小玉[16] 같은 인물들로만 채워진 상투적인 옛날이야기들과는 비교할 수 없소. 자, 도사님께서는 어찌 생각하시오?"

공공도인은 이 말을 듣고 한참 동안 곰곰이 생각하더니 『석두기』의 내용을 다시 한 번 읽어보았다오. 그리하여 이 이야기에 비록 간사한 이들을 질책하고 악한 이들을 비판하는 내용이 들어 있기는 하지만, 그래도 시대에 해를 끼치거나 세상을 욕하는 뜻은 없다는 것을 발견했지요. 그리고 군주는 어질어야 하고 신하는 충성스러워야 하며 아비는 자상해야 하고 자식은 효성스러워야 한다는 것과 같은 윤리강상倫理綱常*과 관련된 부분들은 모두 공덕을 칭송하는 한 가지 뜻이 끝없이 이어지고 있는지라, 정말 다른 책들에 비할 바가 아니었다오. 비록 이야기의 가장 큰 뜻은 '애정을 이야기하는 것(談情)'이었지만, 그 또한 사실을 있는 그대로 기록한 것일 뿐이었소. 그러니 거짓된 이야기로 터무니없는 칭찬을 하거나 시종일관 음란한 약속을 하고 남몰래 만나 정을 통하는 일만 써놓은 책들과는 비교할 수 없었지요. 그래서 이 이야기가 시대나 세상사와는 전혀 관련이 없다는 것을 알고, 처음부터 끝까지 베껴 써서 가지고 돌아와 세상에 신기한 이야기로 내놓았던 거라오. 이때부터 공공도인은 천지만물의 본질적 진리인 '공空'*을 통해 순간적이고 거짓된 현상인 '색色'*을 보았고, '색'으로 말미암아 가상이 낳은 각종 감정인 '정情'*을 만들어냈으며, '정'을 전함으로써 '색'으로 들어갔고, '색'으로부터 '공'의 참뜻을 깨달았소. 이에 그는 마침내 자신의 이름을 정승情僧•으로 바꾸고 『석두기』의 제목을 『정승록情僧錄』*으로 바꾸었다오.[17]

동로東魯* 땅의 공매계孔梅溪[18]는 그 책을 『풍월보감風月寶鑒』[19]이라 불렀지요. 나중에 조설근曹雪芹*이 도홍헌悼紅軒*에서 이 책을 십 년 동안 읽고, 다섯 번이나 덧붙이고 빼며 고쳐 써서, 목록目錄을 편집하고 장회章回*를 나누어 제목을 『금릉십이차金陵十二釵』[20]라고 붙였지요. 아울러 그는 다

음과 같은 시를 한 수 덧붙였다오.

> 종이를 가득 채운 황당한 말들에
> 한 움큼 쓰라린 눈물 흐르네!
> 모두들 작자를 어리석다 하지만
> 뉘라서 알랴, 그 속에 담긴 맛을.
> 滿紙荒唐言
> 一把辛酸淚
> 都云作者癡
> 誰解其中味

출처는 밝혀졌으니 이제 그 돌에 무슨 이야기가 적혀 있는지 볼까요? 그 돌에는 이렇게 적혀 있었지요.

옛날 땅의 동남쪽이 꺼졌을 때,[21] 이 동남쪽에는 고소姑蘇라는 성城이 있었다. 그곳에 있는 창문閶門이라는 곳은 인간 세상에서 부귀영화와 풍류가 넘치기로 일이 등을 다투는 지역이었다. 창문 밖에는 십리가十里街라는 거리가 있고, 그 안에 인청항仁淸巷이라는 골목이 있었다.[22] 그리고 그 골목 안에는 오래된 사당이 하나 있었는데, 자리 잡은 땅이 좁다고 해서 사람들은 모두 그곳을 호로묘葫蘆廟*라고 불렀다. 사당 옆에는 은퇴한 관리 한 사람이 살고 있었는데 이름은 진비甄費*요, 자字는 사은士隱이었다.[23] 그의 아내 봉씨封氏*는 성정이 현숙하고 아주 예절 바른 이였다. 집안은 그다지 부유하지 않았지만 그 지방 사람들은 그 집을 명망 있는 가문으로 모셨다.

진비는 천성적으로 품성이 차분하고 담박하여 공명功名을 염두에 두지 않고, 그저 화단을 일구거나 술을 마시며 시 짓는 것을 낙으로 삼았으니 어쨌든 신선 같은 인물이었다. 다만 부족한 점이 있다면 나이가 쉰 살이

제1회  **35**

넘었건만 슬하에 아들이 없고, 이제 갓 세 살이 된 영련英蓮[24]이라는 딸만 하나 있다는 것이었다.

어느 무더운 여름날, 서재에서 한가로이 책을 읽다 노곤해진 진비가 책상머리에 엎드려 잠시 쉬던 중 자기도 모르게 몽롱한 잠 속으로 빠져들었다. 꿈속에서 그는 어느 이름 모를 땅에 이르렀는데, 우연히 저쪽에서부터 대화를 나누며 걸어오는 승려와 도사를 만났다.

그들의 대화를 들어보니, 도사가 승려에게 이렇게 물었다.

"이 어리석은 것을 어디로 가져갈 생각인가?"

승려가 웃으며 대답했다.

"걱정 마시게! 이제 어느 남녀 간의 사랑 사건을 마무리 지어야 하는데, 사랑에 빠진 몇몇 짝들이 아직 인간 세상에 사람으로 태어나지 못하고 있네. 이참에 이 어리석은 것을 그 속에 끼워 넣어서 인간세계를 한번 겪어보게 할까 하네."

"요즘 사랑에 빠진 몇몇 짝들이 또 제 스스로 고생을 자초하고 험한 세상살이를 겪어보려는 모양이구먼? 그런데 어느 지방에 떨어뜨릴 참인가?"

"그 이야기를 하자면 아주 우습지만, 어쨌든 천고千古에 들어보지 못한 희귀한 일이라네. 서방에 있는 영하靈河[25] 강가의 삼생석三生石[26] 옆에 강주초絳珠草[27]가 하나 있었다네. 당시 적하궁赤霞宮*에 있던 신영시자神瑛侍者*가 날마다 감로수甘露水*를 뿌려준 덕분에[28] 이 강주초*는 수명이 아주 길어졌지. 나중에는 하늘과 땅의 정화精華를 받은 데다 비와 이슬의 자양분까지 받아 마침내 초목의 태胎를 벗고 사람의 모습으로 바뀌더니 성실히 수련하여 여자의 몸이 되었다네. 그리고 하루 종일 서른세 곳 하늘 가운데 가장 높은 이한천離恨天* 밖에서 놀면서 배가 고프면 밀청과密靑果[29]를 먹고, 목이 마르면 관수해灌愁海[30]의 물을 마셨다네. 다만 감로수를 뿌려준 은덕을 갚지 못해서 가슴속에 줄곧 아쉬움이 맺혀 있었다네. 그런데 마침 근래에 신영시자가 우연히 인간세계를 그리는 마음이 생겨서 이 번창하는

태평성대의 왕조를 틈타 인간세계에 내려가서 부질없는 인연을 겪어보려 했다네. 벌써 경환선자警幻仙子*에게 신청서를 제출해놓았다지. 경환선자가 강주선자絳珠仙子*에게 '감로수를 뿌려준 은정恩情을 아직 갚지 못했으니 이 기회에 마무리를 지을 수 있겠구나?' 하고 물으니까 강주선자가 이렇게 말했다는군. '그분이 감로수의 은혜를 베풀었는데, 저는 그 물을 돌려드릴 방법이 없어요. 그분이 인간 세상에 내려가 사람이 되었다면, 저도 인간 세상에 따라 내려가 사람이 되어 제 평생의 눈물을 그분께 돌려드리겠어요. 그러면 은혜를 갚은 셈이 되겠지요.' 이 일 때문에 애증에 얽힌 원수들이 아주 많이 생겨나게 되는데, 그들을 따라가서 이 일을 마무리 지을까 하네."

"과연 희한한 이야기로군! 이런 이야기는 정말 들어본 적이 없어. 아마그 어떤 사랑 이야기들보다 더 아기자기하고 재미있을 것 같네."

"역대의 몇몇 풍류인물風流人物들에 대해서는 개략적인 줄거리와 시사詩詞* 작품만 전해질 뿐 집안과 규방에서 먹고 마시는 것과 같은 세세한 부분들은 전혀 서술되지 않았네. 또한 사랑 이야기란 것들도 대부분 남녀가 몰래 간통하거나 사통私通하는 이야기에 지나지 않고, 남녀의 진정한 정서를 밝힌 것은 열에 한둘도 되지 않네. 이 물건들이 인간 세상에 들어가면이전 사람들이 서술한 것과 달리 정욕情慾에 빠지는 모습이나, 인간의 현명하거나 어리석은 모습까지 완전히 새롭게 보여줄 걸세."

"이 기회에 자네와 나도 인간 세상으로 내려가 몇 명을 제도濟度*하여해탈解脫하게 해주면 어떨까? 그러면 또 하나의 공덕을 쌓는 일이 아니겠는가?"

"내 생각과 딱 들어맞는구면. 나와 함께 경환선자의 궁궐로 가서 이 어리석은 것을 확실히 넘겨주고, 사랑에 빠진 몇몇 짝들이 모두 인간 세상으로 내려가면 우리도 다시 가보세. 지금 벌써 반쯤은 인간 세상으로 내려갔지만, 아직 다 모이지는 않았네."

"그렇다면 나도 자네를 따라 다녀오겠네."

한편, 진비는 대화를 모두 분명히 들었지만, 그들이 말한 '어리석은 것'이 무엇인지는 알 수가 없었다. 그래서 그는 자기도 모르게 나가 인사를 올리고 생글거리면서 물었다.

"신선님들, 안녕하십니까?"

승려와 도사가 당황하여 답례하자, 진비가 말했다.

"방금 신선님들께서 말씀하신 인과因果*를 들어보니 정말 인간 세상에서는 희귀한 일입니다. 하지만 제가 어리석어서 모든 의미를 다 이해할 수 없었습니다. 제 아둔함을 일깨워 자세히 말씀해주시면 귀를 씻고 새겨듣겠습니다. 조금이라도 경각심을 갖고 깨닫게 된다면 삶과 죽음의 윤회에 빠져 허우적거리는 고통을 피할 수 있지 않겠습니까?"

두 신선이 껄껄거리며 말했다.

"이것은 오묘한 하늘의 이치인지라 미리 누설할 수 없다네. 그러나 때가 되었을 때 우리 두 사람을 잊지 않는다면 불지옥 같은 고난으로 얼룩진 인간 세상에서 벗어날 수 있을 걸세."

그러자 진비는 다시 묻기가 곤란하여 멋쩍게 웃으면서 말했다.

"하늘의 오묘한 이치야 본래 미리 누설할 수 없겠지요. 그런데 말씀 중에 언급하신 '어리석은 것'이란 게 무엇인지요? 혹시 한 번 보여주실 수는 없습니까?"

그러자 승려가 말했다.

"아, 이거라면 자네도 한 번 볼 수 있는 인연이 있지."

그렇게 말하면서 그 물건을 꺼내 진비에게 건네주었다.

진비가 받아보니 그건 바로 아름답고 투명한 옥이었는데, 그 위에는 '통령보옥通靈寶玉'* 즉 '신령하고 귀중한 옥'이라는 글자가 선명하게 새겨져 있었고, 뒷면에도 작은 글자가 몇 줄 새겨져 있었다. 진비가 그 내용을 자세히 보려던 찰나 승려가 "벌써 환경幻境에 도착했군." 하면서 그의 손에

든 옥을 낚아채버렸다. 그리고 도사와 함께 커다란 돌로 만든 패방牌坊*을 지나 들어가버렸다. 그런데 그 패방의 윗면에는 '태허환경太虛幻境'[31]이라는 네 글자가 커다랗게 쓰여 있었고, 또 양쪽에는 다음과 같은 대련對聯*이 새겨져 있었다.

거짓이 진실이 될 때는 진실 또한 거짓이 되고
없음이 있음으로 변하는 곳에서는 있음도 없음으로 돌아가네.
假作眞時眞亦假
無爲有處有還無

진비도 그들을 따라가고 싶어 막 발걸음을 옮기려는데 갑자기 산이 무너지고 땅이 꺼질 듯한 천둥소리가 들렸다. 그가 외마디 비명을 내지르며 눈을 번쩍 뜨고 살펴보니 뜨거운 햇살에 휘영청 늘어진 파초만 보일 뿐 꿈속의 일은 태반이나 잊어버린 상태였다. 그때 유모가 영련을 안고 걸어왔다. 그는 나날이 아름답게 자라는 딸을 팔을 뻗어 건네받고, 사랑스러워서 죽겠다는 듯이 품에 안고 잠시 다독거려주었다. 그리고 딸을 안고 거리로 나가 명절을 축하하는 놀이패 주위를 둘러싼 떠들썩한 인파를 구경했다.

그런데 그가 막 대문 안으로 들어오려던 순간, 저쪽에서 다가오는 승려와 도사가 보였다. 승려는 종기가 나서 울퉁불퉁한 머리에 맨발이었고, 도사는 봉두난발蓬頭亂髮에 다리를 절고 있었다. 그들은 미친 듯이 휘적휘적 걸으며 다가왔다. 그리고 대문 앞에 이르러 진비가 영련을 안고 있는 모습을 보더니 그 승려가 대성통곡하며 진비에게 말했다.

"시주, 운명은 있으되 운수는 없어서 부모에게까지 누를 끼칠 몹쓸 것을 무엇하러 품에 안고 있소?"

그 말을 들은 진비가 미친 소리려니 하고 상대하려 하지 않자 승려가 계속해서 말했다.

제1회 **39**

"나한테 버려라! 나한테 버려!"

진비가 더 이상 참지 못하고 딸을 안은 채 몸을 돌려 집 안으로 들어가려
는데, 승려가 그에게 손가락질을 하면서 큰 소리로 웃더니 이런 노래를 읊
조리는 것이었다.


버릇없이 예쁘게만 키우는 아이 그대 어리석다 비웃나니

마름꽃은 부질없이 휘휘 몰아치는 눈보라만 맞게 되리라.[32]

아름다운 정월 대보름 이후를 조심하라

연기처럼 불꽃처럼 스러져버릴 테니!

慣養嬌生笑你癡

菱花空對雪澌澌

好防佳節元宵後

便是烟消火滅時


진비는 그 노래를 똑똑히 듣고 마음이 꺼림칙하여 그들이 어디서 온 누
구인지 물어보려고 했다. 그러나 그때 도사가 승려에게 이렇게 말했다.

"이제 굳이 동행할 것 없이 여기서 헤어져 각자 일을 보도록 하세. 세 겁
劫의 세월이 흐른 뒤에 북망산北邙山[33]에서 기다릴 테니, 거기서 만나 함께
태허환경으로 돌아가 일을 마무리 짓도록 하세."

"좋아! 아주 좋은 생각일세!"

그렇게 말을 마치고 떠나더니 두 사람은 종적도 없이 사라져버렸다. 진
비는 그 두 사람이 필시 어떤 내력이 있는 듯하니 한번 물어볼 걸 그랬다
며 자책했지만 이제야 후회한들 이미 늦어버렸다.

진비가 생각에 잠겨 있을 때, 그의 집과 담 하나를 사이에 둔 호로묘葫蘆
廟[34]에 살고 있는 가난한 선비가 걸어 나오는 것이 보였다. 그의 이름은 가
화賈化*요, 자字는 시비時飛, 별호別號는 우촌雨村이라고 했다.[35] 이 사람

은 본래 호주胡州³⁶ 출신으로서 시를 잘 짓고 글을 잘 써서 벼슬살이를 하던 집안의 후손인데, 집안이 기울어가던 시기에 태어나 부모와 조상들이 이루었던 기반이 다 없어지고 식구들도 다 죽어 혼자만 남게 되었다. 고향에 있어봐야 아무 도움도 되지 않는지라 그는 경사京師*에 들어가 공명功名을 이루고 집안을 다시 일으켜보리라 생각했다. 그는 재작년에 이곳에 왔다가 시간을 지체하여 머무르게 되면서, 잠시 호로묘에 몸을 의지하여 매일 글을 써서 팔아 생계를 잇고 있었다. 그래서 진비도 항상 그와 가까이 지내고 있었다.

가화는 진비를 보자마자 서둘러 인사하고 웃음 지으며 말했다.

"선생, 문에 기대어 바라보고 계신 걸 보니, 거리에 무슨 새로운 소식이라도 있는 모양입니다?"

"하하, 아닙니다. 조금 전에 딸이 울기에 밖으로 네리고 나와 얼러주고 있었습니다. 마침 무료하기 짝이 없던 참인데 형장께서 때맞춰 오셨구려. 서재에 들어가 잠시 얘기라도 나누며 이 긴 낮을 때워볼까요?"

이렇게 말하면서 그는 사람을 시켜 딸을 안으로 들여보내고, 가화와 함께 서재로 들어갔다. 심부름하는 아이가 차를 내왔다. 서너 마디쯤 이야기를 나누었을 때, 갑자기 하인이 손님이 왔다고 알렸다.

"엄嚴나리께서 찾아오셨습니다."

진비는 황급히 몸을 일으키며 말했다.

"죄송합니다만, 잠시 실례해야겠습니다. 잠시만 앉아 계십시오, 금방 돌아와 모시겠습니다."

가화도 급히 몸을 일으켜 예를 차리며 말했다.

"선생, 편하실 대로 하십시오. 저야 늘 찾아오는 몸이니 조금 기다린들 무슨 상관이겠습니까?"

그렇게 말하는 사이에 진비는 이미 앞채로 나가고 있었다.

제1회  **41**

혼자 남은 가화는 잠시 책을 뒤적이며 무료함을 달랬다. 그런데 문득 창밖에서 웬 여자의 기침 소리가 들렸다. 일어나 창밖을 보니 하녀 하나가 그곳에서 꽃을 따고 있었다. 몸가짐이 속되지 않고 얼굴이 맑고 깨끗한 것이, 천하절색은 아니더라도 보는 이의 마음을 설레게 하는 묘한 매력이 있었다. 가화는 자기도 모르게 멍하니 그녀를 쳐다보았다.

진씨 집안의 그 하녀는 꽃을 따고 돌아가려던 차에 문득 고개를 들다가 창 안에 누군가 있는 것을 발견했다. 해진 두건에 낡은 옷을 입고 있어서 궁색해 보이기는 했지만, 허리가 둥글고 등이 두툼하며 얼굴이 넓고 입이 반듯했다. 또한 칼 같은 눈썹에 별 같은 눈, 반듯한 코와 높은 광대뼈로 보건대 귀하게 될 관상이었다. 하녀는 급히 몸을 돌려 피하면서 생각했다.

'저 사람은 생긴 건 저렇게 늠름한데 차림새는 또 저렇게 남루하니 아마 우리 주인께서 항상 말씀하시던 가우촌인가 하는 사람인가 보다. 도와주고 싶은 마음은 있지만 기회가 없다고 늘 말씀하셨지. 주인 집안에는 이렇게 궁색한 친척이나 친구가 없으니 틀림없이 그 사람일 거야. 어쩐지 그 사람은 오래도록 곤궁하게 지낼 사람이 아니라고 하시더라니.'

이런 생각을 하며 그녀는 자기도 모르게 두 번이나 고개를 돌려 가화를 쳐다보았다.

가화는 그녀가 쳐다보자 자기에게 마음이 있는 것이라 여기고 무척 기뻐하면서, 이 여자는 분명 사람을 알아보는 눈을 가진, 험한 세상 속에서 자신을 알아주는 이라고 생각했다. 잠시 후에 심부름하는 아이가 들어왔다. 가화는 진비가 앞채에서 손님에게 식사를 대접하고 있다는 말을 듣고, 그곳에 더 오래 머물러 있을 수가 없어서 담장 사이의 좁은 길을 따라 대문 밖으로 나갔다. 손님을 보내고 들어온 진비는 가화가 이미 떠났다는 사실을 알았지만 다시 초청하러 가지는 않았다.

중추절이 되자 진비는 집에서 잔치를 치르고 나서 서재에 따로 자리를

42

만들어놓고 몸소 달빛을 밟으며 호로묘로 가서 가화를 초청했다. 가화는 지난번에 진씨 집안 하녀가 두 번이나 자신을 돌아보았을 때부터 자기의 속마음을 알아주는 사람이라 여기고 마음에 두게 되었다. 그런데 마침 중추절이 되니 그도 어쩔 수 없이 달을 보며 감회에 젖어 있다가 입에서 나오는 대로 오언율시五言律詩*를 한 수 읊었다.

삼생三生에 걸친 부부 인연 이루어질지 알 수 없어
자꾸 하나씩 시름이 늘어나네.
근심에 겨워 종종 이마에 주름이 지는데
떠나갈 때 몇 번이나 돌아보았던가?
바람 앞의 그림자 스스로 돌아보나니
월하노인月下老人[37]이 맺어줄 내 짝은 누구일까?
달빛에 마음이 있다면
먼저 옥 같은 미녀의 방을 비추겠지.

未卜三生願
頻添一段愁
悶來時斂額
行去幾回眸
自顧風前影
誰堪月下儔
蟾光如有意
先上玉人樓

　가화는 시를 읊고 나서 평생의 포부를 생각했다. 안타깝게도 아직 때를 만나지 못하고 있는지라 머리를 긁으며 하늘을 향해 길게 탄식하다가 다시 소리 높여 연구聯句*를 하나 읊조렸다.

제1회　43

상자 안의 옥은 좋은 값 쳐줄 이를 기다리고
화장갑 안의 비녀는 날아갈 때를 기다리네.[38]
玉在匵中求善價
釵于奩內待時飛

마침 진비가 걸어오다 그걸 듣고 웃으면서 말했다.
"형장께서는 정말 포부가 비범하구려!"
당황한 가화가 멋쩍게 웃음 지으며 말했다.
"과찬의 말씀입니다! 우연히 옛사람의 시구를 읊조려본 것에 지나지 않습니다. 제가 어찌 감히 이렇게 주제 넘는 생각을 하겠습니까!"
그렇게 말하면서 진비에게 물었다.
"선생께선 무슨 흥이 일어 예까지 오셨는지요?"
"오늘 밤이 중추절 저녁이니, 흔히 말하는 '단원절團圓節'* 아닙니까. 생각해보니 형장께선 여행길에 잠시 승방에 묵고 계셔서 쓸쓸한 기분이 없지 않으실 터라, 형장을 제 서재로 초청하여 작은 술자리를 마련하고 한잔 마셔볼까 합니다. 조촐하나마 제 초대에 응해주실 수 있는지요?"
가화는 전혀 사양하지 않고 웃으며 말했다.
"벌써 크나큰 은혜를 입었는데, 어찌 감히 이런 후의를 거절할 수 있겠습니까?"
그렇게 말하며 진비와 함께 이쪽 서재로 건너왔다.
잠시 후 차를 마시고 나자 어느새 술과 안주가 차려졌는데, 그게 얼마나 좋은 술에 훌륭한 안주였는지는 말할 필요도 없다. 둘은 자리에 앉아서 술을 가득 따라 천천히 마시며 이야기를 나누다가 점차 흥이 올라 어느새 술잔을 바삐 주고받기 시작했다. 그때 거리에는 집집마다 음악을 연주하며 노래를 부르는 소리가 흘러나왔는데, 쟁반 같은 둥근 달이 찬란한 빛을 뿌리자 두 사람은 더욱 흥에 취해 연신 건배를 했다.

이때쯤 가화는 이미 취기가 상당히 올라 홍분을 주체하지 못하고, 달에다 회포를 실어 되는 대로 절구絶句*를 한 수 읊었다.

때는 보름이라 둥근 달 떠오르니
손에 가득 맑은 달빛 옥난간을 감싸네.
하늘에 수레바퀴 하나 떠받쳐 나오니
인간 세상 모든 이들이 우러러보네.[39]
時逢三五便團圞
滿把淸光護玉欄
天上一輪纔捧出
人間萬姓仰頭看

그걸 듣고 진비가 큰 소리로 외쳤다.

"정말 훌륭합니다! 저는 항상 형장께서 누구 밑에 오래 계실 분이 아니라고 생각해왔는데, 지금 읊으신 시구를 들어보니 크게 출세할 조짐이 보입니다. 머지않아 구름처럼 무지개처럼 높은 지위로 연달아 오르실 겁니다. 이거, 미리 축하드려야겠군요!"

그리고 몸소 큰 잔에 술을 따라 축하했다. 가화는 잔을 비우더니 갑자기 탄식했다.

"제가 술이 취해서 하는 헛소리가 아니라 요즘 사람들이 떠받드는 학문[40]쯤이야 저도 과거에 합격할 만큼은 할 수 있습니다. 다만 지금은 행낭에 여비가 한 푼도 없고 경사京師까지는 너무 먼 길이라 글이라도 팔지 않으면 도착할 수 없는 형편입니다."

그 말이 끝나기도 전에 진비가 말했다.

"형장, 진즉 말씀하지 그러셨습니까? 제가 항상 이런 마음이 있었지만, 형장을 만날 때마다 말씀이 없으시기에 저도 감히 무례하게 얘기를 꺼내

제1회 **45**

지 못하고 있었습니다. 이제 말이 나왔으니, 제가 비록 못나긴 했어도 '도의'와 '재물'의 차이[41]는 압니다. 마침 다행히도 내년에 회시會試가 있으니, 형장께서도 마땅히 얼른 경사로 들어가셔서 '춘위春闈'[42]를 치르십시오. 그래야 형장께서 배운 보람이 있을 게 아닙니까? 거기에 드는 비용과 자질구레한 나머지 일은 제가 대신 처리해드리겠습니다. 그 또한 형장께서 못난 이 몸과 교유해주신 보람이 아니겠습니까!"

그리고 당장에 심부름하는 아이를 불러 얼른 질 좋은 은돈 쉰 냥과 겨울옷 두 벌을 준비하게 했다.

"십구일이 바로 길일이니, 형장께서는 즉시 배를 마련해서 북쪽으로 떠나십시오. 웅지雄志를 펼쳐 높은 자리에 천거되신 후 내년 겨울에 다시 만나면 정말 통쾌한 일이 아니겠습니까!"

가화는 은돈과 옷을 받고 가볍게 한마디 감사의 말만 했을 뿐 전혀 개의치 않고 술을 마시며 담소를 나누었다. 두 사람은 한밤중인 삼경三更(오후 11시~오전 1시)이 지나서야 자리를 파했다.

진비는 가화를 전송하고 나서 방으로 돌아와 잠들었다가 이튿날 해가 중천에 걸려서야 깨어났다. 그리고 간밤의 일이 떠올라 가화에게 추천서 두 장을 써주어 경사에서 벼슬아치의 집에 잠시 묵을 수 있게 해주려고 했다. 그래서 사람을 보내 모셔 오라 시켰더니, 하인이 다녀와서 이렇게 말했다.

"스님이 그러시는데 가나리께서는 날이 밝을 무렵인 오경五更(오전 3~5시)에 벌써 경사로 떠나셨답니다. 그리고 나리께 '공부하는 사람은 길일이니 흉일이니 따지지 않고 언제나 사리에 맞게 하는 것을 중요하게 여깁니다. 미처 작별 인사를 드리지 못하게 되었습니다.'라고 전해달라 하셨답니다."

그 말을 들은 진비는 그러려니 하는 수밖에 없었다.


정말 일 없는 곳에서는 시간도 빨리 가는 법이라, 어느새 원소절元宵節*

즉 정월 대보름이 되었다. 진비는 곽계霍啓[43]라는 하인을 시켜 영련을 안고 사일社日[44]에 거행하는 온갖 놀이와 꽃등[花燈]을 구경시켜주라고 했다. 한밤중이 되자 곽계는 소변을 보려고 영련을 어느 집 대문 문턱에 앉혀놓았다. 그런데 소변을 보고 나서 다시 안으려고 보니 영련의 종적이 보이지 않는 게 아닌가! 다급해진 곽계는 밤새도록 찾아다녔으나 찾지 못했고, 자신도 감히 돌아가 주인을 뵐 수가 없어서 그대로 도망쳐버렸다.

진비 부부는 딸이 밤새 돌아오지 않자 곧 무슨 일이 생겼음을 알고 다시 몇 사람을 시켜 찾아보게 했다. 그러나 모두들 돌아와서 하는 말이 그림자도 찾을 수 없었다는 것이었다. 부부에게는 반평생 이 딸 하나밖에 없는데 하루아침에 잃어버렸으니 얼마나 괴로웠겠는가! 그들은 밤낮으로 통곡하며 목숨조차 돌보지 않다시피 했다. 그렇게 한 달 정도 지나자 진비가 먼저 병이 났다. 그의 아내 봉씨도 딸을 그리워하다 병이 들어 날마다 의원을 불러와 치료하고 있었다.

마침 삼월 보름을 맞아 호로묘에서는 공양을 준비했는데, 조심성 없는 몇몇 중들 때문에 기름 솥에 불이 붙어 창문에 바른 종이에까지 번졌다. 이 지방에는 대나무로 울타리를 치고 나무로 벽을 만드는 집이 많았는데, 액운이 끼었는지 그 불길이 이 집에서 저 집으로 계속 번져서 온 거리가 화염산火焰山[45] 같은 불바다가 되어버렸다. 그때 군인들과 다른 백성들이 도와주러 왔지만 불길은 이미 맹렬한 기세로 타고 있어서 도저히 걷잡을 수가 없었다. 하룻밤을 꼬박 타고서야 점점 수그러들었는데, 몇 집을 태워버렸는지 모른다.

불쌍한 진씨 집안은 호로묘와 담 하나를 사이에 두고 있었기 때문에 홀랑 타버리고 깨진 기와 잔해만 남았다. 다행히 진비 부부와 몇몇 하인들은 간신히 목숨을 건질 수 있었다. 애가 탄 진비는 그저 발을 동동 구르며 탄식할 뿐이었다. 하는 수 없이 그는 아내와 상의하여 시골에 잠시 가 있기로 했다.

공교롭게도 근년에 물난리와 가뭄이 번갈아 일어나는 바람에 농사가 잘 되지 않았다. 그 바람에 도적떼가 창궐해 농지를 약탈하고 도둑질을 일삼 는지라 백성들이 편히 살 수가 없었고, 이 때문에 관병官兵들이 소탕하러 다니니 시골생활도 도무지 편치가 않았다. 진비는 시골집까지 모두 팔아 현금으로 바꾸고, 다시 아내와 두 하녀를 데리고 처가에 몸을 맡겼다.

진비의 장인은 이름이 봉숙封肅[46]이고, 본관本貫*은 대여주大如州*인데, 비록 농사를 짓는 집안이어도 살림은 넉넉한 편이었다. 그는 딸과 사위가 낭패한 모습으로 찾아오자 기분이 별로 좋지 않았다. 다행히 땅을 판 돈을 다 쓰지 않은 진비는 그걸 장인에게 맡기고, 거기에 맞춰서 자그마한 건물 과 땅을 사서 나중에 생계 수단으로 삼게 해달라고 부탁했다. 봉숙은 반쯤 후려치고 속여서 대충 자그마한 땅과 허름한 집을 주었다. 그러나 진비는 공부만 하던 사람이라 농사일 같은 것은 할 줄 몰라서, 한두 해는 겨우 버 텼지만 갈수록 생활이 궁색해졌다. 만나기만 하면 봉숙은 잔소리만 늘어 놓고, 남들 앞에서건 뒤에서건 그들 부부가 살림도 제대로 못하면서 게으 름만 피운다며 욕을 퍼부었다. 진비는 장인 집에 붙어살 만하지 못하다는 것을 알고 후회하며 한탄할 수밖에 없었고, 또 작년에 크게 놀란 일까지 덧붙여지니 너무 분하고 원통하여 시름이 쌓여갔다. 나이 많은 사람에게 가난과 병이 한꺼번에 닥치니, 결국 저승길이 점점 가까워지고 있었다.

하루는 진비가 지팡이를 짚고 간신히 거리로 나가 마음을 달래고 있던 차에, 저쪽에서 절름발이 도사가 다가왔다. 미친 사람처럼 거침없이 행동 하며 삼으로 엮은 신을 신고 누덕누덕 기운 옷을 입은 그 도사는 이런 노 래 구절을 읊조리고 있었다.


세상 사람들 모두 신선 좋은 줄은 알지만
공명을 추구하는 마음만은 잊지 못하네.
고금의 장군과 재상들은 지금 어디 있나?

황량한 무덤은 풀숲에 묻혀버렸다네.
세상 사람들 모두 신선 좋은 줄은 알지만
금은 같은 재물만은 잊지 못하네.
아침저녁으로 오로지 많이 모으지 못해 안달하다가
많이 모았다고 여길 즈음엔 눈을 감게 되지.
세상 사람들 모두 신선 좋은 줄은 알지만
아리따운 아내만은 잊지 못하네.
그대 살아 있을 때는 날마다 은정을 이야기하지만
그대 죽으면 또 다른 사람 따라가버린다네.
세상 사람들 모두 신선 좋은 줄은 알지만
자손만은 잊지 못하네.
어리석게 마음 쏟는 부모는 예로부터 많지만
효성스러운 자손을 본 사람 있는가?
世人都曉神仙好
惟有功名忘不了
古今將相在何方
荒塚一堆草沒了
世人都曉神仙好
只有金銀忘不了
終朝只恨聚無多
及到多時眼閉了
世人都曉神仙好
只有姣妻忘不了
君在日日說恩情
君死又隨人去了
世人都曉神仙好

제1회 **49**

只有兒孫忘不了

癡心父母古來多

孝順子孫誰見了

　진비가 그 노래를 듣고 다가가 물었다.

　"장황하게 늘어놓는 그게 무슨 말이오? 그저 '좋다〔好〕'느니 '끝났다
〔了〕'느니 하는 소리만 들리는구려."

　"허허! 그걸 들었다면 제대로 들은 셈이지. 세상만사가 좋으면 그걸로
끝이고, 끝나면 그게 좋은 게 아니겠어? 끝나지 않으면 좋지 않고, 좋으려
면 끝이 나야지. 그래서 내 노래는 이름하여 「호료가好了歌」*라고 하지."

　진비는 본래 보통 사람들보다 지혜로운 사람이었기 때문에, 이 말을 듣
자 마음속에 어느새 큰 깨달음이 생겼다. 그가 빙그레 웃으며 말했다.

　"잠깐만! 내가 이 「호료가」를 한번 해석해볼까 하는데 들어보시겠소?"

　"허허! 어디 해보구려."

　이에 진비가 다음과 같은 해석을 들려주었다.

　　누추한 집 빈방에도

　　옛날에는 높은 벼슬아치 많았지.

　　시든 풀 마른 버들 널린 곳도

　　한때는 춤과 노래 어우러진 마당이었지.

　　조각된 들보에는 거미줄 엉켜 있고

　　퇴락한 창에는 지금도 초록 비단 발려 있네.

　　진한 연지, 향긋한 분 따위가 무엇이랴?

　　양쪽 귀밑머리에 또 서리가 내린 것을!

　　어제 낮에는 황토 무덤에서 백골을 전송하고

　　오늘 밤에는 홍등 켜고 휘장 친 채 원앙처럼 누웠다네.

상자 가득

금은을 채워도

순식간에 거지 되어 남의 놀림거리가 되지.

남의 목숨 짧다고 탄식하면서

제 죽을 날 다가옴을 어찌 모르는가!

올바로 가르친다 해도

훗날 튼튼한 동량이 되리라 장담할 수 없고

부유한 집 자제를 사위로 들일 때는

뉘라서 기생집 전전하다 몰락할 걸 예상했으랴!

비단 모자 작다고 투덜거리다

목에 칼을 쓰게 되고

어제는 불쌍하게 해진 저고리 입고 떨다가

오늘은 자줏빛 망포 너무 길다고 투덜거리네.

시끌벅적한 네 노래 막 끝나 내가 무대에 올라서니

오히려 타향을 고향으로 여겨왔음을 알겠구나.[47]

참으로 황당하구나!

결국 모든 것이 남을 위해 혼례복이나 만들어 준 꼴이로다!

陋室空堂

當年滿笏床

衰草枯楊

曾爲歌舞場

蛛絲兒結滿雕梁

綠紗今又糊在蓬窗上

說甚么脂正濃粉正香

如何兩鬢又成霜

昨日黃土隴頭送白骨

今宵紅燈帳裏臥鴛鴦

金滿箱

銀滿箱

轉眼乞丐人皆謗

正嘆他人命不長

哪知自己歸來喪

訓有方

保不定日後作强梁

擇膏粱

誰承望流落在煙花巷

因嫌紗帽小

致使鎖枷扛

昨憐破襖寒

今嫌紫蟒長

亂烘烘你方唱罷我登場

反認他鄉是故鄉

甚荒唐

到頭來都是爲他人作嫁衣裳


그 미친 절름발이 도사는 그 말을 듣고 손뼉을 치며 웃었다.

"옳거니! 제대로 해석했네!"

그러자 진비는 "갑시다!" 하면서 도사의 어깨에 걸친 바랑을 낚아채 자기가 메더니, 결국 집으로 돌아가지 않고 그대로 미친 도사를 따라 표연히 떠나버렸다.

그 일은 당장 온 동네를 뒤흔들어 사람들 사이에 새로운 이야깃거리로 전해졌다. 소식을 들은 봉씨는 숨이 끊어질 듯 통곡했다. 아버지와 상의하

여 곳곳으로 사람을 보내 찾아보았지만, 어디에서도 소식을 들을 수 없었다. 그녀는 어쩔 수 없이 부모에게 의지하여 살아가야 했다. 다행히 곁에는 예전부터 시중들던 두 하녀가 있어서, 셋이 밤낮으로 바느질해서 돈을 벌어 아버지에게 생활비를 보탰다. 비록 봉숙은 날마다 원망을 퍼부었지만 어쩔 도리가 없었다.

하루는 그 진씨 집안의 큰 하녀가 대문 앞에서 실을 사다가 갑자기 "물렀거라!" 하는 소리를 들었다. 사람들 말이 새로운 지방관[知縣]이 부임한다는 것이었다. 하녀가 대문 안에 숨어 몰래 구경하노라니 군뢰쾌수軍牢快手[48]들이 짝을 지어 지나가고, 잠시 후 검은 오사모烏紗帽*를 쓰고 붉은 도포 차림의 관리를 태운 큰 가마가 지나갔다. 하녀는 어리둥절해하며 이렇게 생각했다.

'이 관리 얼굴이 아주 낯익은데, 어디선가 만난 적이 있는 것 같아.'

그러나 방으로 들어가서는 곧 그 일을 잊어버렸다.

그런데 날이 저물어 쉬려던 차에 갑자기 문을 두드리는 소리와 함께 여러 사람이 어수선하게 떠드는 소리가 들려왔다.

"이 고을 원님께서 물어보실 게 있어 사람을 보내셨네."

봉숙은 이 말을 듣고 질겁해서 눈을 휘둥그렇게 뜨고 입을 헤 벌렸다. 무슨 재앙이라도 일어났단 말인가!

# 제2회

임대옥의 어머니는 양주에서 세상을 떠나고
냉자흥이 영국부에 대해 자세히 설명하다

賈夫人仙逝揚州城　冷子興演說榮國府

냉자흥이 가화에게 가씨 가문에 대해 들려주다.

봉숙은 관리가 부르는 소리를 듣고 다급히 나와 웃음으로 그들을 맞았다. 그러나 그들은 봉숙의 웃음을 외면하고 "어서 진甄나리를 모셔 와라!" 소리치기만 했다. 봉숙이 헤실거리며 말했다.

"저는 봉가이지 진가가 아닙니다. 제 사위의 성이 진가이긴 한데, 지금은 집을 나간 지 이태가 넘었습죠. 혹시 그 진가를 찾는 겝니까?"

"우리도 무슨 '진짜〔眞〕'인지 '가짜〔假〕'인지 하는 것은 모르겠고, 그저 사또 나리의 명령으로 왔을 뿐이네. 당신 사위가 진가라니 같이 가서 사또 나리께 아뢰어야겠네. 그러니 도망갈 생각일랑은 말게."

그리고는 봉숙이 뭐라 말할 틈도 주지 않고 등을 떠밀어 데리고 가버렸다. 봉씨 집안사람들은 이게 무슨 일인가 싶어 모두들 놀라고 당혹스러워했다.

그날 이경二更(오후 9~11시) 무렵에야 봉숙이 돌아왔는데, 어찌 된 일인지 뛸 듯이 기뻐하고 있었다. 사람들이 이유를 묻자 그가 대답했다.

"알고 보니 우리 지역에 새로 부임해 오신 사또 나리는 본관이 호주인 가화라는 분인데, 옛날에 우리 사위와 친분이 있었다 하지 뭔가. 아까 우리 집 대문을 지나시다가 저 하녀 교행嬌杏*이가 실을 사는 걸 보시고, 우리 사위가 여기로 이사와 살고 있다고 생각하신 모양이네. 내가 그간의 사연을 하나하나 말씀드렸더니, 나리께선 상심하셨는지 한참을 탄식하시더

군. 또 우리 외손녀에 대해서도 물으시기에 등 구경을 하다가 잃어버렸다고 아뢰었네. 그러자 나리께서 '걱정할 것 없네. 내가 번역番役[1]들을 시켜서 반드시 찾아주도록 하겠네.' 하시지 뭔가. 그리고는 날 돌려보내시면서 은돈 두 냥까지 챙겨주시더라고."

그 이야기를 들은 봉씨는 새삼 가슴이 시려왔다. 그렇게 그날 밤은 별일 없이 지나갔다.

이튿날 아침 가화가 인편에 은돈 두 자루와 비단 네 필을 봉씨에게 보내왔다. 봉숙에게는 은밀히 편지를 한 통 보내 교행을 가화의 첩으로 보내도록 봉씨를 설득해달라고 부탁했다. 봉숙은 방귀가 터져나오고 오줌을 지릴 정도로 기뻐하면서 어떻게든 사또의 비위를 맞추려고 딸을 열심히 설득했다. 그리고 그날 밤으로 작은 가마에 교행을 태워 보냈다. 가화는 너무 기쁜 나머지 은돈 백 냥을 자루에 담아 몰래 봉숙에게 주고, 봉씨에게는 감사의 뜻으로 많은 예물을 따로 보내 그것으로 생계를 꾸리면서 딸의 소식을 알게 될 때까지 기다리라고 했다. 그러나 봉숙은 집에 돌아와서 아무 말도 하지 않았다.

그런데 이 교행이라는 하녀가 바로 지난날 가화를 돌아보았던 그 하녀였던 것이다. 우연히 가화를 돌아본 인연으로 사또의 첩이 되다니, 교행에게는 꿈만 같은 일이었다. 게다가 자신의 운수가 두 번이나 대통하게 될 줄 누가 알았겠는가? 그녀가 가화 곁으로 간 지 일 년 만에 아들을 낳았고, 반년 후 가화의 정실부인이 갑작스러운 병으로 세상을 떠나자, 가화가 교행을 정실부인으로 삼았던 것이다. 바로 이런 격이었다.

우연히 한 수 잘못 둔[2] 덕분에
사람 위의 사람이 될 수 있었네.
偶因一着錯
便爲人上人

예전에 가화는 당시 진비가 준 은돈을 받고 열엿새 날에 바로 출발하여 경사로 들어갔다. 과거시험에서 뜻밖에 아주 좋은 성적을 얻어 진사進士*가 되고 지방관 후보[外班]³로 뽑혔다가, 이 지역의 지부知府*로 승진하여 부임한 것이었다. 그는 재능이 뛰어나기는 했지만 약간 탐욕스럽고 모진 면이 있었다. 또한 자기 능력만 믿고 윗사람을 업신여기다가 몇몇 관료들의 눈 밖에 나기까지 했다. 결국 관직에 오른 지 일 년도 되지 않아 윗자리에 있는 어떤 이가 꼬투리를 잡아 그를 탄핵하는 문서를 올렸는데, 거기에는 이렇게 적혀 있었다.

"이 자는 성정性情이 교활하고, 제멋대로 예의禮儀 제도를 모아 편찬했으며,⁴ 또한 청렴하고 정직하다는 명성을 구하면서도 남몰래 간악한 무리들과 결탁하여 지방에서 여러 가지 문제들을 일으킨 고로 백성들이 목숨조차 부지하기 어려울 지경입니다."

이 소를 접한 황제가 진노하여 즉시 그를 파직하라는 명을 내렸다. 해당 부서의 문서가 도착하자 이 지역의 모든 관리들이 기뻐했다. 가화는 속으로 몹시 부끄럽고 원망스러웠으나 겉으로는 전혀 내색하지 않고 웃으며 태연자약했다. 관청의 업무를 인계한 뒤 그는 여러 해 동안 벼슬살이를 하며 모은 재산과 집안의 하인들을 고향으로 보내 집안일을 돌보게 하고, 자신은 한가로이 천하의 명승지를 유람하고 다녔다.

어느 날 그는 우연히 양주揚州*에 이르렀는데, 올해 차정差政⁵으로 임명된 이가 임해林海*라는 소식을 들었다. 임해는 바로 지난번 과거시험에서 탐화探花⁶로 급제하여 지금은 이미 난대시대부蘭臺寺大夫⁷로 승진해 있는 인물로서, 자는 여해如海이고, 본관은 고소姑蘇*이다. 지금은 순염어사巡鹽御史*에 임명되어 부임한 지 한 달 남짓 되었다고 했다. 임해의 조부는 열후列侯*의 작위를 삼대째 세습했고, 원래 작위 세습은 삼대까지로 한정

제2회 **59**

되어 있었다. 하지만 지금의 황제가 특별히 은덕을 베풀어 임해의 아버지와 임해에 이르기까지 오대째 작위가 이어지게 되었다. 게다가 임해는 과거시험에도 급제하여 명망 높은 귀족 집안 출신에 학문까지 겸비한 인물이었다.

그러나 애석하게도 임씨 집안은 방계傍系* 가족이 많지 않고 자손도 적어서, 친척이 몇 집 있다고는 하지만 임해와는 모두 당족堂族⁸ 관계일 뿐이라 적계嫡系* 친척은 없었다. 임해의 나이가 이미 마흔인데, 딱 하나 있던 세 살짜리 아들마저 작년에 죽고 말았다. 첩실도 몇 명을 두었지만 그의 팔자에 아들이 없는지라 첩실들에게서도 아들을 얻지 못했다. 지금은 단지 정실부인 가씨賈氏가 낳은 딸이 하나 있을 뿐인데, 이름은 임대옥林黛玉•이고 나이는 갓 다섯 살이 되었다. 아들이 없는 그들 부부는 대옥을 애지중지했다. 그리고 총명하고 생김새도 빼어난 대옥에게 글공부를 시키면서 아쉬운 대로 아들 키우는 기분을 대신했고, 대를 이을 자식이 없는 쓸쓸함을 조금이나마 달래보려 했다.

가화는 마침 감기에 걸려 여관에서 병치레를 하고 있었는데, 한 달이 지나서야 조금씩 나아졌다. 그는 몸도 피곤하고 여비도 다 떨어져 마땅한 곳을 찾아 잠시 쉬려고 했다. 다행히 옛친구 두 명이 이 지역에 살고 있었는데, 가화는 임해가 글 선생을 구한다는 소식을 듣고 친구들의 힘을 빌려 그곳으로 들어가 잠시 몸을 쉬려고 생각했다. 다행히 여자아이 하나와 글공부를 거들 두 명의 어린 하녀만 있다고 했다. 게다가 이 여자아이는 나이도 어리고 몸도 몹시 허약해서 학문을 얼마나 가르쳐야 한다는 것도 정해지지 않았기 때문에 그다지 힘을 들일 필요가 없었다.

어느덧 또 한 해가 흘렀다. 그런데 뜻밖에 대옥의 어머니인 가씨 부인이 병을 앓는가 싶더니 갑작스레 세상을 뜨고 말았다. 어머니가 병석에 있을 때 약 수발을 들며 극진히 간호하던 대옥이 모친상을 치르면서 한없이 애통해하는지라, 가화는 글 선생을 그만두고 다른 일을 찾아보려 했지만, 임

해는 딸이 삼년상을 치르는 동안 집안에서 공부나 하게 해주고 싶어서 가화를 붙들었다. 그러다가 최근에는 대옥이 지나치게 슬퍼하고 상심이 깊어지면서, 그렇지 않아도 허약하고 병약하던 몸에 지병까지 도져 며칠을 연이어 공부를 쉬게 되었다. 덩달아 한가해진 가화는 무료하게 지내면서 화창한 날이면 밥을 먹고 밖으로 나가 산책을 즐기곤 했다.

하루는 가화가 시골 풍경이나 감상하려고 우연히 성 밖 교외에 나가게 되었다. 발길 닿는 대로 걷다가 문득 산에 둘러싸여 물길이 세차게 굽이치는 깊은 숲 속, 대나무가 우거진 곳에 이르렀다. 그 안쪽으로 어렴풋이 집이 한 채 보였는데, 부서진 대문에 스산한 정원이며 주저 않은 담장까지, 영락없는 퇴락한 건물의 모습이었다. 대문 앞에는 '지통사智通寺'*라고 적힌 편액匾額*이 걸려 있었고, 대문 옆으로는 낡은 대련이 한 폭 걸려 있었다.

**등 뒤에 재산 넉넉해도 모으는 손길 멈출 줄 모르다가**
**눈앞에 길이 없어지니 돌아설까 하는구나.**

身 後 有 餘 忘 縮 手
眼 前 無 路 想 回 頭

그것을 본 가화는 이런 생각이 들었다.

'글귀는 평범하지만 뜻은 심오하구나. 나도 몇몇 명산대찰名山大刹을 유람해보았지만 이런 화두話頭*는 본 적이 없어. 저 안에 필시 온갖 세파世波를 다 겪고 도통道通한 분이 계실지 몰라. 어디 한번 들어가보자.'

대문 안으로 들어가니, 노쇠한 승려 하나가 마당에서 죽을 끓이고 있었다. 가화는 주저하지 않고 다가가 그 대련의 내용에 대해 물었다. 귀도 어둡고 이도 빠진 데다 혀까지 무딘 그 노승은 엉뚱한 말만 할 뿐이었다.

귀찮아진 가화는 곧 밖으로 나왔다. 그리고 주막에 가서 술이나 몇 잔 마시며 산야山野의 정취를 감상하고 흥이나 돋울 요량으로 천천히 걸음을 옮

제2회 **61**

겼다. 그가 막 주막 문으로 들어서려는데 술을 마시던 손님 중 하나가 자리에서 벌떡 일어나 껄껄 웃으며 가화를 맞아주었다.

"허! 묘한 인연일세. 이렇게 만나다니!"

가화가 놀라 쳐다보니 예전에 경사에서 알게 된, 골동품 장사를 하던 냉자홍冷子興*이라는 사람이었다. 가화는 그의 솜씨를 아주 높이 평가했고, 냉자홍도 가화가 명망 높은 문사文士라는 점을 높이 샀기 때문에, 두 사람은 말도 잘 통하고 마음도 아주 잘 맞았다.

가화가 반갑게 물었다.

"형장, 언제 이곳에 오셨소? 생각도 못했는데 이렇게 우연히 만나다니 정말 신기한 인연이구려."

"작년 말에 고향에 갔다가 다시 경사로 돌아가는 길에 여기서 친구나 만나고 갈까 해서 들렀지요. 그런데 친구가 붙잡기도 하고 바쁜 일도 없고 해서 이틀 더 머물다가 보름께 출발할까 합니다. 오늘은 친구가 일이 있어서 저도 산책이나 하러 나왔다가 여기서 잠시 쉬고 있던 참인데, 뜻밖에도 이렇게 만나게 되었구려!"

이렇게 말하며 냉자홍은 가화와 함께 자리에 앉았다. 주모가 술상을 다시 차려왔다. 둘은 느긋하게 술을 마시면서 그간 어찌들 살았는지 한담을 나누었다. 그러던 중에 가화가 물었다.

"요즘 경사에 무슨 새로운 소식이라도 있습니까?"

"뭐 새로운 소식이랄 건 없지만, 그래도 선생 집안에 사소하지만 이상한 일이 하나 있긴 있었지요."

"허허 그래요? 그런데 경사에는 저희 집안사람이 아무도 살지 않는데 무슨 말씀인지 모르겠습니다그려."

"하하, 선생과 성이 같으니 일가는 일가 아니겠소?"

가화가 어느 집안이냐고 묻자 냉자홍이 대답했다.

"영국부榮國府* 가賈씨 집안에서 일어난 일입니다. 그런데 그 집안의 일

이 선생 가문에 누가 되지는 않겠지요?"

"허허, 그 집안이었군요. 뭐 따지고 보면 저희 집안에도 사람이 적진 않습니다. 동한東漢 때의 가복賈復⁹ 이래로 자손이 번성하여 각 지역마다 터전을 잡고 있으니, 누가 그 수를 다 헤아릴 수 있겠습니까? 영국공파榮國公派만 하더라도 일가가 맞긴 하지만 그 집안은 대단한 부귀를 누리고 있으니, 우리 같은 처지로는 가까이 지내기가 불편하지요. 그러니 지금은 서로 알아보지도 못하게 되었습니다."

냉자홍이 탄식하며 말했다.

"선생, 그런 말씀 마시구려. 지금 저 녕국부寧國府*와 영국부도 예전과는 비교할 수 없을 만큼 집안이 적막해지고 말았답니다."

"그 두 집안에는 식솔들이 아주 많을 텐데 어째서 적막해졌다는 겁니까?"

"그러게 말입니다. 얘기하자면 깁니다."

"작년에 제가 금릉金陵* 땅에 갔을 때, 육조六朝¹⁰의 유적을 유람해볼까 하고 어느 날 석두성石頭城¹¹에 들어가던 차에 그 댁 대문 앞을 지나간 적이 있었지요. 거리 동쪽은 녕국부이고 서쪽은 영국부인데, 두 댁이 서로 이어져 거리의 대부분을 차지하고 있더군요. 대문 앞은 사람 하나 없이 썰렁했지만, 담 너머로 보니 안쪽에 대청이며 누각들이 여전히 으리으리하게 솟아 있습디다. 뒤쪽 정원에도 나무와 가산假山*, 바위들이 아직 무성하게 윤기를 뽐내고 있던데, 그게 어디 기울어가는 집안의 모습이란 말입니까?"

"하하, 선생은 진사 출신이니 당연히 세상사를 잘 모르시겠지요! 옛말에 '지네는 죽어도 굳어지지 않는다〔百足之蟲 死而不僵〕.'¹²라고 하지 않습니까? 지금은 비록 옛날처럼 그렇게 흥성하지 않지만, 보통 벼슬아치 가문에 비하면 아무래도 형편이 다르지요. 하지만 집안에 나날이 사람도 많아지고 일도 계속 늘어나는데, 주인이나 하인들 모두 편안하게 부귀영화를 누리려고만 하고 살림을 꾸려나갈 계획을 세우려는 이는 하나도 없습니다.

나날이 쓰는 겉치레 비용도 줄이지 못하니, 비록 밖으로 드러난 틀은 변함 없이 부유해 보여도 안쪽 주머니는 바닥나고 있습니다. 그래도 그건 아무 것도 아니지요. 그보다 더 큰일이 있어요. 그렇게 위세 높은 귀족 가문이요 학식 있는 선비 집안의 아들 손자들이 대를 내려갈수록 점점 더 못났단 말입니다!"

가화도 그 말을 듣고 놀라며 말했다.

"그렇게 학문과 예법을 숭상하는 집안에서 교육을 잘못했을 리 있겠습니까? 다른 가문이라면 몰라도 녕국부와 영국부라면 자녀 교육에 아주 신경 쓸 텐데요."

"허, 지금 얘기하고 있는 게 바로 그 두 가문 아닙니까! 제 얘기 좀 들어보세요. 녕국공寧國公과 영국공英國公은 한 어머니에게서 태어난 형제이지요. 형 녕국공은 아들 넷을 두었습니다. 그분이 돌아가신 후 가대화賈代化\*가 관직을 세습했는데, 그 역시 두 아들을 두었습니다. 큰아들은 이름이 가부賈敷\*인데 여덟 살인가 아홉 살 무렵에 죽어버리고, 둘째 아들 가경賈敬\*이 관직을 물려받았습니다. 하지만 그는 지금 그저 도를 닦으면서 장생불사長生不死의 신선이 되는 단약丹藥\*을 만드는 일에만 열중하고 있습니다. 다행히 그는 젊은 나이에 가진賈珍\*이라는 아들을 하나 두었는데, 오로지 신선이 될 생각만 하고 다른 일에는 전혀 신경 쓰지 않는 가경은 벼슬을 이 아들에게 물려주었습니다. 가경은 고향으로 돌아가려고도 하지 않고 경사의 성 밖에서 도사들과 어울려 빈둥거리고 있지요. 그리고 가진 서방님도 아들을 하나 낳았는데, 이제 겨우 열여섯 살 된 가용賈蓉\*입니다. 그런데 지금 가경 나리가 아무것도 상관하지 않고 있으니 가진 서방님이 공부를 할 리가 있겠습니까? 그저 놀고 즐기기만 할 뿐 녕국부를 다 뒤집어 먹고 있는데도 누구 하나 감히 나서서 단속하지 못하고 있습니다."

계속 말을 이었다.

"이제 영국부 얘길 할 테니 들어보시구려. 방금 얘기한 이상한 일이라는

게 바로 여기서 일어난 일입니다. 영국공이 돌아가신 후에 큰아들 가대선賈代善*이 관직을 물려받았고, 금릉 땅에서 대대로 살아온 명가 훈족勳族*의 사후史侯* 댁 딸을 아내로 맞아 아들 둘을 낳았습니다. 큰아들은 가사賈赦*이고 작은아들은 가정賈政*이지요. 가대선께서는 이미 세상을 떠나셨고, 태부인〔賈母〕*께선 아직 살아 계시는데, 큰아들 가사가 관직을 물려받았습니다. 둘째 아들 가정은 어려서부터 공부하기를 아주 좋아해서 조부와 부친이 무척 아끼셨지요. 원래는 과거시험에 급제시켜 벼슬살이를 하게 해줄 생각이셨답니다. 그런데 뜻밖에 가대선이 돌아가실 때 남긴 유표遺表[13]를 황상皇上께 올리니 황상께서 옛 신하를 동정하셔서 즉시 큰아들에게 관직을 물려받게 하라고 명을 내리시고, 또 아들이 몇 명 있는지 물으시며 즉시 불러들여 만나보셨습니다. 그리고 가정 나리에게 특별히 주사主事[14]의 직함을 내리시면서 '부部'[15]에 들어가 공부하게 해주셨지요. 현재 그분은 원외랑員外郞으로 승진하셨습니다. 가정 나리의 부인 왕씨가 낳은 첫아들이 가주賈珠*인데, 열네 살에 수재 소리를 들었습니다. 가주는 스무 살이 채 안 되어 결혼하고 아들을 하나 낳은 후 그만 병으로 세상을 뜨고 말았지요. 왕부인王夫人*은 둘째로 딸을 낳았는데, 이 딸은 정월 초하루에 태어났으니 참 신기한 일이지요. 뜻밖에도 나중에 아들이 하나 더 태어났는데, 이 아들 얘기를 하자면 더욱 신기합니다. 이 아들은 태어날 때 입에 오색이 영롱한 옥구슬을 물고 있었는데, 그 위에 아주 많은 글자가 새겨져 있었답니다. 그래서 이름을 가보옥賈寶玉*이라고 지었다지요. 정말 신기하고 이상한 일 아닙니까?"

"허허, 정말 기이한 일이구려! 그렇다면 그 아들 내력이 예사롭지 않겠군요."

그러자 냉자흥이 차갑게 비웃으며 말했다.

"모두들 그렇게 얘기하니 그 조모 태부인이 일찌감치 보배처럼 아끼셨지요. 그런데 아이가 돌이 되었을 때 가정 나리께서 아들의 장래를 시험해

제2회 **65**

보려고 세상의 모든 물건들을 무수히 벌여놓고는 아들에게 집어보게 하셨답니다. 헌데 뜻밖에도 그 아들은 다른 것들은 다 젖혀두고 화장품과 비녀, 팔찌 따위만 집더랍니다. 가정 나리께선 벌컥 화를 내시며 '나중에 주색에나 빠질 놈!' 하셨다지요. 이런 연유로 아들에게 크게 실망을 하게 되었지만, 태부인께선 여전히 손자를 목숨처럼 아끼신답니다. 또 신기한 일이 있습니다. 그 아들이 자라서 지금 일고여덟 살쯤 되었는데, 장난이 심하긴 해도 총명하고 영리한 구석이 있어서 아무도 당해내질 못한답니다. 아이가 하는 말도 기이하고요. '여자는 뼈와 살이 물로 만들어졌고 남자는 진흙으로 만들어졌어. 난 여자를 보면 기분이 상쾌하지만, 남자를 보면 더럽고 냄새가 나서 견딜 수가 없어!' 뭐 이랬다나요? 정말 우습지 않습니까? 틀림없이 나중에 색귀가 될 겁니다!"

가화가 보기 드물게 정색을 하며 다급히 말했다.

"아니오! 애석하게도 당신들은 그 도련님의 내력을 모르는구려. 아마 가정 어르신께서도 아들을 음탕한 색귀로 잘못 취급하고 계시나 봅니다. 어지간히 공부를 많이 해서 사물의 이치를 알고, 그것을 연구해서 지혜에 이르고〔致知格物〕[16] 도를 깨우쳐 현묘한 경지에 이르지 않고서는〔悟道參玄〕그러한 말을 할 수 없을 겁니다."

가화가 이렇듯 심각하게 말하자 냉자홍은 얼른 그 이유를 알려달라고 청했다.

"천지가 사람을 낳았는데, 아주 어진 이와 아주 악한 이들을 제외한 나머지는 모두 별 차이가 없습니다. 아주 어진 이들은 상서로운 기운에 응해 태어나고, 아주 악한 이들은 겁운劫運[17]에 응해 태어납니다. 상서로운 기운이 생겨나면 세상이 평안하고, 겁운이 생겨나면 세상이 위태로워집니다. 요堯*, 순舜*, 우禹*, 탕湯*, 문왕文王*, 무왕武王*, 주공周公*, 소공召公*, 공자孔子*, 맹자孟子*, 한나라 때의 동중서董仲舒*, 당나라 때의 한유韓愈*, 그리고 송나라* 때의 주돈이周敦頤*, 정호程顥*, 정이程頤, 장재張載*, 주희

朱熹*는 모두 상서로운 기운에 응해 태어난 이들입니다. 치우蚩尤*와 공공共工*, 하나라*의 걸桀*, 상나라*의 주紂*, 진시황秦始皇*, 신나라*를 세운 왕망王莽*, 조조曹操*, 동진東晉*의 정치를 망친 환온桓溫*, 당나라 때 반란을 일으킨 안녹산安祿山*, 남송南宋*의 간신 진회秦檜* 등은 모두 겁운에 응해 태어난 이들입니다. 아주 어진 이들은 세상을 바로잡아 잘 다스리고, 아주 악한 이들은 세상을 어지럽힙니다. 맑고 뛰어난 영기靈氣는 천지의 올바른 기운으로서 어진 이들이 가진 기운입니다. 잔인하고 비뚤어진 사기邪氣는 천지의 사악한 기운으로서 악한 이들이 가진 기운입니다. 지금은 나라의 운수가 크게 터지고 황제의 대통大統이 이어지는 왕조로서 천하가 태평하여 '무위無爲'*로 세상을 다스리는 때입니다. 그래서 맑고 뛰어난 영기를 가진 이들이 위로는 조정에서부터 아래로는 초야에 이르기까지 세상에 가득합니다. 그 나머지 빼어난 영기는 마땅히 돌아갈 곳이 없어 감로甘露가 되고 온화한 바람이 되어 따스하게 온 세상에 퍼져 있습니다. 잔인하고 비뚤어진 사악한 기운은 환한 대낮에 함부로 흘러다닐 수 없어서 결국 깊은 구렁 속에 엉켜 있지요. 그러다가 우연히 바람에 날리거나 구름에 떠밀려 약간 흔들리거나 영향을 받으면 빠져나올 기미가 생기게 됩니다. 잘못해서 아주 조금이라도 흘러나오면 마침 근처를 지나던 빼어난 영기와 우연히 만나게 될 수도 있습니다. 하지만 정의는 사악함을 용납하지 않고, 사악함은 또 정의를 미워하는지라 양자가 서로 지려 하지 않습니다. 마치 바람과 강물, 우레와 번개가 땅속에서 만난 것처럼 상대를 소멸시킬 수도 없고, 또 상대에게 양보할 수도 없어서, 필경 서로 치받고 쥐어뜯는 지경에 이르고 나서야 비로소 다 섞여서 빠져나옵니다. 이렇게 섞여 빠져나온 기운은 흩어져서 사람에게 이르기도 합니다. 만약 우연히 이 기운을 가지고 태어난 남녀라면, 신분이 높은 경우엔 군자君子가 되지 못하고, 신분이 낮은 경우라 해도 극악무도한 인물은 되지 못합니다. 억만의 사람들 속에 놓이게 되었을 때 총명하고 뛰어난 영기는 그들보다 위에 있게 되고, 잔인

하고 비뚤어진 사악한 기운은 사람의 정리情理에 가까워질 수 없기 때문에
억만 사람들의 아래에 있게 됩니다. 이러한 사람이 부귀한 공후公侯의 집
안에서 태어난다면 치정에 빠져 헤어날 줄 모르게 되고, 청렴하고 가난한
학자의 집안에서 태어난다면 세상을 등지고 사는 뛰어난 선비가 됩니다.
설사 박복하고 가난한 집안에서 태어난다 해도 졸개나 하인 따위가 되어
졸렬한 이들에게 부림을 당하느니, 대신 뛰어난 배우나 기생이 됩니다. 예
를 들어 옛날의 은사隱士인 허유許由*와 동진의 시인 도잠陶潛*, 위나라*와
진晉나라 때의 완적阮籍*, 혜강嵇康*, 유영劉伶*, 동진 때의 왕씨 집안과
사謝씨 집안,[18] 동진의 화가 고개지顧愷之*, 남조南朝* 진陳나라*의 마지막
황제인 진숙보陳叔寶*, 당나라의 현종玄宗* 황제, 송나라의 마지막 황제인
휘종徽宗*, 당나라의 시인 유희이劉希夷*와 온정균溫庭筠*, 송나라의 화가
미불米芾*과 문장가 석연년石延年*, 사인詞人 진관秦觀*, 근래 명나라*의
서예가 예찬倪瓚*, 화가이자 시인인 당인唐寅*, 서예가 축윤명祝允明*, 그
리고 당나라 현종 때의 음악가 이구년李龜年*과 예인藝人 황번작黃幡綽*,
오대五代* 후당後唐*의 예인藝人 경신마敬新磨*, 탁문군, 수나라* 장군 양
소楊素*의 하녀였다가 훗날 당나라 명장 이정李靖*의 연인이 된 홍불紅拂*,
당나라 때의 여성 시인 설도薛濤*, 당나라 때의 소설 『회진기會眞記』*의 여
주인공 최앵앵崔鶯鶯*, 송나라 때 전당錢塘[19]의 유명한 기생인 왕조운王朝
雲* 같은 이들은 모두 처지만 다를 뿐 같은 성정의 사람들입니다."

"선생 말씀대로라면, '성공하면 왕후王侯요 실패하면 역적'인 셈이구려."

"그렇습니다. 형장은 아직 모르시겠지만, 저는 벼슬을 잃은 뒤로 이 년
동안 각 지역을 두루 여행하면서 신기한 두 아이를 만나보았습니다. 방금
말씀하신 보옥이라는 아이도 제 짐작엔 아마 십중팔구 이런 부류의 인물
인 것 같습니다. 먼 데서 찾을 것도 없이 금릉성 안에서만 하더라도 흠차
금릉성체인원총재欽差金陵省體仁院總裁[20]를 지내신 진甄씨 가문을 형장도
아시겠지요?"

"그 가문을 모르는 사람이 어디 있겠습니까! 그 진씨와 가씨 가문은 오랜 친척으로, 대대로 교유하면서 아주 돈독하게 지내고 있습니다. 저도 그 집안에 드나든 지 꽤 오래되었습니다."

"하하, 작년에 제가 금릉에 있을 때도 누가 저를 진씨 댁 글 선생으로 추천했습니다. 제가 들어가 형편을 살펴보니, 뜻밖에도 그 댁은 그렇게 부귀를 누리면서도 예의를 중시하더군요. 어쨌든 그런 집안의 글 선생 자리는 찾기 힘들지요. 헌데 그 아이는 학문을 처음으로 배우는 단계였지만 과거시험을 준비시키는 것보다 더 신경이 쓰였습니다. 그 얘길 하자면 더 우습지요. 그 아이가 하는 말이 '저는 반드시 두 명의 여자아이와 함께 공부해야 글자를 익힐 수 있고 마음속으로도 분명히 이해할 수 있어요. 그렇지 않으면 머릿속이 얼떨떨해져요.' 또 늘 그 아이를 따라다니는 하인 녀석들에게도 이러더군요. '처녀라는 단어는 아주 존귀하고 깨끗하니, 저 아미타불阿彌陀佛[21]이나 원시천존元始天尊[22]이라는 고귀한 칭호와 비할 수 없는 더 훌륭하고 빛나는 단어야! 너희들처럼 더러운 입에 냄새나는 혀를 가진 것들은 함부로 그 단어를 써서는 안 돼. 하지만 꼭 그 말을 해야 한다면 반드시 먼저 맑은 물과 향긋한 차로 입안을 헹구고 해야 해. 만약 실수를 했다간 이를 뽑거나 볼에 구멍을 뚫을 거야!' 포학하고 고집스럽고 어리석은 그 아이는 여러 가지로 보통이 아니었지요. 그런데 수업을 마치고 안채로 들어가 처녀들을 보기만 하면 온화하고 총명하며 세련된 모습으로 변해 완전히 딴사람이 되어버리는 겁니다. 이 때문에 그 아이의 부친이 몇 차례 호되게 회초리를 쳤지만 결국 고치지 못했어요. 회초리를 맞아 아픔을 견디지 못할 때마다 그 아이는 '누나, 누이!' 하고 소리를 지르면서 난리를 치더군요. 나중에는 안채에서 처녀들이 그 아일 놀리는 소리를 들었지요. '왜 회초리를 맞을 때마다 그렇게 누나, 누이를 불러대니? 설마 누나나 누이더러 아버지 좀 말려달라고 사정하는 건 아니겠지? 창피한 줄 알아야지!' 근데 이 아이의 대답이 걸작이었어요. '너무 아플 때 누나, 누이라고

제2회 **69**

소리치면 혹시 덜 아플지도 모르겠다 싶어서 한번 해봤는데 정말 아프지 않더라고요. 그렇게 비법을 얻게 되었지요. 너무 아플 때마다 누나, 누이를 계속 부르는 거예요.' 이러는 겁니다. 정말 우습지 않소이까? 또한 그 아이 조모가 손자를 너무 아끼느라 잘잘못을 제대로 꾸짖지 못하고 매번 선생인 저를 욕하고 자기 아들만 나무라니, 더 이상 참을 수 없어 글 선생을 그만둬버렸습니다. 지금은 순염어사 임씨 댁에서 글 선생을 하고 있습니다. 보시구려, 이런 자제들은 분명 조상이 다져놓은 기업을 지키지 못하고, 스승이나 어른들이 바르게 충고해도 따르지 못할 겁니다. 그런데 딸들은 모두 보기 드물게 참한 것이 아깝더이다."

"그러고 보면 가씨 집안의 네 아가씨들도 참 괜찮습니다. 가정 나리의 장녀는 이름이 가원춘賈元春*인데, 현명하고 효성스럽고 재능과 덕을 갖추었다 해서 지금 여사女史²³로 뽑혀 궁중에 들어갔습니다. 둘째 아가씨는 가사 나리의 첩에게서 태어난 가영춘賈迎春*이고, 셋째 아가씨는 가정 나리의 서녀庶女인 가탐춘賈探春*, 넷째 아가씨는 녕국부 가진 나리의 친누이로 이름은 가석춘賈惜春*이라고 합니다. 태부인께서 손녀들을 극진히 아끼시기 때문에 아가씨들 모두 조모 곁에서 공부를 하고 있는데, 듣자 하니 모두 훌륭하답니다."

"더 재미있는 것은 진씨 집안의 풍속입니다. 거기선 여자아이들의 이름을 모두 남자 이름을 따라 짓습니다. 다른 집안에서 '춘春'이니 '홍紅', '향香', '옥玉' 등의 예쁜 글자를 쓰는 것과는 다르지요. 그런데 어째서 가씨 집안에서는 그렇게 투박하게 이름 짓기를 좋아했을까요?"

"그게 아녜요. 큰아가씨가 정월 초하루에 태어났기 때문에 이름을 '원춘'이라고 지었을 뿐, 나머지는 '춘'자를 돌림자로 썼던 게지요. 그 윗대는 오라비의 이름을 따라 돌림자를 썼습니다. 증거를 대볼까요? 지금 선생께서 글 선생을 하고 있는 임씨 댁 부인은 바로 영국부의 가사와 가정 두 어른의 친누이인데, 결혼하기 전의 이름은 가민賈敏*이었습니다. 못 믿겠거

든 돌아가서 자세히 알아보시든가요."

가화가 탁자를 치며 웃으면서 말했다.

"어쩐지 그 여자아이가 책을 읽다가 '민敏' 자가 나오면 항상 '밀密'이라 고 읽더라니!²⁴ 글자를 쓸 때도 '민' 자를 쓸 때면 한두 획을 빼고 쓰기에 좀 이상하다 생각했는데, 형장의 얘길 듣고 보니 의혹이 풀렸구려. 어쩐지 이 여자아이의 말씨와 행동거지가 남달라서 요즘 아이 같지 않더라니! 아 마 그 모친이 예사로운 분이 아니라 그런 딸을 낳은 모양입니다. 영국부의 외손이라는 말을 들으니 당연히 그렇겠다는 생각이 드네요. 하지만 애석 하게도 지난달에 그 모친이 작고하셨습니다."

"허! 네 자매 가운데 그분이 막내였는데 또 돌아가셨구려. 이제 윗대의 자매들은 아무도 남아 있지 않게 되었군요. 그러면 그 아랫대 딸들은 앞으 로 어떤 신랑을 얻게 될까요?"

"그러게요. 가정 어른은 옥을 물고 태어난 아들이 있고, 또 큰아들이 남 긴 어린 손자가 하나 있다고 들었는데, 가사 어른에겐 아들이 하나도 없습 니까?"

"가정 어른은 첩에게서 아들을 하나 더 얻었는데, 그 아이가 어떤지는 아직 모르겠습니다. 어쨌든 지금 아들 둘과 손자가 하나 있는데, 장래가 어찌 될지는 모르지요. 가사 어른이라면 아들이 둘 있습니다. 큰아들 이름 은 가련賈璉*이고 지금 스무 살쯤 되었을 겁니다. 겹사돈을 맺어서 며느리 는 바로 가정 나리의 부인 왕씨의 친정 조카입니다. 며느리를 들인 지 벌 써 두 해나 되었습니다. 나라에 돈을 바치고 가련 나리에게 동지同知* 벼 슬을 사주었지만 공부를 하려 들지 않습니다. 그래도 세상살이에는 임기 응변을 잘하고 말재간도 있어서, 지금은 그저 숙부인 가정 나리 댁에 살면 서 집안일을 돕고 있지요. 그런데 가련 나리가 부인을 얻은 뒤로 집안에서 위아래를 막론하고 모두들 그 부인을 칭찬하는지라, 가련 나리는 뒷전으 로 물러앉게 되었지요. 그 부인은 굉장히 아름답고 말하는 것도 시원시원

제2회  **71**

하고, 마음 씀씀이도 아주 깊고 세심해서, 만 명의 사내들이 있어도 그분보다 못하다고들 하대요."

가화가 그 말을 듣고 웃으며 말했다.

"제가 아까 한 말이 틀리지 않았구려. 방금 우리가 얘기한 몇몇 사람들은 아마 올바른 기운과 사악한 기운을 함께 타고난 사람들일 텐데, 정말 그런지 아직은 모르겠군요."

"사악한 기운이든 올바른 기운이든 그저 남의 집안 일일 뿐이니 선생께서는 술이나 한잔 하시구려."

"그러게 말입니다. 그런데 얘기를 하다 보니 좀 과하게 마신 것 같네요."

"하하, 남의 집안 얘기야말로 좋은 안주거리인데, 몇 잔 더 마신들 어떻습니까?"

가화가 창밖을 바라보며 말했다.

"날도 저물었으니 성문이 닫히기 전에 돌아가야지요. 성 안으로 들어가 천천히 다시 얘기하십시다."

두 사람이 일어나 술값을 치르고 막 걸음을 떼려는 차에 뒤에서 누군가 소리쳤다.

"우촌 형, 축하합니다! 기쁜 소식을 알려드리러 왔습니다!"

가화가 급히 고개를 돌려 바라보니……

# 제3회

가화는 권세가의 도움으로 옛 벼슬을 다시 얻고
임대옥은 아버지를 두고 경사로 들어가다

賈雨村夤緣復舊職　林黛玉抛父進京都

태부인이 고아가 된 외손녀 임대옥을 맞이하다.

가화가 급히 고개를 돌려 바라보니, 다름 아니라 옛날에 같은 사건으로 벼슬을 잃은 동료 장여규張如圭＊였다. 그는 본래 이 지방 사람으로, 파직된 후 고향에 돌아와 지내고 있었는데, 예전에 벼슬이 강등되거나 박탈당한 이들에게 원래 관직을 되돌려주자는 상소를 황제가 윤허했다는 소식을 듣고 복직할 방법을 사방으로 찾고 있던 참이었다. 그런데 우연히 가화를 만나 급히 이 기쁜 소식을 전하려고 했던 것이다. 서로 반갑게 인사를 나누고 나서 장여규가 이 소식을 전해주자, 가화는 기뻐하면서 두어 마디 이야기를 더 나누고는 서둘러 각자 집으로 돌아갔다. 냉자흥이 이 말을 듣고 가화에게 얼른 계책을 내놓았다. 즉시 경사로 가서 가정의 도움을 받을 수 있도록 임해에게 부탁하라는 것이었다. 가화는 그 뜻을 알아채고 바로 임해 집안의 학관學館＊으로 돌아가 급히 저보邸報[1]를 찾아 그 일이 사실인지 확인했다.

이튿날 그가 임해를 만나 이 일을 의논하자, 임해가 말했다.

"하늘의 인연은 정말 교묘하구려. 제 아내가 세상을 떠나자 경사에 계신 장모님께서 보살펴줄 사람 없는 외손녀를 걱정하시며 벌써 하인들을 보내 배편으로 그 아이를 데려오라고 하셨소이다. 하지만 제 딸의 병이 크게 나아지지 않아서 아직 떠나지 못하고 있었지요. 마침 선생께 제 딸을 가르쳐주신 은혜를 아직 갚지 못했다고 생각하던 참이었는데, 이런 기회가 왔으

제3회 **75**

니 어찌 정성을 다해 보답하지 않을 수 있겠습니까? 걱정 마십시오. 저도 이에 대해 미리 생각해둔 바가 있어 벌써 추천서를 한 통 써서 처남에게 보냈습니다. 선생을 잘 도와드려서 제 보잘것없는 성의를 다하게 해달라고 부탁해놓았지요. 필요한 경비 같은 것은 처남에게 보낸 편지에 자세히 써놓았으니, 선생께선 이제 걱정하실 필요 없습니다."

가화는 허리 굽혀 연신 감사하며 또 물었다.

"처남 되시는 분께서는 지금 무슨 벼슬을 하고 계십니까? 제가 경솔하게 경사에 들어갔다가 무례를 범하지나 않을까 싶어 여쭤봅니다."

"허허, 제 처남으로 말씀드리자면 선생과 일가로서, 바로 영국공의 손자입니다. 큰처남은 지금 일등장군의 직위를 물려받았는데, 성함은 가사이고 자는 은후恩侯입니다. 둘째 처남 성함은 가정이고 자는 존주存周인데, 지금 공부 원외랑으로 계십니다. 그분은 겸손하고 남에게 공손하며 너그럽기가 이를 데 없지요. 조부님의 기품을 많이 이어받았는지라, 부귀하지만 경박한 벼슬아치들과는 다른 분이십니다. 그러니 제가 편지를 보내 번거로운 부탁을 드렸던 것이지요. 그렇지 않다면 그런 편지를 보내는 것은 선생의 깨끗한 지조를 더럽히는 일일 뿐만 아니라, 저 또한 그렇게 할 가치가 없는 일이라 여겼을 겁니다."

가화는 그 말을 듣고 어제 냉자흥이 한 말을 믿게 되었다. 그가 다시 감사하자 임해가 말했다.

"다음 달 초이틀에 제 딸이 경사에 들어가기로 날을 잡아놓았으니, 선생께서도 함께 가시면 서로 편하지 않겠습니까?"

가화는 "예, 예!" 하면서 매우 흡족해했다. 임해는 곧 송별연을 열어 몇 가지 예물을 마련해주었고, 가화는 그것들을 하나하나 다 받아들였다.

하지만 딸아이 대옥은 건강이 점점 좋아지고 있어도 아버지를 두고는 집을 떠나려 하지 않았다. 하지만 외할머니가 기어이 오라고 하니 어쩔 수 없는데다 아버지 임해도 이렇게 말했다.

"아비 나이가 곧 쉰이 되어가니 후실을 맞을 생각이 없구나. 또 너는 병치레도 많이 하고 나이도 너무 어린데, 길러줄 어미도 없고 의지할 형제자매도 없으니, 지금 네 외할머니와 외사촌 자매들 곁으로 가면 내 걱정도 덜 텐데 어째서 가지 않겠다는 게냐?"

그 말을 들은 대옥은 눈물을 흘리며 아버지에게 작별 인사를 올리고, 유모와 영국부에서 보낸 할멈들을 따라 배에 올랐다. 가화도 따로 배를 한 척 마련해서 어린 하인 둘을 거느리고 대옥 일행과 함께 떠났다.

경사에 도착해 성 안으로 들어가자 가화는 먼저 의관을 갖추고서 하인을 거느리고는 영국부로 가 대문 안으로 '동성同姓의 조카〔宗侄〕'라고 쓴 명첩名帖²을 넣었다. 그때 가정은 이미 매부의 편지를 보았던 터라 얼른 그를 안으로 청해 만났다. 가정은 할아버지의 풍모를 많이 이어받아 학식 있는 이를 아주 좋아하고, 현명한 선비에게 예절 바르게 대하면서 자신을 낮추고, 약하고 곤경에 빠진 이들을 도와주는 사람이었다. 가화의 용모가 훤칠하고 말투도 점잖은데다 더욱이 매부의 부탁도 있었기 때문에 여러 모로 정성껏 도왔다. 이에 힘입어 가화는 암암리에 옛 관직을 회복하고 빈자리에 들어갈 방도를 모색했고, 상소문을 올리던 날 바로 복직이 허락되었다. 그리고는 두 달도 안 되어 금릉 응천부應天府*에 빈자리가 생겨 가화가 그 자리에 앉게 되었다. 이에 가화는 가정에게 작별 인사를 하고 날을 택해 부임지로 떠났다. 이 이야기는 일단 여기까지만 하겠다.


한편, 대옥이 그날 배에서 내려 뭍에 오르자 영국부에서 보낸 가마와 짐을 실어갈 수레가 진즉부터 기다리고 있었다. 대옥은 어머니에게서 외할머니 가문은 다른 가문과 다르다는 이야기를 항상 들어왔다. 오는 길에 보니 외가의 하급 하인들과 하녀들조차 먹는 것과 차림새, 씀씀이가 예사롭지 않았는데, 하물며 외가에 가보면 오죽하겠는가 생각했다. 그래서 그녀는 걸음마다 조심하고 항상 몸가짐에 신경 쓰면서, 쓸데없이 경솔하게 말

한마디라도 더 하거나 한 걸음이라도 더 떼었다가 남들에게 비웃음을 사
지 나 않을까 조심했다.

가마를 타고 성 안으로 들어가면서 비단 창을 통해 슬쩍 밖을 내다보니,
번화한 거리며 북적거리는 사람들의 모습이 다른 지방과는 확실히 달랐
다. 한참을 가니 거리 북쪽에 두 마리의 커다란 돌사자가 웅크려 앉아 지
키고 있으며 짐승 모양의 문고리가 장식된 세 칸짜리 대문이 나타났다. 대
문 앞에는 화려한 의관을 차려 입은 십여 명의 사람들이 줄지어 앉아 있었
다. 정문은 닫혀 있었고, 동서쪽에 있는 두 개의 작은 문으로만 사람들이
드나들었다. 정문 위에 걸린 현판에는 커다란 글씨로 '칙조녕국부勅造寧國
府'*라고 적혀 있었다.

'여기가 분명 외가의 큰집일 거야.'

그렇게 생각하면서 서쪽으로 더 가니, 얼마 멀지 않은 곳에 좀 전에 본
것과 같은 세 칸짜리 대문이 나타났다. 그곳이 바로 영국부였다. 가마꾼들
은 정문으로 들어가지 않고 서쪽의 작은 문을 통해 들어갔다. 가마를 메고
안으로 들어가 화살 한 대가 날아갈 정도의 거리³만큼 가서 모퉁이를 돌
즈음에 가마꾼들이 가마를 내려놓고 물러났다. 뒤쪽에 있던 할멈들은 이
미 모두 가마에서 내려 앞으로 다가왔다. 이어서 차림새가 단정한 열일고
여덟 살 정도의 하인들 서너 명이 와서 다시 가마를 멨다. 할멈들이 가마
를 둘러싸고 걸어서 따라왔는데, 어느 수화문垂花門⁴에 이르자 가마를 내
려놓았다. 하인들이 물러가자 할멈들이 가마의 휘장을 열고 대옥을 부축
해서 내리게 한 후 손을 잡고 수화문 안으로 들어갔다. 그 안에는 양쪽으
로 둥근 회랑回廊이 이어져 있었고, 그 중간에 천당穿堂⁵이 있었다. 천당
바닥에는 자단목紫檀木* 틀에 대리석을 끼워 만든 커다란 삽병揷屛⁶이 놓
여 있었다. 삽병을 돌아 들어가니 조그마한 세 칸짜리 마룻방이 나타났고,
그 뒤는 뒤쪽 본채에 딸린 큰 정원이었다. 정면에 있는 다섯 칸짜리 위채
의 기둥과 들보에는 모두 화려한 조각과 그림이 장식되어 있었고, 건물 양

78

쪽 문으로 이어지는 복도에 딸린 행랑채에는 앵무새와 화미조畵眉鳥[7] 같은 각양각색의 새들이 들어 있는 새장들이 걸려 있었다. 섬돌〔臺磯〕위에는 울긋불긋하게 차려 입은 하녀 몇 명이 앉아 있다가, 그들이 오는 것을 보고 모두 얼른 웃음을 지으며 맞이했다.

"방금 노마님께서 말씀하시던데, 마침 바로 오시는군요!"

그러자 하녀들 가운데 서너 명이 다투어 주렴珠簾*을 걷었고, 그사이에 누군가가 안쪽에 알렸다.

"아가씨께서 오셨어요!"

대옥이 막 방으로 들어서자 은발의 노부인이 시녀 두 명의 부축을 받으며 맞이하러 나왔다. 대옥은 그분이 외할머니라는 걸 알고 막 절을 올리려는데, 어느새 외할머니가 그녀를 덥석 끌어안고는 "아이고, 내 새끼!" 하며 통곡하기 시작했다. 그러자 외할머니를 모시고 서 있던 사람들도 모두 얼굴을 가린 채 흐느꼈고, 대옥도 울음을 멈추지 못했다. 잠시 후 사람들이 천천히 달래어 울음을 멈추게 하자, 대옥은 비로소 외할머니—이 인물이 바로 냉자흥이 말한 태부인이요, 가사와 가정의 어머니이다—에게 절을 올렸다. 태부인은 주위 사람들을 하나하나 가리키며 대옥에게 소개했다.

"여긴 네 큰외숙모, 여긴 둘째 외숙모, 여긴 죽은 네 외사촌 오빠의 안사람이란다."

대옥은 그들에게 일일이 절을 올렸다. 그러자 또 태부인이 말했다.

"아가씨들을 불러오너라. 오늘은 멀리서 손님이 왔으니 공부하러 가지 않아도 된다."

여러 사람들이 일제히 "예!" 하고 대답했고, 그중 두 사람이 분부를 전하러 갔다.

잠시 후 세 자매가 세 명의 유모와 대여섯 명의 하녀들에게 둘러싸여 들어왔다. 첫 번째로 들어온 자매는 살이 약간 통통하고 중간 정도의 키에 볼은 싱싱한 여지荔枝*처럼 발그레했다. 그리고 콧날은 밀가루처럼 매끈

하고, 온유한 성품에 말수도 적어서 친근감을 주었다. 두 번째는 야윈 어깨에 가는 허리, 늘씬한 몸매에 달걀처럼 갸름한 얼굴, 서글서글한 눈에 눈썹이 길어서 돌아보면 넋이 나갈 듯하고, 세련되면서도 아름다워서 만나면 속세를 잊을 듯한 인상이었다. 세 번째는 키도 작고 생김새도 아직 앳되어 보였다. 비녀나 팔찌, 옷차림은 세 사람 모두 똑같았다. 대옥은 얼른 일어나 이들을 맞이하면서 인사했다. 서로 통성명을 하고 나서 모두 돌아와 자리에 앉으니 하녀들이 차를 내왔다. 그러나 대옥의 어머니가 병이 나서 의원을 불러오고, 약을 먹다가 죽어서 상을 치르게 된 이야기가 나오자 태부인은 또 가슴이 아파왔다.

"내 딸들 가운데 네 어미를 가장 아꼈는데, 하루아침에 나를 두고 먼저 가버렸구나. 얼굴조차 보지 못했어! 이제 너를 보니 가슴이 미어지는구나!"

그렇게 말하면서 대옥을 끌어안고 또 오열하기 시작했다. 사람들이 모두 나서서 위로하고 나서야 태부인은 조금씩 울음을 그쳤다.

사람들은 대옥이 나이는 어리지만 행동거지나 말씨가 속되지 않고, 몸이며 얼굴은 비록 나약해 보이지만 어느 정도 자연스러운 풍류가 풍기는 것을 보고 그녀에게 허약증[不足症][8]이 있다는 것을 알아챘다.

"무슨 약을 먹고 있니? 얼른 치료하지 그랬어?"

"원래 이래요. 음식을 먹기 시작할 때부터 약을 먹었는데, 지금까지 끊지 못했어요. 여러 명의들에게 처방을 받아 약을 먹었지만 모두 효험이 없었지요. 제가 세 살 때 머리에 부스럼이 가득한 스님이 저를 데려가 중을 만들겠다고 했는데, 부모님이 절대 그럴 수 없다고 했더니 그 스님이 '아이를 내놓지 않는다면 아마 그 아이의 병은 평생 낫지 않을 게요. 병이 나으려면 이후로 절대 곡소리를 듣지 말아야 하고, 부모 외에 성씨가 다른 친척이나 친구는 일체 만나지 않아야 평생이 평안할 거요.' 라고 했대요. 정신 나간 사람처럼 이렇게 말도 안 되는 소릴 늘어놓으니까 아무도 그를 상

대하려 하지 않았대요. 저는 지금도 인삼양영환人蔘養榮丸*을 먹고 있어요."

태부인이 말했다.

"마침 잘됐다. 우리 집에서 환약을 만들고 있으니, 재료를 좀 더 넣어서 그 약을 만들라고 하면 되겠구나."

그 말이 채 끝나기도 전에 뒤뜰에서 누군가 웃으며 말했다.

"내가 늦었네? 멀리서 온 손님을 마중도 못했잖아!"

대옥은 속으로 놀라며 생각했다.

'여기 사람들은 모두 목소리를 낮추고 숨소리까지 죽이면서 이렇게 공손하고 엄숙한데, 지금 오는 이는 누구기에 이렇게 거리낌없이 말을 함부로 하지?'

이렇게 생각하고 있는데, 한 무리 어멈들과 하녀들이 한 사람을 에워싸고 뒤쪽 방문으로 들어왔다. 그녀는 여러 아가씨들과는 차림새가 달랐다. 오색으로 놓은 수가 눈부시게 반짝이는 것이 마치 선녀 같았다. 머리에는 금실에 진주를 꿰고 온갖 보석을 박아 꽃 모양으로 만든 쪽을 쓰고, 조양오봉괘주채朝陽五鳳掛珠釵[9]라는 긴 비녀를 질렀으며, 목에는 진주를 꿰어 만든 줄에 적금赤金으로 된, 똬리를 튼 뿔 없는 용[螭] 장식을 붙인 목걸이를 두르고 있었다. 치마 가장자리에는 연두색의 고급 비단 실에 장미색 옥을 깎아 만든 한 쌍의 물고기가 매달린 옥패玉佩를 차고 있었다. 붉은색의 커다란 양단洋緞에 금실로 꽃밭을 노니는 수많은 나비를 수놓은, 겨드랑이 부분이 짧게 올라간 저고리〔襖〕를 입고, 그 위에 약간 짙은 청색 바탕에 오색 실로 고운 무늬를 넣은 마고자〔褂〕를 걸치고 있었다. 그 안쪽에는 은서銀鼠[10] 가죽이 덧대어 있었다. 치마는 작은 꽃무늬가 가득 있는 얇고 부드러운 비취색 비단 치마를 입고 있었다. 봉황을 연상시키는 세모꼴 눈과 가지 끝에 달린 버들잎같이 둥근 눈썹, 호리호리한 키에 날렵한 몸매, 거기에다 봄기운 머금은 하얀 얼굴에는 위엄이 겉으로 드러나지 않고, 붉

제3회 **81**

은 입술은 벌어지기도 전에 먼저 웃음소리를 낼 듯했다. 대옥은 서둘러 일어나 그녀를 맞이했다. 태부인이 웃으며 말했다.

"넌 저 아일 모를 게다. 저 아이는 여기서 유명한 건달이란다. 남방에선 속칭 '말괄량이〔辣子〕'라고 하지. 넌 그냥 '건달 희봉'이라고 부르면 된단다."

대옥이 어떻게 불러야 할지 몰라 머뭇거리자 여러 자매들이 얼른 이렇게 일러주었다.

"여긴 가련 오빠 댁 새언니야."

대옥은 그녀와 처음 만나지만 어머니에게 이야기를 들은 적이 있었다. 큰외삼촌 가사의 아들 가련은 둘째 외숙모 왕씨의 친정 조카를 아내로 맞았는데, 그녀는 어려서부터 아들처럼 키워졌고 공부할 때는 왕희봉王熙鳳˙이라는 이름으로 불렸다고 했다. 대옥은 웃음을 머금고 절을 올리며 "새언니!" 하고 불렀다.

희봉은 대옥의 손을 잡고 위아래로 찬찬히 살펴보더니, 다시 태부인 곁으로 데려가 앉히면서 생글거리며 말했다.

"세상에 정말 이렇게 잘난 인물이 있네요. 저도 오늘에야 만나봐요! 게다가 온몸에 흐르는 이 분위기는 할머님 외손녀가 아니라 친손녀 같아요. 할머님께서 날마다 말씀하시며 한시도 잊지 못하시는 게 당연하네요. 하지만 안타깝게도 이 동생은 팔자가 너무 사납네요. 시고모님은 어쩌자고 먼저 세상을 뜨셨는지!"

이렇게 말하며 손수건으로 눈물을 훔쳤다. 태부인이 웃음 지으며 말했다.

"조금 전에야 마음을 진정했는데 또 내 기분을 건드는구나. 네 시누이는 먼 길을 왔고 몸도 약한데다 방금 울음을 그쳤어. 그러니 지난 얘긴 다시 꺼내지 마라."

희봉이 그 말을 듣고 얼른 슬픈 표정을 지우고는 웃는 얼굴로 말했다.

"정말 그렇네요! 동생을 보자마자 완전히 마음을 빼앗겨버리는 바람에 반갑기도 하고 슬프기도 해서 깜박 할머님 생각을 못했네요. 맞아도 싸지,

맞아도 싸!"

그리고 얼른 대옥의 손을 잡고 물었다.

"몇 살이야? 글공부는 했겠지? 무슨 약을 먹고 있어? 여기선 집 생각 말고 먹고 싶은 거나 갖고 싶은 게 있으면 다 내게 말해. 하녀나 할멈들이 못되게 굴어도 나한테 말해."

그리고 나서 다시 할멈들에게 물었다.

"아가씨 짐이랑 물건들은 다 들여놨어? 하인을 몇 명이나 데려왔지? 자네들, 얼른 행랑채[下房][11] 두 칸을 청소해서 그 사람들을 쉬게 해줘."

그렇게 말하고 있는 사이에 다과가 차려졌다. 희봉은 몸소 차와 과자를 건네받아 대옥에게 권했다. 그때 둘째 외숙모인 왕부인이 희봉에게 물었다.

"달마다 주는 용돈[月錢][12]은 다 나눠주었느냐?"

"네, 벌써 다 줬어요. 그리고 조금 전에 사람을 데리고 뒤쪽 다락에서 비단을 찾아보았는데, 한참을 찾아도 어제 숙모님께서 말씀하신 그 비단은 없던데요. 혹시 잘못 기억하고 계신 건 아닌가요?"

"있든 없든 그건 별로 중요한 게 아니라……"

그러면서 왕부인이 말을 이었다.

"손에 잡히는 대로 두 필만 꺼내다가 대옥이 옷을 짓게 해라. 그리고 저녁에 사람을 다시 보내 가져오라고 해. 잊지 말거라!"

"벌써 생각하고 있었어요. 동생이 하루 이틀 새 도착할 줄 알고 미리 준비해두었지요. 숙모님께서 살펴보시고 보내주시면 돼요."

왕부인이 빙긋 웃으며 말없이 고개를 끄덕였다.

다과를 물리고 나자, 태부인이 두 할멈더러 대옥을 두 외삼촌에게 데려가 인사를 시키라고 했다. 그러자 가사의 아내 형부인邢夫人•도 서둘러 일어나 웃으면서 말했다.

"제가 데려가는 게 아무래도 편하겠네요."

태부인이 웃는 얼굴로 말했다.

제3회 **83**

"그렇겠구나. 너도 가봐라. 다시 이리 올 필요는 없다."

형부인은 "예." 하고, 대옥을 데리고 왕부인에게 인사한 후 떠났다. 모두 천당 앞까지 나와 그들을 전송했다.

수화문을 나오자 하인들이 취악청주거翠幄靑紬車[13]를 한 대 대기시켜 놓고 있었다. 형부인이 대옥을 데리고 수레에 올라앉자, 할멈들이 휘장을 내리고 하인들에게 끌라고 했다. 널찍한 곳에 이르자 그들은 길들인 노새에 끌채를 얹어 수레를 몰고서, 들어올 때와 마찬가지로 서쪽의 작은 문을 통해 나갔다. 동쪽으로 영국부 정문을 지나 곧 검은 칠을 한 대문으로 들어가 의문儀門[14] 앞에 이르자 수레가 멈추었다. 하인들이 물러가자 휘장이 걷혔고, 형부인은 대옥의 손을 잡고 뜰 안으로 들어갔다. 대옥은 그 건물들을 헤아려보고, 이곳이 영국부에 있는 화원의 건너편쯤 되겠다고 생각했다. 세 개의 의문을 지나자 본채와 사랑채, 회랑들이 보였다. 그것들은 모두 아담하면서도 특별한 운치가 있어서, 조금 전 저쪽에서 보았던 으리으리하고 화려한 건물들과는 달랐다. 또한 정원 안에는 곳곳에 나무와 가산, 바위들이 모두 잘 꾸며져 있었다.

잠시 후 본채에 들어가니 화려하게 차려 입은 많은 희첩姬妾들과 하녀들이 그들을 맞이했다. 형부인은 대옥을 자리에 앉히고는 바깥쪽 서재로 사람을 보내 가사를 모셔 오게 했다. 잠시 후 심부름 갔던 이가 돌아와 말했다.

"나리께서는 며칠째 몸도 안 좋고, 아가씨를 보면 서로 마음만 아플 테니 당분간 만나지 못하겠다고 하셨습니다. 그래도 아가씨더러 집 생각에 상심하지 말라고 하셨습니다. 외할머니, 외숙모들과 함께 있으면 집에 있는 것과 마찬가지일 거라고요. 자매들이 변변찮긴 하지만 함께 어울리면 조금이나마 울적한 마음을 풀 수 있을 거라면서 혹시 불만스러운 일이 있으면 서먹서먹하게 예절을 차리지 말고 그냥 얘기하라고 당부하셨습니다."

대옥은 얼른 일어나 전하는 말을 자세히 들었다. 그리고서 잠시 자리에

앉아 있다가 가봐야겠노라고 인사를 했다. 형부인이 붙잡으며 저녁이나 먹고 가라고 하자 대옥이 웃는 얼굴로 말했다.

"외숙모님께서 절 아끼시는 마음에 권하시는 저녁 식사를 당연히 사양해서는 안 되겠지만, 둘째 외삼촌께도 인사를 드리러 가야 하는데 식사를 하게 되면 늦은 시간에 찾아뵐 것 같아 예의가 아닌 것 같아요. 나중에 꼭 다시 와서 먹을게요. 부디 용서해주세요!"

"호호, 그 말도 맞구나."

형부인은 곧 두세 명의 할멈들더러 방금 타고 온 수레 편에 대옥을 보내라고 했다. 대옥이 작별 인사를 하자, 형부인은 의문 앞까지 나와 배웅하면서 사람들에게 몇 마디 당부를 하고, 수레가 떠나는 모습을 지켜보고 나서야 돌아섰다.

잠시 후 대옥은 영국부에 들어가 수레에서 내렸다. 할멈들의 안내를 받아 동쪽 모퉁이를 돌아서 동서쪽으로 난 천당을 지나 남쪽 대청으로 향했다. 의문 안쪽의 큰 정원에는 다섯 칸짜리 큰 본채가 있었고, 그 양쪽 곁방〔廂房〕은 지붕이 평평한 작은방〔鹿頂耳房〕과 찬산식鑽山式[15]으로 연결되어 있어서 사방팔방으로 길이 통했다. 본채의 웅장하고 화려한 모습은 태부인의 거처와 사뭇 달랐다. 대옥은 이곳이 진짜 본채의 내실內室임을 알았다. 이곳에는 한줄기 큰 용로甬路[16]가 대문까지 직접 이어져 있었다.

방 안으로 들어가 고개를 들어 바라보니 정면에 적금으로 만든 아홉 마리의 용을 장식한 커다란 현판이 걸려 있었는데, 거기에는 한 아름이나 됨 직한 글씨로 '영희당榮禧堂'*이라고 적혀 있었다. 그 뒤에는 작은 글씨로 쓴 "모년 모월에 영국공 가원賈源●에게 써서 하사하노라."라는 구절과 '만기신한지보萬幾宸翰之寶'[17]라는 황제의 도장에 적힌 글씨가 새겨져 있었다. 커다란 자단목에 뿔 없는 교룡〔螭〕을 조각한 책상 위에는 석 자 정도 높이의 청록색 옛날 청동기가 놓여 있었고, 그 위쪽 벽에는 커다란 「대루수조묵룡화待漏隨朝墨龍畵」[18]가 걸려 있었는데, 그림 옆에는 원숭이〔蚨〕 문

양이 장식된 청동기가, 다른 쪽 옆에는 유리로 만든 그릇이 놓여 있었다. 바닥에는 녹나무로 만든 열여섯 개의 교의交椅[19]가 두 줄로 놓여 있었고, 흑단목黑檀木에 은으로 글씨를 상감象嵌*해 만든 대련이 한 폭 걸려 있었는데, 그 내용은 이러했다.

**자리 위의 구슬은 해와 달처럼 환하고**
**당 앞의 보불[20]은 노을처럼 빛나네.**
座上珠璣昭日月
堂前黼黻煥烟霞

그 아래에는 작은 글씨로 "같은 고을에서 대대로 교분을 나눈 집안의 아우로서 동안군왕東安郡王*의 직위를 세습한 목시穆莳•가 삼가 쓰다."라고 적혀 있었다.

원래 왕부인은 일상생활을 할 때, 혹은 잔치를 열거나 쉴 때는 이 정실正室을 쓰지 않고, 그 동쪽에 있는 세 칸짜리 곁방[耳房]을 사용했다. 그래서 할멈들은 대옥을 동쪽 방으로 안내했다. 창가에 놓인 커다란 구들[炕] 위에는 진한 붉은색의 양탄자가 깔려 있었고, 정면에는 붉은 바탕에 금빛 이무기를 수놓은 커다란 등받이[靠背]와 짙푸른 바탕에 금빛 이무기를 수놓은 사방침[引枕][21], 그리고 옅은 황록색 바탕에 금빛 이무기를 수놓은 커다란 보료가 놓여 있었다. 그 양쪽에는 옻칠한 매화 모양의 작은 탁자[几]가 한 쌍 놓여 있었다. 왼쪽 탁자 위에는 문왕정文王鼎[22]과 재를 치우는 수저 모양의 기구[匙箸]와 향을 담는 상자가, 오른쪽 탁자에는 여교汝窯[23]에서 만든 미인고美人觚[24]—그 안에는 계절에 맞는 꽃들이 꽂혀 있었다—와 찻잔, 타구[痰盒]* 등이 놓여 있었다. 방 서쪽에는 네 개의 의자가 한 줄로 놓여 있었는데, 모두 하얀 바탕에 붉은 꽃무늬가 찍힌 비단 의자보가 씌워져 있었고, 아래쪽에는 네 개의 발받침이 놓여 있었다. 의자 양쪽으로도 한

쌍의 높은 탁자가 놓여 있었는데, 그 위에는 찻잔과 꽃병들이 모두 갖추어
져 있었다. 그 나머지 장식에 대해서는 세세히 말할 필요 없겠다.

할멈들이 대옥에게 구들에 올라가 앉으라고 했다. 구들 가장자리 쪽에
두 개의 비단 보료가 마주 놓여 있었다. 대옥은 그 자리를 보고 잠시 생각
하더니, 구들 위에 올라가지 않고 동쪽 의자에 앉았다. 방에 있던 하녀들
이 얼른 차를 내왔다. 대옥은 차를 마시면서 하녀들을 살펴보았다. 그녀들
의 장식이며 옷차림, 말씨와 행동거지는 과연 여느 집안의 하녀들과는 달
랐다. 차를 다 마시기도 전에, 붉은 비단 저고리 위에 푸른 명주로 가장자
리 선을 넣은 겹아掐牙*를 장식한 조끼(背心)를 입은 하녀가 와서 웃는 얼
굴로 말했다.

"마님께서 아가씨를 저쪽으로 모셔 오라십니다."

할멈들이 그 말을 듣고 대옥을 안내하여 동쪽 회랑의 세 칸짜리 작은 본
채(正房)[25]로 들어갔다.

본채의 구들 위에는 짧은 다리 탁자가 가로로 놓여 있었는데, 그 위에는
서적과 다구茶具가 쌓여 있었고, 동쪽 벽면 왼편에는 푸른 주단綢緞*으로
만든 약간 낡은 등받이와 사방침이 놓여 있었다. 왕부인은 서쪽 아랫목에
앉아 역시 푸른 주단으로 만든 약간 허름한 등받이에 기댄 채 비단 방석에
앉아 있다가, 대옥이 들어오자 동쪽 자리를 권했다. 대옥은 속으로 '이게
외삼촌의 자리인가 보다.' 생각했다. 그래서 구들 옆에 한 줄로 놓인 세 개
의 의자를 보니, 거기에도 약간 허름한 탄묵彈墨[26]으로 장식한 의자 덮개가
덮여 있었다. 대옥은 그쪽 의자에 앉았으나, 왕부인이 굳이 구들 위로 올
라오라고 권하여 왕부인 옆에 앉았다. 왕부인이 말했다.

"외삼촌은 오늘 재계齋戒하러 가셨으니 나중에 뵙도록 해라. 다만 한 가
지 당부할 게 있단다. 여기 있는 세 자매들은 모두 아주 훌륭하니 이후로
함께 공부하고 바느질을 익히도록 하거라. 간혹 한두 마디 농담을 하긴 하
지만 모두 예의 바른 아이들이란다. 그런데 가장 염려스러운 것이 하나 있

구나. 내 골칫덩어리가 바로 우리 집안의 '혼세마왕混世魔王'[27]이란다. 오늘은 원치 않게 사당에 끌려간 바람에 아직 돌아오지 않았지만, 저녁에 만나보면 알게 될 게다. 그저 이후로 그 녀석은 상대도 하지 마라. 네 자매들도 모두 그놈을 건드리지 못한단다."

대옥도 자기 어머니에게 늘 들은 이야기가 있었다. 둘째 외숙모가 낳은 외사촌 오빠가 옥을 물고 태어났는데, 성격이 아주 짓궂고 공부는 무척 싫어하며, 규방의 여자애들과 시시덕거리는 것만 좋아한다는 것이었다. 그런데 외할머니가 그를 무척 아끼시는지라 아무도 건드리지 못한다고 했다. 왕부인의 이 말도 바로 그 외사촌 오빠를 가리키는 것임을 눈치챘다. 이에 대옥이 웃으며 말했다.

"외숙모님, 혹시 옥을 물고 태어난 오빠를 말씀하시는 건가요? 저도 어머니께 자주 얘기를 들었어요. 그 오빠는 저보다 한 살 많고 이름이 보옥이라면서요? 성격은 아주 고약해도 누이들에게는 아주 잘해준다고 하던데요? 그런데 저는 당연히 언니들과 함께 지낼 테고 오빠들은 다른 채에서 지낼 텐데, 저와 맞닥뜨릴 일이 있겠어요?"

왕부인이 웃으며 말했다.

"그건 네가 몰라서 하는 소리야. 그 아이는 다른 사람과는 달라. 어릴 때부터 할머님께서 애지중지하시는 바람에 누이들과 함께 응석받이로 자랐지. 누이들이 상대해주지 않으면 좀 조용한데, 그것도 재미가 없어지면 기껏해야 중문 밖에 나가 몰래 어린 하인 놈들에게 잠깐 투덜거리고 말지. 하지만 누이들이 그 녀석에게 한마디라도 말을 붙여주면 당장 기분이 좋아져서 온갖 짓을 저지른단다. 그러니 너더러 그 녀석과 아는 체도 하지 말라고 당부하는 거야. 그 녀석은 달콤한 말을 했다가도 금방 무법천지마냥 방자하게 굴고, 또 어느새 정신 나간 것처럼 멍청한 짓을 해대니까 그저 그 녀석 말은 믿지 않는 게 좋아."

대옥은 그 모든 당부에 "예, 예!" 하고 일일이 대답했다. 그때 하녀가 들

어와 전갈했다.

"노마님께서 저녁 드시러 오라십니다."

왕부인은 서둘러 대옥을 데리고 뒤쪽 방문으로 나갔다. 뒤쪽 회랑을 통해 서쪽으로 가서 작은 문을 나서자 담장 사이에 남북으로 뻗은 제법 널찍한 길이 나타났다. 길 남쪽에는 세 칸짜리 조그만 포하청抱夏廳²⁸이 본채를 등지고 앉아 있었고, 북쪽에는 하얀 회칠을 한 커다란 가림벽[影壁]*이 서 있었다. 그 뒤로는 한 쪽으로 된 커다란 대문과 작은 건물이 한 채 있었다. 왕부인이 그 건물을 가리키며 대옥에게 웃으면서 말했다.

"여기가 희봉이 방이야. 앞으로 그 애를 보려거든 이리로 오렴. 필요한 게 있으면 그 아이한테 말하면 된단다."

뜰에는 네다섯 명의 어린 하인들이 모두 손을 모으고 공손히 서 있었다. 왕부인이 대옥을 데리고 동서로 난 천당을 지나니, 그곳이 바로 태부인 거처의 뒤뜰이었다.

뒤쪽 방문으로 들어가니 벌써 많은 이들이 기다리고 있었다. 그들은 왕부인이 오자 탁자와 의자를 놓아주었다. 가주의 아내 이환李紈*이 음식을 들여오자 희봉이 수저를 놓았고, 왕부인은 국을 들여왔다. 태부인은 정면의 긴 의자에 혼자 앉았고, 그 양쪽으로 네 개의 빈 의자가 있었다. 희봉이 얼른 대옥을 끌어다 왼쪽 첫 번째 의자에 앉히려 하자 대옥이 극구 사양했다. 그러자 태부인이 웃으며 말했다.

"네 외숙모와 새언니들은 여기서 밥을 먹지 않아. 넌 손님이니 당연히 여기 앉아야지."

대옥은 그제야 "실례하겠습니다." 하고 자리에 앉았다. 태부인은 왕부인도 자리에 앉게 했다. 영춘을 비롯한 세 자매도 "실례하겠습니다." 하고 자리에 앉았다. 영춘은 태부인의 오른쪽 첫 번째, 탐춘은 왼쪽 두 번째, 석춘은 오른쪽 두 번째 의자에 앉았다. 옆에서는 하녀들이 먼지떨이와 양치질할 그릇, 수건을 들고 서 있었고, 이환과 희봉은 탁자 옆에 서서 요리를 덜

어주며 음식을 권했다. 바깥방에도 시중드는 어멈들과 하녀들이 많았지만 기침 소리 하나 들리지 않았다.

조용히 식사가 끝나자 하녀들이 각기 차를 쟁반에 받쳐 올렸다. 임해는 딸에게 분수를 지키며 몸을 아끼라고 가르치면서, 식사를 한 후에는 밥알을 다 삼키고 잠시 시간이 지난 후에 차를 마셔야 비위가 상하지 않는다고 일러주었다. 대옥은 이곳 방식이 집에 있을 때와는 많이 다르다는 것을 알았지만 하나하나 고쳐 따르지 않을 수 없었다. 그래서 그녀도 차를 받았다. 또 하녀들이 양치질할 그릇을 받쳐들고 와서, 대옥도 남들이 하는 것처럼 양치질을 했다. 손을 씻고 나자 또 차를 내왔다. 이것이 바로 마실 차였다. 태부인이 말했다.

"너희들은 가봐라. 우리끼리 편히 얘기나 해야겠다."

왕부인이 얼른 일어나 한두 마디 한담을 주고받고는 곧 희봉과 이환을 데리고 나갔다. 태부인은 대옥에게 어떤 책을 읽었는지 물었다.

"겨우 '사서四書'²⁹를 읽었어요."

그러면서 대옥도 언니들이 무슨 책을 읽는지 물어보았다. 그러자 태부인이 말했다.

"무슨 책을 읽기나 했나? 그저 몇 글자 아는 정도지. 그러니 다들 눈뜬 장님이 아니겠느냐!"

이 말이 채 끝나기도 전에 밖에서 걷는 소리가 들리더니 하녀들이 들어와 웃으면서 말했다.

"보옥 도련님이 오셨어요!"

대옥은 속으로 생각했다.

'이 보옥이라는 작자는 얼마나 뻔뻔하고 멍청한 고집쟁이일까? 아무리 그렇다 해도 내가 안 보면 그만이지.'

하녀의 말이 끝나기도 전에 그 어린 도련님은 벌써 방으로 들어왔다.

머리에는 옥을 박아 넣은 자금관紫金冠*을 쓰고

이마에는 두 마리 용이 여의주를 두고 다투는 모습을 장식한 두건을 둘렀구나.

꽃밭에서 노니는 수많은 나비를 금실로 수놓은 붉은 전의〔箭袖〕*를 입고

오색 실로 꽃무늬를 장식하고 매듭에 긴 술이 달린 허리띠를 매고

여덟 개의 짙푸른 꽃무늬를 수놓고 아랫단에 일본 비단으로 술을 단 마고자〔褂〕를 걸치고

검푸른 비단에 바닥 희고 통 높은 작은 가죽 장화〔朝靴〕[30]를 신었구나.

중추절 보름달 같은 얼굴에

봄날 새벽 꽃 같은 안색

칼로 벤 듯한 귀밑머리에

먹으로 그린 듯한 눈썹

복사꽃 같은 볼

가을 호수 같은 눈동자

화를 낼 때도 웃는 듯하고

성이 나 노려봐도 정이 넘치는구나.

뿔 없는 규룡으로 장식한 황금 영락瓔珞[31]을 단 목걸이를 걸고

오색 비단실을 꼬아 만든 끈에

아름다운 옥을 매달아 걸었구나.

頭上戴著束髮嵌寶紫金冠

齊眉勒著二龍搶珠金抹額

穿一件二色金百蝶穿花大紅箭袖

束著五彩絲攢花結長穗宮絛

外罩石靑起花八團倭緞排穗褂

登著靑緞粉底小朝靴

面若中秋之月

色如春曉之花

鬢若刀裁

眉如墨畫

面如桃瓣

目若秋波

雖怒時而若笑

卽瞋視而有情

項上金螭瓔珞

又有一根五色絲條

繫著一塊美玉


대옥은 그 모습을 보고 깜짝 놀라 속으로 생각했다.

'정말 이상해! 전에 만났던 것처럼 너무 낯익은 얼굴이야!'

그때 보옥이 태부인에게 오른쪽 무릎을 살짝 굽혀 문안 인사를 하자 태부인이 말했다.

"네 어미에게도 인사하고 오너라."

보옥은 즉시 몸을 돌려 나갔다가 잠시 후 돌아왔다. 다시 보니 벌써 옷을 갈아입었다. 머리 둘레의 짧은 머리카락들은 모두 조그맣게 땋아 붉은 실로 묶은 다음, 한꺼번에 정수리로 올려 매어서 커다란 변발을 만들었는데, 마치 옻칠한 것처럼 까맣고 반들반들 윤이 났다. 정수리에서 변발의 끝까지는 네 개의 커다란 진주를 꿰어달고, 변발 끝에는 금에다가 '팔보八寶를 박은 장식(墜角)'*을 매달았다. 은빛 바탕에 붉은색의 자잘한 꽃무늬를 넣은 약간 헌 저고리를 입고, 아까처럼 목걸이와 보옥寶玉, 기명쇄寄名鎖[32] 등을 걸고 호신부護身符[33]를 차고 있었다. 아래에는 노란 꽃무늬가 자잘하게 박힌 비단 바지가 반쯤 드러나게 입었고, 가장자리에 비단을 두르고 탄묵으로 장식한 버선과, 바닥이 두꺼운 다홍색 가죽신을 신고 있었다. 그러

자 분을 바른 듯 하얀 얼굴과 연지를 찍은 듯 붉은 입술이 아까보다 더욱 두드러져 보였다. 둘러보는 눈빛에는 정이 가득 담겨 있었고, 말할 때는 항상 웃음을 머금었다. 타고난 풍류는 모두 눈썹에 담긴 듯했고, 평생의 온갖 사랑과 그리움이 눈가에 쌓여 있는 듯했다. 외모를 보면 너무나 훌륭했지만 그 속마음은 잘 알 수가 없었다. 후세 사람이 지은 「서강월西江月」*이라는 두 편의 노래[詞]가 그의 이런 모습을 잘 묘사하고 있다.

까닭 없이 시름과 원한 찾고
때로는 바보 같고 미친 듯하여
비록 걸모습은 멋지게 타고났지만
뱃속은 원래 잡초처럼 재주 보잘것없네.
칠칠치 못해 세상사엔 깜깜하고
어리석어서 공부는 무서워하네.
하는 짓은 제멋대로 괴팍하지만
세상 사람 비방에도 아랑곳 않는구나!
無故尋愁覓恨
有時似傻如狂
縱然生得好皮囊
腹內原來草莽
潦倒不通世務
愚頑怕讀文章
行爲偏僻性乖張
那管世人誹謗

부귀할 땐 즐거움을 모르고
가난할 땐 처량함을 견디기 어렵네.

제3회 **93**

가엾어라, 좋은 시절 헛되이 보내니
나라에도 가문에도 바랄 게 없네.
무능하기로는 천하제일이고
못나기로는 고금에 짝이 없네.
들어라, 부귀한 집 자제들아
이 아이 모습 본받지 마라!
富貴不知樂業
貧窮難耐淒涼
可憐辜負好韶光
於國於家無望
天下無能第一
古今不肖無雙
寄言紈袴與膏粱
莫效此兒形狀


태부인이 웃으며 말했다.
"손님한테 인사도 하지 않고 옷부터 갈아입다니! 어서 누이한테 인사나
해라."
벌써부터 보옥은 누이가 하나 더 늘었다는 사실을 알아보고, 틀림없이
고모의 딸이려니 생각하고 있었다. 그는 얼른 나가 정중히 인사를 하고 나
서 자리에 앉아 대옥을 유심히 살펴보았다. 그녀의 모습은 다른 누이들과
는 달랐다.

찌푸린 듯 편 듯 안개 같은 두 눈썹
기쁜 듯 아닌 듯 정이 담긴 한 쌍의 눈
두 볼의 시름에 교태가 피어나고

병약한 몸에 아리따움 더하는구나.

방울방울 반짝이는 눈물

콜록콜록 어여쁜 기침

가만히 있을 때는 물에 비친 고운 꽃 같고

움직일 때는 바람에 살랑거리는 버들 같네.

심장에는 비간比干[34]보다 구멍 하나 더 있고

병약한 몸은 서시西施보다 조금 더하네.[35]

兩彎似蹙非蹙冒煙眉

一雙似喜非喜含情目

態生兩靨之愁

嬌襲一身之病

淚光點點

嬌喘微微

閑靜時如姣花照水

行動處似弱柳扶風

心較比干多一竅

病如西子勝三分


자세히 살펴보고 나서 보옥이 생글대며 말했다.

"이 누이는 예전에 본 적이 있어요."

태부인도 웃으면서 말했다.

"또 헛소리를 하는구나! 네가 어찌 이 아이를 만난 적이 있다는 게냐?"

"하하, 만난 적은 없지만 낯이 익은 듯해서, 옛날에 알고 지냈는데 멀리 헤어져 있다가 오늘 만난 셈으로 치자고 생각한 거지요. 그럴 수도 있잖아요?"

"호호, 잘됐구나, 잘됐어! 그럼 더 친하게 지낼 수 있겠구나."

제3회  **95**

보옥은 대옥 곁으로 다가가 앉아 다시 한 번 자세히 살펴보면서 물었다.

"누이, 공부는 했어?"

"아뇨. 그냥 일 년 동안 배워서 몇 글자 아는 정도예요."

"이름이 뭐야?"

대옥이 이름을 가르쳐주자 보옥이 이번에는 자字를 물었다.

"자는 없어요."

"하하, 그럼 내가 멋진 자 하나 지어줄까? '빈빈顰顰'• 어때? 이게 제일 잘 어울릴 것 같아."

탐춘이 그게 어디서 나온 말이냐고 묻자 보옥이 말했다.

"『고금인물통고古今人物通考』*에 보면 '서방에 대黛라고 불리는 돌이 있는데, 눈썹 그리는 먹 대신 쓸 수 있다〔西方有石名黛 可代畫眉之墨〕.'고 했지. 게다가 이 누이는 눈썹을 조금 찌푸린 듯하니까 이 글자를 넣어서 자를 삼으면 좋지 않겠어?"

탐춘이 빈정대며 말했다.

"또 오빠가 엉터리로 지어낸 것 같은데?"

"하하, '사서四書' 외에는 엉터리로 지어낸 게 너무 많은데 나만 그러지 말라는 법 있어?"

그러면서 대옥에게 물었다.

"누이도 옥을 갖고 있어?"

다들 무슨 말인지 몰라 어리둥절해하는데, 대옥은 보옥이 옥을 가지고 있으니까 자기도 그런지 물어보는 거라 짐작하고 이렇게 대답했다.

"전 그런 게 없어요. 아마 그런 옥은 희귀해서 누구나 가지고 있진 않을 거예요."

그 말을 듣자 보옥은 갑자기 광기가 발작해서, 옥을 떼어내 힘껏 팽개치며 욕을 퍼부었다.

"무슨 희귀한 물건이라고 그래? 사람 신분의 높낮이도 가리지 못하면서

신통하니 마니 해대다니! 나도 이따위 건 싫어!"

사람들이 깜짝 놀라 옥을 주우려고 우르르 달려갔다. 태부인이 급히 보옥을 끌어안으며 말했다.

"이런 애물단지 같으니라고! 화가 나면 남을 때리거나 욕하면 될 것을, 어쩌자고 목숨의 뿌리〔命根〕를 내던지느냐!"

보옥이 눈물을 펑펑 흘리며 말했다.

"누나나 누이들은 아무도 가지고 있지 않은데 저한테만 있는 저것에는 관심 없다고요! 이 선녀 같은 누이한테도 없다고 하니 좋은 게 아니란 걸 알 만하잖아요!"

태부인이 얼른 달래며 말했다.

"네 누이한테도 원래 이런 게 있었는데 고모님께서 돌아가실 때 차마 네 누이를 두고 떠날 수 없어서 어쩔 수 없이 저 아이의 옥을 가져갔단다. 그러면 대옥이가 순장殉葬*의 예를 온전히 갖춰서 효도를 다한 셈이 될 테고, 또 네 고모의 영혼이 임시로나마 그걸로 딸을 보는 기분을 느끼도록 해드릴 수 있지 않겠느냐? 그래서 대옥이가 그냥 그걸 가지고 있지 않다고 한 거야. 제 자랑을 하기가 쑥스러워서 그런 거란 말이다. 지금 네가 저 아이와 경우가 같더냐? 그러니 제발 조심해서 잘 지니고 다녀라. 네 어미가 알면 어쩌려고!"

그렇게 말하면서 하녀에게서 옥을 건네받아 몸소 보옥에게 걸어주었다. 그 말을 들은 보옥은 아주 이치에 맞는다고 생각해 딴소리를 하지 않았다.

그때 유모가 들어와 대옥의 방을 어디로 정할 건지 물었다.

"보옥이는 내가 있는 곁채〔套間〕의 난각暖閣36으로 옮겨오고, 대옥이는 당분간 벽사주碧紗櫥37 안에서 지내게 하게. 겨울이 지나고 봄이 되면 다시 방을 마련해서 따로 편히 지낼 곳을 정해주면 되겠지."

그러자 보옥이 말했다.

"아이고, 할머니! 저는 벽사주 바깥 침상이 아주 편한데, 뭐하러 할머니

제3회 **97**

만 불편하시게 굳이 번거로운 일을 벌이세요?"

태부인이 잠시 생각해보더니 말했다.

"그럼 그렇게 해라."

그리고 두 사람에게 각기 유모와 하녀를 하나씩 붙여 안에서 시중들게 하고, 나머지는 바깥방에서 밤에 시중들게 했다. 다른 한편에서는 벌써 희봉이 사람을 시켜 꽃무늬가 들어 있는 엷은 자줏빛 휘장과 비단 이부자리 따위를 보내왔다.

집에서 올 때 대옥은 두 사람만 데려왔다. 하나는 어려서부터 함께 지낸 유모 왕할멈이고, 다른 하나는 열 살의 어린 하녀로 역시 어려서부터 함께한 설안雪雁*이었다. 태부인은 설안이 너무 어려서 치기稚氣가 있고, 또 왕할멈은 너무 늙어서 둘 다 대옥에게 별로 도움이 되지 않을 거라 여겨, 자신이 데리고 있던 이급 하녀인 앵가鸚哥*를 붙여주었다. 그 외에도 영춘 등 자매들과 똑같이 유모 외에 네 명의 교인 할멈〔敎人嬤〕[38]을, 그리고 가까이서 화장과 목욕 시중을 맡는 두 명의 하녀, 방 청소와 심부름하는 대여섯 명의 어린 하녀들을 붙여주었다. 그래서 왕할멈과 앵가는 벽사주 안에서 대옥의 시중을 들게 되었다. 보옥의 유모 이할멈과 화습인花襲人*이라는 하녀는 바깥방 큰 침상에서 시중을 들었다.

습인은 원래 태부인의 하녀였으며, 본명은 진주珍珠[39]였다. 태부인은 보옥을 아꼈기 때문에, 보옥의 하녀들 가운데 정성을 다해 모시는 이가 없을까 싶어서 평소 마음씨 착하고 맡은 일을 잘해내는 습인을 보옥에게 주었던 것이다. 보옥은 그녀의 성이 화花씨라는 것을 알고 옛사람의 시에서 '꽃향기 덮치네〔花氣襲人〕'[40]라는 구절을 보고서 태부인에게 말해 그녀의 이름을 '화습인'으로 고치게 했다. 습인 또한 조금 고지식한 데가 있어서 태부인을 모실 때는 오로지 태부인만 생각하다가, 이제 보옥의 시종을 들게 되자 마음속에는 오로지 보옥밖에 없었다. 다만 보옥의 성격이 괴팍한지라 매번 보옥을 타이를 때마다 마음이 너무 답답하고 울적해지곤 했다.

이날 저녁, 보옥과 이할멈은 벌써 잠들었는데 안쪽의 대옥과 앵가가 아직 잠자리에 들지 않은 걸 보고, 습인은 몸단장을 풀고 살그머니 들어가 웃는 얼굴로 물었다.

"아가씨, 왜 여태 안 주무셔요?"

대옥이 얼른 자리를 권했다.

"언니, 앉으세요."

습인이 침상 가장자리에 앉자 앵가가 멋쩍게 웃으며 말했다.

"아가씨가 마음이 상하셔서 혼자 눈물을 훔치고 계셨어요. '오자마자 외사촌 오빠의 성질을 건드려버렸어. 그 옥이 깨지기라도 했더라면 내 탓이 아니겠어?' 하시면서요. 이 때문에 가슴 아파하시는 걸 제가 간신히 진정시켜드렸어요."

습인이 말했다.

"아가씨, 그러지 마세요. 나중엔 이보다 더 괴상망측하고 우스운 일이 생길지 몰라요! 도련님의 이런 행동 때문에 신경 쓰시고 마음 상하신다면 아마 끝도 없을 거예요. 신경 쓰지 마셔요!"

대옥이 말했다.

"언니들 말씀만 잘 기억하고 있으면 되겠지요. 그런데 그 옥은 대체 무슨 내력이 있는 건가요? 거기에 무슨 글자가 새겨져 있나요?"

"집안에서도 그 내력을 아는 사람이 없어요. 위쪽에 원래 구멍이 있긴 한데, 듣자 하니 태어나실 때 도련님 입에서 꺼낸 거라고 하더군요. 가져와서 보여드릴게요."

대옥이 얼른 말을 막았다.

"됐어요. 밤도 깊었으니 내일 봐도 돼요."

그리고 잠시 이야기를 나누다가 모두 잠자리에 들었다.

이튿날 대옥은 태부인에게 아침 인사를 하고, 그 김에 왕부인의 거처로

갔다. 마침 왕부인은 희봉과 함께 금릉에서 온 편지를 읽고 있었다. 또 왕부인의 올케가 어멈 두 사람을 보내 무슨 말을 전했다. 대옥은 영문을 몰랐지만, 탐춘 등은 모두 그게 금릉성에 살고 있는 설씨 집안 이모의 아들이자 이종사촌 오빠인 설반薛蟠*에 관한 일임을 알았다. 설반은 재물과 세도를 믿고 사람을 때려죽였다가 지금 응천부 관아에서 조사를 받고 있는 중이었다. 지금 그의 외숙인 왕자등王子騰*이 그 소식을 듣고 집안사람을 보내 이곳 영국부에 알리면서, 설반을 경사로 불러들일 생각이라고 했다.

# 제4회

박명한 여자는 하필 박명한 남자를 만나고
호로묘의 중은 살인 사건[1]을 엉터리로 판결하게 하다

薄命女偏逢薄命郎　葫蘆僧亂判葫蘆案

가화가 호로묘 동자승의 말에 따라 엉터리 판결을 하다.

　대옥이 자매들과 함께 왕부인의 거처로 가니, 왕부인은 올케가 보낸 사
람들과 집안일을 의논하고, 또 설씨 집안에서 살인 사건과 관련된 재판에
말려든 일 등에 대해 이야기를 나누고 있었다. 왕부인이 바쁜 것 같자 자
매들은 밖으로 나와 과부로 지내는 이씨의 방으로 갔다.

　이씨는 가주의 아내이다. 가주는 요절했지만 다행히도 가란賈蘭˙이라는
아들을 하나 남겼다. 그 아이는 이제 막 다섯 살이 되었지만 벌써 서당에
다니며 공부를 하고 있었다. 이씨 역시 금릉의 명망 높은 벼슬아치 집안
딸로서, 아버지 이수중李守中˙은 국자감좨주國子監祭酒²를 역임했고, 집안
사람 가운데 『시경』을 외고 『서경』을 공부하지 않은 이가 없었다. 그런데
이수중이 가장家長의 지위를 이어받은 뒤로 "여자는 재주가 없어야 덕이
있다〔女子無才便有德〕."고 내세우면서, 이씨에게 공부를 충분히 시키지 않
고 그저 『여사서女四書』³나 『열녀전列女傳』⁴, 『현원집賢媛集』⁵ 같은 서너 종
류의 책만 읽혔다. 그리고 글자나 조금 알아보고 옛날의 몇몇 현숙한 여자
들에 대해 알고 있으면 그만이라고 강조했다. 그러면서 그저 길쌈과 부엌
일이 중요하다 여기고 그녀의 이름을 이환, 자를 궁재宮裁˙라고 지어주었
다. 이 때문에 이환은 부잣집에 살고는 있지만, 젊은 나이에 남편을 잃고
결국 마른 나무나 식은 재⁶처럼 모든 일에 상관하지 않고 오로지 시부모를
모시고 아들을 키우는 데만 전념하면서, 그 외에는 시누이들과 바느질을

하거나 시를 외우고 책을 읽으며 지내고 있었다. 대옥이 비록 여기서 손님으로 지내고 있지만 날마다 이런 자매들과 어울리게 되니, 연로한 아버지 외에는 전혀 걱정할 것이 없었다.

이제 잠시 가화의 이야기를 해보자. 그는 응천부에 제수除授*되어 부임하자마자 살인 사건에 대한 보고서를 받게 되었다. 알고 보니 두 집안에서 하녀 하나를 사려고 서로 양보 없이 다투다가 사람을 때려죽이는 지경에 이르게 된 것이었다. 가화가 즉시 원고를 불러 심문하니, 원고가 이렇게 말했다.

"맞아 죽은 사람은 바로 소인의 주인입니다. 그날 하녀를 하나 샀는데, 뜻밖에도 유괴범이 납치해 팔아먹은 계집애였습니다. 이 유괴범은 벌써 저희 집안에서 돈을 받아 챙겼습니다. 처음에 저희 집 작은나리께서 사흘 후 길일에 데려가겠다고 하셨습니다. 그런데 이 유괴범이 또 몰래 그 계집애를 설씨 집안에 팔아버렸습니다. 저희가 그걸 알고 판 놈을 붙잡아 그 계집애를 빼앗으려 했습니다. 그런데 설씨 댁은 원래 금릉 땅에서 떵떵거리는 집안인지라 재물과 권세를 믿고 건장한 하인들을 보내 저희 작은나리를 때려죽이고 말았습니다. 흉수凶手인 주인과 하인들은 모두 종적도 없이 도망쳐버렸고, 그 일과 상관없는 몇 사람만 남아 있습니다. 소인이 고발한 지 일 년이나 되었지만 아무도 나서서 해결해주지 않았습니다. 부디 나리께서 범인을 잡아 처벌하여 홀로 남은 마님과 도련님을 구제해주신다면, 돌아가신 제 주인께서도 하늘 같은 은혜에 감격하실 겁니다."

가화는 그 말을 듣고 버럭 화를 내며 말했다.

"이런 얼토당토 않은 일이 있나! 사람을 때려죽여놓고 나 몰라라 도망쳐 버리면 잡아들이지 못할 줄 아는 모양이로군!"

그리고 첨통簽筒7을 발부해 관리들을 보내서 즉시 범인의 가족을 잡아와 고문하여 범인들이 숨어 있는 곳을 알아내라 하고, 다른 한편으로 각 지역

에 범인 체포를 요청하는 공문을 발송하려고 했다. 그런데 그가 막 첨통을 발부하려고 할 때 곁에 서 있던 문지기〔門人〕[8]가 눈짓을 보냈다. 첨통을 발부하지 말라는 뜻이었다. 가화는 이상한 생각이 들어 즉시 손을 멈추고 퇴정退廷했다. 그리고 밀실로 들어가 시중드는 이들을 모두 물리고 문지기만 남게 했다.

문지기가 재빨리 나서서 인사를 하고 웃는 얼굴로 물었다.

"나리, 팔구 년 동안 계속 승진하시느라 그새 저를 잊으신 모양입니다?"

"어쩐지 낯이 많이 익은 듯한데, 얼른 생각이 나지 않는구먼."

"하하, 높으신 나리들은 이런 일이 잦으시다더니 옛날에 계셨던 곳까지 잊어버리신 모양이네요. 옛날 호로묘에 사실 때를 기억하시는지요?"

가화는 그 말을 듣자 벼락을 맞은 듯 깜짝 놀라며 그제야 옛날 일을 기억해냈다. 알고 보니 이 문지기는 바로 호로묘에 있던 동자승이었다. 절에 불이 난 뒤 그는 갈 데가 없어서 다른 절에 들어가 수행하려고 했지만 적막한 분위기를 견딜 수가 없었다. 그래서 문지기 일이 그나마 쉽고 심심하지 않겠다 싶어 나이에 맞게 머리를 기르고 이 일을 하게 된 것이다. 가화는 문지기가 그 동자승일 줄은 생각지도 못했던 터라 황망히 그의 손을 잡고 웃으며 말했다.

"알고 보니 아는 사이였구먼."

자리에 앉아 이야기를 나누자고 했으나, 문지기는 감히 앉지 못했다. 가화가 웃음 지으며 말했다.

"어려울 때 사귄 친구는 잊어서는 안 되는 법! 자네는 내 친구가 아닌가? 게다가 여긴 사적인 자리이니 괜찮네. 긴 얘기를 나누자면 앉아야 하지 않겠는가?"

문지기는 그제야 "실례하겠습니다." 하고는 걸상 가장자리에 몸을 비스듬히 돌리고 조심스레 앉았다. 가화가 조금 전에는 어째서 첨통을 발부하지 말라는 뜻을 비쳤는지 물었다.

제4회 **105**

"나리, 이곳에 부임하시면서 설마 이 지역의 '호관부護官符'[9]도 한 장 베껴오지 않으셨습니까?"

"그게 뭔가? 그런 게 있다는 건 몰랐는데."

"저런! 그것도 모르시고 어떻게 이 자리를 오래 지키시려고요! 지금 지방관이 되신 분들은 모두 개인적인 명단을 가지고 있는데, 거기엔 해당 지역에서 가장 권세 높고 부귀한 향신鄕紳들의 성명이 적혀 있습니다. 어느 지역에서나 다 그렇습죠. 그걸 모르고 혹시 그런 집안의 사람을 건드린다면 벼슬뿐만 아니라 목숨까지도 보전할 수 없습니다! 그러니 그걸 '호관부'라고 부르는 것입지요. 방금 말씀하신 설씨 집안은 나리께서 건드리시면 안 됩니다! 이 사건은 해결하기 어려울 게 없는데도, 모두들 친분과 안면 때문에 이 지경까지 이른 것입니다."

그렇게 말하면서 그는 허리에 찬 주머니[順袋]에서 베껴 쓴 '호관부'를 꺼내 건네주었다. 거기에 적힌 것은 모두 이 지역의 명가와 유명한 벼슬아치 집안에 대해 속담처럼 입으로 전해 내려오는 내용이었다. 그 내용은 순서에 따라 깔끔하게 배열되어 적혀 있었고, 그 아래쪽에 달린 주석의 내용은 모두 그 집안 시조始祖의 벼슬과 작위, 항렬에 따른 서열이었다. 청경봉의 돌도 그 내용을 하나 베껴놓았는데, 돌에 적힌 내용은 이러했다.

가賈는 가짜[假]가 아니라서 백옥으로 집을 짓고 금으로 말을 만들고
賈不假　白玉爲堂金作馬.
(녕국공과 영국공은 모두 스무 개의 지파支派가 있는데, 녕국부와 영국부 친파에 해당하는 여덟 개 지파는 모두 경사에 있고, 현재 본적지에 거주하는 지파는 열두 개이다.)

아방궁이 삼백 리라지만 금릉 땅 사씨 집안 하나만 해도 좁아서 못 산다네.
阿房宮　三百里　住不下金陵一個史.

(보령후상서령保齡侯尙書令[10]을 지낸 사공史公의 후손은 지파가 모두 열여덟 개인데, 경사에는 지금 열 개 지파가 살고 있고, 본적지에 살고 있는 지파는 여덟 개이다.)

**동해에 백옥 침상이 모자라면 용왕이 금릉의 왕씨 집에 찾아와 빌리고**
東海缺少白玉牀　龍王來請金陵王.
(도태위통제현백都太尉統制縣伯[11] 왕공王公의 후손은 모두 열두 개 지파가 있는데, 경사에 두 개 지파가 있고 나머지는 본적지에 살고 있다.)

**풍년에 큰 눈[12] 내리니, 진주를 흙처럼 여기고 금을 쇠처럼 여기네.**
豐年好大雪　珍珠如土金如鐵.
(자사인紫舍人[13] 설공薛公의 후손은 지금 황실의 돈〔帑銀〕[14]을 받아 상업을 하고 있는데, 모두 여덟 개의 지파가 있다.)


가화가 미처 다 읽지도 못했는데 갑자기 밖에서 누군가 점點[15]을 울리며 보고했다.

"왕나리께서 찾아오셨습니다."

가화는 급히 의관을 갖춰 입고 영접하러 나갔다. 밥 한 그릇 먹을 정도의 시간이 지난 후에 돌아와서 호관부에 적힌 내용에 대해 자세히 물었다. 문지기가 말했다.

"이 네 가문은 모두 서로 인척관계를 맺고 있어서, 망해도 같이 망하고 흥해도 함께 흥합니다. 서로 도와주고 가려주며 함께 보살펴주지요. 지금 사람을 때려죽인 죄로 고발된 설씨 가문은 바로 '풍년에 큰 눈 내리니' 할 때의 '설薛'입니다. 그 집안도 나머지 세 집안에 기대고 있을 뿐만 아니라 경사 안팎에 대대로 교유해온 친우들도 적지 않습니다. 그러니 나리, 지금 누굴 잡아들일 수 있겠습니까?"

가화가 조심스레 웃으며 물었다.

"그렇다면 이 사건을 어떻게 처리해야겠는가? 자네는 아마 범인이 피신한 곳까지 잘 알고 있는 것 같은데?"

"하하, 사실 그것뿐만 아니라 유괴범도 알고, 죽어 귀신이 된 사람에 대해서도 잘 압니다. 찬찬히 말씀드립지요. 맞아 죽은 사람은 이 지역 작은 향신의 아들로서 이름은 풍연馮淵[16]이라고 합니다. 이 사람은 어려서 부모를 여의고 형제도 없이 혼자 얼마 안 되는 재산을 지키며 살아왔습니다. 열 여덟아홉 살쯤 되어서는 남색男色에 빠져 여자를 몹시 싫어했습니다. 그런데 이 또한 전생의 악업惡業인지 공교롭게도 유괴범이 판 계집애를 만난 겁니다. 그 사람은 첫눈에 이 계집애에게 반해 당장 사서 첩으로 삼고 다시는 남자와 붙어먹지 않을 것이며, 또한 다른 여자도 들이지 않겠다고 맹세했습니다. 그래서 사흘 후에 혼례를 치르려 했던 겁니다. 하지만 뜻밖에도 이 유괴범이 계집애를 또 몰래 설씨 집안에 팔아버린 겁니다. 그놈은 두 집안의 돈을 챙겨서 다른 지방으로 내빼려고 생각했지요. 하지만 도망도 치지 못하고 붙잡혀서 뒈지게 얻어맞았습니다. 그런데 두 집안 모두 돈은 돌려받으려 하지 않고 오로지 여자만 데려가려 했던 겁니다. 설씨 집안 도련님이 어디 양보를 할 사람입니까? 당장 하인들을 시켜 풍공자를 곤죽이 되도록 때려놓으니, 풍공자는 집에 실려갔다가 사흘 만에 죽고 말았습니다. 알고 보니 그 설공자는 벌써 경사로 떠날 날을 잡아놓고 있었는데, 떠나기 이틀 전에 우연히 그 계집애를 보고 사서는 경사로 데려가려 했답니다. 그런데 뜻밖에 이런 일이 터진 거지요. 풍공자를 때려죽이고 계집애를 빼앗아놓고도 그는 아무 일 없다는 듯이 가족들을 데리고 길을 떠나버렸습니다. 여기선 그 형제와 하인들이 뒤처리를 하고 있는데, 이런 일은 그가 도망칠 필요까지 없는 사소한 일이라고 여긴답니다. 이 얘긴 잠시 접어두고, 나리, 그 팔린 계집애가 누구인지 아십니까?"

"내가 어찌 알겠나?"

"하하, 그 여자도 따지고 보면 나리께는 큰 은인인 셈입니다! 그 여자가 바로 호로묘 옆에 살던 진나리의 따님인 영련 아가씨거든요."

가화가 놀라 물었다.

"그 아가씨였구나! 듣자 하니 다섯 살 무렵에 유괴당했다던데 어째서 지금에야 팔렸을까?"

"이런 유괴범들은 오로지 대여섯 살 정도의 여자아이들만 유괴합니다. 그리고 외지고 조용한 곳에서 열두 살까지 키우면서 용모를 살피다가, 다른 고을로 데려가 팔아넘기지요. 당시 우리는 영련을 매일 얼러주며 데리고 놀았습니다. 칠팔 년의 세월이 흐른 지금 열두세 살이 되어 생김새가 상당히 예쁘게 변했지만 대체적으로는 어릴 때와 많이 다르지 않으니, 잘 알던 사람은 금방 알아볼 수 있지요. 게다가 그 아이는 미간에 쌀알만 한 붉은 점을 타고났으니 제가 알아볼 수 있었던 게지요. 하필이면 그 유괴범이 저희 집에 방을 빌려 살았는데, 그놈이 집에 없을 때 제가 그 아이에게 물어본 적이 있습지요. 그 아이는 유괴범에게 맞을까봐 무서워서 감히 사실을 얘기하지 못하고, 그저 그 유괴범이 자기 친아버지인데 빚 갚을 돈이 없어서 자기를 파는 거라고 하대요. 다시 서너 번 달래면서 캐물으니까 울음을 터뜨리며 그저 '어렸을 때 일은 기억나지 않아요!' 하더군요. 그러니 의심의 여지가 없지요. 당시 풍공자가 그 아이를 보고 돈을 치르자, 유괴범은 술을 진탕 먹고 취했지요. 그러자 그 아이가 혼자 탄식하며 이러더군요. '오늘에야 내 전생의 죄업에 대한 응보의 기간이 다 찼구나!' 나중에 또 듣자 하니, 풍공자가 사흘 후에 데려가겠다고 하자 그 아이는 또 근심하는 기색을 보이더랍니다. 저는 그 모습이 안쓰러워서 유괴범이 외출한 사이에 제 안사람더러 가서 이렇게 위로해주라고 했습니다. '풍공자가 굳이 길일을 기다려 맞으러 온다고 하니, 틀림없이 하녀처럼 대하진 않을 거야. 게다가 그분은 인품도 아주 훌륭하고 집안 살림도 제법 살 만하지. 평소 여자들을 무척 싫어하시다가 이제 많은 돈을 들여 널 샀으니, 뒷일은

말 안 해도 알겠지? 그저 이삼일만 참으면 될 것을 왜 걱정하고 그래!' 그 애는 그 말을 듣고서야 조금 기분이 풀려서 이제 편히 지낼 곳이 생기겠구나 생각한 것 같습니다. 하지만 세상에 이렇게 일이 뜻대로 풀리지 않을 수가 있습니까? 이튿날 그 아이는 또 설씨 집안에 팔리고 말았지요. 다른 사람에게 팔았다면 그나마 괜찮은데, 그 설공자는 별명이 '멍청한 깡패〔獃覇王〕'에다 성질 더럽고 화 잘 내기로 천하제일인 인간입니다. 게다가 돈을 흙 뿌리듯이 쓰면서, 경쟁자를 물리치고 말도 안 되는 억지를 부리며 영련이를 끌고 가버렸으니, 이제 죽었는지 살았는지조차 모릅니다. 풍공자는 괜히 한바탕 헛바람만 켜다가 소원도 이루지 못한 채 돈만 날리고 목숨까지 잃었으니 정말 애석한 일이 아니겠습니까!"

가화도 탄식하며 말했다.

"이 또한 그들이 전생에 쌓은 죄업으로 생긴 일이니 우연이 아닐 테지. 그게 아니라면 풍연이 어째서 굳이 영련이에게 반했겠나? 영련이가 몇 년 동안 유괴범에게 시달림을 당하다가 간신히 벗어날 길이 생겼는데, 만약 다정한 사람을 만났다면 그래도 좋은 일이었겠지. 그런데 하필 이런 일이 생겼구먼. 설씨 집안이 풍씨 집안보다 부귀하다곤 하지만, 그 사람됨을 보면 분명 많은 희첩姬妾들을 거느리고 음탕하기 그지없이 지낼 테니, 한 사람에게 정을 쏟는 풍연보다는 못할 수밖에 없지. 이야말로 부질없는 꿈같은 사랑의 인연으로 하필 박복한 남녀 한 쌍이 만나게 된 것이 아니겠나! 그 얘긴 접어두고, 지금 이 사건을 어떻게 처리하면 좋겠는가?"

"하하, 나리, 옛날에는 그리 명쾌하고 결단력이 있으시더니, 오늘은 어찌 반대로 생각 없는 사람이 되셨습니까? 소인이 듣기로, 나리께서 이 자리에 부임하시게 된 것 또한 가씨 가문과 왕씨 가문에서 힘을 써준 덕분이라 하더군요. 설반은 가씨 가문의 친척이니, 나리께서는 흐르는 물에 배를 맡기고 인정을 봐서 이 사건을 처리하시지요. 그러면 나중에 두 집안을 찾아갈 면목도 생기지 않겠습니까?"

"자네 말이 맞긴 하네만, 사람 목숨이 관련된 일일세. 나는 폐하의 크나큰 은혜를 입어 다시 벼슬을 얻었으니 사실상 다시 태어난 몸일세. 그러니 몸과 마음을 다해 보답해야 할 터인데, 사적인 일 때문에 법을 어겨서야 되겠는가?"

문지기가 쓴웃음을 지었다.

"쯧, 나리 말씀이야 지극히 지당합지요. 하지만 지금 세상에선 먹히지 않습니다. 옛말에도 있잖아요, '대장부는 때를 살펴서 행동한다〔大丈夫相時而動〕.'고요. 또 '길한 것을 따르고 흉한 것을 피하는 이가 군자〔趨吉避凶者爲君子〕'라는 말도 있지요. 나리 말씀대로 하자면 조정에도 보답할 수 없을 뿐 아니라 자기 몸도 보전하지 못할 테니까, 다시 잘 생각해보시는 게 좋을 듯합니다."

가화기 한참 동안 고개를 숙이고 생각하다가 물었다.

"자네라면 어떻게 하겠는가?"

"소인한테 한 가지 아주 좋은 생각이 있습니다. 나리께서 내일 청사廳舍에 나가시거든 그저 허장성세虛張聲勢를 부리며 문서를 작성해 사람들을 잡아들이라는 첨통을 발부하십시오. 원흉은 당연히 잡혀오지 않을 테고, 원고는 분명 설씨 집안사람들과 하인들을 잡아와 고문해야 한다고 할 겁니다. 그때 소인이 몰래 손을 써서 범인들이 갑자기 병으로 죽어버렸다 하고, 그 가족들과 지방 유지들에게 함께 보증서를 써 올리게 하겠습니다. 그러면 나리께선 '내가 부란扶鸞[17]으로 신선 점을 잘 친다.'고 하시고 당상堂上에 점을 칠 단壇을 마련하게 한 다음, 관군官軍들과 백성들에게 아무나 와서 보라고 하십시오. 그리고 이렇게 말씀하시는 겁니다. '신선님이 말씀하신다. 죽은 풍연과 설반은 원래 전생에서 서로 만나 죄업을 쌓았는데, 이제 이승의 외나무다리에서 만나 원래의 인과에 따라 일을 마무리 지었노라. 설반은 지금 알 수 없는 병을 얻어 죽었는데, 이는 풍연의 혼령이 쫓아가 잡았기 때문이다. 그 재앙은 유괴범 아무개로 인해 일어났는데, 그

제4회 **111**

유괴범은 어느 고을에 사는 아무개이니 법에 따라 처분하라. 나머지는 언급을 생략하겠네.' 이런 식으로 말씀입니다. 소인이 몰래 그 유괴범에게 실토하라고 당부해놓겠습니다. 사람들이 신선의 말씀과 유괴범의 말이 들어맞는 것을 보면, 자연히 나머지 일도 거짓이 아니라고 여기게 될 겁니다. 설씨 집안에 넘치는 게 돈이니까 나리께서는 천 냥도 좋고 오백 냥도 좋으니 그걸 풍씨 집안에 장례비용으로 주라고 판결하시는 겁니다. 풍씨 집안에서도 굳이 심하게 따지고 들 사람이 없고, 그저 돈만 바랄 뿐입니다. 그러니 이런 돈이 생기게 되면 아마 다른 말이 안 나올 겁니다. 나리, 제 계책이 어떻습니까?"

"아니야, 그러면 아니 되네! 내가 다시 생각 좀 해보겠네. 혹시 사람들의 입을 막을 수 있을지도 모르니까."

두 사람이 계책을 논의하다 보니 날이 이미 저물었는데, 이 일에 대해 더 이상 의논할 게 없었다.

이튿날 가화가 청사에 나가 사건과 관련해서 이름이 밝혀진 이들을 모두 불러들여 상세히 심문했다. 과연 풍씨 집안에는 사람 수도 적고, 이 기회를 타 장례비용이나 조금 더 얻어내려는 데 지나지 않았다. 또 설씨 집안에서는 권세와 인정을 믿고 양보하지 않는 바람에, 시비가 뒤바뀌어 사건이 해결되지 않았던 것이었다. 가화는 인정을 따라 법을 멋대로 적용하여 이 사건을 엉터리로 판결해버렸다. 풍씨 집안에서도 거금의 장례비용을 얻어냈기 때문에 별말이 없었다.

가화는 이 사건을 판결한 후 급히 두 통의 편지를 써서 가정과 경영절도사[18] 왕자등에게 보냈다. 그 내용은 "귀댁 생질甥姪의 일은 이미 끝났으니 너무 염려하실 필요 없습니다."라는 내용뿐이었다. 이 일은 모두 호로묘의 동자승으로 있다가 문지기가 된 이가 꾸민 것이었다. 가화는 또 자신의 가난했던 시절에 대해 그가 이야기를 퍼뜨릴까봐 걱정스러워 마음속이 몹시 불편했다. 이 때문에 결국 나중에는 꼬투리를 잡아 그 문지기를 멀리 귀양

보내 군역軍役을 치르게 해버렸다.

이제 가화의 이야기는 그만두자.

한편, 영련을 사고 풍연을 때려죽인 설공자 역시 금릉 사람으로, 본래 대대로 학문을 해온 집안 출신이었다. 다만 설공자가 어려서 아버지를 여의었고, 과부가 된 그의 어머니가 외아들인 그를 너무 아끼다가 그만 방종放縱하게 키우는 바람에 그는 나이가 들어서도 쓸모없는 사람이 되고 말았다. 또한 집안에 엄청난 재산이 있고, 지금은 궁중의 돈과 곡식을 받아 잡다한 물품들을 사들여 공급하는 일을 하고 있었다.

설공자의 이름은 설반薛蟠이고 자는 문기文起[19]인데, 다섯 살 때부터 이미 사치스럽고 말투도 건방졌다. 서당에는 다녔지만 겨우 몇 글자 아는 정도에 지나지 않았고, 하루 종일 그저 닭싸움이나 말타기를 하고 산수를 유람하며 놀기만 할 뿐이었다. 황실의 물품을 구매하는 상인[皇商]이었지만 경제나 세상사에 대해서는 전혀 몰랐고, 그저 할아버지의 옛 친분을 이용해 호부戶部*에 허울뿐인 이름을 걸어놓고 돈과 곡식을 타낼 뿐, 그 밖의 일들은 모두 점원이나 하인들이 처리했다.

과부 왕씨는 바로 경영절도사로 있는 왕자등의 여동생으로, 영국부 가정의 부인 왕씨와는 친자매지간이었다. 올해 마흔 살쯤 된 그녀에게 아들이라곤 설반 하나뿐이고, 그보다 두 살 어린 딸이 하나 있었다. 그 아이 이름은 설보차薛寶釵*인데, 고운 살결과 아름다운 골격을 타고났고 행동거지도 우아했다. 아버지가 살아 있을 때 이 딸을 무척 아껴서 책을 읽히고 글자를 가르쳤기 때문에, 그 오빠보다 학문이 열 배는 뛰어났다. 아버지가 죽은 뒤로 오빠가 어머니의 속을 썩이는 걸 보자, 그녀는 글공부를 그만두고 바느질과 살림살이에 전념하며 어머니의 근심과 수고를 덜어주려 했다.

최근에 황제가 학문과 예의를 숭상하여 재능 있는 이들을 널리 구하면서 전에 없이 융숭한 은택을 내렸다. 이에 따라 비빈妃嬪*을 간택하는 것 외

제4회 **113**

에도 벼슬아치나 명망 높은 가문 딸들의 성명을 모두 해당 부서에 등록하게 하여 공주나 군주郡主[20]가 글공부를 시작할 때 함께하도록 준비하면서 재인才人[21]이나 찬선贊善[22]의 벼슬을 주었다. 설반의 아버지가 죽은 뒤, 각 지역에 있는 분점分店에 파견된 일꾼들이나 총지배인, 점원 등은 설반이 나이도 어리고 세상사에 어둡다는 걸 알고 틈만 나면 그를 속였고, 경사에 있는 몇 가게들은 본전까지 점차 줄어들고 있었다.

설반은 평소 경사가 가장 번화하다는 소문을 듣고 여행이나 한번 해볼까 생각하던 참이었다. 그런데 마침 이런 기회가 생기자 간택 후보로 대기할 곳에 가는 누이도 전송하고, 친척 집에도 찾아가보고, 직접 호부에 들어가 이전의 장부를 결산하면서 새로 수령할 비용을 다시 계산하려고 생각했다. 그러나 실은 경사의 풍경을 유람하려는 목적이 더 컸다. 이 때문에 일찌감치 행장과 귀중한 장식품, 친우들에게 선물할 각종 토산품과 선물 따위를 챙겨놓고 날을 받아 출발하려던 차였는데, 뜻밖에 유괴범이 이중으로 팔아버린 영련을 만나게 된 것이었다. 설반은 영련의 속되지 않은 모습을 보고 그녀를 사려고 마음먹었는데, 풍씨 집안에서 사람을 빼앗으려 하자 든든한 뒷배를 믿고 건장한 하인들을 시켜 풍연을 때려죽이고 말았다. 곧 그는 친척들과 몇몇 하인들에게 집안일을 일일이 부탁해놓고, 어머니와 누이를 대동한 채 먼 길을 떠나버렸다. 살인 사건에 대한 소송쯤이야 애들 장난으로 치부하면서, 까짓것 은돈 몇 냥만 쓰면 해결하기 어려울 게 없다고 생각했다.

길을 가는 동안에는 날짜를 기록하지 않았다. 그들이 경사에 들어왔을 때 외삼촌 왕자등이 구성통제九省統制[23]로 승진하여 황제의 명에 따라 변방을 순시하려고 경사를 떠난다는 소식을 들었다. 설반은 속으로 기뻐했다.

'그렇지 않아도 경사에 들어가면 외삼촌의 간섭을 받게 되어 마음대로 놀 수 없게 될까 걱정이었는데, 마침 승진해서 외부로 나가게 되셨다니, 하늘이 내 바람을 이뤄주시는구나!'

그래서 그는 어머니와 상의했다.

"경사에 우리 건물이 몇 개 있지만 최근 십여 년 동안 경사에 들어와 지내본 적이 없으니, 분명 관리인이 몰래 다른 사람에게 세를 내주었을 겁니다. 그러니 먼저 사람을 보내 청소도 하고 정리를 해야겠어요."

"그리 법석을 떨 필요 있느냐? 이번에 경사에 온 것은 친우들의 집을 방문하는 것이 첫째 목적이었으니 네 외삼촌이나 이모 댁으로 가자꾸나. 그 두 집에는 방이 아주 많으니 우선 거기 있으면서 천천히 사람을 보내 정리하도록 하는 게 좀 더 편하지 않겠느냐?"

"지금 외삼촌이 승진하셔서 다른 지역으로 나가게 되셨으니, 출발 준비로 집안이 바쁘고 어수선할 겁니다. 이런 때에 우리가 몰려가면 눈치 없다고 하지 않겠어요?"

"네 외삼촌이 부임해 가시더라도 이모부 댁이 있지 않느냐? 게다가 최근 몇 년 동안 네 외삼촌과 이모가 계속 편지를 보내 우리더러 놀러오라고 했지. 이제 우리가 왔으니 네 외삼촌은 출발 준비로 바쁘다 치더라도 가씨 집안의 이모는 우리더러 반드시 그 댁에 머물라고 붙드실 게다. 그런데 우리가 집을 치운다고 부산까지 떨면 책망을 듣지 않겠느냐? 네 생각은 짐작이 가는구나. 외삼촌이나 이모 댁에 있으면 구속을 받을 테니 차라리 따로 지내면 마음대로 하기 좋을 거라 이거지? 그럼 너 혼자 집을 얻어 지내라. 나는 네 이모한테…… 자매지간에 요 몇 년 동안 떨어져 지냈으니 며칠 동안이라도 함께 있어야겠다. 난 네 동생을 데리고 거기로 가서 지낼까 하는데, 넌 어떠냐?"

어머니가 이렇게 말하자 설반은 더 이상 설득할 수 없다는 것을 깨닫고, 하는 수 없이 인부들에게 영국부로 가자고 했다.

당시 왕부인은 이미 설반의 사건이 가화 덕분에 해결되었다는 소식을 듣고 안심하고 있었다. 또 오라비가 승진하여 변방으로 가게 되었으니 친정 사람들의 왕래가 줄어들어 전보다 더 쓸쓸해지겠다고 걱정하던 참이었다.

제4회  **115**

그런데 며칠 뒤에 갑자기 하인이 와서 소식을 전했다.

"이모님께서 자녀분들과 함께 경사에 오셔서 지금 대문 밖에 수레를 대셨습니다."

왕부인은 기뻐하며 얼른 딸들을 데리고 대청으로 나가 맞이해 들였다. 자매가 노년에 만나니 당연히 희비가 교차하여 울고 웃으며 그간에 못다 한 이야기들을 나누었다. 그리고 서둘러 태부인에게 데려가 인사를 시키자, 설반의 어머니는 갖가지 선물과 토산품 등을 올렸다. 온 집안사람들은 인사를 나누고서 서둘러 환영 연회를 열었다.

설반이 가정에게 인사를 하고 나자, 가련은 그를 데리고 가사와 가진 등에게 가서 인사를 시켰다. 가정이 사람을 보내 왕부인에게 말을 전했다.

"처제는 나이가 많고 당신 조카는 아직 어려서 세상 물정을 모르니, 밖에 머물면 무슨 일이 생길지 모르오. 우리 집 동북쪽에 있는 이향원梨香院*에 십여 칸의 한적한 방이 있으니 거길 청소해서 처제와 아이들이 살게 해 주구려."

왕부인이 동생에게 그 말을 꺼내기도 전에 태부인도 사람을 보내 말을 전했다.

"동생더러 여기 살게 해라. 친척끼리 더 친밀해질 기회가 아니더냐?"

설씨 댁 마님도 여기 함께 살아야 조금이나마 아들을 단속할 수 있지, 밖에 나가 살면 아들이 또 무슨 재앙을 일으킬지 걱정스러워 얼른 감사하며 그러겠노라고 했다. 또 몰래 왕부인에게 당부했다.

"생활비는 일체 도와주지 말아요. 그래야 평소처럼 자연스럽게 지낼 수 있지요."

그 집안 형편이 나쁘지 않다는 것을 아는 왕부인은 그러겠다고 했다. 이때부터 설씨 댁 마님과 자녀들은 이향원에서 살게 되었다. 원래 이향원은 옛날 영국공이 말년에 조용히 지내던 곳이라, 작고 아기자기하게 십여 칸의 방을 갖추고 있고 앞뒤 청사가 모두 갖추어져 있었다. 따로 거리로 통

하는 문도 있어서 설반의 집안사람들은 이 문을 통해 드나들었다. 서남쪽에도 작은 문이 있어서 담 사이의 길로 통했다. 그 길을 나서면 바로 왕부인이 있는 본채의 동쪽이었다. 그래서 매일 식사를 마친 뒤나 저녁에 설씨댁 마님은 이 길을 통해 건너가 태부인과 한담을 나누거나 왕부인과 회포를 풀었다. 보차는 날마다 대옥과 영춘 자매 등과 함께 지내며 책을 읽거나 바둑을 두고 바느질을 하며 나름대로 아주 즐겁게 지냈다.

다만 설반은 애초에 이모부가 간섭하고 제약을 가해 자기 마음대로 할 수 없을 것 같아서 가씨 집안에서 살고 싶지 않았다. 하지만 어머니가 여기서 살겠다 고집하고, 또 가씨 집안에서 은근하게 만류하는 바람에 어쩔 수 없이 잠시 살 수밖에 없었다. 그러면서 한편으로는 사람을 시켜 자기 집을 청소하고 이사를 가려 했다. 하지만 뜻밖에 이곳에 살게 된 지 한 달도 안 되어 가씨 집안에 있는 여러 아들 및 조카들과 상당히 친해졌다. 귀족 집안의 기풍을 가진 모든 이들은 누구나 기꺼이 그와 왕래했다. 오늘은 모여 술을 마시고, 내일은 꽃구경을 다녀오고, 심지어 모여서 도박을 하거나 기생집을 드나드는 등 점점 못하는 짓이 없게 되었다. 이런 유혹에 빠진 설반은 예전보다 열 배는 더 난봉꾼이 되었다.

가정이 비록 법도 있게 자식을 가르치고 집안을 다스렸지만, 대가족이라 사람이 많아 이런 일들까지 돌볼 여력이 없었고, 또한 지금 집안의 가장은 바로 녕국부의 장손이자 벼슬을 이어받은 가진인지라 집안의 모든 일은 당연히 가장인 가진이 관장했다. 그리고 가정은 공사公私를 막론하고 잡다한 일이 많은데다, 그의 성격 또한 소탈해서 속된 일은 중시하지 않고 시간이 날 때마다 책을 읽고 바둑이나 둘 뿐 나머지 일들은 대부분 개의치 않았다. 게다가 이향원은 두 겹의 건물을 사이에 두고 있고, 또 거리로 통하는 문이 따로 있어서 마음대로 드나들 수 있기 때문에 이 자제들은 하고 싶은 일을 마음껏 하면서 지낼 수 있었다. 이 때문에 이사를 하려던 설반의 마음은 점점 사라져갔다.

# 제5회

태허환경을 노닐다 열두 미녀에 대한 수수께끼를 듣고
신선의 술 마시며 홍루몽 노래를 듣다

游幻境指迷十二釵　飮仙醪曲演紅樓夢

가보옥이 꿈에 태허환경에 들어가다.

　이전 회에서 설씨 집안사람들이 영국부에서 살게 된 일을 간략하게 설명했으니, 이 회에서는 잠시 서술하지 않겠다.[1]

　이제부터는 대옥이 영국부에서 편안히 지내게 된 뒤의 이야기를 해보자. 대부인은 그녀를 무척 어여삐 여겨서 먹고 자고 생활하는 것을 모두 보옥과 똑같이 하도록 해주었으며, 영춘과 석춘, 탐춘 세 손녀들은 오히려 뒷전에 두었다. 그래서인지 보옥과 대옥이 친밀하게 우애를 나누는 것도 남달랐다. 낮이면 함께 다니고 밤이면 함께 쉬었으니, 정말 말도 온화하고 마음도 맞아 불화를 일으킬 일이 거의 없었다. 그런데 뜻밖에도 갑자기 보차가 영국부에 왔다. 나이는 그다지 많지 않지만 기품이 단정하고 용모가 아름다워서, 사람들은 대옥이 그녀만 못하다고들 했다. 그리고 보차도 행실이 활달하고 본분을 지키며 환경에 잘 순응했으니, 고고함을 자랑으로 여기고 속된 세상사를 안중에 두지 않는 대옥과는 비교할 수 없었다. 그래서 그녀는 대옥에 비해 하녀들의 마음을 더 많이 얻고 있었다. 어린 하녀들도 대부분 보차에게 놀러가기를 좋아했다. 이 때문에 대옥의 마음속에는 불만이 약간 생겼는데, 보차는 그걸 전혀 눈치채지 못하고 있었다.

　보옥은 아직 나이가 어린데다 타고난 천성이 어리석고 편벽偏僻되어, 형제자매를 모두 똑같이 대할 뿐 특별히 누구를 가까이하거나 멀리하는 일이 없었다. 그나마 대옥과 함께 태부인의 방에서 일상생활을 했기 때문에

제5회　**121**

다른 자매들보다는 조금 더 친숙할 수밖에 없었다. 익숙하다 보니 더 친밀감을 느꼈고, 친밀하다 보니 어쩔 수 없이 너무 완전한 것을 바라고 책망하기도 해서 예상치 못했던 틈도 생겼다.

하루는 무슨 이유에서인지 둘의 대화가 조금씩 틀어지기 시작했다. 화가 난 대옥은 방 안에서 홀로 눈물을 흘렸다. 보옥도 말을 함부로 한 것을 후회하며 찾아가 사과하니, 그제야 대옥의 마음도 점점 풀어졌다.

동쪽 녕국부의 화원에 매화가 흐드러지게 피자, 가진의 아내 우씨尤氏●는 주안상을 마련하고 태부인과 형부인, 왕부인 등을 모시고 꽃구경을 하려고 했다. 그래서 이날 먼저 가용의 아내를 앞세우고 둘이서 직접 사람들을 찾아다니며 초대했다. 태부인을 비롯한 부인들은 아침 식사를 마치고 곧장 와서 회방원會芳園*에서 나들이를 즐겼다. 먼저 차를 마시고 뒤이어 술을 마셨는데, 녕국부와 영국부의 여인들끼리 집안에서 벌이는 작은 연회였는지라 특별히 기록할 만한 흥미로운 일은 없었다.

보옥이 갑자기 따분해져서 졸고 있자, 태부인이 하녀더러 잘 달래서 잠깐 쉬게 한 뒤에 다시 데려오라고 했다. 그러자 가용의 아내 진가경秦可卿●이 얼른 나서서 웃는 얼굴로 말했다.

"할머님, 여기에도 시숙이 쉴 방이 있으니 안심하세요. 그냥 제게 맡겨주셔요."

그리고 보옥의 유모와 하녀들에게 말했다.

"유모, 그리고 언니들, 시숙님을 이리로 모셔 오세요."

태부인은 평소에 가경을 무척 미덥게 여겨왔다. 그녀는 용모도 아름답고 일 처리도 부드럽고 원만해서 증손자 며느리들 가운데 가장 마음에 들어 했다. 그런 가경이 보옥을 데려가 쉬게 해준다고 하니, 태부인도 자연히 안심했다.

가경은 사람들을 이끌고 안채의 내실로 갔다. 보옥이 고개를 들어보니

벽에 그림 한 폭이 걸려 있었다. 바로 「연려도燃藜圖」²라는 그림이었는데, 그림 속 인물도 제법 훌륭했다. 누가 그렸는지는 모르지만, 보옥은 그림을 보고 기분이 조금 언짢았다. 그리고 대련이 한 폭 걸려 있었는데 그 내용은 이러했다.

**세상사를 훤히 이해하는 것이 모두 학문이요**
**인정에 숙달하면 바로 문장이 나온다.**
世事洞明皆學問
人情練達卽文章

이 구절을 보자 보옥은 방 안이 아무리 우아하고 장식이 화려해도 도무지 머물고 싶지가 않았다. 그래서 다급히 말했다.

"얼른 나가요, 얼른!"

그러자 가경이 웃으며 말했다.

"여기도 괜찮은데 어디로 가시려고요? 아니면 제 방으로 가시지요."

보옥이 고개를 끄덕이며 미소를 짓자, 할멈 하나가 참견했다.

"숙부가 조카며느리 방에서 잠을 자다니! 대체 그런 예법이 어디 있습니까?"

가경이 웃으며 말했다.

"에그! 시숙님께서 화내시면 어쩌려고! 시숙님 연세가 얼마나 된다고 그런 걸 따져? 지난달에 내 동생이 왔을 때 봤잖아? 그 애도 시숙님과 같은 나이지만, 둘이 나란히 서면 아마 그 아이 키가 더 클걸?"

그러자 보옥이 말했다.

"어째서 그 애를 아직 못 만났지? 데려와서 나한테도 좀 보여줘."

그러자 사람들이 웃으며 말했다.

"이삼십 리나 떨어져 있는데 어떻게 데려와요? 언젠가 만날 날이 있을

제5회  **123**

거예요."

이렇게 말하는 사이에 일행은 가경의 방에 도착했다. 방 안으로 들어서자마자 한줄기 달콤한 향기가 은은하게 풍겨왔다. 보옥은 금방 눈이 몽롱해지고 뼈가 흐물흐물해지는 기분이 들어 연신 탄성을 내질렀다.

"향기 좋네!"

방에 들어가니 벽에는 당인唐寅[3]이 그린 「해당춘수도海棠春睡圖」*가 걸려 있었고, 그 양쪽에는 송나라 시인 진관秦觀[4]이 쓴 대련이 한 폭 걸려 있었다.

으스스 꿈에 갇히는 것은 봄날의 쌀쌀함 때문이요
향긋한 냄새 풍겨오니 바로 술 향기였구나.
嫩寒鎖夢因春冷
芳氣籠人是酒香

책상 위에는 옛날 무측천이 화장하던 방에 놓았던 거울[5]이 놓여 있었다. 그 옆에는 조비연趙飛燕[6]이 서서 춤추던 금 쟁반이 놓여 있었고, 그 안에는 안녹산安祿山[7]이 양귀비에게 던져서 가슴에 상처를 입혔던 바로 그 모과〔木果〕[8]가 가득 담겨 있었다. 윗목에는 수창공주壽昌公主[9]가 함장전含章殿[10]에서 잠잘 때 쓰던 걸상이 놓여 있었고, 동창공주同昌公主[11]가 만든 주렴이 드리워 있었다.

보옥이 웃음을 머금고 말했다.

"여긴 맘에 드는군!"

그러자 가경이 웃으며 말했다.

"제 방은 아마 신선이라도 머물 만하다고 여길 거예요."

그러면서 그녀는 몸소 서시西施가 빤 비단 금침을 펴고, 홍낭紅娘이 안고 자던 원앙 베개를 가져다 놓았다.[12] 유모들이 보옥이 잘 눕도록 시중을

들어주고 조용히 밖으로 나가자, 방 안에는 습인, 추문秋紋●, 청문晴雯●, 사월麝月●까지 네 명의 하녀만 남았다. 가경은 밖에 있는 어린 하녀들더러 회랑의 처마 밑에서 고양이들과 개들이 싸우지나 않는지 잘 지키라고 했다.

보옥은 눈을 감자마자 몽롱하고 황홀한 잠에 빠져들었다. 꿈속에서 마치 가경이 앞장서서 느긋하면서도 거침없이 걸어가고 있는 듯했는데, 보옥은 그녀를 따라가다 어느 곳에 이르렀다. 그곳에는 붉은 난간에 옥같이 하얀 돌로 지어진 건물들과 맑은 계곡물이 흐르는 푸른 숲이 있었는데, 정말이지 인적이 닿지 않고 먼지조차 날아들지 않는 곳이었다. 꿈속에서 보옥은 기뻐하면서 생각했다.

'정말 멋진 곳이군! 여기서 일생을 살아야지. 집을 떠나야 한다 해도 좋아. 날마다 부모님과 사부님께 꾸중이나 듣는 것보다 훨씬 낫지 뭐야!'

이렇게 황당한 생각에 빠져 있을 때, 갑자기 산 뒤편에서 누군가의 노랫소리가 들려왔다.

> 봄날의 꿈은 구름 따라 흩어지고
> 흩날린 꽃잎은 물길 좇아 흘러가네.
> 물어보자, 여러 소년 소녀들아
> 왜 굳이 시름을 찾아다니는지.
> 春夢隨雲散
> 飛花逐水流
> 寄言衆兒女
> 何必覓閑愁

그것은 여자의 목소리였다. 노래가 채 끝나기도 전에 저쪽에서 미녀 한 명이 걸어나왔는데, 날렵하고 아름다운 걸음걸이가 분명 속세 사람과는 달랐다. 이를 증명하는 부賦가 있다.

버드나무 둘러싼 마을을 떠나

어느새 꽃 같은 방을 나서네.

걸어가는 길에는

정원의 새들 화들짝 날아오르고[13]

도착할 즈음엔

그림자 복도에 드리워지네.

선녀의 소매 사뿐히 날리니

사향과 난초 향 진하게 풍겨오고

연꽃으로 만든 옷깃 펄럭이니

옥패 소리 짤랑짤랑 들리네.

보조개에 고인 웃음은 봄날 복사꽃 같고

구름같이 틀어 올린 머리는 비취를 쌓아놓은 듯

붉은 입술은 앵두 같고

석류 알 같은 이는 향기를 머금었네.

가녀린 허리는 아리땁구나,

회오리바람에 나부끼는 눈송이 같네.

휘황찬란하게 빛나는 보석 장신구들

이마는 온통 화장한 것처럼 노르스름하네.

꽃 사이를 들락날락하는 모습은

화난 듯 신난 듯

못가를 서성이는 모습은

제비처럼 나는 듯 솟구치는 듯

고운 눈썹 찡그려 웃으며

하고픈 말 건네지 못하고

연잎 밟듯 사뿐히 걷는 걸음

멈추는 듯하다 다시 가네.

126

탐스러워라 그 살결

얼음처럼 맑고 옥처럼 윤기 있네.

부러워라 그 화사한 옷

찬란한 무늬 반짝이네.

사랑스러워라 그 얼굴

향기 담아 옥을 깎아놓은 듯.

아름다워라 그 몸짓

봉황의 날갯짓인 듯 날아오르는 신룡인 듯.

그 순수함을 어디에 비유할까?

눈 속에 핀 봄날 매화일세.

그 청결함을 어디에 비유할까?

서리 속에 피어난 가을 국화[14]일세.

그 고요함을 어디에 비유할까?

빈 계곡에 자라는 소나무일세.

그 요염함을 어디에 비유할까?

맑은 연못에 비치는 노을일세.

그 우아함을 어디에 비유할까?

깊은 늪에 노니는 용이라네.

그 신명함을 어디에 비유할까?

추운 강에 비치는 달빛일세.

서시도 응당 부끄러워하고

왕소군王昭君[15]도 정말 무색하겠네.

기이하도다!

어느 땅에서 태어났을까?

어디에서 왔을까?

틀림없도다!

제5회 **127**

요지瑤池[16]에서도 짝이 없고

자부紫府[17]에서도 견줄 이 없지!

과연 누구이기에

이처럼 아름다운가!

方離柳塢

乍出花房

但行處

鳥驚庭樹

將到時

影度迴廊

仙袂乍飄兮

聞麝蘭之馥郁

荷衣欲動兮

聽環佩之鏗鏘

靨笑春桃兮

雲堆翠髻

脣綻櫻顆兮

榴齒含香

纖腰之楚楚兮

風迴雪舞

珠翠之輝煌兮

滿額鵝黃

出沒花間兮

宜嗔宜喜

徘徊池上兮

若飛若揚

128

蛾眉顰笑兮

將言而未語

蓮步乍移兮

欲止而仍行

羨彼之良質兮

冰淸玉潤

慕彼之華服兮

閃灼文章

愛彼之容貌兮

香培玉琢

美彼之態度兮

鳳翥龍翔

其素若何

春梅綻雪

其潔若何

秋菊被霜

其靜若何

松生空谷

其艶若何

霞映澄塘

其文若何

龍游曲沼

其神若何

月射寒江

應慚西子

實愧王嬙

奇矣哉

生於孰地

來自何方

信矣哉

瑤池不二

紫府無雙

果何人哉

如斯之美也


보옥은 이 여인이 선녀인 것을 알고 무척 기뻐하며 황급히 다가가 절하고 생글거리며 말했다.

"선녀 누나, 어디서 오셨는지 모르지만 지금 어디 가시는 중인가요? 여기가 어디인지 모르겠으니 좀 데려가주실래요?"

"저는 이한천 관수해에 살아요. 방춘산放春山* 견향동遣香洞[18]의 태허환경에 사는 경환선고가 바로 저랍니다. 저는 인간 세상의 사랑과 속세의 남녀들이 품고 있는 사랑의 원한, 어리석은 열정을 관장하고 있어요. 근래에 사랑에 빠진 짝들이 이곳에서 벗어나지 못하는지라, 예전부터 사랑에 빠진 이들을 인간 세상에 흩어놓을 기회를 보고 있었지요. 오늘 갑자기 당신을 만난 것도 우연이 아니랍니다. 제 거처는 여기서 그다지 멀지 않아요. 별건 없고, 제가 직접 따서 만든 신선계의 차 한잔과 직접 빚은 술 한 동이, 그리고 평소에 천마무天魔舞[19]를 연습시킨 아가씨들이 몇 명 있지요. 그리고「홍루몽紅樓夢」*이라는 신선의 노래 열두 가락을 새로 지었는데, 저를 따라 한번 가보실래요?"

그 말을 듣자 보옥은 가경이 어디에 있는지조차 잊어버린 채 경환선고를 따라갔다. 어느 곳에 이르니 가로로 걸쳐진 돌 비석이 하나 나타났다. 그 위에는 커다란 글씨로 '태허환경太虛幻境'이라고 새겨져 있었고, 양옆에는

다음과 같은 대련이 있었다.

거짓이 진실이 될 때는 진실 또한 거짓이 되고
없음이 있음으로 변하는 곳에서는 있음이 오히려 없음이 된다네.
假作眞時眞亦假
無爲有處有還無

패방을 돌아 지나자 궁궐의 대문 하나가 나타났다. 그 위에는 '죄의 바다와 애정의 하늘'이란 뜻을 나타내는 '얼해정천孼海情天*이라는 글자가 가로로 커다랗게 적혀 있었다. 그리고 다음과 같은 대련이 한 폭 걸려 있었다.

땅은 두텁고 하늘은 높은데
안타깝구나, 고금의 애정은 한이 없네.
어리석은 사랑에 빠진 청춘 남녀여
불쌍하에도 사랑의 빚은 갚기 어렵구나.
地厚天高
堪嘆古今情不盡
癡男怨女
可憐風月債難酬

그것을 보고 보옥은 속으로 생각했다.
'아하! 그런 뜻이었구나. 그런데 '고금의 애정'이니 '사랑의 빚'이란 건 뭐지? 어쨌든 지금부터 조금씩 알게 되겠지.'
이런 생각을 단지 한 번 했을 뿐인데, 뜻밖에도 이 때문에 사악한 마귀를 마음속 깊이 불러들이는 결과를 낳고 말았다. 그런 줄도 모르고 그는 선녀

를 따라 둘째 문으로 들어서서 양쪽으로 죽 늘어선 궁전들 앞에 이르렀다. 그 궁전들에는 모두 현판과 대련이 걸려 있었지만, 짧은 시간에 그 많은 것들을 다 볼 수는 없었다. 하지만 몇 군데 적힌 것들은 대충 '치정사癡情司'*, '결원사結怨司'*, '조제사朝啼司'*, '모곡사暮哭司'*, '춘감사春感司'*, '추비사秋悲司' 등이었다.[20]

그걸 보고 그가 선녀에게 물었다.

"번거로우시겠지만, 저 건물들을 하나씩 구경하고 싶은데 안내 좀 해주실 수 있으세요?"

"저기에는 온 세상 여자들의 과거와 미래를 적은 장부가 보관되어 있어요. 당신은 속세에 사는 몸이니 그런 걸 미리 알면 곤란해요."

보옥이 그 말을 듣고 어디 수긍이나 하겠는가? 그가 다시 여러 차례 간곡히 부탁하자 결국 경환선고도 손을 들고 말았다.

"좋아요. 그럼 이 건물의 내부만 살짝 구경시켜드리지요."

보옥은 좋아서 어쩔 줄 몰라 하며 고개를 들어 그 건물의 현판을 쳐다보았다. 거기에는 '야박한 운명을 관리하는 관청'이란 뜻의 '박명사薄命司'*라고 적혀 있었고, 문 양쪽에는 다음과 같은 대련이 걸려 있었다.

봄날의 한도 가을날의 슬픔도 모두 스스로 불러일으킨 것
꽃 같은 얼굴과 달 같은 자태는 누구를 위한 아름다움인가?
春恨秋悲皆自惹
花容月貌爲誰妍

보옥은 금방 그 뜻을 이해하고 감탄해 마지않았다. 문 안으로 들어서자 십여 개의 큰 궤짝이 보였는데, 그것들은 모두 종이로 봉해져 있었다. 그 종이에는 각 지역의 지명이 적혀 있었다. 그는 오로지 자기 고향의 지명이 적힌 것을 고르느라 다른 지역의 것들은 무심히 보아 넘겼다. 그때 저쪽

궤짝에 붙인 종이 위에 커다란 글씨로 '금릉십이차정책金陵十二釵正冊'*이라고 적혀 있는 것이 보였다. 보옥이 물었다.

"왜 이런 제목이 붙은 건가요?"

"그건 바로 당신 고향에서 가장 뛰어난 열두 명의 여자에 관한 기록이기때문에 '정책'이라고 한 것이지요."

"사람들이 항상 금릉이 아주 큰 곳이라고 하던데, 거기에 어떻게 여자가열두 명밖에 없단 말인가요? 우리 집만 하더라도 위아래로 수백 명의 여자들이 있는데요."

"호호, 물론 당신 고향에 여자가 많긴 하지만, 그 가운데 중요한 인물만뽑아 기록한 거예요. 그 아래쪽에 있는 두 개의 궤짝은 그다음으로 중요한여자들이지요. 그 밖의 평범한 무리들은 책에다 기록할 만한 가치가 없어요."

보옥이 다시 두 궤짝을 내려다보니, 거기에는 각각 '금릉십이차부책金陵十二釵副冊'*, '금릉십이차우부책金陵十二釵又副冊'*이라고 적혀 있었다. 보옥은 우선 손이 닿는 대로 '우부책'이 담긴 궤짝을 열고 한 권을 집어 들어 펼쳐보았다. 첫 장에 그림이 한 폭 그려져 있었는데, 인물화도 산수화도 아닌 것이, 단지 종이 가득 먹물이 먹구름처럼 흐린 안개처럼 번져 있을 따름이었다. 그 뒷면에는 다음과 같은 글 몇 줄이 적혀 있었다.

맑은 하늘의 달은 보기 어렵고
오색구름은 쉽사리 흩어지네.
마음은 하늘보다 높지만
몸은 비천한 신세라네.
사랑스럽고 뛰어난 풍류는 남의 시샘만 초래할 뿐.
오래 살거나 요절하는 건 대개 비방 때문에 생기는 것.
정 많은 도련님은 공연히 근심만 하네.[21]

제5회  **133**

霽月難逢

彩雲易散

心比天高

身爲下賤

風流靈巧招人怨

壽夭多因誹謗生

多情公子空牽念


다음 장을 보니 갓 피어난 한 다발 꽃과 해진 돗자리가 하나 그려져 있었다. 그 뒤에는 다음과 같은 노래가 적혀 있었다.


부질없이 온화하고 유순하기만 하니

헛되이 계수나무나 난초 같다고 칭찬하네.

어릿광대더러 복도 많다고 부러워하지만

뉘라서 알랴, 도련님과는 인연이 없는 것을![22]

枉自溫柔和順

空云似桂如蘭

堪羨優伶有福

誰知公子無緣


보옥은 그게 무슨 뜻인지 알 수 없었다. 그래서 그는 이 책을 던져버리고 '부책'이 들어 있는 궤짝을 열고 한 권을 꺼내어 펼쳐보았다. 책의 첫 장에는 한 그루 계수나무 아래 연못 물이 말라 연꽃이 시들어 뿌리까지 썩어버린 모습이 그려져 있었다. 그 뒤쪽에는 이런 글이 적혀 있었다.


뿌리와 연꽃은 한줄기를 이루어 향기 피우지만

평생의 처지는 실로 애절한 슬픔뿐이로다.

두 땅에서 외로운 나무가 자라난 뒤에

향기로운 영혼은 고향으로 돌아가게 될지니![23]

根幷荷花一莖香

平生遭際實堪傷

自從兩地生孤木

致使香魂返故鄉


보옥은 여전히 무슨 소리인지 알 수가 없었다. 그래서 다시 그 책을 내던지고, 이번엔 '정책'을 집어 들고 살펴보았다. 첫 장에는 두 그루 말라 죽은 나무가 그려져 있었는데, 그 위에 옥으로 만든 허리띠가 하나 걸려 있었다. 그리고 땅바닥에는 눈이 쌓여 있었는데, 눈 속에 금비녀가 하나 떨어져 있었다. 그 뒤에는 다음과 같은 네 구절의 노래가 적혀 있었다.


한탄스럽구나, 베틀을 멈춘 덕성이여!

가련하구나, 버들 솜 읊는 재주여!

옥 허리띠는 숲 속에 걸려 있고

금비녀는 눈 속에 묻혀 있네.[24]

可嘆停機德

堪憐詠絮才

玉帶林中掛

金簪雪裏埋


보옥은 여전히 그 뜻을 알 수 없었다. 선녀에게 물어보고 싶었지만 선녀는 천기를 누설할 것 같지 않았다. 그렇다고 책을 내려놓을 수도 없어서 다시 뒷장을 살펴보았다. 거기에는 활이 하나 그려져 있었는데, 그 위에는

제5회 **135**

향긋한 레몬이 하나 걸려 있었다. 그리고 이런 노래가 적혀 있었다.


이십 년 동안 옳고 그름을 가려왔는데
석류꽃 핀 곳에서 햇살은 궁전을 비추네.
춘삼월 경치가 어찌 초봄만 하랴?
호랑이와 토끼가 만나면 거창한 꿈도 끝나리니![25]
二十年來辨是非
榴花開處照宮闈
三春爭及初春景
虎兔相逢大夢歸


다음 장에는 두 사람이 연을 날리고 있고, 큰 바다에 뜬 커다란 배 한 척을 묘사한 그림이 있었다. 배 안에는 한 여자가 얼굴을 가리고 눈물을 흘리고 있었다. 그 뒤에는 이런 글이 적혀 있었다.


재주는 뛰어나고 뜻은 높건만
저무는 시대에 태어나 운수가 막혔구나.
해맑은 봄날 강변에 나와 눈물 흘리며 바라보니
천리 밖에서 부는 봄바람만 꿈처럼 아득하네.[26]
才自精明志自高
生於末世運偏消
淸明涕泣江邊望
千里東風一夢遙


다음 장에는 떠가는 몇 조각의 구름과 굽이쳐 흐르는 강물을 그린 그림이 있었고, 그 뒤에는 이런 노래가 적혀 있었다.

부귀는 또 무슨 소용이랴?

강보에 싸여 있을 적에 부모를 여의었네.

어느새 기우는 햇살을 애도하노니

상수 강물 흐르고 초 땅의 구름 날아가네.[27]

富貴又何爲

襁褓之間父母違

展眼弔斜輝

湘江水逝楚雲飛


다음 장에는 진흙 속에 뒹구는 한 덩이 아름다운 옥이 그려져 있었고, 그 뒤에는 이런 글이 적혀 있었다.


깨끗해지려 했건만 언제 그런 적이 있었던가?

깨달음을 말하지만 꼭 그렇게 되지는 않는다네.

가련하구나, 고귀하고 아름다운 사람이여

끝내 진흙탕 속에 빠지고 말았구나![28]

欲潔何曾潔

云空未必空

可憐金玉質

終陷淖泥中


다음 장에는 한 마리 사나운 이리가 미녀 한 명을 잡아먹으려는 듯 급히 쫓아가고 있는 그림이 나타났다. 그 뒤에는 이런 글이 적혀 있었다.


그대는 본래 중산의 이리

뜻을 이루자마자 미쳐 날뛰는구나.

화려한 규방의 꽃버들 같은 여인은

겨우 일 년 만에 허무한 꿈[29] 속으로 가버렸네.[30]

子系中山狼

得志便猖狂

金閨花柳質

一載赴黃粱

다음 장에는 낡은 사당이 하나 그려져 있었는데, 그 안에 어느 미녀가 홀로 앉아 경전을 읽고 있었다. 거기에는 이런 글이 적혀 있었다.

춘삼월 아름다운 경치도 오래가지 못함을 깨달아

갑자기 예전의 고운 단장 버리고 검은 승복으로 갈아입네.

가련하여라, 화려한 귀족 집안의 여인이여

낡은 불상 옆에 등불 켜고 홀로 누웠구나![31]

勘破三春景不長

緇衣頓改昔年粧

可憐繡戶侯門女

獨臥靑燈古佛旁

그 뒷면에는 한 조각 빙산이 그려져 있었는데, 그 위에는 암컷 봉황 한 마리가 앉아 있었다. 거기에는 이런 글이 적혀 있었다.

쇠락하는 세상에 봉황이 찾아오나니

모두들 그 타고난 재주를 사랑한다네.

처음엔 따르고 다음엔 명령하고 결국엔 냉담한지라

통곡하며 금릉을 향하니 사연이 더욱 애처롭네![32]

鳳鳥偏從末世來

都知愛慕此生才

一從二令三人木

哭向金陵事更哀


다음 장에는 또 어느 황량한 시골 들판의 가게에서 한 미인이 실을 잣고 있는 모습이 그려져 있었고, 거기에는 이렇게 쓰여 있었다.


권세가 무너지면 고귀했던 옛날을 입에 담지 말고

집안이 망하면 친척을 거론하지 말라.

우연히 유노파〔劉姥姥〕*를 도와준 덕분에

공교롭게 은인을 만나게 된다네.[33]

勢敗休云貴

家亡莫論親

偶因濟劉氏

巧得遇恩人


시 뒤에는 무성한 난초 화분 옆에 봉황새 모양의 족두리를 쓰고 노을처럼 붉은 치마를 입은 미인이 서 있는 그림이 있었다. 거기에도 이런 글이 적혀 있었다.


복숭아도 오얏도 봄바람에 열매를 다 맺었건만

결국 그 무엇을 화분의 난초에 견주랴?

얼음물처럼 맑은 절개 공연히 질투하면

부질없이 남들에게 웃음거리가 되리니![34]

桃李春風結子完

제5회  139

到頭誰似一盆蘭

如氷水好空相妬

枉與他人作笑談

시 뒤에는 높은 누각에서 어느 미녀가 들보에 목을 매어 자살한 그림이 있었다. 거기에는 이렇게 쓰여 있었다.

**정의 하늘 정의 바다에서 나와 사랑에 빠진 인간의 몸이 되지만**

**연인은 만났으나 음란함이 주가 될 운명.**

**버릇없는 못난이는 모두 영국부에서 나온다고 하지만**

**말썽의 단서를 만든 죄는 사실 녕국부에 있다네.**[35]

情天情海幻情身

情旣相逢必主淫

漫言不肖皆榮出

造釁開端實在寧

보옥이 더 보려고 하자, 경환선고는 타고난 자질이 뛰어난데다 성품 또한 영악하고 총명한 보옥에게 천기가 누설될까 두려워 책을 덮어버렸다.

"호호, 이제 멋진 경치를 구경하러 가요. 여기서 아리송한 책에 매달려 끙끙댈 필요 없잖아요!"

보옥은 몽롱한 상태에서 자기도 모르게 책을 내던지고 경환선고를 따라 궁전 뒤쪽으로 갔다. 거기에는 온통 화려하게 치장된 처마 아래 주렴과 수놓은 휘장이 드리워진 멋진 건물이 있었다. 반짝반짝 빛나는 화려한 문들과 금을 깔아놓은 듯한 바닥, 눈처럼 하얀 창들과 옥으로 만든 듯한 건물의 아름다움은 말로 다 형용할 수 없었다. 더욱이 신선계의 온갖 기이한 풀들과 꽃들이 그윽한 향기를 풍기는 정말 아름다운 곳이었다. 그때 경환

선고가 웃으며 말했다.

"애들아, 빨리 나와서 귀한 손님을 맞이해라!"

그 말이 채 떨어지기도 전에 방 안에서 한 무리 선녀들이 달려나왔다. 연꽃 같은 소매가 펄럭이며 깃털 같은 옷자락이 하늘거리는 것이, 그들은 모두 마치 봄날 꽃처럼 가을밤의 달처럼 고왔다. 그들은 보옥을 보자마자 모두 경환선고를 원망하듯 말했다.

"도대체 '귀한 손님'이 어디 있다고 얼른 맞이하라는 거예요! 언니가 예전에 오늘 이 시간, 강주絳珠 동생의 영혼이 놀러올 거라고 해서 한참을 기다렸단 말이에요. 그런데 왜 이런 더러운 것을 데려와서 여자들만 있는 이 깨끗한 곳을 더럽히는 거예요?"

보옥은 이 말을 듣고 깜짝 놀라 쥐구멍에라도 들어가고 싶었다. 아무래도 자신의 모습이 무척 지지분하다고 느껴졌기 때문이었다. 경환선고는 황급히 그를 붙들며 여러 선녀들에게 말했다.

"너희들이 자초지종을 몰라서 이러는구나. 원래는 오늘 영국부에 가서 강주絳珠•를 데려올 생각이었다. 그런데 마침 녕국부를 지나다가 우연히 녕국공과 영국공의 혼령을 만났는데, 그분들이 이렇게 부탁하시더구나. '우리 집안은 이 나라가 세워진 이래 대대로 큰 공명을 세워 부귀가 이어진 지 백 년이 되었지만, 이제 운수가 다해 돌이킬 수 없게 되었소! 그래서 자손은 많지만 가업을 이을 만한 이가 없소. 그 가운데 유일한 적손嫡孫인 가보옥이 비록 품성은 괴팍하나 총명하고 영리하여 그럭저럭 가업을 이을 만한 가능성이 있소. 하지만 우리 집안의 운수가 모두 끝나 그 아이를 바른 길로 이끌어줄 사람이 없소. 다행히 마침 선고께서 와주셨으니, 부디 정욕과 여색 같은 일에 대해 그놈의 어리석음을 일깨워주시구려. 그렇게 해서 혹시 그놈이 미망迷妄의 수렁에서 빠져나와 바른 길로 들어갈 수 있다면, 그 또한 우리 형제의 행운이 아니겠소이까?' 이렇게 간절히 청하셔서 내가 자비심을 발휘하여 저 사람을 여기로 데려왔어. 먼저 그의 집안에

제5회 **141**

있는 상, 중, 하 세 등급 여자들의 평생 사적을 적은 책자를 잘 살펴보게 했
는데, 아직 깨닫지 못하는구나. 그래서 다시 여기로 데려왔단다. 여기서
맛있는 음식과 노래, 여색의 환상을 두루 경험하면 혹시 장래에 대한 깨달
음이 있을지도 모르겠어."

이렇게 말하고 경환선고는 보옥을 데리고 방으로 들어갔다. 방 안에서는
한줄기 그윽한 향기가 풍겼는데, 보옥은 그게 무슨 향인지 알 수가 없었
다. 궁금증을 참지 못하고 묻자 경환선고가 가소롭다는 듯이 웃었다.

"호호, 속세에 없는 이 향을 당신이 어찌 알겠어요! 이것은 여러 명산과
경치가 아름다운 곳에 처음 핀 상서로운 식물들의 정수를 모으고 각종 진
귀한 나무에서 짠 기름을 합쳐서 만든 '군방수群芳髓'*라는 향이지요."

보옥은 그 말을 듣자 자연히 부러워할 수밖에 없었다. 모두 자리에 앉자
어린 하녀가 차를 내왔다. 보옥은 그 향기가 맑고 맛이 뛰어난 걸로 보아
예사 차가 아닌 것을 알고, 다시 그 이름을 물었다.

"이 차는 방춘산 견향동에서 나는 것인데, 신선계의 꽃과 신령한 잎사귀
에 맺힌 이슬로 끓인 거예요. 이름은 '천홍일굴千紅一窟'[36]이라고 하지요."

보옥은 고개를 끄덕이며 칭송했다. 방 안을 돌아보니 옥으로 장식한 거
문고와 오래된 청동기, 옛 그림, 새로 지은 시 등 없는 게 없었다. 더욱이
창 아래에 뱉어낸 실 부스러기[唾絨][37]가 있고, 화장대에는 분가루가 얼룩
진 곳들도 있어서 더 좋았다. 그리고 벽에는 대련이 한 폭 걸려 있었는데,
내용은 이러했다.

그윽하게 감추어진 신령한 땅
어찌할 수 없는 하늘[38]
幽微靈秀地
無可奈何天

그것들을 다 둘러본 보옥은 어느 하나 부럽지 않은 게 없었다. 이어서 그는 선녀들의 이름을 물었는데, 치몽선고痴夢仙姑*, 종정대사鍾情大士[39], 인수금녀引愁金女, 도한보리度恨菩提 등 칭호가 제각기 달랐다.

잠시 후, 어린 하녀가 들어와 식탁과 의자를 놓고서 술과 안주를 늘어놓았는데, 그야말로 이런 묘사와 잘 어울렸다.

**아름다운 유리 접시에 귀한 국물 넘치고**
**호박 술잔에는 옥액玉液\*이 가득하네.**
瓊漿滿泛玻璃盞
玉液濃斟琥珀杯

더욱이 풍성한 안주들에 대해서는 더 말할 필요도 없었다. 보옥은 이 술의 향기가 무척 맑고 달콤해서 또다시 물어보았다. 그러자 경환선고가 대답했다.

"이 술은 온갖 꽃잎과 수많은 나무즙에 기린이 빚은 탁주〔醅〕와 봉황이 만든 누룩〔麯〕을 섞어 발효시켰기 때문에 '만염동배萬艷同杯'[40]라고 부른답니다."

보옥은 감탄하느라 정신이 없었다.

그렇게 앉아 술을 마시고 있는 동안 또 열두 명의 무녀들이 올라오더니 무슨 노래를 공연할지 물었다. 그러자 경환선고가 말했다.

"새로 지은 「홍루몽」 열두 가락을 공연해주렴."

무녀들은 "예!" 하고 대답하더니, 자단목으로 만든 박판拍板[41]을 가볍게 두드리고 느릿하게 은쟁銀箏\*을 퉁기며 노래를 불렀다.

**태초의 혼돈에서 세상이 열리고……**
開闢鴻蒙……

막 노래 한 구절을 부르자 경환선고가 설명해주었다.

"이 노래는 속세에서 지은 전기傳奇[42]와는 달라요. 거기에는 생生*, 단旦, 정淨, 말末과 같은 배우나 남조南調*, 북조北調 같은 구궁九宮[43]처럼 정해진 가락이 있지요. 만약 한 사람의 일에 대해 읊거나 어떤 하나의 사건에 대한 감회를 묘사함으로써 하나의 노랫말을 이루게 되면, 악보에 맞춰 공연할 수 있게 되는 것이지요. 그런 사정을 모르는 사람은 거기에 담긴 오묘한 뜻을 알 수 없지요. 아마 당신도 이 곡조를 잘 모를 테니, 먼저 가사를 읽어보고 나서 노래를 들어야지, 그렇지 않으면 밀랍을 씹는 것처럼 아무 맛도 느끼지 못할 거예요."

말을 마치고 그녀는 하녀에게 「홍루몽」 원고를 가져오게 해서 보옥에게 건네주었다. 그것을 받아든 보옥은 눈으로 가사를 읽으면서 노래를 들었다.

**「홍루몽」 서곡**

태초의 혼돈에서 세상이 열릴 때

그 누가 사랑의 씨를 뿌렸나?

모두가 그저 풍류의 정만 가득할 뿐.

어찌할 수 없는 하늘

가슴 아픈 나날

적막하기 그지없을 때

내 어리석은 마음 달래보려네.

그래서 상연하노라

금과 옥[44]을 애도하는 「홍루몽」을.

**紅樓夢引子**

開闢鴻蒙

誰爲情種

144

都只爲風月情濃

奈何天

傷懷日

寂廖時

試遣愚衷

因此上 演出這悲金悼玉的紅樓夢


**제1곡 평생의 오해**

모두들 금과 옥의 아름다운 인연이라 말하지만

난 그저 나무와 돌의 옛 언약만 생각할 뿐.

공허하게 마주보네,

산속 고고한 선비의 수정처럼 맑은 눈을.

끝내 잊지 못하리,

세상 밖 선녀가 사는 적막한 숲을.

인간 세상이여!

아름다움 속에도 부족함이 있음을 이제야 믿겠구나!

점잖고 공손한 아내가 있다 해도

이 마음 끝내 평안해지기 어렵구나![45]

**終身誤**

都道是金玉良緣

俺只念木石前盟

空對着

山中高士晶瑩雪

終不忘

世外仙姝寂寞林

嘆人間

제5회 **145**

美中不足今方信

縱然是齊眉擧案

到底意難平


## 제2곡 고운 눈썹 찌푸리며

하나는 신선세계의 꽃,

하나는 티 없이 아름다운 옥.

특별한 인연이 없었다면

이 생애에서 어떻게 또 만날 수 있었을까?

특별한 인연이 있었다면

사랑은 왜 이렇게 허무하게 끝나야 했을까?

하나는 헛되이 탄식만 하고

하나는 부질없이 근심에 잠겨 있네.

하나는 물속의 달,

하나는 거울 속의 꽃.

눈에는 얼마나 많은 눈물이 담길 수 있는가?

어떻게 막을 수 있으랴? 가을부터 겨울까지,

봄부터 여름까지 끝없이 흐르는구나![46]

**枉凝眉**

一個是閬苑仙葩

一個是美玉無瑕

若說沒奇緣

今生偏又遇着他

若說有奇緣

如何心事終虛話

一個枉自嗟呀

146

一個空勞牽掛

一個是水中月

一個是鏡中花

想眼中能有多少淚珠兒

怎禁得秋流到冬

春流到夏


## 제3곡 한스러운 인생무상

부귀영화가 한창인데

한스럽게도 무상한 운명이 다시 도래하네.

눈을 크게 뜨고

만사를 내던져버리세.

세월은 유유히 일렁거리고

향기로운 영혼은 스러지네.

고향이 그립지만

길은 멀고 산은 높아라.

부모님 꿈속에 찾아가 말씀드렸지,

제 목숨은 이미 황천을 건넜사오니

부모님이시여

어서 빨리 걸음 돌려 몸을 빼내소서!⁴⁷

**恨無常**

喜榮華正好

恨無常又到

眼睜睜

把萬事全拋

蕩悠悠

芳魂銷耗

望家鄉

路遠山高

故向爹娘夢裏相尋告

兒命已入黃泉

天倫呵

須要退步抽身早


## 제4곡 혈육이 헤어지네

비바람 속에 돛단배 하나, 길은 삼천 리

혈육과 고향을

모두 버리고 떠나야 하나니

통곡으로 남은 수명 줄어들 것 같구나.

부모님이시여

제 걱정일랑 하지 마소서.

궁하면 통한다는 것은 예부터 정해진 일이요

헤어지고 만남에 어찌 인연이 없겠습니까?

이제 서로 헤어지지만

각자 평안하게 살아야지요.

이 못난 딸 떠나더라도

걱정하지 마소서![48]

**分骨肉**

一帆風雨路三千

把骨肉家園

齊來拋閃

恐哭損殘年

告爹娘

休把兒懸念

自古窮通皆有定

離合豈無緣

從今分兩地

各自保平安

奴去也

莫牽連


## 제5곡 환락 속의 슬픔

강보에 싸여 있을 적에

부모님 모두 돌아가시니

몸은 비록 비단 속에서 자랐으나

응석이란 걸 어찌 알았으랴?

다행히 타고난 품성이

영리하고 활달하고 아량이 넓어

아녀자의 사사로운 정 따위에는 얽매이지 않았지

마치

비 개어 맑은 달밤 빛나는 옥당玉堂*처럼

재주 좋고 잘생긴 낭군 얻어

하늘과 땅만큼 영원한 사랑의 언약 받았으니

분명 어린 시절 고난을 보상받는 듯했지.

그러나 끝내 고당의 구름은 흩어지고

상수湘水 강물은 말라버렸네.[49]

이는 속세에서 당연한 흥망의 운수이니

부질없이 슬퍼한들 무엇하랴?[50]

**樂中悲**

襁褓中

父母嘆雙亡

縱居那綺羅叢

誰知嬌養

幸生來

英豪闊大寬宏量

從未將兒女私情略縈心上

好一似

霽月光風耀玉堂

廝配得才貌仙郎

博得個地久天長

準折得幼年時坎坷形狀

終久是雲散高唐

水涸湘江

這是塵寰中消長數應當

何必枉悲傷


## 제6곡 힘겨운 세상

타고난 기품은 난초와 같고

화려한 재주는 신선보다 뛰어나

타고난 품성 고고하여 남과는 어울리지 못하네.

그대는 고기가 입에 비려 싫다 하고

화려한 비단 치장은 속되다 여기지만

이것만은 몰랐지, 너무 고상하면 남들이 더욱 질투하고

지나치게 깨끗하면 세상이 모두 미워한다는 것을!

안타깝구나,

유리등 꺼진 낡은 절에서 그대는 늙어가고

헛되이 저버렸구나,

화려한 누대에 봄날은 저물어가네.

결국

여전히 바라지 않던 풍진 세상에 떨어져 꼿꼿이 버티나니

마치

진흙탕에 빠진 티 없이 하얀 옥 같은 신세라네.

그러나 또 어찌하랴?

고귀한 집안 도련님과는 인연이 없는 것을![51]

**世難容**

氣質如美玉

才華阜比仙

天生成孤癖人皆罕

你道是啖肉食腥膻

視綺羅俗厭

却不知好高人愈妒

過潔世同嫌

可嘆這

青燈古殿人將老

孤負了

紅粉朱樓春色闌

到頭來

依舊是風塵骯髒[52]違心願

好一似

無瑕白玉遭泥陷

又何須

王孫公子嘆無緣


## 제7곡 원수와 결혼하다

중산의 이리[53]는

무정한 짐승

지난날 사연은 모두 잊어버렸네.

오로지

교만하고 음탕하게 여색의 쾌락만 탐할 뿐.

보아라, 저기

귀한 가문의 규수는 수양버들처럼 여린데

짓밟혀

귀족 집안 소중한 딸이 천한 종처럼 되었구나.

가련하여라, 꽃다운 영혼이여

만난 지 일 년 만에 정처 없이 저승을 떠도네.[54]

**喜冤家**

中山狼

無情獸

全不念當日根由

一味的

驕奢淫蕩貪歡媾

覰着那

侯門艶質同蒲柳

作踐的

公府千金似下流

嘆芳魂艶魄

一載蕩悠悠

## 제8곡 화려한 날의 허무함을 깨달음

저 춘삼월을 보라

붉은 복사꽃 푸른 버들은 결국 어찌 되었나?

이 화려한 세월 다 버리고

저 맑은 자연의 따스한 기운을 찾아야지!

천상에는 향긋한 복숭아 가득하고

구름 속에 살구꽃 무성하다지만[55]

결국

뉘라서 다가오는 가을을 막을 수 있었던가?

보아라, 저기

백양나무 우거진 마을에서 흐느끼는 사람을,

푸른 단풍나무 숲 아래 귀신만 울부짖는구나![56]

더욱이

시든 풀이 날마다 무덤을 덮으니

이는 분명

어제는 가난했다가 오늘 부자가 된 이들의 부질없는 고생이요

봄날 번성했다가 가을이면 시드는 꽃의 괴로움일세.

이렇듯

뉘라서 험난한 삶을 피할 수 있으랴?

듣자 하니

서방정토*의 보배로운 나무 보리수에는

영원한 생명을 주는 과일이 열린다던데.[57]

虛花悟

將那三春看破

桃紅柳綠待如何

把這韶華打減

覓那清淡天和

說什麼天上夭桃盛

雲中杏蕊多

到頭來

誰見把秋捱過

則看那

白楊村裏人嗚咽

青楓林下鬼吟哦

更兼着

連天衰草遮墳墓

這的是

昨貧今富人勞碌

春榮秋謝花折磨

似這般

生關死劫誰能躲

聞說道

西方寶樹喚婆娑

上結着長生果


### 제9곡 총명한 탓

마음의 기지 다 발휘하여 너무도 총명했건만
오히려 당신의 목숨을 잃게 했구려!
생전에 마음은 이미 부서져버렸고
죽은 뒤엔 품성이 공허해져버렸지.

**154**

부유한 집안에서 편안히 살더니

결국

집안은 망하고 가족은 뿔뿔이 흩어져 떠돌게 되었지.

부질없이 반평생 마음고생만 하여

마치

깊은 밤 꿈처럼 아득했었지.

갑자기 와르르 큰 건물 무너져내리듯

흐릿한 세상은 꺼져가는 등불 같았지.

아! 한바탕 기쁨이 순식간에 쓰라린 슬픔 되었네.

서글픈 세상이여

끝내 편안한 삶은 누리기 어렵구나![58]

**聰明累**

機關算盡太聰明

反算了卿卿性命

生前心已碎

死後性空靈

家富人寧

終有個

家亡人散各奔騰

枉費了意懸懸半世心

好一似

蕩悠悠三更夢

忽喇喇似大廈傾

昏慘慘似燈將盡

呀, 一場歡喜忽悲辛

嘆人世

제5회 **155**

終難定

## 제10곡 음덕을 남기시어

음덕을 남기시어

음덕을 남기시어

우연히 은인을 만나게 하셨네.

다행히도 어머니께서

다행히도 어머니께서

생전에 공덕을 쌓아놓으셨네.

권하노니, 사람으로 태어나거든

곤궁한 사람들 도와 구제하라.

돈만 밝히며 혈육의 정 잊은 못된 외숙과 오빠들 닮지 마라!

인생의 영화와 쇠락은

바로 푸른 하늘에 달려 있으니![59]

**留餘慶**

留餘慶

留餘慶

忽遇恩人

幸娘親

幸娘親

積得陰功

勸人生

濟困扶窮

休似俺那愛銀錢忘骨肉的狠舅奸兄

正是乘除加減

上有蒼穹

**제11곡 저무는 세월**

거울 속의 사랑이여

꿈속 같은 공명[60]은 또 어찌 감당하랴!

저 아름다운 세월은 어찌나 빨리 흘러가는지!

비단 장막 원앙금침은 다시 말하지 말지니.

이렇듯 고운 구슬 달린 모자에

봉황 무늬 수놓은 저고리[61] 걸치고 있어도

무상한 목숨은 어쩔 수 없네.

비록

늘그막에 가난은 견딜 수 없다지만

그래도 자손 위해 음덕을 쌓아야지.

기세도 드높아

머리에 비녀 꽂고 갓끈 매고

영광은 찬란하여

가슴에 금 도장 걸고

위세도 당당하여

높은 벼슬 지냈건만

눈앞이 참참하구나

황천길이 가까워졌으니!

물어보세, 옛날의 어느 장상이 아직 살아 있는가?

그저 허망한 이름만 남아 후손들이 흠모할 뿐이네![62]

**晚韶華**

鏡裏恩情

更那堪夢裏功名

那美韶華去何迅

再休提繡帳鴛衾

只這戴珠冠

披鳳襖

也抵不了無常性命

雖說是

人生莫受老來貧

也須要陰騭積兒孫

氣昂昂

頭戴簪纓

光燦燦

胸懸金印

威赫赫

爵祿高登

昏慘慘

黃泉路近

問古來將相可還存

也只是虛名兒後人欽敬


## 제12곡 좋은 일은 끝나고

화려한 들보에 봄이 다하니 타버린 향의 재만 떨어지는구나.

무절제한 사랑 놀음과

달 같은 용모 지키려는 게

바로 집안을 망친 원인이로세.

가업의 쇠락은 모두 가경賈敬에서 시작되었지만

집안의 몰락에는 녕국부의 죄가 가장 크다네.

묵은 재앙은 모두 정 때문이지![63]

好事終

畵梁春盡落香塵

擅風情

秉月貌

便是敗家的根本

箕裘頹墮皆從敬

家事消亡首罪寧

宿孽總因情


## 맺음곡·새들은 뿔뿔이 숲으로 날아드네

벼슬한 이는

가업이 쇠락하고

부귀한 이는

재산이 바닥나네.

은혜를 베푼 이는

죽음에서 빠져나오고

무정한 이는

분명한 응보를 받네.

목숨을 빚진 이는

목숨을 벌써 갚았고

눈물을 빚진 이는

눈물이 이미 말랐네.

원수를 갚음은 자연히 가볍지 않고

헤어지고 만남은 전생에 미리 정해진 것.

목숨의 길고 짧음은 전생에 물어보라

늙어서도 부귀를 누림은 참으로 요행일세!

깨달은 이는

불문佛門으로 피해 들어가고

어리석은 이는

헛되이 목숨을 허비하네.

마치 모이를 다 먹은 새들이 숲으로 날아들 듯

남은 것이라곤 그저 흔적도 없이 망망한 대지뿐일세![64]

**收尾 · 飛鳥各投林**

爲官的

家業雕零

富貴的

金銀散盡

有恩的

死裏逃生

無情的

分明報應

欠命的

命已還

欠淚的

淚已盡

寃寃相報自非輕

分離聚合皆前定

欲知命短問前生

老來富貴也眞僥倖

看破的

遁入空門

癡迷的

枉送了性命

好一似食盡鳥投林

落了片白茫茫大地眞乾淨

　노래가 끝나자 가희歌姬들은 다시 부곡副曲을 부르려고 했다. 그러나 경환선고는 보옥이 무척 따분해하는 것을 보고 탄식하며 말했다.

"어리석은 사람, 아직 깨닫지 못했군요!"

　보옥은 황급히 가희들에게 더 이상 노래를 부르지 않아도 된다면서 멈추게 했다. 그리고 그는 몽롱하고 나른한 기분이 들어 너무 취했으니 눕고 싶다고 했다. 경환선고는 즉시 술상을 치우게 하고 어느 향긋하고 아름다운 규방으로 그를 안내했다. 보옥은 이제껏 그토록 화려한 장식을 본 적이 없었다. 더욱 놀라운 것은 방 안에 벌써 웬 여자가 한 명 있었는데, 그 아름다움은 마치 설보차 같았고, 요염함은 또 임대옥을 떠올리게 했다. 그가 영문을 몰라 하던 차에 갑자기 경환선고가 말했다.

"세상의 수많은 부귀한 가문들에서 규방의 풍류와 그윽한 아름다움은 모두 음탕한 자제들과 방탕한 여자들 때문에 더러워졌지요. 더 안타까운 일은, 예로부터 경박한 난봉꾼들이 '미인은 좋아하나 음란하지는 않다〔好色不淫〕.'고 변명하거나 '마음은 맞되 음란하지는 않다〔情而不淫〕.'는 이유를 내세워 나쁜 짓을 일삼아왔는데, 이 모두가 자신들의 잘못과 추악함을 가리려는 말일 뿐이라는 사실이지요. 여색을 좋아하면 그것이 바로 음란한 것이고, 정을 알면 그건 더욱 음란한 거예요. 모든 사랑의 행위나 성적인 관계65는 모두 여색을 좋아하고 그 감정에 연연하기 때문에 생기는 것이니까요. 제가 당신을 좋아하는 것도 바로 당신이 천하제일, 고금제일의 음란한 사람이기 때문이에요!"

　보옥은 그 말을 듣고 깜짝 놀라 대답했다.

"선녀님, 말도 안 되는 소리 마세요! 제가 공부를 게을리해서 부모님이 자주 꾸중하시고 훈계를 늘어놓긴 하지만, 그렇다고 어떻게 '음란하다'는

제5회　**161**

누명까지 쓰겠어요? 더구나 전 아직 어려서 '음란하다'는 게 뭔지도 모른다고요!"

"아니지요. 비록 '음란하다'는 말은 한 가지라도, 그 뜻에 따라 여러 가지로 나뉘지요. 가령 음란한 것을 좋아하는 사람들은 그저 미녀의 용모를 좋아하고 춤과 노래를 즐기며 계속 웃고 떠들면서도 지겨워하지 않아요. 그리고 시도 때도 가리지 않고 운우지락雲雨之樂*을 나누면서 오로지 온세상의 미녀들이 자기에게 순간의 쾌락을 주지 못하는 것이 안타까울 따름이라고 생각하지요. 이런 인간들은 모두 육체적인 음란함에 빠진 멍청이들에 지나지 않아요. 당신은 태어날 때부터 치정癡情에 얽힐 운명인데, 우리는 그런 경우를 일컬어 '마음의 음란함〔意淫〕'이라고 하지요. 그것은 오직 마음으로만 깨달을 수 있을 뿐이지 말로 설명해줄 수는 없고, 정신으로만 깨달을 수 있을 뿐이지 말로 전해주지는 못하는 것이지요. 당신 혼자만이 이 '마음의 음란함'을 알고 있기 때문에, 규방 안에서는 좋은 벗이 될 수 있을는지 몰라요. 하지만 세상살이에서는 많은 사람에게 어리석고 괴팍하다는 비웃음과 미움을 살 수밖에 없어요. 오늘 저는 우연히 당신의 조부님 되시는 녕국공과 영국공을 만나 간곡한 부탁을 받았어요. 비록 당신이 규방의 여인들에게는 삶의 기쁨을 더해주겠지만 세상에서는 버림을 당하게 되는 꼴을 차마 방관할 수 없었어요. 그래서 당신을 여기로 데려와서 신령한 술에 취하게 하고, 선계의 차로 마음을 씻어주고, 오묘한 노래로 경계鏡戒해준 것이에요. 이제 제 동생 하나를 당신의 아내로 드리겠어요. 그 애의 어릴 적 이름은 겸미兼美*이고, 자는 가경可卿이랍니다. 오늘 저녁 이 때가 좋으니 혼인식을 할 만하군요. 이건 다만 '선계 규방의 풍경이 이러할진대 속세의 정경이야 어떠하랴.' 하는 점을 그대에게 깨우쳐주려는 것에 지나지 않아요. 이후로는 부디 잘 깨달아 이전의 애정이 잘못된 것임을 알아 고치고, 공자와 맹자의 가르침을 유념하면서 세상을 경륜하고 백성을 구제하는 데 몸을 바치도록 하세요."

말을 마치고 경환선고는 운우지정雲雨之情을 나누는 법에 대해 은밀히 가르쳐준 다음 보옥을 방 안으로 밀어넣고는 문을 닫고 가버렸다. 보옥은 꿈결같이 몽롱한 상태에서 경환선고가 가르쳐준 대로 젊은 남녀 사이에 벌일 수 있는 일을 행했는데, 여기서 그것을 자세히 설명하기는 어렵다.

다음 날 그는 황홀한 사랑에 빠져 가경과 다정하게 대화를 나누며 잠시라도 떨어질 수 없는 사이가 되었다. 그러다가 둘이 손을 잡고 밖으로 놀러 나갔다가 어느 곳에 이르게 되었다. 그곳은 온통 가시나무로 뒤덮여 있었고, 범과 이리들이 득실대고 있었다. 앞에는 한줄기 검은 계곡이 길을 가로막고 있었고, 길을 건널 다리도 없었다. 그들이 어쩔 줄 몰라 머뭇거리고 있던 차에 갑자기 뒤에서 경환선고가 쫓아오면서 소리쳤다.

"당장 멈춰요. 어서 돌아와요!"

당황한 보옥이 길음을 멈추고 물었다.

"여긴 어딘가요?"

"여기는 미진迷津[66] 즉 미혹의 나루터예요. 저 물은 깊이가 만 길이나 되고 폭은 천 리나 되는데, 타고 건널 배도 없어요. 오직 나무로 된 뗏목 하나만이 건널 수 있는데, 목거사木居士*가 키를 잡고 회시자灰侍者가 삿대질을 하지요. 그들은 돈으로 사례를 받지 않고 인연이 있는 사람만 건네주지요. 지금 당신이 우연히 여기까지 놀러온 모양인데, 만약 그 안에 빠지기라도 한다면 제가 종전에 간곡하게 타일러드린 충고를 죄다 저버리는 결과를 낳게 돼요!"

그 말이 채 끝나기도 전에 미진* 안에서 천둥 같은 파도 소리가 들리더니, 수많은 야차夜叉*와 귀신이 나타나 보옥을 잡아당기려고 했다. 깜짝 놀란 그는 식은땀을 비 오듯이 흘리면서 정신없이 소리쳤다.

"겸미, 나 좀 구해줘!"

이 소리를 듣고 습인과 여러 하녀들이 황급히 침상으로 뛰어올라 그를 붙들고 소리쳤다.

제5회 **163**

"도련님, 겁내지 마세요. 우리가 여기 있잖아요!"

한편, 가경은 밖에서 어린 시녀들에게 개와 고양이가 싸우지 못하게 지키라고 분부하던 차에, 갑자기 보옥이 꿈꾸다가 자신의 어릴 적 이름을 부르자 매우 이상한 생각이 들었다.

'여기서 내 어릴 적 이름을 아는 사람이 없는데 저분이 어떻게 알고 꿈속에서 부르는 걸까?'

그야말로 이런 격이었다.


한바탕 그윽한 꿈속에서 누구와 친해졌나?

천고의 다정한 이들 가운데 나만 헤어나지 못하네.

一場幽夢同誰近

千古情人獨我癡

# 제 6 회

가보옥이 처음으로 운우지정을 경험하고
유노파가 처음으로 영국부에 들어오다

賈寶玉初試雲雨情　劉姥姥一進榮國府

유노파가 처음 영국부에 들어와 왕희봉을 만나다.

가경可卿은 보옥이 꿈속에서 자신의 어릴 적 이름을 부르는 것을 듣고 속으로 이상하게 생각했으나, 그렇다고 자세히 물어볼 수도 없었다. 보옥은 넋이 나간 듯 멍한 상태였다. 사람들이 서둘러 용안탕龍眼湯*을 끓여오자 그는 두세 모금 마시고 일어나 옷을 추슬렀다. 습인은 그의 허리띠를 매주다가 얼떨결에 그의 허벅지에 손이 닿았는데, 뭔가 차갑고 끈적끈적한 느낌이 전해졌다. 깜짝 놀라 얼른 손을 떼며 무슨 일이냐고 묻자, 보옥은 얼굴이 벌게진 채 그녀의 손을 슬쩍 꼬집었다. 습인은 본래 총명한 여자이고 나이도 보옥보다 두 살이 많아서 근래 세상사에 대해 조금씩 알아가고 있던 터라, 그의 그런 모습을 보고 대충 무슨 일인지 짐작했다. 그녀는 자신도 모르게 부끄러워 얼굴이 빨개진 채 감히 다시 묻지 못했다. 보옥은 다시 옷을 잘 추스르고 태부인이 있는 곳으로 가서 대충대충 저녁을 먹고 자기 처소로 돌아왔다.

습인은 어멈들과 다른 하녀들이 없는 틈에 얼른 다른 속옷을 가져와 보옥에게 주며 갈아입게 했다. 그러자 보옥이 부끄러워하면서 부탁했다.

"누나, 제발 다른 사람한테 말하지 마."

습인도 부끄러워 미소를 지었다.

"무슨 꿈을 꾸었기에 어디서 그런 지저분한 게 흘러나왔어요?"

"말하자면 길어."

그러면서 그는 꿈속의 일을 자세히 들려주었다. 이야기가 경환선고에게서 운우지정에 대해 가르침을 받은 부분에 이르자 습인은 부끄러워 얼굴을 가리고는 엎드려 웃었다. 보옥은 평소에 아름답고 부드러운 습인을 좋아했기 때문에 경환선고에게 배운 남녀 사이의 일을 그녀와 함께 해보자고 말했다. 습인도 태부인이 자신을 보옥에게 주었으니 이제 그런 일이 있더라도 예법에 어긋나지 않는다고 여겼기 때문에 몰래 보옥과 그 일을 시험해보았다. 다행히 그들은 아무에게도 들키지 않았다. 그 뒤로 보옥은 습인을 다른 하녀들과는 달리 대했고 습인도 더욱 정성을 다해 보옥을 모셨다. 이 이야기는 잠시 덮어두기로 한다.

영국부에 있는 사람들을 모두 합치면 위부터 아래까지 그럭저럭 삼사백 명은 되고, 많진 않지만 일도 하루에 열 건이나 스무 건은 있는데, 이는 마치 쓰러져 뒤얽힌 삼대와 같아 규율로 삼을 만한 단서가 없다. 그러니 어떤 일을 누구부터 서술해야 좋을지 고민스러운 참인데, 마침 천리 밖에서 겨자씨만큼이나 보잘것없는, 그래도 영국부와 조금이나마 관련 있는 어느 집안에서 한 인물이 찾아왔으니, 이 사람 이야기로 그나마 단서를 삼아보도록 하겠다. 여러분, 이 사람 이름이 무엇이며, 또 영국부와는 어떤 관계가 있는지 아시는가? 이제 자세히 들려주도록 하겠다.

방금 이야기한 이 보잘것없는 인물은 경사 출신으로, 성은 왕王씨이다. 그의 조상은 예전에 경사에서 작은 벼슬을 살았고, 왕희봉의 할아버지, 즉 왕부인의 아버지와도 면식이 있는 사이였다. 그는 왕씨 가문의 세력 덕을 보려고 그저 성이 같다는 핑계로 조카뻘을 자처했다. 당시 왕부인의 큰오빠인 왕희봉의 아버지가 왕부인을 따라 경사에 와 있었는데, 이렇게 먼 친척을 자처하는 집안이 있다는 것은 알았지만 그 나머지에 대해서는 전혀 몰랐다. 그런데 그 할아버지는 벌써 죽고 왕성王成*이라는 아들만 하나 남아 있었다. 왕성은 집안이 기울자 성 밖의 고향으로 이사해 살고 있었다.

하지만 왕성도 최근에 병으로 죽었고, 어렸을 때 구아狗兒°라고 불리던 아들만 남아 있었다. 구아도 아들을 하나 두었는데 이름이 판아板兒°였고, 구아의 아내 유劉씨는 청아靑兒°라는 딸도 하나 낳았다. 이렇게 네 식구가 농사를 지으며 살았다.

구아는 낮이면 생계를 위해 이런저런 일을 했고, 아내 유씨 또한 물을 긷거나 방아질 따위의 일을 했다. 그러니 판아와 청아 두 남매를 돌봐줄 사람이 없어서, 구아는 장모 유노파를 모셔 와 함께 살았다. 유노파는 여러 해 동안 과부로 지냈는데, 혼자 자그마한 밭뙈기를 붙이며 어렵게 살고 있었다. 그러다가 사위가 모시겠다고 하니 바라던 바가 아니었겠는가? 그래서 그녀는 온 정성을 다해 딸과 사위를 거들며 살았다.

가을이 가고 초겨울이 되어 날은 추워지는데, 겨우살이를 미처 준비하지 못한 구아는 걱정이 된 나머지 홧김에 술을 몇 잔 하고 집에서 화풀이할 건수만 찾고 있었다. 그의 아내 유씨도 감히 뭐라고 하지 못하고 있었는데, 보다 못한 유노파가 타이르면서 말했다.

"여보게, 사위. 잔소리한다고 화내지 말고 내 말 좀 들어보게. 우리 마을에 성실하지 않은 이가 어디 있겠냐마는, 모두들 가진 것만큼 먹고살지 않나! 자네가 젊을 때 부모덕을 입어 잘 먹고 잘 마시는 습관이 들어서 지금 그 때문에 집안이 견뎌나지 못하네. 돈이 생기면 앞뒤 가리지 않고 써버리고 돈이 없으면 무작정 화를 내기만 하니 그게 무슨 사내대장부란 말인가! 지금 우리가 성 밖에 나와 살고 있지만 어쨌든 천자天子의 발밑이 아닌가? 이 장안성長安城¹에 널린 게 돈인데 애석하게 주워갈 사람이 없나 보네. 집에서 아무리 안달해도 소용없네."

"장모님은 구들에 앉아 헛소리하실 줄만 아시는구려! 설마 저더러 강도질이나 도둑질을 하라는 말씀이시오?"

"누가 자네더러 도둑질을 하라던가? 어쨌든 다 같이 살아갈 방도를 생각해봐야지. 그렇지 않고 돈이란 게 어디 제 발로 우리 집에 걸어 들어오

겠는가?"

"흥! 방법이 있으면 이러고 있겠소? 저한텐 세금 걷는 친척도 벼슬살이 하는 친구도 없는데 무슨 방법을 생각하라는 거요? 설사 있다 해도 그 사람들이 우릴 거들떠보기나 하겠소?"

"그건 그렇지 않다네. 일은 사람이 꾸며도 성사 여부는 하늘에 달렸다고 했으니, 우리가 계획을 세우면 보살님이 보살펴주셔서 무슨 기회가 생길지도 모르지 않나! 내가 자네를 위해 한 가지 기회를 생각해냈네. 옛날 자네 집안은 금릉 땅 왕씨 가문과 먼 친척 사이라고 자처했지. 이십 년 전만 해도 그쪽 사람들이 자네 집안을 인정해줬지. 지금은 자네 집안에서 괜한 오기를 부리며 그쪽 집안을 가까이하지 않는 바람에 사이가 멀어지기 시작했어. 생각해보니 나도 딸과 함께 그 댁에 한 번 가본 적이 있는데, 그 집안의 둘째 아가씨가 상당히 싹싹해서 사람들에게 잘 대해주고 거들먹거리지도 않았네. 지금 그 아가씨는 영국부 둘째 나리의 부인이 되셨지. 듣자 하니 지금은 연세를 드실수록 가난한 이들과 늙은이들을 불쌍히 여기시고 잘 도와주실 뿐만 아니라, 스님이나 도사들에게 공손히 대하시면서 쌀이며 돈을 나눠주신다고 하네. 지금 왕씨 집안 나리는 승진해서 변방으로 가셨지만 둘째 아가씨는 아직 우릴 알아주실지 모르네. 그러니 한번 가보는 게 어떤가? 혹시 그분이 옛날 정리를 생각해주신다면 조금이나마 좋은 일이 생길지도 모르지 않나! 조금이라도 선심을 쓰신다면 솜털 한 가닥만 뽑아주셔도 우리네 허리통보다 굵지 않겠는가!"

그러자 유씨가 옆에서 말을 이었다.

"어머니 말씀이 맞긴 해도 이런 몰골로 어떻게 그 댁에 찾아가요? 무엇보다도 문지기들이 안에 전갈조차 해주지 않을 텐데 괜히 망신만 당할 테지요!"

잇속을 밝히기 좋아하는 구아는 뜻밖에 이 말을 듣자 마음이 들뜨기 시작했다. 그는 아내의 말을 듣고 싱글대며 말했다.

**170**

"장모님, 이왕 그런 말씀을 하셨고 게다가 옛날에 아가씨를 한 번 뵌 적이 있다 하시니 내일 가셔서 우선 형편을 좀 알아보시는 게 어떻습니까?"

유노파가 말했다.

"아이고! '귀족 집안은 바다처럼 깊다〔侯門深似海〕.'는 말도 있는데 나 같은 주제에 들어갈 수나 있겠는가? 또 그 집안에는 나를 아는 사람도 없으니 괜히 헛걸음만 할 걸세."

"하하, 괜찮습니다. 제가 한 가지 방법을 알려드리지요. 장모님이 판아를 데리고 가셔서 희봉 아씨가 시집가실 때 데려가신 하녀인, 주서周瑞*의 안사람을 먼저 찾으십시오. 주서댁을 만나면 무슨 방법이 생길 겁니다. 주서는 예전에 제 아버님과 일을 같이 한 적이 있으니까 우리랑은 아주 사이가 좋습니다."

"나도 그 사람을 아네. 하지만 한참 동안 왕래가 없었으니 지금은 어떤지 모르지. 그래도 어쩔 수 없지. 자네는 남자인데다 낯짝도 그 모양이니 당연히 갈 수 없겠고, 저 애는 젊은 아낙이라 함부로 나댈 수 없으니 아무래도 이 늙은 낯짝으로 한 번 만나볼 수밖에. 혹시 조금이라도 좋은 일이 생기면 모두에게 이롭겠지. 돈을 얻어오지 못하더라도 내 평생 그런 대갓집 구경이라도 한 번 해본다면 헛되게 산 게 아니겠지!"

그렇게 말하자 모두 한바탕 웃었다. 그날 밤 그들은 계책을 논의했다.

이튿날 날이 밝기도 전에 유노파는 잠자리에서 일어나 세수를 하고 판아에게 몇 마디 당부했다. 대여섯 살쯤 된 판아는 아무것도 모른 채 성 안 구경을 시켜준다는 말에 마냥 기뻐서 뭐라 말하든 다 "예, 예!" 대답했다. 유노파는 판아를 데리고 성 안으로 들어가 녕국부와 영국부가 있는 거리를 찾아갔다.

영국부 대문의 돌사자 앞에 이르러 보니 수많은 가마와 말들이 서 있었다. 유노파는 감히 들어가지 못하고 잠시 옷의 먼지를 털면서 또 판아에게 몇 마디 주의를 주었다. 그런 다음 조심스럽게 작은 문 앞으로 갔다. 거기

에는 가슴이 떡 벌어지고 배가 불룩한 몇몇 사람들이 커다란 걸상에 앉아 손짓발짓을 해가며 이런저런 이야기를 나누고 있었다. 유노파가 조심스럽게 다가가 물었다.

"나리들, 안녕하시우?"

사람들이 그녀를 위아래로 훑어보고 물었다.

"어디서 오셨소?"

"호호, 마님의 하인 중에서 주나리를 뵈러 왔는데 번거로우시겠지만 어느 분이 좀 불러주시구려."

그들은 그 말을 듣고도 아무도 상대해주지 않다가 한참만에야 이렇게 말했다.

"저기 멀찌감치 담 모퉁이에서 기다리시오. 조금 있다가 그 집에서 사람이 나올 게요."

그러자 그들 가운데 한 늙은이가 말했다.

"괜히 남의 일 망치지 말게. 왜 사람을 놀려!"

그리고는 유노파에게 말했다.

"주나리는 남쪽에 일 보러 가셨소. 그분 댁은 뒤쪽에 있는데 그 댁 아주머니가 계실 거요. 거길 찾아가려면 여기서 뒷길로 돌아가 뒷문에서 물어보시구려."

유노파는 그에게 감사 인사를 하고 나서 판아를 데리고 길을 돌아 뒷문으로 갔다. 대문 앞에는 장사꾼들이 봇짐을 내려놓고 쉬고 있었는데, 개중에는 먹을 것을 파는 이도 있었고 장난감을 파는 이도 있었다. 또 이삼십 명의 아이들이 시끌벅적 떠들고 있었다. 유노파는 아이들 가운데 하나를 붙들고 물었다.

"도령, 뭐 좀 물어보세. 주씨 아주머니 댁이 어딘가?"

그러자 아이들이 대답했다.

"어떤 아주머니요? 여긴 주씨 아주머니가 세 명이나 있고 주씨 어멈도

두 명이나 있어요. 무슨 일 하는 분을 말씀하시는 거예요?"

"아씨의 하인 주서 아저씨의 부인 말일세."

"그야 쉽지요. 절 따라오세요."

아이는 깡충깡충 뛰어 유노파를 데리고 후문으로 들어가더니 어느 집 담 옆에 이르러 손으로 가리키면서 말했다.

"여기가 그 아주머니 댁이에요."

그리고 또 이렇게 소리쳤다.

"아줌마, 어떤 할머니가 찾아오셔서 제가 모시고 왔어요!"

주서댁이 그 말을 듣고 얼른 맞으러 나와 물었다.

"어느 분이냐?"

유노파가 급히 나서며 말했다.

"안녕하시우, 주서방댁!"

주서댁은 한참 쳐다보더니 이내 웃으며 말했다.

"호호, 할머니시로군요! 안녕하셨어요? 여러 해 동안 못 뵈었더니 얼른 생각이 나지 않았네요. 어서 들어오세요."

집으로 들어가며 유노파가 말했다.

"호호, 높은 분들은 잊고 넘어갈 일도 많으니 우리 같은 사람을 여태 기억할 수 있겠는가?"

그렇게 말하는 사이 방에 이르자 주서댁은 하녀더러 차를 내오게 했다. 차를 마시면서 판아에게 말했다.

"네가 벌써 이렇게 컸구나!"

이어서 이런저런 자질구레한 것들에 대해 묻고는 유노파에게 말했다.

"오늘은 지나던 차에 들르신 건가요, 아니면 특별한 일이 있어서 오신 건가요?"

"자네도 좀 만나보고 아씨께 문안도 여쭐까 해서 왔다네. 아씨를 뵙게 해주면 더 좋겠지만 안 된다면 자네를 통해 대신 인사를 전할 수밖에."

제6회 **173**

주서댁은 그 말을 듣고 유노파가 찾아온 뜻을 대충 짐작했다. 그래도 예전에 남편이 땅을 살 때 분쟁이 생겼는데 구아가 제법 힘을 써주었는지라 유노파가 이렇게 찾아와 부탁하는 것을 물리치기도 내심 곤란했다. 또한 이참에 자기 체면을 과시하고 싶기도 했다.

"호호, 할머니, 안심하세요. 멀리서 성심성의로 찾아오셨는데 '진짜 부처님〔眞佛〕'[2]을 뵙지 못하고 가시게 할 순 없지요. 사실 사람이 찾아왔다고 알리는 건 제 일이 아니에요. 여기 사람들은 모두 각자 맡은 일이 있거든요. 제 남편은 봄가을에 소작료를 거두는 일만 담당하고, 한가할 때는 그저 젊은 나리들이 외출하실 때 모시기만 하면 돼요. 저는 마님과 아씨들이 외출할 때 모시는 일을 맡고 있지요. 할머니는 마님의 친척이시기도 하고 또 저를 보고 찾아오셨으니 관례를 깨고 연락해드릴게요. 다만 한 가지 알아두셔야 할 게 있어요. 여기도 다섯 해 전과는 사정이 달라졌답니다. 이제 마님은 집안일에 크게 관여하지 않으시고 모두 가련 나리의 아씨께서 맡아 하고 계셔요. 이 아씨가 누군지 아세요? 바로 마님의 친정조카이자 마님 큰오라버니의 따님이세요. 어릴 적에 봉가鳳哥*라고 불리던 분 말씀이에요!"

유노파가 놀라며 말했다.

"아, 그 아씨였구면! 하긴 당연하지. 예전부터 그 아씨가 훌륭하다고 생각해왔으니까. 그 말을 듣고 보니 오늘 그 아씨도 뵈어야겠구면."

"그야 물론이지요. 지금 마님께선 골치 아픈 일이 많으셔서 손님이 찾아왔을 때 어지간하면 모두 희봉 아씨더러 접대하라고 넘기셔요. 지금 마님은 못 뵙더라도 아씨는 한 번 뵈어야 여기까지 오신 게 헛걸음이 되지 않을 거예요."

"아미타불! 그저 자네만 믿겠네."

"무슨 말씀을! '덕을 베풀면 자기한테도 이롭다〔與人方便 自己方便〕.'라는 속담도 있잖아요. 저야 말 한마디만 전하면 그만인데 힘들 게 뭐 있겠

어요?"

그렇게 말하면서 주서댁은 하녀를 불러 도청³에 가서 태부인 방에 진짓상을 차렸는지 가만히 알아보고 오라고 했다. 하녀가 나가자 둘은 잠시 한담을 주고받았다. 그러다가 유노파가 말했다.

"희봉 아씨는 아직 스무 살이 넘지 않았을 텐데 그리 재능이 있어서 이렇게 큰 집안의 일들을 맡아보신다니 정말 대단하구먼!"

"아이고, 할머니, 미처 말씀드리지 못했네요. 희봉 아씨가 연세는 어리지만 일하시는 건 세상 누구보다 낫지요. 지금은 미녀로 성장하셨는데 마음 씀씀이는 적어도 만 명을 합친 것 같아요. 게다가 말솜씨는 입심 좋은 남자 열 명도 못 당할 정도라니까요. 이따 만나보면 아실 거예요. 다만 한 가지, 아랫사람들을 좀 엄하게 다루시는 면이 있지요."

이렇게 말하는 사이 하녀가 돌아와 전했다.

"노마님 진짓상은 다 차렸고 둘째 아씨는 마님 방에 계셔요."

그 말을 듣자 주서댁이 얼른 일어나 유노파를 재촉했다.

"얼른 가십시다, 얼른! 지금은 노마님이 진지 드시는 참이라 잠시 짬이 있으니 이 틈에 얼른 가서 뵈어야지요. 조금이라도 늦으면 일 처리를 보고 하러 오는 이들이 많아질 테니 말씀드리기 어려워져요. 또 낮잠을 주무시게 되면 더 시간이 없어진다고요!"

그러는 동안 유노파는 구들에서 내려와 옷매무새를 바로잡고 또 판아에게 몇 마디 주의를 준 다음 주서댁을 따라 구불구불 돌아서 가련의 거처로 갔다.

도청에 이르자 주서댁은 유노파더러 잠시 거기서 기다리라 하고, 자기는 가림벽을 지나 저택의 문으로 들어갔다. 그리고 희봉이 아직 오지 않은 걸 알고 우선 희봉의 심복 하녀이자 가련의 첩〔通房大丫頭〕⁴인 평아平兒˙를 찾았다. 주서댁은 우선 유노파의 신분에 대해 자세히 설명하고 이렇게 말했다.

"그래서 오늘 일부러 문안을 드리려고 멀리서 오셨어요. 옛날에 마님과 늘 만나던 사이라 오늘 꼭 뵈어야 한다기에 모시고 들어왔어요. 아씨께서 오시거든 제가 자세히 설명드릴게요. 아씨께서도 제가 경솔한 짓을 했다고 나무라지 않으실 거예요."

평아는 그 말을 듣고 곧 방도를 마련했다.

"들어와 우선 여기서 기다리라고 하세요."

주서댁은 곧 유노파와 판아를 뜰 안으로 데리고 들어왔다.

본채의 계단을 올라가자 하녀가 붉은 양탄자로 만든 발〔簾〕을 올려주어 방 안으로 들어갔다. 그러자 무언지 알 수 없는 향내가 확 풍겨와 마치 몸이 구름 속에 휩싸인 느낌이었다. 방 안을 가득 채운 장식물들은 모두 눈부시게 아름다워 머리가 어지럽고 눈앞이 아찔할 정도였다. 유노파는 그저 머리를 끄덕이고 혀를 차며 염불을 읊조릴 따름이었다. 동쪽 방으로 들어가니 그곳은 바로 가련의 딸 가교저賈巧姐*의 방이었다. 평아는 구들 옆에 서서 유노파를 두어 번 훑어보고는 인사를 하면서 자리를 권했다. 유노파는 온몸에 비단을 두르고 금은으로 치장한, 꽃처럼 아름다운 평아를 보고 희봉일 거라 생각했다. 유노파가 '아씨!' 하고 부르려는데 갑자기 주서댁이 그녀를 '평아가씨〔平姑娘〕'라고 불렀다. 뒤이어 평아도 주서댁에게 '주아주머니'라고 부르는 걸 보고 비로소 그녀가 신분이 좀 높은 하녀에 지나지 않는다는 걸 알았다. 평아는 유노파와 판아에게 구들에 올라와 앉게 하고, 자기는 구들 가장자리에 주서댁과 마주앉아 하녀가 내온 차를 마셨다.

그때 '째각째각' 하는 소리가 들렸다. 마치 밀가루로 면 뽑는 체를 두드리는 것 같아서 유노파는 자기도 모르게 여기저기를 두리번거렸다. 방 안 기둥에 걸린 상자가 눈에 들어왔는데 그 아래에는 저울추 같은 것이 매달려 쉬지 않고 흔들리고 있었다. 유노파는 속으로 생각했다.

'이게 무슨 장난감이지? 무엇에 쓰는 걸까?'

그렇게 멍하니 바라보고 있을 때 갑자기 '뎅!' 하는 소리가 울렸다. 마치 종이나 구리 경쇠를 치는 듯한 그 소리에 유노파는 순간적으로 깜짝 놀랐다. 그 소리는 연이어 여덟아홉 번이나 울렸다. 이게 무슨 소리인지 막 물어보려던 차에 하녀들이 우르르 달려와 말했다.

"아씨께서 오십니다."

주서댁과 평아는 황급히 일어서며 유노파에게 말했다.

"여기서 기다리고 계셔요. 때가 되면 저희가 모시러 올게요."

그렇게 말하면서 그들은 모두 희봉을 맞으러 나갔다.

유노파는 숨을 죽인 채 귀를 기울였다. 멀리서 누군가의 웃음소리가 들리더니 열 명이나 스무 명쯤 되는 부인들이 치맛자락을 사락사락 끌며 건물로 들어와 저쪽 방으로 들어갔다. 또 두세 명의 어멈들이 옻칠한 커다란 상자를 받쳐들고 이쪽 빙으로 들어와 기다렸다. 그때 저쪽 방에서 "상을 차려라!" 하는 소리가 들리자 사람들이 하나둘 흩어져 밖으로 나가고 반찬 심부름하는 몇 명만 남았다. 한참 동안 쥐 죽은 듯 조용하더니 갑자기 두 사람이 다리가 짧은 상을 하나 들고 들어와 이쪽 구들 위에 놓았다. 상 위에는 그릇과 접시들이 가득 차려져 있었고, 생선이며 고기가 가득 담겨 있었다. 하지만 젓가락을 댄 것은 몇 군데 없었다. 판아가 그걸 보고 고기를 먹고 싶다며 칭얼대자 유노파는 아이의 등판을 한 대 후려쳤다. 그때 주서댁이 희희낙락 웃으며 걸어오더니 손짓으로 유노파를 불렀다. 유노파가 그 뜻을 알아채고 구들에서 내려와 판아를 데리고 가운데 방으로 갔다. 주서댁은 유노파에게 잠시 소곤거리고는 저쪽 방으로 건너갔다.

방문 밖에 달린 구리로 된 고리에는 꽃무늬가 새겨진 붉은색의 커다란 문발이 걸려 있었고, 남쪽 창가의 구들에는 붉은 양탄자가 깔려 있었다. 그리고 동쪽 판자벽 발치에는 금실로 사슴 모양의 무늬를 수놓은 등받이와 사방침*이 세워져 있었으며, 그 아래에는 초록 바탕에 금실로 수놓은 커다란 방석과 조각하여 옻칠한 타구가 놓여 있었다.

제6회 **177**

곱게 화장한 희봉은 평소 집에서 즐겨 쓰는, 가을철 털이 짧은 담비 가죽에 진주 테를 두른 소군투昭君套⁵를 쓰고 있었다. 그리고 꽃무늬가 새겨진 분홍색 저고리와 다람쥐 가죽에 짙푸른 실로 무늬를 박은 외투[披風]⁶를 걸치고는 붉은색의 주름진 양단洋緞에 은서피銀鼠皮를 댄 치마를 입고 단정히 앉아 있었다. 그리고 구리로 만든 작은 불쏘시개를 들고 손난로 안의 재를 긁어내고 있었다. 평아는 구들 옆에 서서 칠기로 만든 조그마한 차반茶盤을 받쳐들고 있었는데 그 안에는 덮개가 있는 작은 찻잔이 얹혀 있었다. 희봉은 찻잔을 받지도 않고 고개도 들지 않은 채 그저 손난로의 재만 긁어내고 있다가 천천히 물었다.

"왜 여태 모셔 오지 않아?"

그렇게 말하며 허리를 펴고 차를 마시려다가 주서댁이 벌써 두 사람을 데리고 들어와 서 있는 것을 발견했다. 희봉은 얼른 몸을 일으키면서 환한 얼굴로 인사를 하는 한편, 왜 진작 말하지 않았느냐고 주서댁을 나무랐다. 유노파는 바닥에 엎드려 연신 절을 해대며 문안을 올렸다. 희봉이 말했다.

"아주머니, 어서 부축해 일으키세요. 절은 관두고 앉으세요. 근데 저는 나이가 어려서 아는 사람이 많지 않고 이분 항렬도 모르는지라 뭐라 불러야 할지 모르겠는데……"

주서댁이 얼른 대답했다.

"조금 전에 말씀드린 그 할머니세요."

희봉이 고개를 끄덕였다. 유노파가 구들 가장자리에 앉자 판아가 그 등뒤에 숨었다. 아무리 달래며 나와서 인사를 올리라고 해도 아이는 한사코 나오려 하지 않았다. 희봉이 웃으며 말했다.

"친척 사이인데도 그다지 왕래가 없어서 모두 소원해졌네요. 아는 분들이야 댁네가 저희를 싫어해서 자주 찾아오지 않는다고 하지만, 사정 모르는 소인배들은 우리가 사람들을 업신여긴다고 여기겠지요."

유노파가 다급히 염불을 하며 말했다.

"저희 집안 형편이 어려워 거동이 힘들어서 그랬습니다. 여기 와봐야 괜히 아씨 체면만 깎이게 할 테고, 이 댁 집사 나리들이 보기에도 꼴불견일 테니까요."

"호호, 그런 말씀은 괜히 속만 상하게 하지요. 그저 조부님 명성 덕택에 궁색한 벼슬살이나 하고 있을 뿐이에요. 누구 집안에 뭐가 있든 그저 옛날의 허세에 지나지 않아요. 속담에 '황제도 가난한 친척 집안이 셋이나 있다〔朝廷還有三門子窮親戚〕.'고 하지 않던가요? 그러니 우리 같은 경우는 말할 필요도 없지요."

그렇게 말하면서 주서댁에게는 마님에게 아뢰었는지 물었다.

"지금 아씨의 분부를 기다리고 있어요."

"가보고 오게. 혹시 손님이 있거나 무슨 일이 있으시다면 그만두고, 별일 없이 계시면 여쭙고 뭐라 말씀하시는지 듣고 오게."

주서댁이 "예!" 하고 나갔다.

희봉이 사람을 불러 판아에게 과자를 주라 이르고 막 몇 마디 한담을 나누었는데 곧바로 많은 어멈들이 몰려와 각자 맡은 일에 대해 보고하려고 했다. 평아가 사정을 여쭙자 희봉이 말했다.

"지금 손님이 있잖아. 저녁에 다시 와서 보고하라고 해. 중요한 일이라면 데리고 들어와. 여기서 처리하지 뭐!"

평아가 나갔다가 잠시 후 돌아와서 말했다.

"물어보니 급한 일은 없기에 모두 돌려보냈어요."

희봉이 고개를 끄덕였다. 그때 주서댁이 들어와서 보고했다.

"마님 말씀이, 오늘은 틈이 없으시답니다. 아씨가 만나나 당신이 만나나 마찬가지라고 하셨어요. 그리고 잊지 않고 찾아와주셔서 고맙다고 하시면서 그냥 놀러 나오신 거라면 모르겠지만 하실 말씀이 있으면 그냥 아씨께 말씀드려도 된다고 하셨습니다."

제6회  **179**

유노파가 말했다.

"무슨 특별히 드릴 말씀이 있는 건 아니고 그저 마님이나 아씨를 한 번 뵈려고 온 겁니다요. 이것도 친척 사이의 정리니까요."

주서댁이 말했다.

"하실 말씀이 없다면 모르겠지만, 있다면 아씨께 말씀드리세요. 마님께 여쭌 거나 마찬가지니까요."

그렇게 말하며 유노파에게 눈짓을 보냈다. 유노파도 그 뜻을 알아챘지만 말을 꺼내기도 전에 얼굴이 달아올랐다. 하지만 아무 말도 하지 않을 거면 무엇하러 왔을까 싶어서 부끄러움을 무릅쓰고 말했다.

"따지고 보면 오늘 처음 아씨를 뵙는 터라 이런 말씀을 드리면 안 되겠지만, 먼 길을 찾아와서 말씀드리지 않을 수 없네요……"

막 여기까지 말한 순간, 갑자기 둘째 대문에서 하인들이 아뢰었다.

"영국부의 젊은 나리께서 오셨습니다."

희봉이 얼른 유노파의 말을 끊었다.

"말씀 안 하셔도 알겠어요."

그리고 밖을 향해 물었다.

"가용은 어디 있느냐?"

그때 가죽 장화를 신고 걷는 소리가 울리더니 열 일고여덟 살쯤 되는 젊은이가 들어왔다. 말쑥한 얼굴에 키가 훤칠한 그는 가벼운 갖옷에 보석으로 장식된 허리띠를 차고, 화려한 옷과 모자로 치장하고 있었다. 유노파가 앉지도 서지도 못하고 숨을 곳도 없어 어쩔 줄 몰라하자 희봉이 웃으며 말했다.

"그냥 앉아 계셔요. 여긴 제 조카예요."

유노파는 그제야 우물쭈물 구들 가장자리에 앉았다.

가용이 싱글대며 말했다.

"아버님 심부름 왔습니다. 저번에 숙모님의 친정 마님께서 주신, 구들에

놓는 유리 병풍 있지요? 내일 귀한 손님이 오는데 잠깐 빌려 쓰고 돌려드리겠답니다."

"한발 늦었네! 어제 벌써 다른 사람한테 줘버렸는데."

가용이 "하하!" 웃으며 구들 가장자리에서 한쪽 무릎을 꿇고 말했다.

"숙모님이 빌려주시지 않으면 아버님이 또 저더러 말주변도 없다고 나무라시며 된통 매질을 하실 겁니다. 제발 이 조카를 불쌍히 여겨주세요!"

"호호, 우리 왕씨 집안 물건들은 전부 좋은 줄 아나 보네? 너희 집에도 좋은 게 있을 텐데 그건 찾아보지도 않고 왜 굳이 우리 것만 좋다고 생각하는 거야?"

"그렇게 좋은 게 어디 있다고요! 제발 은혜를 베풀어주세요!"

"조금이라도 흠집이 생겼다간 네 살가죽을 긁어놓을 거야!"

그러면서 희봉은 병아더러 다락을 열어 적당한 사람 몇 명에게 병풍을 들려 보내라고 했다. 가용이 싱글벙글 웃으며 말했다.

"제가 직접 사람들을 데려가서 가져갈게요. 함부로 다루다 어디 부딪치기라도 하면 안 되니까요."

그렇게 말하면서 일어나 밖으로 나갔다.

그때 갑자기 희봉의 머릿속에 한 가지 일이 떠올라 창밖을 향해 말했다.

"용이를 다시 불러와라."

그러자 밖에서 몇 사람이 그 말을 받아 소리쳤다.

"가용 나리, 어서 돌아오시랍니다!"

가용이 얼른 돌아와 공손히 서서 희봉의 하회下回를 기다렸다. 희봉은 천천히 차를 마시며 한참 동안 딴생각을 하더니 웃으며 말했다.

"됐다. 일단 그냥 갔다가 저녁 먹고 다시 오너라. 지금은 손님이 있으니 나도 정신이 없구나."

가용은 "예!" 하고 천천히 물러갔다.

유노파가 그제야 정신을 차리고 말했다.

"오늘 아씨 조카뻘 되는 애를 데려왔습니다. 다른 게 아니라 제 어미 아비가 집에 있긴 하지만 끼니조차 때우기 힘들어서요. 이제 날씨도 쌀쌀해지는데 아무리 생각해도 희망이 없어서 어쩔 수 없이 이 댁으로 데려왔습니다요."

그러면서 판아를 밀치며 말했다.

"어미 아비가 어떻게 가르친 거냐? 우리가 여기 뭐하러 왔어? 그저 과자만 처먹고 있으면 어쩌자는 게야!"

희봉은 진즉 그 뜻을 짐작하고 있었고, 판아가 말을 잘하지 못한다는 이야기를 들었기 때문에 웃으면서 말했다.

"말할 필요 없어요. 알겠어요."

그리고 주서댁에게 물었다.

"할머니 아침진지는 드셨나요?"

유노파가 급히 대답했다.

"날이 밝자마자 왔는데 밥 먹을 틈이 어디 있었겠습니까?"

희봉은 얼른 밥을 차려오라고 지시했다. 잠시 후 주서댁이 동쪽 방에 손님 밥상을 차리라고 전했다. 그리고 유노파와 판아를 데리고 건너가 먹게 했다.

희봉이 말했다.

"주아주머니, 그분들을 맡길 테니 잘 부탁해요. 저는 이쪽에서 다른 일을 봐야겠어요."

그리고는 동쪽 방으로 건너간 주서댁을 다시 불러서 마님이 뭐라고 하셨는지 물었다.

"마님 말씀이 저분들은 원래 친척이 아니지만 성씨가 같은지라 옛날 마님의 부친과 저 집안의 조부가 같은 관청에서 벼슬살이를 하실 때 우연히 친척뻘로 지내게 되셨답니다. 하지만 요 몇 년 사이에는 그다지 왕래가 없었대요. 옛날에는 저 집안에서 찾아오면 빈손으로 돌려보내지 않으셨대

요. 지금 찾아온 것도 호의니까 소홀히 대하지 말라고 하셨어요. 무슨 얘기가 있거든 아씨께서 알아서 처리하라 하셨습니다."

"내 말이 그래요. 친척이라는데 어째서 그림자조차 본 적이 없더라니!"

이야기를 나누는 동안 유노파가 밥을 다 먹고 판아를 데리고 건너와 입맛을 다시고 혀를 차며 감사의 인사를 건넸다. 희봉이 웃으며 말했다.

"잠시 앉으세요. 드릴 말씀이 있어요. 조금 전에 하신 말씀이 무슨 뜻인지 저도 알아요. 친척지간이라면 원래 찾아오시기 전에 보살펴드렸어야 했겠지요. 하지만 지금 집안에 잡다하게 번거로운 일이 너무 많고, 마님은 연세가 많아지셔서 돌보지 못한 친척이 있다는 걸 잠시 생각하지 못하셨어요. 게다가 저도 최근에 집안일을 이어받아 이런 친척들에 대해서는 전혀 몰랐어요. 밖에서 보기엔 굉장해 보이는 큰 집에도 그 나름대로 큰 어려움이 있다는 걸 전혀 모르니 그런 얘길 해봐야 잘 믿지 않겠지요. 이제먼 길을 오셨고 또 저랑은 처음 만나 이런저런 얘기도 나눴는데 어떻게 빈손으로 가시게 할 수 있겠어요? 마침 어제 마님께서 하녀들 옷이나 해 입히라고 은돈 스무 냥을 주신 게 있는데 아직 쓰지 않았어요. 약소하나마우선 이거라도 가져가세요."

유노파는 희봉이 처음에는 곤란하다는 듯이 말하자 뭘 얻어가긴 틀렸구나 싶어 가슴이 두근두근했는데, 나중에 은돈 스무 냥을 주겠다는 말을 들으니 너무 기뻐서 온몸이 다 가려울 지경이었다.

"에휴, 저도 어려우신 줄 알고 있습니다요. 하지만 '굶어 죽은 낙타라도 말보다 크다〔瘦死的駱駝比馬大〕.'라는 속담도 있잖아요? 어쨌든 이 댁에서 솜털 하나만 뽑더라도 우리네 허리통보다 굵겠지요!"

주서댁은 유노파가 이런 상스러운 소리를 하자 눈짓을 보내 멈추게 했다. 희봉은 그걸 보고도 웃으며 모른 체했다. 그리고 평아를 시켜 어제 받은 은돈 꾸러미를 가져오게 했다. 거기에 동전 한 조전弔錢[7]을 얹어 유노파앞에 내놓으며 말했다.

"이 은돈 스무 냥으로 우선 아이들에게 겨울옷이나 해 입히세요. 가져가시지 않는다면 제가 책망을 듣게 될 거예요. 이 동전으로는 마차를 구해 타고 가세요. 나중에 또 별일 없으시면 놀러오세요. 그래야 친척지간에 정리도 두터워지지 않겠어요? 날도 저물었으니 괜히 붙들어두지 못하겠네요. 댁에 가시거든 두루 안부나 전해주세요."

이렇게 말하며 자리에서 일어났다.

유노파는 연신 감사하면서 은돈과 동전을 챙겨 들고 주서댁을 따라 밖으로 나왔다. 주서댁이 말했다.

"아이고, 맙소사! 어쩜 그리 말주변이 없으세요! 입만 열면 '댁의 조카'를 들먹이시다니요. 제 말을 듣고 화내실지 모르지만 친조카라 할지라도 좀 부드럽게 돌려서 말씀하셨어야지요. 가용 나리야말로 친조카 아닌가요? 아씨한테 어떻게 또 이런 조카가 갑자기 튀어나오겠어요!"

"호호, 주서방댁, 아씨를 뵈니 속으로 좋아도 티조차 내지 못하겠는데 어디 말이나 제대로 할 수 있겠는가?"

둘은 이렇게 이야기를 나누며 주서의 집에 가서 잠시 앉았다. 유노파가 은돈 한 덩어리를 건네며 아이들에게 과자라도 사주라고 했다. 하지만 그까짓 돈 따위가 안중에 있을 리 없는 주서댁은 굳이 사양했다. 유노파는 거듭 감사해 마지않으며 후문을 통해 나갔다. 그야말로 이런 격이었다.

한창 잘나갈 때 쉽게 맞아 도와주니
받은 은혜의 깊음은 친우보다 낫다네.
得意濃時易接濟
受恩深處勝親朋

## 제7회

궁중에서 보낸 꽃을 전하며 가련은 왕희봉을 희롱하고[1]
녕국부 연회에서 가보옥은 진종을 만나다

送宮花賈璉戲熙鳳　宴寧府寶玉會秦鐘

가보옥이 녕국부 잔치에서 진종과 처음 만나다.

주서댁은 유노파를 보내고 바로 왕부인에게 가서 보고하려고 했다. 그런데 왕부인이 본채에 없어서 하녀들에게 물어보니 설씨 댁 동생에게 놀러갔다는 것이었다. 주서댁은 곧 동쪽 작은 문을 나서 이향원으로 갔다. 그녀가 막 동쪽 정원 대문 앞에 이르렀을 때 왕부인의 하녀 금천金釧˚이 이제 갓 머리를 기르기 시작한[留頭]² 어린 계집애와 섬돌에 서서 놀고 있었다. 금천은 주서댁이 오는 걸 보더니 여쭐 말이 있는 줄 알아채고 안쪽을 향해 입을 삐죽 내밀었다.

주서댁이 살며시 문발을 걷고 들어가니 왕부인은 설씨 댁 동생과 집안일이며 세상인심 따위에 대해 한참 이야기를 나누고 있었다. 주서댁은 감히 방해하지 못하고 안쪽 방으로 들어갔다. 거기에는 보차가 평상복을 입고 머리를 틀어 올린 채 구들에 앉아 하녀 앵아鶯兒˚와 함께 앉은뱅이책상 앞에서 고개를 숙이고 수놓을 때 쓸 꽃 본을 그리고 있었다. 주서댁이 들어오자 보차는 붓을 놓고 몸을 돌리며 환하게 웃었다.

"아주머니, 앉으세요."

주서댁도 얼른 웃으며 인사했다.

"아가씨, 안녕하셔요?"

그리고 구들 가장자리에 앉으며 말했다.

"요새 이삼일 동안 저쪽으로 놀러오시지 않던데 혹시 보옥 도련님이 기

제7회 **187**

분을 상하게 하신 건 아닌가요?"

"호호, 무슨 말씀이세요. 그저 병이 또 도져서 이틀 동안 밖에 나가지 않았을 뿐이에요."

"그랬군요. 무슨 병인지는 몰라도 얼른 의원을 불러 처방전을 잘 받아 약이라도 몇 제 드세요. 병을 단번에 뿌리 뽑아야지요. 연세도 어리신데 병이 뿌리를 내리게 내버려두는 건 우습게 여길 일이 아니에요."

"호호, 약 얘긴 꺼내지도 마세요. 이 병 때문에 의원을 불러 약을 먹느라 얼마나 많은 돈을 날렸는지 몰라요. 아무리 훌륭한 의원과 이름난 약이라 하더라도 전혀 효과를 보지 못했어요. 나중에 어떤 스님이 이름 모를 병을 전문적으로 치료한다기에 모셔 와 보였더니, 제 병은 뱃속에서부터 타고난 열독熱毒이라네요. 다행히 선천적으로 몸이 건강해서 별 상관없다더군요. 하지만 보통 약으로는 효과가 없대요. 그러면서 한 가지 신묘한 처방〔海上方〕3을 주었어요. 약에 넣어 약 기운을 인도하는 것이라며 가루약을 한 봉지 주더군요. 향기가 아주 특이하던데 어떻게 만든 건지는 모르겠어요. 그분 말씀이 발작할 때 그 약을 한 알만 먹으면 좋아질 거라 하셨는데 신기하게도 효험이 좀 있더라고요."

"무슨 신묘한 처방인가요? 말씀해주시면 저희도 기억해두었다가 다른 이들한테도 얘기해주게요. 혹시 이런 병에 걸린 사람을 만나면 좋은 일을 한 셈이잖아요?"

"호호, 이 처방은 안 쓰는 게 좋아요. 만약 쓰게 되더라도 정말 귀찮아 죽을 거예요. 약재도 모두 제한되어 있는데, 더욱 어려운 건 '공교로워야' 되거든요. 봄에 핀 하얀 모란의 꽃술 열두 냥과 여름에 핀 하얀 연꽃의 꽃술 열두 냥, 가을에 핀 하얀 부용꽃의 꽃술 열두 냥, 겨울에 핀 하얀 매화의 꽃술 열두 냥이 있어야 해요. 이 네 가지 꽃술은 이듬해 춘분에 볕에 말렸다가 가루약과 한데 섞어 잘 갈아야 해요. 또 우수에 빗물 열두 돈〔錢〕4을 받고……"

주서댁이 다급히 말을 끊었다.

"아이고! 그럼 삼 년 동안 애를 써야겠네요. 만약 우수에 비가 오지 않으면 어떡해요?"

"호호, 그러니까 어디 그렇게 공교롭게 비가 오겠어요? 비가 안 오면 또한 해를 기다리는 수밖에 없지요. 그리고 백로에 이슬 열두 돈을 받고, 상강에 서리 열두 돈, 소설에 눈 열두 돈을 받아야 해요. 이 네 가지 물을 섞어서 약에 타고, 다시 벌꿀 열두 돈과 흰 설탕 열두 돈을 더해서 용안만 한 크기의 알약을 만들어 묵은 사기단지에 넣고 꽃 뿌리 밑에 묻어두어야 해요. 그러다가 병이 발작하면 꺼내서 한 알을 먹는데, 황백黃柏* 한 돈 두 푼〔分〕을 달인 물에 먹어야 해요."

"맙소사! 정말 사람 잡을 일이네요! 십 년을 기다려도 그렇게 교묘한 구색을 다 맞출 수 있을지 모르겠군요."

"생각지도 못했지만, 그 스님이 얘기해주고 간 뒤에 일이 년 동안 그게 다 맞아 떨어져서 간신히 약을 만들어냈지요. 남쪽에서 올 때 가져와서 지금 배꽃나무 아래에 묻어두었어요."

"약 이름은 뭔가요?"

"그 스님 말씀이 '냉향환冷香丸'*이라고 하더군요."

주서댁이 고개를 끄덕이면서 또 물었다.

"이 병이 발작하면 대체 어떤 증세를 보이나요?"

"별다른 건 없고 그저 기침이 조금 날 뿐인데, 약을 한 알 먹고 나면 바로 괜찮아져요."

주서댁이 또 무슨 말을 하려는데 갑자기 왕부인의 목소리가 들려왔다.

"방에 누가 있는가?"

주서댁이 급히 나가 대답하고는 유노파의 일을 보고했다. 그런데 잠시 기다려도 왕부인이 아무 말 않길래 물러나오려고 했다. 그때 갑자기 설씨댁 마님이 웃는 얼굴로 말했다.

"잠시 기다리게. 자네가 가져갈 물건이 하나 있네."

그렇게 말하면서 향릉香菱*을 불렀다. 그러자 주렴 올리는 소리가 들리더니, 조금 전에 금천과 놀고 있던 어린 하녀가 들어와 물었다.

"부르셨어요?"

"상자 안에 있는 꽃을 가져오너라."

향릉이 "예!" 하고 안쪽에서 비단으로 치장된 작은 상자를 받쳐들고 나왔다. 설씨 댁 마님이 말했다.

"이건 궁중에서 새로운 양식으로 망사를 포개 만든 꽃인데 모두 열두 개라네. 어제 이걸 생각해냈는데 그냥 두고 있기 아까워서 이 댁 자매들에게 꽃으로 주는 게 좋겠다 싶었네. 어제 보내주려 했는데 또 깜박했구먼. 마침 자네가 왔으니 가져가게. 그쪽 댁 세 아가씨들에게 한 쌍씩 드리고 남은 여섯 송이는 대옥 아가씨에게 두 송이, 희봉 아씨에게 네 송이를 드리면 되네."

왕부인이 말했다.

"그냥 갖고 있다가 보차에게나 주지, 뭘 그 아이들까지 생각하고 그래."

"모르는 소리 말아요, 언니! 보차가 좀 괴팍하잖아요. 걔는 이런 꽃이나 화장품 같은 건 좋아하지 않더라고요."

이렇게 말하는 사이에 주서댁이 상자를 들고 방문을 나섰다. 금천은 아직 거기서 햇볕을 쬐고 있었다. 주서댁이 물었다.

"향릉이라는 저 계집애가 혹시 경사에 올 때 사온 그 애냐? 살인 사건까지 난?"

"아닐 리가 있나요?"

그렇게 말하고 있는데 향릉이 해죽해죽 웃으며 걸어왔다. 주서댁이 그녀의 손을 잡고 한참을 자세히 살펴본 후 금천에게 말했다.

"그래도 생긴 건 괜찮구나. 근데 모습이 우리 영국부 가용 나리의 아씨와 조금 비슷한 거 같아."

"제 생각에도 그러네요."

주서댁이 또 향릉에게 물었다.

"몇 살에 여기 왔어? 부모님은 어디 계시니? 올해 몇 살이야? 고향은 어디구?"

향릉은 물어볼 때마다 고개를 내저으며 "기억이 안 나요." 하고 대답했다. 주서댁과 금천은 그 말을 듣고 탄식하며 잠시 가슴 아파했다.

잠시 후 주서댁은 꽃을 가지고 왕부인의 본채 뒤쪽으로 갔다. 태부인은 요즘 손녀들이 너무 많아져 한곳에 몰려 있으면 오히려 불편하다면서 보옥과 대옥만 이곳에 남아 기분을 풀어달라고 했다. 그리고 영춘과 탐춘, 석춘 자매는 왕부인의 거처 뒤쪽에 있는 세 칸짜리 작은 포하청抱夏廳* 안에서 지내게 하면서 이환에게 함께 지내며 보살펴주라고 했다. 가는 길에 주서댁은 먼저 이곳에 들렀다. 몇 명의 어린 하녀들이 포하청 안에서 분부를 기다리고 있었다. 영춘의 하녀 사기司棋*와 탐춘의 하녀 대서待書5가 막 문의 발을 걷고 나오는데 모두 찻잔을 손에 받쳐들고 있었다. 주서댁은 영춘 자매들이 한곳에 모여 있다는 것을 알고 안방으로 들어갔다. 거기에는 영춘과 탐춘이 창가에서 바둑을 두고 있었다. 주서댁은 꽃을 전하며 사연을 설명했다. 그러자 둘은 얼른 바둑을 멈추고 허리 굽혀 인사하고는 하녀들을 시켜 받아두게 했다.

주서댁이 답례하며 말했다.

"넷째 아가씨는 안 계시는데 노마님 방에 가셨나요?"

그러자 하녀들이 대답했다.

"저 방에 계시지 않나요?"

주서댁은 곧 그쪽 방으로 갔다. 그때 석춘은 수월암水月庵6의 어린 비구니 지능智能*과 놀고 있다가 주서댁이 들어오는 걸 보고 무슨 일이냐고 물었다. 주서댁이 꽃이 든 상자를 열고 자초지종을 설명하자 석춘이 웃으며 말했다.

"지금 막 지능한테 내일이라도 머리 깎고 스님이 되고 싶다고 했는데 공교롭게도 꽃을 보내오셨네요. 머리를 깎으면 이 꽃을 어디다 꽂지요?"

이 말에 모두 한바탕 웃었다. 석춘은 하녀 입화入畵•더러 꽃을 받아두게 했다. 주서댁이 지능에게 물었다.

"자넨 언제 왔어? 자네 사부 그 못된 까까머리는 어디 갔나?"

"날이 밝자마자 사부님과 함께 왔어요. 사부님은 마님을 뵙고 바로 우于 나리• 댁으로 가시면서 저더러 여기서 기다리라고 하셨어요."

"매달 보름마다 주는 향 피울 돈은 받았어?"

지능이 고개를 저으며 말했다.

"전 모르겠어요."

그 말을 듣고 석춘이 주서댁에게 물었다.

"지금 달마다 각 사원에 주는 돈은 누가 관리하고 있어요?"

"여신餘信7이 맡고 있어요."

"호호, 그래서 그랬군요. 쟤 사부가 오자마자 여신댁이 부리나케 와서는 둘이서 한참을 쑥덕거리더니 아마 그 일 때문에 그랬나 보네요."

주서댁은 지능과 잠시 수다를 떨다가 희봉의 거처로 갔다. 담 사이 길을 지나 이환의 거처 뒤쪽 창 아래를 지나는데 유리창 너머로 이환이 구들에 비스듬히 누워 자고 있는 모습이 보였다. 그녀는 서쪽 담을 넘어 서쪽 작은 문으로 나가 희봉의 정원으로 들어갔다. 걸어서 집 앞에 이르니 풍아豐 兒•라는 어린 하녀가 희봉의 방 안 문턱에 앉아 있다가 그녀를 보더니 다급히 손을 내저어 동쪽 방으로 가라고 했다. 주서댁은 그 뜻을 알고 얼른 걸음걸이를 바꾸어 살금살금 동쪽 방으로 갔다. 유모가 교저아巧姐兒•를 다독이며 재우고 있어 주서댁이 나직이 물었다.

"아씨는 주무시는가? 좀 깨워야 되겠는데?"

유모가 고개를 내저었다. 또 무슨 말을 하려는데 갑자기 저쪽에서 웃음 소리가 들려왔다. 가련의 목소리였다. 이어서 방문 열리는 소리가 들리더

니 펑아가 커다란 구리 대야를 들고 나와 풍아더러 물을 떠오라고 했다. 펑아는 이쪽으로 왔다가 주서댁을 보고 물었다.

"할멈은 또 뭐하러 여기 오셨어요?"

주서댁이 얼른 일어나 상자를 건네주며 자초지종을 이야기했다. 펑아는 상자를 열어 꽃 네 송이를 집어 들고 안으로 들어갔다. 잠시 후 두 송이를 들고 나오더니 먼저 채명彩明*을 불러 이렇게 지시했다.

"녕국부 가용 나리의 아씨께 드려라."

그런 다음 주서댁에게 돌아가 감사 인사를 전하라고 했다.

주서댁은 그제야 태부인의 거처로 갔다. 천당을 지나 고개를 들어보니 치장을 하고 시댁에서 온 자기 딸이 보였다.

"무슨 일로 왔어?"

"호호, 엄마, 그간 안녕하셨어요? 집에서 한참을 기다려도 오시지 않던데 무슨 일로 이렇게 집에도 가지 못하고 바쁘세요? 기다리다 지쳐서 우선 노마님께 가서 문안 인사를 드리고 지금 마님께로 가는 중이에요. 엄만 아직 끝내지 못한 일이 있나 보네요? 손에 든 건 뭐예요?"

주서댁이 웃으며 말했다.

"휴! 오늘 하필 유노파라는 이가 찾아왔는데 내가 괜히 일을 맡아 한나절이나 돌아다니며 도와줬단다. 이번엔 또 설씨 댁 마님 눈에 띄어서 이 꽃들을 아가씨들과 아씨들에게 전해드리고 있는데 아직 다 전하지 못했구나. 근데 넌 무슨 일이 있어서 온 거냐?"

"호호, 나이도 많으신 분이 눈치는 빠르시네요. 사실 그이가 그제 술을 좀 많이 마시고 다른 사람과 싸움이 붙었는데 어찌 된 영문인지 상대한테 중상모략을 당했어요. 근데 그이 내력이 분명치 않다며 관아에 고발해서 고향으로 압송해 조사해봐야 한다는 거예요. 그래서 엄마와 상의하려고 온 거예요. 이런 일은 누구에게 부탁해야 해결할 수 있을까요?"

"알았다. 그런 건 일도 아니지! 넌 집에 가서 기다리고 있어라. 난 대옥

아가씨한테 꽃을 전해드리고 가마. 지금 마님과 희봉 아씨 모두 짬이 없으니 년 집에 돌아가서 기다리거라. 그까짓 게 뭐라고 이리도 부산을 떨어?"

딸은 집으로 돌아가면서 말했다.

"엄마, 얼른 오세요."

"알았다. 젊은 애들은 무슨 일을 겪어본 적이 없으니 너처럼 이리 조급해하지."

그리고 곧 대옥의 방으로 갔다. 그런데 뜻밖에 대옥은 자기 방이 아니라 보옥의 방에서 여럿이 함께 구련환九連環[8] 놀이를 하고 있었다. 주서댁이 들어가 웃으면서 말했다.

"대옥 아가씨, 설씨 댁 마님께서 이 꽃을 가져다드리라고 하셨어요."

그 말을 듣고 보옥이 먼저 물었다.

"무슨 꽃이야? 나한테 줘봐요."

그러면서 얼른 손을 뻗어 받아들었다. 상자를 열어보니 궁중에서 망사를 포개 만든 예쁜 조화였다. 대옥이 보옥의 손에 들린 것을 보고 물었다.

"저한테만 주시는 건가요, 아님 다른 아가씨들한테도 모두 주셨나요?"

"다른 분들께도 모두 주셨어요. 이 두 송이는 대옥 아가씨 몫이지요."

"흥, 알 만하네요! 남들이 고르고 남은 게 아니라면 나한테까지 올 게 없겠지요."

주서댁이 그 말에 아무 대답도 못하자 보옥이 물었다.

"아주머니, 거긴 뭐하러 가셨어요?"

"마님께서 거기 계시는데 여쭐 말씀이 있어서 갔지요. 마침 그 김에 설씨 댁 마님께서 제게 심부름을 시키신 겁니다."

"보차 누나는 집에서 뭐하고 있대요? 요 며칠 동안 어째서 이쪽에 오지 않았대요?"

"몸이 별로 안 좋으셨답니다."

그러자 보옥이 하녀에게 말했다.

194

"누가 한번 가보고 와. 나랑 대옥 아가씨가 이모님께 문안 인사를 전하러 보냈다 말씀드리고, 누나가 무슨 병인지, 지금 무슨 약을 먹고 있는지도 여쭤봐. 사실 내가 직접 가야 마땅하지만 방금 서당에서 돌아온데다 감기 기운도 좀 있어서 나중에 직접 뵈러 가겠다 하더라고 말씀드려."

말이 채 끝나기도 전에 천설茜雪[9]이 "제가 다녀올게요." 하고 나갔다. 주서댁도 집으로 돌아갔다.

주서의 사위가 바로 가화의 친구인 냉자홍이었다. 최근에 골동품을 팔다가 소송이 벌어져서 아내더러 사정을 봐줄 사람을 알아보게 한 것이었다. 주서댁은 주인댁의 권세를 믿고 이런 일쯤은 마음에 두지도 않았다. 그저 그날 밤에 희봉에게 부탁해서 바로 해결해버렸다.

등불을 켤 무렵이 되자 희봉은 단장을 풀고 왕부인에게 가서 물었다.

"오늘 진甄씨 댁에서 보낸 물건은 제가 받아두었어요. 그 댁에서 세밑에 황실에 바칠 진상품을 배에 실어 보냈는데, 저희가 그 댁에 보낼 것들을 배가 돌아갈 때 가져가도록 주는 게 어떨까요?"

왕부인이 고개를 끄덕이자 희봉이 또 말했다.

"임안백臨安伯● 댁 노마님께 드릴 생신 선물도 다 준비해놓았는데 누굴 보내 전해드릴까요?"

"어멈들 가운데 한가한 사람을 찾아 네 명쯤 보내면 되지, 그게 뭐 중요한 일이라고 나한테 물어?"

"호호, 오늘 녕국부 큰형님이 오셔서 저더러 내일 놀러오라고 하시던데, 내일 무슨 일이나 없는지 모르겠네요?"

"일이 있든 없든 무슨 상관이야! 걔가 부르러 올 때마다 우리가 있어서 네가 좀 불편했을 게다. 우리는 부르지 않고 너만 부른 걸 보면 너랑 정말 편하게 산책이나 하려는 모양이니 성의를 져버리지 마라. 일이 있더라도 가봐야지."

제7회 **195**

희봉은 그러겠노라고 대답했다. 그때 이환과 영춘, 탐춘 등 자매들도 와서 저녁 인사를 하고 각자 방으로 돌아갔다.

이튿날 희봉은 세수를 하고 먼저 왕부인에게 인사한 후 태부인에게 가서 다녀오겠다고 말했다. 보옥도 그 말을 듣더니 따라가고 싶어 했다. 희봉은 어쩔 수 없이 그러라 하고, 그가 옷을 갈아입을 때까지 기다렸다. 둘은 마차를 타고 곧 녕국부로 들어갔다. 가진의 아내 우씨와 그의 며느리이자 가용의 아내인 가경可卿은 많은 희첩들과 하녀들, 어멈들을 거느리고 의문 밖까지 나와 맞이했다. 우씨는 희봉을 보자마자 농담부터 한바탕 하더니 보옥의 손을 잡고 함께 본채로 들어가 자리에 앉았다. 가경이 차를 내오자 희봉이 물었다.

"어쩐 일로 우릴 불렀어? 이 몸에게 바칠 무슨 좋은 거라도 있으면 얼른 가져와봐. 나도 바쁜 몸이거든!"

우씨와 가경이 미처 대답도 하기 전에 아래쪽에 서 있던 희첩들이 웃으며 말했다.

"둘째 아씨, 안 오셨으면 모르지만 기왕 오셨으니 마음대로 되지 않을걸요?"

그러는 사이에 가용이 들어와 문안 인사를 올렸다. 그러자 보옥이 물었다.

"큰형님은 오늘 집에 안 계셔?"

우씨가 말했다.

"아버님께 문안드리러 성 밖에 나가셨어요. 그런데 도련님은 답답하실 텐데 뭐하러 여기 앉아 계셔요? 같이 나가 노시지 그래요?"

가경이 웃으며 말했다.

"마침 잘 오셨어요. 저번에 제 친정 동생을 보고 싶다고 하셨지요? 지금 그 아이도 여기 있어요. 아마 서재에 있는 것 같은데 가보시겠어요?"

보옥이 즉시 구들에서 내려와 가려하자 우씨와 희봉이 다급히 말했다.

"저런! 뭐가 그리 바빠요?"

그러면서 태부인과 함께 있을 때와는 다르니 그 도령과 같이 있을 때 제발 조심하고, 심심하게 하지 말라고 당부했다. 그러면서 희봉이 말했다.

"그럼 그 도련님을 여기로 모시는 게 어때요? 나도 좀 보게. 설마 내가 보면 안 되나요?"

우씨가 웃으며 말했다.

"아서요, 아서! 만나볼 필요 없네. 그 도령은 제멋대로 노는 게 습관이 된 우리 집안의 아이들과는 달라. 다른 집안 아이들은 다 점잖은 분위기에 익숙한지라 자네 같은 왈패를 만나면 웃음거리만 될 게야!"

"호호, 세상 천지에 누구라도 내 자신이 비웃지 않으면 그만이지요. 설마 제가 그런 꼬마한테 웃음거리가 되겠어요?"

그러자 가용이 웃으며 끼어들었다.

"그게 아닙니다. 그 애가 원래 낯을 가리는데다 이렇게 으리으리한 걸 본 적이 없어서 그렇습니다. 숙모님이 보시면 괜히 기분만 나빠지실 겁니다."

"대체 어떻게 생겨먹었는지 꼭 한 번 봐야겠어! 젠장, 이런 게 어디 있어! 데려오지 않으면 네 귀싸대기를 갈겨줄 테야!"

"하하, 어느 분 말씀이라고 감히 제가 거역하겠습니까? 당장 데려오겠습니다."

가용은 곧 나갔다가 어린 소년을 하나 데려왔다. 그 소년은 보옥보다 약간 말랐고 눈썹과 눈이 또렷했으며 하얀 얼굴에 붉은 입술, 늘씬한 키에 행동거지도 우아해서 여러 모로 보옥보다 나아 보였다. 하지만 겁이 많고 부끄러움을 타서 소녀 같은 분위기를 풍겼다. 그가 부끄러워하며 우물쭈물 희봉에게 인사하자 희봉이 먼저 보옥을 밀치며 말했다.

"호호, 나란히 서봐요!"

그리고 허리를 숙이고 소년의 손을 잡아 자기 옆에 앉히더니, 나이는 몇

살이고 무슨 책을 읽고 있으며 형제는 몇에 이름은 무엇인지 등을 천천히 물었다. 진종秦鍾*은 하나하나 대답했다.

희봉이 진종과 처음 만나는데 미리 준비한 예물이 없어서 희봉의 하녀들과 어멈들은 급히 영국부로 달려가 평아에게 말했다. 평아는 희봉이 가경과 친하다는 것을 알기 때문에 비록 어린 소년이지만 예물이 너무 약소해서는 안 되겠다고 생각했다. 그래서 자기 나름대로 옷감 한 필과 '장원급제壯元及第'라고 새겨진 작은 금붙이 두 개를 가져와 그들에게 주며 가져가라고 했다. 그래도 희봉은 예물이 너무 약소하다면서 웃음을 지었다. 가경이 감사 인사를 전하고 잠시 후 함께 식사를 했다. 그리고 우씨와 희봉, 가경 등은 골패骨牌놀이*를 했는데 이 이야기는 그만하자.

보옥은 진종의 빼어난 인물을 보고 한참 동안 멍하니 있다가 속에서 괴팍한 심사가 일었다.

'세상에 이런 인물이 있다니! 저 아이를 보니 난 지저분한 개돼지에 지나지 않는구나. 어쩌자고 내가 이런 지체 높은 집안에 태어났단 말인가? 가난한 선비 집안이나 보잘것없는 벼슬아치 집에서 태어났더라면 일찌감치 저런 아이와 사귈 수 있어서 태어난 보람을 느꼈을 텐데. 내가 쟤보다 신분이 높긴 하지만, 능라 비단으로 썩은 나무 같은 이 몸을 감싸고 있는 데 지나지 않아. 좋은 술과 훌륭한 요리도 똥만 들어찬 내 창자를 채울 뿐이지. 부귀라는 게 나한테는 뜻밖의 해를 끼치는구나!'

진종도 보옥이 생김새도 출중하고 행동거지도 비범한데다 차림새도 화려하고 예쁜 하녀들과 말쑥한 하인들을 거느리고 있는 걸 보고 속으로 생각했다.

'과연 보는 사람마다 좋아할 수밖에 없겠구나. 안타깝게도 내가 가난한 집에 태어나 저런 이와 가까이 지낼 수 없으니, 정말 가난이란 건 사람을 제약할 뿐만 아니라 또 세상에서 제일 불쾌한 것이로구나.'

두 사람이 똑같이 말도 안 되는 생각을 하고 있는데, 갑자기 보옥이 진종에게 무슨 책을 읽느냐고 물었다. 그러자 진종이 솔직히 대답했다. 그렇게 둘은 십여 마디를 주고받고 나자 더욱 친밀해졌다.

잠시 후 다과가 차려지자 보옥이 말했다.

"우리 둘은 술도 마시지 않으니까 안쪽의 작은 구들 위에 차려줘요. 우리가 거기로 가면 여러분도 덜 귀찮을 거예요."

둘은 안으로 들어가 차를 마셨다. 가경은 희봉에게 술과 안주를 차려주고, 급히 안으로 들어가 보옥에게 당부했다.

"숙부님, 제 동생이 혹시 말실수를 하더라도 부디 저를 봐서 너무 신경쓰지 마세요. 쟤가 낯을 가리긴 해도 고집이 좀 있어서 그다지 온순하게 남의 말을 듣지 않는 면이 있어요."

"하하, 알았으니 가보세요."

가경은 또 진종에게 몇 마디 당부하고 희봉을 접대하러 갔다.

잠시 후 희봉과 우씨가 사람을 보내 보옥에게 말했다.

"잡수고 싶은 게 있으시면 밖에 많이 있으니 말씀만 하세요."

보옥은 알겠다고 해놓고도 먹을 것에는 관심이 없었고 오로지 진종과 이야기하는 데에만 열중했다. 근래 집안 형편이 어떤지 묻자 진종이 대답했다.

"훈장님은 작년에 병으로 돌아가셨고 아버지께서는 연세가 많아 몸이 좀 불편하신데 관청 일도 바쁘세요. 그래서 훈장님을 다시 모시는 일에 대해 아직 상의조차 못 드리고, 지금은 집에서 옛날에 공부했던 것을 복습하고 있어요. 그런데 공부라는 건 한두 명이라도 지기〔知己〕와 같이하면서 자주 토론도 해야 늘 수 있는데……"

그가 말을 마치기도 전에 보옥이 대답했다.

"그러게 말야! 우리 집엔 집안에서 세운 서당〔家塾〕이 있어. 일가 중에 훈장을 모실 여력이 없는 집은 거기 들어가 공부를 할 수 있지. 자제들의

친척들도 함께 와서 공부할 수 있어. 작년에 훈장님이 고향으로 돌아가셔서 지금은 공부를 소홀히 하고 있지. 아버지께선 잠시 날 거기로 보내 옛날에 공부한 책을 복습하다가 내년에 훈장님이 오시거든 다시 집에서 따로 공부하게 했으면 하셔. 그런데 할머님 말씀이 거기 서당에는 자제들이 너무 많아 여럿이 장난이나 칠 테니 오히려 안 좋고, 또 내가 며칠 동안 몸이 안 좋았으니 잠시 쉬게 해줘야 한다고 하셨어. 그러고 보니 네 아버님께서도 이 일로 걱정하고 계시겠구나. 오늘 돌아가거든 우리 집안의 서당에 다니겠다고 말씀드리는 게 어때? 나도 같이 공부하면 서로에게 유익할 테니 좋지 않겠어?"

"하하, 그제 아버님이 집에서 훈장님 모시는 문제를 말씀하실 때 이곳 의학義學[10]이 그래도 괜찮다고 하시면서 원래는 여기 오셔서 가정 대감님께 추천해주십사 상의하려 하셨어요. 하지만 여기 일도 바쁘고 또 그런 사소한 일로 번거롭게 말씀드리기도 뭐해서 그만두셨어요. 숙부님이 정말 이 조카가 먹 갈고 벼루 씻는 심부름이라도 시킬 만하다 싶으시면 되도록 빨리 성사시키는 게 좋지 않겠어요? 그럼 서로 공부를 소홀히 하지 않게 될 테고 늘 모여서 얘기도 나눌 수 있잖아요? 게다가 부모님들 마음도 달래드릴 수 있고 친구들 사귀는 재미도 있을 테니 그렇게 되면 정말 좋을 것 같아요."

"알았어, 걱정 마! 가서 네 매형과 누나와 내 둘째 형수님에게 얘기해놓자. 너는 오늘 집에 돌아가면 바로 아버님께 말씀드려. 나도 돌아가면 할머니께 다시 말씀드릴게. 그럼 금방 성사될 거야."

둘이 논의를 끝내고 나니 벌써 날이 어두워져 등불을 밝힐 시간이 되었다. 그들은 밖으로 나와 골패놀이 하는 것을 구경했다. 놀이가 끝나 점수를 계산해보니, 가경과 우씨가 져서 며칠 뒤에 극단을 부르고 술을 한턱내기로 했다. 그리고 곧 하녀들에게 저녁을 차려오라고 했다.

저녁을 먹고 나자 날이 많이 어두워지니 우씨가 말했다.

"하인 둘을 시켜 진도령을 댁에까지 모셔다 드려야겠네."

어멈들이 밖에 말을 전하러 나가고 한참 후에 진종이 가봐야겠다고 작별 인사를 했다. 우씨가 어멈들에게 물었다.

"누구를 보내기로 했는가?"

"초대焦大˙를 보내려고 했는데 그 사람 술이 많이 취해서 또 욕을 퍼붓고 있습니다."

우씨와 가경이 말했다.

"어쩌자고 하필 또 그 사람을 보낸다는 게야! 여기 있는 젊은 것들 가운데 하나를 보내면 되지 않는가! 굳이 그 사람을 건드릴 건 또 뭔가!"

그러자 희봉이 말했다.

"내가 늘 말하지만 형님은 너무 물러요. 하인들이 이렇게 제멋대로 하게 내버려두다니!"

우씨가 탄식하며 말했다.

"자네 설마 저 초대를 모르진 않겠지? 시아버님조차 그 사람을 내버려두시고 내 남편도 마찬가지라네. 그 사람이 젊었을 때 증조부님을 따라 서너 차례 전쟁터에 다녀왔는데 시체들 속에서 증조부님을 업고 나와 목숨을 구해드렸다네. 자기도 굶주림을 참아가며 먹을 걸 훔쳐 주인에게 드리고 이틀 동안 물 한 모금 마시지 못하다가 반 사발이라도 얻으면 또 주인에게 드리고 자기는 말 오줌을 마셨다네. 이런 공로가 있어서 증조부님께서 살아 계실 때는 모두들 특별히 대해주었지만 지금은 누구도 그 사람을 어려워하지 않지. 그 사람도 늙었고 체면 따윈 생각하지 않고 오로지 술만 마시는데 취하면 아무한테나 욕을 퍼붓는다네. 내가 집사더러 그 사람한테 심부름을 시키지 말고 그저 죽은 사람이려니 생각하면 된다고 늘 일렀는데 지금 또 그 사람을 보내려 했다는군!"

"제가 어찌 그 사람을 모르겠어요. 어쨌든 이 댁에서는 하인 다룰 줄을 몰라요. 이런 사람이 있으면 멀리 시골구석에서 농장이나 관리하라고 보

내버리면 되잖아요?"

그러면서 어멈들에게 물었다.

"우리 마차는 준비됐어?"

아래에 있던 이들이 일제히 대답했다.

"벌써 대기하고 있습니다."

희봉은 가보겠노라 작별 인사를 하고는 보옥의 손을 잡고 함께 나섰다. 우씨 등은 대청까지 나와 그들을 전송했다. 그곳에는 등불이 휘황찬란하게 밝혀져 있었고 하인들이 모두 섬돌 아래에 시립해 있었다. 초대는 가진 도 집에 없고, 설사 집에 있다 하더라도 자기를 어쩌지 못할 거라는 걸 믿고 더욱 제멋대로 남들에게 투덜거렸다. 술김에 집사들의 우두머리인 뇌이賴二●에게 "일 처리가 공평하지 못하고 힘없는 사람은 무시하면서 힘센 이는 무서워한다."라며 욕을 퍼부었다.

"괜찮은 심부름은 다른 사람을 보내고 이리 어두운 밤에 손님 전송하는 일 같은 건 꼭 나를 시켜. 양심도 없는 개새끼! 집사 노릇 한번 잘한다! 네 놈은 아마 생각도 못했을걸? 이 초대 어르신이 다리만 슬쩍 들어도 네놈 대가리보다 높을 거다. 이십 년 동안 이 몸이 누굴 안중에나 두었는지 알아? 네놈들처럼 이런 잡종 개새끼들은 말할 것도 없어!"

한참 욕을 해대고 있는 차에 가용이 희봉의 마차를 전송하러 나왔다. 사람들이 아무리 초대를 나무라도 들어먹질 않자 가용이 참지 못하고 몇 마디 꾸짖으며 하인들더러 그를 묶어놓으라고 했다.

"내일 술이 깨거든 제 알아서 죽을지 맞아 죽을지 물어봐라!"

초대가 가용 따위를 안중에나 두겠는가? 그는 오히려 고래고래 고함을 지르며 가용을 쫓아왔다.

"어이, 가용이, 자네가 내 앞에서 주인입네 티를 내면 안 되지! 자네처럼 어린 사람은 말할 것도 없고 자네 부친이나 조부도 감히 내 앞에서 허리를 뻣뻣이 세우지 못해! 이 몸이 아니었다면 자네 집안에서 벼슬살이를 하고

부귀영화를 누릴 수 있었겠어? 자네 증조부께서 구사일생으로 이 집안을 이뤄놓았는데 이제 와서 나한테 은혜는 갚지 않고 오히려 주인 행세를 하려고 들어? 나한테 다른 말을 안 한다면 몰라도 또 딴소리를 했다간 칼로 확 쑤셔버릴 거야!"

희봉이 마차 위에서 가용에게 말했다.

"일찌감치 저 국법도 무시하는 작자를 내보내버려라! 여기 두었다간 나중에 재앙을 일으키지 않겠냐? 혹시 친구들이 알기라도 하면 우리를 비웃을 거야. 이런 작자들은 국법조차 안중에 없어."

가용은 "예!" 하고 대답했다.

초대가 이처럼 지나칠 정도로 무례하게 행패를 부리자 하인들 몇 명이 달려들어 넘어뜨리고 밧줄로 묶어 마구간으로 끌고 갔다. 초대는 더욱 발악하며 심지어 가진까지 들먹이면서 마구잡이로 고함을 질러댔다.

"내 사당에 가서 네 증조부께 통곡해야겠다. 지금에 와서 이렇게 짐승같은 후손들이 태어날 줄은 꿈에도 몰랐다고 말이다! 매일 집에서 사내 계집들이 몰래 들러붙고 시아비 며느리가 들러붙고 형수가 어린 시숙과 들러붙지. 내가 모르는 게 있는 줄 알아? 그래도 우린 '팔은 안으로 굽는다〔胳膊折了往袖子裏藏〕.'고 다 모른 척해줬단 말이다!"

하인들은 그가 하늘 무서운 줄도 모르고 이런 말들을 퍼부어대자 혼비백산 놀란 나머지, 앞뒤 가리지 않고 그를 묶어놓고는 흙과 말똥으로 그의 주둥이를 단단히 막아버렸다.

희봉과 가용도 멀리서 그 소리를 들었지만 모두 못 들은 체했다. 보옥은 수레에서 초대의 술주정을 구경하며 오히려 재미있어 하면서 희봉에게 물었다.

"형수, 시아비 며느리가 들러붙는다는 게 무슨 말이지요?"

희봉이 그 말을 듣자마자 눈을 부릅뜨며 버럭 고함을 질렀다.

"헛소리 말아요! 그런 술주정뱅이가 나불대는 개소리를 도련님은 듣지

도 못했다고 하셔야지 오히려 캐물으면 어떡해요! 내 돌아가면 숙모님께
다 말씀드릴 테니 매나 맞지 않도록 조심하세요!"

보옥이 깜짝 놀라 다급히 사정했다.

"제발, 형수님, 다시는 그런 말 안 할게요!"

"그래야지요. 집에 도착하면 할머님께 말씀드려서 도련님과 그 진씨 댁
조카가 꼭 함께 서당에 가서 공부할 수 있도록 보내달라고 하세요."

이렇게 말하며 그들은 영국부로 돌아왔다. 그야말로 이런 격이었다.

　　빼어난 사람이 아니라면 벗 삼기 어렵고

　　다름 아니라 풍류를 위해 공부를 시작하네.

　　不因俊俏難爲友

　　正爲風流始讀書

# 제8회

통령보옥을 살피다 금앵은 슬쩍 뜻을 드러내고
설보차를 탐문하다 임대옥은 조금 질투를 품다

比通靈金鶯微露意　探寶釵黛玉半含酸

가보옥과 설보차가 통령보옥과 금목걸이를 살펴보다.

　희봉과 보옥은 집에 돌아와 사람들에게 인사를 다녔다.[1] 보옥은 우선 태부인에게 진종이 이 집안의 서당에 다니고 싶어 하고, 자기도 함께 공부할 친구가 있으면 더 열심히 할 것 같다고 말했다. 그리고 진종의 인품과 행실이 아주 마음에 들더라고 열심히 칭찬했다. 희봉도 옆에서 거들며 "며칠 후 할머님께도 인사하러 올 거예요."라고 말했다. 그 말에 태부인도 기뻐했다. 희봉은 또 그 김에 모레쯤 연극 공연을 구경하자고 태부인에게 말했다. 태부인은 연로했지만 무척 활기가 있었다. 이틀 후 우씨가 오자 태부인은 왕부인과 대옥, 보옥 등과 함께 연극을 보러 갔다. 정오가 되자 태부인은 돌아와 쉬었는데, 왕부인은 본래 조용한 것을 좋아하는 성품이라 태부인과 함께 돌아왔다. 그후 희봉이 맨 윗자리에 앉아서 날이 저물 때까지 즐겁게 놀았다.

　한편, 보옥은 태부인과 함께 돌아왔다가 태부인이 낮잠을 자자 다시 가서 연극을 관람하고 싶었지만, 가경可卿과 다른 사람들에게 불편을 끼칠 것 같아 망설이던 차에 요즘 보차가 집에서 병치레를 하고 있는데도 여태 직접 문병을 가지 않았다는 사실이 떠올라 한번 가볼까 생각했다. 본채 뒤쪽의 작은 문을 통해 가자니 다른 귀찮은 일에 얽힐 것 같고, 혹시 공교롭게 아버지라도 만나게 되면 더욱 곤란해질 것 같아서 차라리 멀찌감치 돌

아가는 게 낫겠다고 생각했다. 그때 어멈들과 하녀들이 그가 옷 갈아입는 것을 시중들려고 기다리고 있었는데, 보옥은 옷도 갈아입지 않고 두 번째 대문 밖으로 나갔다. 어멈들과 하녀들은 어쩔 수 없이 따라나서며 그가 녕국부로 건너가 연극을 구경하겠거니 생각했다. 그런데 천당에 이르자 뜻밖에 보옥은 동쪽으로 갔다가 다시 북쪽으로 대청 뒤편을 돌아가는 것이었다. 하필 그때 저쪽에서 이 집의 문객門客²으로 있는 첨광詹光*과 선빙인單聘仁*이 걸어오다가 그와 마주쳤다. 그들은 보옥을 보자마자 모두 웃는 얼굴로 다가왔다. 한 사람은 보옥의 허리를 끌어안고 다른 사람은 손을 붙잡으며 인사했다.

"우리 보살 도련님! 내 간밤에 좋은 꿈을 꾸었다 했는데 이렇게 우연히 도련님을 만나게 되었군요!"

이렇게 말하면서 안부를 묻고 한참 동안 너스레를 떨다가 헤어졌다. 그러자 할멈이 그들을 불러 세우고 물었다.

"두 분 혹시 나리와 함께 계시다가 오시는 길인가요?"

두 사람이 고개를 끄덕이며 말했다.

"나리께선 몽파재夢坡齋*의 작은 서실에서 낮잠을 주무시고 계시니 별일 없을 게요."

그렇게 말하고 떠나자 보옥도 피식 웃었다.

보옥은 북쪽으로 돌아 이향원으로 갔다. 마침 은고방銀庫房*의 총관리인인 오신등吳新登*과 창고의 우두머리 관리인 대량戴良*을 비롯해 몇몇 우두머리 집사들까지 포함한 일고여덟 명의 사람들이 장방賬房³에서 나오다 그를 발견하고 일제히 달려와 공손히 시립했다. 그 가운데 전화錢華*라는 장사꾼은 오랫동안 보옥을 보지 못했던 터라 급히 다가와서 왼쪽 무릎을 내밀어 굽히며 절[打千兒]⁴을 했다. 그러자 보옥이 웃는 얼굴로 얼른 부축해 일으켰고, 사람들이 모두 싱글벙글거리며 말했다.

"며칠 전에 어디서 도련님이 쓰신 두방斗方⁵을 보았는데 글씨가 갈수록

좋아지시더군요. 조만간 저희에게도 상으로 몇 장 내려주십시오, 벽에 붙여놓게요."

"하하, 어디서 봤어?"

"여러 군데에 있는데 다들 이만저만 칭찬하는 게 아닙니다. 심지어 저희들더러 좀 구해달라고 부탁까지 한다니까요!"

"그까짓 게 뭐라고. 내 방 아이들에게 얘기하면 될 것을!"

그렇게 말하며 걸음을 옮겼다. 사람들은 그가 지나간 후에야 각자 흩어졌다.

쓸데없는 소리는 그만하고, 보옥은 이향원에 도착하자 먼저 이모의 방으로 찾아갔다. 그때 설씨 댁 마님은 하녀들에게 맡길 바느질거리를 준비하고 있었다. 보옥이 문안 인사를 올리자 설씨 댁 마님은 냉큼 그를 잡아당겨 품에 안으며 말했다.

"호호, 내 새끼! 날씨도 이리 추운데 찾아올 줄은 생각도 못했구나. 얼른 구들에 올라와 앉아라."

그리고 하녀에게 차를 따르라고 하자 보옥이 물었다.

"형님은 안 계셔요?"

"에휴! 그놈이야 굴레 없는 말이라, 매일 뭐가 그리 바쁜지 하루도 집에 붙어 있으려 하지 않는구나."

"누나는 많이 좋아졌어요?"

"아마 그럴 게다. 저번에 네가 또 사람을 보내 문병했지? 안쪽에 있는 것 같으니 가봐라. 거긴 여기보다 따뜻할 게다. 거기 앉아 있으면 나도 여길 좀 치우고 들어가 얘기를 나누도록 하마."

보옥은 얼른 구들에서 내려와 안방 문 앞으로 갔다. 거기에는 붉은색의 조금 허름한 문발이 걸려 있었다. 문발을 걷고 성큼 들어서자 먼저 구들에 앉아 바느질을 하고 있는 보차의 모습이 보였다. 그녀는 옻칠한 것처럼 까맣게 윤기가 반짝이는 머리채를 틀어 올리고, 연노란 솜저고리와 장미색

제8회 **209**

과 자주색 비단에 금색, 은색이 뒤섞인 족제비 모피를 댄 소매 없는 겉옷〔比肩褂〕을 입고 있었다. 그리고 치마는 황록색 능라에 솜 넣은 것을 입고 있었는데, 모두 색이 살짝 바래서 지나치게 화려하다는 느낌을 주지는 않았다. 연지도 바르지 않았고 화장도 하지 않았지만, 붉은 입술에 짙푸른 눈썹, 은쟁반 같은 얼굴, 풋살구 같은 눈동자에 말수마저 적으니, 사람들은 그녀가 일부러 어수룩한 척하는 것이라 하기도 하고, 분수를 지키고 형편에 맞추면서 스스로 '못난 성품을 지킨다〔守拙〕.'[6]라고 말하기도 했다. 보옥은 그녀의 모습을 살피면서 물었다.

"누나, 병은 많이 나았어?"

보차는 고개를 들어 보옥이 들어온 것을 보고는 얼른 일어나며 대답했다.

"호호, 벌써 많이 좋아졌어요. 어쨌든 염려해줘서 고마워요."

그렇게 말하면서 보옥에게 구들 가장자리를 내주어 앉게 하고, 즉시 앵아에게 차를 내오게 했다. 그러면서 태부인과 왕부인, 그리고 다른 자매들의 안부를 물었다. 그러다가 보옥의 모습을 살펴보니 머리에는 명주로 보석을 감아 장식한 자금관紫金冠을 쓰고, 이마에는 두 마리 용이 여의주를 두고 다투는 모습을 묘사한 금장식이 달린 띠를 두르고 있었다. 연한 녹색에 구렁이 무늬를 도드라지게 수놓고 하얀 여우의 겨드랑이 모피를 댄 소매 좁은 웃옷〔箭袖〕에 오색으로 나비와 난새〔鸞〕*를 수놓은 허리띠를 매고, 목에는 장명쇄長命鎖와 기명부記名符, 그리고 태어날 때 물고 있었다던 '보옥'을 걸고 있었다. 보차가 미소를 지으면서 말했다.

"그 구슬 얘기는 자주 들었는데 자세히 구경해본 적이 없네요. 이번엔 좀 살펴보고 싶은데?"

그러면서 엉덩이를 밀어 다가오자 보옥도 고개를 내밀고 목에서 구슬을 벗어 보차의 손에 건네주었다. 보차가 손바닥에 올려놓고 보니 크기가 참새 알만 한 구슬이 밝은 노을처럼 찬란하면서도 연유처럼 윤기가 나고, 오색 꽃무늬가 그 둘레를 감싸고 있었다. 이것이 바로 대황산 청경봉 아래에

있던 그 어리석은 돌의 변화된 모습[幻相]이었다. 후세의 누군가가 다음과 같은 시를 지어서 그걸 비웃은 적이 있다.


여와가 돌을 단련했다는 것도 황당하거니와

황당한 일에 더욱 황당하게 이야기를 만들었네.

그윽하고 신령한 참 세상 잃어버리고

속세에 직접 내려와 냄새나는 가죽 뒤집어썼구나.

알겠도다, 운수가 기울면 황금도 빛을 잃느니

탄식하노라, 시세가 어긋나면 옥도 빛나지 않네.

산처럼 쌓인 백골들은 성조차 잊혔지만

모두가 귀공자와 미녀들이었겠지.

女媧煉石已荒唐

又向荒唐演大荒[7]

失去幽靈眞境界

幻來親就臭皮囊

好知運敗金無彩

堪嘆時乖玉不光

白骨如山忘姓氏

無非公子與紅妝


그 어리석은 돌도 자신의 변화된 모습과 머리에 부스럼 난 스님이 새긴 전서篆書*를 기록해놓았는데, 이제 그것을 그대로 그려보면 다음과 같다. 하지만 그 실물은 아주 작아서 태속의 어린아이가 입에 물 수 있을 정도이다. 지금 그 글자를 그대로 그린다면 너무 작아서 보는 사람의 눈을 크게 상하게 할 수도 있으니, 그 또한 유쾌한 일이 아니다. 그러므로 여기에서는 그저 비례에 맞춰 조금 확대해 보여줌으로써 독자들이 등불 아래에서

취한 눈으로도 읽을 수 있도록 하겠다. 이런 까닭을 밝히는 것은 태속에 들어 있는 아이의 입이 얼마나 크기에 이렇게 터무니없이 크고 무거운 걸 물고 있을 수 있었겠느냐는 등의 비방을 없애기 위해서이다.

### 통령보옥의 앞면

통령보옥
通靈寶玉

잃지도 잊지도 말지니
신선의 수명은 영원하도다.
莫失莫忘
仙壽恆昌

### 통령보옥의 뒷면

첫째, 사악한 악령을 없애고
둘째, 사랑으로 인한 병을 고치고
셋째, 재앙과 복을 깨닫게 한다.
一邪崇
二療冤疾
三知禍福

보차는 자세히 살펴보고 나서 다시 앞면으로 뒤집으면서 중얼거렸다.
"잃지도 잊지도 말지니 신선의 수명은 영원하도다."
그렇게 두 번을 중얼거리더니 앵아를 향해 고개를 돌리며 말했다.

212

"넌 가서 차나 내오지 않고 왜 멍청하게 여기 있는 거니?"

앵아가 깔깔 웃으며 말했다.

"그 두 구절을 듣고 보니 아가씨 목걸이에 새겨진 두 구절과 짝이 딱 맞는 것 같네요."

보옥이 얼른 물었다.

"하하, 누나의 목걸이에도 여덟 자가 새겨져 있었군요? 나도 좀 보여줘요."

"쟤 말은 다 헛소리예요. 아무 글자도 없어요."

"하하, 누나, 누나도 내 걸 봤잖아요!"

보옥이 자꾸 보채자 보차도 어쩔 수 없이 말했다.

"어떤 사람이 좋은 말 두 구절을 일러주어서 새겨놓고 날마다 걸고 다니는 거예요. 안 그러면 이 무거운 걸 뭐하러 걸고 다니겠어요?"

그러면서 겉옷 단추를 풀고 옷 안 빨간 저고리 위에 걸고 있던, 아름다운 진주와 황금 찬란한 목걸이를 벗었다. 보옥이 얼른 손에 받아 살펴보니, 과연 한쪽에 네 글자씩 두 구절의 상서로운 예언[吉讖]이 새겨져 있었다. 그것도 역시 모양을 그대로 그리면 다음과 같다.

|  | 앞면 | 뒷면 |
|---|---|---|
| 떼어놓지도 버리지도 말지니<br>꽃다운 나이 영원히 이어지리라.<br>不離不棄<br>芳齡永繼 | | |

그걸 본 보옥이 두 번 중얼거려보고, 또 자기 것도 두 번 중얼거려보더니 생글거리며 말했다.

"이 여덟 글자는 정말 내 것과 짝이 맞네요!"

앵아가 웃으며 말했다.

"호호, 머리에 부스럼 난 스님이 그걸 주면서 그러던데, 반드시 금붙이에 새겨서……"

말을 마치기도 전에 보차가 호통을 치며 차를 가져오라고 내보냈다. 또 보옥에게는 어디서 오는 길이냐고 물었다.

이때 보옥은 보차와 가까이 앉아 있다가 한줄기 상큼하고 달콤한 향기가 그윽하게 풍겨오는 것을 느꼈는데, 도무지 무슨 향인지 알 수가 없었다.

"누나, 무슨 향을 쐬었어요? 이런 향은 처음 맡아보는데."

"호호, 난 향 쐬이는 걸 제일 싫어해요. 뭐하러 좋은 옷을 뜨거운 연기에 그을리는지 모르겠어요."

"그럼 이게 무슨 향인가요?"

보차가 잠시 생각하더니 말했다.

"호호, 맞아! 이건 내가 아침에 먹은 환약 냄새로군요."

"하하, 무슨 환약 냄새가 이렇게 좋아요? 누나, 나도 한 알만 줘봐요."

"호호, 또 말도 안 되는 소리를 하시네요. 약을 나눠 먹는 법이 어디 있어요?"

그 말을 마치기도 전에 밖에서 하녀가 말했다.

"대옥 아가씨께서 오셨어요."

하고 알리기가 무섭게 벌써 대옥이 살랑살랑 걸어 들어왔다. 그녀는 보옥을 보더니 웃는 얼굴로 말했다.

"어머, 내가 하필 이런 때 왔네!"

보옥이 얼른 일어나 자리를 권하자 보차가 웃으며 말했다.

"그게 무슨 소리야?"

"오빠가 와 있는 줄 알았다면 난 오지 않았을 거란 말이지요."

"그건 또 무슨 소리야?"

"올 때는 모두가 떼를 지어 오고, 아니면 한 사람도 안 온다는 거예요. 오늘은 오빠가, 내일은 내가, 이렇게 시간을 두고 오면 매일 사람이 있게

되지 않겠어요? 그럼 너무 쓸쓸하지도 않고 또 너무 북적거리지도 않을 거 아니에요. 언닌 그런 것도 몰라요?"

보옥은 대옥이 털이 붉고 보송보송한 융단(羽緞)⁸으로 만든 대금對衿⁹ 옷옷을 입고 있는 것을 보고 물었다.

"눈이 오나?"

그러자 아래에 서 있던 할멈들이 대답했다.

"한참 전부터 내리고 있습지요."

"그럼 내 망토(斗篷) 챙겨 왔어?"

그러자 대옥이 말했다.

"혹시 내가 와서 오빠는 갈 거라는 뜻인가요?"

"하하, 내가 언제 간다고 했어? 미리 준비해놓으라는 거지."

보옥의 유모 이할멈이 말했다.

"눈도 내리고 시간도 늦었으니 여기서 자매님들과 노세요. 이모님께서 다과도 준비하시던걸요? 제가 아이를 보내 망토를 가져오면서 거기 있는 하인들은 돌려보낼게요."

보옥이 그러라고 하자 이할멈이 나가 하인들을 돌려보냈다.


설씨 댁 마님은 몇 가지 다과를 차려와 보옥과 대옥에게 차를 대접했다. 보옥이 예전에 가진의 아내 우씨가 주었던 오리발과 오리 혀로 만든 차가 맛있더라고 하자, 설씨 댁 마님은 얼른 자신이 만든 것을 조금 가져와 맛보게 해주었다. 보옥이 생글거리며 말했다.

"하하, 이건 술안주로 삼으면 제격이겠네요."

설씨 댁 마님은 곧 사람을 보내 최고급 술을 따라오라고 했다. 그러자 이할멈이 나서서 말했다.

"마님, 술은 그냥 두시지요."

그러자 보옥이 사정했다.

제8회 **215**

"유모, 딱 한잔만 마실게."

"안 돼요! 노마님과 마님 앞이라면 한 독을 잡수셔도 되겠지요. 하지만 언젠가 제 눈이 삐어서 미처 못 본 사이에 어떤 생각 없는 놈인지는 몰라도 남이야 죽든 말든 도련님께 환심을 사려고 한잔 마시게 한 적이 있지요? 그 바람에 저는 이틀 동안 죽도록 꾸중을 들었어요. 마님께서 모르시는 모양인데, 도련님의 고약한 성미는 술을 마시면 더 심해지셔요. 노마님께서 기분이 좋으신 날은 도련님께 술을 마음껏 마시라고 허락하시지만, 어떤 날은 또 절대 허락하지 않습니다. 괜히 저만 꾸중 듣게 만들지 마셔요."

설씨 댁 마님이 웃으며 말했다.

"할멈, 안심하고 자네도 가서 술이나 마시게! 나도 많이 마시게 하지는 않을 걸세. 노마님께서 꾸중하시거든 내 평계를 대면 되지."

그러면서 하녀들에게 말했다.

"얘야, 우리 어멈들도 추위나 삭이게 한잔 하라고 전해라."

그 말을 듣자 이할멈도 어쩔 수 없이 다른 사람들과 함께 술을 마시러 갔다. 보옥이 또 말했다.

"데울 필요 없어요. 전 차가운 술이 좋아요."

그러자 설씨 댁 마님이 급히 말했다.

"그건 안 될 것 같구나. 차가운 술을 마시면 글씨 쓸 때 손이 떨린단다."

보차가 웃으며 말했다.

"동생, 매일 집에서 잡학雜學*을 배우던데, 설마 술의 성질이 아주 뜨겁다는 걸 모르는 건 아니겠지요? 데워 마시면 몸에 술이 빨리 퍼지지만 차갑게 마시면 안에서 엉겨 오장의 열기로 덥혀야 하니 해롭지 않겠어요? 이제부터라도 늦지 않았으니 찬술은 마시지 마세요."

보옥은 그 말이 일리가 있다고 생각해서 찬술을 내려놓고는 데워오라고 했다.

대옥은 수박씨〔瓜子兒〕[10]를 까서 먹고 있다가 입을 삐죽이며 웃었다. 그때 마침 대옥의 하녀 설안이 들어와 손난로를 건네주었다.

"호호, 누가 보냈니? 신경 써줘서 고맙긴 하다만 내가 설마 얼어 죽기야 하겠어?"

"자견紫鵑˙ 언니가 아가씨 추우시겠다고 저더러 갖다드리라고 했어요."

대옥은 그걸 받아 품에 안고 웃으며 말했다.

"너 그래도 그 언니 말은 잘 듣는구나? 평소에 내가 한 말은 모두 귓전으로 흘리면서 어떻게 그 언니 말이라면 황제 폐하 말씀보다 더 잘 따를까!"

보옥은 이걸 빌미로 대옥이 자기를 비꼰다는 걸 알았지만, 반박할 말이 없어서 그저 "하하" 웃고 말았다. 보차도 대옥이 평소에 이런다는 걸 알고 별 신경 쓰지 않았다. 그러자 설씨 댁 마님이 말했다.

"넌 평소 몸이 약하니까 찬 기운을 맞으면 안 되잖니? 걔들이 널 생각해서 한 일인데 오히려 언짢게 생각하면 되겠어?"

"호호, 그건 이모님께서 모르시는 말씀이에요. 이 댁이니까 다행이지 다른 집에서라면 주인이 화를 낼 거예요. 자기 집에 손화로 하나 없을까봐 일부러 집에서 보내게 하느냐고 하겠지요. 하녀들이 너무 지나치게 신경 쓴다고는 생각하지 않고 그저 제가 평소에 이렇게 경망스럽다고 여길 거예요."

"걱정도 팔자로구나! 그렇게 생각할 수도 있겠지만 난 그런 마음이 없단다."

이야기를 나누는 사이에 보옥은 벌써 술 석 잔을 마셨다. 이할멈이 또 나서서 만류했지만 기분 좋게 두 자매와 웃고 떠들던 보옥이 그만 마시려 할 리 없었다.

"유모, 딱 두 잔만 더 마실게요, 응?"

"지금 나리께서 댁에 계시니까 조심하시는 게 좋을 거예요. 공부는 잘하고 있나 물어보시면 어쩌려고요!"

제8회 **217**

그 말을 듣자 보옥은 기분이 몹시 불편해져서 천천히 잔을 내려놓고 고개를 숙였다. 그러자 대옥이 얼른 나서서 말했다.

"할멈, 기분 망치지 말아요! 오빠, 외숙부께서 부르시거든 이모님이 붙들어놓고 술을 주셨다고 해요. 저 유모는 술을 마시더니 우릴 가지고 해장을 하려고 하시네!"

그러면서 한편으로는 슬그머니 보옥을 부추기면서 가만히 속삭였다.

"저 할망구는 신경 쓰지 말고 우리끼리 즐겁게 놀아요."

유모는 대옥의 속셈도 모르고 이렇게 말했다.

"대옥 아가씨, 도련님 부추기지 마세요. 아가씨께서 타이르시면 그래도 좀 들을 거예요."

대옥이 피식 웃으며 말했다.

"제가 왜 오빠를 부추겨요? 그리고 전 감히 타이르지도 못해요. 유모는 너무 조심성이 많아요. 평소에 할머님도 오빠한테 늘 술을 주셨고, 지금은 이모님 댁에 있으니 좀 많이 마신다고 안 될 거 없잖아요? 근데 이모님은 분명 이 집에서는 외인[外戚]이시니까 여기서는 마시면 안 되는 건지는 잘 모르겠네요."

유모는 그 말을 듣고 화가 나면서도 우스워서 이렇게 말했다.

"과연 대옥 아가씨로군요! 말씀 한마디가 칼날보다 더 날카롭다니까요! 무슨 계산법이 그래요?"

보차도 참지 못하고 웃음을 터뜨리며 대옥의 볼을 꼬집어주었다.

"정말 요 깍쟁이 주둥이는 대단해! 걸리기만 하면 누구든 울지도 못하고 웃지도 못하게 만든다니까!"

그러자 설씨 댁 마님도 이렇게 말했다.

"괜찮다, 괜찮아, 내 새끼! 여긴 네 먹을 만한 게 별로 없는데, 이런 별거 아닌 걸로 놀라 걱정하면 나까지 불안해진다. 안심하고 마셔라, 내가 옆에 있잖니! 아예 저녁까지 먹고 가거라. 취하면 나랑 같이 자면 되지 뭐."

그리고 하녀들에게 말했다.

"술을 다시 데워오너라! 이모랑 두어 잔 더 마시고 저녁을 먹자."

이 말을 듣자 보옥도 다시 흥이 나기 시작했다. 이렇게 되자 이할멈은 하녀들에게 지시했다.

"너희들은 여기서 잘 모시고 있어라. 난 집에 가서 옷을 갈아입고 오마. 그리고 도련님 말씀만 듣고 술을 너무 많이 드리지 마시라고 마님께 조용히 여쭈어라."

그러면서 집으로 갔다. 이쪽에도 두세 명의 할멈들이 있었지만 모두 이런 일에는 크게 신경 쓰지 않는 이들이라서 이할멈이 떠나자 다들 슬그머니 편한 곳을 찾아가버렸다. 겨우 두 명의 어린 하녀들만 남아 보옥의 기분을 맞추고 있었다.

다행히 설씨 댁 마님이 간신히 달래서 보옥에게 몇 잔만 더 마시게 하고 얼른 술상을 치워버렸다. 죽순과 닭 껍질을 넣어 탕을 끓여오니 보옥은 벌컥벌컥 두 사발을 마시고 벽갱[碧粳][11]으로 쑨 죽을 반 공기쯤 먹었다. 잠시 후 보차와 대옥도 밥을 다 먹었다. 그리고 다 같이 진하게 우려낸 차를 마시고 나자 설씨 댁 마님도 마음을 놓았다. 설안 등 서너 명의 하녀들도 이미 밥을 먹고 분부를 기다리고 있었다. 대옥이 보옥에게 물었다.

"오빠, 돌아가야지요?"

보옥이 게슴츠레한 눈으로 흘겨보며 말했다.

"네가 가겠다면 같이 가지."

그러자 대옥이 자리에서 일어나며 말했다.

"하루 종일 놀았으니 돌아가야지요. 저쪽에서 우릴 찾으면 어떡해요?"

둘은 곧 인사를 하고 돌아갈 채비를 했다.

하녀가 얼른 삿갓을 받쳐들고 오자 보옥은 고개를 약간 숙여 삿갓을 씌우게 했다. 하녀가 붉은 펠트*로 만든 삿갓을 한 번 털고 보옥의 머리에 씌우자 그가 말했다.

제8회 **219**

"관둬라, 관둬! 이 멍청아, 좀 살살 해야지! 다른 사람이 씌워주는 거 못 봤어? 그냥 내가 쓰마."

대옥이 구들 옆에 서서 말했다.

"뭘 그리 투덜거려요? 이리 와봐요, 제가 봐드릴게요."

보옥이 얼른 다가오자 대옥은 손으로 보옥의 묶은 머리를 다듬어 가볍게 쥐고는 삿갓을 이마에 두른 띠 위에 얹어서 붉은 융단으로 호두알만 하게 만든 머리장식(簪纓)을 세워 살랑살랑 삿갓 밖으로 드러나게 해주었다. 잘 씌워주고 나서 다시 자세히 살펴보고는 말했다.

"됐어요. 이제 망토를 걸치세요."

보옥이 망토를 받아 걸치자 설씨 댁 마님이 급히 말했다.

"같이 온 유모가 아직 돌아오지 않았으니 조금 더 기다렸다가 가렴."

보옥이 말했다.

"저희가 가서 기다리지요 뭐. 하녀들만 데려가도 돼요."

설씨 댁 마님은 그래도 마음이 놓이지 않아 어멈 둘을 시켜 그들 남매를 바래다주게 했다. 둘은 감사 인사를 하고 곧장 태부인의 방으로 돌아왔다.

태부인은 아직 저녁을 먹지 않고 있다가 그들이 설씨 댁 마님에게 다녀왔다고 하자 기뻐했다. 그러다가 보옥이 술을 마신 걸 알고는 방에 돌아가 나오지 말고 푹 쉬라고 하면서, 하녀들더러 잘 보살펴주라고 당부했다. 그러다 문득 보옥을 시중드는 몇 사람이 곁에 없는 것을 알아차리고 사람들에게 물었다.

"유모는 왜 보이지 않느냐?"

사람들은 그녀가 집에 갔다고 감히 사실대로 말하지 못하고 "오자마자 할 일이 있다고 갔습니다." 하고 둘러댔다. 그러자 보옥이 비틀거리며 고개를 돌리고 말했다.

"유모가 할머님보다 더 편할 텐데 물어보면 뭐해요! 유모만 없다면 저도 며칠은 더 살 거예요."

그러면서 자기 침실로 갔다. 책상 위에는 붓과 먹이 놓여 있었는데, 청문이 먼저 나와 맞이하면서 말했다.

"호호, 자알 하시네요! 아침에 일어나셨을 땐 기분이 좋아 저더러 먹을 갈아놓으라 하시더니, 겨우 세 글자만 써놓고선 붓을 내던지고 가버리셨네요. 그 바람에 저흰 하루 종일 기다렸다고요! 얼른 오셔서 저 먹이 다 없어질 때까지 글자를 쓰셔요!"

보옥이 문득 아침의 일을 떠올리고 생글거리며 말했다.

"하하, 내가 쓴 그 세 글자는 어디 있어?"

"호호, 취하셨군요! 아까 녕국부로 가시면서 이 문 위에 붙여놓으라 하셨잖아요. 그러고선 또 이렇게 물으시다니요. 다른 사람은 잘못 붙일 것 같아서 제가 직접 사다리를 놓고 올라가 붙였더니 아직까지 손이 얼어서 뻣뻣하다고요!"

"하하, 내가 깜박했네. 시린 손은 내가 감싸서 녹여줄게."

그러면서 청문의 손을 잡고 문 위에 붙여놓은 글자들을 올려다보았다. 잠시 후 대옥이 오자 보옥이 웃으며 말했다.

"이봐 누이, 솔직히 말해봐. 이 세 글자 중에서 어떤 걸 제일 잘 썼어?"

대옥이 올려다보니 '강운헌絳雲軒'*이라고 쓰여 있었다.

"호호, 다 잘 쓰셨네요. 어쩜 이리 잘 쓰지요? 내일은 저한테도 편액 하나 써주세요."

"하하, 또 놀리는 거지?"

그러면서 보옥이 물었다.

"습인 누나는?"

그러자 청문이 안방 구들을 향해 입을 삐죽였다. 보옥이 보니 습인이 옷을 입은 채 거기에 누워 있었다. 보옥이 웃으며 말했다.

"얼씨구! 이렇게 빨리 이불을 덮히나?"

그리고 청문에게 말했다.

제8회 **221**

"오늘 녕국부에서 아침을 먹는데 두부피豆腐皮[12]로 만든 만두가 한 접시 있더라고. 그걸 보니 누나가 좋아한다는 게 생각나서 저녁에 먹게 사람 편에 좀 보내달라고 형수님에게 말씀드렸는데, 그거 먹었어?"

"그 얘긴 꺼내지도 마세요. 그게 오자마자 저 먹으라고 보내신 건 줄 알았지만, 하필 제가 막 밥을 먹은 터라 그냥 저쪽에 두었지요. 그런데 나중에 유모가 와서 보고선 '도련님은 분명 안 잡수실 테니 가져다 내 손자나 줘야겠다.' 이러더니 바로 사람을 시켜서 자기 집으로 가져가버렸어요."

잠시 후 천설茜雪°이 차를 내왔다. 보옥이 "누이, 차 마셔." 하자 사람들이 웃으며 말했다.

"호호, 대옥 아가씬 벌써 가셨는데 누구한테 권하시는 거예요?"

보옥이 반 잔쯤 마시다가 갑자기 아침의 차가 생각나서 천설에게 물었다.

"아침에 낸 풍로차楓露茶* 있잖아? 그 차는 서너 번 더 끓여야 제맛이 난다고 일러두었는데 지금 왜 또 이런 차를 내온 거야?"

"원래는 남겨두었는데, 아까 유모가 와서 맛 좀 보고 싶다고 해서 줬어요."

그 말을 듣자 보옥은 손에 든 찻잔을 그대로 바닥에 내던졌다. '쨍그랑' 소리와 함께 찻잔은 산산조각이 났고, 찻물이 튀어 천설의 치맛자락을 적셨다. 보옥이 벌떡 일어나 천설을 꾸짖었다.

"그 할멈이 대체 어느 집안의 '마님'이라고 너희들이 이리 떠받들어? 기껏 내 어렸을 때 며칠 젖을 먹여준 것뿐이잖아. 지금은 조상님보다 더 위세를 부리는구만! 지금은 내가 젖도 먹지 않는데 무엇하러 쓸데없이 조상처럼 떠받들어? 내쫓아버려야 모두가 시원하겠군!"

그러면서 당장 태부인에게 가서 유모를 내쫓아버리라고 말하려 했다.

원래 습인은 자는 척하고 있으면서 보옥을 꾀어 장난질할 속셈이었다. 처음에 글씨 이야기를 하고 만두에 대해 물어볼 때는 굳이 일어날 필요가 없다고 생각했다. 그런데 나중에 보옥이 찻잔을 내던지고 화를 내자 다급히 일어나 그를 달랬다. 그때 태부인이 사람을 보내 무슨 일이냐고 물었

다. 그러자 습인이 얼른 둘러댔다.

"제가 차를 따르다가 미끄러져 넘어지는 바람에 실수로 찻잔을 깨뜨렸어요."

그러면서 또 보옥을 달랬다.

"굳이 유모를 내쫓겠다면 우리도 모두 나가겠어요. 이참에 모두 쫓아내시지 그래요? 그럼 우리도 좋고 도련님도 걱정할 필요 없겠지요. 더 좋은 사람들이 와서 시중을 들어드릴 테니까요."

이런 말을 듣자 보옥은 할 말을 잃었다. 습인은 그를 부축해 구들로 올라가게 해서 옷을 갈아입혔다. 보옥이 뭐라 알아들을 수 없는 말을 중얼거리는데, 입이 제대로 돌아가지 않고 눈도 더욱 몽롱해지자 서둘러 부축해서 자리에 눕혔다. 습인은 그의 목에서 통령보옥을 벗겨내 자기 손수건으로 잘 싸서 요 밑으로 밀어 넣어두었다. 내일 다시 걸 때 목이 차갑지 않게 하려는 것이었다. 보옥은 눕자마자 바로 잠들었다. 그때 이할멈은 이미 들어와 있었지만, 보옥이 취했다는 이야기를 듣고 감히 눈앞에 나서지 못했다. 그러다가 조심스레 물어서 그가 잠들었다는 걸 알고 나서야 안심하고 돌아갔다.

다음 날 보옥이 일어나자마자 누군가 와서 보고했다.

"녕국부의 가용 나리께서 진종 도련님을 모시고 찾아오셨습니다."

보옥은 얼른 나가서 그들을 맞이해 태부인에게 데려가 인사를 시켰다. 태부인은 진종이 생김새도 빼어나고 행동거지도 온유해서 보옥의 글동무로 삼을 만하다고 여기고 무척 기뻐했다. 그를 붙들어두고 차와 식사를 내주고는 사람을 시켜 왕부인 등에게 데려가 인사를 시켰다. 평소 진가경을 좋아하는 사람들은 진종의 인품을 보고 좋아하면서, 보낼 때는 다들 선물을 쥐어주었다. 또 태부인은 염낭[荷包][13]과 금괴성金魁星[14]을 하나씩 주었는데, 그건 '문성화합文星和合'[15]이라는 뜻을 나타낸 것이었다. 또 태부인은 이렇게 당부했다.

제8회 **223**

"집이 멀어서 날씨에 맞춰 옷을 제대로 챙겨 입거나 제때 밥을 먹기 불편할 수도 있으니 우리 집에서 지내도록 해라. 기한을 정해놓을 필요는 없다. 그리고 보옥이와만 함께 있고 저 변변치 못한 것들과 어울리며 따라하지 말아라."

진종은 하나하나 당부할 때마다 그러겠노라 대답하고 집에 돌아가 아버지에게 알렸다.

진종의 아버지 진업秦業*은 지금 영선랑營繕郎[16]을 지내고 있는데, 나이는 일흔 살이 가까웠고 부인도 일찍 세상을 떠났다. 자녀가 없던 진업은 양생당養生堂[17]에서 남자아이와 여자아이를 각각 하나씩 데려다 키웠는데, 뜻밖에 남자아이는 죽어버리고 여자아이만 남았다. 그 아이의 어릴 적 이름은 가아可兒*라고 했다. 그 딸은 자라서 생김새도 예쁘고 성격도 좋아 평소 친분이 있던 가씨 가문의 가용에게 시집을 보내 사돈을 맺었다. 그러다가 진업의 나이 쉰 살이 넘어서 진종이 태어났다. 작년에 집안의 훈장이 죽었는데 여태 훌륭한 선비를 초빙할 여유가 없어서 진종은 옛날에 배운 것들을 집에서 복습하고 있었다. 마침 진업이 직접 가씨 집안에 가서 상의하여 진종을 그쪽 글방에 보내 잠시라도 학업을 멀리하지 않도록 할 참이었는데, 공교롭게도 진종이 가보옥이라는 좋은 연줄을 만나게 되었던 것이다. 또한 지금 가씨 집안의 글방을 맡고 있는 가대유賈代儒*는 당시 연배 높은 학자인지라, 진종이 지금 거기에 들어가면 틀림없이 학업에도 진전이 있어서 과거시험에 급제할 가망이 있겠다 싶어 진업도 무척 기뻐했다. 다만 그는 청렴한 벼슬아치인지라 모아놓은 재물이 별로 없어, 위아래를 막론하고 모두 눈이 높은 가씨 가문에 맞는 수업료를 내놓기가 좀 어려웠다. 하지만 아들의 평생에 관련된 일이기 때문에 여기저기서 끌어모은 스물네 냥의 수업료를 공손히 봉투에 담아 자신이 직접 진종을 데리고 가대유를 찾아가 인사했다. 그런 다음 보옥이 수업을 시작하는 날짜를 듣고 진종도 함께 입학시켰다. 그야말로 이런 격이었다.

훗날의 쓸데없는 분쟁의 기미를 일찍 알았더라면

지금 어찌 잘못된 곳에서 공부시키려 했겠는가?

早知日後閑爭氣

豈肯今朝錯讀書

# 제9회

사랑을 좇아 벗과 함께 글방에 들어가고
의심에 찬 못된 아이가 학당에서 소란을 피우다

戀風流情友入家塾　起嫌疑頑童鬧學堂

명연 등이 서당에서 소동을 일으키다.

진업 부자는 가씨 가문에서 진종이 입학할 길일을 잡았다는 소식을 기다리고 있었다. 보옥은 한시라도 빨리 진종과 만나고 싶어 안달하면서 다른 사정은 돌아보지 않고 이틀 후에 입학하기로 바로 결정했다. 그래서 사람을 보내 "모레 아침에 진종 도령을 이리 모셔서 함께 갔으면 합니다."라고 알렸다.

그날 아침 보옥이 일어나니 습인이 벌써 책과 문방구 등을 잘 챙겨서 보자기에 싸놓고 침대 가장자리에 우울하게 앉아 있었다. 보옥이 깨어나자 그녀는 하는 수 없이 그가 세수하고 머리를 빗도록 시중을 들어야 했다. 보옥이 그녀의 우울한 모습을 보고 웃는 얼굴로 물었다.

"누나, 어째서 또 기분이 안 좋아? 설마 내가 학교에 가면서 누나들을 쓸쓸하게 내버려둔다고 삐친 거야?"

"호호, 그게 무슨 말씀이세요! 공부하는 건 아주 좋은 일이에요. 공부하지 않으면 평생을 초라하게 살 텐데 결국 뭐가 되겠어요? 하지만 한 가지 걱정이 있어요. 공부하실 때는 공부만 생각하시고, 그렇지 않을 때는 집도 좀 생각해주세요. 거기 있는 분들과 장난치며 소란을 피워서는 안 돼요. 그러다 나리께 들키기라도 하면 일이 커지게 돼요. 열심히 분발하셔야겠지만 서당 공부는 조금 쉬엄쉬엄 하시는 게 좋겠어요. 욕심을 너무 많이 내시면 제대로 소화할 수 없잖아요. 몸 생각도 하셔야지요. 제 생각은 이

러니까 도련님께서도 잘 헤아려주세요."

보옥은 습인의 말에 일일이 그러겠다고 대답했다. 그러자 습인이 또 말했다.

"모피 조끼도 잘 싸서 아이들에게 맡겨두었어요. 글방이 추우면 껴입으세요. 아무래도 집에서처럼 보살펴주는 사람이 없으니까요. 발난로와 손난로 석탄도 맡겨두었으니까 아이들더러 넣어달라고 하세요. 그 게으름뱅이들은 도련님께서 말씀하시지 않으면 손도 까딱하지 않아서 도련님만 추위에 떨게 되실 거예요."

"걱정 마. 밖에 나가면 내가 다 알아서 할 수 있어. 누나들도 여기서 걱정만 하지 말고 대옥이한테 자주 가서 놀아."

말하는 사이에 의복이 다 갖춰지자 습인은 그를 재촉해서 태부인과 가정, 왕부인 등에게 가서 인사하게 했다. 보옥은 청문과 사월 등에게 몇 마디 당부하고 태부인에게 인사하러 나갔다. 태부인도 몇 마디 당부를 잊지 않았다. 그런 다음 어머니 왕부인과, 서재에 있는 아버지 가정에게도 다녀오겠다고 인사했다.

마침 이날 가정은 조금 일찍 집에 돌아와 서재에서 문객들과 한담을 나누고 있었다. 그러다가 갑자기 아들이 와서 문안 인사를 올리며 서당[家塾]에 입학하러 간다고 알리자 코웃음을 치며 말했다.

"한 번만 더 '입학'이란 말을 꺼내면 나까지 부끄러워 죽을 게다. 내 생각엔 네놈이 놀러간다고 하는 게 더 맞는 거 같구나. 아비와 가문 망신시키지 않도록 조심해라!"

문객들이 일어나 웃으며 말했다.

"나리, 무슨 말씀을 그렇게 하십니까? 이제 도련님께서 입학하시고 나면 이삼 년 안에 과거에 급제하실 겁니다. 예전처럼 어린애 노릇은 절대 하지 않으실 겁니다. 식사 때도 되어 가니 도련님, 어서 가십시다."

나이 지긋한 두 사람이 보옥을 데리고 나갔다. 뒤에서 가정이 물었다.

"보옥이를 따라갈 사람은 누구냐?"

밖에서 대답 소리가 들리더니 장정 서너 명이 들어와 한쪽 무릎을 꿇고 절을 올렸다. 가정은 그 가운데 보옥의 유모 아들인 이귀李貴*를 알아보고 그에게 말했다.

"너희들이 매일 저 아이가 공부할 때 따라다니며 시중을 들었는데, 그래, 저 아이가 무슨 책을 읽었더냐! 괜히 쓸데없는 소문이나 말도 안 되는 것들만 배워 속을 채우고 장난치는 재주나 배웠을 뿐이지. 내가 짬이 생기면 우선 네놈의 껍질부터 벗겨놓고 나서 다시 저 변변치 못한 놈과 계산을 할 테다!"

이귀는 깜짝 놀라 다급히 두 무릎을 꿇고 모자를 벗은 다음 연신 머리를 바닥에 쿵쿵 찧으며 "예, 예!" 하고는 이렇게 아뢰었다.

"도련님은 벌써『시경』을 세 번째 읽고 계십니다. '유유록명呦呦鹿鳴, 하엽부평荷葉浮萍'[1]이니 뭐니 하시던데 소인이 어찌 감히 거짓을 아뢰겠습니까!"

그 말에 자리에 있던 사람들이 모두 폭소를 터뜨렸다. 가정도 웃음을 참지 못하다가 물었다.

"『시경』을 서른 번 읽는다 해도 '눈 가리고 아웅〔掩耳偸鈴〕' 하며 남을 속일 뿐이다. 네가 가서 글방 훈장님께 인사를 드리고 내 말을 전해라.『시경』이니 고문古文[2]이니 하는 것들은 모두 쓸데없는 관례를 따르는 것일 뿐이니, 그저 우선 '사서四書'를 모두 분명히 가르쳐서 완전히 외우게 만드는 것이 중요하다고 말이다."[3]

이귀는 얼른 "예!" 하고 대답한 후 가정에게서 다른 말이 없자 곧 물러나왔다.

이때 보옥은 정원 밖에서 숨죽여 기다리다가 그들이 나오자 서둘러 걸음을 옮겼다. 이귀 등이 옷을 털면서 말했다.

"도련님, 들으셨지요? 먼저 저희들부터 껍질을 벗기시겠답니다! 다른

집 하인들은 주인들이 체면을 좀 세워주는데 저희들은 괜히 매 맞고 욕만 얻어먹네요. 그러니 이후로 저희를 좀 불쌍히 여겨주세요."

"하하, 형들, 너무 억울해하지 마. 내가 내일 한턱 낼게."

"도련님, 저희가 어찌 감히 '한턱'을 바라겠어요? 그저 제발 조금이라도 저희 말씀을 들어주시길 바랄 뿐이지요."

그렇게 말하는 사이에 태부인의 거처에 이르니, 진종은 벌써 와 기다리면서 태부인의 이야기를 듣고 있었다. 둘은 서로 인사를 나누고 태부인에게 다녀오겠다고 인사했다. 보옥은 대옥에게 미처 인사하지 못했다는 사실을 떠올리고 급히 대옥의 방으로 갔다. 그때 대옥은 창가에서 거울을 보며 화장하고 있었는데 보옥이 입학한다고 하자 웃으며 말했다.

"잘됐네요. 이번에 가는 건 분명 '달나라에 계수나무 꺾으러〔蟾宮折桂〕'[4] 가는 걸 테지요? 배웅해주지 못해서 미안해요."

"누이, 글방 공부 끝나면 같이 밥 먹자. 돌아와서 연지도 다시 만들어줄게."

그렇게 한참 주절주절하고 나서 떠나려 하자 대옥이 급히 불러 세워서 물었다.

"보차 언니한테는 왜 인사하러 안 가요?"

보옥은 말없이 웃기만 하더니 진종과 함께 곧장 글방으로 갔다.


가씨 집안의 글방은 태부인의 거처에서 일 리里 정도로 그리 멀지 않았다. 그곳은 원래 조상이 세운 곳인데 집안 자제들 중 훈장을 모실 수 없는 가난한 이들이 여기에 들어와 공부하게 해주었다. 집안에서 벼슬이나 작위가 있는 이들은 모두 봉록俸祿의 많고 적음에 맞춰 은돈을 내어 글방의 비용으로 썼다. 그리고 특별히 연배 높고 덕망 있는 이를 공동으로 추천하여 훈장으로 삼아 자제들을 가르치게 했다. 보옥과 진종은 글방에 이르러 모든 학생들과 일일이 인사를 나누고 함께 공부하게 되었다.

그 뒤로 두 사람은 함께 글방을 오가고 함께 기거하면서 더욱 가까워졌다. 태부인은 둘을 모두 무척 아꼈고, 종종 사나흘씩 진종을 붙들어놓고 친손자처럼 대해주었다. 진종의 집안이 그다지 넉넉하지 않다는 것을 알고는 옷이며 신발 같은 것들을 주기도 했다. 한 달도 채 되지 않아 진종은 영국부 생활에 익숙해졌다. 보옥은 원래 본분을 지키지 못하는 사람인데, 게다가 오로지 마음 내키는 대로 행동했기 때문에 또 괴팍한 성격이 발동해서 진종에게 소곤소곤 말했다.

"우리 둘이 나이도 같고 게다가 동창이니까 이후로는 숙부와 조카 사이라는 족보를 따지지 말고 그냥 형제나 친구처럼 지내자."

처음에 진종은 그럴 수 없다고 했지만, 보옥이 우겨대니 따르지 않을 수 없었다. 보옥이 그를 '동생'이라고 부르거나, 그의 자를 따라 '경경鯨卿'● 이라고 부르니, 진종도 그렇게 부를 수밖에 없었다.

원래 글방에 있는 이들은 모두 가씨 집안과 친척 집안의 자제들이었지만, 속담에도 "용 새끼 아홉 마리가 제각기 다르다〔一龍生九種 種種各別〕." 라고 하지 않았던가? 사람이 많아지자 용과 뱀이 뒤섞이게 되어 하류배도 들어 있을 수밖에 없었다. 보옥과 진종이 모두 꽃처럼 예쁘게 생겼는데, 특히 진종은 낯을 가리고 성격이 온유하여 말도 꺼내기 전에 얼굴이 붉어지고, 겁도 많은데다 수줍음을 잘 타서 여자 같은 분위기를 풍겼다. 또 보옥은 천성적으로 겸손하여 신분을 내세우지 않고 자신을 낮추어 양보하면서 말씨도 사근사근했다. 그러니 두 사람은 더욱 친밀해졌고 이에 동창들의 의심을 사게 되었다. 그들이 뒤에서 너도나도 비방을 퍼부으니 글방 안팎에 안 좋은 소문이 가득 퍼졌다.

설반은 왕부인의 거처로 와서 살게 된 뒤로, 집안에 있는 글방에 젊은 자제들이 많다는 것을 알고 남색男色을 밝히는 마음이 동했다. 그래서 그도 공부한다는 핑계로 글방에 입학했지만 '물고기 잡는 날보다 그물 말리는 날이 더 많아〔三日打魚 兩日曬網〕' 쓸데없이 가대유에게 학비만 가져다 바

치고 공부에는 전혀 진전이 없이 그저 '의형제〔契弟〕'[5]나 사귀려고 할 뿐이었다. 뜻밖에 글방의 많은 학생들이 설반에게서 돈과 먹을 것, 옷가지 따위를 얻어내려고 그에게 속아 추한 관계를 맺었는데, 그걸 자세히 기록할 필요는 없겠다.

게다가 어느 집 친척인지도 모르고 진짜 이름도 알 수 없지만, 여자처럼 예쁘게 생긴 두 명의 다정한 학생이 있었다. 글방의 학생들이 그 둘에게 별명을 붙여주었는데, 하나는 '향련香憐'●이고 다른 하나는 '옥애玉愛'●였다. 학생들은 그들을 몰래 연모하면서 서로 차지하려는 마음을 품고 있었지만, 설반의 위세가 두려워서 감히 건드리지 못했다. 보옥과 진종도 그 둘을 보자 흠모하는 마음을 가질 수밖에 없었다. 하지만 역시 그 둘이 설반과 친한 사이라는 걸 알고 감히 경거망동하지 못했다. 향련과 옥애도 마음속으로 보옥과 진종에게 똑같이 호감이 있어, 네 사람은 마음에 정을 품고 있었어도 아직 밖으로 드러내지는 않고 있었다. 매일 글방에 가면 그들 네 사람은 각기 따로 앉아 있었지만, 서로 눈길을 떼지 못한 채 은근한 말로 마음을 전하거나 에둘러 이야기하며 속내를 비치곤 했다. 당연히 겉으로는 남들 눈을 피했다. 뜻밖에 간교하고 약아빠진 몇몇 녀석들이 낌새를 알아채고, 뒤에서 눈짓을 하거나 헛기침을 하며 큰 소리를 내기도 했다. 이런 일이 하루 이틀이 아니었다.

하루는 가대유가 무슨 일이 있어서 일찍이 귀가하게 되자, 칠언으로 된 대련을 한 구절 남겨놓으면서 학생들에게 짝을 맞춰 글귀를 지으라 하고, 다음 날 제출하게 했다. 글방의 일은 잠시 가서賈瑞●에게 맡겨놓았다. 마침 설반이 요즘 글방에 자주 나오지 않는지라, 진종은 이 기회를 틈타 향련에게 눈짓으로 암호를 보냈다. 둘은 화장실에 가는 척하며 뒤뜰에 가서 속내를 털어놓고 이야기했다. 진종이 먼저 물었다.

"너희 아버님이 친구 사귀는 걸 간섭하시지 않아?"

그 말이 끝나기도 전에 뒤에서 헛기침 소리가 들렸다. 두 사람이 깜짝 놀

라 돌아보니 김영金榮*이라는 동창이었다. 성미가 조금 급한 향련은 부끄럽기도 하고 화가 나기도 해서 물었다.

"왜 헛기침은 하고 그래? 우리 둘은 얘기도 하면 안 된다는 거야?"

"하하, 너희 둘은 얘기를 나눠도 되고, 난 기침도 하면 안 된다는 거냐? 어디 좀 물어보자. 할 말이 있으면 대놓고 하지, 이렇게 몰래 숨어서 무슨 짓을 하는 거냐? 내가 현장에서 딱 잡은 것 같은데 뭘 믿고 이래! 우선 나한테 개평*이라도 떼어주면 절대 소문 내지 않겠지만, 안 그랬다간 다들 이 일에 대해 떠들어댈걸?"

진종과 향련이 모두 얼굴이 벌겋게 된 채 물었다.

"뭘 잡았다는 거야?"

"하하, 내가 지금 잡았다는 건 진짜라고!"

그러면서 또 박수를 치며 놀려댔다.

"호떡이 잘도 착 달라붙었구나! 자자, 여러분, 모두들 하나씩 사서 잡숴봐!"

진종과 향련은 화도 나고 다급해져서 얼른 안으로 들어가 가서에게 김영이 까닭 없이 자기 둘을 모욕한다고 일러바쳤다.

원래 가서는 제 이익만 챙길 뿐 행동거지가 제대로 된 인물이 아니라서, 글방에서도 항상 공무를 핑계로 사욕을 채우며 자제들을 위협해 대접을 받아먹곤 했다. 또 돈이나 술, 고기 따위를 얻어먹으려고 설반이 제멋대로 행패를 부리도록 내버려두었다. 그는 설반을 단속하기는커녕 못된 짓을 도와주며 환심을 사려고 했다. 그런데 설반은 마음 씀씀이가 부평초浮萍草* 같아서 오늘은 이걸 좋아했다가 내일은 저걸 좋아했다. 근래에는 새 친구가 생겨서 향련과 옥애를 한편으로 제쳐두고 있었다. 김영 또한 한때는 설반과 친했으나 설반이 향련과 옥애를 사귀게 되자 그도 버림을 받았다. 그런데 이제는 향련과 옥애도 버림받은 상태였다. 가서도 자기를 도와줄 사람이 없어졌는지라 설반의 이랬다저랬다 하는 성격은 뭐라 하지 않고 그저 향련과

옥애가 설반 앞에서 자기를 도와주지 않았다고 원망하기만 했다. 그런 일들 때문에 가서와 김영 같은 무리들도 그 둘을 질투하고 있던 참이었다.

향련과 진종이 김영에 대해 일러바치자 가서는 마음이 더 불편해졌다. 하지만 진종을 나무라기는 곤란하여 향련에게 트집을 잡아 괜히 쓸데없는 짓을 벌인다며 호되게 꾸짖었다. 향련만 도리어 체면을 구겼고 진종도 덩달아 멋쩍어하며 각자 자리로 돌아갔다. 김영은 더욱 득의양양해서 고개를 흔들고 입을 삐죽이며 여러 가지 쓸데없는 말들을 입속으로 웅얼거렸다. 하필 옥애가 그걸 듣고 기분이 나빠져 둘은 멀찌감치 떨어진 자리에 앉아 옥신각신 말싸움을 하기 시작했다. 김영이 한마디로 누명을 씌워 말했다.

"내가 방금 분명히 쟤들 둘이 뒤뜰에서 입을 맞추고 엉덩이 만지는 걸 봤어. 둘이 딱 달라붙어서 자지를 내놓고 길이를 재보고는 긴 사람이 먼저 하자고 했지."

김영은 그저 제 기분에 빠져 멋대로 말하느라 다른 사람이 있다는 걸 생각하지 못했다. 뜻밖에도 그의 말을 듣고 화를 낸 이가 있었다. 여러분, 그가 누구일까?

그는 가장賈薔*이라는 아이였다. 그 또한 녕국부 적파嫡派의 현손玄孫인데, 일찍이 부모를 여의고 어렸을 때부터 가진賈珍의 도움으로 살아가고 있었다. 그는 이제 열여섯 살이 되었는데, 가용보다 더 멋지고 준수한 용모를 타고났다. 그와 가용은 사이가 아주 친밀해서 항상 함께 다녔다. 그런데 녕국부는 사람이 많은 만큼 말도 많았다. 불만을 품은 하인들은 오로지 주인에 대한 유언비어를 만들어내 비방하기를 일삼았고, 이 때문에 어떤 소인배가 말을 지어내 욕을 해대는지도 알 수 없었다. 가진도 그다지 좋지 못한 소문을 듣고 혐의를 피하고자 가장에게 따로 집을 마련해주면서 녕국부 밖으로 이사 나가 살게 했다.

예쁘장하게 생긴 가장은 영악하기도 그지없었다. 글방에 적을 두고 다니

기는 했지만 역시 눈가림에 지나지 않았다. 여전히 닭싸움, 개 경주 따위에 열중하면서 기생집이나 드나들었다. 위로는 가진이 자신을 아껴주고 아래로는 가용이 도와준다는 것을 믿고 거들먹거리니, 일가 중에 누구도 감히 그를 건드리거나 뜻을 거역하지 못했다. 그는 가용과 가장 친했는데, 진종을 모욕하는 이가 있으니 가만있을 리가 없었다. 그래서 자기가 나서 불공평한 처사에 앙갚음을 해주려다가 속으로 다시 한 번 생각했다.

'김영이나 가서 같은 놈들은 모두 설반 숙부와 잘 아는 사이인데, 예전엔 나도 그분과 친했었지. 내가 나서면 저놈들이 설반 숙부에게 다 일러바칠 텐데, 그러면 우리 사이에 금이 가지 않겠어? 그렇다고 그냥 내버려두자니 이런 유언비어는 모두를 난처하게 만들 뿐이야. 지금은 계책을 써서 이들을 제압하자. 그렇게 해서 뒷말도 없애고 체면도 구기지 않으면 되잖아?'

이렇게 생각을 정하고 나자 그는 화장실에 가는 척하며 밖으로 나가 가만히 보옥의 서동書童*인 명연茗烟●을 불러 여차저차 하라고 몇 마디 일러주었다.

명연은 보옥이 제일 신임하는 녀석인데 나이가 어려 세상사를 잘 몰랐다. 그런 명연에게 가장은 김영이 이렇게 진종을 모욕했고 심지어 그의 상전인 보옥까지도 연루시켰다면서 본때를 보여주지 않으면 다음엔 더 다루기 어려울 정도로 제멋대로 굴 거라고 말했다. 명연은 괜히 주인의 권세를 믿고 남을 짓누르기 좋아하는 성격이었다. 그런데 이제 이런 소식까지 듣고 가장이 부추기기까지 하자 곧바로 달려들어가 김영을 찾았다. 그는 '도련님'이라고도 부르지 않고 그저 "야, 이 김가 놈아! 넌 대체 뭐하는 물건이냐!" 하고 고함을 질렀다. 가장은 가죽 장화를 한 번 구르고 일부러 옷매무새를 바로 하더니, 해 그림자를 보면서 말했다.

"벌써 시간이 됐네?"

그러더니 가서에게 일이 있어서 좀 일찍 가봐야겠다고 말했다. 가서는

감히 그를 어쩌지 못하고 가보라고 할 수밖에 없었다.

명연은 김영의 멱살을 틀어쥐고 물었다.

"우리가 오입질을 하건 말건 그게 대체 네 좆이랑 무슨 상관이야! 네 아비랑 그 짓을 한 것도 아니잖아! 이 같잖은 놈아, 어디 나와서 이 명연 나리하고 한판 붙어보자!"

글방 안의 자제들이 모두 깜짝 놀라 얼빠진 표정으로 멍하니 쳐다보았다. 가서가 급히 소리쳤다.

"네 이놈, 명연아, 어디 감히 무례하게 구느냐!"

김영은 얼굴이 누렇게 떠서 말했다.

"하극상이다! 종놈 주제에 감히 이런 짓을 하다니, 네놈의 주인한테 따져봐야겠다!"

그리고 명연의 손에서 빠져나와 보옥과 진종에게 덤벼들려고 했다. 하지만 김영이 두 사람 근처에 미처 이르지 못했을 때, 갑자기 뒤쪽에서 '쌩'하는 소리가 들리면서 벼루가 하나 날아왔다. 누가 던진 건지는 모르지만 다행히 벼루는 명연을 맞히기 전에 옆 사람 자리에 떨어졌다. 거기에 앉아 있던 이들은 바로 가란과 가균賈菌*이었다.

가균 역시 영국부의 가까운 친척 집안의 증손자였다. 그의 어머니는 젊었을 때 과부가 되어 혼자 가균을 키우고 있었다. 가균은 가란과 제일 친했기 때문에 둘이 같은 책상에 앉았던 것이다. 가균은 비록 나이는 어렸지만 성격이 대단해서 남을 무서워하지 않고 걸핏하면 화를 잘 냈다. 그는 김영을 몰래 도와주려고 명연에게 벼루를 던진 놈을 싸늘한 눈빛으로 쳐다보고 있었다. 벼루가 명연을 맞히지 못하고 자신의 탁자에, 그것도 바로 정면에 떨어져 사기로 만든 연적을 산산이 부숴버리는 바람에 책에 온통 먹물이 튀고 말았기 때문이다. 그걸 보고 가만있을 리 없는 가균이 즉시 욕을 퍼부었다.

"이런 빌어먹을 자식들, 이러면 모두 다 손을 쓰자는 게 아니냐!"

그는 벼루를 집어 그걸 던진 놈에게 다시 내던지려고 했다. 가란은 시끄러운 일을 좋아하지 않는 성격인지라, 얼른 벼루를 붙들고 열심히 말렸다.

"동생, 우리랑 상관없는 일이잖아."

가균이 참을 리 있겠는가? 그는 두 손으로 책 상자를 안아 들어 저쪽으로 내던졌다. 하지만 작은 몸에 힘이 약해서 상자가 그쪽까지 미치지 못하고 하필 보옥과 진종의 책상 위로 떨어져버렸다. '우당탕' 소리와 함께 상자가 탁자에 부딪치자 책이며 종이, 붓과 벼루 따위가 책상에 흩어졌고, 또 보옥의 찻잔이 깨지면서 찻물이 흘렀다. 가균이 곧 벌떡 뛰쳐나와 벼루를 던졌던 녀석의 멱살을 잡으려 했다.

이때 김영이 손에 잡히는 대로 커다란 죽순대를 하나 집어 들었다. 좁은 장소에 사람도 많으니 춤추듯 휘둘러대는 그 긴 막대를 어찌 견뎌낼 수 있겠는가? 어느새 한 대 얻어맞은 명연이 마구 고함을 질러댔다.

"다들 뭐하고 있어!"

보옥에게는 세 명의 하인이 더 있었는데, 서약鋤藥*과 소홍掃紅*, 묵우墨雨*였다. 이 셋이라고 어찌 말썽꾼이 아니겠는가? 그들은 일제히 고함을 질러댔다.

"이런 첩년의 새끼! 연장까지 휘둘러?"

묵우는 곧 문빗장을 하나 뽑아 들었고, 소홍과 서약은 모두 말채찍을 들고 우르르 달려들었다. 가서가 다급하게 이놈을 막고 저놈을 달랬지만 누가 그 말을 들었겠는가? 다들 마음껏 난장판을 쳐버렸다. 여러 말썽쟁이들은 이 틈에 슬쩍 한 대 거들며 재미있어 했고, 소심하게 한쪽에 숨어 있는 녀석이 있는가 하면, 책상 위에 서서 박수를 치며 배꼽 빠지게 웃어대면서 "쳐라, 쳐!" 하고 소리치는 녀석도 있었다. 순식간에 장내는 아수라장이 되었다.

밖에 있던 이귀 등 나이 많은 하인들이 안쪽에서 소란이 일어난 걸 듣고 다급히 들어와 소리를 질러 싸움을 멈추게 했다. 그리고 까닭을 물어보니

제9회 **239**

모두들 말이 제각각이어서 이쪽에서 여차여차 이야기하면 저쪽에서는 저차저차 설명하기 바빴다. 이귀는 명연 등 네 명의 하인들에게 버럭 욕을 퍼부어 밖으로 내쫓았다. 진종은 어느새 김영의 죽순대에 머리를 맞아 살갗이 벗겨져 있었다. 보옥은 웃옷 깃으로 상처를 문질러주고 있다가 이귀가 소리를 질러 소란을 멈추게 하자 이렇게 지시했다.

"이귀, 책 챙겨! 그리고 말을 끌고 와. 훈장님께 가서 말씀드려야겠어! 우리가 모욕을 받았는데 예의를 지키느라 다른 얘기는 못하고 어른에게 알리기만 했거든. 그런데 저 양반이 오히려 우리가 잘못했다고 꾸짖으면서 남들이 우릴 욕하게 내버려두었어. 게다가 쟤들을 부추겨 우리 명연이를 때리게 했고, 그 바람에 진종까지 머리를 맞아 다쳤어. 그래도 이런 데서 공부를 해야겠어? 명연이도 내가 모욕을 당하니까 달려든 거야. 그러니 돌아가는 게 낫겠어."

"도련님, 성급하게 이러시면 안 됩니다. 훈장님이 일이 있어 댁에 가셨는데 이런 자잘한 일로 그 연세 많은 분께 찾아가 떠들어대면 오히려 우리만 생각 없이 처신한 꼴이 되지 않겠어요? 제 생각대로 해주세요. 여기 일은 여기서 마무리 짓는 게 좋아요. 굳이 그 연세 많은 분을 놀라시게 할 필요는 없어요. 이건 모두 가서 나리의 잘못입니다."

하면서 가서를 쳐다보며 말을 이었다.

"훈장님이 안 계시니 지금은 나리께서 이 글방에서 제일 어른이시고, 모두들 나리의 일 처리를 지켜보고 있습니다. 잘못된 일이 있으면 때릴 사람은 때리고 벌세울 사람은 벌을 세웠어야지요. 어찌 이런 지경이 되도록 단속을 하지 못하셨습니까?"

"내가 아무리 소리쳐도 아무도 듣지 않더군."

"허허, 이런 말씀드린다고 화내실지 모르지만, 평소 나리께서 올바로 처신하지 못한 데가 있으시니까 이 도련님들이 나리 말씀을 안 듣는 거 아닙니까? 훈장님께 가서 난리를 피운다면 나리께서도 문책을 면치 못하실 겁

니다. 그러니 어서 해결할 방법을 생각해보세요."

보옥이 말했다.

"무얼 해결해? 난 돌아갈 거야!"

진종이 울며 말했다.

"김영이 있는 한 난 여기서 공부하지 않을 거야!"

보옥이 말했다.

"그게 무슨 말이야? 남들은 오는데 우리는 올 수 없다는 거야? 내 반드시 사람들에게 분명히 설명해서 김영을 내쫓아버릴 거야!"

그리고 이귀에게 물었다.

"김영은 어느 쪽 친척이야?"

이귀가 잠시 생각하더니 대답했다.

"그런 건 따지지 마세요. 어느 쪽 친척인지를 따지기 시작하면 형제들 사이에 의가 상합니다."

그러자 명연이 창밖에서 말했다.

"그놈은 동쪽 골목(녕국부)에 사시는 가황賈璜* 나리 아씨의 친정 조카예요. 무슨 든든한 뒷배가 있는 줄 알고 우릴 협박하려 든다니까요. 가황 나리 아씨가 그놈의 고모예요. 그놈 고모는 그저 굽실거리며 아부할 줄만 알아요. 우리 가련 나리 아씨께 사정해서 저당 잡힐 물건이나 빌려가곤 한답니다. 전 그딴 주인아씨는 우습게 본다고요!"

이귀가 다급히 말을 끊으며 호통을 쳤다.

"너 이 같잖은 개새끼야! 네깟 놈이 뭘 안다고 그런 말을 나불거려!"

보옥이 코웃음을 쳤다.

"흥! 어떤 친척인가 했더니 그 집 조카였군. 내 당장 가서 따져야겠다!"

그러면서 당장 가려는 듯 명연이를 불러 책을 싸게 했다. 명연이 책을 싸면서 의기양양 말했다.

"도련님, 직접 가실 필요 없이 제가 가서 노마님께 물어보실 말씀이

제9회 **241**

있다고 전할게요. 수레를 불러 모시고 들어가서 노마님 앞에서 그분께 따지시면 간단하지 않겠어요?"

이귀가 다급히 소리쳤다.

"네놈이 죽고 싶은 게냐? 돌아가면 우선 네놈부터 단단히 때려주고 나서 나리와 마님께 여쭤야겠다. 도련님을 부추긴 게 전적으로 너라고 말이다! 내가 간신히 반쯤 설득시켰는데 네놈이 또 새 건수를 만드는구나. 글방을 난장판으로 만들어놓았으면 융통성 있게 진정을 시켜야 마땅하거늘 오히려 더 큰 소란을 일으키려 들다니!"

명연은 그제야 찍소리를 못했다.

이때 가서도 일이 커질까 두렵고 자기도 떳떳치 못한지라 자존심을 굽히고 진종과 보옥에게 사정했다. 처음에는 두 사람이 받아들이려 하지 않다가 나중에 보옥이 말했다.

"돌아가지 않아도 그만이지만 대신 김영에게 사과하라고 하세요!"

그런데 김영이 이를 거부하자 나중에는 가서까지 나서서 다그쳤다. 이귀 등도 김영을 달래며 말했다.

"애초에 도련님께서 이 사달을 일으키셨는데 사과를 하지 않으시면 어떻게 수습할 수 있겠어요?"

김영은 어쩔 수 없이 진종에게 두 손을 모으고 고개를 살짝 숙여 절을 했다. 보옥은 그래도 모자라다며 굳이 무릎을 꿇고 머리를 조아려 큰절을 해야 한다고 우겼다. 가서는 그저 이 일을 빨리 마무리 짓고 싶어서 또 은근히 김영을 설득했다.

"속담에도 '사람을 막다른 골목까지 몰아넣으면 안 된다〔殺人不過頭點地〕.'라고 하지 않더냐? 네가 빌미를 제공했으니 성질 좀 죽이고 큰절을 해서 이 일을 해결해라."

김영은 어쩔 수 없이 앞으로 나가 진종에게 큰절을 했다. 이후의 일은 어찌 되었을까? 이에 대해서는 다음 회를 보시라.

242

# 제10회

김과부는 이권을 탐하다 모욕을 당하고
의원 장씨는 병을 논하며 근원을 자세히 따지다

金寡婦貪利權受辱　張太醫論病細窮源

의원 장씨가 진가경의 병에 대해 이야기하다.

김영은 상대편이 사람도 많고 세력도 큰데다 가서까지도 사과하라며 윽박지르자 진종에게 큰절을 했다. 보옥은 그제야 입씨름을 멈추었다. 글방을 파하고 나서 모두 집으로 돌아갔다. 하지만 김영은 생각할수록 화가 치밀어 혼자 중얼거렸다.

"진종은 가용의 처남일 뿐 가씨 가문의 자손도 아닌 주제에 글방에 빌붙어 공부하고 있으니 나랑 다를 게 뭐가 있어? 그런데 가보옥이 자기를 좋아한다는 걸 믿고 안하무인으로 구는데 말야, 제 처지가 이러면 처신을 똑바로 해야 남들도 말이 없지. 평소에 남몰래 가보옥과 못된 짓을 꾸미는 걸 사람들이 모두 장님이라 보지 못하는 줄 아는 모양이지? 오늘 또 남몰래 사통私通하다가 하필 내 눈에 딱 걸려서 이 일이 벌어진 건데…… 내가 겁낼 게 뭐 있어?"

그의 어머니 호胡씨가 그 소리를 듣고 물었다.

"너 또 뭐 때문에 쓸데없이 화를 내고 그러니? 내가 얘기해서 네 고모가 온갖 방법으로 영국부 희봉 아씨께 사정해서는 겨우 그 집안 학당에서 공부할 수 있게 되지 않았니. 그렇게 남에게 신세지지 않으면 우리 집에서 무슨 재주로 선생을 모시겠어? 게다가 그 집안 글방에서는 차와 밥까지 다 먹여주지 않니? 네가 두 해 동안 거기서 공부한 덕분에 집에서도 밥값을 꽤 줄일 수 있었단다. 그 덕에 너도 깔끔한 옷을 몇 벌 해 입을 수 있지 않

았니? 또 거기서 공부하지 않았다면 네가 어떻게 설반 나리 같은 분과 알고 지낼 수 있었겠어? 그 나리는 한 해 내내 온갖 도움을 주셨고, 올해까지 두 해 동안 우리에게 은돈을 칠팔십 냥이나 주셨어. 네가 지금 말썽을 일으키고 글방을 나와서 또 그런 곳을 찾으려 한다면, 잘 들어라, 아마 하늘에 오르는 것보다 어려울 게다! 그러니 얌전히 잠깐 놀다가 잠이나 자거라. 제발 그러는 게 좋겠구나!"

김영은 화를 참고 하고픈 말을 삼키고는 얼마 후 잠자리에 들었다. 그리고 이튿날 아무 일도 없다는 듯 글방에 다시 나갔다.

한편, 그의 고모는 가씨 집안 구슬 옥玉 변이 달린 항렬[1]의 적파인 가황에게 시집갔다. 그러나 그 일가들이 어찌 모두 녕국부나 영국부처럼 부귀와 권세를 누릴 수 있었겠는가? 그런 것까지 자세히 설명할 필요는 없겠다. 가황 부부는 얼마 안 되는 재산을 지키고 살면서 늘 녕국부와 영국부를 찾아가 문안 인사를 드리면서 왕희봉과 우씨를 받들어 모셨다. 그래서 왕희봉과 우씨도 늘 그들을 도와주며 이렇게나마 살아갈 수 있게 해주었다. 이날은 마침 날씨도 맑고 집안에 별다른 일도 없어서 가황의 아내는 수레를 타고 할멈 한 명과 함께 친정으로 갔다. 과부로 지내는 올케와 조카를 만나볼 생각이었던 것이다.

이런저런 한담을 나누다가 김영의 어머니가 하필 어제 글방에서 일어난 그 일 이야기를 꺼내더니 처음부터 끝까지 자초지종을 자세히 들려주었다. 가황의 아내가 듣지 못했으면 그만이겠지만, 일단 듣고 나자 화가 치밀어 이렇게 말했다.

"그 진종이라는 애새끼만 가씨 가문의 친척이고 영이는 아니라는 거야? 모두들 너무 위세만 떨고 있어! 게다가 다들 하는 짓들이 무슨 염치나 좋은 일이냐고! 보옥 도련님도 그놈을 그렇게까지 편들지 마셨어야지요. 내가 영국부에 가서 가진 나리의 마님을 한번 뵙고, 또 진종의 누나한테도 얘기해서 이 일의 잘잘못을 따져보라고 해야겠어요."

**246**

김영의 어머니는 그 말을 듣고 너무 다급해져서 얼른 말렸다.

"이게 모두 제 주둥이가 싸서 고모에게 일러바친 탓이에요. 제발 그러지 마세요. 누가 옳고 누가 그른지 상관하지 마세요. 혹시 말썽이라도 생기면 영이가 거기서 버틸 수나 있겠어요? 그 글방이라도 다니지 못하면 저희 집은 훈장을 불러올 형편도 안 되고 그 아이 먹여 살릴 돈만 더 들어요."

"별 걱정을 다 하시네요. 제가 얘기하면 어떻게 되는지나 두고 보세요!"

그녀는 올케의 만류에도 아랑곳하지 않고 할멈더러 수레를 불러오게 하더니 그길로 녕국부로 갔다.

녕국부에 도착해서 대문을 지나 동쪽의 작은 문 앞에 내린 그녀는 안으로 들어가 가진의 아내 우씨를 만났다. 하지만 치미는 화를 감히 드러내지 못하고 은근하게 인사만 하고는 이런저런 이야기를 나누다가 물었다.

"오늘은 어째 며느님이 안 보이네요?"

"그 아이는 요즘 무슨 일인지 두 달이 넘게 월경이 없다네. 의원을 불러 물어보니 임신은 절대 아니라고 하네. 이틀 전부터 오후만 되면 몸이 피곤해지고 말하는 것조차 힘들다 하고 눈앞도 어질어질해진다 하네. 그래서 내가 그랬지. '예의범절에 너무 구애받지 마라. 아침저녁으로 문안 인사도 필요 없으니 네 몸조리나 잘해라. 친척이 오더라도 내가 있잖니? 어른들이 뭐라 하면 내가 대신 잘 말씀드리마.' 그리고 우리 용이에게도 당부해놓았네. '그 아이를 너무 다그치거나 화를 내게 해서는 안 된다. 그냥 조용히 몸조리하면 나아질 게다. 먹고 싶은 게 있다 하면 뭐든 여기서 가져가라. 혹시 여기 없으면 희봉이한테 가서 달라고 해라. 그 아이한테 무슨 일이 생긴다면 용이 니가 어디서 또 그런 처를 얻겠니? 그렇게 생김새도 예쁘고 성격도 좋은 아이는 등불을 켜고 찾아다녀도 어디에도 없을 게다.' 그 아이의 사람됨이나 일 처리를 마음에 들어 하지 않는 친척이며 집안 어른들이 어디 있나? 그래서 나도 요 이틀 동안 무척 걱정하며 애를 태우고 있다네."

그리고 계속 말을 이었다.

"그런데 하필 오늘 아침 그 아이 동생이 찾아왔다네. 철없는 어린 것이라 해도 제 누이 몸이 좋지 않은 걸 봤으면 무슨 일이 있었더라도 얘기하지 말았어야 하지 않겠는가? 아무리 작은 일이라도 말하지 말았어야 하거늘, 자기가 아주 심한 모욕을 받았다는 걸 말하면 되겠는가? 난데없이 어제 글방에서 싸움이 있었는데 어떤 연줄로 들어온 애인지는 모르지만, 누가 그 아이에게 모욕을 주었다는구먼. 그 안엔 입에 담지 못할 얘기들도 있는데, 그걸 죄다 제 누이에게 일러바친 모양일세. 동서도 우리 며느리를 잘 알지 않는가. 사람을 만나면 웃는 얼굴로 얘기하고 일 처리도 잘하지. 꼼꼼하면서도 신중해서 무슨 얘기를 들어도 얽매이지 않고 항상 사나흘 동안 밤낮으로 곰곰이 생각해서 처리하지. 이 병도 이렇게 생각이 너무 많은 천성 때문에 생긴 걸세. 그런데 누가 제 동생을 모욕했다는 얘기를 들었으니 걱정도 되고 화도 났겠지. 그 못돼먹은 친구라는 것들이 말도 안 되는 소리를 꾸며내거나 부풀려서 남을 비방했기 때문에 걱정이고, 동생이 공부에는 전념하지 않다가 결국 이렇게 글방에서 소동을 일으켰기 때문에 화가 난 걸세. 그 얘길 듣고 그 아이는 오늘 아침도 먹지 않았다네. 나도 며느리한테 가서 잠시 위로해주고 또 그 아이 동생도 좀 달래주고 오는 길이네. 그 아이 동생을 영국부 보옥 도련님에게 보내고 며느리가 연와탕 燕窩湯* 반 그릇을 먹는 걸 보고 나서야 돌아왔지. 이러니, 동서, 내가 속이 타지 않겠는가? 게다가 지금 용한 의원도 없으니 앓고 있는 며느리를 생각하면 내 마음이 바늘에 찔리는 것 같다네. 자네들 혹시 잘 아는 용한 의원 어디 없는가?"

가황의 아내 김씨는 이렇게 긴 이야기를 듣고 나자 방금 자기 올케 집에서 화를 내며 진가경에게 가서 따지려던 생각이 모두 머나먼 조와국爪洼國[2]으로 사라지고 말았다. 그래서 잘 아는 용한 의원이 없냐는 우씨의 물음에 얼른 대답했다.

"저희도 사실 용한 의원이 있다는 얘기는 못 들었어요. 지금 며느님 증

세를 들어보니 그래도 임신일지 모르겠다는 생각이 드네요. 형님, 아무 의원한테나 함부로 보이지 마세요. 혹시 진맥을 잘못하게 되면 큰일나지 않겠어요?"

"그러게 말일세."

이렇게 이야기를 나누고 있던 차에 가진이 밖에서 들어왔다. 그는 김씨를 보더니 우씨에게 물었다.

"황이네 안사람이 아닌가?"

김씨가 나서서 가진에게 인사하자 가진이 우씨에게 말했다.

"제수씨에게 식사라도 대접해 보내시구려."

이렇게 말하며 가진은 안쪽으로 들어갔다. 김씨는 진가경에게 진종이 자기 조카를 모욕한 걸 따지러 왔다가 진씨가 아프다는 소식을 들으니 감히 그 말을 꺼낼 수 없었다. 게다가 가진과 우씨가 아주 잘 대해주자 노여움이 오히려 기쁨으로 변하여 잠시 더 이야기를 나누고 집으로 돌아갔다.

김씨가 돌아가자 가진이 건너와 자리에 앉으며 우씨에게 물었다.

"오늘은 또 무슨 부탁을 하러 왔답디까?"

"별 얘기 없었어요. 처음 들어올 때는 뭔가 좀 화가 난 기색이었는데 한참 이야기를 나누면서 며느리가 아프다고 말했더니 점점 안색이 누그러지더군요. 당신이 밥이라도 먹여 보내라고 하셨지만, 며느리가 아프다는 얘기를 들은 마당에 오래 앉아 있기가 뭐했는지 몇 마디 한담을 더 나누다가 가대요. 무슨 부탁 같은 건 없었어요. 그나저나 며느리 병 얘기가 나왔으니 어디서 용한 의원을 물색해와서 좀 보게 해야겠어요. 더 지체하다간 큰일나겠어요. 지금 우리 집을 드나드는 그 많은 의원들 가운데 어디 쓸 만한 이가 있나요? 하나같이 모두 남의 얘기만 듣고 따라하거나 누가 뭐라 하면 거기다 몇 마디 그럴싸한 말을 덧붙일 뿐이지요. 그래도 자기들 딴에는 너무들 열심이라 하루에도 서너 명씩 돌아가며 네다섯 번씩 진맥을 해대지요. 그 사람들이 함께 상의해서 처방전을 만들고 그에 따라 약을 써도

제10회 **249**

효험이 없잖아요? 괜히 하루에도 네다섯 번씩 옷을 차려입고 앉아 의원을 만나야 하니 환자한테는 아무 도움이 안 돼요."

"그렇긴 하지. 그나저나 며느리도 참 생각이 없구먼! 무엇하러 굳이 옷을 입었다 벗었다 한단 말이야? 그러다가 감기까지 걸리면 병만 하나 더 늘 텐데. 그건 그렇다 쳐도 옷이 아무리 좋고 가치가 있다 하더라도 제 몸이 중요하지. 매일 새 옷을 입는다 해도 대단할 게 뭐 있나? 나도 마침 이 얘길 하러 왔소. 조금 전에 풍자영馮紫英*이 찾아왔다가 내 표정이 좀 우울해 보였던지 이유를 묻습디다. 그래서 며느리가 갑자기 몸이 많이 안 좋아졌는데 용한 의원을 구할 수도 없고 임신인지 병인지도 확실히 알 수 없는데다 목숨에 지장이 있는지 없는지도 알 수 없어서, 요 이틀 내내 속이 탄다고 얘기했소. 그러자 그 사람이 어릴 때 배우던 스승에 대해 얘기합디다. 성함이 장우사張友士*라고 하던데, 학문도 아주 깊고 박식하고 의술도 아주 뛰어나서 사람의 생사를 진단할 수 있답디다. 그분이 아들의 벼슬자리를 사려고 경사에 와서 지금 풍자영의 집에 머물고 있다는 거요. 그 말대로라면 며느리 병도 그 사람이 고칠 수 있을지 모르지 않소? 그래서 내가 즉시 명첩을 들려 사람을 보내 그분을 초청했소. 오늘은 날이 저물어서 올 수 없을 테고 아마 내일은 꼭 올 거요. 풍자영도 집에 돌아가자마자 직접 그분에게 꼭 한 번 가서 봐주십사 부탁하겠다고 했소. 그러니 이 문제는 장선생이 와서 진맥해본 뒤에 다시 얘기하도록 합시다."

우씨가 기뻐하며 말했다.

"모레가 아버님 생신인데 어떻게 할까요?"

"조금 전에 아버지께 문안 인사를 드리는 김에 집에 오셔서 가족들에게 축하 인사를 받으시라고 말씀드렸소. 그랬더니 아버지가 '난 조용히 지내는 게 습관이 돼서 시비를 따지며 말썽만 많은 그곳에는 섞이러 가고 싶지 않구나. 너희들이야 생일이니 사람들에게 절이라도 받으라 하겠지만, 차라리 사람을 시켜 예전에 내가 주석을 단『음즐문陰騭文』[3]이나 잘 써서 인

쇄해주는 게 괜히 절이나 받는 것보다 백배 낫겠다. 혹시 모레부터 이틀 사이에 일가들이 찾아오거든 네가 집에서 잘 대접하도록 해라. 나한테 뭘 보낼 필요도 없고 모레에도 찾아올 필요 없다. 네가 마음이 불편하거든 오늘 온 김에 절이나 하고 가려무나. 혹시 모레 네가 또 여러 사람을 데려와 날 귀찮게 할 생각이라면 절대 용서하지 않겠다!' 라고 누차 말씀하시니 모레는 나도 감히 다시 가지 못하게 되었소. 그러니 내승來升[4]을 불러 이틀 동안 벌일 잔치를 준비하라고 하시구려."

그러자 우씨가 사람을 시켜 가용을 불러놓고 이렇게 말했다.

"내승더러 관례대로 이틀 동안의 잔치를 준비하되 아주 풍성해야 한다고 일러둬라. 그리고 네가 직접 영국부에 가서 증조할머님과 큰할머니, 둘째 할머니, 그리고 둘째 숙모에게 놀러오시라고 여쭈어라. 또 네 아버님이 오늘 용한 의원이 있다는 얘기를 들으시고 벌써 사람을 보내 초청해놓았으니 아마 내일은 꼭 오실 게다. 그러면 네가 요 며칠 네 처의 증세를 그분께 자세히 말씀드리도록 해라."

가용은 일일이 그러겠노라 대답하고 나갔는데, 풍자영의 집으로 의원을 모시러 갔다가 돌아오던 하인과 마주쳤다.

"방금 소인이 풍나리 댁에 가서 나리의 명첩을 들여보내며 그 의원 선생을 모셔 오려 했습니다. 그러자 그 의원 선생께서는 방금 주인 나리께서도 자기한테 그런 청을 하셨지만 오늘은 종일 여기저기 인사를 다니다가 조금 전에 돌아온 터라 지금은 일을 할 만한 정신이 아니라고 하시면서, 녕국부에 간다 해도 진맥을 하기 어려우니까 하룻밤 쉬고 내일 꼭 오시겠다고 하셨습니다. 그리고 자신은 의술이 천박해서 이런 중요한 일을 감당할 수 없지만 여기 주인께서 녕국부 나리께 이미 그렇게 말씀드렸다고 하니 가보지 않을 수 없겠다면서 저더러 먼저 돌아가 나리께 잘 여쭈라고 하셨습니다. 그리고 나리의 명첩은 감히 받을 수 없으니 소인더러 가지고 돌아가라고 하셨습니다. 그러니 도련님께서 제 대신 나리께 말씀드려 주십시오."

제10회  **251**

가용은 다시 안으로 들어가 가진과 우씨에게 사정을 전했다. 그리고 밖으로 나와 내승을 불러 이틀 동안의 잔치를 준비하라고 일렀다. 이에 내승은 관례대로 이 일을 처리했다.


이튿날 정오쯤에 하인이 와서 보고했다.

"청하신 장선생께서 오셨습니다."

가진은 대청으로 맞아 자리를 권했다. 그리고 차를 마시고 나서 입을 열었다.

"어제 풍나리께서 제게 선생의 인품과 학문에 대해 말씀하시면서 의술에도 아주 정통하다고 하시기에 존경심에 너무나 뵙고 싶었습니다."

"저야 비천하고 못난 선비라서 아는 것도 얕고 보잘것없습니다. 어제 풍나리께서 말씀하시길, 나리 집안에서 하찮은 선비를 존중하여 극진히 대하신다고 하시더군요. 게다가 이렇게까지 불러주셨으니 제가 감히 오지 않을 수 없었습니다. 하지만 제대로 배운 바가 없으니 부끄럽기 그지없습니다."

"선생, 너무 겸양하지 마십시오. 지금 바로 안으로 모실 테니 제 며느리를 좀 봐주십시오. 고명한 의술로 못난 저의 근심을 덜어주시기 바랍니다."

장선생은 가용과 함께 안으로 들어갔다. 가용의 거처에 이르러 가경可卿을 보자 장선생이 가용에게 말했다.

"이분이 부인이십니까?"

"예, 선생님. 앉으셔서 아내의 병세에 대한 제 설명을 들어보시고 나서 진맥해보시는 게 어떻습니까?"

"제 생각에는 아무래도 먼저 진맥을 해보고 나서 얘기하는 것이 옳을 듯합니다. 저는 이 댁에 처음 왔고 아무것도 모릅니다만, 풍나리께서 저더러 꼭 가보라고 말씀하셔서 어쩔 수 없이 오게 되었습니다. 이제 진맥을 해보고 제 진단이 맞는지 들어보시고 나서 다시 최근의 증세에 대해 얘기를 나

뉘보도록 하지요. 그렇게 함께 처방을 내보고 그걸 쓸 건지 말 건지는 그때 나리께서 결정하시면 되겠지요."

"이렇게 고명하신 분을 이제야 뵙게 된 게 한스럽습니다. 우선 진맥을 해보시고 고칠 수 있는지 어쩐지 진단을 내려주셔서 제 부모님을 안심시켜주십시오."

그러자 어멈들이 커다란 영침迎枕[5]을 들고 나왔고, 가경에게 소매를 걷어 팔목을 내놓게 했다. 장선생은 가경의 오른손 맥을 짚고 숨을 가다듬고 맥박의 수를 세면서 거의 밥 반 그릇 먹을 시간 동안 차분하고 세심하게 진맥하더니 다시 왼손을 짚고 똑같이 했다. 진맥이 끝나자 이렇게 말했다.

"밖으로 나가 얘기를 좀 하십시다."

가용이 장선생과 함께 바깥방으로 나와 침상에 앉자 할멈 하나가 차를 내왔다. 가용이 차를 권하고 장선생과 차를 마시면서 물었다.

"진맥을 해보시니 어떤가요? 고칠 수 있는 병 같습니까?"

"부인의 맥은 이렇습니다. 왼쪽 촌맥寸脈은 가라앉아 있고 맥박이 빠르며, 왼쪽 관맥關脈은 가라앉아 깊이 잠복해 있습니다. 오른쪽 촌맥은 가늘고 힘이 없고, 오른쪽 관맥은 약하게 떠 있고 기운[神]이 없습니다.[6] 왼쪽 촌맥이 가라앉아 있고 맥박이 빠르다는 것은 바로 심기心氣가 허해서 화火가 생겼다는 뜻이고, 왼쪽 관맥이 가라앉아 깊이 잠복해 있다는 것은 간에 기가 막히고 피가 부족하다는 뜻입니다. 오른쪽 촌맥이 가늘고 힘이 없다는 것은 바로 폐를 지나는 기운이 너무 허하다는 것이고, 오른쪽 관맥이 약하게 떠 있고 기운이 없다는 것은 토土의 기운을 가진 비장[脾]이 목木의 기운을 가진 간에 억제당하고 있다는 뜻입니다.[7] 심기가 허하여 화가 생기면 월경이 순조롭지 않고 밤에 잠이 오지 않는 증상이 나타납니다. 간에 피가 부족하고 기가 막히면 틀림없이 옆구리 아래쪽이 결리고 아프며 월경이 늦어지고, 가슴속에서 열이 나는 현상이 나타납니다. 폐를 지나는 기운이 너무 허하면 머리와 눈이 수시로 어지럽고, 틀림없이 인시寅時(오전

3~5시)와 묘시卯時(오전 5~7시) 사이에 저절로 땀이 나면서 마치 배 멀미를 하는 것 같은 기분이 들 겁니다. 토의 기운을 가진 비장이 목의 기운을 가진 간에 억제당하면 틀림없이 식욕이 없고, 정신이 권태롭고, 사지가 나른한 느낌이 듭니다. 제가 진맥해본 바에 따르면 응당 이런 증세가 있어야 합니다. 이걸 임신한 이의 맥이라고 하는 이도 있지만 저는 거기에 동의하지 않습니다."

그러자 옆에서 시중들던 할멈 하나가 말했다.

"어쩜 이리 신통할 수가! 정말 선생님께서 귀신처럼 맞추시니 저희가 말씀드릴 게 없습니다. 지금 이 댁에 계신 여러 의원님들도 모두 진맥을 하셨지만 아무도 이렇게 딱 들어맞게 말씀하지 못하셨습니다. 어떤 분은 임신이라 하시고, 어떤 분은 병이라 하시고, 이분은 별 상관없는 잔병이라 하시고, 저분은 동지 무렵이 위험하다고 하시는데, 어쨌든 딱 부러지게 말씀하시는 분은 아무도 없었습니다. 나리, 부디 병세를 자세히 알려주세요."

"하하, 부인의 증세는 아마 그분들 때문에 병을 질질 끌어 이리된 모양입니다. 처음 월경하신 날 약을 썼다면 지금 같은 병환도 없었을 뿐만 아니라 지금쯤 이미 다 나았겠지요. 지체하다가 병을 이 지경으로 만들어놓았으니 당연히 이런 재앙이 생긴 게지요. 제가 보기엔 이 병은 고칠 수 있는 확률이 아직 삼 할은 됩니다. 제가 처방한 약을 써보시고, 만약 저녁에 잠을 잘 주무시면 치료될 가능성이 이 할은 더 늘어납니다. 제가 진맥해본 바에 따르면 부인은 심지가 굳고 남보다 총명하신 분입니다. 하지만 총명이 지나치면 뜻대로 되지 않는 일이 항상 있게 마련이고, 뜻대로 되지 않는 일이 항상 있으면 걱정이 너무 많아지는 법입니다. 이 병은 근심 때문에 비장이 상해서 생긴 것입니다. 목의 기운을 가진 간이 너무 왕성하여 월경이 제때에 나오지 않았던 게지요. 아마 예전에도 부인의 월경 날짜가 빨라지는 것이 아니라 틀림없이 항상 늦어졌을 겁니다. 안 그렇습니까?"

그 할멈이 대답했다.

"정말 용하십니다! 빨라진 적은 없고 어떤 때는 이삼일, 심지어 열흘까지 늦어진 적도 있습니다."

"그렇군요! 이게 바로 병의 근원입니다. 예전에 만약 심기를 키워주고 월경 주기를 조절하는 약을 쓰셨다면 이런 지경에 이르지 않았을 겁니다. 그러니 지금 수水의 기운이 부족하고 목의 기운이 왕성한 증세가 뚜렷해진 것이지요. 일단 약을 써보고 추이를 지켜보도록 하지요."

그러더니 장선생은 처방전을 써서 가용에게 건네주었다. 거기에는 다음과 같이 적혀 있었다.

### 기를 돕고 혈맥을 기르며 비장을 보호하고 간장을 다스리는 탕약

인삼 두 돈, 백출白朮* 두 돈(토기에 볶은 것), 운령雲苓* 세 돈, 숙지황熟地黃* 네 돈, 귀신歸身* 두 돈(술로 씻은 것), 백작약白芍藥* 두 돈(볶은 것), 천궁川芎* 한 돈 반, 황기黃芪* 세 돈, 향부자[香附米] 두 돈(불에 쬐어 말리거나 볶아 제련한 것), 식초에 절인 시호 여덟 푼, 회경부에서 난 산약山藥8 두 돈(볶은 것), 참아교阿膠9 두 돈(두꺼비 가루를 넣어 볶은 것), 연호색延胡索10 한 돈 반(술에 볶은 것), 삶은 감초[炙甘草] 여덟 푼.

약효를 도와주는 약인藥引*으로는 건련지建蓮子11 일곱 알의 속씨를 제거한 것과 붉은 대추 두 알을 쓸 것.

가용이 이것을 보고 말했다.

"정말 고명하십니다! 그런데 이 병이 목숨과는 관계가 없습니까?"

"하하, 나리야말로 고명한 분이십니다. 병이 이 지경이 되면 하루아침에 갑자기 생긴 증상이 아닙니다. 이 약을 쓰더라도 맞는지 여부를 살펴봐야 합니다. 제가 보기에 금년 겨울은 별 효험이 없을 것이고, 어쨌든 춘분을 넘기면 완치될 가망이 있습니다."

가용도 총명한 사람인지라 더 이상 자세히 묻지 않았다.

가용은 장선생을 전송하고 처방전과 진맥한 내용을 가진에게 보이면서 장선생이 한 말을 모두 부모님에게 전했다. 그러자 우씨가 가진에게 말했다.

"이제껏 그분처럼 시원하게 말씀하시는 의원을 본 적이 없어요. 아마 약도 제대로 처방해주셨을 것 같아요."

"원래 밥벌이나 하려고 허투루 의원 노릇을 해온 분이 아니오. 풍자영이 우리와 친해서 간신히 그분을 모셔 올 수 있었소. 그분이 계시니 며느리 병도 나을 수 있을 게요. 그 처방전에 들어 있는 인삼은 그제 사온 그 품질 좋은 걸 쓰면 되겠구먼."

가용은 이 말을 듣고 밖으로 나와 사람을 불러 약을 배합해 달인 후 가경에게 먹이라고 했다. 가경은 이 약을 먹고 어떻게 될까? 이에 대해서는 다음 회를 보시라.

# 제11회

녕국부에서는 생일 축하 잔치가 열리고
왕희봉을 본 가서는 음탕한 마음을 품다

慶壽辰寧府排家宴　見熙鳳賈瑞起淫心

가서가 왕희봉에게 음탕한 마음을 품다.

이날은 가경賈敬의 생일이었다. 가진賈珍은 제일 좋은 음식과 희귀한 과일을 열여섯 개의 큰 상자에 담아 가용에게 건네주며 하인들을 거느리고 가서 할아버지에게 드리라고 말했다.

"할아버님께서 기뻐하시는지 어쩐지 잘 살펴보고 절을 올려라. 그리고 아버지는 할아버님 말씀 때문에 감히 오지 못하고, 집안에서 모든 가족을 인솔하여 이곳을 향해 축수하며 절을 올리겠다고 말씀드려라."

말이 끝나자 가용은 하인들을 거느리고 떠났다.

넝국부에는 손님들이 점점 모여들었다. 먼저 가련과 가장이 와서 자리를 죽 둘러보고 하인들에게 물었다.

"준비된 놀이가 있느냐?"

"나리께선 원래 오늘 큰나리를 이 댁으로 모실 생각이셨는지라 감히 놀이를 미리 준비하지 못하셨습니다. 하지만 그저께 큰나리께서 오시지 않겠다고 말씀하셔서 저희더러 작은 극단과 '십번라고+番鑼鼓'[1] 연주단을 하나씩 구해보라고 하셨습니다. 지금 모두 와서 정원 안의 무대에서 준비하고 있습니다."

이어 형부인과 왕부인, 희봉, 보옥이 모두 오니 가진이 우씨와 함께 맞아들였다. 우씨의 어머니는 벌써 와 있었다. 모두들 인사를 나누고 서로 자리를 권해 앉았다. 가진과 우씨가 직접 차를 권하면서 말했다.

"할머님은 집안의 제일 큰어른이시고 제 부친이 조카가 됩니다. 조카 생일에 연로하신 분을 오시라 하는 건 안 되겠지요. 하지만 오늘 날씨도 상쾌하고 정원 가득 국화가 피었으니 기분전환이나 하시라고 할머님을 모시려 했습니다. 여러 자손들이 북적대는 것도 보시고요. 그런데 할머님께서 얼굴조차 보여주지 않으실 줄은 몰랐습니다."

왕부인이 입을 열기도 전에 희봉이 먼저 말했다.

"할머님께서는 어제까지만 해도 오시겠다고 하셨어요. 그런데 엊저녁에 보옥 도련님과 형제자매들이 복숭아를 먹는 걸 보시고 할머니도 입맛이 당겨서 반 개 남짓 잡수시더니 새벽 무렵에 두 번이나 잠에서 깨셨어요. 급기야 오늘 아침엔 몸이 좀 피곤하다고 하시면서 오늘은 오시지 못할 것 같다고 아주버님께 말씀드리라고 하셨어요. 그리고 맛있는 게 있으면 아주 말랑말랑한 걸로 몇 가지 골라 가져오라고 하셨어요."

"하하, 할머님께서 북적거리는 걸 좋아하시는 줄 아는데 오늘 오시지 않으셨기에 분명 무슨 일이 있나 보다 생각했지요. 알고 보니 그런 일이 있었군요."

왕부인이 말했다.

"그제 자네 동서 말로는 며느리가 몸이 좀 불편하다던데 어찌 된 일인가?"

우씨가 대답했다.

"그 아이 병도 참 이상해요. 지난 달 추석에는 노마님과 마님들을 따라 밤늦도록 놀고 집에 돌아와서도 멀쩡했어요. 그런데 이십 일쯤 후부터는 나날이 몸이 나른해지고 입맛도 당기지 않는다 하더니, 그게 벌써 보름 남짓 되었어요. 두 달째 월경도 하지 않는답니다."

형부인이 말을 이었다.

"혹시 임신이 아닐까?"

이야기를 나누는 중에 밖에서 하인이 아뢰었다.

"큰나리와 작은나리, 그리고 집안 나리들께서 모두 오셨습니다. 지금 대

청에 계십니다."

가진이 급히 나가고 나서 우씨가 말했다.

"예전에 의원들 중에서도 임신이라고 한 이가 있었어요. 그런데 어제 풍자영이 한때 스승으로 모셨던 어떤 분을 추천했는데 의술이 아주 뛰어나다고 하대요. 이분이 살펴보더니 임신도 아니고 또 그리 중한 병도 아니라고 하더군요. 어제 약방문을 받아서 한 제 써봤는데, 어지러운 건 좀 나아졌지만 나머지 증세는 그다지 큰 효험을 보이지 않는답니다."

희봉이 말했다.

"정말 몸이 안 좋은 모양이네요. 오늘 같은 날 억지로 버텨서라도 나오지 못한 걸 보니 말이에요."

우씨가 말했다.

"자네도 지난 초사흘에 여기 와서 그 아일 만났지? 그때 그 아이가 반나절이나마 억지로 버텼던 건 둘이 친한 사이였기 때문에 못내 헤어지기 아쉬워서 그랬던 걸세."

희봉은 그 말을 듣고 한참 동안 눈시울을 붉혔다.

"정말 '하늘엔 풍운을 예측하기 어렵고, 인간 세상엔 재앙과 복이 하루아침에 닥친다〔天有不測風雲 人有旦夕禍福〕.'라는 말이 맞네요. 그 나이에 혹시 이 병으로 어떻게 된다면 살아도 무슨 낙이 있겠어요!"

그렇게 말하는 동안 가용이 들어와 형부인과 왕부인, 희봉에게 인사를 올리고 나서 우씨에게 말했다.

"조금 전에 할아버님께 음식을 가져다드리면서 아버지는 집에서 나리들을 모시고 집안 어른들을 접대하고 있는데, 할아버님 분부를 따르느라 감히 오지 못했다고 말씀드렸습니다. 그러자 할아버님께서 기뻐하시면서 '그래야지.' 하셨습니다. 그리고 부모님께 할아버지 할머니들을 잘 대접하라고 전하라 하셨습니다. 저에게는 숙부님들과 숙모님들, 형님들을 잘 모시라고 하셨습니다. 또『음즐문』을 서둘러 판각板刻해서 만 장을 인쇄하여

제11회  **261**

사람들에게 나눠주라고 하셨습니다. 이 말씀은 모두 아버님께 아뢰었습니다. 이제 저는 얼른 나가서 할아버님들과 일가 어른들의 식사 준비를 시키겠습니다."

희봉이 말했다.

"조카, 잠깐만! 오늘 안사람은 좀 어때?"

가용이 눈살을 찌푸렸다.

"좋지 않습니다! 숙모님께서 가보시면 아실 거예요."

가용이 나가자 우씨가 형부인과 왕부인에게 말했다.

"두 분은 여기서 식사를 하시겠어요, 아니면 정원에 나가 잡수시겠어요? 지금 정원에는 연극이 준비되어 있어요."

왕부인이 형부인에게 말했다.

"아예 여기서 먹고 가십시다. 일손도 덜게 말이지요."

"그러세."

그러자 우씨가 어멈들과 할멈들에게 분부했다.

"어서 식사를 가져오게."

문밖에서 일제히 "예!" 하는 소리가 들리더니 어멈과 할멈들이 각자 맡은 음식을 가지러 갔고, 잠시 후 밥상이 차려졌다. 우씨는 형부인과 왕부인, 그리고 자기 어머니를 윗자리에 모시고, 자신은 희봉, 보옥과 함께 옆자리에 앉았다. 그러자 형부인과 왕부인이 말했다.

"아주버님 생신을 축하하러 왔는데, 이걸 보니 우리가 생일상을 받으러 온 것 같구먼?"

희봉이 말했다.

"어르신께선 원래 조용히 쉬면서 심신 수양하기를 좋아하셨으니 벌써 수련을 마치고 신선이 되셨을 거예요. 어머님과 숙모님이 그렇게 말씀하시는 건 바로 '마음이 지극하면 신선도 안다〔心到神知〕.'는 경우가 되겠네요."

**262**

그 말에 방 안에 있던 모든 이들이 웃음을 터뜨렸다.

우씨의 어머니와 형부인, 왕부인, 희봉 등은 식사한 후에 양치를 하고 손을 씻었다. 막 정원으로 가자고 하려던 차에 가용이 들어와서 우씨에게 말했다.

"할아버님들과 숙부님들, 형님, 동생들이 모두 식사를 마쳤습니다. 큰할 아버님은 댁에 일이 있다 하시고, 작은할아버님은 연극을 싫어하시는데다 사람들 북적거리는 걸 꺼리셔서 먼저 가셨습니다. 다른 일가 어른들은 련 숙부님과 장 형님이 모시고 연극을 보러 가셨습니다. 조금 전에 남안군왕南安郡王*과 동평군왕東平郡王*, 서녕군왕西寧郡王*, 북정군왕北靜郡王* 등 네 분 왕야王爺* 댁과 진국공鎭國公* 우牛나리 댁을 비롯한 여섯 집안, 충정후忠靖侯* 사史나리* 댁을 비롯한 여덟 집안에서 모두 사람을 보내 명첩과 함께 생신 축하 예물을 보내왔습니다. 이 모두 아버님께 말씀드렸습니다. 예물들은 우선 장방에 넣어두었고, 예물 목록은 장부에 기록해두었습니다. 그리고 잘 받았다는 아버님의 감사 인사를 담은 명첩도 심부름 온 사람들 편에 각기 나눠주었고, 관례에 따라 그 사람들에게 수고비를 주고 밥도 먹여서 보냈습니다. 어머니, 두 분 할머님과 외할머님, 숙모님도 모두 정원으로 모시지요!"

우씨가 말했다.

"우리도 막 밥을 먹고 가려던 참이었다."

희봉이 말했다.

"숙모님, 전 먼저 가서 용이 안사람을 좀 보고 갈게요."

"당연히 그래야지! 우리도 가보고 싶지만 괜히 번거롭게 만들 것 같으니 그만두마. 네가 가서 대신 인사를 전해주렴."

우씨가 말했다.

"동서, 며느리가 자네 말을 잘 들으니까 자네가 가서 위로해주면 나도 안심할 수 있겠어. 그리고 너무 늦지 않게 정원으로 나오게."

제11회  **263**

보옥도 희봉을 따라가려 하자 왕부인이 말했다.

"너는 문병만 하고 바로 정원으로 오너라. 거긴 너한테 질부 되는 사람이다."

우씨는 형부인과 왕부인, 그리고 자기 어머니와 함께 회방원으로 갔다.

희봉과 보옥은 가용과 함께 가경可卿의 거처로 갔다. 조용히 안쪽 방문으로 들어가자 가경이 그들을 보고 일어나려 했다. 희봉이 말했다.

"일어나지 마. 갑자기 일어나면 어지러울 거야."

희봉은 얼른 두어 걸음 다가가 가경의 손을 잡고 말했다.

"이런! 며칠 못 본 사이에 이렇게 수척해졌네!"

그러면서 가경의 요 위에 앉았다. 보옥도 병에 대해 몇 마디 묻고 맞은편 의자에 앉았다. 그러자 가용이 하녀들에게 말했다.

"어서 차를 내와라. 숙모님과 둘째 숙부님은 위채에서 차도 마시지 못하셨다."

가경이 희봉의 손을 잡고 억지로 웃으며 말했다.

"다 제가 복이 없어서 이래요. 이런 집에 살면서도 말이에요. 시부모님 모두 친딸처럼 대해주시지요. 저이도 나이는 어리지만 저를 아껴주고, 저 또한 저이를 공경해서 여태 서로 얼굴을 붉혀본 적이 없어요. 일가 어른들과 동년배들 가운데 숙모님은 말할 것도 없고, 다른 분들도 모두 저를 아껴주시고 저와 사이가 좋아요. 그런데 이제 이런 병을 얻고 나니 마음을 굳게 먹어야겠다는 생각이 사라졌어요. 시부모님께는 하루도 효도해본 적이 없어 죄송스럽고, 이렇게 아껴주시는 숙모님께 보답하고 싶은 마음도 간절한데 이제 그럴 수 없을 것 같아요. 아마 설날까지도 견뎌내지 못할 것 같아요."

보옥은 마침 '해당춘수도'와 진관이 쓴 대련을 보고 있었다.

**으스스 꿈에 갇히는 것은 봄날의 쌀쌀함 때문이요**

향긋한 냄새 풍겨오니 바로 술 향기였구나.

嫩寒鎖夢因春冷

芳氣籠人是酒香

문득 여기서 잠을 자다가 꿈속에서 '태허환경'에 갔던 일이 떠올랐다. 그렇게 혼자 멍하니 있는 와중에 가경의 이런 말을 들으니 심장에 수많은 화살이 박히는 듯 자기도 모르게 눈물이 주르르 흘러내렸다.

희봉은 마음이 너무나 아파 견디기 힘들었지만, 환자가 사람들이 슬퍼하는 모습을 보면 오히려 가슴만 더 아파져서 기분을 풀어주러 온 의미가 없어질까 염려스러웠다. 그러다가 보옥의 이런 모습을 보자 한마디 안 할 수 없었다.

"도련님, 할망구처럼 왜 이리 마음이 약해요! 저 사람은 환자니까 그리 말하지만, 그렇게 될 리가 있나요? 게다가 아직 살아갈 날이 창창한 사람이 이깟 병에 한 번 걸렸다고 이런저런 안 좋은 생각을 하면 스스로 자기 병만 더 키우는 거야."

그러자 가용이 말했다.

"이 병은 다른 거 필요 없이 그저 음식만 제대로 먹으면 걱정할 게 없어요."

희봉이 보옥에게 말했다.

"도련님, 숙모님께서 빨리 건너오라고 하지 않으셨어요? 여기서 그러고 계시면 괜히 용이 안사람까지 마음이 불편해지잖아요. 숙모님도 걱정하실 테니 어서 가보세요!"

그리고는 가용에게 말했다.

"조카, 보옥 숙부님 모시고 먼저 가봐. 난 좀 더 있다 갈게."

가용은 즉시 보옥과 함께 회방원으로 갔다.

희봉은 다시 한 번 가경을 위로하며 여러 가지 마음속에 품은 말들을 사

제11회 **265**

근사근하게 들려주었다. 그사이에 우씨가 두세 번이나 사람을 보내 불렀다.

"몸조리 잘해. 또 보러 올게. 병은 분명 나을 거야. 며칠 전에 그렇게 좋은 의원을 추천해준 사람도 있었잖아. 그러니까 더 이상 걱정하지 마."

"호호, 어떤 신선이라도 병은 고쳐도 목숨은 못 고치는 법이에요. 숙모, 전 알아요. 제 병은 그저 죽을 날만 기다리고 있어야 하는 거예요."

"그런 생각만 하고 있으니 어떻게 병이 낫겠어? 그런 쓸데없는 생각은 훌훌 털어버려야지. 게다가 의원도 그랬다며? 병이 낫지 않는다 해도 봄이나 돼야 약 효험을 볼 수 있을 거라고. 이제 겨우 구월 중순이니 아직 네다섯 달이나 더 남았어. 그동안 무슨 병인들 못 고치겠어? 우리가 인삼을 못 먹는 집안이라면 모르겠지만, 자네 시부모님은 자네 병이 낫는다는 소리만 들으면 하루에 인삼 두 돈이 아니라 두 근이라도 먹게 해주실 거잖아? 그러니 조리나 잘해. 난 정원에 가볼게."

"숙모, 함께 가지 못해서 죄송해요. 시간 나면 언제라도 와주세요. 함께 앉아 이런저런 이야기나 더 하게요."

희봉은 자기도 모르게 또 눈시울이 붉어졌다.

"시간 나면 꼭 보러 올게."

희봉은 데려온 할멈들과 하녀들, 그리고 녕국부의 어멈들과 할멈들을 거느리고 구불구불 길을 돌아 정원 쪽문으로 갔다. 그곳 풍경은 이러했다.

국화는 땅에 만발했고
하얀 버들은 언덕에 휘늘어졌네.
작은 다리는 약야계[2]로 통하고
굽은 오솔길은 천태의 길[3]로 이어지네.
바위틈에는 맑은 물줄기 졸졸 흐르고
울타리에는 꽃향기 떠다니네.
나무꼭대기에는 붉은 잎이 팔랑거리고

성긴 숲은 그림처럼 아름답네.

가을바람 갑자기 거세지자

처음으로 꾀꼬리 울음소리 그치고

따사로운 햇살 비추니

또 귀뚜라미 소리 더해지네.

멀리 동남쪽을 바라보니

산자락 몇 군데 정자들이 서 있고

서북쪽을 죽 둘러보니

물가에 세 칸 집을 엮어 놓았구나.

생황 소리 귀에 가득하니

유난히 그윽한 정취 흐르고

미녀들 숲길 걸으니

운치가 두 배나 더해지네.

黃花滿地

白柳橫坡

小橋通若耶之溪

曲徑接天台之路

石中淸流激湍

籬落飄香

樹頭紅葉翩翩

疏林如畫

西風乍緊

初罷鶯啼

暖日當暄

又添蛩語

遙望東南

제11회  **267**

建幾處依山之榭

縱觀西北

結三間臨水之軒

笙簧盈耳

別有幽情

羅綺穿林

倍添韻致

희봉이 혼자 정원의 경치를 감상하며 한 걸음 옮길 때마다 감탄을 연발하고 있는데, 갑자기 가산의 바위 뒤에서 한 사람이 걸어나와 그녀에게 다가왔다.

"형수님, 안녕하세요?"

희봉이 깜짝 놀라 뒤로 한 걸음 몸을 빼며 말했다.

"가서 도련님이시로군요!"

"저도 몰라보십니까? 제가 아니면 누구겠습니까?"

"몰라본 게 아니라 갑자기 만나서요. 도련님이 여긴 웬일이세요?"

"아마 제가 형수님과 인연이 있나 봅니다. 좀 전에 자리에서 몰래 빠져나와 이 청정한 곳에서 산보를 하고 있었는데 뜻밖에 형수님도 여기에 오셨군요. 이러니 인연이 있는 게 아니겠습니까?"

그러면서 그의 눈길은 희봉의 몸에서 떠나지 않았다.

희봉은 총명한 여자인지라 이런 그의 모습을 보자 속내를 대충 짐작하고 일부러 웃음을 머금고 말했다.

"어쩐지 우리 그이가 항상 도련님 말씀을 하시면서 훌륭하다 하시더라니! 오늘 뵙고 말씀을 들어보니 정말 총명하고 온화한 분이라는 걸 알겠네요. 지금 저는 마님들 계신 곳으로 가야 해서 말씀을 나눌 수 없으니 나중에 시간 있으면 다시 말씀 나누기로 해요."

"형수님께 문안 인사를 가고 싶어도 젊으신 형수님은 쉽사리 외인을 만나주지 않으실 것 같아서……"

희봉이 거짓 웃음을 지으며 말했다.

"일가친척 사이에 굳이 나이 많고 적음을 따질 필요가 있겠어요?"

이 말을 듣자 가서는 이처럼 좋은 기회를 다시 만나기 어렵겠다 싶었는지 얼굴에 능글거리는 표정이 드러나 정말 꼴불견이었다. 희봉이 말했다.

"얼른 자리로 돌아가세요. 자칫하면 저분들이 벌주를 내리실 거예요."

가서는 그 말을 듣고 벌써 몸이 반쯤 굳어진 채 천천히 걸으면서 연신 돌아보았다. 희봉은 일부러 걸음걸이를 조금 늦추고 있다가 그가 멀어지자 속으로 생각했다.

'이야말로 '열 길 물속은 알아도 사람 속은 모른다.'는 것이로구나. 세상에 저런 짐승 같은 놈이 어디 있어? 이런 식으로 나온다면 언젠가 내 손에 죽게 해주마! 그때쯤이면 내가 어찌 대처하는지 알게 되겠지!'

희봉이 앞쪽으로 걸어가 가산을 하나 돌아가려는데 두세 명의 할멈들이 허둥지둥 걸어오다가 그녀를 보고 웃으면서 말했다.

"우리 마님께서 희봉 아씨가 여태 오시지 않아 무척 안달하시다가 저희들더러 가서 모셔 오라고 하셨습니다."

"자네들 마님은 정말 '덜렁쇠〔急脚鬼〕' 같구먼?"

희봉은 느긋하게 걸으며 물었다.

"연극은 몇 단락〔齣〕이나 진행됐어?"

"여덟아홉 단락쯤 되었습니다."

이야기를 나누다 보니 어느새 천향루天香樓* 후문에 이르렀는데, 보옥이 거기에서 하녀들과 놀고 있었다. 희봉이 말했다.

"도련님, 너무 심한 장난은 치지 마세요."

그러자 한 하녀가 말했다.

"마님들은 모두 누각 위에 계십니다. 아씨, 이쪽으로 올라가세요."

희봉이 치맛자락을 거머쥐고 천천히 위층으로 올라가니, 우씨가 벌써 계단 입구로 나와 기다리고 있었다.

"호호, 자네들 둘은 사이가 너무 좋아 만나기만 하면 떨어지지 않으려 하는구먼. 아예 내일 그 아이 거처로 이사를 하지 그래? 자, 앉아, 내 먼저 한잔 줄게."

희봉은 형부인과 왕부인에게 인사하고 우씨의 어머니에게 가서 몇 마디 나눈 다음, 우씨와 한 탁자에 앉아 술을 마시며 연극을 구경했다. 우씨가 연극 목록〔戱單〕을 가져오라 해서 희봉에게 몇 개 고르라고 했다.

"양가 마님들이 계신데 제가 어찌 감히 고르겠어요?"

그러자 형부인과 왕부인이 말했다.

"우리와 사돈댁은 벌써 몇 대목을 골랐다. 너도 좋은 걸로 두 대목쯤 골라봐라."

희봉이 자리에서 일어나 "예!" 대답하고 연극 목록을 받아들었다. 그리고 처음부터 죽 한 번 훑어보더니 「환혼還魂」[4]과 「탄사彈詞」[5]를 고르고 연극 목록을 건네주었다.

"지금 공연하고 있는 「쌍관고雙官誥」[6]가 끝나고 이 두 단락을 공연하면 시간이 딱 맞겠네요."

왕부인이 말했다.

"그건 좀 그렇구나. 이제 네 아주버니와 동서도 얼른 쉬게 해야지. 저 사람들도 마음이 편하진 않을 텐데."

그러자 우씨가 말했다.

"마님들은 모처럼 오셨잖아요. 아씨들도 좀 더 있다 가셔요. 이제 막 흥이 더해가고 날도 아직 환하잖아요?"

희봉이 일어나 누대 아래를 훑어보더니 말했다.

"나리들께선 어디로 가셨나요?"

옆에서 어느 할멈이 말했다.

270

"방금 응희헌凝曦軒*으로 가셨습니다. '십번라고' 악단을 데리고 그곳에서 술을 드신답니다."

"여기는 불편하시다 이거지? 뒤쪽에 가서 또 무슨 일들을 하실까나?"

우씨가 웃으며 말했다.

"세상 사람들이 다 동서처럼 그렇게 점잖기만 하겠어?"

이렇게 웃고 떠드는 사이에 골라놓은 연극이 모두 끝났다. 그러자 바로 술상이 치워지고 밥상이 차려졌다. 식사를 하고 다들 정원에서 나와 위채로 가서 차를 마셨다. 얼마 후 수레를 준비하게 하고 우씨의 어머니에게 작별 인사를 했다. 우씨가 여러 희첩들과 할멈들, 어멈들을 거느리고 전송하고 오자, 가진은 아들과 조카들을 거느리고 공손히 서서 기다리고 있다가 형부인과 왕부인을 보고 말했다.

"두 분 숙모님, 내일 또 놀러오십시오."

왕부인이 말했다.

"됐네. 오늘 종일 앉아 있었더니 피곤하구먼. 내일은 좀 쉬어야겠어."

그리고 수레에 올라 떠났다. 가서는 여전히 희봉을 흘낏거렸다. 가진 등이 들어간 뒤 이귀가 말을 끌고 오자 보옥은 말에 올라타 왕부인을 따라갔다. 가진과 일가 형제, 조카들은 저녁을 먹고 나서 모두 흩어졌다.

이튿날도 녕국부에 여러 친척들이 하루 종일 북적거렸다. 이후로 희봉은 수시로 녕국부에 들러 가경可卿을 만났다. 가경도 며칠은 좀 좋아졌다가 며칠은 여전히 그 모양이어서 가진과 우씨, 가용은 모두 무척 애를 태웠다.

한편, 가서는 몇 차례 영국부에 왔으나 하필 그때마다 희봉은 녕국부에 가 있었다. 그해는 음력 십일월 삼십일이 동지冬至였다. 계절이 바뀌는 그 며칠 사이에 태부인과 왕부인, 희봉은 날마다 사람을 보내 가경의 상태를 살폈는데, 돌아온 이들은 하나같이 이렇게 말했다.

"요 며칠 동안은 병이 악화되지도 않고 그다지 나아지지도 않고 있습니다."

왕부인이 태부인에게 말했다.

"이런 추운 절기에도 병이 악화되지 않은 걸 보니 나을 가망이 있겠네요."

"그러게 말이다. 그 착한 아이에게 무슨 일이라도 생긴다면 너무 가슴 아픈 일이 아니겠느냐?"

그렇게 말하면서 태부인은 또 가슴이 아파와 희봉을 불러 말했다.

"너희 둘은 사이가 각별하지? 내일은 십이월 초하루이니 모레쯤 네가 다시 한 번 가봐라. 그 아이 상태를 자세히 살펴보고 혹시 좀 나아졌거든 나한테 알려다오. 그래야 나도 좀 마음이 놓일 게 아니냐? 그 아이가 평소 좋아하는 것도 자주 만들어 보내주어라."

희봉은 일일이 그러겠노라고 대답했다.

초이틀이 되자 희봉은 아침을 먹고 녕국부에 가서 가경可卿을 문병했다. 가경의 병세는 그다지 악화되지는 않았으나 얼굴이며 몸이 모두 수척했다. 희봉은 가경과 한참 동안 한담을 나누고, 병은 별 탈 없이 나을 거라며 위로의 말을 전했다. 그러자 가경이 말했다.

"괜찮아질지 어떨지는 봄이 되면 알 수 있겠지요. 이제 동지가 지났는데도 별 탈이 없으니 혹시 좋아질지도 모르겠어요. 숙모님과 노마님과 마님께 안심하시라고 말씀드리세요. 어제도 증조할머님이 대추를 갈아 소를 넣은 마 떡〔山藥糕〕을 보내주셔서 두 개나 먹었는데, 소화가 잘되는 것 같았어요."

"내일 또 보내줄게. 난 자네 시어머님 좀 뵙고 곧장 할머님께 돌아가 알려드려야겠어."

"증조할머님과 할머님들께 안부 인사 전해주세요."

희봉은 그러겠노라 하고 밖으로 나가 우씨가 있는 위채로 갔다. 우씨가 말했다.

"객관적으로 보기에 며느리 상태가 어떻던가?"

희봉은 한참 고개를 숙이고 있다가 말했다.

"딱히 방법이 없네요. 아무래도 후사에 쓸 것들을 미리 준비해서 액땜을 하시는 게 좋겠어요."[7]

"나도 사람을 시켜 몰래 준비해놓았네. 다만 관은 좋은 나무를 구하지 못해 천천히 처리하고 있는 중일세."

희봉은 차를 마시고 잠깐 이야기를 나누다가 말했다.

"전 빨리 돌아가서 할머님께 말씀드려야겠어요."

"천천히 말씀드리게. 할머님 놀라시게 하지 말고."

"알겠어요."

희봉은 영국부로 돌아가 태부인에게 말했다.

"용이 안사람이 할머님께 안부 여쭙는다며 이쪽을 향해 큰절을 올렸어요. 그리고 자기는 좀 나아졌으니 할머님도 안심하시라고 했어요. 좀 더 나아지면 할머님께 인사 여쭈러 오겠다고 하대요."

"네가 보기엔 어떻더냐?"

"당분간은 별 탈이 없겠어요. 정신도 멀쩡하고요."

태부인은 한참 생각하다가 말했다.

"가서 옷 갈아입고 좀 쉬어라."

희봉은 "예!" 하고 나와서 왕부인에게 인사했다. 자기 거처에 돌아오자 평아가 향불에 쐰 평상복으로 갈아입혀주었다. 희봉이 자리에 앉아 물었다.

"집안에 별일 없었어?"

평아가 차를 따라다 건네주며 말했다.

"별일 없었어요. 왕아旺兒*댁이 이자로 보낸 은돈 삼백 냥은 제가 받아두었어요. 그리고 가서 나리가 사람을 보내 아씨가 댁에 계시냐고 묻더군요. 인사 겸 드릴 말씀도 있다고요."

"흥! 죽어 마땅한 짐승 같은 놈! 와서 어쩌는지 한번 보자고!"

"그 나리가 무슨 일로 굳이 오겠다는 걸까요?"

희봉은 구월에 녕국부 정원에서 그를 만난 일과 그가 한 말들을 모두 들려주었다. 평아가 말했다.

"두꺼비가 백조 고기를 먹으려 하는군! 인륜도 모르는 개 같은 것! 그딴 생각을 품다간 제 명에 죽지 못할 거예요!"

"그놈이 오면 나한테도 방법이 있지."

가서가 와서 무슨 일이 벌어질까? 이에 대해서는 다음 회를 보시라.

제12회

왕희봉은 상사병을 다스릴 독한 계책을 세우고
가서는 풍월보감의 앞면을 비춰보다

王熙鳳毒設相思局　賈天祥正照風月鑑

가서가 풍월보감의 앞면을 비춰보다.

희봉이 평아와 이야기하는 동안 하인이 알렸다.

"가서 나리께서 오셨습니다."

희봉은 즉시 "어서 모셔라!" 하고 말했다. 가서는 자신을 안으로 들이자 속으로 무척 기뻐하면서 급히 들어왔다. 그는 희봉을 보고 만면에 웃음을 지으며 연신 인사를 해댔다. 희봉도 거짓으로 은근히 대하면서 차와 자리를 권했다. 희봉이 이렇게 연극을 하자 가서도 기분이 찌릿하며 몸에 힘이 빠지는 느낌이 들어 게슴츠레한 눈으로 물었다.

"형님은 왜 아직 돌아오시지 않았습니까?"

"이유를 모르겠네요."

"하하, 오는 길에 누구한테 발목이 잡혀서 차마 떨치고 돌아오지 못하는지도 모르지요."

"그럴지도 모르지요. 남자들 중에는 여자만 보면 홀딱 빠져버리는 이도 있으니까요."

"하하, 형수님, 그건 아닙니다. 저는 그렇지 않거든요."

"호호, 이런 분이 얼마나 되겠어요? 열에 하나도 안 될걸요?"

그 말을 듣고 가서는 너무 기뻐 제 귀를 꼬집고 볼을 비틀며 말했다.

"날마다 걱정이 많겠습니다그려."

"당연하지요. 그저 말상대가 찾아와 기분을 풀어주기만 바랄 뿐이에요."

제12회 **277**

"하하, 저는 매일 한가하니까 날마다 찾아와 형수님 기분을 풀어드리겠습니다. 어때요?"

"호호, 놀리지 마세요. 설마 여길 오고 싶어 하시겠어요?"

"제가 형수님 앞에서 한마디라도 거짓말을 한다면 벼락을 맞을 겁니다! 다만 평소에 듣자 하니 형수님은 무서운 분이라서 조금이라도 잘못하면 안 된다고 하기에 저도 무서워서 오지 못했던 것뿐입니다. 지금 보니 형수님은 말씀도 잘하시고 잘 웃으시고 사람을 무척 아껴주시는 분인데 제가 왜 안 오겠습니까? 죽더라고 오고 싶네요!"

"호호, 정말 사리를 잘 아시는 분이네요! 용이 형제보다 훨씬 훌륭하세요. 전 개들처럼 잘생긴 이들은 마음도 그만큼 사리에 밝을 줄 알았는데 알고 보니 멍청이들이었어요. 사람 마음을 전혀 몰라주더라니까요?"

그 말을 듣고 가서는 마음속 깊이 더욱 충동이 일어 자기도 모르게 앞으로 조금 다가가 앉았다. 그는 희봉이 차고 있는 염낭〔荷包〕을 뚫어지게 바라보다가 무슨 반지를 끼었느냐고 물었다. 희봉이 속삭이듯 낮은 소리로 말했다.

"체통을 지키세요! 하녀들이 보고 비웃겠어요."

가서는 황제의 목소리나 부처님 말씀을 들은 것처럼 황급히 물러났다.

"호호, 그만 가보셔야 될 것 같네요."

"조금만 더 앉아 있을게요. 형수님, 너무 야속하십니다!"

희봉이 속삭이듯 말했다.

"백주 대낮이라 드나드는 사람들이 많으니 여긴 불편하실 거예요. 일단 가셨다가 저녁이 되면 조용히 오셔서 서쪽 천당에서 기다리셔요."

그 말을 듣자 가서는 보물을 얻은 양 다급히 말했다.

"속이면 안 됩니다! 그나저나 거긴 지나다니는 사람이 많은데 어떻게 몸을 숨기지요?"

"걱정 마세요. 제가 밤에 시중드는 하인들을 모두 쉬게 하고 양쪽 문을

잠가버리면 다른 사람은 거기 들어가지 못할 테니까요."

가서는 그 말을 듣고 너무나 기뻐하며 서둘러 작별 인사를 하고 떠났다. 내심 소원을 이루었다고 흡족해하며 밤이 오기를 기다렸다가 어둠 속에서 영국부로 들어갔다. 하인들이 문을 닫을 때, 가서는 천당으로 몰래 들어갔다. 그곳은 칠흑처럼 어두웠고 사람은 하나도 보이지 않았다. 태부인의 거처로 통하는 문은 이미 자물쇠가 채워져 있었고, 오직 동쪽으로 향한 문만 아직 잠겨 있지 않았다. 귀를 기울여 기척을 들어보았는데, 한참 동안 아무도 오는 사람이 없다가 갑자기 '딸깍' 하는 소리와 함께 동쪽의 문도 잠겼다. 그는 마음이 다급했지만 감히 소리를 내지 못하고 살그머니 나와서 문을 흔들어보았다. 문은 철통처럼 단단히 잠겨 있었다. 이제는 나가려 해도 그럴 수 없고, 남북 쪽은 모두 높은 담이라서 뛰어넘으려 해도 올라갈 수가 없었다. 건물 안은 휑하니 넓은데다 문틈으로 바람이 들어 썰렁했다. 섣달이라 밤도 길고 삭풍이 쌀쌀하게 불어 살을 파고들고 뼈를 얼리는 듯했다. 가서는 밤새 문이 열리기를 기다리다가 얼어죽을 뻔했다.

새벽 무렵 어느 할멈이 동쪽 문을 열고 들어가 서쪽 문을 열라고 소리쳤다. 가서는 어깨를 감싸 안은 채 할멈이 등을 보이는 틈에 한줄기 연기처럼 달려나왔다. 다행히 아직 이른 시간이라 사람들이 다 일어나지 않아서 그는 후문을 통해 곧장 집으로 돌아갔다.

부모를 일찍 여읜 가서는 할아버지 가대유의 손에서 자랐다. 가대유는 평소 그를 엄격하게 가르치면서 한 걸음도 함부로 나다니지 못하게 했다. 그가 밖에서 술 마시고 놀음하며 공부를 그르칠까 염려했기 때문이다. 그런데 이제 그가 밤새 돌아오지 않자 틀림없이 밖에서 술을 마시거나 놀음을 하거나 기생집에서 자고 오는 것이라고 생각했다. 가대유는 가서가 지난밤 당한 일을 상상조차 못했기 때문에 밤새 화가 난 채로 기다렸다. 가서는 땀을 훔치며 돌아와 거짓말을 할 수밖에 없었다.

"외삼촌 댁에 갔는데 날이 저물어 하룻밤 자고 가라고 붙들었어요."

"밖에 나갈 때는 반드시 나한테 알리더니, 어제는 어째서 네 멋대로 나 갔느냐? 이것만 놓고도 맞아 마땅하거늘 게다가 거짓말까지 해?"

그리고 볼기를 삼사십 대 때리고 나서 밥도 먹이지 않은 채 뜰 안에 꿇어 앉혀 글을 읽게 하면서, 열흘 동안 배운 것을 다 보충하고 나서야 그만두게 했다. 가서는 밤새 추위에 떨었던 데다가 모진 매를 맞고 배까지 쫄쫄 곯은 채 바람을 맞으며 땅에 꿇어앉아 글을 읽자니 고생이 말이 아니었다.

이때까지도 가서는 마음을 고치지 못했고, 더구나 그게 희봉의 농간인 줄은 꿈에도 생각하지 못했다. 이틀 뒤에 시간이 나자 가서는 다시 희봉을 찾아갔다. 희봉이 일부러 그가 약속을 어겼다고 원망하자 가서는 다급히 그게 아니라고 맹세까지 했다. 희봉은 그가 제 발로 그물에 걸려드는 걸 보고 어쩔 수 없이 그를 깨우쳐줄 다른 계책을 찾을 수밖에 없었다. 그래서 또 이렇게 약속했다.

"오늘 밤에는 거기로 가지 말아요. 제 방 뒤쪽의 작은 통로에 있는 빈방에서 기다려요. 경솔하게 굴지 마시고요!"

"정말입니까?"

"누가 속인다고 그래요? 못 믿겠거든 오지 마시고요."

"오겠습니다, 온다고요! 죽어도 오겠습니다!"

"지금은 일단 돌아가세요."

가서는 오늘 밤에는 꼭 성사될 거라 생각하고 일단 돌아갔다. 희봉은 곧 몇 사람을 숨겨 덫을 놓았다.

가서가 밤이 되기만을 기다리고 있는데, 하필 집에 친척이 찾아와 저녁을 먹고 나서야 돌아갔다. 그때는 벌써 등불을 켜야 할 시간이었다. 할아버지가 잠들자 가서는 몰래 영국부로 들어가 담 사이 벽을 따라 난 길에 있는 방에서 기다렸다. 그는 뜨거운 솥에 들어간 개미처럼 괜히 이리저리 서성거렸다. 하지만 아무리 기다려도 인적이 없고 발자국 소리조차 들리지 않아 속으로 생각했다.

**280**

'설마 또 오지 않는 건가? 또 밤새 추위에 떨게 되는 거 아냐?'

그렇게 혼자 제멋대로 추측하고 있는데 어둠 속에서 어렴풋이 한 사람의 모습이 보였다. 가서는 그게 희봉인 줄 알고 다짜고짜 굶주린 호랑이처럼 달려들었다. 그 사람이 막 문 앞에 이르자 고양이가 쥐를 낚아채듯 끌어안으며 소리쳤다.

"사랑하는 형수, 기다리다 죽는 줄 알았소!"

그러면서 방 안 구들로 안고 가서 입을 맞추고 치마를 내리면서 연신 "여보! 자기!" 하면서 마구 지껄여댔다. 그 사람은 계속 아무 소리도 내지 않았다. 가서는 제 바지를 벗고 단단히 부풀어 오른 그것을 쑤셔넣으려 했다. 그때 갑자기 등불이 번쩍 켜지더니 가장이 불이 붙은 심지를 들어 비추며 말했다.

"안에 누구야?"

그러자 구들 위에 있던 이가 웃으며 말했다.

"가서 나리가 저한테 그 짓을 하려고 하네요."

가서가 보니 자기가 안았던 이는 바로 가용이었다. 가서는 창피해서 쥐구멍에라도 들어가고 싶은 심정으로 어찌할 바를 몰라 냅다 몸을 돌려 도망치려고 했다. 하지만 가장이 단숨에 그의 멱살을 틀어쥐고 말했다.

"어딜 도망치려고! 벌써 숙모님은 당신이 까닭 없이 자기를 희롱하려 한다고 마님께 고해놓았소. 숙모님이 잠시 빠져나올 계책을 써서 당신더러 여기서 기다리라고 하신 거지. 마님께선 화가 머리끝까지 치밀어 날더러 당신을 잡아오라 하셨소. 조금 전에 당신이 또 숙모님을 끌어안으려 했으니 할 말이 없을 게요. 당장 같이 마님께 갑시다!"

가서는 혼이 나갈 듯 놀라 말했다.

"여보게 조카, 그냥 날 못 봤다고 해주게. 내일 단단히 사례하겠네."

"사례를 한다면야 놔줘도 괜찮겠지. 그런데 사례금은 얼마나 주시려오? 말로만 하면 증거가 없으니 문서를 한 장 쓰시오!"

제12회 **281**

"이걸 어떻게 문서로 쓰나?"

"괜찮소. 노름빚을 져서 집안에서 은돈을 조금 빌렸다고 쓰면 되지 않겠소?"

"그야 쉽지. 하지만 지금은 종이와 붓이 없는데……"

"그거야 금방 준비할 수 있소."

가장이 나갔다 돌아오더니 미리 준비해둔 종이와 붓을 가져와 가서에게 문서를 쓰게 했다. 그 둘은 액수가 많으니 적으니 실랑이를 벌이다가 결국 은돈 쉰 냥이라고 쓴 다음 서명했다. 가장은 문서를 챙겨 넣고는 가용을 달랬다. 처음에 가용은 이를 악물고 버티며 이 결정을 따르려 하지 않았다.

"내일 일가 사람들에게 얘기해서 따져봅시다!"

다급해진 가서가 땅에 머리를 박고 절을 했다. 가용은 가서를 으르고 달래 다시 쉰 냥짜리 차용증을 쓰게 하고 마무리를 지었다. 그런 다음 가장이 말했다.

"지금 당신을 놔주면 내가 잘못을 뒤집어쓰게 되오. 노마님 거처로 난 문은 이미 잠겨 있고, 나리께선 지금 대청에서 남경에서 보낸 물건들을 보고 계시니 그쪽 길로는 갈 수 없소. 그래서 지금은 후문으로 갈 수밖에 없는데, 지금 가다가 사람을 만나게 되면 나까지도 끝장이란 말이오. 그러니 우리가 먼저 가서 살펴보고 다시 와서 당신을 데려가겠소. 이 방은 숨어 있기 곤란하오. 조금 있으면 물건을 쌓아두러 사람들이 올 테니까 내가 적당한 곳을 찾아보겠소."

그렇게 말하고 나서 가장은 등불을 끈 다음 가서를 이끌고 정원 밖으로 나가 커다란 섬돌 아래쪽을 더듬으며 말했다.

"여기 구덩이 안이 좋겠군요. 찍소리도 내지 말고 여기 쪼그려 앉아 우리가 올 때까지 기다리고 계시오."

그렇게 해두고 가장과 가용은 떠났다.

가서는 마음대로 할 수 없는 몸이라 시키는 대로 거기 쪼그려 앉아 있을

수밖에 없었다. 그가 속으로 이런저런 생각을 하고 있을 때 갑자기 머리 위에서 무슨 소리가 들리더니 '주르르' 하고 요강에 담긴 똥오줌이 그의 온몸으로 쏟아져내렸다. 가서는 자기도 모르게 "아이쿠!" 소리를 질렀다가 황급히 입을 틀어막고 감히 아무 소리도 내지 못했다. 그는 머리와 얼굴, 온몸에 똥오줌을 뒤집어쓴 채 덜덜 떨었다. 그때 가장이 달려와 소리쳤다.

"얼른 갑시다, 얼른!"

가서는 목숨을 건진 것처럼 안도하며 다급한 걸음으로 후문을 나와 집으로 돌아왔다. 아직 한밤중이었지만 어쩔 수 없이 문을 두드려 문지기를 깨웠다. 문지기가 가서의 꼴을 보고 어찌 된 일이냐고 물었다. 가서는 거짓말을 할 수밖에 없었다.

"어두워서 그만 발을 헛디뎌 측간에 빠졌어."

가서는 자기 방에 들어가 몸을 씻고 옷을 갈아입고 나서야 비로소 희봉에게 놀림을 당했다는 것을 깨닫고 원한을 품었다. 하지만 희봉의 모습을 다시 떠올리니 잠시나마 품에 안지 못한 것이 한스러워 밤새 잠을 이루지 못했다.

이때부터 가서는 희봉에 대한 그리움이 마음에 가득했지만 감히 영국부로 가지 못했다. 또한 가용과 가장이 걸핏하면 찾아와 은돈을 내놓으라 다그쳐서 할아버지 가대유가 알게 될까봐 두려웠다. 그야말로 그리움도 끊기 어려운데 빚까지 더해진 격이었다. 며칠 동안 밀린 공부도 빡빡해졌다. 스무 살이 넘은 나이에 아직 결혼도 하지 못한 그는 희봉을 생각하면서 '손장난'[1] 같은 것을 할 수밖에 없었다. 게다가 두 번이나 추위에 떨며 고생을 했다. 이렇게 여러 방면에서 협공을 당하니 자기도 모르게 병에 걸리고 말았다. 가슴은 터질 듯 답답하고 입맛도 없는데다, 다리에는 힘이 풀리고 눈은 초를 친 것처럼 시큰거렸다. 밤이면 열이 나고 낮이면 항상 피곤한 것이 하초下焦에서는 정액이 줄줄 흐르고, 기침을 하면 가래에 피가

섞여 나왔다. 이 모든 증세는 일 년도 안 되는 사이에 더 심해졌다. 몸이 견디지 못해 잠이 들어도 눈만 감았지, 혼백은 어지러워 말도 안 되는 헛소리로 잠꼬대를 하며 겁에 질려 경기를 해대곤 했다. 백방으로 의원을 불러 병을 고쳐보려고 계수나무 열매[肉桂]나 부자附子*, 자라 등딱지, 맥문동, 둥굴레[玉竹] 등의 약을 수십 근이나 먹었지만 전혀 효험이 없었다.

어느덧 섣달이 지나고 봄이 돌아왔으나 그의 병은 더욱 깊어졌다. 다급해진 가대유가 각처에서 의원을 불러 손자의 병을 치료해보려고 했으나 효험이 없었다. 나중에는 '독삼탕獨參湯'[2]을 쓸 수밖에 없게 되었는데, 가대유에게 인삼을 살 여력이 있겠는가? 어쩔 수 없이 영국부를 찾아갈 수밖에 없었다. 왕부인이 희봉에게 인삼 두 냥을 내주라고 하자 희봉이 말했다.

"예전에 새로 들여온 것들은 모두 할머님 약을 만드는 데 써버렸어요. 온전한 것들이 얼마 남아 있었는데, 숙모님께서 양楊제독提督 댁의 마님께 드릴 약을 만드는 데 쓰겠다고 하셔서 어제 보내드렸네요."

"여기 없다면 네 시어머님께 사람을 보내 알아보고, 혹시 모르니 진珍이 거처에서도 조금 얻어다 모아서 주려무나. 그걸 먹고 나으면 목숨 하나 구하는 셈이니 그 또한 네가 좋은 일을 한 게 되지 않겠니?"

희봉은 그 말을 듣고도 더 구해보지 않고, 부스러기와 잔뿌리를 모아 몇 돈을 만들어 사람을 시켜 보내주면서 이렇게 전하게 했다.

"마님께서 보내주시는 것인데 더 이상은 없네요."

그리고 왕부인에게는 이렇게 아뢰었다.

"여기저기서 구해 두 냥을 모아 보내주었어요."

이때 가서는 목숨이 경각에 달려 온갖 약을 다 먹어보았으나 쓸데없이 돈만 날렸을 뿐 효험을 보지 못했다. 하루는 어느 절름발이 도사가 동냥을 하러 와서 자신이 '원업冤業의 병'[3]을 잘 치료한다고 떠벌였다. 마침 가서가 안에서 그 소리를 듣고 큰 소리로 고함을 질렀다.

"빨리 그 도사님을 모셔 와 나를 구해다오!"

이렇게 고함을 지르며 그는 연신 베개 위에 머리를 들이받았다. 사람들이 어쩔 수 없이 그 도사를 안으로 들이자 가서는 그를 붙들고 계속 소리쳤다.

"도사님, 저 좀 살려주십시오! 제발!"

도사가 탄식하며 말했다.

"이 병은 약으로 고칠 수 있는 게 아니오. 내가 보물을 하나 드릴 테니 날마다 그걸 쳐다보면 목숨은 보전할 수 있을 거외다."

도사는 전대纏帶*에서 거울을 하나 꺼냈다. 양쪽으로 다 비쳐볼 수 있는 그 거울은 손잡이에 '풍월보감風月寶鑑'이라는 글자가 새겨져 있었다. 도사는 그 거울을 가서에게 건네주며 말했다.

"이건 태허환경의 공령전空靈殿*에서 나온 것이오. 경환선자께서 만든 것인데, 사악한 생각과 망령된 행동을 치료하고 세상을 구제하며 생명을 보전하는 효능이 있소이다. 그래서 이걸 인간 세상에 가져와 오로지 총명하고 뛰어난 인물이나 고상한 왕손 등에게만 주어서 비춰보게 하려고 했소이다. 하지만 절대 정면을 비춰보면 안 되고 뒷면으로만 비춰봐야 하오. 꼭 명심하시오! 사흘 후에 내가 다시 찾으러 오겠소. 그때쯤엔 틀림없이 병이 나아 있을 게요."

그렇게 말하고 성큼성큼 떠나버렸다. 사람들이 아무리 붙들어도 소용없었다.

가서는 거울을 받아들고 생각했다.

'재미있는 도사일세? 어디 한번 비춰볼까?'

그가 '풍월보감'을 들고 뒤쪽으로 비춰보니, 그 안에 해골이 하나 서 있었다. 깜짝 놀란 가서는 거울을 가리며 욕을 퍼부었다.

'개 같은 도사 놈! 왜 날 놀래는 거야! 어디 앞면을 한번 비춰볼까?'

그러면서 앞면을 비춰보니, 거기에는 희봉이 서서 손짓하며 그를 부르고 있었다. 가서가 기뻐 어쩔 줄 몰라 하는데, 황홀하게 거울 속으로 들어가

는 느낌이 들었다. 그곳에서 그는 희봉과 한 차례 운우지정을 나누었다. 희봉은 그가 거울 밖으로 나가도록 전송해주었다. 침상에 이르러 "아이쿠!" 하는 소리와 함께 눈을 뜨자 거울이 손에서 떨어졌다. 거울 뒷면에는 여전히 해골이 하나 서 있었다. 그는 땀이 줄줄 흐르는 것을 느꼈다. 아래쪽에는 이미 정액이 흥건하게 쏟아져 있었다. 그래도 부족하다는 생각이 들어 다시 거울 앞면을 비춰보았다. 그러자 희봉이 또 손짓하며 그를 불렀고, 그는 다시 들어갔다. 이렇게 서너 번을 거듭한 후 거울에서 나오려고 하는데, 갑자기 두 사람이 걸어와 쇠사슬로 그를 묶어 끌고 가려고 했다. 가서가 소리쳤다.

"거울이나 가지고 가게 해주시오!"

하지만 그 말을 끝으로 그는 더 이상 말을 할 수 없게 되어버렸다.

옆에서 시중들던 사람들이 보기에는, 그저 처음에는 거울을 비춰보다가 내리다가 하더니 눈을 부릅뜬 채로 손에 거울을 들고 있다가, 마지막에는 거울을 떨어뜨리고 꼼짝도 하지 못하게 되었다. 사람들이 다가와 살펴보니 이미 숨이 끊어져 있었고, 아랫도리에는 차갑고 축축한 정액만 질펀했다. 사람들은 급히 옷을 입히고 그를 침대 위로 옮겼다. 가대유 부부는 숨이 끊어질 정도로 통곡하면서 도사를 욕했다.

"이건 무슨 요망한 거울이냐! 얼른 부숴버리지 않으면 세상에 많은 재앙을 끼치겠구나!"

곧 사람들에게 불을 피워 태워버리라고 하자, 거울 속에서 울음 섞인 목소리가 들렸다.

"누가 너희더러 앞면을 비춰보라 하더냐! 너희들 스스로 가짜를 진짜로 여기면서 왜 나를 불태우려는 것이냐?"

그때 갑자기 그 절름발이 도사가 밖에서 달려오며 소리쳤다.

"누가 '풍월보감'을 훼손하려 하느냐? 내가 구하러 왔다!"

도사는 곧장 안채로 들어와 거울을 낚아채고서 표연히 사라져버렸다.

가대유는 즉시 장례를 준비하며 각처로 부고를 보냈다. 사흘째 되던 날 승려를 모셔다 경전을 읽고, 이레째 되는 날 발인하여 영구를 철함사鐵檻寺[4]에 맡겨두었다가, 나중에 본적지로 돌려보내기로 했다. 가씨 집안의 많은 사람들이 조문을 왔고, 영국부의 가사와 가정은 각기 은돈 스무 냥, 녕국부의 가진도 은돈 스무 냥을 보내왔다. 다른 일가들은 집안 형편에 따라 세 냥 또는 다섯 냥씩 보내왔는데, 그 수를 헤아리기 어려웠다. 그 밖의 동창생들 집안에서도 이삼십 냥을 모아 보내왔다. 그 덕분에 가대유는 집안 형편은 좋지 않았지만 장례를 성대하게 치를 수 있었다.

뜻밖에도 그해 늦겨울에 임해에게서 편지가 왔다. 자신이 중병에 걸렸으니 대옥을 집으로 보내달라는 내용이었다. 태부인은 그 소식을 듣고 또 걱정이 늘어 시둘러 대옥을 떠나보낼 채비를 하게 했다. 보옥은 몹시 서운했으나 부녀지간의 정을 어쩔 수 없어서 대옥을 막지 못했다. 태부인은 가련에게 대옥을 집에까지 데려다주고, 함께 돌아오라고 했다. 선물과 노잣돈은 두말할 필요 없이 잘 갖추도록 했다. 떠날 날이 다가와 가련과 대옥은 태부인 등에게 작별 인사를 하고, 하인들을 거느리고 배에 올라 양주로 떠났다. 이후의 일은 어찌 될까? 이에 대해서는 다음 회를 보시라.

# 제13회

진가경은 죽어 용금위[1]에 봉해지고
왕희봉은 녕국부의 일을 도와 처리하다

秦可卿死封龍禁尉　王熙鳳協理寧國府

왕희봉이 넝국부에서 진가경의 장례를 주관하다.

가련이 대옥을 데리고 양주로 떠난 후 희봉은 하루하루가 무료하여 매일 저녁 평아와 잠깐 담소를 나누다가 잠들곤 했다.

이날 밤, 희봉은 평아와 등불 아래에서 화로에 둘러앉아 피곤해질 때까지 수를 놓다가, 향 연기에 쬐인 비단 이불을 펴게 하고 잠자리에 들었다. 손가락을 꼽아가며 대옥 일행이 어디쯤 갔을까 헤아리다 보니 어느새 한밤중이 되었다. 평아는 이미 단잠에 빠졌고, 희봉은 막 눈앞이 흐릿해지려던 참이었다. 그런데 갑자기 밖에서 진가경이 걸어들어와 미소 띤 얼굴로 말했다.

"숙모님, 잘도 주무시는군요! 저는 오늘 돌아가는데 전송도 안 해주시나요? 평소 저희 사이가 좋았던 터라 차마 떠나기 아쉬워서 일부러 작별 인사를 하러 왔어요. 한 가지 이루지 못한 소원이 있는데 다른 사람은 들어주지 않을 것 같아 숙모님께 말씀드리려고 해요."

희봉이 몽롱한 상태에서 물었다.

"무슨 소원인데? 나한테 말해."

"숙모님은 여자들 가운데서도 호걸이라 허리띠 차고 갓 쓴 남자들도 숙모님을 당해내지 못하지요. 그런데 어찌 이런 속담들을 이해하지 못하세요? '달은 차면 기울기 마련이고, 물도 차면 넘치기 마련〔月滿則虧 水滿則溢〕'이지요. '높이 오르면 세게 떨어진다〔登高必跌重〕.'라는 말도 있잖아

제13회  **291**

요? 지금 우리 집안이 성세盛勢를 누린 지가 벌써 백 년이 다 되어갑니다. 어느 날 즐거움이 다해 슬픔이 생겨난다면 마치 '나무가 넘어지면 원숭이들도 흩어진다〔樹倒猢猻散〕.'라는 속담처럼 부질없이 한 세상을 풍미하던 옛 명문귀족이라는 헛된 이름만 남지 않겠어요?"

희봉은 그 말을 듣고 가슴이 후련해지면서도 한편으로는 두려운 마음이 들어 급히 물었다.

"정말 깊은 생각이 담긴 말이구먼. 하지만 무슨 수로 근심 없는 상태를 영원히 지킬 수 있겠어?"

가경可卿이 쓴웃음을 지었다.

"숙모님, 정말 답답하시네요. '불운이 극에 이르면 행운이 오듯〔否極泰來〕 영화와 치욕은 예로부터 계속 반복되어 왔으니 사람의 힘으로 어찌 항상 좋은 상태만 지켜낼 수 있겠어요? 하지만 지금 번영을 누릴 때 훗날 쇠락할 때의 살림을 계획해둔다면, 그 또한 영원히 보전하는 것이라고 할 수 있겠지요. 지금 모든 일이 다 잘되고 있지만 두 가지만은 그렇지 않아요. 이 일들을 잘해 놓으면 훗날 번영을 영원히 보전할 수 있을 거예요."

"어떻게?"

"지금 사시사철 선산에 제사를 지내지만 그 비용은 매번 일정하지 않고, 또 집안의 글방에 지급되는 경비도 때에 따라 달라요. 제 생각에는, 지금은 집안이 흥성하는 때라 제사와 글방에 드는 비용이 부족하진 않겠지만, 장차 가세가 기울면 그게 어디서 나오겠어요? 그러니 제 생각대로 하는 게 좋을 것 같아요. 지금 부귀할 때 선산 근처에 땅을 많이 사서 농장과 집을 마련해 제사에 드는 비용을 모두 거기서 공급받게 하고, 글방도 거기에다 세우는 거예요. 그리고 온 일가친척이 모여 함께 규정을 정하고, 나중에 각 지파支派에서 해마다 번갈아가며 토지며 돈, 곡식, 제사, 글방 비용을 맡아 처리하는 거예요. 이렇게 순번을 돌아가게 되면 분쟁도 없을 테고, 그것들을 저장 잡히거나 팔아먹는 폐해도 없을 거예요. 설령 죄를 지어 관

청에 모든 것을 몰수당한다 할지라도, 제사에 필요한 이 살림들은 관청에서도 몰수하지 않을 거예요. 또 가세가 기운다 해도 자손들이 고향으로 돌아가 공부하면서 농사에 힘쓰면, 관직에서 물러나 돌아갈 곳도 있게 되고 제사도 끊어지지 않을 거예요. 만약 지금 번영이 지속될 거라 생각하고 훗날을 준비하지 않는다면 그건 장기적인 계책이 아니지요. 조만간 아주 기쁜 일이 하나 생겨서 불길에 기름을 부은 것처럼, 비단에 고운 꽃무늬가 서리는 것처럼 성황을 누릴 거예요. 하지만 그건 순간의 영화이자 한때의 기쁨에 지나지 않는다는 걸 아셔야 해요. '성대한 잔치도 끝이 있기 마련〔盛筵必散〕'이라는 속담을 절대 잊어서는 안 돼요. 미리 훗날을 걱정하지 않는다면 때가 닥쳐서 후회해봐야 소용없어요."

"그 기쁜 일이란 게 뭔데?"

"천기를 누설할 순 없어요. 다만 제가 숙모님과 친하게 지낸 터라 작별하는 마당에 몇 마디 알려드린 거예요. 제 말 명심하셔야 해요."

이렇게 말하고 나서 가경은 다음과 같이 읊었다.

춘삼월 지나면 꽃들도 다 지고
모두들 제각기 제 길 찾아 가리라!
三春去後諸芳盡
各自須尋各自門

희봉이 더 물어보려는 순간, 둘째 문에서 운판雲板을 울리는 소리가 연달아 네 번 들려와² 화들짝 깨어났다. 그때 심부름꾼이 와서 알렸다.

"녕국부 가용 나리의 아씨께서 돌아가셨습니다!"

희봉은 그 말을 듣고 깜짝 놀라 온몸에 식은땀이 흘렀다. 그녀는 한참 넋을 놓고 있다가 급히 옷을 입고 왕부인의 처소로 달려갔다.

진가경이 죽었다는 소식은 온 집안에 알려졌다. 모두들 의아해하며 믿기

어려워했다. 연배가 높은 이들은 가경이 평소 효성스러웠던 것을, 동년배들은 그녀가 온화하고 친밀하게 지냈던 것을, 아랫사람들은 그녀가 자상했던 것을, 하인들은 그녀가 가난하고 신분 낮은 이들을 불쌍히 여기고 늙은이를 존중하며 아이들을 아꼈던 일들을 떠올리며 구슬피 통곡했다.

쓸데없는 이야기는 그만하고, 보옥은 대옥이 양주로 돌아가고 쓸쓸히 혼자 남게 되자, 사람들과 놀려고도 하지 않고 밤만 되면 따분하게 잠자리에 들곤 했다. 그러다가 잠결에 진가경이 죽었다는 소리를 듣자 다급히 침상에서 일어났다. 그는 심장에 칼이 찔린 것처럼 아픔을 참지 못하고 "왝!" 하는 소리와 함께 피를 한 모금 토해냈다. 습인 등이 황급히 달려와 부축하며 무슨 일이냐고 묻고 나서 태부인에게 알려 의원을 불러오려고 했다. 그러자 보옥이 미소 지으며 말했다.

"허둥댈 필요 없어. 괜찮아. 갑자기 화기가 심장을 찔러서 피가 제대로 돌지 않았던 거야."

보옥은 일어나 옷을 갈아입고 태부인에게 가서 인사한 뒤, 즉시 녕국부로 건너가려 했다. 습인은 그의 이런 모습을 보고 마음이 놓이지 않았지만, 또 말릴 수도 없어서 자기 마음대로 하도록 내버려두었다. 태부인은 그가 녕국부로 가려 하는 것을 보고 이렇게 말했다.

"방금 숨을 거뒀으니 거긴 불결할 게다. 그리고 밤바람이 많이 부니 내일 아침에 가도 늦지 않아."

보옥이 어디 그 말을 따르려 하겠는가? 하는 수 없이 태부인은 수레를 준비시키고, 하인들도 더 많이 붙여서 가게 했다.

보옥이 녕국부 앞에 이르니 대문은 활짝 열려 있고 양쪽에는 대낮처럼 환하게 등불들이 밝혀져 있었다. 사람들은 정신없이 오가고, 안쪽에서는 산을 뒤흔들 듯한 곡소리가 들려왔다. 보옥은 수레에서 내려 급히 영구가 놓여 있는 방으로 달려가 한바탕 통곡한 다음 우씨에게 조문했다. 그때 우씨는 위통이 도져서 침상에 누워 있었다. 보옥은 다시 나와서 가진賈珍에게

조문하러 갔다. 가대유賈代儒와 가대수賈代修*, 가칙賈勅*, 가효賈效*, 가돈賈敦*, 가사賈赦, 가정賈政, 가종賈琮*, 가빈賈贇*, 가연賈珩*, 가광賈珖*, 가침賈琛*, 가경賈瓊*, 가린賈璘*, 가장賈薔, 가창賈菖*, 가릉賈菱*, 가운賈芸*, 가근賈芹*, 가진賈蓁*, 가평賈萍*, 가조賈藻*, 가형賈蘅*, 가분賈芬*, 가방賈芳*, 가란賈蘭, 가균賈菌, 가지賈芝* 등도 모두 와 있었다. 가진賈珍은 통곡하다 눈물범벅이 된 채 가대유 등과 이야기를 나누고 있었다.

"노소를 막론하고 온 집안사람들과 멀고 가까운 친척들 가운데 이 며느리가 아들놈보다 열 배는 낫다는 걸 모르는 이가 어디 있습니까? 이제 이 아이가 두 다리 뻗고 가버렸으니 이 장손 집안에 의지할 만한 사람이 없어져버렸습니다!"

그렇게 말하면서 또 통곡하기 시작하자 사람들이 급히 위로했다.

"이미 세상을 떠났으니 울어봐야 소용없습니다. 그보다 뒷일을 어떻게 처리할지 의논하는 게 중요합니다."

가진이 손바닥을 치며 말했다.

"어떻게 하냐고요? 제 가진 걸 다 털어서 해야지요!"

그렇게 대화가 오가는 중에 진업과 진종, 그리고 우씨의 친정 식구들과 자매들도 모두 찾아왔다. 가진은 가경賈瓊과 가침, 가인, 가장, 네 사람에게 그들을 접대하게 하고, 다른 한편으로는 흠천감欽天監[3]의 음양사陰陽司[4]에서 사람을 불러와 출상 날짜를 잡게 했다. 그리하여 칠칠 사십구일 동안 영구를 집에 안치하되, 사흘 후에 발상發喪하고 부고를 돌리도록 정해졌다. 이 사십구일 동안에는 백팔 명의 승려들을 모셔다가 대청에서 '대비참大悲懺'[5]을 올려 진가경의 앞뒤로 죽은 이들의 영혼을 제도濟度함으로써 고인의 죄를 사면받게 하고, 천향루에 따로 제단을 마련하여 구십구 명의 전진교全眞敎[6] 도사들로 하여금 원업冤業을 씻는 초제醮祭[7]를 올리게 했다. 그런 다음 영구를 회방원에 두고, 영전靈前 앞에는 따로 오십 명의 고승高僧들과 도학이 높은 오십 명의 높은 도사들을 모셔다가 칠 일마다 한

제13회 **295**

번씩 제사를 올리게 했다.[8] 가경賈敬은 손자며느리가 죽었다는 소식을 들었지만, 자신은 곧 신선이 되어 하늘나라에 올라갈 거라고 믿었기 때문에 집으로 돌아가려 하지 않았다. 혹시 세속의 때에 물들어 지금까지 쌓은 공덕이 모두 수포로 돌아갈까 염려스러웠기 때문이다. 그래서 그는 장례 일에 전혀 신경 쓰지 않고 가진이 알아서 처리하게 내버려두었다.

가진은 아버지가 관여하지 않자 장례를 마음껏 호사스럽게 치르고 싶었다. 관으로 쓸 목재를 구할 때도 삼나무로 만든 것은 쓰지 않았다. 마침 설반이 조문을 하러 왔다가 가진이 좋은 관목棺木을 구한다는 것을 알고 이렇게 말했다.

"저희 목재점에 목판이 한 벌 있는데, 무슨 돛대를 만들 나무라고 합니다. 황해潢海*의 철망산鐵網山[9]에서 난 거라고 하던데, 그걸로 관을 만들면 만 년이 지나도 썩지 않는다고 합니다. 예전에 제 아버님이 가져오셨는데, 원래 의충친왕義忠親王*께서 쓰려고 했답니다. 그런데 그분이 일이 잘못되는 바람에[10] 가져가지 못했습니다. 지금도 아직 가게에 있는데 거금을 내고 살 만한 사람이 없습니다. 원하시면 가져다 쓰십시오."

가진은 무척 기뻐하며 즉시 사람을 보내 가져오게 했다. 그 목판은 옆면과 바닥 두께가 여덟 치나 되고, 빈랑檳榔 나무 같은 무늬에 단향목檀香木이나 사향麝香 같은 향기를 풍겼으며 손으로 두드리면 마치 쇠나 옥을 두드리는 것처럼 '땅땅' 소리가 났다. 모두들 신기하게 여기며 칭찬하자 가진이 웃으며 말했다.

"값은 얼마나 나가는가?"

"하하, 은돈 천 냥을 가져와도 이런 물건은 살 수 없을 겁니다. 값은 따지지 마시고 그저 일한 사람들에게 수고비나 몇 냥 주십시오."

가진은 감사해 마지않으며 즉시 톱질해 관을 짜고 옻칠을 하게 했다. 그러자 가정이 충고했다.

"이건 보통 사람의 관으로 쓰기엔 분에 넘치는구먼. 최고급 삼나무로 관

을 짜도 괜찮을 것 같은데."

하지만 가진은 자신이 며느리 대신 죽지 못한 것을 한스럽게 여기고 있었으니 그 말이 귀에 들어올 리 없었다.

그런데 갑자기 진가경의 하녀 가운데 서주瑞珠●라는 아이가 상전의 죽음을 보고 기둥에 머리를 박고 죽어버렸다는 소식이 들려왔다. 이런 일은 드문 경우인지라 온 집안사람들이 찬탄했다. 가진은 손녀의 예로서 그 하녀의 장례를 치르기로 하고, 진가경의 영구와 함께 회방원의 등선각登仙閣*에 안치했다. 또 보주寶珠●라는 하녀는 진가경에게 자녀가 없는 걸 안타까이 여기며 그녀의 의붓딸이 되어 출상하는 날 상주 노릇을 하겠다고 자청했다. 가진은 무척 기뻐하며 즉시 명을 내려 이후로 보주를 '아가씨〔小姐〕'라고 부르게 했다. 보주는 시집가지 않은 딸의 예로서 영전에서 애절하게 곡을 했다. 이렇게 모든 일가친척들과 집안의 하인들이 각기 옛 제도에 따라 일을 처리했으니 장례는 예에 맞게 순조로이 진행되었다.

가진은 가용의 벼슬이 횡문감黌門監[11]에 지나지 않아서 불만스러웠다. 영번靈幡[12]에 글을 쓸 때 보기가 좋지 않고 의장儀仗*도 많지 않을 것 같아 마음이 몹시 언짢았다. 마침 이날은 첫 칠 일의 넷째 날인데, 대명궁大明宮[13]의 장궁내상掌宮內相[14]인 대권戴權●이 사람을 시켜 제사에 쓸 예물을 미리 보내왔다. 그 뒤에 커다란 가마를 타고 양산을 받친 채 징을 울리며 자신이 직접 찾아와 제사를 올렸다. 가진은 황급히 대권을 맞이하여 두봉헌逗蜂軒*으로 모시고 차를 대접했다. 가진은 미리 작심한 바가 있어서 이 기회를 틈타 가용에게 벼슬을 사주고 싶다는 뜻을 비추었다. 대권이 그 속뜻을 알아채고 웃으며 말했다.

"장례의 품격을 좀 높이기 위해 그러시나 보네요?"

"하하, 제대로 보셨습니다."

"마침 운 좋게도 좋은 자리가 하나 있습니다. 지금 삼백 명 정원인 용금위龍禁尉에 두 자리가 부족한데 어제 양양후의 셋째 아우님이 제게 부탁하

면서 은돈 천오백 냥을 제 집으로 보내셨더군요. 아시다시피 우린 오래전부터 친한 사이라 그 나리의 체면을 봐서 원하시는 대로 처리해드렸습니다. 아직 한 자리가 남아 있는데 뜻밖에 영흥절도사永興節度使로 있는 뚱보 풍가〔馮胖子〕가 자기 아들에게 그 자리를 사주고 싶다고 청탁했습니다. 제가 여가가 없어서 아직 그 청탁을 들어주지 못하고 있었는데 나리께서 아드님에게 구해주고 싶다 하시니 나리께 드려야 마땅하겠지요. 얼른 이력서를 써주십시오."

가진은 급히 분부를 내렸다.

"얼른 서재에 있는 이들에게 나리의 이력서를 써오게 해라!"

하인이 감히 늑장을 부리지 못하고 달려가 밥 한 그릇 먹을 정도의 시간이 지나자 붉은 종이를 한 장 들고 와서 가진에게 바쳤다. 가진이 읽어보고 얼른 대권에게 건네주었다. 거기에는 이렇게 적혀 있었다.


　　강남땅 강녕부江寧府* 강녕현江寧縣 감생 가용
　　나이 이십 세. 증조부는 경영절도사 세습일등신위장군世襲一等神威將軍*을 역임한 가대화賈代化이고, 조부는 을묘년 과거에 진사로 급제한 가경賈敬이며, 부친은 세습삼품작世襲三品爵* 위열장군威烈將軍 가진賈珍임.


대권도 읽어본 후 자신을 따라온 하인에게 간수해두라고 건네주고 이렇게 말했다.

"돌아가거든 호부의 당관堂官[15]인 조趙어른께 드리고, 내가 여쭙더라 하면서 오품 용금위의 임명장을 한 장 쓰고, 이 이력을 적은 신분증을 발급해달라고 말씀드려라. 돈은 내일 내가 가서 치르겠다 하고!"

하인이 "예!" 대답했다. 대권이 그만 돌아가겠다며 작별 인사를 하자 가진이 극구 붙들었다. 하지만 어쩔 수 없게 되자 녕국부 대문까지 나가 그를 전송했다. 대권이 가마에 오르려 할 무렵 가진이 물었다.

"은돈은 제가 호부에 직접 납부할까요, 아니면 한꺼번에 내상 어른 댁으로 보내드릴까요?"

"호부에 가시면 손해를 보게 되실 테니, 그냥 은돈 천이백 냥을 정확히 달아 제 집으로 보내주시면 됩니다."

가진은 감사해 마지않으며 이렇게 말했다.

"상을 마치면[16] '못난 자식 놈〔小犬〕'을 데리고 댁으로 인사 가겠습니다."

그렇게 헤어지고 돌아서는데 뒤이어 "물렀거라!" 하는 소리가 들려왔다. 알고 보니 충정후 사정史鼎*의 부인이 온 것이었다. 왕부인과 형부인, 희봉 등이 막 위채로 맞이해 들였는데, 또 금향후錦鄕侯*와 천녕후川寧侯, 수산백壽山伯이 제사 예물을 보내어 영전에 차려놓게 했다. 잠시 후 세 사람이 가마에서 내리자 가정 등이 황급히 맞이해 대청으로 모셨다. 이렇게 이 사람이 오면 저 사람이 가면서 헤아릴 수 없이 많은 친척과 친우들이 조문했다. 이 사십구일 동안 녕국부 거리에는 하얀 상복을 입은 사람들과 울긋불긋 관복을 입은 관리들이 수없이 드나들었다.

이튿날 가진은 가용에게 예복으로 갈아입고 임명장을 받아오라고 했다. 그리고 영전에 진열할 의장 등의 물품들도 모두 오품 벼슬아치의 격식에 맞춰 갖추게 했다. 위패와 축원문〔疏頭〕[17]에는 '천조고수가문진씨공인지령위天朝誥授賈門秦氏恭人之靈位'[18]라고 썼다. 회방원에서 거리로 통하는 대문은 활짝 열렸고, 그 양쪽에는 고악청鼓樂廳*을 세워서 두 패의 악단〔靑衣〕[19]이 시간에 맞춰 음악을 연주하게 했다. 쌍쌍이 짝을 맞춘 의장대는 칼로 자른 듯 도끼로 깎은 듯 가지런히 늘어서 있었다. 또한 주홍색 바탕에 금물로 커다랗게 글씨를 쓴 두 개의 패가 대문 밖에 마주보고 서 있었는데, 거기에는 '방호내정防護內廷* 자금도紫禁道 어전시위御前侍衛 용금위龍禁尉'라고 적혀 있었다. 맞은편에는 높다랗게 선단宣壇[20]을 올리고 승려들과 도사들이 단을 마주보며 방문榜文을 걸어놓았는데, 거기에는 커다란 글씨로 다음과 같은 글들이 적혀 있었다.

제13회 **299**

세습녕국공총손부世襲寧國公冢孫婦[21], 방호내정 어전시위 용금위 가문진씨공인賈門秦氏恭人의 상喪을 맞아 사대부주四大部州[22] 한복판의 땅, 하늘의 운을 받아 태평한 나라, 허무정적虛無寂靜*의 불문佛門을 총 관리하는 승록사僧錄司[23] 정당正堂* 만허萬虛●, 원시삼일元始三一*의 도문道門을 총 관리하는 도록사 정당 섭생葉生 등이 삼가 경건하게 재齋를 올리며 하늘에 빌고 부처님께 머리를 조아립니다.

삼가 여러 가람伽藍[24]과 게체揭諦[25], 공조功曹[26] 등의 신들을 청하여, 성은을 두루 내리시고 신위神威를 널리 떨치시어 재앙을 없애고 죄업을 씻어 평안케 해주시기를 기원하는 사십구일 동안의 수륙도량水陸道場[27].

이 밖에도 여러 글귀들이 적혀 있지만 번거롭게 다 기록할 필요는 없겠다.

이렇게 갖추갖추 해놓으니 가진이 보기에 흡족했지만, 우씨의 병이 재발해서 집안일을 처리할 수 없는 상황인지라 한편으로는 마음이 불편했다. 고관대작의 부인들이 조문하러 왔을 때 예의에 맞게 접대하지 못해서 남들의 비웃음을 사게 되지나 않을까 걱정이 되었다. 가진이 근심스런 표정을 짓자 보옥이 옆에서 물었다.

"형님, 모든 일이 잘 되어가고 있는데 무슨 걱정이세요?"

가진이 안에서 일 볼 사람이 없다고 말하자 보옥이 웃으며 말했다.

"뭐 어려운 일도 아니네요. 제가 한 달 동안 이 일을 대신 처리할 사람을 한 명 추천할게요. 아마 제일 적당한 사람일걸요?"

"그게 누군데?"

보옥은 그 자리에 여러 친우들이 있어서 대놓고 말하기가 불편한지 가진에게 다가가 귓속말로 몇 마디 했다. 가진은 그걸 듣고 무척 기뻐하면서 급히 자리에서 일어나며 말했다.

"하하, 과연 적당하구나! 당장 가보자!"

그는 사람들에게 작별 인사를 하고서 보옥을 데리고 바로 위채로 갔다.


마침 이날은 정식으로 경전을 읽는 날〔正經日〕[28]이 아니라 찾아온 친우들이 많지 않았다. 안에는 가까운 친척지간인 여자 손님들만 있었다. 형부인과 왕부인, 희봉이 일가 여인들을 접대하고 있는데, 그때 "나리께서 오십니다." 하고 알리는 소리가 들렸다. 깜짝 놀란 여자들이 "어머!" 하면서 급히 뒤쪽으로 몸을 숨겼다. 오직 희봉만이 자리에서 천천히 일어났다. 몸에 병도 있고 또 너무 비통한 나머지 거동이 불편해진 가진은 지팡이를 짚고 느릿느릿 걸어 들어왔다. 그러자 형부인 등이 말했다.

"건강도 좋지 않은데 연일 일도 많으면서 좀 쉬지 않고 무슨 일로 오는가?"

가진은 지팡이를 짚은 채 간신히 무릎을 꿇고 문안 인사를 했다. 형부인은 얼른 보옥에게 부축해 일으키라 하고 의자를 가져오게 해서 가진에게 앉으라고 했다.

가진은 굳이 서 있겠다고 하면서 억지로 웃음을 지으며 말했다.

"두 분 숙모님과 제수씨에게 한 가지 부탁드릴 일이 있어서 왔습니다."

형부인이 급히 물었다.

"무슨 일인가?"

"숙모님도 당연히 아실 겁니다. 지금 며느리가 죽었는데 제 안사람은 또 하필 병이 나서 집안 사정이 말이 아닙니다. 그러니 제수씨가 한 달 동안만 여기서 집안일을 처리해준다면 제가 안심하겠습니다. 부디 부탁드립니다!"

형부인이 웃으며 말했다.

"알고 보니 그 일이었구먼. 자네 제수는 둘째 숙모의 조카이니 둘째 숙모와 얘기해보게."

그러자 왕부인이 얼른 말했다.

"얘는 아직 어려서 이런 일을 해본 적이 없네. 혹시 깔끔하게 처리하지 못하면 오히려 남들한테 비웃음만 살 걸세. 그러니 다른 사람을 찾아보는 게 어떤가?"

"하하, 숙모님 뜻은 저도 헤아릴 만합니다. 제수씨가 고생할까봐 걱정하시는 걸 테지요? 하지만 그런 염려시라면 제가 보증하겠습니다. 설령 조금 잘못 처리한다 해도 남들이 보기엔 괜찮을 겁니다. 어렸을 때부터 제수씨는 장난칠 때조차 대담하고 결단력이 있었습니다. 지금은 출가하여 그 댁에서 집안일을 보고 있으니 더욱 노련해졌을 겁니다. 제가 며칠 동안 생각해봤는데 제수씨 외에는 마땅한 사람이 없습니다. 숙모님, 저나 제 안사람은 그렇다 치고, 죽은 아이와의 정분을 생각해서 도와주십시오!"

그렇게 말하면서 눈물을 흘렸다.

왕부인이 걱정한 것은 희봉이 상을 치러본 경험이 없어서 혹시 일을 제대로 처리하지 못해 남들의 비웃음을 사지나 않을까 하는 것이었다. 그런데 가진이 이렇게까지 간절히 말하자 마음이 조금 흔들려서 희봉만 뚫어지게 쳐다보았다. 희봉은 평소 일을 맡아 멋지게 재간 부리기를 좋아했다. 다만 집안일이야 잘 처리했지만 결혼이나 초상 같은 큰일은 치러본 적이 없어서 사람들이 말을 잘 듣지 않을까봐 걱정스럽기는 했다. 그래도 이런 일을 해보고 싶은 생각이 있었다. 그런데 가진이 이렇게 와서 청하자 그녀는 속으로 벌써 좋아하고 있었다. 처음에는 왕부인이 허락하지 않았지만 나중에 가진이 진심으로 부탁하여 왕부인의 마음이 흔들리자 그녀는 곧 왕부인에게 말했다.

"아주버님께서 이렇게 간절히 말씀하시니 그렇게 하게 해주세요."

왕부인이 조용히 말했다.

"할 수 있겠니?"

"못할 게 뭐 있나요? 바깥의 큰일은 아주버님께서 잘 처리하실 테고 제일이야 그저 안에서 조금 돌봐주는 것뿐인데요. 설사 제가 모르는 게 있다

해도 숙모님께 여쭤보면 되잖아요?"

왕부인은 그 말도 일리가 있다고 생각하여 더 이상 아무 말 하지 않았다. 가진은 희봉이 허락하자 기뻐하는 얼굴로 말했다.

"너무 많은 일을 부탁드릴 순 없지만, 어쨌든 제수씨가 고생 좀 해주십시오. 우선 여기서 인사를 드리고, 일이 끝나면 제가 영국부로 사례하러 가겠습니다."

그러면서 가진이 절을 하자 희봉도 얼른 답례했다.

가진은 곧 소매에서 녕국부의 목패[對牌][29]를 꺼내 보옥더러 희봉에게 전해주라고 했다.

"제수씨 하고 싶은 대로 하시고, 필요한 게 있으면 이걸 가지고 가서 가져오십시오. 저한테 물어보실 필요도 없습니다. 돈 아끼려고 신경 쓰지도 마시고 그지 보기 좋세만 처리해주십시오. 그리고 영국부에서 하시던 것처럼 아랫사람들을 대하시면 됩니다. 원망을 살까 염려하실 필요도 없습니다. 저는 그저 이 두 가지 외엔 걱정이 없습니다."

감히 희봉은 바로 목패를 받지 못하고 왕부인만 쳐다보았다. 그러자 왕부인이 말했다.

"네 아주버님이 이렇게 말씀하시니 좀 돌봐드리도록 해라. 하지만 마음대로 하지 말고 무슨 일이 있으면 반드시 네 아주버님이나 동서에게 사람을 보내 여쭤봐야 한다."

보옥은 벌써 가진의 손에서 목패를 받아들고 있다가 떠넘기다시피 희봉에게 건넸다. 가진이 또 물었다.

"제수씨, 여기서 머무시겠습니까, 아니면 매일 왔다 갔다 하시겠습니까? 매일 다니려면 더 힘드실 텐데요. 차라리 이쪽에 저택 하나를 청소해서 며칠 머무시는 게 편하지 않을까요?"

"호호, 그러실 필요 없어요. 저쪽에도 제가 없으면 안 될 일이 있으니 아무래도 매일 오가는 게 나을 것 같네요."

가진은 그러라고 할 수밖에 없었다. 그러고 나서 잠시 한담을 나누다가 돌아갔다. 잠시 후 여자 친척들이 떠나자 왕부인이 희봉에게 물었다.

"오늘은 어쩔 셈이냐?"

"숙모님께선 먼저 돌아가셔요. 저는 먼저 해야 할 일들 실마리나 잡아놓고 돌아갈게요."

이렇게 왕부인은 형부인 등과 먼저 돌아갔다.

희봉은 세 칸짜리 포하정으로 들어가 앉아서 생각했다. 첫째, 사람들이 혼잡하니 물건을 잃어버리게 된다. 둘째, 일을 전담하는 이가 없으니 막상 일이 닥치면 서로 미룬다. 셋째, 비용이 너무 많이 들고 함부로 지출하거나 제멋대로 수령해간다. 넷째, 맡은 일에 경중이 없고 힘든 일과 편한 일이 골고루 안배되지 않았다. 다섯째, 하인들이 제멋대로라서 체면이라도 좀 있는 이들은 통제에 따르지 않는다. 반면, 신분이 낮아 면목 없는 이들은 나서서 의견을 제시하지 못한다.

사실 이 다섯 가지는 녕국부의 관행인데, 희봉은 이 일을 어떻게 처리할까? 이에 대해서는 다음 회를 보시라. 그야말로 이런 격이다.

**벼슬아치 많은데 나라 다스리는 이 누구인가?**

**여인 한두 명이면 집안을 다스릴 수 있다네.**

金紫萬千誰治國

裙釵一二可齊家

304

# 제14회

임해는 양주성에서 죽고
가보옥은 길에서 북정왕을 알현하다

林如海捐館揚州城　賈寶玉路謁北靜王

가보옥이 길에서 북정군왕을 알현하다.

닝국부의 도총관都總管\* 내승은 집안일을 희봉에게 맡겼다는 소식을 동료들에게 전하면서 이렇게 말했다.

"영국부 가련 나리의 아씨께 집안일을 처리해달라고 부탁드렸다 하니 그분이 오셔서 물건을 내가시거나 무슨 말씀을 하시면 우리는 예전보다 더 조심해야 하네. 모두들 매일 일찍 나와서 늦게 돌아가야 하네. 이번 한 달만 고생하고 나중에 쉬도록 하세. 체면 깎이지 않게 조심해야 하네! 성격이 불같기로 유명한 분이라 표정이 쌀쌀하고 심지가 굳어서 한 번 화가 나시면 아무도 봐주지 않는다네."

모두 "맞는 말씀입니다." 하고 동의했다. 그러자 개중 한 사람이 빈정대며 말했다.

"따지고 보면 우리 집안도 그분이 오셔서 잘 다스려주실 필요가 있지. 모든 게 너무 잘못돼 있거든."

그렇게 이야기하고 있는데 내왕來旺\*댁이 목패를 가지고 와서 정문지呈文紙[1]와 경방지京榜紙[2]를 수령하려고 했다. 문서에는 그 수량까지 적혀 있었다. 사람들은 서둘러 자리를 권하고 차를 내놓으며, 다른 한편으로 사람을 보내 수량에 맞춰 종이를 꺼내오게 했다. 그리고 내왕댁을 따라 의문까지 종이를 안고 와서 그녀에게 건네주었다. 거기서부터는 내왕댁이 직접 안고 들어갔다.

희봉은 채명에게 장부책을 만들게 했다. 그리고 내승댁에게 하인 명부를 가져오라 해서 살펴보고, 내일 아침까지 모든 하인들의 아낙들에게 들어와 분부를 기다리라는 말을 전하라고 했다. 물품의 수량을 적은 책자를 하나하나 점검하며 내승댁에게 몇 마디를 물어보고 나서 수레를 타고 집으로 돌아갔다. 그날 밤에는 별다른 일이 없었다.

이튿날, 희봉은 아침 여섯 시 반에 녕국부로 왔다. 소식을 들은 녕국부 할멈들과 어멈들이 모두 모였다. 희봉이 내승댁과 함께 사람들에게 나누어 맡길 일에 대해 의논하고 있는 동안, 사람들은 감히 함부로 들어가지 못하고 창밖에서 낌새를 보고 있었다. 그때 희봉이 내승댁에게 하는 말이 들렸다.

"기왕 내가 일을 맡기로 했으니 어쩔 수 없이 자네들에게 미움받을 짓을 해야겠네. 난 자네들 아씨처럼 자네들 마음대로 하게 내버려둘 정도로 성미가 좋지 못하네. '이 집은 원래 그래요.'라는 소리는 하지 말게. 지금부터는 내 뜻대로 따라야지 조금이라도 잘못을 저지르면 신분이나 체면 같은 건 따지지 않고 예외 없이 분명하게 다스리겠네!"

그리고 채명에게 명부를 읽으라 하고 한 명 한 명 불러들여 살펴보았다.

잠시 후 다 보고 나서 이렇게 지시했다.

"이 스무 명은 열 명씩 두 조로 나누어 매일 안에서 손님 오가는 것을 안내하고 손님들에게 차를 따르게 하게. 이 사람들은 다른 일에는 신경 쓸 필요 없네. 이 스무 명도 두 조로 나누어 매일 본가 친척들의 차와 식사 시중만 들고 역시 다른 일에는 신경 쓰지 말도록 하게. 이 마흔 명도 두 조로 나누어 영전에서 향을 사르고, 등잔 기름을 채우고, 휘장을 치고, 영구를 지키고, 차와 음식을 나르고, 곡을 할 때 따르하게 하고[3], 역시 다른 일에는 신경 쓰지 말라고 하게. 이 네 명은 안쪽 다방茶房에서 잔과 접시 등 다기茶器만 간수하도록 하게. 하나라도 모자라면 넷이서 그대로 물어내게 하게. 이 네 명은 술안주와 식사 때 쓰는 그릇들만 관리하게 하게. 역시 하나

라도 모자라면 넷이서 그대로 물어내게 하게. 이 여덟 명은 제사 예물을 받아 간수하는 일만 하도록 하게. 이 여덟 명은 등잔 기름과 초, 종이〔紙札〕[4]만 관리하도록 하게. 내가 모두 수령해와서 자네들에게 나눠줄 테니 제각기 정해놓은 수만큼 각처로 나눠주면 되네. 이 서른 명은 매일 밤 돌아가며 당번을 서 문을 지키고, 등잔과 촛불을 살피고, 마당을 청소하도록 하게. 나머지 사람들은 건물에 따라 나누어 각자 한 곳을 지키게 하고. 거기 있는 탁자와 의자, 골동품에서부터 타구와 먼지떨이에 이르기까지 털 끝만 한 것이라도 없어지거나 부서지면 그곳을 지키는 사람이 그대로 변상해야 하네. 도총관댁은 매일 사람들을 감독하게. 게으름 피우거나 노름하고 술 마시는 사람, 싸움질하고 말다툼하는 사람이 있으면 즉시 내게 보고하게. 인정을 봐주었다가 발각되면 아무리 오래 알고 지내던 사람이라 해도 사정을 봐주지 않겠네. 이제 모두 정해졌으니 이후로 함부로 행동하는 사람은 누구라도 그 잘못을 따지겠네. 나를 따라다니는 사람들은 각자 시계를 지니고 다니게. 크고 작은 일을 막론하고 모두 내가 시간을 정해주겠네. 어쨌든 이 집 위채에도 시계가 있겠지? 정확히 여섯 시 반에 와서 점호를 받고, 오전 열 시부터 열한 시 사이에 아침을 먹게. 목패를 수령하거나 일에 대해 보고하는 것은 열한 시에만 하도록 하게. 오후 일곱 시에 황혼지黃昏紙[5]를 태우게. 내가 직접 각처를 돌아다니며 점검하고, 돌아와서 야간 당번을 서는 이들에게 열쇠를 나눠주겠네. 다음 날도 마찬가지로 여섯 시 반에 모이도록 하게. 우리 모두 며칠만 고생하세. 일이 끝나면 이 댁 나리께서 당연히 자네들에게 상을 내리실 걸세."

말을 마치고 나서 희봉은 정해진 수량에 맞춰 찻잎과 등잔 기름, 초, 닭털로 만든 먼지떨이, 작은 빗자루 등의 물건을 내주게 했다. 탁자 현수막〔桌圍〕[6]과 의자 덮개, 방석, 펠트 깔개〔氈席〕, 타구, 발 받침대 따위의 물건들도 날라오게 했다. 그것들을 나눠주면서 장부에 기록하게 해서 누가 어디를 관장하고, 누가 무슨 물건을 수령했는지를 아주 분명히 처리했다. 물

제14회  **309**

건을 수령하는 절차와 각자 맡은 일이 정해지고 나니, 편한 일만 골라 하고 힘든 일은 할 사람이 없었던 이전과는 상황이 달라졌다. 각 방에서 혼란 통에 물건을 잃어버리는 일도 없어졌다. 많은 손님이 오가도 모두 차분하게 맞이했다. 한 사람이 차를 준비하다가 또 식사를 준비하러 가거나, 조문객과 함께 곡을 하다가 또 다른 손님을 접대하던 예전과는 달랐다. 두서없고, 어지럽고, 남에게 미루고, 몰래 게으름을 피우고, 물건을 훔치는 등의 폐단은 이튿날부터 모조리 없어졌다.

희봉은 자신의 위풍이 서고 명령이 통하자 속으로 무척 득의만만했다. 우씨가 병이 나고 가진이 애도가 지나쳐 음식도 많이 먹지 못하는 걸 보자, 희봉은 매일 녕국부에서 여러 가지 부드러운 죽을 끓이고 정성껏 간단한 반찬들을 마련하여 사람들 편에 보냈다. 가진도 매일 상등품의 요리를 포하청으로 보내 오로지 희봉에게만 대접하라고 따로 분부해두었다. 희봉은 수고를 마다하지 않고 날마다 여섯 시 반에 녕국부로 가서 점호하고 일을 처리했다. 그러면서도 그녀는 포하청에서 혼자 지내면서 다른 동서들과 어울리지 않았다. 설령 여자 손님들이 오가더라도 맞이하러 나가지 않았다.

이날은 바로 다섯 번째 칠 일의 닷새째 되는 날이었다. 불사佛事를 담당한 승려들은 지옥문을 열어 죽은 이의 영혼을 구제하여 왕생의 길로 이끌면서[開放破獄]7, 영혼의 앞길을 밝힐 등불을 전하고[傳燈照亡]8, 염라대왕에게 참배하여 모든 귀졸鬼卒들을 가두게 하고, 지장왕地藏王9을 모셔 와 금교金橋10를 열고 깃발[幢幡]11을 앞세워 영혼을 이끌었다. 도사들은 옥황상제에게 올리는 글을 바치며 삼청三淸12과 옥황상제에게 절을 올렸다. 선승禪僧*들은 향을 사르고 『염구경焰口經』13을 읊조리며 지옥의 아귀餓鬼들에게 음식을 보시하고, 『수참경水懺經』14을 외며 물로 얼굴을 씻었다. 또한 열세 무리의 비구니들과 승려들이 비단 옷을 두르고 붉은 신을 신은 채 영전에서 망자를 극락세계로 인도하는 주문인 「접인주接引呪」를 비롯한 여

러 가지 주문을 묵송默誦하고 있어서 분위기가 무척 요란했다.

희봉은 이날 분명히 손님이 많이 오리라는 걸 알고 집에서 하룻밤을 쉬었다. 새벽 네 시가 되어 평아가 깨우자 일어나서 머리를 빗고 세수했다. 준비가 다 되자 옷을 갈아입고 손을 씻은 다음, 우유 두 모금과 설탕을 넣은 쌀죽을 먹었다. 양치질을 마치니 벌써 여섯 시 반이 되었다. 내왕댁은 한참 전에 사람들을 이끌고 분부를 기다리고 있었다. 희봉은 대청 앞에 이르러 수레에 올라 앞쪽에 '영국부榮國府'라는 글씨가 커다랗게 적힌 명각등明角燈[15] 한 쌍을 밝힌 채 느긋하게 녕국부로 갔다. 그곳 대문에는 문등門燈이 환하게 걸려 있고, 그 양쪽으로 똑같은 모양의 착등戳燈[16]이 늘어서 있어 대낮처럼 밝은 가운데, 하얀 상복을 입은 하인들이 양쪽으로 죽 늘어서 시립하고 있었다. 수레를 정문으로 인도하자 하인들이 물러나고, 어멈들이 다가와 수레의 발을 걷었다. 희봉이 한 손에 풍아의 부축을 받으며 수레에서 내리자 어멈 둘이 등덮개를 손에 잡고 그녀를 옹위하여 안으로 들어갔다. 그러자 녕국부의 어멈들이 나와 인사하며 맞이했다. 희봉은 천천히 걸어 회방원 등선각에 마련된 영전으로 들어갔다. 관을 보자 그녀의 눈에서는 실 끊어진 진주처럼 눈물이 주르륵 흘러내렸다. 정원에 있던 많은 하인들이 공손히 손을 모으고 서서 지전을 태우라는 분부를 기다리고 있었다. 희봉이 말했다.

"차를 올리고 지전을 사르게!"

'지잉' 하는 징소리와 함께 일제히 음악이 연주되고, 누군가 팔걸이가 달린 커다란 둥근 의자[圈椅]를 준비해 영전에 놓았다. 희봉은 거기 앉아 큰 소리로 곡을 했다. 그러자 안팎의 남녀노소들도 모두 황급히 그 소리를 이어받아 곡을 했다. 잠시 후 가진과 우씨가 사람을 보내 만류하고서야 희봉은 겨우 곡을 멈추었다.

내왕댁이 차를 올리자, 희봉은 양치를 하고 일어나 일가친척들과 헤어져 혼자 포하청으로 들어갔다. 명부에 따라 점호를 하니 모든 사람이 벌써 도

제14회  **311**

착해 있었는데, 손님을 맞이하고 전송하는 일을 담당한 사람 가운데 한 명이 없었다. 즉시 명을 전해 불러오자 그 사람은 벌써부터 겁에 질려 어쩔 줄 몰라 했다. 희봉이 차갑게 웃었다.

"누가 빠졌나 했더니 바로 자네였구먼! 다른 사람들보다 체면이 좀 있는 몸이라고 내 말을 무시하는 모양이지?"

"소인이 매일 일찍 나왔는데, 오늘은 좀 일찍 깨었다가 그만 다시 잠들어버리는 바람에 늦었습니다요. 아씨, 제발 이번만 용서해주세요!"

막 그렇게 말하고 있는데 영국부에서 왕흥王興˙댁이 오더니 앞에서 머리를 내밀고 기웃거렸다.

희봉은 늦게 온 이를 그대로 두고 먼저 물었다.

"자네가 여긴 웬일인가?"

그렇지 않아도 희봉이 일을 끝냈는지 물어보려 했던 왕흥댁은 다급히 안으로 들어가 말했다.

"목패를 수령해 실을 좀 가져올까 합니다. 수레와 가마에 쓸 그물 장식을 만들려고요."

그렇게 말하면서 물품을 청구하는 문서를 올렸다. 희봉이 채명에게 읽어보게 했다.

"큰 가마 두 대, 작은 가마 네 대, 수레 네 대에 사용될 크고 작은 실감개〔絡子〕 몇 개와 구슬 꿸 실 몇 근입니다."

희봉이 듣고 보니 그 항목과 수량이 들어맞는지라 채명에게 장부에 기록해두라 이르고, 영국부의 목패를 꺼내 던져주었다. 왕흥댁은 황급히 집어들고 떠났다.

희봉이 다시 말을 시작하려는데, 이번에는 영국부의 집사 네 명이 들어와 물건을 수령할 목패를 달라고 했다. 채명에게 청구 문서를 읽어보라 하니 모두 네 건이었다. 희봉은 그중 두 건에 대해 이렇게 말했다.

"이 두 건은 비용 계산이 잘못되었으니 다시 계산해오게."

그러면서 청구 문서를 내던지자 그 두 명은 맥이 빠져 돌아갔다.

그때 희봉은 장재張材°댁이 옆에 있는 걸 발견하고 물었다.

"자네는 무슨 일인가?"

장재댁이 급히 청구 문서를 꺼내며 물었다.

"방금 수레와 가마의 휘장을 만들었는데 재봉 삯으로 줄 은돈 몇 냥을 수령할까 합니다."

희봉은 문서를 받아놓고 채명에게 장부에 기록해두라고 했다. 왕홍댁이 목패를 반납하자 상인이 확인해준 영수증과 맞춰보고 나서야 장재댁에게 목패를 주어 수령하러 가게 했다. 또 다른 청구 문서를 읽어보라고 했는데, 그것은 보옥의 바깥 서재가 준공되었으니 도배지 살 돈을 지불해달라는 것이었다. 희봉은 즉시 문서를 받아놓고 장부에 기록하게 했다. 그리고 장재댁이 목패를 반납하사 또 그 사람에게 주어서 보냈다.

그런 뒤에 희봉이 말했다.

"내일은 저 사람이 늦잠 자고 모레는 이 사람이 늦잠 자면, 나중엔 아무도 점호에 나오지 않을 테지. 내 본래 자네를 용서해주려 했지만, 처음에 한 번 너그럽게 대하면 다음 사람을 다스리기 어려우니 차라리 지금 시작을 잘하는 게 좋겠네."

그리고는 무뚝뚝한 표정으로 소리쳤다.

"끌고 나가 곤장 스무 대를 쳐라!"

다른 한편으로 녕국부의 목패를 내던지며 말했다.

"가서 내승에게 전하게. 저 사람의 한 달 품삯을 삭감하도록!"

사람들은 희봉의 눈썹이 곤두선 걸 보고 그녀가 화가 났다는 걸 알고는 감히 머뭇거리지 못했다. 지각한 사람을 끌고나갈 이는 끌고나가고, 목패를 들고 지시를 전달할 이는 서둘러 전달하러 떠났다. 그 사람은 꼼짝없이 끌려가 곤장 스무 대를 맞았다. 그리고 다시 들어와 머리를 조아리며 사죄하자 희봉이 말했다.

제14회 **313**

"내일 또 늦으면 마흔 대, 모레는 예순 대를 칠 걸세. 매를 맞고 싶으면 계속 늦게 오게!"

그러면서 모두에게 말했다.

"해산!"

창밖에서 듣고 있던 사람들은 각기 맡은 일을 하러 흩어졌다. 그때 녕국부와 영국부의 집사들이 목패를 받아가고 반납하느라 끊임없이 오갔고, 창피하게 매를 맞은 사람도 부끄러운 얼굴로 돌아갔다. 그제야 희봉이 얼마나 무서운 지 알게 된 사람들은 감히 게으름을 피우지 못하고 맡은 일을 열심히 하여 집안일이 온전히 돌아가게 되었으니, 이에 대해서는 더 이상 이야기하지 않겠다.


한편, 보옥은 오늘 사람이 많아 진종이 모욕당하는 일이 생길까 싶어서 남몰래 상의하여 희봉이 있는 곳으로 같이 가자고 했다. 이에 진종이 말했다.

"그분은 일도 많고 사람이 찾아가는 걸 싫어하시는데 우리가 가면 귀찮아하시지 않을까?"

"우릴 귀찮아할 리 있겠어? 괜찮아. 나만 따라와!"

바로 진종을 잡아끌고 포하청으로 가니 희봉은 막 밥을 먹고 있었다.

"호호, 발걸음도 빠르시군요! 어서 올라오셔요."

보옥이 말했다.

"우린 벌써 먹었어요."

"이쪽 바깥에서 잡수셨어요, 아님 저쪽에서 잡수셨어요?"

"여기서 저 멍청이들하고 뭘 먹어요! 저쪽에서 우리 둘이 할머님과 먹고 왔어요."

그렇게 말하면서 보옥은 진종과 함께 자리에 앉았다.

희봉이 식사를 다하고 나자 녕국부의 어멈 하나가 향과 등잔 기름을 사려고 목패를 받으러 왔다.

"오늘쯤 타러 오겠거니 생각하고 있었는데 여태 안 오기에 잊고 있나 보다 했네. 결국 오긴 했지만 만약 잊어버렸다면 당연히 자네들이 부담해야 하네. 그러면 나야 좋지!"

"호호, 정말 잊고 있다가 조금 전에야 생각해냈어요. 조금만 더 늦었더라면 수령하지 못할 뻔했어요."

그 어멈은 목패를 받아 떠났다.

잠시 후 어멈이 돌아와 장부에 기록하고 목패를 반납했다. 그걸 보고 진종이 웃으며 말했다.

"여기 두 댁에서 모두 이 패를 쓰는데, 만약 누군가 목패를 위조해서 은돈을 챙겨 달아나면 어쩝니까?"

희봉이 웃으며 말했다.

"그 말대로 된다면 나라에 법도 없는 셈이 될걸요?"

보옥이 말했다.

"우리 집안에서는 왜 물건 타러 목패를 가지러 오는 사람이 없지요?"

"그 사람들이 목패를 받으러 올 때 도련님은 아직 꿈속에 있었을 거예요. 그나저나 도련님들은 언제 밤공부를 시작할 거예요?"

보옥이 말했다.

"지금이라도 당장 하고 싶지만 저 사람들이 서재를 빨리 만들어주지 않으니 방법이 없지요."

"호호, 저한테 한턱 내시면 틀림없이 빨리 될 텐데요."

"형수라도 별 수 없어요. 거기 일은 저 사람들이 하니까요."

"호호, 그 사람들이 일을 하려면 물건이 필요한데, 내가 목패를 내주지 않으면 어쩔 수 없단 말이지요!"

그 말을 듣자 보옥은 원숭이처럼 달라붙어 당장 목패를 달라고 졸라댔다.

"예쁜 형수님, 그 사람들이 필요한 물건을 가져가도록 얼른 목패를 내주세요."

"안 그래도 피곤해서 몸이 아플 지경인데 이렇게 졸라대니 배겨내지 못하겠네요. 안심하세요, 오늘 도배지 구한다고 목패를 가져갔으니까요. 필요한 게 있는데 부를 때까지 기다린다면 그 사람들이 바보 아니겠어요?"

보옥이 믿지 못하겠다고 하자, 희봉이 채명을 불러 장부를 보여주라고 했다. 그렇게 소란을 피우고 있을 때 하녀가 와서 아뢰었다.

"소주蘇州*에 갔던 사람 가운데 소아昭兒•가 돌아왔습니다."

희봉이 급히 불러들이자 소아가 한쪽 무릎을 꿇고 문안을 올렸다.

"무슨 일로 돌아온 거야?"

"가련 나리께서 보내셨습니다. 대옥 아가씨 아버님께서 구월 초사흘 아침 열 시 무렵에 돌아가셨습니다. 나리께선 대옥 아가씨와 함께 영구를 소주로 모시고 가셨는데, 아마 연말쯤에나 돌아오실 것 같습니다. 나리께서 제게 소식을 전하고 문안 인사를 올리면서 노마님의 분부를 받아오라 하셨습니다. 그리고 아씨가 평안하신지 살펴보고 털옷도 몇 벌 가져오라 하셨습니다."

"다른 분들은 뵈었어?"

"예, 모든 분들께 인사드렸습니다."

말을 마치고 소아가 급히 물러가자 희봉이 보옥을 향해 웃음 지으며 말했다.

"대옥 동생이 우리 집에 오래 있게 되겠네?"

"세상에! 요 며칠 동안 그 아이가 얼마나 울었을지!"

보옥은 눈살을 찌푸리며 길게 탄식했다.

희봉은 소아를 만나기는 했지만, 사람들 앞이라 남편 가련의 소식을 자세히 물어보지 못한 것이 마음에 걸렸다. 영국부로 돌아가려 해도 여기 일이 번잡하니, 잠깐 떠났다가 혹시라도 늦어지면 사람들의 비웃음을 살 것 같았다. 어쩔 수 없이 저녁까지 참고 있다가 돌아가서 다시 소아를 불러 그간의 소식을 자세히 물었다. 그리고 밤새 털옷을 골라 평아와 함께 직접

점검하여 포장하고, 또 필요한 물건들이 없나 곰곰이 생각해서 한꺼번에 포장한 뒤 소아에게 주었다. 그러면서 단단히 일렀다.

"밖에 있을 동안 시중 잘 들어라. 나리 화나게 하지 말고! 때때로 술 좀 줄이라고 말씀드리고, 못돼 처먹은 여편네들과 어울리도록 꾀지 마라. 만약 그랬다간 돌아왔을 때 네 다리몽둥이를 분질러버릴 게야!"

정신없이 일을 끝내고 나니 시간이 벌써 새벽 세 시가 되어가고 있었다. 희봉은 자리에 누웠으나 결국 잠을 이루지 못했고, 어느새 날이 밝아 급히 머리 빗고 세수한 후 녕국부로 갔다.

발인 날이 가까워지자 가진은 몸소 수레를 타고 음양사의 관리와 함께 철함사로 가서 영구를 맡겨둘 곳을 살펴보았다. 그리고 주지 색공色空*에게 신선한 제물들을 준비하고 훌륭한 스님들을 많이 초빙하여 영구 맞이할 준비를 하라고 일일이 부탁했다. 이에 색공은 서둘러 저녁 공양을 준비했다. 가진은 차와 식사에는 별 관심이 없었지만, 날이 저물어 성에 들어갈 수 없게 되자 승방[淨室]¹⁷에서 대충 하룻밤을 보냈다. 이튿날 아침 그는 성에 들어가 출상할 일을 안배하고, 철함사로 사람을 보내 밤새 영구를 안치할 자리를 마련하게 했다. 또 영구를 운반하는 이들에게 대접할 음식과 차를 준비하게 했다.

안에 있는 희봉도 출상 날이 가까워지자 미리 일손을 세밀하게 나누어 준비하는 한편, 왕부인이 탈 수레와 가마꾼들을 영국부로 보냈다. 그리고 영구를 보내러 갈 때 자신이 묵을 곳도 마련해두었다. 그런데 이때 선국공繕國公의 부인이 작고하여 왕부인과 형부인은 그곳 출상을 지켜보러 가야 했다. 그 때문에 희봉은 서안군왕 왕비에게 생일 선물을 보내는 일도 챙겨야 했고, 장남을 낳은 진국공 부인에게 보낼 축하 예물도 미리 준비해야 했다. 게다가 자기 친오빠인 왕인王仁*이 가족과 하인들을 이끌고 남쪽 고향으로 돌아가게 되어, 부모님에게 문안 편지를 쓰면서 함께 보낼 물건들도 준비해야 했다. 그리고 병에 걸린 영춘을 위해 매일 의원을 불러 약을

제14회 **317**

처방받아 먹여야 했다. 이를 위해 희봉은 의원이 병세에 대해 기록한 문서를 보고 병의 근원을 따져보는 등 처방과 진단한 내용들을 검토해야 했다. 이런 일들은 일일이 다 서술하기 어려울 정도로 많았다. 또한 발인이 코앞에 닥쳤으니 그녀는 차 마시고 밥 먹을 틈조차 없이 바빠서 편히 앉거나 누워 있을 수가 없었다. 그녀가 녕국부에 도착하면 영국부 사람이 따라왔고, 영국부로 돌아가면 녕국부 사람이 또 찾아왔다. 이런 상황에도 희봉은 오히려 기분이 좋았다. 그녀는 남들에게 싫은 소리를 듣지 않기 위해 절대 게으름을 피우거나 일을 미루지 않았다. 이 때문에 그녀는 밤낮으로 여가가 없었지만, 모든 일을 아주 완벽하게 계획했다. 그러자 온 집안사람들이 위아래를 막론하고 모두 칭찬해 마지않았다.

발인하기 전날, 온 가족이 잠들지 않고 영구를 지켰다. 안에서는 두 패의 극단과 재주꾼들이 친척 및 가까운 집안의 여자 손님들과 함께 밤을 지켰다. 우씨는 여전히 내실에 누워 있어서, 손님을 접대하는 일은 희봉 혼자 도맡아야 했다. 일가친척 가운데 동서들이 많았지만 다들 말재주가 없거나, 사람들 앞에 나서기 부끄러워하거나, 남을 만나는 데 익숙하지 않았다. 겁 많은 벼슬아치의 부인들은 행동거지가 느긋하고 말이 시원시원하며 몸가짐이 장중하고 대범한 희봉에 미치지 못했다. 그래서 희봉은 사람들 시선을 의식하지 않고 이리저리 지시하며 모든 일을 마음대로 처리했다. 밤새 밝고 화려한 등불을 켜놓고 손님을 맞이하고 전송하느라 매우 북적거렸던 것에 대해서는 더 말할 필요 없겠다. 그러다가 날이 밝아 정해놓은 시간이 되자 예순네 명의 상여꾼들이 영구를 모셔 나왔는데, 앞세운 명정銘旌[18]에는 커다란 글씨로 다음과 같이 적혀 있었다.

하늘의 뜻을 받들어 세워진 영원히 변치 않을 왕조의 황제 폐하께서 임명하신 일등 녕국공의 적손부, 방호내정 자금도 어전시위 용금위로서 한창 나이에 세상을 뜬 가씨 가문의 공인恭人 진씨의 영구.

진열된 의장儀仗들은 모두 새로 준비한 것들이어서 눈이 부실 정도로 번쩍거렸다. 보주는 출가하지 않은 딸로서 예를 올리고, 또 상여를 인솔하며 무척 애통해했다.

당시 발인에 참가한 벼슬아치로는 진국공 우청의 손자로서 현재 일등백一等伯의 지위를 세습한 우계종牛繼宗*, 이국공理國公 유표柳彪의 손자로서 현재 일등자一等子의 지위를 세습한 유방柳芳*, 제국공齊國公 진익陳翼의 손자로서 삼품위진장군三品威鎭將軍의 지위를 세습한 진서문陳瑞文*, 치국공治國公 마괴馬魁의 손자로서 삼품위원장군三品威遠將軍의 지위를 세습한 마상馬尙*, 수국공修國公 후효명侯曉明의 손자로서 일등자一等子의 지위를 세습한 후효강侯孝康*이 있었다. 선국공의 손자 석광주石光珠*는 조모 상을 치르느라 참석하지 못했다. 이 여섯 가문과 녕국부, 영국부는 바로 당시에 '팔공八公' 이라 칭해지던 가문이나.

그 외에도 남안군왕의 손자와 서녕군왕의 손자, 충정후 사정, 평원후平原侯의 손자로 현재 이등남二等男의 지위를 세습한 장자녕蔣子寧*, 정성후定城侯의 손자로 현재 이등남의 지위를 세습하고 경영유격京營游擊*을 겸하고 있는 사경謝鯨*, 양양후襄陽侯의 손자로서 이등남의 지위를 세습한 척건휘戚建輝*, 경전후景田侯*의 손자로서 오성병마사五城兵馬司*로 있는 구량裘良*이 있었다. 그 외에 금향백錦鄕伯의 아들 한기韓奇*와 신무장군神武將軍의 아들 풍자영, 그리고 진야준陳也俊*과 위약란衛若蘭* 등 여러 왕손들이 있었으니, 일일이 다 헤아릴 수 없을 정도였다. 여자 손님들이 온 것으로 말하자면, 십여 대의 큰 가마와 삼사십 대의 작은 가마, 그리고 하인들이 탄 크고 작은 가마와 수레까지 백 대가 넘었다. 심지어 앞에 진열된 각종 의장들과 진열품, 놀이패[百耍]까지 줄줄이 나가니 그 대열이 삼사 리를 덮었다.

얼마 가지 않아, 길가에 높이 세운 화려한 천막[彩棚][19]에 술자리를 마련해놓고 음악을 연주했는데, 그것들은 각 집안에서 마련한 노제路祭[20]였다.

첫 번째는 동평왕부, 두 번째는 남안군왕, 세 번째는 서녕군왕, 네 번째는 북정군왕 댁에서 마련한 것이었다. 옛날에는 이 네 명의 왕들 가운데 북정군왕만 공이 높아서, 지금까지 그 자손이 왕의 작위를 세습하고 있었다. 지금의 북정군왕 수용水溶˙은 나이가 아직 약관弱冠도 안 되었지만, 타고난 용모가 수려하고 성품이 겸손하고 온화했다. 그는 최근에 녕국공의 적손부가 죽었다는 소식을 듣고, 옛날 두 집안의 조부들이 고난과 영화를 함께하며 서로 남의 집안으로 여기지 않고 지낼 만큼 정분이 깊었던 것을 떠올렸다. 그래서 수용은 왕이라는 신분을 내세우지 않고 얼마 전에 조문을 했고, 지금 또 노제를 마련하여 휘하의 관리들에게 여기서 기다리게 했다. 그러고 나서 새벽 네 시쯤 조정에 들어가 공무를 마치고, 바로 상복으로 갈아입고 가마에 올라 징을 울리며 양산을 받친 채 천막으로 왔던 것이다. 수하의 벼슬아치들이 수용의 양쪽을 옹위하며 시립해 있으니 일반 군인이나 백성들은 드나들 수 없었다.

잠시 후 녕국부의 상여 행렬이 위풍당당하게, 대지를 뒤덮은 은산銀山처럼 북쪽에서 다가왔다. 행렬의 앞에서 길을 여는 이가 북정군왕의 천막을 발견하고 급히 돌아가 가진에게 보고했다. 가진은 즉시 행렬을 멈추라고 앞쪽에 지시하고는, 가사와 가정과 함께 서둘러 맞으러 나가 나라에서 정한 예법에 따라 인사를 나누었다. 수용은 가마 안에서 몸을 조금 구부리며 미소를 머금고 답례했고, 대대로 교유하던 가문끼리의 칭호로 대하면서 함부로 지위를 내세우지 않았다. 가진이 말했다.

"못난 며느리의 상에 군왕께서 왕림해주시니 조상의 비호로 미천한 벼슬이나마 유지하고 있는 제가 어찌 감당하겠사옵니까?"

"하하, 대대로 교유해온 사이에 그게 무슨 말씀이십니까?"

북정군왕은 장부관長府官[21]을 돌아보며 자기 대신 제사를 주관하여 술을 올리라고 지시했다. 가사 등이 옆에서 답례하고 다시 몸소 왕림해준 은혜에 감사했다.

수용은 매우 겸손하게 답하면서 가정에게 물었다.

"옥을 물고 태어난 이가 누구시오? 한번 만나보려고 여러 차례 생각했는데 잡다한 일에 막혀 뜻을 이루지 못했습니다. 아마 오늘 오셨을 테니 좀 모셔 오면 좋겠습니다."

가정은 급히 돌아가 보옥에게 상복을 벗고 다른 옷으로 갈아입게 한 후 데리고 왔다. 보옥은 평소 부형父兄과 친우들이 한담을 나눌 때마다 수용이 훌륭한 왕인 것은 물론, 뛰어난 재능과 멋진 용모를 겸해서 풍류 있고 소탈하며 관청의 습속이나 나라의 제도에 얽매이지 않는다고 칭송하는 것을 자주 들어왔다. 한번 만나보고 싶었으나 아버지가 단단히 통제하는 바람에 기회가 없었는데, 이제 오히려 그가 부른다 하니 당연히 기뻐했다. 걸어가면서 가마 안에 앉아 있는 수용의 모습을 흘낏 보니 정말 풍채가 뛰어난 인물이었다. 그런데 기까이 가서 보니 또 어떠했을까? 이에 대해서는 다음 회를 보시라.

제14회  **321**

# 제15회

왕희봉은 철함사에서 권세를 부리고
진종은 만두암에서 재미를 보다

王鳳姐弄權鐵檻寺　秦鯨卿得趣饅頭庵

진종이 만두암에서 지능과 재미를 보다.

보옥이 눈을 들어 북정군왕 수용을 보니, 머리에는 새하얀 비녀를 꽂고, 갓끈이 달리고 은빛 깃털을 꽂은 왕의 모자를 쓰고 있었다. 그리고 파도와 '사람 인人' 자 모양의 무늬 위에 다섯 개의 발가락을 가진 용이 똬리 튼 모습을 수놓은 백망포白蟒袍*를 입고, 푸른 옥을 박은 붉은 허리띠를 차고 있었다. 얼굴은 고운 옥 같고 눈은 밝은 별 같은, 대단히 수려한 인물이었다. 보옥이 얼른 달려가 절을 올리자 수용이 가마 안에서 급히 손을 내밀어 그만두라고 했다. 보옥은 머리를 틀어 묶고 은빛 모자를 썼으며 쌍룡이 바다에서 노니는 모양을 장식한 머리띠를 맸다. 그리고 하얀 구렁이 무늬를 수놓은 소매 좁은 저고리를 입고는 진주를 박은 은빛 허리띠를 차고 있었다. 수용은 봄날 꽃처럼 화사한 보옥의 얼굴과 옻칠한 듯 까만 눈동자를 보고 웃으며 말했다.

"명불허전名不虛傳이라더니 과연 '보배〔寶〕' 같고 '옥玉' 같구먼. 그런데 태어날 때 물고 있었다는 그 옥은 어디 있는가?"

보옥은 얼른 옷 안에서 옥을 꺼내 건네주었다. 수용은 옥을 자세히 살펴보고 거기 적힌 글을 소리 내어 읽어보더니 물었다.

"정말 영험이 있는가?"

그러자 가정이 급히 말했다.

"말은 그렇지만 시험해보진 않았습니다."

제15회  **325**

수용은 정말 기이하고 훌륭하다고 극구 칭찬하면서 오색 실끈을 잘 추슬러 몸소 보옥의 목에 걸어주었다. 그리고 보옥의 손을 잡고 나이는 몇 살이고, 무슨 책을 읽고 있는지 물었다. 보옥은 일일이 대답했다.

수용은 보옥의 발음이 또렷하고 목소리에 운치가 있는 것을 보고 가정을 향해 웃으며 말했다.

"아드님이 정말 어린 용 같고 봉황 새끼 같습니다. 제가 어르신 앞에서 건방을 떨려는 것이 아니라 장차 '새끼 봉황 울음소리, 늙은 봉황보다 청아하게〔雛鳳淸於老鳳聲〕'[1] 될 것 같습니다."

가정이 급히 웃음 지으며 말했다.

"못난 자식 놈이 어찌 그런 과분한 칭찬을 받을 수 있겠습니까? 군왕 전하의 넘치는 축복 덕택으로 정말 그렇게 된다면 그 또한 못난 저의 행운일 테지요."

수용이 또 말했다.

"다만 한 가지 드릴 말씀이 있습니다. 아드님이 이처럼 자질이 뛰어나니아마 태부인이나 부인 등이 당연히 극진히 아끼실 것입니다. 하지만 저희같은 젊은이들은 너무 귀여움을 받는 것이 그다지 좋지 않습니다. 너무 귀여워하다 보면 학업을 망칠 수도 있기 때문입니다. 예전에 제가 그런 전철을 밟았기 때문에 아드님도 반드시 그렇게 되지 않으리라 여길 수 없습니다. 혹시 아드님이 댁에서 공부에 힘쓰기 어렵다면 자주 저희 집에 보내셔도 좋습니다. 제가 재주는 미천하지만 경사에 찾아오는 천하의 많은 명사들이 저를 좋게 보시고 찾아와주셔서 저희 집에 훌륭한 분들이 많이 모여있습니다. 아드님이 자주 그분들과 대화를 나누다 보면 학문이 나날이 발전할 수 있을 것입니다."

가진은 얼른 허리를 숙이며 "예!" 하고 대답했다. 수용은 또 팔목에 차고있던 염주를 풀어 보옥에게 주며 말했다.

"오늘 처음 만났는데 창졸간이라 선물을 준비하지 못했네. 이건 예전에

폐하께서 친히 하사하신 척령향염주鶺鴒香念珠*인데 일단 이걸 만남을 축하하는 예물로 삼겠네."

보옥이 얼른 받고는 돌아서서 가정에게 바쳤다. 가정과 보옥은 나란히 감사 인사를 했다. 그리고 가사와 가진 등이 이제 왕부로 돌아가시라고 청하자 수용이 말했다.

"가신 분은 이미 신선세계로 오르셨으니 더 이상 우리처럼 보잘것없는 속세 사람이 아닙니다. 제가 비록 천은天恩을 입어 군왕의 지위를 세습했지만 어찌 신선의 상여〔仙轝〕²보다 앞서 나갈 수 있겠습니까?"

수용이 굳이 고집을 부리자 가사 등은 어쩔 수 없이 은혜에 감사하며 작별을 고하고 행렬로 돌아갔다. 음악이 멈추고 장엄하게 상여가 지나가자 다시 수용에게 왕부로 돌아갈 것을 청했다.

녕국부의 출상은 가는 길 내내 대단히 성대했다. 성문 앞에 막 도착하자 가사와 가정, 가진의 동료들과 수하들의 집에서 각기 천막을 세우고 제사상을 마련해 노제를 지냈다. 가사 등은 그들에게 일일이 사례하고 성을 나가서 마침내 철함사로 향하는 큰길을 행진했다. 그때 가진과 가용은 집안 어른들에게 가서 가마에 오르거나 말을 타라고 권했다. 가사 항렬의 친척들이 각자 수레와 가마에 탄 후 가진 항렬의 친척들도 말에 올랐다. 희봉은 보옥이 교외에서 제 마음대로 행동하며 집안사람들의 말을 듣지 않을까 걱정스러웠다. 가정은 이런 사소한 일에 신경 쓸 틈이 없으니, 혹시 잘못된 일이 생기기라도 하면 태부인 볼 면목이 없어질 것이기 때문이다. 그래서 하인들에게 보옥을 불러오게 하니 보옥이 어쩔 수 없이 희봉의 수레 앞으로 왔다. 희봉이 웃으며 말했다.

"도련님은 귀하신 몸이고 성품이 여자애 같으니까 원숭이처럼 말에 오르는 저 사람들을 따라하면 안 돼요. 내려오세요. 우리 오누이가 나란히 수레를 타고 가면 좋지 않겠어요?"

보옥은 얼른 말에서 내려 희봉의 수레에 올라 웃고 떠들며 길을 갔다.

얼마 후 저쪽에서 두 마리 말이 질풍같이 달려오더니, 희봉의 수레 근처에서 두 사람이 일제히 풀쩍 뛰어내려 수레 가까이 다가와 말했다.

"아씨, 여기 쉴 곳이 있으니 용변도 보실 겸 잠시 쉬십시오."

희봉은 얼른 사람을 보내 형부인과 왕부인에게 분부를 내려달라고 청했다. 잠시 후 심부름꾼이 돌아와 보고했다.

"마님들께선 쉬실 필요 없다고 하십니다. 아씨께선 편하실 대로 하라십니다."

희봉은 곧 잠시 쉬어가자고 지시했다. 하인들은 그 말에 따라 한 무리 말과 수레를 이끌고 대열에서 빠져나와 나는 듯이 북쪽으로 달려갔다. 보옥이 수레 안에서 다급하게 진종을 찾아 데려오라고 지시했다. 그때 진종은 말을 타고 아버지의 가마를 뒤따르고 있었는데, 갑자기 보옥의 하인이 달려와 잠시 쉬어가자고 청했다. 진종이 저쪽을 살펴보니 북쪽으로 향하고 있는 희봉의 수레 뒤쪽에서 보옥의 말이 안장을 얹은 채 이끌려가고 있었다. 그는 보옥이 희봉과 함께 수레 타고 있다는 것을 알고 곧 말을 타고 따라가 함께 어느 농가의 대문 안으로 들어갔다. 하인들이 이미 농가의 남자들을 다 내보낸 상태였다. 그 농가에는 방이 많지 않아 아낙네들도 몸을 숨길 곳이 없어서 상여 행렬은 그들 곁을 지날 수밖에 없었다. 그 시골 아낙네들의 눈에 희봉과 보옥, 진종의 인물됨과 옷차림, 느긋하고 예의 바른 모습은 마냥 멋지게만 보였다.

잠시 후 초가집에 들어간 희봉은 보옥 등에게 먼저 나가 놀고 있으라고 했다. 보옥은 무슨 뜻인지 눈치채고 진종과 함께 밖으로 나가 하인들을 거느리고 여기저기 돌아다니며 놀았다. 보옥은 삽이며 괭이, 호미, 쟁기 같은 것들을 보고 신기해했지만 그게 어디에 쓰이는 것인지, 명칭이 무엇인지도 몰랐다. 하인이 옆에서 하나하나 이름을 알려주고 용도를 설명해주었다. 보옥이 고개를 끄덕이며 감탄했다.

"옛사람의 시에 '누가 알랴, 쟁반에 담긴 저 밥 알알이 모두 모진 고생의 산물임을[誰知盤中餐 粒粒皆辛苦]?' 이라고 하더니, 바로 그 때문이로구나!"

이렇게 말하면서 그는 또 어느 방 앞에 이르렀다. 방의 구들 위에는 물레가 놓여 있었다.

"이건 또 뭐지?"

하인들이 다시 그것의 용도를 알려주었다. 그러자 보옥은 바로 구들에 올라가 물레를 돌리며 흥미를 보였다. 그때 열 일고여덟 살쯤 된 농가의 계집아이가 달려와 마구 소리쳤다.

"고장내지 마세요!"

하인들이 다급히 소리 질러 아이를 제지하자 보옥이 얼른 손을 떼고 멋쩍게 웃으며 말했다.

"내가 이걸 처음 봐서 한번 시험해본 거야."

그러자 그 계집아이가 말했다.

"도련님 같은 분들이 이걸 쓰는 법을 알기나 하시겠어요? 일어나보세요, 제가 실 잣는 걸 보여드릴게요."

진종이 슬그머니 보옥을 잡아끌며 말했다.

"하하, 이 아가씨 정말 재미있네?"

보옥이 그를 툭 밀치며 말했다.

"하하, 이 못된 놈! 또 허튼소릴 했다간 패주겠어!"

그사이에 계집아이가 물레를 돌리며 실을 잣기 시작했다. 보옥이 막 무슨 말을 하려는데 저쪽에서 한 노파가 소리쳤다.

"둘째야, 어서 이리 와!"

그러자 그 계집아이가 물레를 놓고 급히 가버렸다.

보옥은 서운한 마음이 들어 흥을 잃었다. 그때 희봉이 사람을 보내 두 사람더러 들어오라고 했다. 희봉은 손을 씻은 후 옷을 갈아입고 먼지를 떨고는 두 사람도 옷을 갈아입으라고 했다. 하지만 보옥이 싫다고 하여

제15회  **329**

그냥 둘 수밖에 없었다. 하녀들이 찻주전자와 찻잔, 여러 가지 비단으로 장식한 찬합, 각종 간식거리를 두 손에 받쳐들고 날라왔다. 차를 마시고 하녀들이 그릇 등을 챙긴 후 희봉은 수레에 올랐다. 내왕이 농장 주인에게 사례금을 주자 주인댁과 몇 사람이 와서 희봉 등에게 감사의 절을 올렸다. 희봉은 전혀 신경 쓰지 않았지만 보옥은 그들을 유심히 살펴보았다. 그런데 그 가운데 아까 물레를 돌렸던 '둘째'가 보이지 않았다. 수레에 올라 얼마 가지 않았을 때 맞은편에서 '둘째'가 어린 동생을 품에 안고 몇몇 어린 계집아이들과 함께 웃으며 오고 있었다. 보옥은 수레에서 내려 그들을 따라가고 싶었지만 그럴 수 없어 아쉬웠다. 사람들이 그러라고 내버려둘 리가 없기 때문이다. 어쩔 수 없이 그는 눈짓으로나마 작별 인사를 하려 했지만 수레는 가볍고 말은 빨라서 그 계집아이의 모습은 금방 시야에서 사라져버렸다.

얼마 지나지 않아 희봉의 수레는 상여 행렬을 따라잡았다. 앞에는 벌써 북과 징, 깃발[幢幡]과 양산이 준비되어 있었고, 철함사의 승려들이 영구를 맞이하기 위해 나와 있었다. 잠시 후 상여가 도착해 절 안으로 들어가자 승려들은 불공을 올리면서 제단을 마련했다. 그리고 영구를 내전의 옆방에 안치하자, 보주가 그곳을 침실 삼아 영구와 함께 지내겠다고 했다. 밖에서는 가진이 친우들을 대접했다. 어떤 이는 식사를 대접받아 먹고, 어떤 이는 식사를 하지 않고 작별 인사를 하기도 했다. 가진은 그들 모두에게 사례했다. 공公*, 후侯, 백伯, 자子, 남男 같은 높은 벼슬아치들이 한 무리씩 떠나고, 오후 세 시쯤 되자 손님이 모두 떠났다. 여자 손님들은 모두 희봉이 접대했는데, 높은 벼슬아치의 부인들부터 떠나기 시작해서 정오가 한참 지났을 무렵에는 여자 손님들도 모두 떠났다. 다만 아주 가까운 친척 몇 명은 사흘 동안 영혼을 위로하는 불사佛事를 함께 올리고 나서 떠났다. 형부인과 왕부인은 희봉이 집에 돌아가지 못하리라는 걸 알고 자기들 먼저 성으로 돌아가기로 했다. 왕부인은 보옥을 데려가려 했지만, 방금 교외

로 나온 보옥은 희봉과 있겠다고 고집을 부렸다. 왕부인은 어쩔 수 없이 그를 희봉에게 맡기고 돌아갔다.

철함사는 녕국공과 영국공이 살아 있을 때 지은 것으로, 불공 비용을 댈 땅을 보시하여 일가 가운데 경사에서 죽은 사람이 있으면 여기에 영구를 안치하도록 예비해놓았다. 거기에는 죽은 이를 안치할 무덤과 장례를 치르러 온 사람들이 머물 집이 잘 갖춰져 있었다. 생각지도 않게 지금 후손의 수가 많아졌는데, 그들의 생활 형편이나 성품은 제각각 달랐다. 개중에 체면치레조차 하기 어려울 정도로 재산이 없는 이들은 이곳에 묵었다. 하지만 돈깨나 있고 세력 있는 이들은 이곳이 불편하다며 바깥의 농가나 암자를 찾아서 숙소로 삼았다. 진가경의 장례를 치르면서도 일가친척들은 모두 철함사에 묵었는데, 유독 희봉만은 불편하다며 미리 만두암饅頭庵[3]의 비구니 정허淨虛*에게 사람을 보내 숙소로 쓸 방을 두 칸 비워두게 했다.

만두암의 원래 명칭은 수월암水月庵이었는데, 여기서 만든 만두가 맛이 좋아서 이런 별칭이 붙었다. 이곳은 철함사에서 멀지 않았다. 승려들이 불공을 마치고 영전에 저녁차를 올리고 나자 가진은 가용더러 희봉을 숙소로 모시라고 했다. 희봉은 여자 친척들을 접대할 동서들이 몇 명 더 있으니 자신이 자리를 비워도 될 듯하여 곧 인사를 하고, 보옥과 진종을 데리고 수월암으로 갔다. 진종의 아버지 진업은 나이도 많고 병도 있어서 철함사에 머무를 수 없었기 때문에 진종에게 영구를 모시라 하고 돌아갔는데, 진종은 희봉과 보옥만 따라다녔다. 잠시 후 수월암에 도착하자 정허가 두 제자 지선智善*과 지능智能을 거느리고 맞이하러 나왔다. 인사를 나누고서 희봉은 승방에 들어가 용변을 보고 손을 씻었다. 희봉은 지능의 키가 더 자라고 생김새도 더 예뻐진 걸 보고 정허에게 물었다.

"당신네 사제들은 요즘 왜 우리한테 오지 않았나요?"

"요 며칠 틈이 없었습니다. 호나리 댁에서 아드님이 태어나 마님께서 은돈 열 냥을 보내시며 스님 몇 분을 모셔다가 『혈분경血盆經』[4]을 읽어달라

제15회 **331**

고 하셔서 너무 바빴거든요. 그래서 아씨께 문안 인사드리러 가지도 못했습니다."

늙은 비구니가 희봉을 접대한 일에 대해서는 더 이야기하지 않겠다.

한편, 진종과 보옥은 대전大殿에서 놀고 있었는데, 지능이 오자 보옥이 웃으며 말했다.

"지능이 오네."

진종이 말했다.

"저런 것을 아는 척해서 뭐해?"

"하하, 못된 수작 마! 언젠가 할머니 방에 아무도 없을 때 너 쟤를 끌어안고 무슨 짓을 했어? 이번에도 나를 속이려고!"

"그런 적 없거든?"

"하하, 그랬거나 말거나 넌 그냥 쟤를 불러서 나한테 차나 한잔 따르라고 해. 그럼 캐묻지 않을게."

"하하, 이건 또 무슨 소리야? 네가 시키면 안 할까봐 그래? 왜 하필 나더러 말하라는 거야?"

"내가 불러서 차를 따르라고 하면 정감이 없으니, 네가 정감 있게 부르는 게 더 낫잖아."

진종은 어쩔 수 없이 지능을 불렀다.

"지능, 차 한잔 줘."

지능은 어려서부터 영국부에 드나들어 안면이 없는 사람이 없었다. 종종 보옥이나 진종과도 농담을 나누곤 했다. 그런데 지금은 자라서 남녀관계에 대해서도 조금씩 알게 된데다 진종의 잘생긴 모습에 반해 있었다. 진종 또한 그녀의 미색을 무척 좋아했으니 두 사람이 아직 관계를 맺지는 않았지만 마음은 이미 서로 맞아 있었다. 지능은 진종을 보자 기분이 좋아져서 환한 눈빛으로 차를 따라왔다. 진종이 웃는 얼굴로 말했다.

"이리 줘."

그러자 보옥이 소리쳤다.

"아냐, 이리 줘!"

지능이 입을 삐죽거리며 웃었다.

"차 한잔 갖고도 다투네요? 설마 제 손에 꿀이라도 묻었나요?"

보옥이 재빨리 찻잔을 낚아채 들고 뭔가 물어보려는 순간, 지선이 지능을 불러 다과를 차리라고 했다. 잠시 후 그들은 보옥과 진종에게 차와 간식을 대접했다. 하지만 보옥과 진종이 이런 걸 먹으려 하겠는가? 그들은 잠시 앉아 있다가 다시 밖으로 나가 놀았다.

희봉도 잠시 앉아 있다가 승방으로 돌아가 쉬려고 하자 늙은 비구니가 희봉을 전송했다. 할멈들과 어멈들도 더 이상 아무 일 없을 거라고 여겨 모두 자기들 거처로 돌아가 쉬었다. 희봉의 곁에는 그녀의 신임을 받아 가까이서 시중드는 몇몇 어린 하녀들만 남았다. 늙은 비구니가 이때를 틈타 말했다.

"마침 한 가지 일이 있어서 마님께 부탁드리러 갈까 하는데 우선 아씨의 분부를 들었으면 합니다."

희봉이 무슨 일이냐고 묻자 늙은 비구니가 말했다.

"아미타불! 옛날 제가 장안현長安縣*의 선재암善才庵*에서 출가하던 때 장張 아무개라고, 아주 부자인 시주가 있었습니다. 그분에게는 어릴 적 이름이 금가金哥*라고 하던 따님이 있었지요. 그분이 딸과 함께 제가 있던 암자에 불공을 드리러 왔다가 뜻밖에 장안부 지부知府 나리의 조카인 이李 아내衙內⁵를 만나게 되었습니다. 그 도령이 첫눈에 금가에게 반해서 사람을 보내 청혼했습니다만, 금가는 이미 장안수비長安守備⁶를 지낸 분의 아드님과 혼약을 맺은 상태였습니다. 장씨 집안에서는 혼약을 물리려 해도 수비 나리 집안에서 반대할 거라 생각하고, 이미 정해둔 혼처가 있다고 애기했답니다. 하지만 그 도령이 고집을 부리며 꼭 금가와 결혼하겠다고 하자 장씨 집안에서는 대책이 없어서 양쪽으로 곤란하게 되었습니다. 뜻밖

에 수비 나리 집안에서 이 소식을 듣고는 앞뒤 가리지 않고 달려와 욕을 퍼붓고, 딸 하나를 몇 집에다 시집보내려 하느냐면서 절대 혼약을 물려줄 수 없다 하고, 바로 관청에 소송을 걸었습니다. 다급해진 장씨 집안에서는 어쩔 수 없이 경사에 사람을 보내 연줄을 구하면서 홧김에 혼례를 물려버리려 하고 있습니다. 제 생각에는 지금 장안절도사로 계신 운雲나리와 귀댁이 아주 친한 사이이니, 가사 나리께 말씀 좀 해주십사고 마님께 부탁드릴까 합니다. 나리께서 편지를 한 통 보내 운나리와 그 수비에게 한 말씀 해주시면 그 수비가 설마 따르지 않겠습니까? 그렇게만 된다면 장씨 집안에서는 전 재산을 다 털어서라도 보답하려 할 테지요."

"호호, 그다지 큰일도 아니군요. 하지만 어머님께선 더 이상 이런 일에 관여하시지 않아요."

"마님께서 관여하지 않으시면 아씨께서 처리해주시는 건 어떨는지요?"

"호호, 나도 돈에 움직이는 사람이 아니고 또 이런 일은 하지 않아요!"

정허는 그 말을 듣고 헛생각을 단념하고는 한참 후에 탄식하며 말했다.

"그렇게 말씀하셔도 장씨 집안에서는 이미 제가 귀댁에 도움을 청한 걸로 알고 있습니다. 이제 이런 일에는 관여하지 않으신다면, 장씨 집안에서는 귀댁에서 이런 일에 관여할 짬이 없거나 자기들이 사례하는 것쯤은 별게 아니라고 여긴다는 것도 모르고, 오히려 귀댁이 이런 일을 처리할 정도의 힘조차 없다고 여길 겁니다."

희봉은 그 말을 듣자 흥미가 일었다.

"스님도 평소 저를 잘 아시겠지요? 저는 예전부터 무슨 저승 지옥이니 인과응보니 하는 따위는 믿지 않고 무슨 일이건 하고 싶은 대로 했어요. 좋아요! 그 사람더러 은돈 삼천 냥을 가져오라고 하세요! 그러면 제가 그 사람이 원하는 대로 말씀드려주겠어요."

늙은 비구니는 기뻐 어쩔 줄 몰라 하며 다급히 말했다.

"예, 돈은 있습니다, 있어요! 그건 어렵지 않습니다."

"난 여기저기 인맥을 이용해 돈이나 챙기는 부류들과는 달라요. 그 삼천 냥은 심부름하는 하인들한테 여비와 수고비로 줄 거예요. 저는 그 돈에서 한 푼도 바라지 않아요. 제겐 삼만 냥이라도 당장 내놓을 만한 능력이 있으니까요."

늙은 비구니는 얼른 "그렇고말고요!" 하고 맞장구를 치면서 또 말했다.

"아씨, 기왕 그러시다면 내일 바로 은혜를 베풀어주십시오."

"지금 바쁜 거 안 보여요? 어딘들 내가 없어서 일이 되는 곳이 있나요? 이왕 스님 부탁을 들어주겠다고 했으니 곧 해결해드릴게요."

"다른 사람이라면 이 정도 일을 처리하는 데도 정신없이 바쁘겠지만, 아씨라면 그저 한 번만 힘을 쓰셔도 충분하겠지요. 하지만 속담에도 '재주가 많으면 피곤한 일도 많다〔能者多勞〕.'고 했습지요. 마님께서 아씨가 크고 작은 일들을 잘 처리하시는 걸 보시고 갈수록 모든 일들을 아씨께 다 미루시니, 아씨께서도 옥체의 건강을 잘 돌보셔야 합니다."

그렇게 계속해서 희봉의 기분이 더욱 좋아지게 추켜올리면서 피곤한 것도 아랑곳 않고 계속 붙들고 한담을 나누었다.

뜻밖에 진종은 어두운 밤중에 사람들이 없는 틈을 타서 지능을 찾아갔다. 그가 막 뒷방에 이르러 보니 지능이 혼자 방 안에서 찻잔을 씻고 있었다. 진종은 곧장 달려들어가 그녀를 끌어안고 입을 맞췄다. 지능이 놀라 발을 동동 구르며 말했다.

"이게 무슨 짓이에요! 또 이러면 소리 지를 거예요!"

"자기, 나 급해 죽을 지경이야! 오늘도 내 말을 듣지 않으면 난 여기서 죽어버릴 거야!"

"어쩌려고요? 제가 이 감옥 같은 곳을 벗어나 저 인간들과 헤어질 수 있도록 해주면 당신 말을 따를게요."

"그거야 쉽지. 하지만 먼 곳에 있는 물로는 당장의 갈증을 풀 수 없어!"

그러면서 그는 단숨에 훅 불어 불을 껐다. 온 방 안이 칠흑처럼 어두워지

제15회 **335**

자 지능을 안고 구들 위로 올라가 운우지락을 시작하려 했다.

지능은 아무리 벗어나려고 애써도 빠져나올 수 없고 소리 지를 수도 없어서 진종이 하는 대로 몸을 맡길 수밖에 없었다. 막 재미를 보려는데 갑자기 누군가 아무 기척도 없이 들어와 두 사람을 내리눌렀다. 두 사람은 그게 누군지 몰랐지만 너무 놀라서 움직이지도 못했다. 그때 "킥!" 하는 소리와 함께 그 사람이 웃음을 참지 못하고 터뜨리자 둘은 비로소 그가 보옥이라는 걸 알았다. 진종이 다급히 일어나 원망을 퍼부었다.

"왜 이러는 거야?"

"하하, 내 말대로 하지 않으면 소리 지를 거야!"

지능은 부끄러워서 어둠 속으로 도망쳐버렸다. 보옥이 진종을 잡아끌고 나가면서 말했다.

"아직도 버틸 테야?"

"헤헤, 마음씨 좋은 도련님, 제발 소문내지 말아주세요. 무슨 일이든 시키는 대로 할게요."

"하하, 지금은 말할 필요 없겠지. 조금 있다 잘 때 찬찬히 계산하자고!"

얼마 후 잠옷을 입고 잠자리에 들 때 희봉은 안쪽 칸에, 보옥과 진종은 바깥 칸에 자리를 정했다. 집안 할멈들은 방바닥에 자리를 깔고 자면서 순번에 따라 당번을 섰다. 통령보옥을 잃어버릴까봐 염려가 된 희봉은 보옥이 잠든 사이에 사람을 시켜 가져오라고 해서는 자기 베개 밑에 넣어두었다. 보옥이 진종과 어떻게 계산을 했는지는 정확히 밝혀지지 않았다. 그 일에 대해서는 기록된 바가 없으니 의혹이 있기는 하지만 함부로 지어낼 수도 없는 노릇 아닌가?

그날 밤은 아무 일 없었다. 이튿날 아침, 태부인과 왕부인이 사람을 보내 보옥의 안부를 살피고 옷을 더 껴입으라 하면서, 별일 없으면 집으로 돌아오라고 말을 전했다. 보옥이 어디 돌아가려 하겠는가? 또 진종은 지능과 사랑에 빠져 있어서 희봉에게 간청하여 하루 더 머무르자고 보옥을 부추

졌다. 희봉은 잠시 생각했다. 장례는 잘 치렀으나 아직 몇 가지 사소한 일들이 제대로 처리되지 않았으니, 그 일들을 지시하면서 하루 더 묵는 것도 괜찮을 것 같았다. 그러면 우선 가진에게 최대한 성의를 보여주는 셈이고, 또 정허가 부탁한 일을 끝낼 수도 있고, 더욱이 보옥의 기분을 맞춰주면 태부인도 기뻐할 것이었다. 이렇게 계산이 서자 그녀가 보옥에게 말했다.

"제 일은 다 끝났어요. 하지만 도련님이 여기서 놀고 싶으시면 제가 하루 더 고생할 수밖에요. 하지만 내일은 꼭 돌아가셔야 해요!"

보옥은 연신 "누나, 누나!" 하면서 간청했다.

"딱 하루만요. 내일은 꼭 돌아갈게요!"

그렇게 해서 또 하루를 묵었다.

희봉은 살그머니 내왕을 불러 늙은 비구니가 청탁한 일을 이리이리 처리하라고 지시했다. 내왕은 모든 상황을 다 이해하고 서둘러 성으로 들어가 문서 작성을 담당하는 관리를 찾아갔다. 그리고 가련의 청탁이라며 편지를 한 통 써달라고 해서 밤새 장안현으로 달려갔다. 그곳은 불과 백 리밖에 떨어져 있지 않아서 이틀 만에 모든 일을 다 처리할 수 있었다. 그 절도사는 이름이 운광雲光＊인데, 오랫동안 가씨 집안에 신세를 졌기 때문에 이런 자잘한 일을 허락해주지 않을 리 없었다. 그가 답장을 써주자 내왕이 가지고 돌아갔다.

희봉은 하루를 더 지내고 다음 날 늙은 비구니와 헤어지면서 사흘 후 영국부로 오면 결과를 알게 될 거라고 일러주었다. 진종과 지능은 차마 헤어지기 안타까워 남몰래 약속을 했는데, 그에 대해서는 자세히 서술하지 않겠다. 다만 그들이 애처로운 마음으로 작별할 수밖에 없었다는 것만 말해두겠다. 희봉은 철함사로 가서 한 번 죽 둘러보았다. 보주가 집에 돌아가지 않겠다고 고집을 부려서 가진은 어쩔 수 없이 하녀 몇 명을 남겨 함께 지내게 했다. 다음 회에서 또 보자.

# 제16회

가원춘은 봉조궁에 뽑혀가고
진종은 요절하여 황천으로 가다

賈元春才選鳳藻宮　秦鯨卿夭逝黃泉路

가원춘이 현덕비에 봉해지다.

보옥은 바깥 서재가 다 정리되자 진종과 밤공부를 하자고 약속했다. 그런데 선천적으로 몸이 아주 약했던 진종은 교외에서 찬바람을 조금 맞은데다 지능과 몰래 만나 아쉬운 마음으로 헤어져야 했던 일들 때문에 제대로 먹지 못하여, 집에 돌아오자 바로 기침을 하며 감기에 걸려버렸다. 그는 음식도 잘 먹지 못하고 무척 힘겨워하더니 결국 함부로 외출도 못하고 집에서 몸조리를 해야 했다. 보옥은 김이 팍 새는 기분이었으나 어쩔 수 없이 진종의 몸이 좋아지면 다시 함께 공부하기로 하고 조용히 기다릴 수밖에 없었다.

희봉은 운광의 답장을 받고 일을 모두 처리했다. 늙은 비구니가 그 사실을 장씨 집안에 알리자 과연 그 수비는 분을 삼키며 아무 소리도 못하고 전에 보냈던 납채를 돌려받았다. 그런데 장씨의 부모는 권세와 재물을 탐하는 이들이지만, 딸 금가는 의리를 아는 다정한 인물이었다. 금가는 부모가 전에 맺은 혼약을 깨버렸다는 소식을 듣고 남몰래 삼끈에 목을 맸다. 역시 다정한 성격이었던 수비의 아들도 금가가 스스로 목을 맸다는 소식을 듣자, 아내에 대한 의리를 저버리지 않기 위해 스스로 강물에 몸을 던졌다. 이 일로 장씨 집안과 이씨 집안은 체면이 떨어져버렸으니 그야말로 사람과 재물 둘 다 잃어버린 셈이 되었다. 희봉은 앉아서 삼천 냥을 벌었으나 왕부인 등은 그 일에 대해 전혀 몰랐다. 이후로 희봉은 점점 대담해

져서 또 이런 일이 생기면 제멋대로 하기 시작했는데 그 역시 번잡하게 기록할 필요는 없겠다.

하루는 가정의 생일이라 녕국부와 영국부 사람들이 모두 모여 축하하느라고 몹시 북적거렸다. 그런데 갑자기 문지기가 황급히 들어와 잔칫상 앞에서 아뢰었다.

"육궁도태감六宮都太監[1] 하夏나리께서 성지聖旨를 받들어 오셨습니다."

가사와 가정 등은 깜짝 놀라 무슨 영문인지도 모른 채 다급히 연극 공연을 중지시키고 술상을 치웠다. 향로와 촛대를 얹은 탁자를 놓은 후 중문中門을 열고 꿇어앉아 태감을 맞이했다. 잠시 후 육궁도태감 하수충夏守忠*이 말을 타고 들어오는데 전후좌우로 많은 환관들이 따라왔다. 하수충도 성지를 받들어 전해본 경험이 없는지라 처마 앞에 이르러서야 말에서 내려 만면에 웃음을 지으며 대청으로 걸어왔다. 그리고 남쪽을 향해 서더니 웅얼웅얼 말했다.

"특명! 가정은 즉시 조정으로 들어와 임경전臨敬殿*에서 짐을 알현하라!"

말을 마치자 하수충은 차도 마시지 않고 바로 말을 타고 떠났다. 가정은 무슨 영문인지 몰랐지만 서둘러 옷을 갈아입고 조정으로 들어갈 수밖에 없었다.

태부인 등 온 집안사람들은 두렵고 불안한 마음에 계속해서 사람을 보내 급히 바깥소식을 알아보게 했다. 네 시간쯤 후 뇌대賴大*를 비롯한 서너 명의 집사들이 숨을 헐떡이며 의문儀門*으로 뛰어 들어와 기쁜 소식을 알렸다.

"나리께서 말씀하시길 어서 노마님께 말씀드려 마님 등을 모시고 조정에 들어가셔서 황상의 은혜에 감사하시랍니다!"

그때 태부인은 마음이 안정되지 않아 대청 회랑 아래에 우두커니 서 있

었다. 형부인과 왕부인, 우씨, 이환, 희봉, 영춘 자매 및 설씨 댁 마님도 모두 모여 있었다. 이 전갈을 듣고 태부인은 뇌대를 불러들여 자세한 사정을 캐물었다. 뇌대가 말했다.

"소인들은 그저 임경전의 대문 밖에서 분부를 기다리고 있었을 따름이라 안쪽의 소식은 전혀 알 수 없었습니다. 나중에 하태감이 나와서 기쁜 소식을 전하시는데, 우리 집안의 큰아가씨께서 봉조궁상서鳳藻宮尙書[2]에 임명되시고 현덕비에 책봉되셨답니다. 그 뒤에 나리께서 나오셔서 소인에게 이렇게 분부하셨습니다. 얼른 노마님께 말씀드려서 마님들과 함께 성은에 사례하러 오시라 하셨습니다. 지금 나리께서는 태자 전하가 계신 동궁東宮으로 가셨습니다."

태부인 등은 그 말을 듣고 나서야 비로소 안심했고 만면에 기쁜 웃음을 숨기지 못했다. 그리하여 모두 품계에 맞는 예복으로 갈아입고, 태부인은 형부인과 왕부인, 우씨와 함께 네 대의 큰 가마를 타고 조정으로 들어갔다. 가사와 가진도 조복으로 갈아입고 가용, 가장과 함께 태부인의 가마를 따라갔다. 녕국부와 영국부에서는 위아래와 안팎을 막론하고 모두 뛸 듯이 기뻐하며 득의양양한 얼굴로 시끌벅적 웃고 떠드는 소리가 끊이지 않았다.

한편, 얼마 전 뜻밖에도 수월암의 지능이 몰래 도망쳐 성으로 들어왔다. 그녀는 진종의 집까지 찾아가서 진종과 만났으나 진업에게 발각되어 지능은 내쫓기고 진종은 매를 호되게 맞았다. 진업은 치미는 화를 진정시키지 못해 고질병이 발작했고, 오호! 결국 사오일 만에 죽고 말았다. 진종은 본래 겁 많고 나약한 체질인데다 병도 낫지 않은 상태에서 매까지 맞았고, 설상가상으로 아버지가 화병으로 돌아가셨으니 아무리 후회해도 늦었는지라 여러 가지 병세가 더 심해졌다. 이 때문에 보옥은 무언가 잃은 것처럼 마음이 아팠다. 원춘이 책봉되었다는 소식을 듣고도 근심이 풀어지지 않았다. 태부인 등이 성은에 감사하고 돌아와도, 친척과 친우들이 축하하

러 찾아와 녕국부와 영국부가 북적거려도, 사람들이 아무리 득의만만해도 그는 그러거나 말거나 전혀 신경 쓰지 않았다. 이러한 보옥을 본 사람들은 그가 갈수록 멍청해진다고 비웃었다.

그나마 기쁜 일은 가련과 대옥이 돌아온다는 것이었다. 그들은 먼저 사람을 보내 내일쯤이면 집에 도착할 수 있을 거라고 소식을 전했다. 그 소식을 듣고 보옥은 그나마 조금 기쁜 마음이 들었다. 사정을 자세히 물어보다가 가화도 경사에 들어와 황제를 알현하게 되었다는 사실을 알게 되었다. 왕자등이 여러 차례 황제에게 천거한 덕분에 이번에 경사의 빈자리에 가화가 임명되었던 것이다. 가화는 가련과는 일가의 형제지간이고 또 대옥과는 사제지간의 정분이 있었기 때문에 경사로 돌아가는 가련과 동행했다. 임해는 이미 선영에 안장했고, 모든 일이 잘 마무리되어 가련도 경사로 돌아올 수 있었다. 원래 다음 달이나 되어야 집에 도착할 예정이었으나 원춘에 관한 기쁜 소식을 듣고 밤낮으로 길을 재촉했는데, 오는 내내 모두 아무 일 없이 평안하다고 했다. 보옥은 '대옥이 평안하다.'는 소리만 들었을 뿐, 나머지 말에는 귀를 기울이지 않았다.

눈이 빠지게 대옥이 오기만을 기다리고 있는데 이튿날 정오쯤 되자 과연 전갈이 들어왔다.

"가련 나리와 대옥 아가씨가 대문에 들어서셨습니다!"

얼굴을 마주 대하니 보옥과 대옥은 서로 슬픔과 기쁨이 교차하여 한바탕 대성통곡을 했다. 그런 뒤에 대옥은 보옥에게 원춘의 일에 대해 축하 인사를 건넸다. 보옥이 은근히 살펴보니 대옥은 더욱 고상하고 아름답게 변해 있었다. 대옥은 책을 아주 많이 가져왔다. 그녀는 서둘러 침실을 청소하고 가구들을 정돈한 뒤에 가져온 종이며 붓 따위를 보차와 영춘, 보옥 등에게 나눠주었다. 보옥은 북정군왕이 선물한 척령향염주를 꺼내 대옥에게 선물했다.

"냄새나는 남자들이 가지고 다니던 거잖아! 난 싫어요!"

344

그러면서 그녀가 염주를 팽개쳐버리자 어쩔 수 없이 다시 챙겨 넣었는데, 그 이야기는 그만하자.

한편, 가련은 집에 돌아와 여러 사람들에게 인사하고 자기 방으로 돌아왔다. 마침 희봉은 근래에 일이 많아 잠시도 한가한 때가 없었으나 가련이 먼 길을 다녀왔기에 어렵게 짬을 내서 접대했다. 방 안에 다른 사람이 없는 걸 보고 그녀가 생글거리며 말했다.

"국구國舅[3] 나리, 정말 축하하옵니다! 또 먼 길 다녀오시느라 고생 많으셨나이다! 소인이 어제 전갈 받기로, 오늘 나리께서 귀가하신다 해서 여독을 푸시도록 조촐하게 술상을 마련했사옵니다. 부디 받아주시는 영광을 베풀어주시옵소서!"

"하하, 제가 어찌 감히! 과분한 대접입니다!"

그때 평아와 하녀들이 와서 인사하고 차를 바쳤다.

가련은 자기가 떠나 있는 동안 집안에 있었던 일들을 물어보고 희봉의 노고에 고마움을 표했다. 그러자 희봉이 말했다.

"제가 어찌 그런 일들을 관리해낼 수 있었겠어요! 다만 식견도 얕고, 말주변도 없고, 성격도 직선적이라서 남들한테 몽둥이를 맞아도 '침'이나 한 대 맞은 정도로 여겼지요. 마음도 여려서 남들이 한두 마디 좋은 말을 해주면 부탁을 거절하지 못하고 금방 자비로운 마음이 들어버리지요. 게다가 큰일을 겪어본 적도 없고 소심해서 마님 기분이 조금이라도 언짢으시면 놀라서 잠도 제대로 자지 못했어요. 몇 번이나 간곡히 사양했는데도 마님께서는 받아들여주시지 않고, 오히려 제가 편한 것을 찾으면서 일을 배우려 들지 않는다고 하시더군요. 제가 얼마나 진땀을 뺐는지 모르실 거예요. 말 한마디도 감히 덧붙이지 못하고 한 걸음조차 감히 더 내딛지 못했어요."

희봉은 말을 계속했다.

"당신도 아실 거예요. 우리 집안의 어멈들 가운데 만만한 이가 어디 있

나요? 조금만 잘못해도 얼씨구나 조롱하고 조금이라도 불공평하다 싶으면 빈정대며 원한을 품지요. '산마루에 앉아 호랑이 싸움 구경하듯 어부지리 취하기〔坐山觀虎鬥〕', '남의 칼 빌려 살인하기〔借劍殺人〕', '불난 집에 부채질하기〔引風吹火〕', '남들 어려운 건 모른 체하기〔站乾岸兒〕', '기름병 넘어 뜨려놓고도 일으켜 세우지 않기〔推倒油瓶不扶〕'이 모두가 그 사람들이 내내 발휘하는 기술들이에요. 게다가 전 나이도 어리고 무엇보다도 사람들을 압도하지 못하니 사람들이 절 안중에 두지 않아도 어쩔 수 없지요. 더 우스운 건 저쪽 댁에서 갑자기 용이댁이 죽자, 아주버님이 마님에게 간곡히 청해서 저더러 며칠 도와달라고 하셨어요. 제가 아무리 사양해도 마님이 제 말은 전혀 들어주지 않으시니, 전 그저 시키시는 대로 할 수밖에요. 그리고 늘 그랬듯이 제가 난장판을 만들어놔서 체통이 말이 아니게 되었으니 지금도 아주버님은 절 원망하면서 후회하고 계실 거예요. 당신이 내일 아주버님을 뵙고 잘 말씀드려주세요. 제가 나이가 어리고 세상 물정을 모르는데 누가 그분더러 저에게 일을 맡기라고 했는지 여쭤보셔요."

그렇게 말하고 있는데 밖에서 누군가의 말소리가 들렸다. 희봉이 물었다.

"누구냐?"

평아가 들어와 말했다.

"설씨 댁 마님께서 향릉을 보내 저한테 뭘 물어보시기에 제가 얘기해주고 돌려보냈어요."

가련이 웃으며 희봉에게 말했다.

"그렇지! 조금 전에 설씨 댁 마님을 뵈러 갔다가 어느 젊은 색시와 마주쳤는데 아주 단정하게 생겼더군. 우리 집에는 이런 사람이 없는데 하는 생각이 들어서 마님께 여쭤보았더니, 뜻밖에도 그 하녀가 바로 경사에 올 때 사온 향릉이라고 하시더군. 결국 설가 멍청이가 첩으로 들였다는데 얼굴에 솜털을 없애고〔開臉〕[4] 나니 더 예뻐졌다고 하시더구먼. 그 설가 멍청이한테는 정말 과분한 여자던걸?"

**346**

"에이그! 소주까지 다녀오셨으면 세상 물정을 좀 알고 오셨어야지, 아직도 예쁜 여자만 보면 그리 눈독을 들이시는군요! 그 애가 마음에 들면 뭐가 문제겠어요? 제가 평아하고 바꿔드릴까요? 그 아주버니도 '사발에 든 걸 먹으면서 솥 안을 넘보는[吃著碗裏看著鍋裏]' 위인이라, 요 일 년 동안 그 아이를 손에 넣지 못해 고모님과 얼마나 다퉜는지 몰라요. 그래도 고모님은 향릉이가 예쁜 건 둘째 치고, 사람됨이며 일하는 게 다른 여자애들과는 달리 온유하고 차분해서 대갓집 규수라도 그 아이보다 못할 거라 여기시고, 일부러 정식으로 손님을 모시고 잔치를 열어 정정당당하게 그분의 첩으로 앉혀주었어요. 그런데 보름도 채 되지 않아 거들떠보지도 않으니 제가 오히려 아깝다는 생각이 들 정도예요."

말이 채 끝나기도 전에 둘째 대문에서 하인이 전갈했다.

"가사 나리께서 큰 서재에서 작은나리를 기다리고 계십니다."

가련은 급히 옷매무새를 바로하고 나갔다. 방에 남은 희봉이 평아에게 물었다.

"조금 전엔 고모님이 무슨 일로 일부러 향릉이를 보내셨대?"

"호호, 향릉이가 왔을 리 있나요? 제가 그 아일 핑계로 잠깐 거짓말을 했어요. 그나저나 아씨, 내왕이 댁은 갈수록 생각조차 없어지나 보네요."

그러면서 평아는 희봉에게 가까이 다가가 소곤소곤 말했다.

"아씨께 드릴 이자를 다른 때도 아니고 하필 지금 나리가 계실 때 가져왔지 뭐예요. 다행히 제가 바깥방에서 마주쳤으니 망정이지, 들어와서 아씨께 보고하기라도 했더라면 나리께서 그게 무슨 이자냐고 물으셨을 거 아니에요? 그러면 아씨도 속이지 못하고 나리께 사실대로 말씀드릴 수밖에 없겠지요. 나리는 끓는 기름 솥에 담긴 돈도 꺼내다 쓰려 하실 텐데, 아씨께 이런 사적인 돈이 있다는 걸 아시면 얼씨구나 하고 써버리지 않으시겠어요? 그래서 제가 얼른 받아놓고 몇 마디 했어요. 그런데 뜻밖에 아씨께서 말소리를 들으시고 물으시니까 대충 향릉이 왔다고 둘러댄 거지요."

제16회 **347**

"호호, 내 말이 그거야. 고모님도 저이가 온 걸 아실 텐데 갑자기 아주버님의 첩을 보내셨을 리가 없지. 알고 보니 요 망할 년의 수작이었군!"

이야기를 나누는 동안 가련이 들어오자 희봉은 주안상을 차려오라 해서 부부가 마주앉았다. 희봉은 원래 술을 잘 마셨지만 지금은 함부로 많이 마시지 않고 그저 가련의 시중을 드는 정도만 했다. 잠시 후 가련의 유모인 조할멈이 오자, 희봉은 얼른 술을 권하면서 구들 위로 올라오라고 했다. 하지만 조할멈은 한사코 올라오려 하지 않았다. 평아가 구들 아래쪽에 작은 걸상과 발 받침대를 놓아두었는데 조할멈은 발 받침대에 앉았다. 가련은 상에서 고기 안주 두 접시를 골라주고, 조할멈에게 걸상 위에 놓고 먹으라고 했다. 희봉이 또 말했다.

"유모가 그걸 어떻게 씹겠어요? 딱딱한 걸 씹다가 이라도 상하면 어쩌려고요?"

그리고 평아에게 말했다.

"아침에 얘기한 그, 돼지 허벅지 살로 만든 훈퇴燻腿가 아주 푹 삶아졌을 테니 유모가 잡수기 딱 좋겠네. 얼른 그걸 데워오라고 해."

그리고 조할멈에게 말했다.

"유모, 이이가 가져온 혜천주惠泉酒5 맛 좀 보세요."

"그러겠습니다요. 아씨도 한잔 하시지요. 뭐 어때요? 너무 과음만 하지 않으시면 되잖아요. 전 술 마시러 온 게 아니라 중요한 일이 하나 있어서 왔습니다요. 아씨, 부디 잘 기억해두셨다가 저 좀 도와주세요. 나리께선 그저 말씀만 잘하실 뿐이지 정작 일이 닥치면 저희가 부탁드렸던 걸 잊어버리시거든요. 그래도 제가 나리께 젖을 먹여 이렇게 장성하셨잖아요? 저도 늙었고 가진 거라곤 두 아들놈들뿐이니 나리께서 좀 특별히 봐주신다 해도 남들이 감히 입방정을 떨지 못할 겁니다요. 제가 몇 번이나 부탁을 드렸는데도 말씀은 알겠다고 하시고는 여태 신경조차 쓰지 않으십니다. 이제 하늘에서 이처럼 큰 경사가 내려왔으니 사람 쓸 일이 생기지 않겠어요?

그래서 아무래도 아씨께 말씀드리는 게 낫겠다 싶어 왔습니다. 나리만 믿고 있다간 제가 굶어 죽게 생겼습니다요."

"호호, 유모, 안심하세요. 아드님들 일은 제게 맡겨두세요. 어려서 젖 먹여 키운 나리인데 아직 저이 성미를 모르세요? 아무 상관도 없는 사람한테는 자기 살이라도 갖다 붙여주면서 유모 아드님들은 여태 내버려두고 있네요. 두 아드님 모두 어디 남보다 못한 데가 있나요?"

하면서 가련에게 말했다.

"당신이 그분들을 잘 돌봐준다고 해서 누가 감히 '안 된다'는 소리를 할 수 있겠어요? 괜히 바깥사람들 편의만 봐주지 마세요. 아참, 이 말도 잘못됐네요. 우리는 유모를 '바깥사람[外人]'으로 여기지만 당신은 '안사람[內人]'으로 여기잖아요?[6]"

그 말에 온 방 안의 사람들이 모두 웃음을 터뜨렸다. 조할멈도 웃음을 참지 못하다가 염불을 외며 말했다.

"방 안에 난데없이 푸른 하늘처럼 청렴한 판관이 나타난 셈이네요. '바깥사람'이니 '안사람'이니 하는 빌어먹을 것을 챙기는 일은 나리께선 하지 않으시지요. 하지만 마음이 여리고 자비로우셔서 남들이 부탁하면 거절하지 못하시지요."

"호호, 누가 아니래요! '안사람'에게는 자비롭고 부드럽게 대하시지만 우리 앞에만 오시면 바로 고집쟁이로 돌변하신다니까요!"

조할멈이 웃으며 말했다.

"아씨께서 그리 시원하게 말씀해주시니 저도 즐거워졌습니다. 이 좋은 술을 한잔 더 마셔야겠습니다요. 이제부터 아씨께서 나서주신다니 저도 걱정이 없어졌습니다요."

계면쩍어진 가련은 그저 피식 웃으며 술을 마시면서 "쓸데없는 소리!" 하고 내뱉더니 이렇게 말했다.

"빨리 밥이나 차려주시오. 먹고 나서 진 형님께 가서 의논할 일이 있소."

"중요한 일을 그르치면 안 되겠지요. 조금 전에 아버님께선 무슨 말씀을 하시던가요?"

"가족에게 문안하는 일[省親]이었소."

"그게 승낙이 떨어진 건가요?"

"하하, 완전히 승낙하신 건 아니지만 그래도 거의 승낙하신 거나 다름없소."

"호호, 황상의 은혜가 얼마나 큰지 알겠군요! 그간 제가 설서說書[7]도 들어보고 연극도 봤지만 예로부터 지금까지 이런 일은 없었어요!"

조할멈이 말을 이었다.

"그렇고말고요! 저도 노망이 들었나 봅니다. 요즘 위아래 사람들이 모두 그걸 하니 마니 시끄럽게 떠들어대는데 전 거기다 신경도 쓰지 않았습지요. 그런데 지금 또 그 얘기를 하시네요. 대체 무슨 영문인가요?"

가련이 말했다.

"지금 황상께서는 만백성의 마음을 자상하게 돌봐주시지요. 그런데 세상에 '효도'보다 더 큰 것은 없는데, 생각해보니 부모와 자식 간의 정은 모두에게 마찬가지라서 신분의 귀천에 따라 다른 게 아니라고 하셨소. 황상께서도 밤낮으로 태상황제와 황태후를 모시면서도 효도를 다하지 못했다고 여기시는데 궁궐의 비빈들과 재인才人[8]들은 궁궐에 들어간 뒤로 여러 해 동안 부모의 목소리나 얼굴조차 듣고 보지 못했으니 어찌 그리워하지 않을 수 있겠소? 자식이 부모를 그리는 것이야 당연한 게 아니겠소? 또 집에 있는 부모도 딸을 그리워하기만 할 뿐 만나볼 수 없으니, 혹시 이 때문에 병이 생기거나 심지어 죽기라도 한다면 그게 모두 폐하께서 가둬놓고 혈육지간의 바람을 이루지 못하게 하기 때문이라 이 또한 천륜天倫을 크게 손상시키는 일이라고 하셨소. 그래서 태상황제와 황태후께 아뢰어 매월 초이틀과 초엿새마다 후비后妃들의 가족들이 궁궐에 들어가 문안 인사를 하도록 허락해주십사 청하셨다 하오. 그러자 태상황제와 황태후께서 무척

기뻐하시며 황제께서 지극히 효성스럽고 인자하시어 하늘의 뜻을 몸소 실현하시고 만물을 꿰뚫어보신다고 극찬하셨다지요. 그래서 태상황제와 황태후께서 성지를 내리시길, 후궁의 가족들이 궁궐에 들어온다 해도 나라에서 정한 예의 제도가 있는지라 모녀지간에 서로 안아볼 수조차 없으니 아예 편의를 보살펴서 더 크게 은혜를 베푸시라고 하셨다 하오. 즉 여러 후궁들의 친척들에게 매월 초이틀과 초엿새에 궁궐에 들어오는 것 외에, 여러 채의 건물과 괜찮은 정원을 갖추고 있어서 후비들이 궁 밖에 나가서도 편안히 머물 수 있고, 보안 조치를 취할 수 있는 집안이라면 내정內廷에 요청하여 후비들의 난여鸞輿를 사택으로 모셔서 혈육 간의 정과 천륜의 지극한 본성을 어느 정도나마 누릴 수 있게 해주도록 특별히 유지諭旨를 내려주시라는 것이었소. 이 성지가 내려지면 누군들 감격하지 않을 수 있겠소? 지금 주周귀인貴人[9]의 부친은 이미 집안에서 공사를 시작해 귀인께서 가족을 문안하러 오셨을 때 머물 정원을 짓고 있소. 또 오吳귀비의 부친 오천우吳天祐• 나리 댁에서도 성 밖에 별장을 지을 만한 곳을 알아보러 가셨다 하오. 그러니 거의 성사된 거나 다름없지 않겠소?"

조할멈이 말했다.

"아미타불! 그렇게 된 거였군요. 그럼 우리 집안에서도 큰아가씨를 맞이할 준비를 해야겠군요?"

"그야 말할 필요 없지요! 그게 아니라면 무엇 때문에 이리 바쁘겠소?"

희봉이 말했다.

"호호, 정말 그렇다면 저도 대단한 세상사를 경험하겠군요. 하지만 안타깝게도 제 나이가 좀 적네요. 이삼십 년만 더 일찍 태어났더라면 지금쯤 집안 노인네들도 제가 세상 물정을 잘 모른다고 박대하지 못할 텐데요. 옛날 태조 황제께서 순舜임금을 본받아 천하를 돌며 교화教化를 펼치셨다는 얘기는 어느 이야기책 한 권보다 더 굉장했다던데, 전 그걸 구경해볼 행운이 없었거든요."

제16회 **351**

그러자 조할멈이 말했다.

"에이그! 그런 일은 천 년에 한 번 있을까 말까 하지요! 당시는 제가 막 철들기 시작할 무렵이었는데, 우리 가씨 가문은 마침 소주와 양주 일대에서 바닷길 다니는 선박 건조建造를 감독하고 바닷가 제방을 수리했지요. 황제 폐하의 행차를 한 번 맞이할 준비를 하는 데만 넘실거리는 바닷물처럼 은돈을 썼다니까요! 그러니까……"

희봉이 재빨리 말을 받았다.

"우리 왕씨 가문에서도 그런 준비를 한 번 해본 적이 있어요. 당시 제 할아버님께서는 각국에서 조공朝貢*을 바치며 축하 인사를 하러 온 사신들을 접대하는 일을 관장하셨지요. 외국에서 사람이 오면 모두 우리 집안에서 접대했답니다. 광동과 복건, 운남, 절강에 들어오는 모든 서양 선박의 화물은 모두 우리 집안 것이었다니까요?"

"그걸 누가 모르나요? 지금도 이런 말이 있잖아요? '동해에 백옥 침대가 모자라면 용왕이 강남땅 왕씨 가문에 빌리러 온다〔東海少了白玉床 龍王來請 江南王〕.'고 하잖아요? 그게 바로 아씨 친정댁을 두고 한 말이지요. 그리고 지금 강남의 진甄씨 집안도 있잖아요. 아이고, 그 집도 위세가 대단하지요! 그 집안에서는 네 차례나 황제 폐하의 어가御駕를 맞이했는데, 우리가 직접 본 게 아니라면 그런 말을 해도 누가 믿겠어요? 은돈을 흙처럼 쏟아 부었다는 건 말할 필요도 없고 세상 모든 물건들이 산처럼 쌓여 바다를 막을 정도였으니 '죄악〔罪過〕'이니 '아깝다〔可惜〕'는 말 따위는 아예 생각조차 안 했지요!"

"제 할아버님도 그렇게 말씀하시는 걸 늘 들었는데 믿지 않을 리 있나요? 그런데 대체 그 댁은 어떻게 그런 부귀를 누릴 수 있었을까요?"

"아씨, 한마디로 황실의 은돈을 가져다가 황제께 쓴 것에 불과하지요! 그런 쓸데없는 요란을 떠는 데 돈을 쓸 집안이 어디 있겠어요?"

이렇게 한창 이야기에 열을 올리고 있는데 왕부인이 사람을 보내 희봉이

352

식사를 마쳤는지 알아보라고 했다. 할 일이 있음을 눈치챈 희봉은 서둘러 밥을 조금 먹고 양치한 다음 왕부인에게 가보려고 했다. 그때 둘째 대문의 문지기가 와서 전갈했다.

"넝국부에서 가용 나리와 가장 나리께서 오셨습니다."

가련은 막 양치를 마쳤고, 평아가 손 씻을 물이 담긴 세숫대야를 들고 있던 참이었다. 두 사람이 들어오자 가련이 물었다.

"무슨 할 얘기라도 있어? 얼른 얘기해봐."

희봉은 잠시 걸음을 멈추고 두 사람이 무슨 이야기를 하는지 가만히 들어보았다.

가용이 먼저 말했다.

"아버님이 숙부님께 전하라 하셨습니다. 할아버님들이 이미 상의해서 결정을 내리셨답니다. 집안 동쪽 일대 넝국부 화원 안에서 북쪽으로 돌아가는 부분을 측량해보니 삼 리 반이라, 현덕비께서 가족에게 인사하러 오실 때 쓸 정원을 지을 만하다는 것이지요. 벌써 사람을 보내 설계도를 그리게 하셨으니 내일이면 가져올 겁니다. 숙부님께서는 방금 귀가하셔서 피곤하실 테니 넝국부로 건너오실 필요는 없으시답니다. 하실 말씀이 있거든 내일 아침 다시 오셔서 직접 만나 나누자고 하셨습니다."

"하하, 네 아버님께 신경 써서 양해해주시니 감사하다고 전해라. 난 그럼 건너가지 않겠다. 정말 그렇게 처리하면 일도 덜 수 있고 정원을 짓는 것도 쉽지. 다른 곳에 땅을 구한다면 일도 많고 체통도 서지 않아. 돌아가서 그러면 아주 좋겠다고 말씀드려라. 할아버님들이 다시 바꾸고 싶다 하시더라도 간곡히 만류하셔서 절대 다른 땅을 구하지 않게 하시라고 아버님께 전해라. 내일 아침 내가 네 아버님께 문안 인사드리러 갈 때 다시 자세히 상의하마."

가용은 이야기 중간마다 "예! 예!" 하고 얼른 대답했다. 이어서 가장이 다가와 물었다.

"소주에 가서 극단 선생〔敎習〕을 초빙하고 여자애들을 사오고 악기와 분장 도구를 준비하는 등의 일을 큰집 숙부께서 제게 맡기셨습니다. 하인 두 명과 문객門客 가운데 선빙인, 복고수卜固修* 두 분이 함께 가시게 되었기에 저더러 숙부님께 인사드리라고 하셨습니다."

가련은 그 말을 듣고 가장을 잠시 훑어보았다.

"하하, 네가 그 일을 할 수 있겠느냐? 그리 큰일은 아니지만 하다 보면 챙길 게 많을 텐데 말이야."

"하하, 배우면서 하는 수밖에요."

가용이 등불이 미치지 않는 곳에서 살그머니 희봉의 옷자락을 당기자 희봉도 그 뜻을 알아채고 웃으며 말했다.

"여보, 너무 노파심이 많으시군요. 설마 아주버님이 저희보다 사람 쓸 줄 모르실까요? 왜 유독 당신만 저 도련님이 그 일을 해내지 못할까 걱정하세요? 모든 일에 준비가 된 사람이 어디 있겠어요? 어린 도련님들이 벌써 이렇게 자라셨으니 '돼지고기를 먹어보진 못했어도 뛰노는 돼지는 본 적 있는〔沒吃過豬肉 也看見過豬跑〕'것처럼 일에 필요한 것들을 나름대로 아시겠지요. 아주버님이 도련님께 시키신 건 그저 일을 주관하는 정도만 하라는 것이지 설마 도련님더러 직접 값을 흥정하고 거래를 하라고 시키셨을까요? 제 생각엔 아주 괜찮은 것 같아요."

"물론 그렇겠지. 내가 반대하는 건 절대 아니오. 재를 염려해서 몇 마디 해줄 필요는 있잖소."

가련이 또 가장에게 물었다.

"이 일에 쓸 은돈은 어느 집에서 내는 거냐?"

"조금 전에도 그 문제를 의논했습니다. 뇌영감 말로는 경사에서 가져갈 필요 없이 강남의 진씨 댁에 맡겨둔 우리 은돈 오만 냥을 쓰면 된다고 하더군요. 내일 서신 한 통과 어음〔會表〕[10]을 써서 가져갈 겁니다. 우선 삼만 냥을 가져다 쓰고 이만 냥은 남겨두어 화촉花燭과 채등彩燈, 그리고 각종

주렴이나 휘장 따위를 살 때 쓰도록 할 예정입니다."

가련이 고개를 끄덕였다.

"그게 좋겠구나."

희봉이 얼른 가장에게 말했다.

"그렇다면 제가 적임자 두 사람을 알려줄 테니 데려가 처리하세요. 그럼
더 편할 거예요."

"하하, 그렇지 않아도 숙모님께 두 사람을 부탁드릴 참이었는데 마침 잘
됐군요."

그리고 그들의 이름을 묻자 희봉이 조할멈에게 물었다. 조할멈이 그 말
을 듣고도 멍하니 있다가 평아가 얼른 웃으며 툭 밀자 비로소 정신을 차리
고 다급히 말했다.

"하나는 조천량趙天樑이고 다른 하나는 조전동趙天棟*입니다요!"

희봉이 말했다.

"잊어버리셨나 보군요. 제가 처리할 수 있다고 했잖아요?"

그렇게 말하면서 그녀는 밖으로 나갔다. 가용이 얼른 쫓아나와 소곤소곤
말했다.

"숙모님, 원하시는 게 있으시면 제게 말씀하세요. 장부에 적어 장이한테
줘서 그대로 준비해오라고 하겠습니다."

"호호, 헛소리 집어치워! 놓아둘 데가 없을 지경으로 물건이 많은데 너
희들과 뒷구멍으로 잔꾀 부릴 필요 있어?"

그러면서 그녀는 그대로 떠났다.

한편, 가장도 슬그머니 가련에게 물었다.

"뭐 필요한 거 있으세요? 다녀오는 김에 마련해서 조카 노릇 좀 하겠습
니다."

"하하, 건방 떨지 마라. 이제 막 일을 배우기 시작했는데 그런 장난부터
배우려 들다니! 필요한 게 있으면 너한테 편지로 알려줄 테니 여기선 그런

제16회 **355**

얘기 꺼내지 마라."

그렇게 말하고 가련은 두 사람을 보냈다. 계속해서 심부름꾼들이 여러 차례 찾아오니 가련은 피곤해서 둘째 대문을 지키는 이에게 알려 모든 전갈은 내일 하라고 했다. 희봉은 한밤중이 되어서야 돌아와 쉬었다. 그날 밤은 별일 없이 지나갔다.

이튿날 아침 가련은 가사와 가정에게 문안 인사를 했다. 그리고 바로 녕국부로 가서 집사들 및 대대로 교분이 있는 몇몇 문객들과 함께 양쪽 집안의 땅을 살펴보고, 현덕비가 거처할 정원의 건물들 설계도를 그리는 한편, 공사를 처리할 사람들을 물색했다. 그 뒤로 각 분야의 기술자들과 일꾼들이 일제히 소집되었고 금과 은, 구리, 흙과 나무, 벽돌, 기와 따위가 끊임없이 운반되어 들어왔다.

먼저 기술자들에게 녕국부 회방원의 담장과 누각을 헐어 영국부의 동쪽 정원과 바로 통하게 했다. 영국부 동쪽에 있던 하인들의 거처도 모두 철거했다. 이전에 녕국부와 영국부는 좁은 골목길을 경계로 나뉘어 있었지만, 이 골목 역시 국가 소유의 길이 아니라 사유지였기 때문에 두 집을 연결할 수 있었던 것이다. 회방원은 본래 북쪽 담 모퉁이 아래에서 한줄기 물길을 끌어들였으니 번거롭게 다시 물길을 만들 필요가 없었다. 가산에 쓸 바위며 나무 등은 비록 충분하지 않았지만 가사가 거주하고 있는 곳이 바로 영국부의 옛 정원이었기 때문에 그곳에 있던 대나무와 바위, 정자와 난간 등을 모두 옮겨와 쓸 수 있었다. 이 두 곳은 거리도 아주 가깝고 한곳에 모여 있었기 때문에 많은 비용을 아낄 수 있었고, 모자란 게 있다 해도 더할 것은 거의 없었다. 이 일들은 모두 산자야山子野*라는 호를 가진 고명한 인물이 일일이 계획하여 추진했다.

가정은 세속의 일에 대해 잘 몰랐기 때문에 그저 가사와 가진, 가련, 뇌대, 내승, 임지효林之孝*, 오신등, 첨광, 정일흥程日興* 등 몇 사람에게 맡겨 처리하게 했다. 가산을 쌓고, 연못을 파고, 누대와 전각을 세우고, 대숲

과 꽃밭을 조성하는 등 모든 조경은 산자야가 계획하여 처리했다. 가정은 조정 일이 끝나고 한가할 때는 그저 여기저기 인사나 다니면서 아주 중요한 일이면 가사 등과 상의하여 처리하라고 했다. 가사는 그저 집안에 편히 누워 있으면서, 자잘한 일이 생기면 가진 등이 직접 와서 보고하거나 간단히 글을 써 보내라고 했다. 자신이 할 이야기가 있으면 가련이나 뇌대를 불러 분부를 받아 가게 했다. 가용은 그저 금은 그릇 따위를 만드는 일만 관장했다. 가장은 이미 소주로 떠난 상태였다. 가진과 뇌대는 일꾼들을 점검하고, 장부를 정리하고, 공사를 감독하는 등의 일을 맡았다. 하지만 이런 것들을 일일이 다 기록할 수는 없으니, 그저 무척 시끌벅적하고 거창했다는 정도로만 하고, 이 이야기는 잠시 접어두겠다.

한편, 보옥은 집안에 이런 큰일이 있어서 가정이 공부를 점검하러 오지 못하자 속으로 후련하다고 생각했다. 하지만 진종의 병이 나날이 깊어지는 것이 무척 마음에 걸려서 즐거워할 수만도 없었다.

이날은 아침에 일어나 머리를 빗고 세수를 끝내고 나서 태부인에게 진종의 병문안을 다녀오겠다고 알릴 참이었다. 그런데 명연이 둘째 대문의 가림벽 앞에서 삐죽삐죽 고개를 내밀며 안을 살피는 것을 발견하고 보옥은 얼른 나와서 물었다.

"무슨 일이야?"

"진도련님이 가망이 없어졌답니다!"

보옥이 깜짝 놀라며 다급히 물었다.

"내가 어제 가보고 왔을 때는 아직 정신이 멀쩡하더니 어떻게 갑자기 그렇게 되었다는 거냐?"

"저도 모르지요. 조금 전에 그 댁 하인이 일부러 와서 저한테 알려주더라고요."

보옥이 급히 돌아가서 태부인에게 전하자 태부인이 분부를 내렸다.

제16회 **357**

"적당한 사람들을 골라 함께 가서 동창 간의 정리를 보이고 와라. 하지만 오래 있어서는 안 된다."

보옥은 서둘러 옷을 갈아입었다. 수레가 미처 준비되지 않아서 조급한 마음에 온 대청 안을 정신없이 맴돌았다. 잠시 후 독촉을 받은 수레가 도착하여 급히 올라타자 이귀와 명연이 따라갔다. 진종 집 대문 앞에 도착했는데 아무도 보이지 않아 우르르 내실로 달려갔다. 그곳에 있던 진종의 촌수 먼 숙모와 몇몇 형제들은 갑작스럽게 들이닥친 그들 때문에 깜짝 놀랐지만, 미처 몸을 피하지도 못했다.

이때 진종은 벌써 두세 번이나 혼수상태에 빠진 적이 있어서 대자리 깔린 침상으로 옮긴 지도 한참이 되었다.[11] 그걸 보자마자 보옥은 자기도 모르게 울음을 터뜨렸다. 그러자 이귀가 얼른 달랬다.

"안 됩니다. 이러시면 안 돼요. 진종 도련님은 몸이 허약하셔서 몸이 배기는 딱딱한 구들에 누워 계시지 못하기 때문에 잠시 여기로 옮겨 몸을 좀 풀어주려는 겁니다. 이러시면 오히려 도련님 병만 악화되지 않겠습니까?"

그 말을 듣고 보옥은 울음을 참으며 다가갔다. 진종은 얼굴이 밀랍처럼 창백해져서 베개 위에서 눈을 감은 채 숨을 몰아쉬고 있었다. 보옥이 다급히 소리쳤다.

"이것 봐, 진종, 내가 왔어!"

연달아 서너 번을 소리쳐도 진종은 알아듣지 못했다.

"나야, 나! 가보옥이 왔단 말이야!"

진종은 벌써 혼백이 몸을 떠나고 가슴에는 그저 가는 숨결만 남아 있었다. 바로 그때 수많은 저승사자들이 염라대왕의 호출장과 오랏줄을 가지고 와서 그를 잡아가려고 했다. 진종의 혼백이 순순히 따라가려 했을 리 있겠는가? 그는 집안일을 맡아볼 사람도 없고, 아버지가 남긴 삼사천 냥의 은돈도 어찌 처리할지 정하지 못했고, 또 지능이 어디로 갔는지도 아직 모른다는 사실 등이 마음에 걸려 저승사자에게 간곡하게 부탁했다. 하지만

저승사자는 사적인 사정을 봐주려 하지 않고 호통을 내질렀다.

"그래도 공부를 하신 분이 어찌 이런 속담도 모르는 게요? '염라대왕이 한밤중에 죽으라 했는데 뉘라서 감히 새벽까지 머물게 해주랴〔閻王叫你三更死 誰敢留人到五更〕?' 하지 않았소? 우리 저승에 있는 이들은 위아래를 막론하고 모두 무자비해서 개인의 사정을 봐주지 않소. 이런저런 인정을 봐주느라 수많은 곤란을 겪는 이승의 관리들과는 다르단 말이오!"

그렇게 한참 입씨름을 하고 있던 차에 진종의 혼백은 갑자기 "가보옥이 왔다."는 소리를 듣고 다급히 간청했다.

"저승사자님, 제발 조금만 자비를 베풀어주십시오. 돌아가 친구와 한마디만 나누고 바로 돌아오겠습니다."

"또 무슨 친구 핑계를 대는 거요?"

"저 친구는 영국공의 손자로시 이름은 가보옥이라고 합니다."

저승사자는 그 말을 듣고 깜짝 놀라더니 다급히 데려온 귀졸鬼卒들을 꾸짖었다.

"내가 너희더러 놓아주라 하지 않더냐! 내 말을 듣지 않더니 이제 이 도령이 시운時運이 왕성한 분을 모셔 오고 말았구나!"

귀졸들도 저승사자가 이러는 걸 보고 모두 어쩔 줄 몰라 하면서 원망을 퍼부었다.

"영감님, 아까 우레처럼 큰소리를 떵떵 쳤던 건 '보옥'이라는 소리를 듣지 못했기 때문이었군요. 저희들 생각에 그분은 이승에 있고 저희는 저승에 있으니 그분도 저흴 어쩌지 못할 것 같습니다요."

"헛소리! 속담에도 그러지 않더냐? '벼슬아치는 온 세상의 일들을 다 관장한다〔天下官管天下事〕.'고 말이다. 예로부터 사람과 귀신의 길은 하나요, 이승과 저승도 전혀 다르지 않았다. 그분이 이승에 있든 저승에 있든 이 도령을 돌려보내는 게 실수하지 않는 길이야!"

귀졸들은 어쩔 수 없이 진종의 영혼을 돌려보냈다. 그러자 "끙!" 하는 소

제16회  **359**

리와 함께 진종이 두 눈을 조금 뜨고 옆에 있는 보옥을 보더니 힘겹게 탄식하며 말했다.

"왜 좀 더 일찍 오지 않았어? 조금만 더 늦게 왔더라면 만나지도 못할 뻔했잖아!"

보옥이 다급히 그의 손을 잡고 눈물을 흘리며 말했다.

"남길 말 있으면 어서 해."

"별거 없어. 예전에 너를 알고 나서부터 스스로 남들보다 잘났다고 여겼는데, 오늘에야 그게 틀렸다는 걸 알았어. 너도 이후로는 뜻을 세워 과거 시험 준비에 힘써서 높은 벼슬아치가 되어 가문을 빛내야 한다, 알겠지?"

그렇게 말하고 나서 진종은 긴 한숨을 토하더니 쓸쓸히 먼 길을 떠났다.

## 제17~18회

대관원에서 재주를 시험하여 대련을 짓게 하고
현덕비가 찾아와 영국부에서 보름달을 즐기다[1]
大觀園試才題對額　榮國府歸省慶元宵

가정이 가보옥과 문객을 거느리고 대관원을 돌아보며 제사題詞를 짓다.

진종이 죽자 보옥은 한없이 통곡했다. 이귀 등이 한나절이나 달래고 나서야 간신히 그쳤지만, 집으로 돌아가는 길에도 여전히 슬프고 애통해했다.[2] 태부인은 몇십 냥의 조의금을 보내고 따로 빈소를 차려주었으며, 보옥은 진종의 영전에서 지전을 사르며 제사를 지냈다. 칠 일 후 발인하여 관을 매장한 것에 대해서는 따로 기록하지 않겠다. 다만 보옥이 날마다 진종을 그리워한 것은 어쩔 수 없는 일이었다.

그로부터 얼마만큼 시간이 흘렀는지 모르지만, 하루는 가진이 가정을 찾아와 이렇게 말했다.

"정원 안의 공사가 모두 준공되어 큰아버님은 벌써 둘러보셨고, 이제 작은아버님만 한번 둘러보시면 됩니다. 미진한 곳이 있으면 개조해야 하겠고, 현판과 대련도 잘 지어야 합니다."

가정은 잠시 생각하다가 이렇게 말했다.

"현판과 대련을 짓는 것도 어려운 일이긴 하지. 따지고 보면 귀비께 지어서 하사해주십사 청하는 게 옳지만, 직접 그 풍경을 보지 않으면 함부로 지으려 하지 않으실 게야. 그렇다고 귀비께서 둘러보시고 난 뒤에 지어주십사 청하자니 이렇게 큰 정원에 정자와 누각만 있고 아무 제사題詞* 가 없다면 그 또한 적막하고 멋없다고 느껴지겠지. 꽃과 버들, 가산과 물줄기가

있다 해도 제 빛을 발휘하지 못할 게야."

그러자 옆에서 문객들이 웃으며 말했다.

"정말 옳으신 말씀이십니다! 저희들 생각은 이렇습니다. 곳곳에 편액과 대련이 없어서도 안 되고 이름을 확정해서도 안 됩니다. 그러니 지금은 해당 풍경에 따라 두 글자나 세 글자, 혹은 네 글자로 그 뜻에 맞게 임시로 제사를 지어 등롱燈籠 편액이나 주렴에 적어 걸어놓는 겁니다. 그러다가 귀비께서 돌아보실 때 이름을 확정해주십사 청하면 두 가지 문제를 모두 해결하는 것이 아니겠습니까?"

가정 등이 그 말을 듣고 모두 동의했다.

"좋은 생각일세. 오늘 우리가 함께 둘러보고 제사를 지어서 마땅하면 그대로 쓰고 그렇지 않으면 나중에 가우촌을 불러다 다시 지어달라고 하세."

그러자 사람들이 웃으며 말했다.

"나리께서 오늘 분명 멋진 제사를 지으실 텐데 무엇하러 가우촌을 부릅니까?"

"하하, 자네들이 잘 몰라서 그러네. 나는 어려서부터 꽃이나 새, 산수를 읊는 데는 별로 뛰어나지 못했네. 지금은 나이도 많고 공무도 번잡하다 보니 즐거운 정취를 표현하는 글에는 더 서툴러졌네. 설사 지어낸다 해도 진부하고 케케묵은 구절만 나올 테니, 꽃과 버들, 우거진 정원과 정자를 빛내지 못할 걸세. 제대로 짓지 못하면 오히려 흥취만 떨어뜨리게 되지."

"하하, 그것도 괜찮습니다. 모두 함께 둘러보고 함께 논의해서 짓고 각자 장점을 얘기해서 개중 좋은 부분은 남겨두고 못한 것은 빼버리는 식으로 하는 겁니다. 그러면 못할 것도 없지요."

"그거 아주 좋은 생각일세! 마침 오늘 날씨도 따뜻하니 함께 가서 구경하세."

가정은 자리에서 일어나 사람들을 이끌고 나섰다.

가진은 먼저 정원으로 가서 사람들에게 알렸다. 공교롭게도 이때, 근래

에 보옥이 진종에 대한 그리움 때문에 너무 울적해하자 태부인은 사람들을 시켜 그를 정원으로 데려가 놀게 했다. 보옥 일행이 막 정원으로 들어갔는데 가진이 오더니 보옥을 향해 웃으며 말했다.

"어서 나가야지, 작은아버님이 오실 거야!"

보옥은 즉시 어멈들, 하인들과 함께 연기처럼 정원을 빠져나왔다. 막 모퉁이를 도는 차에 가정이 문객들을 이끌고 오고 있었다. 보옥은 미처 몸을 피하지 못하고 어쩔 수 없이 길가에 서 있었다. 얼마 전 가정은 글방 훈장에게서 보옥이 대련을 잘 짓는다는 칭찬을 듣고, 이놈이 공부는 싫어해도 엉뚱한 재주는 조금 있나 보다 생각하고 있었다. 그러던 차에 우연히 마주쳤으니 기회다 싶어 보옥에게 따라오라고 했다. 보옥은 무슨 영문인지도 모르고 어쩔 수 없이 따라갔다.

가정이 정원의 대문 앞에 도착하지 가진이 어러 집사들을 인솔하여 한쪽에 시립해 있었다. 가정이 말했다.

"정원 대문을 모두 닫아라. 우선 바깥부터 둘러보고 들어가마."

가진이 집사들에게 문을 닫으라고 지시하자 가정은 우선 적당한 위치를 골라 서서 대문을 바라보았다. 정문은 다섯 칸으로, 위쪽은 통와니추척桶瓦泥鰍脊[3]으로 지붕을 얹었고, 문틀이나 창살에는 신선한 꽃문양을 조각하되 울긋불긋 색칠은 하지 않았다. 창틀받침과 담장 아래 부분은 모두 표면을 매끈하게 다듬은 돌을 쌓아 만들었고, 그 아래쪽의 하얀 돌로 만든 계단에는 달리아[西番草] 꽃모양을 조각해놓았다. 좌우 담에는 모두 눈처럼 하얀 회를 발랐고, 그 아래쪽에는 담장의 모양과 높낮이에 맞춰 호피석虎皮石[4]을 쌓아놓았다. 그 모습은, 지나친 화려함이 지니는 속물스러운 느낌을 주지 않아 가정의 마음에도 들었다. 이어서 문을 열라 하니 앞쪽에 푸른 산이 시선을 가로막았다. 문객들이 모두 감탄했다.

"정말 멋진 산이로군요! 정말 멋져요!"

가정이 말했다.

제17~18회  **365**

"이 산이 없다면 대문을 들어서자마자 정원 안의 풍경이 모두 한눈에 들어올 거요. 그럼 무슨 정취가 있겠소?"

"정말 그렇습니다! 가슴에 큰 산과 계곡을 품은 이[5]가 아니라면 어찌 이런 생각을 해낼 수 있었겠습니까?"

앞으로 나아가 둘러보니 하얀 바위들이 불쑥불쑥 높이 서 있는데 마치 귀신이나 괴물처럼, 맹수처럼 종횡으로 공손히 서 있었다. 그 위에는 이끼들이 점점이 무늬를 이루고, 등나무와 담쟁이덩굴이 뒤얽혀 있으며, 그 사이로 구불구불 작은 오솔길이 흐릿하게 보였다. 가정이 말했다.

"이 오솔길을 따라 걸어 들어갔다가 저쪽으로 나오면 전체를 둘러볼 수 있겠구면."

가진을 앞세운 채 가정은 보옥의 손을 잡고 가산 입구로 구불구불 들어갔다. 그러다 문득 고개를 들어보니 가산 위에 거울처럼 매끈한 하얀 돌덩이가 하나 있었다. 바로 그것이 제사를 적도록 만들어둔 곳이었다. 가정이 웃음을 띤 채 돌아보며 말했다.

"여러분, 여긴 무슨 이름을 지으면 좋겠소?"

모두 한마디씩 했는데 어떤 이는 '첩취疊翠'*라 해야 한다 하고, 어떤 이는 '금장錦嶂'*이 좋겠다 하고, '새향로賽香爐'[6]니 '소종남小終南'[7]이니 해서 수십 개가 넘는 각양각색의 의견들이 나왔다.

문객들은 가정이 보옥의 공부가 얼마나 되었나 시험해보려 한다는 걸 알고 있었기 때문에 일부러 이런 상투적인 제목들을 늘어놓았던 것이다. 보옥도 그런 의도를 짐작하고 있었다. 가정이 문객들의 의견을 듣고 나서 보옥을 돌아보며 한번 지어보라고 했다.

"듣자 하니 옛사람이 이런 말을 했답니다. '새로운 것을 지어내는 것은 옛것을 풀어 설명하느니만 못하고, 옛것을 갈고 닦는 것이 지금의 것을 꾸미는 것보다 낫다〔編新不如述舊 刻古終勝雕今〕.' 게다가 이곳은 중심이 되는 산도 아니고 대표적인 풍경이 아니니 제사를 쓸 만한 곳이 없고, 경관

을 구경하는 첫걸음을 내딛는 곳에 지나지 않습니다. 그러니 '곡경통유처 曲徑通幽處'[8]라는 옛시 구절을 그대로 써놓는 것이 시원스럽지 않을까 합니다."

그 말을 듣고 다들 칭찬해 마지않았다.

"정말 맞습니다! 도련님은 타고난 지혜가 뛰어나고 재능이 훌륭해서 고리타분한 책만 읽는 우리와는 다르시군요!"

가정이 웃으며 말했다.

"과분한 칭찬은 금물일세. 나이도 어려서 그저 하나 아는 걸로 열 가지에 써먹는 데 지나지 않으니, 웃으라고 한 얘기려니 생각하면 될 걸세. 여긴 나중에 다시 쓰기로 하세."

그렇게 말하며 바위 동굴로 들어갔다. 거기에는 아름다운 나무들이 푸르게 우거지고 아름다운 꽃들이 찬란히 피어 있었으며 한줄기 맑은 물줄기가 꽃과 나무 우거진 숲에서 구불구불 흘러나와 바위틈으로 쏟아지고 있었다. 다시 몇 걸음 들어가 북쪽으로 돌아가자 훤히 트인 곳이 나타났는데, 양쪽으로 높은 누각이 하늘을 찌를 듯 치솟아 있었다. 조각으로 장식된 용마루의 기와와 비단처럼 아름다운 난간들은 가산의 골짝기와 나무 꼭대기 사이에 가려져 있었다. 허리를 굽혀 내려다보니 맑은 개울이 눈 같은 물보라를 뿌리며 흐르고 있었고, 구름을 뚫고 올라갈 듯 돌계단이 쌓여 있었다. 하얀 돌로 만든 난간이 둘러싼 연못 위로는 세 개의 아치형 구멍 기둥에 걸쳐진 돌다리가 있었고, 다리 입구에는 구슬 고리를 입에 문 짐승 문양이 장식되어 있었다. 다리 위에는 정자가 세워져 있었다. 가정은 사람들과 함께 정자에 올라 난간 옆에 앉아서 문객들에게 물었다.

"여기엔 무슨 제사를 붙이면 좋겠소?"

"옛날 구양수歐陽脩의 「취옹정기醉翁亭記」[9]에 '날개를 펼친 듯한 정자가 있다〔有亭翼然〕.'라는 구절이 있으니 '익연翼然'이라고 하지요."

"하하, 그것도 좋긴 하지만 이 정자는 물 위에 지어져 있으니 아무래도

물에다 초점을 맞춰서 짓는 게 더 어울리겠구려. 내 생각엔 구양수의 그 글에 '계곡물이 두 봉우리 사이에서 쏟아져 나온다〔瀉出於兩峰之間〕.'라는 구절이 있으니 여기서 '사瀉' 자를 하나 따오면 어떨까 싶소."

그러자 문객 가운데 한 사람이 말했다.

"아주 좋습니다! 그럼 '옥을 뿌린다.'라는 뜻으로 '사옥瀉玉'이라고 하면 멋들어지게 보이겠습니다."

가정은 수염을 쓰다듬으며 생각에 잠기더니 고개를 들다가 옆에 서 있는 보옥을 발견하고 웃으며 그에게 하나 지어보라고 했다. 보옥은 그 말을 듣자마자 얼른 대답했다.

"조금 전에 아버님이 말씀하신 게 맞긴 하지만, 지금 따져보니 옛날에 구양수가 양천釀泉*에 제사를 쓰면서 '사' 자를 쓴 것은 어울리지만 지금 이 샘에 그 글자를 쓰는 건 어울리지 않는 것 같습니다. 이곳은 귀비께서 가족을 만나러 오실 때 묵을 별장이라곤 하지만, 그래도 응제應製[10]의 형식에 맞춰 써야 합니다. 그러니 그런 글자를 쓰는 건 고상하지 않을 것 같습니다. 그보다는 함축적인 표현을 쓰는 것이 좋겠습니다."

가정이 웃으며 말했다.

"여러분, 어떻게들 생각하시오? 조금 전에 여럿이서 새로 제사를 지을 때는 이 아이가 옛것을 풀어 설명하느니만 못하다 하더니, 이번엔 내가 옛것을 풀어 설명하니까 조잡해서 어울리지 않는다고 하는구려. 그래, 그럼 넌 어떻게 지었으면 좋겠는지 어디 얘기해봐라."

"'사옥'이라고 하는 것보다는 차라리 '향기가 스며든다.'라는 뜻의 '심방沁芳'이라고 하는 게 더 산뜻하고 고상하지 않습니까?"

가정은 수염을 쓰다듬으며 말없이 고개를 끄덕였다. 여러 문객들도 얼른 아부하면서 보옥의 재주가 비범하다고 칭찬을 늘어놓았다. 그러자 가정이 말했다.

"현판에 쓸 두 글자야 쉽게 지을 수 있으니 그럼 칠언으로 대련을 한번

지어봐라."

보옥이 정자에 서서 사방을 한번 둘러보니 곧 좋은 생각이 떠올라 이렇게 읊었다.

제방을 두른 버들은 상앗대 세 개만큼의 푸르름 빌려주고
건너편 꽃은 한줄기 흐름에 향기 나눠주었네.[11]
繞堤柳借三篙翠
隔岸花分一脈香

가정이 그것을 듣고 고개를 끄덕이며 흐뭇한 미소를 지었다. 여러 문객들도 정말 훌륭하다면서 칭찬을 아끼지 않았다.

그리고 정자를 나와 연못을 건너 가산괴 바위, 꽃과 나무를 하나하나 유심히 구경했다. 그러다가 문득 고개를 들어보니 앞쪽에 하얗게 회칠한 담이 보였다. 그 안에는 몇 칸짜리의 멋진 건물이 수천 그루의 푸른 대나무에 가려져 있었다. 사람들이 모두 찬탄했다.

"건물 자리가 기막히게 좋습니다!"

모두 들어가보니, 문을 들어서자마자 구불구불 회랑이 이어지고, 섬돌 아래쪽에 조약돌을 깔아 만든 통로가 있었다. 그 위쪽에는 세 칸짜리 자그마한 집이 한 채 있었는데, 한 칸은 안이 훤히 보이고 두 칸은 안의 모습이 밖에서는 보이지 않았다. 방 안에는 모두 방의 크기와 방향에 맞춰 침상과 탁자, 의자 등의 가구들이 배치되어 있었다. 안쪽 방에는 밖으로 통하는 작은 문이 있어서, 거기로 나가면 바로 뒤뜰이었다. 뒤뜰에는 커다란 배나무와 파초芭蕉가 심어져 있었고, 두세 칸쯤 되는 작은 딸림채[退步][12]가 있었다. 또 뒤뜰 담 아래에 작은 구멍을 내어 새 물을 한줄기 끌어왔는데, 너비가 겨우 한 자쯤 되는 작은 도랑을 따라 뜰 안으로 물이 들어오고 있었다. 그 물줄기는 섬돌을 돌아 집 주위를 따라서 흘러 앞뜰에 이르고, 대숲

제17~18회 **369**

아래에서 감돌다가 정원 밖으로 빠져나갔다. 가정이 웃으며 말했다.

"여긴 그래도 괜찮구먼! 달밤에 이 창가에 앉아 책을 읽을 수 있다면 한평생을 헛되게 살았다고는 할 수 없겠어."

그러면서 보옥을 쳐다보자 깜짝 놀란 보옥은 얼른 고개를 숙였다. 문객들이 얼른 보옥의 기분을 풀어주며 또 말했다.

"여기 현판은 네 글자로 써야겠습니다."

가정이 웃으며 물었다.

"어떻게 말인가?"

한 문객이 말했다.

"'기수유풍淇水遺風'[13]이 어떻습니까?"

"속된 제사로군."

그러자 다른 사람이 말했다.

"'수원아적睢園雅跡'[14]은 어떻습니까?"

"그 역시 속된 제사야."

그러자 가진이 웃으며 말했다.

"보옥이가 하나 지어봐라."

가정이 말했다.

"그놈은 제가 짓기도 전에 먼저 남의 것을 놓고 좋네 나쁘네 평판이나 늘어놓으니 경박한 놈이란 걸 알 만해!"

여러 문객들이 말했다.

"평가가 아주 타당하던데 왜 그러십니까?"

가정이 얼른 말했다.

"이렇게 멋대로 굴도록 너무 부추기지 마시게!"

그러면서 보옥에게 말했다.

"오늘은 네 멋대로 지껄이게 해주겠다. 먼저 평가를 하고 나서 너도 하나 지어라. 방금 이분들이 제시한 것들 가운데 쓸 만한 것이 있느냐?"

"모두 어울리지 않는 것 같습니다."

"흥! 이유는?"

"여긴 귀비께서 처음 들러볼 곳이니 반드시 성덕聖德을 노래해야 합니다. 네 글자 현판을 쓰시겠다면 옛사람이 지어놓은 게 있는데 무엇하러 다시 짓습니까?"

"그럼 '기수'나 '수원'은 옛사람의 것이 아니란 말이냐?"

"그건 너무 진부합니다. 차라리 '유봉래의有鳳來儀'[15]가 어떻습니까?"

문객들이 절묘하다며 떠들어대자 가정이 고개를 끄덕이며 말했다.

"못난 자식 놈이 좁은 식견으로[16] 한 말일 뿐입니다."

그리고 "대련을 하나 지어봐라." 하고 말하자 보옥이 즉시 이렇게 읊조렸다.

귀한 솥에 차 끓이는 연기가 아직 푸르고
그윽한 창가에서 바둑 끝났건만 손가락이 여전히 차갑네.
寶鼎茶閑煙尚綠
幽窓棋罷指猶涼

가정이 고개를 내저으며 말했다.

"그 역시 별로 두드러진 특징이 없어."

그리고서 가정은 사람들을 이끌고 밖으로 나갔다.

막 걸음을 옮기려다가 가정은 갑자기 한 가지 일이 생각나 가진에게 물었다.

"이제 정원과 건물, 탁자, 의자 등은 모두 갖춰졌다 할 수 있겠는데 휘장과 주렴, 그리고 진열할 장난감과 골동품들은 격식에 맞게 다 제자리에 갖춰놓았느냐?"

"진열품들은 이미 많이 준비해놓았으니 때가 되면 격식에 맞춰 진열될

제17~18회 **371**

겁니다. 그런데 어제 련이 말로는 휘장과 주렴이 아직 다 준비되지 않았답니다. 공사를 시작할 때 곳곳에 사용될 것들의 도본圖本을 그리고 정확한 치수를 재서 곧바로 만들게 했으니, 어제 절반쯤은 완성되었을 겁니다."

가정은 이 일이 가진 담당이 아니라는 것을 알고 곧 사람을 보내 가련을 불렀다.

잠시 후 가련이 달려오자 가정은 준비할 물품이 모두 몇 종류이며 지금 얼마나 완성되었고 모자란 것은 얼마나 되느냐고 물었다. 가련은 장화 목에 접어서 끼워두고 있던 종이를 꺼내 슬쩍 훑어보더니 이렇게 대답했다.

"일반적인 문양이 들어간 장단妝緞*과 구렁이 모양의 꽃무늬가 들어간 망단蟒緞*, 수회繡花*와 퇴화堆花*로 장식한 비단, 수놓은 비단과 작은 꽃무늬가 들어 있는 비단, 그리고 다양한 색깔의 주단綢緞과 능단綾緞*으로 만든 크고 작은 장막이 백이십 개인데 어제 여든 개를 완성했고, 아직 마흔 개가 부족합니다. 주렴은 이백 개가 필요한데 어제 다 완성했습니다. 그 외에 붉은색 펠트로 만든 휘장 이백 개와 금사등홍칠죽렴金絲藤紅漆竹簾* 이백 개, 흑칠죽렴墨漆竹簾* 이백 개, 오채선락반화렴五彩線絡盤花簾* 이백 장이 필요한데, 모두 절반씩 완성되었습니다. 나머지도 가을이 가기 전에 모두 갖춰질 겁니다. 의자 덮개와 탁자의 휘장, 침대보, 탁자 덮개는 각기 천이백 개씩 필요한데, 이것들도 모두 준비되었습니다."

걸으면서 이야기하는데 갑자기 푸른 산이 비스듬히 앞을 가로막았다. 산속을 돌아 나가자 한줄기 황토 담이 은은히 나타났고, 담 위쪽은 모두 볏짚이 씌워져 있었다. 그곳에 있는 수백 그루의 살구나무들에는 불을 뿜는 듯 노을이 피어나는 듯 꽃이 만발해 있었다. 담 안쪽에는 몇 칸짜리 초가집이 있었고 바깥에는 뽕나무, 느릅나무, 무궁화나무, 산뽕나무 등 각양각색의 나무들이 새 가지를 내밀고 있었다. 그 나무들을 따라 구불구불 돌아가며 푸른 울타리가 둘러져 있었다. 울타리 밖 산비탈 아래에는 우물이 있었고, 그 옆에는 두레박과 그걸 거는 도르래 따위가 놓여 있었다. 그 아래쪽은 이

랑을 가꿔 줄지어 심어놓은 채소들에서 핀 꽃들이 끝없이 펼쳐져 있었다.

가정이 웃으며 말했다.

"그래도 여긴 좀 도리에 맞는군. 사람의 힘으로 파서 만든 것이지만 시골로 돌아가고 싶다는 생각이 들게 만드니 말이야. 잠시 들어가서 좀 쉬세나."

그렇게 말하고 사립문 안으로 들어가려다가 문득 길가에 서 있는 돌 비석을 발견했다. 그 또한 제사를 새기려고 준비해둔 것이었다. 문객들이 웃으며 말했다.

"이건 더욱 절묘하군요! 여기에 현판을 걸면 농가 분위기가 다 사라져버릴 텐데 이 비석을 세워놓으니 아주 제맛이 납니다. 농가를 노래한 범성대 范成大[17]의 시 구절이 아니면 이 오묘한 맛을 다 표현하기 어려울 것 같습니다."

가정이 "여러분, 제사를 지어보시구려." 하자 문객들이 말했다.

"조금 전에 도련님이 '새로 짓는 것은 옛것을 풀어 설명하는 것만 못하다.'고 하셨는데, 이곳에 대해서는 이미 옛사람이 다 얘기한 것 같습니다. 아무래도 '행화촌杏花村'[18]이라고 직설적으로 쓰는 것이 가장 좋을 듯합니다."

그러자 가정이 가진을 향해 웃는 얼굴로 말했다.

"저 말을 들으니 생각나는구나. 여긴 모두 훌륭한데 술집 깃발이 없구나. 내일 하나 만들어라. 화려하면 안 되고 실제 농촌에 있는 것처럼 만들어서 대나무 막대에 매달아 나뭇가지 끝에 묶어두어라."

가진이 "예!" 하고 대답하면서 또 말했다.

"여기에는 다른 새는 키우지 말고, 오리나 닭 같은 것만 몇 마리 사다 두어야 제대로 어울릴 것 같습니다."

가정과 여러 문객들이 모두 "그러면 더 좋겠구나!" 하고 말했다. 다시 가정이 말했다.

"'행화촌'이라는 게 좋긴 한데 옛날에 쓰던 명칭을 그대로 쓰는 건 좀 곤

란하니 귀비께 지어달라고 하는 게 낫겠네."

문객들이 모두 말했다.

"옳습니다. 지금은 임시로 지어놓을 수밖에 없겠는데 뭐라고 하면 좋을까요?"

사람들이 생각에 잠겨 있는데 보옥이 참지 못해 가정의 지시도 기다리지 않고 말했다.

"옛시에 '붉은 살구나무 꼭대기에 술집 깃발 걸려 있네〔紅杏梢頭掛酒旗〕.'[19]라는 구절이 있습니다. 그러니 지금은 '살구나무의 주렴이 바라보인다.' 라는 뜻으로 '행렴재망杏簾在望' 이라고 하는 게 좋겠습니다."

그러자 모두 감탄했다.

"'바라보인다〔在望〕.' 라는 표현이 아주 좋습니다! 또 은근히 '행화촌' 과 뜻이 어울리기도 합니다."

보옥이 피식 웃으며 말했다.

"마을 이름에 '살구꽃' 을 쓰면 너무 속되고 비루합니다. 옛사람의 시에 '물가 사립문에 벼꽃 향기 풍기네〔柴門臨水稻花香〕.'[20]라는 표현이 있으니 '도향촌稻香村' 이라고 하면 훌륭하지 않겠습니까?"

다들 그 말에 박수를 치며 "절묘하네!" 하고 떠들어댔다. 그러자 가정이 버럭 소리를 질렀다.

"이런 무식한 놈! 네가 옛사람을 몇이나 알고 잘 아는 시가 몇 수나 된다고 감히 어르신들 앞에서 까부는 게냐! 조금 전에 네가 한 헛소리들은 재미 삼아 네놈이 현명한지 어리석은지를 시험해본 것에 지나지 않는다. 그런데도 네놈이 정색을 하고 덤비는구나!"

그러면서 가정은 사람들을 이끌고 초당草堂으로 들어갔다. 그 안에는 종이로 창문을 바르고, 나무로 만든 걸상이 놓여 있어서 부귀한 집안의 티가 전혀 나지 않았다. 가정은 속으로는 기뻤지만 티를 내지 않고 보옥을 보며 말했다.

"여긴 어떠냐?"

사람들이 모두 슬그머니 보옥을 툭툭 치며 '좋다!' 대답하라고 암시를 주었다. 그러나 보옥은 남들의 말을 듣지 않고 바로 대답했다.

"'유봉래의' 보다는 훨씬 못합니다."

"무식한 것! 네놈은 요란한 누각의 천박하게 화려한 것만 알 뿐이니 이렇게 맑고 그윽한 기상을 어찌 알겠느냐? 결국 그게 공부를 하지 않은 탓이야!"

"아버님 가르침이 옳긴 합니다만 옛사람들이 늘 얘기한 그 '천연天然'이란 게 대체 무슨 뜻입니까?"

사람들은 보옥의 고지식함을 보고 모두 그의 멍청한 고질병이 고쳐지지 않을 거라 책망하다가 이제 그런 질문까지 하자 다급히 설명해주었다.

"다른 건 잘 아시면서 어떻게 '천연' 조차 모르십니까? '천연' 이란 하늘이 스스로 그러하게 만들어서 있게 된 것이지 사람의 힘으로 이루어놓은 게 아니란 뜻입니다."

"그렇단 말씀이지요! 여기 있는 농장은 분명히 사람의 힘으로 파고 다듬어놓은 게 아닌가요? 멀리 이웃마을도 없고 가까이 등진 성곽城郭도 없으며, 뒷산은 줄기가 이어지지 않고 근처의 물줄기는 수원水源이 없습니다. 높은 곳에는 은은히 숨겨진 절도 없고, 아래로는 저자로 통하는 다리도 없습니다. 적막하게 외따로 떨어져 있어서 그다지 거창한 경관도 아닌 것 같습니다. 앞서 본 경관들에는 자연의 이치가 담겨 있고 자연의 기운이 담겨 있었는데 이게 어찌 그것과 같습니까? 거기는 대나무를 심고 샘물을 끌어들였어도 너무 인공적이라는 티가 나지 않았습니다. 옛사람이 '천연의 그림' 이라고 한 것은 바로 적절하지 않은 곳을 억지로 꾸미고 억지로 산을 만드는 것을 꺼렸기 때문입니다. 아무리 정교하게 만들었다 해도 그건 결국 마땅하지 않은……"

그 말이 채 끝나기도 전에 가정이 버럭 호통을 내질렀다.

제17~18회 **375**

"당장 나가라!"

보옥이 막 나가자 가정이 다시 "돌아와라!" 하고 소리치더니 이렇게 말했다.

"대련을 하나 지어봐라. 만약 신통치 않으면 싸잡아서 주둥이를 때려주마!"

보옥은 하는 수 없이 이렇게 읊었다.

새로 불어난 물은 갈옷 씻는 빨래터에 푸르름 더하고
고운 구름은 미나리 캐는 여인 향기롭게 지켜주네.
新漲綠添浣葛處
好雲香護采芹人

그러자 가정은 고개를 내저으며 말했다.

"아까보다 더 못해!"

그러면서 사람들을 이끌고 나와 산언덕을 돌아서 꽃밭과 버드나무 숲을 지나 바위를 어루만지고, 샘을 구경하고, 겨우살이〔荼藶〕 덩굴 휘감은 횃대를 지나 다시 목향木香 시렁으로 들어갔다. 모란꽃 둘러싸인 정자를 지나 작약꽃밭을 건너 장미 정원으로 들어갔다가 파초 우거진 동산을 나와 이리저리 구불구불 길을 나아갔다. 그때 어디선가 졸졸 물소리가 들리면서 바위 동굴에서 쏟아지는 물줄기가 보였다. 위쪽에는 줄사철나무〔薜荔〕 덩굴이 늘어졌고, 아래에는 떨어진 꽃잎들이 물결에 떠서 일렁이고 있었다. 사람들이 말했다.

"멋지군요! 정말 경치가 좋습니다!"

"여러분, 여긴 무슨 이름을 붙일까요?"

"지을 것도 없이 '무릉원武陵源'이라는 단어가 딱 들어맞습니다!"

"하하, 너무 직설적이고 진부한 것 같구면."

"하하, 그럼 '진인구사秦人舊舍'[21]라고 하면 되겠군요."

그러자 보옥이 말했다.

"그건 너무 노골적입니다. '진인구사'라고 하면 난리를 피해 숨는다는 뜻 인데, 그걸 어떻게 쓰겠습니까? 차라리 '요정화서蓼汀花漵'[22]라고 하는 게 좋을 것 같습니다."

그러자 가정은 허튼소리 말라고 더욱 꾸짖었다.

이어서 가정이 동굴 안으로 들어가려다가 문득 배가 준비되어 있는지 궁 금해하자 가진이 대답했다.

"연밥 따는 배 네 척과 놀잇배 한 척을 마련할 생각인데 아직 준비되지 않았습니다."

"허허, 애석하게도 들어가볼 수 없겠구나."

그러자 가진이 말했다.

"산 위의 길을 돌아서도 들어갈 수 있습니다."

가진이 앞장서서 길을 인도하자 모두 덩굴을 잡고 나무를 붙들며 따라갔 다. 잠시 후 물에 뜬 꽃잎들이 더욱 많아지고 물빛도 더 맑아져서 넘실넘 실 굽이쳐 흐르는 모습이 나타났다. 연못가에 두 줄로 늘어선 수양버들 사 이에는 간간이 복숭아나무와 살구나무가 섞여 있었다. 그 나무들이 하늘 과 햇빛을 가리고 있으니 이곳은 정말 속세의 먼지가 전혀 없어 보였다. 그때 버드나무 그늘 속에서 홀연 붉은 난간을 두른 채 구불구불 돌아가는 널다리가 나타났다. 다리를 건너자 여러 곳으로 통하는 길이 나타났고, 이 어서 산뜻한 기와집이 하나 나타났다. 벽은 모두 매끈하게 다듬은 돌을 쌓 아 만들었고, 깔끔한 기와를 얹은 화려한 담이 둘러져 있었다. 커다란 주 산主山에서 갈라진 산줄기는 모두 담을 뚫고 지나고 있었다.

가정이 말했다.

"이곳에 이런 집이 있으니 너무 멋이 없구먼."

대문 안으로 들어서자 정면에 하늘 높이 치솟은 커다란 바위가 옥처럼

반짝이고 있었다. 그 주위에는 사방으로 각양각색의 돌덩어리들이 둘러싸고 있어서 안쪽의 방들을 모두 가리고 있었으며, 꽃이나 나무는 하나도 보이지 않았다. 다만 특이한 풀들이 가득했는데 개중에는 덩굴을 휘감은 것도 있고, 바닥에 늘어나 퍼진 것, 산꼭대기에서 드리워진 것, 바위틈을 파고든 것, 심지어 처마에 늘어지거나 기둥을 휘감고 섬돌과 계단을 덮은 것들도 있었다. 또 푸른 허리띠처럼 바람에 하늘거리는 것도 있고, 황금 밧줄처럼 빙빙 감은 것, 열매가 단사丹砂처럼 붉은 것도 있었다. 금계金桂처럼 작고 노란 꽃을 피운 풀은 꽃보다 향기로운 내음을 공기 중에 가득 퍼뜨리기도 했다. 가정이 웃음을 참지 못하고 말했다.

"재미있군! 한데 아는 풀들은 많지 않구먼."

그러자 누군가 말했다.

"줄사철나무 덩굴입니다."

"그건 이렇게 기이한 향기를 풍길 수 없지."

보옥이 말했다.

"정말 아니네요. 이 가운데 줄사철나무 덩굴도 있긴 합니다. 하지만 이 향기를 풍기는 것은 두약杜若*과 족두리풀*이고, 저건 아마 백지白芷와 난초인 것 같고, 이건 아마 청갈淸葛일 겁니다. 저건 금등초金 草[23], 이건 옥로등玉蘆藤, 빨간 것은 당연히 자운영紫芸英이고, 초록색은 분명 청지靑芷입니다. 『이소離騷』[24]나 『문선文選』[25] 등의 책에 기록된 기이한 풀들을 떠올려보니 무슨 곽납藿納이니 강심薑蕁이니 하는 것들도 있고, 또 윤조綸組니 자강紫絳이니 하는 것, 그리고 석범石帆, 수송水松, 부류扶留와 녹이綠蕉라는 것, 단초丹椒, 미무蘼蕪, 풍련風連이라는 것들도 있습니다. 하지만 지금은 시대가 오래되어서 제대로 알아볼 수 있는 사람이 없기 때문에 모두 모양새만 보고, 되는대로 이름을 갖다 붙여 점점 잘못 부르게 된 것들도 있습니다."

그 말이 채 끝나기도 전에 가정이 호통을 내질렀다.

"누가 너한테 묻더냐!"

보옥은 찔끔 뒤로 물러나 감히 다시 입을 열지 못했다.

가정은 집 양쪽이 모두 둥근 회랑으로 되어 있는 걸 보고 내친 김에 회랑을 따라 걸어 들어갔다. 위쪽에는 권붕卷棚[26] 양식의 지붕이 이어진 다섯 칸짜리 깔끔하고 큰 건물이 있었다. 그 건물은 사방으로 회랑과 연결되어 있었는데 녹색 창과 기름칠한 벽으로 장식되어 있어 앞서 본 몇 곳들에 비해 훨씬 깔끔하고 우아했다. 가정이 감탄하며 말했다.

"이 건물 안에서 차를 끓이고 거문고를 타면 굳이 좋은 향을 피우지 않아도 되겠구나! 이런 건축법은 생각해내기 어려웠을 테니 여러분도 꼭 현판에 걸 훌륭한 제사를 지어서 건물에 손색이 없게 해주시구려."

문객들이 웃으며 말했다.

"아무래도 '난풍혜로蘭風蕙露'[27]가 가장 적절힐 것 같습니다."

"그럼 그걸 쓰기로 하세. 그런데 대련은 뭐라고 쓸까?"

문객 가운데 한 사람이 말했다.

"제가 하나 생각해봤는데 여러분이 좀 다듬어주시구려."

그는 이렇게 읊었다.

난초의 향기는 해 비끼는 정원에 피어오르고
두약의 향기는 밝은 달빛 비추는 모래섬에 떠도네.
麝蘭芳靄斜陽院
杜若香飄明月洲

그러자 여러 문객들이 말했다.

"괜찮긴 한데 '해 비끼는〔斜陽〕'이라는 말은 어울리지 않는 것 같습니다."

대련을 읊은 사람이 말했다.

"옛사람의 시에 '손에 가득 궁궁이 풀 들고 비끼는 햇빛 속에 눈물짓네

[蘼蕪滿手泣斜暉].'[28]라는 게 있소이다."

"분위기가 너무 침울하군요."

그러자 또 한 사람이 말했다.

"저도 한 구절 지어봤으니 평해주시기 바랍니다."

그리고 이렇게 읊었다.


오솔길[29] 향긋한 바람은 옥 같은 혜초 꽃잎 날리고

정원 가득 밝은 달빛은 금빛 난초를 비추네.

三徑香風飄玉蕙

一庭明月照金蘭


가정은 수염을 쓰다듬으며 생각에 잠겨 자신도 대련을 하나 지어보려고 했다. 그러다가 고개를 드는데 마침 옆에 서서 감히 아무 소리도 못하고 있는 보옥이 눈에 비치자 대뜸 소리를 질렀다.

"넌 왜 말을 해야 할 때는 또 조용한 게냐? 누가 정중하게 청할 때라도 기다리는 게냐!"

"여긴 난초[蘭麝]나 밝은 달[明月], 모래섬[洲渚] 같은 게 없습니다. 그런 식으로 흔적을 찾으려 들면 이백 개의 대련을 써도 끝이 없을 것 같습니다."

"누가 네 머리를 누르면서 꼭 그런 단어를 써야 한다고 하더냐?"

"그렇다면 현판에는 '족두리풀과 백지白芷가 맑은 향기를 풍긴다.'라는 뜻에서 '형지청분蘅芷淸芬'이라고 쓰는 게 좋을 것 같고, 대련은 이렇게 하는 게 좋을 듯합니다."


두구[30]를 읊으니 재주가 여전히 한창이고

겨우살이[31] 시렁 아래 편히 잠드니 꿈도 향기롭네.

吟成荳篋才猶艶

睡足酴釀夢也香

"그건 '파초 잎에 글을 쓰니 문장도 푸르다〔書成蕉葉文猶綠〕.'라는 상투
적인 표현과 마찬가지이니 훌륭하다고 할 수 없다."

여러 문객들이 말했다.

"이백李白이 '봉황대鳳凰臺'＊를 노래한 작품도 완전히 「황학루黃鶴樓」＊
를 모방한 것이지만[32] 아주 절묘하게 모방했지요. 꼼꼼히 따져보자면 방금
도련님이 지으신 대련은 '파초 잎에 글을 쓰니'에 비해 훨씬 그윽하고 활
발한 느낌을 줍니다. 오히려 '파초 잎에 글을 쓰니'가 이 대련을 모방한 것
처럼 보이는군요."

"허허, 말도 안 되는 소리!"

이렇게 이야기를 나누며 모두 밖으로 나왔다. 얼마 가지 않아 그들 앞에
웅장한 누각이 나타났는데, 곳곳이 마치 신선세계의 건물들이 어우러진
듯하고 높다란 복도複道[33]가 뒤엉켜 있었다. 푸른 소나무가 처마를 스치고,
옥으로 만든 난간이 섬돌을 둘렀으며, 문고리에는 금빛 찬란한 짐승 머리
장식이 달렸고, 지붕의 용머리 장식도 화려한 채색을 자랑하고 있었다. 가
정이 말했다.

"여기가 정전正殿인데 너무 화려한 감이 있구먼."

그러자 사람들이 모두 말했다.

"이 정도는 되어야 합니다. 귀비께서 절약과 검소를 훌륭히 여기시고 천
성적으로 번잡한 것보다는 소박한 것을 좋아하시지만, 지금은 존귀한 몸
이시니 이 정도 예의는 지나치지 않습니다."

이야기를 나누며 걷다 보니 정면에 옥돌로 만든 패방이 나타났다. 위쪽
에는 용이 똬리를 틀고 지키고 있는 모양이 영롱하게 조각되어 있었다. 가
정이 말했다.

"여기엔 뭐라고 쓰면 좋겠소?"

문객들이 대답했다.

"아마 '봉래선경蓬萊仙境'[34]이 어울릴 것 같습니다."

가정은 말없이 고개를 내저었다.

보옥은 이곳을 보자 갑자기 가슴이 두근거렸다. 곰곰이 생각해보니 언젠가 한 번 본 듯한데 언뜻 정확한 날짜가 떠오르지 않았다. 가정이 또 그에게 제사를 지어보라 했지만 보옥은 그저 눈앞의 풍경만 자세히 살펴볼 뿐 그 말에는 전혀 신경을 쓰지 않았다. 사람들은 영문을 모르고 그저 그가 한나절이나 시달림을 받아 정신적으로도 피곤하고 산만해져서 문장력이 다했나 보다 생각했다. 그런데 여기다 또 어려운 문제를 내어 다그치면 조급한 마음에 혹시 무슨 일을 벌여 곤란해질까 염려스러워 모두들 다급히 가정에게 권고했다.

"자자, 됐습니다! 내일 다시 짓기로 하시지요."

가정도 속으로 태부인이 염려할까 걱정이 되어 쌀쌀히 웃으며 말했다.

"흥! 미련한 놈! 네놈도 결국 어쩔 수 없는 때가 있구나. 어쨌든 좋다. 하루 동안만 시간을 주마! 내일도 짓지 못한다면 절대 용서하지 않겠다! 여긴 중요한 곳이니 더 잘 지어야 할 게야!"

이렇게 말하면서 가정은 사람들을 이끌고 나가 다시 둘러보았다. 대문을 들어서서 여기까지 이르면 전체의 절반 남짓 돌아본 셈이었다. 그때 심부름꾼이 와서 가화가 사람을 보냈다고 아뢰었다. 가정이 웃으며 말했다.

"이쪽의 남은 곳들은 둘러볼 수 없게 되었구먼. 그래도 어쨌든 저쪽으로 나가세. 자세히 구경할 순 없지만 대충 눈요기는 할 수 있을 테니까."

문객들을 이끌고 가다가 어느 커다란 다리 앞에 이르니 물길이 수정 주렴처럼 빠르게 흘러 들어가고 있었다. 이 다리는 바깥 하천과 통하는 갑문閘門*으로서 샘물을 끌어들이는 곳이었다. 가정이 물었다.

"이 갑문은 뭐라고 이름을 붙이면 좋겠는가?"

382

보옥이 말했다.

"여긴 바로 '심방천沁芳泉' 물의 원천이니까 '심방갑沁芳閘'이라고 하시지요."

"헛소리! 절대 '심방'이라는 글자는 쓰지 않겠다!"

다시 걸어가는데 청아한 당堂과 초가, 돌담, 꽃을 엮어 만든 창문, 산기슭에 그윽하게 앉힌 절, 숲 속에 숨겨놓은 여도사들의 단약丹藥 제조실, 긴 회랑과 굽은 동굴, 네모난 대청과 둥근 정자 등이 보였지만 가정은 그곳들의 안쪽을 둘러볼 시간이 없었다. 한나절 동안 걷느라 다리가 아픈 차에 마침 앞쪽에 다시 정원이 하나 나타나자 가정이 웃으며 말했다.

"여기서 잠시 쉬어가세!"

곧장 사람들을 이끌고 벽도화碧桃花 꽃밭을 돌아 대나무 울타리에 꽃을 섞어 엮은 월동문月洞門*을 지나자, 잠시 후 하얀 담을 따라 푸른 버드나무가 가지런히 가지를 드리운 모습이 보였다. 가정은 사람들과 함께 안으로 들어갔다.

대문을 들어서자 양쪽은 모두 회랑과 이어져 있었다. 뜰 안에는 몇 개의 가산과 바위가 꾸며져 있었고, 한쪽에는 파초가 몇 그루 심겨져 있었다. 다른 한쪽에는 귀한 서부해당西府海棠*이 서 있었는데, 전체적으로 양산처럼 생긴 모습에 푸른 실처럼 가늘게 늘어진 가지에는 단사처럼 붉은 꽃봉오리가 맺혀 있었다. 사람들이 모두 감탄사를 터뜨렸다.

"정말 멋진 꽃이로군요! 지금껏 많은 해당화를 보았지만 이렇게 멋진 건 처음 봅니다."

가정이 말했다.

"이건 '여아당女兒棠'*이라고 하는 외국 품종일세. 사람들은 이게 '여아국女兒國'*에서 나온 것이고 그 나라에는 이런 종류가 아주 많다고 하지만, 그건 황당무계한 소리일 뿐이지."

문객들이 웃으며 말했다.

제17~18회 **383**

"말도 안 되는 소리인 건 알겠습니다만 그 이름으로 오래도록 전해진 건 무슨 이유 때문일까요?"

보옥이 말했다.

"이 꽃의 붉은색이 마치 연지를 바른 것 같고, 가냘픈 가지가 마치 병약한 몸매 같아서 규중 여인들의 분위기와 아주 비슷하다고 여겨 시인들이 '여아'라고 부른 것 같습니다. 어쩌면 세간 사람들이 잘못 듣고 야사野史에 기록해 증거로 삼았는데, 그걸 계속 와전하는 바람에 모두 진짜인 줄 알게 되지 않았을까 싶네요."

문객들은 몸을 흔들며 그럴 듯한 설명이라고 칭찬했다.

그렇게 이야기를 나누며 회랑 바깥 포하청 아래쪽에 놓인 걸상에 앉자 가정이 말했다.

"여기에 쓸 만한 신선한 제사가 없겠소?"

문객 가운데 하나가 말했다.

"'초학蕉鶴'이라고 하면 좋겠습니다."

또 다른 사람이 말했다.

"그보다는 '숭광범채崇光泛彩'[35]가 좋겠습니다."

그러자 가정이 말했다.

"'숭광범채!' 그거 정말 좋구먼!"

보옥도 "아주 훌륭합니다."라고 말해놓고서는 또 탄식했다.

"하지만 애석하군요!"

문객들이 물었다.

"왜 그렇다는 거요?"

"여긴 파초와 해당이 양쪽에 심겨 있으니, 그 뜻은 '붉고〔紅〕, 푸르다〔綠〕.'라는 두 의미를 모두 함축하기 위한 것입니다. 파초만 언급하면 해당의 자리가 없어지고, 해당만 얘기해도 파초가 자리를 잃고 맙니다. 그러니 파초만 있고 해당이 없어선 안 되고, 더욱이 해당만 있고 파초가 없어서도

안 됩니다."

가정이 말했다.

"그럼 넌 뭐라고 지었으면 좋겠느냐?"

"제 생각엔 '홍향록옥紅香綠玉'*이라고 하면 두 가지 오묘함을 다 담을 수 있을 것 같습니다."

가정이 고개를 저으며 말했다.

"아냐, 안 좋아!"

그러면서 가정은 사람들을 이끌고 방 안으로 들어갔다. 그런데 이 방은 다른 방들과는 달리 칸을 나누는 벽이 없게 지어져 있었다. 사방의 벽은 모두 영롱하게 투각透刻한 나무판으로 되어 있었다. 거기에는 흘러가는 구름과 백 마리의 박쥐를 묘사한 것[36]이랄지 세한삼우歲寒三友[37], 산수풍경과 인물, 새와 꽃, 각양각색의 꽃무늬를 모아 새긴 문양, 골동품 무늬, 만복만수萬福萬壽를 나타내는 문양 등이 조각되어 있었다. 각종 꽃무늬는 솜씨 좋은 장인이 조각하여 오색으로 금칠하고 보석을 박아놓은 것이었다. 판자 사이사이에는 책을 놓는 곳과 세발솥을 전시하는 곳, 붓과 벼루를 놓는 곳, 꽃병을 두는 곳, 분경盆景[38]을 두는 곳 등이 마련되어 있었다. 그것들은 모두 모양새가 제각각이어서 위는 둥글고 아래는 네모난 것도 있고, 해바라기 꽃과 파초 잎 모양, 반원형으로 고리를 이어놓은 모양도 있었다. 꽃다발에 비단을 두른 것처럼 아름다운 모습을 정교하게 투각해놓았다. 얼른 보면 오색 비단을 발라놓은 것 같은데 알고 보니 작은 창이었고, 얼른 보면 채색 비단을 덮어놓은 것 같은데 알고 보니 숨겨진 문이었다. 또한 온통 골동품 모양으로 홈을 파고 그 자리에 거문고, 검劍, 걸어놓는 병, 탁자에 놓는 병풍 같은 것들을 걸어놓았는데, 모두 벽의 표면과 나란하게 안으로 들어가 있었다. 모두 감탄을 금치 못했다.

"정말 정교하구먼! 어떻게 이런 생각을 해냈을까!"

가정 등은 안으로 들어가 다음 칸으로 가기도 전에 모두 길을 잃고 말았

다. 이리 돌아보면 문이 있고 저리 돌아보면 창에 막혀 있었다. 가까이 가보면 이번에는 책꽂이에 막혔다. 돌아서 다시 나가니 또 투명한 비단을 바른 창이 나오고, 문으로 통하는 길이 있나 싶어 가보면 홀연 앞쪽에서 자기들과 똑같이 생긴 이들이 들어오고 있었다. 그것은 커다란 유리 거울에 비친 모습이었다. 거울을 돌아가자 더 많은 문들이 나타났다. 가진이 웃으며 말했다.

"저를 따라 오십시오. 이 문을 나가면 바로 뒤뜰인데 그곳을 통해 나가는 것이 아까 왔던 길로 나가는 것보다 가깝습니다."

그렇게 말하면서 두 개의 사주紗櫥[39]와 비단을 댄 틀을 돌아가자 과연 나가는 문이 나왔다. 뜰에는 시렁 가득 장미와 보상화寶相花[40]가 피어 있었다. 꽃담을 돌아 지나자 맑은 계곡물이 앞을 가로막고 있었다. 사람들이 의아해했다.

"이 물은 또 어디서 온 건가?"

가진이 손가락으로 먼 곳을 가리키며 말했다.

"저쪽 갑문에서 시작해 저쪽 동굴 입구를 지나 동북쪽 산골짝에서 아까 그 농장으로 끌어들였습니다. 그리고 거기서 다시 한 가닥 지류를 끌어내 서남쪽으로 흐르게 하여 결국 여기까지 와 다시 하나로 합쳐져 저 담장 아래로 흘러나가게 됩니다."

사람들이 감탄해 마지않았다.

"정말 신묘하기 그지없구먼!"

그렇게 말하는 사이에 홀연 큰 산이 앞을 가로막았다. 사람들이 모두 "이런! 길을 잃었구나!" 하자 가진이 웃으며 말했다.

"저를 따라오십시오."

가진이 앞장서자 모두 따라갔다. 그대로 산자락을 돌아가자 바로 평탄하고 넓은 대로가 나타나면서 대문이 한눈에 들어왔다. 사람들이 모두 감탄했다.

"재미있군, 재미있어! 정말 귀신도 탄복할 만한 솜씨로구먼!"

그리하여 모두 밖으로 나왔다.


보옥은 내내 안쪽의 모습이 마음에 걸렸으나, 가정의 분부가 없었기 때문에 어쩔 수 없이 서재까지 따라갈 수밖에 없었다. 가정은 그제야 보옥이 생각나 즉시 호통을 내질렀다.

"넌 아직 안 갔느냐? 설마 아직 덜 놀았다는 게야? 예정에 없이 한나절을 싸돌아다녔으니 할머님께서 걱정하고 계실 게다. 어서 들어가라. 너 같은 놈을 왜 그리 아끼시는지 원!"

보옥은 그제야 물러났다. 정원 밖에 이르자 가정의 시중을 드는 하인 녀석들이 달려와 보옥의 허리를 안으며 말했다.

"저희 덕인 줄 아세요! 나리께시 오늘은 기분이 좋으셨어요! 노마님께서 몇 번이나 사람을 보내 물어보신 줄 아세요? 그때마다 저희가 나리께서 기뻐하신다고 말씀드렸어요. 그렇지 않았더라면 노마님께서 도련님을 불러들이셨을 거예요. 그랬다면 글솜씨를 자랑하지 못하셨을 거 아니에요? 다들 그러는데 도련님이 아까 읊은 시 구절들이 세상 누구의 시 구절보다 훌륭하대요! 이제 이런 칭찬을 들으셨으니 저희한테도 상을 주셔야지요!"

"하하, 한 사람당 천 전씩 주지!"

"그까짓 돈이 뭐 별거라고! 그보다 이 염낭[荷包]을 주세요."

그러면서 한 놈은 염낭을 풀어서 갖고, 다른 놈은 부채 주머니를 풀어서 가졌다. 미처 뭐라 할 틈도 없이 그 녀석들은 보옥이 차고 있던 패물들을 모조리 풀어서 가져가버렸다. 그리고는 이렇게 말했다.

"자, 이제 잘 모셔다 드리겠습니다요!"

한 녀석이 보옥을 안아 올리자 다른 몇 녀석들이 주위를 에워싼 채 태부인 거처의 중문까지 데려다주었다. 태부인이 벌써 몇 번이나 사람을 보내 알아보라고 했던 터라 어멈들과 하녀들은 보옥을 데리고 태부인에게 가서 인사

를 시켰다. 태부인은 그가 곤란을 겪지 않았다는 걸 알고 당연히 기뻐했다.

잠시 후 습인이 차를 따르다가 보옥의 몸에 패물이 하나도 없는 걸 발견했다.

"호호, 차고 있던 것들은 또 그 파렴치한 것들이 풀어간 모양이군요."

대옥이 그 소리를 듣고 와서 훑어보니 정말 몸에 패물이 하나도 남아 있지 않았다.

"제가 드린 염낭도 걔들한테 줘버렸어요? 다음부턴 제 물건 가질 생각 마세요!"

화가 나서 자기 방으로 돌아간 대옥은 예전에 보옥이 만들어달라고 졸랐던 향주머니—겨우 반쯤 만들었는데—를 홧김에 가위로 잘라버렸다. 보옥은 그녀가 화내는 것을 보고 일이 잘못되겠다 싶어 얼른 따라갔지만 향주머니는 이미 조각조각 잘려버린 뒤였다.

보옥도 이 향주머니를 본 적이 있었다. 아직 미완성이긴 해도 무척 정교하고 공이 많이 들어간 것이었다. 그런데 이제 까닭 없이 가위질을 당해버린 걸 보자 화가 날 수밖에 없었다. 그는 얼른 옷깃을 풀고 안쪽에 입은 붉은 저고리에서 대옥이 준 염낭을 풀어 건네주며 말했다.

"봐, 이게 뭐지? 내가 언제 네가 준 걸 남한테 준 적 있어?"

대옥은 그가 염낭을 귀중하게 여겨 남이 가져갈까봐 품안에 차고 다니는 걸 보자, 사정을 따져보지도 않고 향주머니를 가위질해버린 것이 후회스러웠다. 그녀는 부끄럽기도 하고 화가 나기도 해서 고개를 숙인 채 한마디 말도 하지 못했다. 보옥이 말했다.

"가위질까지 할 필요는 없었잖아? 나한테 뭘 주기 싫어한다는 걸 알았으니 이 염낭도 돌려줄까?"

그러면서 염낭을 대옥의 품에 던져버리고 돌아섰다. 대옥은 더욱 화가 나서 울음소리조차 목에 막힌 채 눈물을 펑펑 흘리며 염낭을 집어 들어 또 가위질을 하려고 했다. 보옥이 그걸 보고 다급히 말리면서 말했다.

**388**

"하하, 누이, 걔는 용서해줘!"

대옥이 가위를 내던지고 눈물을 훔치며 말했다.

"병 주고 약 주고 하지 말아요. 이렇게 약 올리려면 앞으론 아는 체도 하지 마요! 이게 무슨 소용이에요!"

그녀는 벌컥 침상으로 올라가 얼굴을 안쪽으로 돌리고 눈물을 닦았다. 보옥은 별 수 없이 다가가 "누이, 누이!" 하면서 한참을 달래야 했다.

그때 앞쪽에 있는 태부인이 보옥을 찾는 소리가 들리자 여러 어멈들과 하녀들이 얼른 대답했다.

"대옥 아가씨 방에 계십니다."

"그래, 됐다. 누이들하고 놀게 둬라. 방금 제 아비한테 끌려가 한나절이나 시달림을 당했으니 잠시 기분을 풀게 해줘야지. 대신 누이들더러 그 애랑 말다툼해서 기분 상하게 하지 말라고 해라."

모두 "예!" 하고 대답했다. 대옥은 보옥이 계속 달래자 마지못해 일어나면서 말했다.

"오빠가 계속 날 귀찮게 할 생각이라면 내가 떠나겠어요."

그러면서 밖으로 나가자 보옥이 따라 일어섰다.

"하하, 어딜 가든 따라갈 거야."

그러면서 염낭을 집어 다시 차려고 하자 대옥이 손을 뻗어 낚아챘다.

"아깐 필요 없다더니 다시 차려고요? 나까지 창피하게!"

그러면서 대옥은 "킥!" 하고 웃음을 터뜨렸다.

"누이, 내일 다른 향주머니를 만들어줘."

"내 기분이 좋으면 또 모르지요."

둘은 밖으로 나가 왕부인이 있는 위채로 갔는데 공교롭게도 보차가 거기에 있었다.

왕부인의 거처는 무척 북적거렸다. 가장이 소주에서 열두 명의 여자아이들—그들을 가르칠 선생과 함께—과 분장도구 등을 사왔기 때문이었다.

제17~18회  **389**

그때 설씨 댁 마님은 동북쪽의 조용한 방으로 옮겨가 지내고 있었기 때문에 이향원이 비어 있었다. 그래서 그곳을 따로 수리해서 선생으로 하여금 그곳에서 여자아이들에게 노래와 연극을 가르치게 했다. 또 집안 여인들 가운데 예전에 노래를 배운 이들—이들은 이미 백발의 노파가 되어 있었는데—을 보내 그들을 관리하게 했다. 그리고 가장에게는 매일 나가고 들어오는 은돈과 크고 작은 여러 가지 물품들의 장부를 총괄하게 했다.

그때 임지효댁이 와서 물었다.

"사오라고 하신 열 명의 어린 비구니와 여도사가 모두 왔고, 새로 준비하라고 하신 도포 스무 벌도 모두 갖춰놓았습니다. 그 외에 머리를 기른 채 수행하던 아가씨도 한 명 있는데, 그분은 본래 소주 사람이고 벼슬살이하던 학자 집안 태생입니다. 이 아가씨는 어려서부터 병이 많아 여러 아이들을 사서 대신 출가시켜 보았으나[41] 효험이 없어서 결국 스스로 불문에 귀의할 수밖에 없었답니다. 그래서 머리를 기른 채 수행하여 올해 열여덟 살이 되었는데, 법명은 묘옥妙玉*입니다. 지금은 부모님이 모두 돌아가시고 할멈 둘과 하녀 하나가 시중을 들고 있습니다. 이 아가씨는 문장도 아주 잘 쓰고 경전도 더 배울 필요 없이 숙달한데다 용모도 무척 훌륭합니다. 마침 '장안'에 관음보살의 유적과 패다라경貝多羅經[42]이 남아 있다는 소식을 듣고 작년에 사부를 따라왔다가 지금 서문西門 밖의 모니원牟尼院*에서 지내고 있습니다. 아가씨의 사부는 선천신수先天神數[43]에 대한 강설講說을 아주 잘하셨는데 작년 겨울에 입적하셨답니다. 아가씨는 사부의 영구를 모시고 고향으로 돌아갈 생각이었는데 사부가 입적하기 전에 이런 말씀을 남기셨다고 합니다. '먹고 입고 살아가기 위해서는 고향으로 돌아가면 안 된다. 여기서 조용히 지내다 보면 나중에 너의 인과를 마무리 지을 일이 자연히 생길 게다.' 그래서 아직 고향으로 돌아가지 못하고 있답니다."

이야기가 끝나기도 전에 왕부인이 말했다.

"그럼 우리가 맞아들이면 되겠구먼."

"그렇지 않아도 제가 모시려고 했습니다만 '높은 벼슬아치 집안은 분명히 신분과 권세로 사람을 억누를 테니 저는 가지 않겠습니다.' 하더군요."

"호호, 벼슬아치 집안 출신의 아가씨라니 당연히 콧대가 좀 높을 테지. 명첩을 써서 정중히 초청하면 되지 않겠어?"

임지효댁은 그러겠노라 대답하고 물러나서 문서 담당 문객에게 명첩을 써달라고 한 후 묘옥을 초청하러 갔다. 이튿날 수레와 가마를 준비해 사람을 보내서 묘옥을 맞아온 이야기는 잠시 접어두기로 하겠다.

그때 또 한 사람이 와서 희봉에게 별장 공사에서 물건에 붙일 비단이 필요하니 다락을 열어 비단을 골라달라고 했다. 또 다른 사람은 금은 그릇들을 받아 넣게 창고를 열어달라고 했다. 이렇다 보니 왕부인과 위채의 하녀들조차 모두 한동안 숨 돌릴 겨를이 없었다. 그러자 보차가 말했다.

"우린 여기서 방해하지 말고 탐춘 아가씨한테나 가보도록 해요."

보차는 보옥, 대옥과 함께 영춘 등이 있는 방으로 가서 놀았는데, 이에 대해서는 더 이상 이야기하지 않겠다.


왕부인 등이 정신없이 바쁜 나날을 보내다 보니 어느새 시월도 저물어갔고, 다행히 모든 준비가 끝났다. 각처의 감독관들은 모든 항목들을 장부에 기록했다. 각처에는 골동품들과 문구, 장난감들이 가지런히 진열되었고, 새를 사오는 일을 맡은 이들은 학이며 공작에서부터 사슴, 토끼, 닭, 거위 따위를 사다가 정원 곳곳에 나눠주어 기르게 했다. 가장이 관리하는 곳에서는 잡희雜戱* 스무 마당을 연습했고, 어린 비구니들과 여도사들도 몇 권의 경전과 주문 등을 배워 외울 수 있게 되었다. 그제야 가정은 마음이 조금 놓여서 태부인 등을 정원으로 모셔다가 갖가지 가구들의 배치와 장식 따위를 살펴보면서 조금이라도 빠지거나 잘못된 곳이 없는지 살펴보게 했다. 그리고 날을 잡아 황제에게 올릴 정식 문서를 작성하게 했다. 문서를 올린 날 황제의 비준이 떨어졌는데, 이듬해 정월 대보름인 상원일上元日에

가보옥과 미녀들이 원비에게 시를 지어 바치다.

귀비가 가족을 방문하도록 허락한다는 내용이었다. 가씨 가문에서는 성지聖旨를 받자 밤낮을 가리지 않고 준비를 서둘렀고, 그 바람에 설 명절조차 제대로 쇠지 못했다.

어느덧 대보름이 가까워지자 정월 초여드레부터 태감들이 먼저 와서 상황을 살폈다. 귀비가 옷을 갈아입을 곳이며 편히 앉아 쉴 곳, 인사를 받을 곳, 연회를 베풀 곳, 들어가 쉴 곳 등을 일일이 살펴보았다. 또 지방을 순찰하고 경비를 총괄하는 태감 등이 수많은 젊은 태감들을 거느리고 와서 각처의 경비를 서고 장막을 쳤다. 또 그들은 가씨 집안에서 어디로 드나들고, 어디서 절을 올리고, 어디로 음식을 들여보내고, 어디서 보고를 해야 하는지 등의 갖가지 의례와 절차를 지시했다. 밖에서는 공부工部의 관리들과 오성병비도五城兵備道*가 나와 귀비가 행차할 길을 정리하고 잡인들을 내쫓았다. 가사는 기술자들을 독려하여 꽃 초롱과 불꽃 따위를 마련하게 했는데, 십사일이 되어서야 모든 준비를 갖추었다. 그날 밤은 위아래를 막론하고 모두 잠을 이루지 못했다.

십오일 새벽이 되자 태부인 등 작위가 있는 이들은 품계에 따라 예복을 차려입었다. 정원 곳곳에는 용이 춤추는 듯한 휘장과 오색 봉황이 나는 듯한 주렴들, 휘황찬란한 금은보석들, 온갖 향들이 어우러져 타오르는 향로들, 오래도록 시들지 않는 꽃봉오리가 꽂힌 꽃병들로 장식되었고, 사람들은 기침소리 하나 없이 조용했다. 가정 등은 서쪽 거리로 통하는 대문 밖에서, 태부인 등은 영국부 대문 밖에서 귀비의 행차를 기다렸다. 거리 입구와 골목 입구는 모두 휘장을 단단히 쳐서 일반인들의 접근을 막았다. 한참 후 태감 한 명이 말을 타고 달려왔다. 태부인이 급히 맞아들이며 소식을 물었다.

"아직 멀었습니다! 오후 한 시쯤 점심을 드시고, 두 시쯤엔 보령궁寶靈宮*에 가서서 예불을 올리고, 다섯 시쯤엔 대명궁大明宮*의 연회에 참석해 등불놀이를 구경하시면서 황제께 다시 윤허를 청하셔야 할 테니 일곱 시는

되어야 출발하실 겁니다."

그러자 희봉이 말했다.

"그럼 할머님과 마님들께서는 잠시 방에 돌아가 계시다가 시간이 되면 다시 나오시지요."

이에 태부인 등은 잠시 쉬러 가고 정원의 일은 모두 희봉이 맡아 처리했다. 그리고 집사를 불러 태감들에게 술과 식사를 대접하라고 지시했다.

잠시 후 사람들에게 촛불을 날라다가 각처에 불을 밝히게 했다. 등롱을 다 밝혔을 무렵, 갑자기 밖에서 말발굽 소리가 들려왔다. 곧 십여 명의 태감들이 헐레벌떡 달려오며 손뼉을 쳤다. 그러자 이쪽에 있던 태감들이 모두 그 뜻을 알아차리고 소리쳤다.

"오시는구나, 오셔!"

그들은 각자 정해진 위치에 시립해 섰다. 가사는 온 집안의 자제들을 거느리고 서쪽으로 난 대문 밖에서, 태부인은 온 집안의 여인들을 이끌고 영국부 대문 밖에서 귀비를 영접하기 위해 기다렸다.

한동안 고요한 적막이 흘렀다. 그러다가 붉은 옷을 입은 두 명의 태감이 말을 타고 천천히 다가와서 서쪽 거리로 통하는 대문 앞에 이르러 말에서 내리더니, 얼른 말을 휘장 밖으로 내보내고 공손히 서쪽을 향해 시립했다. 한참 후에 다시 두 명의 환관이 오더니 앞서 왔던 이들과 똑같이 시립했다. 잠깐 사이에 이십여 명의 환관들이 와서 시립하자 이윽고 희미한 풍악 소리가 은은하게 들려왔다. 뒤이어 용 문양이 장식된 깃발과 꿩의 깃털로 만든 부채가 하나씩 나타났는데, 깃대 끝에는 전설적인 동물 기夔*의 머리가 장식되어 있었다. 금칠한 휴대용 향로에서는 궁중에서 사용하는 향이 타오르고 있었다. 그 뒤에 의관을 잘 갖춰 입고 가죽 장화를 신은 이가 손잡이가 굽은, 일곱 마리 봉황이 수놓아진 황금 양산을 들고 다가왔다. 그리고 집사 태감이 향주香珠[44]와 수놓은 손수건, 양치질할 그릇, 먼지떨이 등을 받들고 지나갔다. 그렇게 대열이 하나하나 지나가고 나자 뒤쪽에서

여덟 명의 태감들이 덮개에 황금을 칠하고 봉황을 수놓은 판여版輿[45]를 메고 천천히 걸어왔다.

태부인 등은 황급히 길가에 무릎을 꿇었다. 그러자 몇 명의 태감들이 나는 듯이 말을 달려와 태부인과 형부인, 왕부인을 부축해 일으켰다. 판여는 대문을 들어서서 중문을 지나 동쪽으로 가서 어느 정원의 대문 앞에 도착했다. 먼지떨이를 든 태감이 무릎을 꿇고 귀비에게 가마에서 내려 옷을 갈아입으시라고 청했다. 다시 가마를 메고 정원으로 들어가자 태감 등은 물러나고 소용昭容과 채빈彩嬪[46] 등이 원춘을 부축해 가마에서 내리게 했다. 정원에는 각종 꽃등이 아름답게 밝혀져 있었는데, 그것들은 모두 얇은 비단으로 정교하게 만든 것들이었다. 위쪽에는 '체인목덕體仁沐德'이라는 글씨가 적힌 등롱이 걸려 있었다. 원춘은 방에 들어가 옷을 갈아입고 다시 나와 가마를 타고 정원으로 들어갔다. 정원 안은 향 연기가 사욱하게 감돌고 오색 꽃들이 현란하게 피어 있었으며, 곳곳에 등불이 마주 비추고 이따금 은은한 음악 소리가 울렸으니, 그 태평스러운 분위기와 부귀한 풍격은 이루 말할 수 없을 정도였다.

이때 돌은 대황산 청경봉 아래의 그 처량하고 적막한 분위기를 떠올렸다. 만약 머리에 부스럼 난 그 스님과 절름발이 도사가 그를 이곳으로 데려오지 않았다면 그가 어찌 이런 세상의 풍경을 구경할 수 있었겠는가? 그는 「등월부燈月賦」*와 「성친송省親頌」*을 지어 이날의 일을 기록하고 싶었으나 다른 책들에 보이는 상투적인 형식에 빠질까 염려스러웠다. 이때의 광경을 한 편의 부賦와 노래〔贊〕로 짓는다 해도 그 오묘함을 모두 형용할 수 없으며, 그런 것을 짓지 않는다 해도 그 호화롭고 아름다움은 독자 여러분도 상상할 수 있을 것이다. 그러니 이런 것들을 다 기록하는 수고는 생략하고 중요한 것을 이야기하는 게 옳겠다.

한편, 가귀비는 가마 안에서 정원 안팎의 호화로운 모습을 보고, 그 정도가 지나치다는 느낌이 들어 말없이 탄식했다. 그때 먼지떨이를 든 태감이

무릎을 꿇고 배에 오르시라고 청했다. 귀비가 가마에서 내려서 보니, 한줄기 맑은 물줄기가 노니는 용처럼 굽이쳐 흐르는데 양쪽 돌난간에는 수정과 유리 등으로 만든 각종 등불이 걸려 있어 은빛 꽃이나 눈같이, 하얀 파도같이 빛나고 있었다. 그 위쪽의 버드나무와 살구나무 등은 비록 꽃잎이 없었지만 가지마다 모두 통초通草[47]를 깎고 비단과 종이를 발라 실물과 똑같이 만든 조화造花를 붙여놓았고, 나무마다 몇 개의 등롱이 걸려 있었다. 연못 속에 있는 연꽃과 마름, 물오리, 해오라기 따위도 모두 조개껍질과 깃털로 만든 것들이었다. 수많은 등롱들이 위아래에서 다투어 빛을 뿌리니 유리로 만든 세계요, 보석과 진주로 만든 천지였다. 배에도 각종 정교한 분경들과 등롱, 수렴과 비단 휘장, 향기롭고 귀한 나무로 만든 노와 상앗대가 갖추어져 있었음은 두말할 나위가 없다. 잠시 후 바위를 쌓아 만든 항구로 들어가니 위쪽에 '요정화서蓼汀花漵'*라는 글씨가 선명한 등롱 편액이 걸려 있었다.

이 '요정화서'와 '유봉래의有鳳來儀' 등은 앞에서 가정이 보옥의 학문과 재주를 시험해볼 때 나왔던 것들인데 어떻게 지금 그것들을 써놓았을까? 하물며 가정은 대대로 시서詩書를 익힌 선비 가문 출신이고, 교류해온 문객들도 모두 재주와 기량을 갖춘 이들이었을 텐데 왜 저명한 이들이 쓴 것은 하나도 없고 어린아이가 장난삼아 쓴 것으로 구차하게 땜질을 했을까? 마치 벼락부자 집안에서 돈을 펑펑 써서 온통 기름칠과 채색으로 장식하고, 거기에 "앞문의 푸른 버들은 금실을 드리우고, 뒤창의 푸른 산은 비단 병풍을 줄지어 세워놓은 듯하네〔前門綠柳垂金鎖 後戶靑山列錦屛〕." 따위의 글을 큼지막하게 써 붙여놓은 것처럼 대단히 웅장하고 볼 만하긴 하지만, 이런 것이 어찌 『석두기石頭記』 전체에서 묘사하고 있는 녕국부와 영국부에서 할 만한 일이겠는가! 따지고 보면 이것은 사리에 크게 어긋나는 것이 되고 만다. 하지만 이 어리석은 돌의 설명을 들어보면 독자 여러분도 그

사연을 알게 될 것이다.

가귀비가 아직 궁궐에 들어가지 않았던 어린 시절에는 태부인의 슬하에서 자랐다. 나중에 보옥이 태어나자 가귀비는 맏누이고 보옥은 막내 동생인지라, 더구나 어머니가 저물어가는 연세에 겨우 이런 동생을 얻게 되었으니 다른 동생들과는 달리 보옥을 특히 아꼈다. 또한 둘이 함께 할머니 슬하에서 자라면서 한시도 떨어져 있지 않았다. 보옥이 글방에 들어가기 전인 서너 살 때부터 가귀비는 그의 손을 잡고 다니면서 몇 권의 책과 수천 개의 글자를 가르쳐주었다. 그러니 명분은 비록 남매지간이라고 하지만 정리情理는 모자지간이나 마찬가지였다. 궁궐에 들어간 뒤에도 그녀는 종종 부모에게 편지를 보내 이렇게 간청하곤 했다.

**부디 잘 키워주세요. 엄히 가르치지 않으면 훌륭한 그릇이 되지 못하겠지만, 지나치게 엄격하면 뜻밖의 일이 생겨 부모님께 걱정을 끼치게 될 것입니다.**

이렇게 염려하고 아끼는 마음을 한시라도 잊어본 적이 없었다.

예전에 가정은 보옥이 아주 재주가 있다는 글방 훈장의 칭찬을 듣고도 믿지 않았으나, 마침 정원이 완성되자 보옥에게 제사를 지으라 하여 그의 정서와 생각을 시험해보았다. 그때 보옥이 지은 현판의 제목과 대련들은 비록 뛰어난 구절은 아니었으나, 어린아이가 지은 것치고는 취할 만한 것들이 있었다. 명사가 지은 훌륭한 구절을 쓰는 것이 어려운 일은 아니었지만, 가정은 아무래도 집안사람의 풍격이 담긴 글보다는 맛이 덜하리라는 생각이 들었다. 더욱이 가귀비가 보고 친동생이 지은 것임을 알게 된다면 자신이 평소 간절히 바라던 뜻을 저버리지 않았다고 여길지도 모르는 일이었다. 이런 사정 때문에 결국 보옥이 쓴 대련과 현판 제목들을 쓰게 되었던 것이다. 그리고 당시에는 보옥이 제사를 다 쓰지 못했지만 나중에 다시 보

충하게 했다. 이 정도로만 설명하고 쓸데없는 소리는 그만하자.

한편, 가귀비는 '요정화서'라는 구절을 보자 웃으며 말했다.

"'화서'라고만 하면 될 것을 '요정'은 왜 붙였을까?"

시중들던 태감이 그 말을 듣고 황급히 배에서 내려 신속하게 가정에게 그 뜻을 전했다. 그러자 가정은 즉시 고치게 했다.

잠시 후 배가 안쪽 물가에 닿자 귀비는 배에서 내려 가마에 탔다. 눈앞에는 아름다운 궁궐들이 웅장하게 솟아 있고, 돌로 만든 패방에는 '천선보경天仙寶境'*이라고 선명하게 적혀 있었다. 그걸 보자마자 귀비는 급히 '성친별서省親別墅'로 바꾸라고 지시했다. 행궁行宮*으로 들어가니 마당에는 화톳불〔庭燎〕⁴⁸이 하늘 높이 타오르고 있었고, 바닥에는 향 가루가 깔려 있었다. 불기둥은 붉은 옥으로 만든 꽃처럼 아름다웠고, 금빛 창문과 옥 같은 난간을 환히 비추고 있었다. 새우 수염으로 만든 문발이며 수달 가죽으로 만든 깔개, 귀한 향로에서 타오르는 사향과 용뇌향龍腦香*, 나란히 늘어선 꿩 꼬리 깃털로 만든 부채 등은 이루 말할 수 없을 정도였다. 그야말로 이런 표현에 딱 맞는 것이었다.

**황금 대문 옥 창문으로 된 신선의 집이요**
**향긋하고 귀한 나무로 지은 귀비의 집이로다.**
金門玉戶神仙府
桂殿蘭宮妃子家


귀비가 물었다.

"이 전각에는 왜 현판이 없지?"

시중들던 태감이 무릎을 꿇고 아뢰었다.

"이곳은 정전正殿인지라 황궁 밖의 신하들이 감히 함부로 짓지 못한 것이옵니다."

귀비는 말없이 고개를 끄덕였다. 그때 의례를 담당한 태감이 귀비에게 자리에 올라 인사를 받으라고 청하자 섬돌 양쪽에서 풍악이 울렸다. 의례를 담당한 태감 두 명이 가사와 가정 등을 월대月臺[49] 아래로 인솔해와 반열班列에 맞춰 서게 하자 대전 위에서 소용이 귀비의 명을 전했다.

"절을 면하라 하십니다."

태감은 가사 등을 인솔하여 물러났다. 다른 태감이 영국부의 태부인과 여자 식솔들을 인솔하여 동쪽 계단을 통해 월대로 올라가 반열에 맞춰 서게 하자 소용이 다시 귀비의 명을 전했다.

"절을 면하라 하십니다."

이에 이들도 물러났다.

석 잔의 차를 받고 귀비가 자리에서 내려오자 풍악이 멈추었다. 귀비는 옆 건물로 들어가 옷을 갈아입고 가족들을 만나기 위해 곧 수레를 준비하여 정원을 나섰다. 태부인의 정실에 이르러 가례家禮를 행하려 하자 태부인 등은 모두 무릎을 꿇고 만류했다. 귀비는 눈물이 그렁그렁한 채 마주보고 나가 인사했다. 귀비는 한 손으로는 태부인의 손을, 다른 한 손으로는 왕부인의 손을 붙잡았다. 셋은 가슴속에 할 말이 태산 같았지만 한마디도 꺼내지 못하고 그저 서로 마주보며 오열하기만 했다. 형부인과 이환, 희봉, 영춘, 탐춘, 석춘 등도 모두 주위를 둘러싸고 말없이 눈물만 흘렸다. 한참 후 귀비가 슬픔을 억누르고 억지로 웃으며 태부인과 왕부인을 위로했다.

"옛날에 사람을 만날 수 없는 곳으로 떠났다가 오늘에야 겨우 집에 돌아와 어머님과 가족들을 만나게 되었어요. 그런데 즐겁게 담소를 나누지도 못하고 오히려 눈물만 나오네요. 얼마 후 제가 돌아가면 또 언제 다시 올 수 있을지 모르는데요!"

여기까지 말한 귀비가 울음을 참지 못하자 형부인 등이 얼른 다가가 위로했다. 귀비를 자리로 모시고 태부인 등 한 사람씩 차례로 인사를 나누었는데, 그때도 어쩔 수 없이 한바탕 울음보가 터졌다. 그런 다음 녕국부와

영국부의 집사들이 대청 밖에서 절을 올렸고, 이어서 양가 집사들의 아낙들이 하녀들을 인솔하여 절을 올렸다. 그러자 귀비가 물었다.

"이모님과 보차, 대옥이는 왜 보이지 않나요?"

그러자 왕부인이 말했다.

"외가 친척들은 관작이 없어서 함부로 들어오지 못했사옵니다."

귀비는 얼른 그들을 불러오라고 했다. 잠시 후 설씨 댁 마님 등이 들어와 나라에서 정한 예법에 따라 절을 올리려 했으나, 역시 절을 면하라는 분부가 내려졌다. 그리고 서로 다가가 그간의 회포를 나누며 인사말을 주고받았다. 귀비가 궁궐로 데리고 들어갔던 하녀 포금抱琴˙ 등이 나가 머리를 조아려 절을 올리자, 태부인 등이 황급히 부축해 일으키고 다른 방으로 모셔 가 대접하게 했다. 집사 태감과 채빈, 소용, 그리고 시중드는 이들은 녕국부와 가사의 거처에서 알아서 대접하게 하고 이곳에는 서너 명의 태감만 남아 분부를 기다리게 했다. 모녀와 자매들은 떨어져 지내던 동안의 일과 자잘한 집안일 따위에 대해 이런저런 이야기를 나누었다.

그때 가정이 문발 밖에 찾아와 문안 인사를 하자 귀비는 주렴을 드리운 채 답례했다. 그리고 주렴 너머에서 눈물을 흘리며 아버지에게 말했다.

"농부의 집안에서는 푸성귀 반찬에 무명옷을 입어도 온 가족이 모여 즐겁게 지낼 수 있지만, 이제 저희는 부귀가 극에 달했어도 혈육들이 각지에 흩어져 있으니 무슨 즐거움이 있겠습니까!"

가정도 눈물을 머금고 말했다.

"보잘것없는 집안의 비둘기, 까치 무리 속에서 상서로운 봉황이 나타날 줄 제가 어찌 알았겠습니까? 지금 귀비께서 위로는 천은을 입으시고 아래로는 조상의 덕을 내리시니, 이는 산천과 일월의 정화精華와 멀리 조상이 남긴 덕이 한 사람의 몸에 모여 저희 부부에게 행운을 미친 것입니다. 또한 황제 폐하께선 천지만물에 생기를 여는 큰 덕을 베푸시고 고금에 없던 환한 은혜를 내리시니 저희 신민臣民들이 목숨을 바친다 한들 어찌 그 은혜

를 만분의 일이라도 갚을 수 있겠습니까! 오로지 밤낮으로 삼가며 맡은 직분에 충실할 뿐이니, 바라건대 우리 군주께서 천추만세千秋萬歲를 누리시어 온 세상 만백성이 그 복을 함께 누리길 기원하옵니다. 귀비께선 절대 저희 부부의 여생을 염려하지 마시고 옥체를 더욱 보중하시옵소서. 오로지 신중하고 성실하게, 공손하고 엄숙하게 폐하를 모시는 것만이 이처럼 보살펴주시는 황상皇上의 크나큰 은혜를 저버리지 않는 길이 아닐까 하옵니다."

귀비 또한 "그저 나랏일을 중히 여기시고 틈이 날 때마다 건강을 챙기십시오. 제 걱정은 하지 마시고요." 하고 당부했다.

가정이 또 말했다.

"정원 안의 모든 정자와 누대, 건물 등에 있는 제사는 모두 보옥이가 지었습니다. 개중에 한두 개라도 볼 만한 곳이 있으면 따로 이름을 내려주시옵소서."

귀비는 보옥이 제사를 지을 줄 안다는 소리를 듣자 흐뭇한 미소를 머금고 말했다.

"정말 글재주가 늘었군요."

그러고 나서 가정은 물러났다. 귀비는 보차와 대옥이 다른 자매들과는 달리 그야말로 아름다운 꽃과, 부드러운 옥과 같다는 것을 발견하고 이렇게 물었다.

"보옥이는 왜 인사하러 오지 않지?"

태부인이 아뢰었다.

"명이 없으셨기 때문에 외간 남자는 함부로 들어올 수 없사옵니다."

귀비가 빨리 데려오라고 명하자 태감이 나가 보옥을 안내해 들어왔다. 보옥이 먼저 귀비에게 나라에서 정한 예법대로 절을 올리자 귀비가 가까이 오라 해서 그의 손을 잡고 품에 안더니 머리를 쓰다듬으며 말했다.

"오호, 많이 컸구나……"

말을 마치기도 전에 그녀는 비 오듯 눈물을 흘렸다.

제17~18회 **401**

우씨와 희봉이 나아가 말했다.

"연회가 준비되었으니 왕림해주시옵소서."

귀비 등은 자리에서 일어나 보옥에게 길을 안내하라 하고, 모두 함께 정원 대문 앞에 이르렀다. 그곳에는 등롱과 화톳불이 환하게 밝혀진 가운데 모든 것이 대단히 풍성하고 정연하게 진열되어 있었다. 정원으로 들어가서 우선 '유봉래의'와 '홍향록옥', '행렴재망', '형지청분' 등을 따라 누각에 올라보고, 물길과 가산을 따라 거닐며 갖가지 풍광을 구경했다. 각 장소마다 진열된 것들이 달랐으며 그 하나하나가 신기하게 배치되어 있었다. 귀비는 무척 칭찬하면서도 이런 권유를 빠뜨리지 않았다.

"이후로는 너무 사치스럽게 하지 마세요. 이건 모두 지나치게 분수에 넘쳐요."

이윽고 정전에 이르자 귀비는 절을 면하라 하고 자리에 앉았다. 드디어 성대한 연회가 시작되었다. 태부인 등은 아랫자리에 배석했고, 우씨와 이환, 희봉 등은 직접 국을 나르고 잔을 올리며 시중을 들었다.

귀비는 붓과 먹을 준비하게 하고 몸소 붓을 들어 가장 마음에 드는 몇 군데에 친히 이름을 하사했다. 그녀가 써놓은 것은 다음과 같았다.


고은사의顧恩思義

은혜를 돌아보고 의로움을 생각하라 (현판)


천지가 크나큰 자비 베푸시니

만백성이 함께 감격하고

고금을 아울러 밝은 은전恩典 드리우니

천하 만방이 은혜와 영광 입었노라. (이 현판과 대련은 정전에 쓸 것)

天地啓宏慈

赤子蒼頭同感戴

古今垂曠典

九州萬國被恩榮


대관원大觀園*: 정원의 이름으로 하라.

유봉래의有鳳來儀: '소상관瀟湘館'*이라는 이름을 하사하노라.

홍향록옥紅香綠玉: '이홍쾌록怡紅快綠'*으로 바꾸고, 이름은 '이홍원怡
紅院'*으로 하라.

형지청분蘅芷清芬: '형무원蘅蕪苑'*이라는 이름을 하사하노라.

행렴재망杏簾在望: '완갈산장浣葛山莊'*이라는 이름을 하사하노라.


이 밖에 정루正樓는 '대관루大觀樓'*라 하고, 동쪽의 높은 누각〔飛樓〕은
'철금각綴錦閣'*, 서쪽의 비스듬한 누각〔斜樓〕은 '함방각含芳閣'*이라 했
다. 또한 '요풍헌蓼風軒'*과 '우향사藕香榭'*, '자릉주紫菱洲'*, '행엽저荇
葉渚'* 등의 이름을 지어주고, '이화춘우梨花春雨'*와 '동전추풍桐剪秋風',
'석로야설荻蘆夜雪'과 같이 네 글자로 된 현판 십여 개를 지어주었다. 지금
여기서 그걸 다 기록하기는 어렵다. 귀비는 전에 있던 현판과 대련들은 모
두 떼어내지 말라고 지시한 후, 먼저 절구를 한 수 읊었다.


산을 머금고 물을 안아 정교하게 지었나니

엄청난 공을 들여 비로소 건축이 완성되었구나.

하늘나라와 인간세계의 모든 풍경 갖췄으니

꽃다운 이 정원에 마땅히 '대관원'이란 이름 내려야지.

銜山抱水建來精

多少工夫築始成

天上人間諸景備

芳園應錫大觀名


제17~18회  **403**

다 쓰고 나자 귀비가 자매들을 향해 웃으며 말했다.

"내가 원래 글재주가 없고 시도 잘 읊지 못한다는 건 다들 잘 알겠지? 오늘 밤 이렇게 대충 앞가림을 한 건 이 풍경을 저버리지 않기 위해서일 뿐이야. 나중에 짬이 좀 생기면 꼭 「대관원기大觀園記」*와 「성친송省親頌」 등을 써서 오늘 일을 기록하겠어. 너희들도 각기 현판에 쓸 제사와 시를 하나씩 써보도록 해. 자기 글재주에 따라 잠시 생각해서 읊어보렴. 내 보잘것없는 글재주에 얽매이지 말고 말이야. 그리고 대견하게도 보옥이가 제사를 쓰고 읊을 줄 안다니 뜻밖이구나. 이 가운데 소상관과 형무원은 내가 제일 마음에 드는 곳이고, 그다음은 이홍원과 완갈산장이다. 이 네 곳에 대해서는 반드시 따로 제사와 시를 읊으면 좋겠구나. 전에 지어놓은 것도 좋긴 하지만 지금 오언율시를 한 수씩 써서 내가 직접 살펴보게 해주렴. 그래야 어렸을 때부터 애써 너를 가르친 보람이 있지 않겠니?"

보옥은 어쩔 수 없이 "예!" 하고 물러나 글귀를 구상했다.

영춘과 탐춘, 석춘 가운데 그래도 탐춘은 다른 자매들보다 나았지만, 그녀 스스로 보차나 대옥과는 비교할 수 없다고 여기고 있었다. 하지만 그녀도 어쩔 수 없이 다른 이들처럼 맡은 바 글을 쓸 수밖에 없었다. 이환도 억지로 율시 한 수를 지었다. 귀비는 우선 자매들이 쓴 것을 차례로 살펴보았는데, 다음과 같았다.

**광성이정曠性怡情**[50]          -가영춘-

정원 이루어져 풍경 갖춰지니 너무나 정교하고 신기한데
명을 받들어 부끄럽게 '광이曠怡'라는 현판 제사 지었다네.
인간 세상에 이런 곳 있는 줄 누가 믿으랴?
와서 노닐면 정신과 생각 모두 시원히 뚫리리라!
園成景備特精奇
奉命羞題額曠怡

誰信世間有此境

游來寧不暢神思


**만상쟁휘萬象爭輝[51]**          -가람춘-

훌륭한 정원 지어져 기세도 장엄한데

명을 받으니 배움 얕고 보잘것없음이 어찌나 부끄럽던지!

정교하고 오묘함을 한순간에 말로 표현해내지 못하지만

과연 모든 사물들이 찬란하게 빛나는구나!

名園築出勢巍巍

奉命何慚學淺微

精妙一時言不出

果然萬物生光輝


**문장조화文章造化[52]**          -가석춘-

산줄기와 물줄기 천리 밖으로 이어지고

드높은 누대는 구름 속으로 치솟았네.

정원은 햇빛과 달빛[53] 속에 가지런히 세워졌고

풍경은 조물주의 재주 가져온 듯 아름답기 그지없네.

山水橫拖千里外

樓臺高起五雲中

園修日月光輝裏

景奪文章造化功


**문채풍류文采風流**          -이환-

수려한 물은 밝은 산 안고 돌아가고

풍류 넘치는 우아한 모습 봉래산[54]보다 훌륭하네.

초록색 부채[55]는 향긋한 풀잎인가 싶고

붉은 안감의 노란 치마 떨어지는 매화처럼 춤추네.[56]

주옥같은 노래는 태평성대 세상에 전해져야 마땅한데

신선은 무슨 일로 요대에서 내려오셨나?[57]

이름난 정원에 초대받아 노닐고 가신 뒤엔

평범한 속인俗人은 들어오지 못하리라.

秀水明山抱復回

風流文采勝蓬萊

綠裁歌扇迷芳草

紅襯湘裙舞落梅

珠玉自應傳盛世

神仙何幸下瑤臺

名園一自邀遊賞

未許凡人到此來


**응휘 종서凝暉鍾瑞[58]**                    -설보차-

향긋한 정원 황궁 서쪽에 지어지니

고운 햇살 상서로운 구름 기이하게 덮어 주네.

높다란 버들엔 골짝의 꾀꼬리 기뻐 날아오고[59]

울창한 대숲엔 때때로 봉황새[60] 날아오기 기다리네.

우아한 기풍은 귀비 나들이 온 밤에 이미 드러났고

효도의 교화는 가족을 방문할 때 융성하리라.

빼어나고 아름다운 시 쓴 신선의 재능 고운 붓에 가득하니

부끄러워라, 내 어찌 다시 글을 지을 수 있을까!

芳園築向帝城西

華日祥雲籠罩奇

高柳喜遷鶯出谷

修篁時待鳳來儀

文風已著宸游夕

孝化應隆歸省時

睿藻仙才盈彩筆

自慚何敢再爲辭


## 세외선원世外仙源          -임대옥-

훌륭한 정원 어디에 지어졌나?

신선세계라서 속세와 다르구나.

산천의 빼어남 빌려와

경물의 신선함을 더했구나.

향기는 금곡주[61]에 녹아드는데

꽃처럼 아름다워라 옥당의 미인[62]이여!

얼마나 행운인가, 이런 은총 입어

황궁의 수레 분주히 오가게 되었으니!

名園築何處

仙境別紅塵

借得山川秀

添來景物新

香融金谷酒

花媚玉堂人

何幸邀恩寵

宮車過往頻


귀비가 다 보고 나서 한바탕 칭찬을 늘어놓은 후 이렇게 말했다.

제17~18회 **407**

"역시 보차와 대옥이의 작품이 다른 이들과는 다르군. 우리 집 못난 자매들과는 차원이 달라."

대옥은 오늘 밤 뛰어난 재능을 보여주어 다른 사람을 압도하려 했는데, 뜻밖에 귀비가 현판 제사와 시 한 수만 지으라 하니 명을 어기고 여러 작품을 지을 수 없어서 오언율시 한 수만 지어 보일 수밖에 없었다.

그때 보옥은 아직 다 짓지 못하고 겨우 「소상관」과 「형무원」만 지어놓고, 막 「이홍원」을 짓고 있었다. 그런데 그 작품의 초고草稿 안에 "초록빛 옥은 봄날인데도 아직 말려 있고〔綠玉春猶捲〕"라는 구절이 들어 있었다. 보차가 흘낏 그걸 보고는 남들이 신경 쓰지 않는 틈에 얼른 몸을 돌려 보옥을 슬쩍 치면서 말했다.

"귀비께서 '홍향록옥紅香綠玉'이란 구절을 싫어하셔서서 '이홍쾌록怡紅快綠'으로 바꾸셨는데, 이번에 또 '녹옥'이란 단어를 쓰면 일부러 반항하려 한다고 여기시지 않겠어요? 그리고 파초 잎에 대한 얘기는 아주 많으니까 다른 글자를 생각해서 고쳐보세요."

보옥은 땀을 닦으며 말했다.

"지금은 도무지 마땅한 전고典故가 생각나지 않아요."

"호호, '녹옥'의 '옥玉'자만 '납蠟'으로 고치면 되잖아요?"

"'녹랍綠蠟'이란 건 어디서 나온 말이지요?"

보차는 슬쩍 혀를 차고 고개를 끄덕이며 말했다.

"오늘 밤 이 정도밖에 못하시면 나중에 어전에서 과거시험 답안을 쓸 때는 '조전손리趙錢孫李'[63]마저 잊어버리겠군요? 당나라 때 전후錢珝[64]가 파초를 노래한 시의 첫 구절에 '식은 초에는 연기도 없고 초록색 밀랍은 말라버려서〔冷燭無煙綠蠟乾〕'[65]라고 했는데 그걸 잊어버렸어요?"

보옥은 자기도 모르게 기억의 문이 열렸다.

"하하, 이런 멍청이 같으니라고! 눈앞에 딱 만들어진 구절이 있는데도 떠올리지 못하다니. 누나는 정말 '한 글자를 일깨워주는 스승〔一字師〕'이

로군요! 이제부턴 '누나'가 아니라 '사부님'이라고 불러야겠네요."

보차도 살짝 웃으며 말했다.

"얼른 짓기나 해요, 누나니 누이니 하는 소리만 말고요. 누가 누나라는 거예요? 저 윗자리에 노란 도포를 입은 분이 바로 누나잖아요! 또 저더러 누나라고 하는군요."

그렇게 우스갯소리를 하면서도 그녀는 보옥에게 방해가 되지 않도록 자리를 떴다. 보옥은 글을 계속 지을 수밖에 없었고 드디어 세 수를 완성했다.

이때 대옥은 자신의 포부를 다 펼치지 못해 기분이 좋지 않았다. 그러다가 보옥이 혼자 네 편의 율시를 쓰면서 고심하는 걸 보자 자기가 대신 두 수를 지어주면 그가 미처 생각하지 못했던 부분들로 고심할 필요가 없을 거라 생각했다. 그렇게 생각하며 그녀는 보옥의 탁자 옆으로 가서 살그머니 물었다.

"다 지었어요?"

"이제 막 세 수를 지었어. '행렴재망'에 대한 것만 하나 지으면 돼."

"그럼 오빠는 지어놓은 세 수를 깔끔하게 베껴 써요. 다 베껴 쓸 즈음이면 저도 오빠 대신 그 시를 완성할 수 있을 거예요."

그러면서 머리를 숙이고 잠시 생각하더니 어느새 한 수를 완성하여 종이에 쓰고 동글동글하게 말아서 보옥에게 던져주었다. 보옥이 펼쳐보니 이 작품은 자기가 지은 세 수보다 열 배는 훌륭해 보였다. 그는 무척 기뻐하며 서둘러 깔끔하게 해서楷書로 써서 귀비에게 바쳤다.


**유봉래의有鳳來儀**　　　　　-신臣 보옥 삼가 쓰다-

옥 같은 대나무 처음 열매 맺으니

봉황 오기를 기다릴 만하네.

줄기마다 푸른빛 방울져 떨어질 듯하고

하나같이 서늘한 녹음 피워내는구나.

섬돌처럼 늘어서 계단이 샘물에 젖는 걸 막아주고

주렴처럼 덮여서 향기 새는 걸 막아주는구나.

흔들어 그늘 부숴버리지 말지니

단꿈은 낮에야 막 길어지기 시작했다네.

秀玉初成實

堪宜待鳳凰

竿竿靑欲滴

個個綠生涼

迸砌妨階水

穿簾礙鼎香

莫搖淸碎影

好夢晝初長


## 형지청분蘅芷淸芬

족두리풀은 깨끗한 정원에 무성하고

담쟁이덩굴은 향기를 더해주네.

부드럽기는 봄날 풀 같고

나긋나긋 한줄기 향기 풍기네.

엷은 안개 굽은 오솔길에 자욱하고

서늘한 녹음 머금은 이슬 회랑에 떨어지네.

누가 그랬던가, 연못 구비에서

사씨만이 그윽한 꿈 길게 꾼다고?[66]

蘅蕪滿淨苑

蘿薜助芬芳

軟襯三春草

柔拖一縷香

輕煙迷曲徑

冷翠滴回廊

誰謂池塘曲

謝家幽夢長


**이홍쾌록怡紅快綠**

깊은 정원 긴 낮은 고요하기만 한데

파초와 해당 나란히 아름다운 자태 내보이네.

초록색 밀랍은 봄인데도 말려 있고

곱게 화장한 여인은 밤에도 잠 못 이루네.[67]

난간에 기대어 붉은 소매 드리우고

바위 옆에서 푸른 안개 지키고 있네.

봄바람 속에 마주 서 있으니

주인은 응당 그 모습 어여삐 여기리라.

深庭長日靜

兩兩出嬋娟

綠蠟春猶捲

紅妝夜未眠

憑欄垂絳袖

倚石護青煙

對立東風裏

主人應解憐


**행렴재망杏簾在望**

살구나무에 걸린 깃발 길손더러 술 마시라 부르는데

멀리 바라보는 곳에 산장이 있구나.

제17~18회 **411**

마름은 거위 노니는 물 위에 떠 있고

뽕나무 느릅나무 위에 노닐던 제비 들보로 날아오네.

밭둑엔 온통 봄날 부추 푸르고

벼꽃 향기 십 리 밖까지 퍼지네.

태평한 시대라 굶주리는 이 없거늘

밭 갈고 길쌈하며 바빠할 필요 있으랴?

杏簾招客飮

在望有山莊

菱荇鵝兒水

桑楡燕子樑

一畦春韭綠

十里稻花香

盛世無飢餒

何須耕織忙


다 읽고 나서 귀비는 무척 기뻐하며 말했다.

"과연 글 솜씨가 늘었구나!"

마지막 작품이 그 가운데 최고라고 하면서 '완갈산장'을 '도향촌稻香村'으로 바꾸라고 했다. 그리고 탐춘에게 조금 전에 지은 열 수의 시들을 모두 오색 전지箋紙*에 옮겨 쓰게 하고 태감을 시켜 바깥채에 전하게 했다. 가정 등은 시를 읽고 모두 칭송해 마지않았다. 또 가정이 「귀성송歸省頌」*을 지어 바쳤고, 귀비는 귀한 연유[酥]*와 얇게 썬 고기[膾] 등을 보옥과 가란에게 하사했다. 이때 가란은 너무 어린 철부지여서 그저 어머니와 숙부를 따라 절이나 올리는 정도에 지나지 않았기 때문에 그에 관한 자세한 이야기는 따로 없다. 가환賈環은 그해에 걸린 병이 아직 낫지 않아 한적한 곳에서 몸조리를 하고 있었기 때문에 그에 관한 이야기도 적을 게 없다.

그때 가장은 열두 명의 여자 배우들을 거느리고 누각 아래에서 지루하게 기다리고 있었는데, 마침 태감 하나가 급히 달려와 말했다.

"시를 다 지었으니 어서 공연할 연극 목록을 가져오시오!"

가장이 급히 비단으로 제본한 책과 배우 열두 명의 명단을 바쳤다. 잠시 후 태감이 나와서 공연할 연극의 제목을 일러주었다.

　　첫째 마당 「호연豪宴」[68]
　　둘째 마당 「걸교乞巧」[69]
　　셋째 마당 「선연仙緣」[70]
　　넷째 마당 「이혼離魂」[71]

가장은 급히 무대를 설치하고 공연을 시작하게 했다. 배우들은 하나같이 바위를 쪼갤 듯이 높은 소리로 노래하고 선녀나 마귀처럼 환상적인 몸짓으로 춤을 추었다. 비록 분장하고 연기하는 모습이지만 희비의 정황을 생생하게 보여주었다. 연극이 끝나자 태감 하나가 금 쟁반에 떡이며 간식거리를 차려서 가져오더니 "영관齡官*이 누구인가?" 하고 물었다. 가장은 그게 영관에게 하사된 물건임을 알고 기뻐하며 얼른 받으면서 영관에게 감사의 절을 올리라고 했다. 태감이 또 말했다.

"귀비께서 말씀하시길 영관의 연기가 아주 훌륭하니 두 마당만 더 해보라고 하셨네. 아무 마당이나 괜찮다셨네."

가장은 얼른 "예!" 하고 영관에게 『유원遊園』과 『경몽驚夢』[72]을 공연하라고 했다. 영관은 본래 자신이 주인공 역을 맡은 마당이 아니라며 한사코 마다하고, 굳이 『상약相約』과 『상매相罵』[73]를 공연하겠다고 했다. 가장도 어쩔 수 없이 그가 마음대로 하도록 내버려둘 수밖에 없었다. 귀비는 무척 즐거워하며 이렇게 명을 내렸다.

"이 여자아이를 괴롭히지 말고 잘 가르쳐라."

그리고 특별히 궁전에서 나온 비단 두 필과 염낭 두 개, 금은 부스러기와 먹을 것을 상으로 내렸다. 연회를 파한 후에는 아직 가보지 못한 곳들을 다니면서 구경했다. 문득 산에 둘러싸인 절을 발견하자 서둘러 손을 씻고 들어가 예불을 올린 후 '고해자항苦海慈航'[74]이라는 현판을 지어주었다. 또 비구니들과 여도사들에게 특별히 상을 베풀었다.

얼마 후 태감이 와서 무릎을 꿇고 말했다.

"하사품이 모두 갖춰졌으니 점검해주시옵소서."

아울러 간단한 목록을 바쳤다. 귀비가 죽 훑어보고 아주 적당하다고 여겨, 즉시 이대로 시행하라고 명을 내렸다. 태감은 물러나서 그것들을 일일이 나눠주었다.

태부인에게 내리는 하사품은 각기 한 자루의 금여의金如意와 옥여의玉如意, 침향목沉香木으로 만든 지팡이 하나, 가남목伽楠木을 깎아 만든 염주 하나, '부귀장춘富貴長春'의 무늬가 수놓인, 궁궐에서 만든 비단 네 필, '복수면장福壽綿長'이라는 무늬가 수놓인 궁궐의 주단 네 필, '필정여의筆錠如意'[75]라는 글자가 새겨진 자금紫金 열 덩이, '길경유어吉慶有魚'[76]라는 글자가 새겨진 은 열 덩이였다. 형부인과 왕부인에게 내리는 하사품은 태부인에게 내린 품목에서 여의와 지팡이, 염주까지 네 가지를 뺀 것이었다. 가경과 가사, 가정 등에게는 각기 황제가 직접 지은 새 책 두 부와 귀한 먹두 개, 금 술잔[爵][77]과 은 술잔 각기 두 개, 그리고 태부인 등에게 하사한 것과 똑같은 옷감들이 내려졌다. 보차와 대옥, 그리고 여러 자매들에게는 새 책 한 부와 귀한 벼루 하나, 새로운 양식의 금덩이와 은덩이가 두 쌍씩 내려졌다. 보옥도 그들과 똑같은 것을 하사받았다. 가란은 금목걸이와 은목걸이 두 개, 금덩이와 은덩이 두 쌍씩을 하사받았다. 우씨와 이환, 희봉 등은 모두 금덩이와 은덩이 네 개씩, 옷감 네 단端[78]을 하사받았다. 그 외에도 옷감 스물네 단과 새로 주조한 동전 백 꾸러미[串]를 태부인과 왕부인 및 여러 자매들의 방에서 시중드는 어멈들과 하녀들에게 하사했다. 가

진과 가련, 가환, 가용 등에게는 모두 옷감 하나씩과 금은 덩어리를 각기 한 쌍씩 하사했다. 또한 녕국부와 영국부에서 공사와 진열, 접대, 연극, 등롱을 담당한 모든 이들에게 오색 비단 백 단과 금은 천 냥, 황궁에서 쓰는 술과 멋진 방석을 나눠주도록 했다. 그 밖에 요리사와 배우, 광대 등에게는 새로 주조한 동전 오백 꾸러미를 하사했다.

사람들이 모두 사례를 마치자 집사 태감이 말했다.

"시간이 이미 두 시 사십오 분이 되었사오니 이제 궁으로 돌아가셔야 하옵니다."

귀비는 그 말을 듣자 자기도 모르게 눈물이 하염없이 흘러내렸다. 그러나 억지로 웃음을 지어 보이며 태부인과 왕부인의 손을 꼭 잡고 차마 놓지 못한 채 재삼 당부했다.

"제 걱정은 마시고 부디 옥체 보중하십시오. 이제 천은이 크고 넓게 베풀어져서 가족들이 매달 한 번씩 궐에 들어와 서로 인사할 수 있도록 허락해주셨으니 틀림없이 또 만날 날이 있을 겁니다. 그러니 상심하실 필요 없어요. 하지만 내년에도 황상께서 천은을 베푸시어 제가 집에 돌아와 가족을 문안하게 된다면 절대 이렇게 호사롭게 낭비하지 마셔야 합니다!"

태부인 등은 너무 울다가 목이 메어 말조차 제대로 하지 못했다. 귀비는 차마 발길이 떨어지지 않았지만 황실의 규범을 어길 수는 없는 노릇이라 어쩔 수 없이 가마에 올라 떠났다. 남은 사람들은 태부인과 왕부인을 간신히 위로하여 마음을 풀어주고 부축해서 대관원을 나섰다. 이야기는 다음 회에서 이어진다.

(2권에서 계속)

제17~18회 **415**

| 역자 주석 |

## 제1회

1. 중국어의 발음을 고려하면, '진사은甄士隱'과 '가우촌賈雨村'은 각기 '진짜 사실[眞事] 은 숨겨져 있다[隱].'라는 것과 '거짓 이야기[假語]를 남긴다[存].'라는 뜻을 암시한다.

2. 갑술본甲戌本에서는 여기까지의 내용이 제1회의 회목回目 앞에 놓인 「범례凡例」의 다 섯째 항목으로 분류되어 있다. 본문의 내용도 판본마다 조금씩 차이가 있으며, 첫머 리에 시詩를 올려놓은 경우도 있다. 또 어떤 이는 이 부분이 원래 지연재脂硯齋 비평 문의 일부였는데, 어느 시점에서 조판組版의 실수로 본문의 첫머리에 들어가게 되었 고, 그것이 후대에까지 그대로 이어졌다고 설명하기도 한다. 다만 이 부분의 내용이 주로 "작자 스스로 말한[作者自云]" 것이라는 점을 고려하면, 이 내용을 그대로 고대 의 장편소설에서 작품 첫머리에 상투적으로 들어가는 '설자楔子'로 간주할 수도 있 겠다.

3. 중국 고대 신화에 따르면, 하늘은 원래 고르게 정돈된 상태가 아니어서 여와씨가 다 섯 가지 색깔의 돌을 녹여 보수했는데, 나중에 공공씨共工氏가 다시 망가뜨리는 바람 에 하늘의 서북쪽 귀퉁이가 무너지고 땅의 동남쪽 귀퉁이가 함몰했다고 한다. 이 이 야기는 『열자列子』에 나오는데, 그 주석에 따르면 여와씨는 풍風이라는 성을 가진 옛 날의 천자天子였기 때문에 와황媧皇이라 부르기도 했다고 한다.

4. '대황산'은 원래 『산해경山海經』「대황서경大荒西經」에 언급된 상상의 산이다. 그런데 여기서 '대황大荒'은 '큰 거짓말'을 뜻하는 '대황大謊'과 발음이 같고, 뒤에 나오는 '무계無稽' 역시 '터무니없다'는 뜻을 담고 있다. 그러므로 대황산 무계애는 '완전히 거짓으로 꾸며낸 터무니없는 장소'를 의미한다.

5. '청경靑埂'[qīng-gěng]은 애정의 뿌리를 나타내는 '정근情根'[qíng-gēn]과 발음이

416

유사하다.

6. 범어梵語 'Kalpa'의 음역音譯인 '겁파劫波'의 준말이다. 불교에서는 '겁劫'을 '대겁大劫'과 '중겁中劫', '소겁小劫'으로 나눈다. '소겁'이란 세상 사람의 수명에 포함된 각기 하나씩의 '증가〔增〕'와 '감소〔減〕'를 가리킨다. '증가'라는 것은 10세 때부터 시작해서 100년마다 한 살씩 더해 8만 4000세에 이르는 것을 가리키고, '감소'는 그 반대이다. 그러니까 하나의 '소겁'은 1679만 8000년에 해당한다. '중겁'이란 하나의 '증가'와 '감소'를 합친 것을 가리킨다. '대겁'에는 '이루어짐〔成〕'과 '머묾〔住〕', '무너짐〔壞〕', 그리고 '공허함〔空〕'이라는 4개의 시기, 즉 흔히 '사겁四劫'이라고 부르는 것이 포함된다. '사겁'은 각기 20개의 '중겁'을 포함하고 있으니, 하나의 '대겁'에는 80개의 '중겁'이 들어 있는 셈이다. 다만 여기서 '겁'은 속세의 일생을 가리키는 정도의 뜻으로 쓰였다.

7. 범어 'karman'의 의역意譯이다. 불교에서는 몸〔身〕과 입〔口〕, 마음〔意〕의 3곳에서 '업'이 비롯된다고 설명한다. 여기에는 다시 '선업善業'과 '불선업不善業', '비선비불선업非善非不善業'의 3가지가 있다. 일반적으로 '악업惡業'을 가리켜 '얼孼'이라고 한다. '업'은 이른바 '육도六道' 가운데 생사의 윤회를 결정하는 요인으로 여겨진다.

8. 동한東漢의 역사가 반고班固(32~92)의 여동생으로, 박학다식하여 『한서漢書』를 편찬하는 데도 일조했다. 특히 화제和帝(89~105 재위)는 그녀를 궁정의 교사로 초빙하여 '대고大家'라고 부르게 했다.

9. 채염蔡琰(173~?)의 원래 자字는 소희昭姬인데 진晉나라 때 사마소司馬昭의 이름자를 피휘避諱하여 문희文姬로 고쳐 썼다. 그녀는 동한東漢 말엽의 유명한 문장가 채옹蔡邕(133~192)의 딸로서 흉노匈奴에게 잡혀가 12년 동안 살다가 207년에 조조曹操의 도움으로 돌아와 재가再嫁했다. 뛰어난 시인이었던 그녀는 자신의 경험을 장편의 「비분시悲憤詩」로 남겼다.

10. 본래 이름은 반악潘岳(247~300)이며, 자는 안인安仁이다. 그는 서진西晉 때의 뛰어난 문장가이자 미남으로 유명하다.

11. 조식曹植(192~232)은 조조曹操의 아들로, 자는 자건子建이며, 훗날 황제〔文帝〕(220~226 재위)가 된 그의 형 조비曹丕에 의해 진사왕陳思王에 봉해졌다. 그는 동한 말엽의 문학을 집대성한 인물로 꼽힐 정도로 시와 문장에 대해 평판이 높다.

12. 본래 이름은 이광夷光이며, 춘추春秋 시기 월나라의 미녀이다. 그녀는 월나라 왕 구천句踐의 명을 받고 오나라 왕 부차夫差를 미인계로 타락시킨 일화로 유명하다. 훗날

양귀비楊貴妃, 왕소군王昭君, 초선貂蟬과 더불어 옛날 중국의 '4대 미녀'로 꼽혔다.

13. 한나라 때의 거부巨富 탁왕손卓王孫의 딸로, 젊어서 과부가 되었다가 당시 유명한 문장가 사마상여司馬相如(기원전 179?~기원전 117)와 눈이 맞아 도망쳤다.

14. 중국 희극의 배역 중 하나로, 일종의 '어릿광대'를 통칭한다. 월극越劇에서 이 배역 은 종종 코에 하얀 분을 바르고 나오기 때문에 '소화검小花臉'이라고 불린다. 소축에 는 장삼소축長衫小丑과 단삼소축短衫小丑, 채단소축彩旦小丑 등이 있는데, 이들은 대개 유머와 해학을 갖추고 있으면서도 악역에 해당한다.

15. 당나라 때 원진元稹(779~831)이 쓴 전기傳奇『회진기會眞記』에서 여주인공 최앵앵 崔鶯鶯의 하녀로 등장하는 인물이다.

16. 당나라 때 장방蔣防(?~?)이 쓴 전기『곽소옥전霍小玉傳』에 등장하는 여주인공이 다.

17. 판본에 따라서는 이 문장 다음에 "오옥봉에 이르러 제목을『홍루몽』이라고 했다〔至 吳玉峰題曰紅樓夢〕."라는 구절이 들어 있기도 하다. 오옥봉吳玉峰은 오문吳雯(1644~ 1704)을 가리킨다. 오문의 자는 천장天章이고 봉천奉天 요양遼陽 사람인데, 나중에 산 서山西 포주蒲州에서 살았다. 저작으로『연양집蓮洋集』20권이 있다.

18. 우언위〔吳恩裕〕의 고증에 따르면 '공매계孔梅溪'는 공계함孔繼涵(1738~1783)을 가 리킨다. 공계함은 산동山東 곡부曲阜 사람으로, 자는 체생體生, 또는 포맹誧孟이고, 호 는 홍곡紅谷이다. 그는 공자의 제69대 후손으로서 건륭乾隆(1736~1795) 연간에 진 사進士에 급제하여 호부주사戶部主事까지 지낸 인물이다.

19. '풍월風月'은 남녀 간의 사랑, '보감寶鑒'은 보배로운 거울이라는 뜻이다.

20. '금릉金陵'은 지금의 난징南京을 가리킨다. '차釵'는 본래 여자들의 비녀를 가리키 는 말이지만, 흔히 '군차裙釵' 또는 '금차金釵'라고 하면 여자를 일컫는 말이 된다.

21. 『회남자淮南子』「천문훈天文訓」에 따르면, 옛날 공공씨共工氏가 하늘 신〔帝〕의 자리를 놓고 전욱顓頊과 싸울 때 화가 나서 부주산不周山을 쳐서 하늘 기둥〔天柱〕을 부러뜨리 고 땅을 지탱하는 밧줄〔維〕을 끊어버리자, 하늘이 서북쪽으로 기울고 땅의 동남쪽이 비게 되었다고 한다.

22. '십리十里'는 중국어 발음이 〔shílǐ〕로 '실리實理'와 같고, '인청仁淸'은 중국어 발음 이 〔rénqīng〕인데 이것은 〔rénqíng〕으로 발음되는 '인정人情'과 통한다. 그러므로 이 지명들은『석두기』가 사실적이고 이치에 맞는 인간의 정서, 혹은 애정 이야기를 담 은 작품임을 암시하는 셈이다.

23. 이 이름과 자는 "군자의 도는 쓰임새는 넓되 몸체는 작다〔君子之道費而隱〕."라는『중용中庸』의 구절을 토대로 지어진 것이다. 그런데 '진사은甄士隱'이라는 단어는 '진사은眞事隱'과 발음이 비슷하니, 이 이름은 곧『홍루몽』이 진짜 일〔眞事〕은 숨겨진〔隱〕채 허구적으로 만들어진 이야기임을 암시한다.

24. '영련英蓮'〔yīng-lián〕은 마땅히 불쌍히 여겨야 한다는 뜻을 나타내는 '응련應憐'〔yīng-lián〕과 발음이 통한다. 영련은 나중에 거울〔鏡〕을 의미하는 '향릉香菱'이라는 이름을 가지게 되는데, 이 이름은 다시『풍월보감』이라는 작품의 별칭과 연관되어 있다. '영련'을 '영국英菊'으로 쓴 판본도 있다.

25. 원래 항하恒河, 즉 갠지스(Ganges) 강을 가리키는 말인데, 여기서는 가상의 신선세계로서 '마음의 근원'을 암시한다.

26. '삼생三生'은 불교에서 전생과 현생, 내생을 가리킨다. '삼생석'은 당나라 때 이원李源이라는 사람과 승려인 원관圓觀의 교우에 관한 전설이 깃든 돌이다. 당나라 때 원교袁郊(?~?)가 쓴『감택요甘澤謠』「원관圓觀」에 따르면, 어느 날 원관은 이원에게 12년후 중추절 밤에 항주杭州의 천축사天竺寺 밖에서 만나자는 말을 남기고 죽었다. 훗날이원이 약속한 날 그곳을 찾아가니 어느 목동牧童이 다음과 같은 노래를 불렀다.

三生石上舊精魂　그 옛날 삼생석 위에 깃든 영혼이여

賞月吟風不要論　풍류 읊조리는 일 따윈 하지 말게.

慚愧情人遠相訪　부끄러워라, 사랑하는 이가 멀리서 찾아왔는데

此身雖異性常存　이 몸은 다르지만 성품은 아직 남아 있다네.

여기서 '삼생석'은 미리 정해진 인연을 비유하면서, 아울러 '성性의 초석礎石' 즉 심성의 근본을 암시한다.

27. 여기서 '진주'는 '눈물'을 암시하고, '강絳'자는 '강降'자와 통한다. 그러니까 '강주초'는 '눈물을 떨어뜨리는 풀'이라는 뜻이다.

28. 다른 판본에서는 이 부분에 보충 설명이 들어 있다. 즉 와황媧皇에게 쓰임을 받지못했지만 여기저기 유유자적 놀러 다니던 신령한 돌이 어느 날 경환선자가 있는 곳을 찾아갔는데, 경환선자는 그 돌의 내력을 알고 있었기 때문에 적하궁에 머물러 살게 하면서, 그에게 '신영시자'라는 이름을 붙여주었다는 것이다.

29. 판본에 따라서는 '밀청과蜜青果'〔mì-qīng-guǒ〕를 그 단어와 발음이 통하는 '비정과秘情果'〔mì-qīng-guǒ〕로 써서 '은밀한 사랑의 열매'라는 뜻을 강조하기도 한다.

30. '깊은 시름이 흘러 들어가는 바다'라는 뜻이다.

419

31. 작자가 허구적으로 만들어낸 신선세계이다. '태허太虛'는 '부질없고 허무하다[空幻虛無].'라는 뜻이다.

32. '마름꽃'은 영련이 훗날 '향릉香菱'으로 이름을 고치게 됨을 암시한다. '눈'을 나타내는 '설雪'은 '설薛'과 발음이 같으니, 나중에 향릉이 설반薛蟠의 첩이 되어 고생하게 됨을 암시한다.

33. '북망산北芒山'이라고도 쓴다. 지금의 허난성[河南省] 뤄양시[洛陽市] 북쪽에 있다. 동한東漢 및 북위北魏시대 왕족과 귀족들의 무덤이 많은 곳인데, 훗날에는 일반적인 묘지를 가리키는 말이 되었다.

34. '호로葫蘆'는 '호도糊塗' 즉 애매하게 지었다는 뜻이다.

35. 가화賈化[jiǎ-huà]는 '가화假話'[jiǎ-huà] 즉 거짓으로 지어낸 이야기라는 말과 통하며, 시비時飛[shì-fēi]는 '시비是非'[shì-fēi] 즉 참과 거짓, 또는 잘잘못이라는 의미를 암시한다. 우촌雨村[yǔ-cūn]은 '이야기가 들어 있음'을 뜻하는 '어존語存'[yǔ-cún]의 의미와 '이야기가 촌스러움' 즉 별것 아닌 이야기라는 뜻을 나타내는 '어촌語村'[yǔ-cūn], 또는 이야기 안에 또 다른 이야기가 덧대어 있다는 뜻의 '어친語襯'[yǔ-chèn]을 동시에 암시한다.

36. 지연재의 평점에서는 '호胡'가 '호첨胡諂' 즉 '제멋대로 아첨한다.'라는 뜻을 암시한다고 했다.

37. 당나라 때 이양李諒(775~833, 자는 복언復言)이 편찬한 『속현괴록續玄怪錄』에서 위고韋固가 송성宋城에서 한 노인을 만났는데, 그 노인은 세상의 혼인을 주관하는 책을 점검하고 있었다. 또 노인이 가지고 있던 자루에는 붉은 끈이 들어 있었는데, 그것으로 남녀의 발을 묶으면 두 사람이 반드시 부부가 된다고 했다. 이 때문에 후세에 혼인을 주관하는 신을 '월하노인' 또는 '월노月老'라고 불렀는데, 이 말은 중매쟁이라는 뜻으로도 쓰인다.

38. 여기서 '옥'과 '비녀'는 모두 가화 자신을 비유한다. 『논어論語』「자한子罕」에서 자공子貢이 "여기 아름다운 옥이 있는데 상자에 넣어 보관할까요, 좋은 값에 팔까요?" 하고 물으니, 공자는 "팔아야지! 팔아야지! 나는 좋은 값을 쳐줄 상인을 기다리는 사람이다."라고 말했다. 한편, 동한 때 곽헌郭憲의 『동명기洞冥記』에 따르면, 한나라 무제武帝 때 어느 선녀가 옥비녀를 남겨놓았는데, 소제昭帝 때 어느 궁녀가 몰래 옥비녀가 담긴 갑을 열자 옥비녀는 보이지 않고 하얀 제비 한 마리가 그 속에서 나와 하늘로 날아가버렸다고 했다.

39. 송나라 때 진사도陳師道(1053~1102)가 쓴 『후산시화後山詩話』에 따르면, 송나라 태조太祖 조광윤趙匡胤이 아직 황제가 되지 않았을 때 「영월詠月」이라는 시를 서현徐鉉 (917~992)에게 보여주었다. 서현은 그 시 가운데 "바다 밑을 떠나지 않았을 때는 모든 산들이 어둑하더니, 중천에 이르니 만국이 밝아졌네[未離海底千山黑 才到中天萬國明]."라는 구절을 읽고, 조광윤이 제왕帝王이 될 징조가 있음을 알아챘다고 한다. 가화의 시는 이 이야기에 빗대어 자신의 마음을 풀어놓은 것이다. 그렇기 때문에 진비도 뒤에서 그가 '크게 출세할 조짐'이 보인다고 한 것이다.

40. 당시 과거시험에 사용되던 '팔고문八股文'과 '시첩시試帖詩'를 가리킨다.

41. 『논어論語』「이인里仁」의 "군자는 도의에 밝고 소인은 이익에 밝다[君子喩於道 小人喩於利]."라는 구절을 염두에 둔 말이다.

42. 명나라와 청나라 때의 과거는 3등급으로 나뉜다. 첫째는 부현府縣에서 치르는 '원시院試'로서 여기에 합격하면 '생원生員'이 되고, 둘째는 성省 단위로 치르는 '향시鄕試'로서 여기에 합격하면 '거인擧人'이 된다. 마지막으로 전국 규모의 시험을 일컬어 '회시會試'라고 하는데, 여기에 합격하면 '공사貢士'가 된다. 나중에 공사들이 황제 앞에서 직접 '전시殿試'를 치러서 통과하면 '진사進士'가 된다. 이 가운데 향시와 회시는 3년마다 한 차례씩 치러지는데, 이것을 일컬어 '대비大比'라고 한다. 향시는 가을에 치러지기 때문에 '추위秋闈'라고도 부르고, 회시는 봄에 치러지기 때문에 '춘위'라고도 부른다. 여기서 '위闈'는 과거를 치르는 시험장을 가리킨다.

43. '곽계霍啓'[huò-qǐ]라는 이름은 그와 발음이 비슷한 '화기禍起'[huò-qǐ]를 가리키니, 즉 그에게서부터 재앙이 시작됨을 암시한다.

44. 옛날에 토지신에게 제사를 지내던 날로, 1년에 두 차례 거행했다. 입춘立春 후 닷새째인 무일戊日에 지내는 것을 '춘사春社'라 하고, 입추立秋 후 닷새째인 무일에 지내는 것을 '추사秋社'라 한다.

45. 중국 서북쪽 투르판 분지에 있는 산맥이다. 동서로 100킬로미터, 남북으로 10킬로미터쯤 되는 이 산맥에서 가장 높은 봉우리는 해발 851미터이다. 이 산은 전체적으로 붉은색의 사암과 역암礫岩, 이암泥岩으로 이루어져 있어서 멀리서 보면 마치 불타는 듯한 모습이기 때문에 이런 이름이 붙었다. 『서유기西遊記』에서 서천西天으로 가던 손오공 일행이 파초선芭蕉扇을 얻어 불길을 끄고 지나갔다고 묘사된 곳이기도 하다.

46. '봉숙封肅'은 성품이 쌀쌀맞다는 것을 의미하는 '풍숙風肅'[fēngsù] 또는 '풍속風俗'[fēngsí]과 발음이 통한다.

47. 타향은 세속의 인간 세상을, 고향은 깨달음의 세계를 은유적으로 표현한 것이다.

48. 옛날 관리 밑에서 호위를 하거나 범인을 잡고 형벌을 집행하던 심부름꾼이다. 이들은 관료가 외출하면 앞에서 소리쳐 길을 트며 위세를 보이는 역할도 맡았다.

### 제2회

1. '번자番子'라고도 한다. 명나라 때 창위사廠衛司에서 범인을 체포하는 일을 맡은 하급 관리를 가리키는데, 청나라 때 이들은 도적을 체포하거나 도망자, 창녀, 노름꾼, 건달 따위를 탐문하여 잡아들이는 일을 맡았다. 여기서는 관아에서 수사와 체포를 담당하는 하급 관리를 가리키는 일반적인 뜻으로 쓰였다.

2. 원문의 '착着'은 원래 바둑에서 돌을 놓는 것을 가리킨다. 여기서 '잘못 놓았다'는 것은 잘못된 행동을 했다는 의미인데, 봉건 예법에 따르면 여자가 사사로이 외간 남자를 돌아보는 것은 금기시되는 일이었기 때문이다. 판본에 따라서는 이 구절이 "우연히 한 번 머리를 돌려 돌아보았기 때문에[偶因—回顧]"라고 되어 있기도 하다.

3. 과거시험에서 진사는 3개의 등급[三甲]으로 나누어 뽑는데, 1등급[—甲]에 든 3명을 제외한 나머지는 다시 '조고朝考'를 치러서 '서길사庶吉士'를 뽑는다. 이때 '서길사'에 뽑히지 못한 이들은 후선候選 과정을 거쳐서 각 부서部署나 지방관으로 나갈 후보가 되는데, 이 가운데 후자를 '외반外班'이라고 한다.

4. 봉건시대의 예의 제도는 예부禮部에서 규정한 대로 따라야지 관리들이 마음대로 모아 편찬하면 처벌을 받았다.

5. 지방의 염무鹽務를 관리하는 벼슬아치이다. 청나라 때 소금은 조정의 전매품이어서, 종종 조정에서 순염어사巡鹽御使나 전운사轉運使와 같은 관리들을 파견하곤 했다.

6. 전시殿試에서 일갑—甲의 3등으로 급제한 이를 가리키는 말이다. 참고로 전시는 북송北宋 때부터 시작되었으며, 당시에는 일갑의 1등은 '장원壯元', 2등과 3등은 모두 '방안榜眼'이라고 불렀다. 그러다가 북송 말엽부터는 일갑의 2등을 '방안', 3등을 '탐화'라고 부르게 되었다.

7. 작자가 허구적으로 지어낸 관직 이름이다. 원래 '난대蘭臺'는 한나라 궁중의 도서관을 가리키는 말이었는데, 훗날 탄핵을 담당하는 '어사대御史臺'를 가리키는 별칭이 되었다. 또한 '어사부御史府'를 '난대시'라고 부르기도 했는데, 그곳을 담당하는 관리를 '난대사령蘭臺史令'이라고 불렀다.

8. 같은 종중宗中이기는 하지만 적계嫡系가 아닌 친족을 가리킨다.

9. 동한 남양관군南陽冠軍(지금의 허난성[河南省] 덩현[鄧縣]에 속함) 사람으로 집금오執金吾와 좌장군左將軍을 역임했고, 교동후膠東侯에 봉해졌다. 『후한서後漢書』에 그의 전기傳記가 수록되어 있다.

10. 금릉에 도읍을 두었던 6개의 옛 왕조를 가리킨다. 삼국시대 오나라와 동진, 남조의 송, 제, 양, 진陳나라가 그것이다.

11. 삼국시대 손권孫權이 세운 성으로, 훗날 금릉, 또는 남경을 대표하는 말이 되었다. 이 성의 유적은 지금도 난징시[南京市]에 남아 있다.

12. 큰 귀족이나 관료 가문은 쇠퇴하더라도 겉으로는 번듯한 모습을 유지한다는 것을 비유한 말이다. 즉 지네나 노래기 같은 벌레는 쓰러지더라도 받쳐줄 발이 많은 것처럼, 집안에 사람이나 재물이 많다는 뜻이다.

13. 옛날 대신大臣이 죽기 전에 쓴 상소문으로서 죽은 후에 황제에게 올려진 것을 가리킨다.

14. 청나라 때는 6개의 '부部' 아래에 각기 '사司'를 두었다. '사'를 주관하는 관리가 낭중郎中이고, 낭중을 보좌하는 이가 원외랑員外郎이며, 그 아래가 바로 '주사主事'이다.

15. 여기서는 건축과 수리水利 등을 관장하는 공부工部를 가리킨다.

16. 『대학大學』에서 "지혜에 이르는 것은 사물을 연구하는 데에 달려 있으니, 사물을 연구한 뒤에야 지혜가 지극해진다[致知在格物 格物而後知至]."라고 했다.

17. 여기서는 재난災難이나 액운厄運을 뜻한다.

18. 각각 왕도王導(276~339)로 대표되는 낭야琅邪(지금의 산둥성[山東省] 린이[臨沂] 북쪽) 왕씨와 사안謝安(320~385)으로 대표되는 진군陳郡(지금의 허난성[河南省] 타이캉[太康]) 사씨 가문을 가리킨다.

19. 지금의 항저우시[杭州市]에 해당한다.

20. '흠차欽差'는 '흠차대신欽差大臣' 즉 명나라와 청나라 때 황제가 중대한 사건을 처리하기 위해 파견한 고위 관리를 가리킨다. '체인원총재體仁院總裁'는 작자가 허구적으로 만들어낸 벼슬 이름이다.

21. 대승불교大乘佛敎의 부처 이름으로, 별명은 무량수불無量壽佛, 무량광불無量光佛, 관자재왕불觀自在王佛, 감로왕甘露王이고, 밀호密號는 청정淸靜이다. 이 부처는 서방 극락세계의 교주로서 관음보살觀音菩薩, 대세지보살大勢至菩薩과 더불어 '서방삼성西方三聖'으로 꼽힌다.

423

22. 도교道教의 최고신인 '삼청三淸' 가운데 가장 높은 지위를 가진 신이다. 참고로 '삼청'은 '옥청玉淸' 원시천존과 '상청上淸' 영보천존靈寶天尊(또는 태상도군太上道君), '태청太淸' 도덕천존道德天尊(또는 태상노군太上老君)을 아우르는 칭호이다.

23. 궁녀들의 관직 이름이다. '여사'는 원래 왕후의 의례를 관장하는 직책이었는데, 나중에는 신분이 높고 세련된 여자를 가리키는 일반적인 칭호가 되었다.

24. 옛날의 예법에 따르면 공경하는 마음을 나타내기 위해 군주나 부모의 이름을 직접 읽거나 쓰지 못했는데, 이것을 '피휘避諱'라고 한다. 이런 경우는 글자를 바꿔 쓰거나 발음을 바꾸어 썼으며, 그마저 불가능하면 글자의 획을 줄여서 쓰는 등의 방법을 썼다.


## 제3회

1. '저邸'는 본래 황제를 알현하려는 제후나 일을 처리하기 위해 경사에 올라온 관료들이 묵는 숙소를 가리키는 말이었는데, 나중에는 왕후나 높은 관료들이 살면서 공무를 처리하는 저택을 가리키는 말로 쓰이게 되었다. '저보'는 '저초邸鈔' 또는 '궁문초宮門鈔'라고도 하며, '저'에서 서면으로 제공하는 보도자료이다. 여기에는 황제의 조령詔令이나 상소문을 베껴 쓴 것이라든지 그 밖의 새로운 소식 등이 담겨 있었다. 이것은 한나라 때부터 시작되었는데, 나중에는 정부에서 발행하는 관보 역시 '저보'라고 불렀다.

2. 종이에 자신의 성명과 관적, 관직, 작위 등을 써서 남의 집을 방문할 때 제시하여 주인에게 이름을 알리는 용도로 쓰던 것이다. 오늘날의 명함과 같다. 한나라 때 처음 쓰일 때는 평평하게 깎은 나무판자에 성명과 살고 있는 고을 이름을 적었다. 그것을 '알謁'이라고 부르다가, 한나라 말엽부터 '자刺'라고 불렀다. 후세에 종이를 사용하면서도 여전히 그것을 '명자名刺'라고 부르기도 했다.

3. 약 120~150걸음[步]에 해당한다.

4. 옛날 저택에서 대문 안으로 들어선 후 안채로 들어가는 문에는 대개 현판 양쪽으로 늘어뜨린 기둥에 꽃무늬를 조각하고 문 위쪽에는 궁전 양식의 작은 지붕을 얹었는데, 이것을 '수화문'이라고 한다.

5. 앞뒤 정원 사이에 있는, 중간을 가로질러 통행할 수 있는 대청이다.

6. 천당의 중앙에 놓는 커다란 병풍으로, 장식의 역할뿐만 아니라 외부에서 안쪽을 들

여다볼 수 없도록 시선을 가리는 역할도 한다.

7. 새 이름이다. 상체는 옅은 갈색이고 부리와 등 위에 갈색의 굴대무늬가 있다. 눈 가 장자리는 흰색이며, 눈 위에 흰색의 눈썹 같은 무늬가 또렷하다. 하체는 짙은 갈색이 고, 배에 회색 깃털이 섞여 있다. 몸길이는 약 23센티미터 정도이다.

8. 한의학에서 기氣가 부족하여 신체가 허약해져 생기는 병을 가리키는 명칭이다. 예를 들어, 비장脾臟과 위장이 허약하면 중기中氣가 부족하다고 하고, 기혈氣血이 허약하면 정기正氣가 부족하다고 하는 것이다.

9. 긴 비녀의 한쪽 끝을 다섯 가닥으로 나누어, 그 가닥마다 한 줄로 꿰어진 진주를 물 고 있는 봉황으로 장식한 것이다.

10. 변색變色 족제비를 가리킨다.

11. 본채의 양쪽에 딸린 곁채[廂房]로, 하인들이 거처하는 방이다.

12. 매달 신분에 따라 집안사람들에게 지급하는 용돈을 말한다.

13. 두꺼운 초록색 비단으로 차양을 가리고, 푸른 주단[綢緞]으로 휘장을 단 수레이다.

14. 옛날 관아나 저택의 대문 안쪽에 있는 문으로, 상식적 역할을 하면서 "예의가 있으 면 본받을 만하다[有儀可象]."라는 뜻을 나타낸다. 일설에는 관서官署의 곁문, 즉 '이 문誼門'이 잘못 전해져서 '의문儀門'이라고 불리게 되었다고도 한다.

15. 옆쪽 벽에 문을 내거나 구멍을 뚫어 이웃한 방이나 회랑과 연결하는 방식이다.

16. 정원 중간에 있는 통로로, 대개 벽돌을 깔아 만든다.

17. '만기萬幾'는 '만사萬事' 즉 황제가 처리해야 하는 수많은 일을 가리키고, '신한宸 翰'은 황제의 글씨를 의미한다. '보寶'는 황제의 도장이라는 뜻이다.

18. 이 그림은 대개 비 오는 날 거대한 용이 바다의 운무雲霧 속에서 꿈틀거리는 모습을 묘사한 수묵화를 가리키는 경우가 많다. 이것은 흔히 황제를 비유하는 용과 조회[朝] 를 암시하는 바다 물결[潮]의 관계를 이용하여 그림의 주인이 조정의 대신大臣임을 과시하는 의미로 사용되곤 한다. 그림의 제목에서 '누漏'는 물시계를 가리키니, '대 루待漏'는 신하들이 날이 새기 전인 오경五更에 궁궐의 조방朝房에 도착하여 조회가 시작되는 시간을 기다린다는 뜻이다. '수조隨朝'는 신하들이 반열班列에 따라 자리를 정해 늘어서서 황제를 알현하는 것을 가리킨다.

19. 등받이와 팔걸이가 있는 의자이다.

20. 옛날 관료들의 예복에 수놓은 화려한 문양이다. '보黼'는 흑백이 반반으로 나뉜 도 끼 모양의 문양이고, '불黻'은 푸른색과 붉은색으로 만든 '아亞'자 모양의 문양이다.

21. 앉아 있을 때 팔을 기대는 데 쓰는 둥글고 볼록한 쿠션이다.

22. 원래 주나라 때 나라의 대통大統을 전해준다는 것을 의미하던, 청동으로 만든 3개의 발이 달린 솥을 가리키는 명칭이지만, 여기서는 그 모양을 본떠 만든 작은 향로를 가리킨다.

23. 송나라 때 하남河南 여주汝州에 있던 도요陶窯(도기를 굽는 가마)이다.

24. 옛날 술잔 이름이다. 긴 몸통에 허리 부분이 가늘어 마치 미인의 몸매처럼 생겼다는 뜻에서 붙인 이름이다.

25. 중국의 전통 가옥인 사합방四合房에서 정면, 즉 북쪽에 위치한 세 칸, 혹은 다섯 칸짜리 건물이다. 본채의 중앙에 있는 방은 '당옥堂屋'이라고 하는데, 대개 조상을 모시는 제단이 마련되어 있거나 탁자와 의자를 놓아 응접실로 쓰이기도 한다. 당옥의 좌우에는 입구가 있어서 침실로 쓰이는 '이간裏間' 즉 안방(裏屋)과 통한다. '이간'의 구석으로 또 하나의 곁방(耳房)이 있게 되면 모두 다섯 칸 건물이 된다.

26. 종이에 각종 문양을 그린 후 오려내고, 검은색이나 다른 색을 뿌려서 무늬를 입히는 방식이다.

27. 세상을 어지럽히는 마왕이라는 뜻으로, 가보옥을 가리킨다.

28. 당옥堂屋 뒤쪽을 둘러싼 옆방(側室)을 가리킨다.

29. 『논어論語』, 『맹자孟子』, 『대학大學』, 『중용中庸』을 가리킨다. 송나라 때 주희朱熹가 이들 네 편의 책에 한꺼번에 주석을 달아 『사서장구집주四書章句集注』를 편찬한 뒤로 이런 명칭이 생겼다. 원나라 이후로는 과거시험에서 '사서'를 교과서로 삼았다.

30. 조화朝靴는 옛날 벼슬아치들이 신던 것으로, '오피리烏皮履'라고도 부른다.

31. 옥을 꿰어 만든 장식물로, 주로 목걸이 장식에 쓰인다.

32. 옛날 중국에서는 아이가 어린 나이에 죽지 않도록 절이나 도관에 일정한 재물을 바치고 '기명제자寄名弟子'로 삼으면서, 아울러 아이의 목에 작은 황금 자물쇠를 매단 목걸이를 걸어주곤 했는데, 이것을 '기명쇄寄命鎖'라고 한다.

33. 도관道觀에서 가져온 일종의 부적으로, 몸에 지니고 있으면 재앙을 막아준다고 한다.

34. 상나라 주왕紂王의 숙부이다. 『사기史記』「은본기殷本紀」에 따르면, 그는 "신하란 죽음을 무릅쓰고 간언할 수밖에 없다."라고 하면서 음란한 주왕에게 간언을 했다. 그러자 주왕이 "성인의 심장에는 구멍이 7개라던데, 어디 보자!" 하면서 그를 죽여 심장을 꺼내 살펴보게 했다고 한다. 옛날에는 심장에 구멍이 많을수록 지혜롭다고 여

졌다고 한다.

35. 전설에 따르면 서시西施는 몸이 병약하여 항상 눈썹을 찡그렸는데, 그것이 그녀의 아름다움을 더해주었다고 한다.

36. 투간套間은 본채[正房]와 이어진 양쪽의 곁방인데, 난각暖閣은 이 투간 안에 다시 벽을 내 만든 작은 방으로, 그 안에 놓인 구들을 침상처럼 꾸며놓은 곳이다.

37. '격선문隔扇門' 또는 '격문格門'이라고도 부른다. 청나라 때 건물의 내부 장식에서 방을 나누는 방식 중 하나이다. 틀은 대개 등불 모양으로 만드는데, 그 중앙에 그림이나 글씨가 들어 있는 종이를 바르기도 하고, 궁궐이나 부귀한 집안에서는 유리나 다양한 색깔의 비단을 설치한다. '벽사주' 안이라는 것은 이러한 벽사주로 방을 나눈 그 안쪽 공간을 가리킨다.

38. 청나라 때는 황제의 아들이 태어나면 즉시 유모와 보모를 각기 8명씩 붙였고, 젖을 뗀 뒤에는 '암달諳達'이라는 새로운 시종을 붙였다. '암달'은 음식과 언행, 예절 따위를 가르치는 역할을 맡았다. 귀족 가정에서 '교인 할멈'도 바로 이 '암달'과 같은 임무를 맡았다.

39. '예주蕊珠'라고 되어 있는 판본도 있다.

40. 송나라 때 육유陸游(1125~1210)의 시 「촌거서희村居書喜」에 들어 있는 구절에서 따온 것이다. 원작은 다음과 같다.

紅橋梅市曉山橫　홍교에 매화 시장 열릴 때 새벽 산 비스듬하고
白塔樊江春水生　백탑을 둘러 흐르는 강에 봄물이 흐르네.
花氣襲人知驟暖　꽃향기 덮쳐오니 갑자기 날씨 따뜻해졌음을 알겠고
鵲聲穿樹喜新晴　숲을 뚫고 까치 소리 들려오니 맑아진 날 기뻐하네.
坊場酒賤貧猶醉　가게에는 술이 싸서 가난한 이도 취할 수 있고
原野泥深老亦耕　들에는 진흙 깊어 늙은이도 농사지을 수 있네.
最喜先期官賦足　무엇보다 기쁜 건 관청에서 거둔 세금이 충분하여
經年無吏叩柴荊　한 해가 지나도 관리가 사립문을 두드리지 않는다는 것!

## 제4회

1. '호로葫蘆'는 승려가 살고 있던 사당인 '호로묘'를 가리키기도 하지만, 그 단어의 발음이 '호도糊塗'와 통하기 때문에 '호로안葫蘆案'은 '애매모호한 사건'이라는 뜻을

암시하기도 한다.

2. 국자감은 수隋, 당唐 이래 중국 왕조에서 최고의 교육기관[學府]으로 꼽히던 곳으로서 '국학國學'이라고도 불렸다. '좨주'는 옛날 연회에서 제사할 때 술을 올리던 어른을 가리키는 말이었으나, 훗날에는 '학관學官'을 가리키는 뜻으로 쓰였다.

3. 명나라 때 왕상王相(자는 진승晉升)이 주희朱熹의 '사서四書'를 모방해 편찬한 것으로, 여자의 덕에 대해 다룬 네 책에 주를 단 것이다. 이 안에는 동한 때 반소班昭가 지은 『여계女誡』와 당나라 때 송약신宋若莘과 송약소宋若昭가 지은 『여론어女論語』, 명나라 영락제永樂帝의 황후皇后인 서徐씨가 편찬한 『내훈內訓』, 그리고 왕상의 모친 유劉씨가 지은 『여범첩록女範捷錄』과 그에 대한 주석이 포함되어 있다.

4. 서한西漢 때의 유향劉向(기원전 77?~기원전 6)이 편찬한 것으로 알려진 책이다. 옛날 봉건 윤리에 부합하는 여인들의 언행이 기록되어 있다.

5. 자세히 알 수 없다. 인민문학출판사 판본의 주석에서는 『세설신어世說新語』 제19편인 「현원賢媛」을 가리키는 것일지도 모른다고 했다.

6. 일체의 감정과 욕망이 사라진 상태를 비유한 말이다. 『장자莊子』「제물론齊物論」에 "몸의 형상을 진정 마른 나무와 같게 하고 마음을 진정 식은 재처럼 만들 수 있는가〔形固可使如槁木 而心固可使如死灰乎〕?"라는 구절이 있다.

7. 관아에서 외부에 관리들을 파견하여 일을 처리할 때 증빙으로 삼는 것이다. 일반적으로 긴 나무통에 사건과 관련된 소환장을 담아, 범인이나 관련자를 잡아 끌고 갈 때 꺼내 보인다.

8. 관아에서 정문을 지키거나 소식을 전달하는 등의 잡무를 담당한 하급 관리이다.

9. '벼슬을 지켜주는 부적'이라는 뜻이다.

10. '상서령'은 진秦나라 때 처음 설치된 관직이지만 권한은 시대마다 달랐다. 진나라 때는 황제에게 올라가는 문서들을 관장했고, 동한 때는 정사政事를 총괄했으며 위魏, 진晉 시기에는 사실상 재상과 마찬가지였다. 명나라와 청나라 때는 이 관직이 없어졌다.

11. '도태위'는 '경사에서 태위를 지냈다.'라는 뜻이다. 태위는 진나라와 한나라 때 전국의 군사를 지휘하는 사령관으로서 이른바 '삼공三公' 중 하나이다. 후세에는 점차 실권이 없는 명예직으로 바뀌다가 원나라 이후 없어졌다. '통제'는 북송 때 설치한 관직으로 군사 업무를 담당했는데, 남송 이후로는 금군禁軍 장수의 직함이 되었다. '현백'은 진晉나라 때 설치한 관직 이름으로, 후侯, 자子, 남男과 함께 모두 현縣에 봉

해졌다. 그 직함은 역대로 계속되다 남조南朝 진陳나라 때부터 '개국開國'이라는 단어가 덧붙여져 '개국현백開國縣伯', '개국현자開國縣子' 등으로 불렸다. 원나라 때는 현자와 현남은 있었으나 현백은 없어졌고, 명나라 때는 모두 폐지되었다.

12. 눈을 나타내는 '설雪'은 '설薛'과 발음이 통한다.

13. 황제의 훈령[詰勅]을 전담하는 벼슬아치인 중서사인中書舍人을 가리킨다. 당나라 현종玄宗 때 중서성中書省을 자미성紫微省으로 고친 적이 있기 때문에 '자사인'이라는 명칭이 생겨났다.

14. '탕은帑銀'은 국고國庫에 소장된 돈을 가리킨다.

15. 관아나 높은 관료의 사택私宅에서 둘째 대문 옆에 설치한 일종의 울림 기구로, 밖에서 보고할 때나 사람들을 소집할 때 치는 것이다. 그 모양은 대개 구름 모양으로 주조하기 때문에 '운판雲板'이라고도 부른다.

16. 판본에 따라서는 봉연逢淵으로 표기된 경우도 있다.

17. '부계扶乩' 또는 '부기扶箕'라고도 한다. 대개 나무로 '정丁'자 모양의 틀을 만들고 나무를 세워 붓으로 삼고, 그 아래 모래를 담은 쟁반을 놓는다. 그리고 두 사람이 가로로 묶인 나무의 양쪽 끝을 들고, 신령에게 강림해달라고 청하는 척하면서 길흉화복에 대해 물으면, 나무 붓이 모래 위에 글자를 써서 답을 보여주는 것이다.

18. 절도사는 당나라 때 변방 지역을 몇 개의 진鎭으로 나누고 그곳의 군정軍政을 담당하기 위해 설치한 관직이다. 이들은 훗날 각자 세력을 키워 독립적으로 한 지역을 차지한 군벌軍閥이 되어 반란을 일으키기도 했다. 송나라 때부터는 실권이 없는 명예직으로 바뀌었고, 원나라 이후로는 폐지되었다. 그러므로 왕자등의 이 벼슬은 작자가 가상으로 만들어낸 것이라 하겠다.

19. 갑술본甲戌本에는 '문룡文龍'이라고 되어 있다.

20. 제왕諸王의 딸을 가리킨다. 당나라와 송나라 때는 태자太子의 딸을 '군주'라고 불렀으나, 원나라 이후 청나라 때까지는 모두 친왕親王의 딸을 부르는 칭호로 썼다.

21. 품계品階가 낮은 황제의 비빈이다. 이 관직은 위魏, 진晉 시대에 처음 설치되어 명나라 때까지도 이어졌으나, 청나라 때의 궁중에는 이것이 없었다.

22. 본래 태자가 거처하는 궁중에서 시중을 들며 학문을 강의하는 직책이었다. 이것은 당나라 때 처음 설치되었는데, 당시 설치된 좌우찬선대부左右贊善大夫는 조정의 간의대부諫議大夫에 상당하는 높은 직책이었다. 원, 명, 청나라 때도 모두 이 직책이 있었으나 호칭은 단순히 '찬선'이라고만 했다. 여기서는 궁중에 설치된 여관女官의 일종

이라는 뜻으로 쓰였다.

23. 작자가 허구적으로 만들어낸 벼슬이다. 다만 '통제'라는 직책은 송나라 때 처음 만들어진 무관武官의 직함이다.


## 제5회

1. 판본에 따라서는 이 회의 첫머리에 "이런 시가 있다[題曰]."라고 한 후, 다음과 같은 시가 얹혀 있기도 하다.

   春困葳蕤擁繡衾　나른한 봄날 비단 이불 끌어안고 있다가
   恍隨仙子別紅塵　몽롱하게 선녀 따라 속세를 떠났다네.
   問誰幻入華胥境　꿈속에 신선의 나라 들어간 이 누구인가?
   千古風流造孽人　영원히 방탕하며 죄업 짓는 사람이지.

2. 한나라 때 유향劉向의 『별전別傳』에 이런 기록이 있다. "유향이 칠흑같이 어두운 밤에 홀로 앉아 책을 읽고 있는데, 손에 '푸른 명아주 줄기로 만든 지팡이[靑藜杖]'를 든 신선이 나타났다. 그 신선이 지팡이 끝을 입으로 불자 불이 밝혀졌으며[燃], 신선은 그에게 많은 옛 책을 주었다.' '연려도'는 바로 이와 같이 '학문을 권장하는[勸學]' 이야기를 제재로 한 것이다.

3. 당인(1470~1523)의 자는 백호伯虎 또는 자외子畏이며, 육여거사六如居士, 도화암주桃花庵主 등의 호를 썼다. 명나라 때 그림과 서예, 시로 유명했는데, 「해당춘수도」는 아름다운 여자가 해당화 아래에서 잠들어 있는 모습을 그린 것이다. 전하는 바에 따르면, 당나라 현종이 양귀비의 아름다움을 그렇게 비유했다고 한다. 따라서 이 제목은 일종의 선정적인 그림을 대표한다고 할 수 있다.

4. 진관(1049~1100)의 자는 태허太虛, 또는 소유少游이고, 호는 한구거사邗溝居士이며, 제자들은 그를 회해선생淮海先生이라고 불렀다. 1085년 진사에 급제하여 태학박사太學博士, 국사원편수관國史院編修官 등을 역임했다. 황정견黃庭堅, 장뢰張耒, 조보지晁補之 등과 더불어 소식蘇軾의 대표적인 문하생인 '소문사학사蘇門四學士'로 꼽힌다.

5. 무측천(624~705)의 본명은 무조武曌이다. 당나라 고종高宗의 황후로서 고종이 죽자 중종中宗을 궁중에 유폐시키고 예종睿宗을 내세워 조정의 정권을 휘두르다가, 결국에는 예종마저 폐위시키고 스스로 여황제가 되어 나라 이름을 주周로 바꾸기도 했으나 훗날 재상 장간지張柬之 등에 의해 상양궁上陽宮에 유폐幽閉되었다. 죽은 뒤 측천황후

則天皇后라는 시호諡號가 내려졌다. 무측천은 본래 태종太宗의 비妃였는데 결국 태종의 아들인 고종高宗의 후后가 되었으니, 그녀가 쓰던 거울이 진가경의 방에 있다는 것은 진가경과 시아버지인 가진 사이에 불륜이 있음을 풍자한 것이다.

6. 조비연은 춤을 잘 추어서 여동생과 함께 한나라 성제成帝의 후궁이 되어 총애를 받았다. 성제가 갑작스러운 병으로 죽자 뒤를 이은 애제哀帝가 그녀를 황태후皇太后로 모셨다. 그러나 평제平帝가 즉위한 후 그녀를 폐위하여 서인庶人이 되자 자살했다.

7. 안녹산安祿山(703~757)의 본래 성은 강康, 이름은 아락산阿犖山 또는 알락산軋犖山인데, 어려서 재혼한 어머니를 따라가 안씨安氏 성을 얻었다. 그는 당나라 현종 때 평로군平盧軍 지휘관이 되었고, 자청하여 양귀비의 양자가 되었다. 그러나 나중에 조정의 최고 실권자인 양국충楊國忠과 사이가 벌어지자 반란을 일으켜 장안長安을 점령하고 스스로 웅무황제雄武皇帝라 칭하며 나라 이름을 연燕으로 바꾸기도 했다. 결국 그의 아들 경서慶緒와 이저아李猪兒에게 피살당했다.

8. 이것은 실제 사실이 아니라 작자가 꾸며낸 이야기이다.『시경詩經』「위풍衛風」「목과木瓜」에 "나에게 모과를 던져주네〔投我以木瓜〕."리는 구절이 있는데, 이것을 토대로 연상해낸 것인 듯하다. 인민문학출판사 판본의 주석에서는 송나라 때 고승高承이 편찬한『사물기원事物紀原』의 '젖 가리개〔訶子〕' 항목에, "양귀비가 안녹산과 사통하다가 손톱에 긁혀 젖가슴 사이에 상처가 나자 이를 가리기 위해 젖 가리개를 만들었다."라는 내용을 소개하면서, 던진다는 뜻의 '척擲'〔zhì〕자와 손가락을 가리키는 '지指'〔zhǐ〕자의 중국어 발음이 유사하고, 오이 '과瓜'자와 손톱 '조爪'자의 모양새가 비슷해서 이런 잘못된 이야기가 만들어진 것일 수도 있다고 했다.

9. '수양공주壽陽公主'를 잘못 쓴 것으로 보인다. 수양공주는 남조 송나라 무제武帝 유유劉裕(363~422)의 딸이다.『태평어람太平御覽』「시서부時序部」에 인용된『잡오행서雜五行書』에 따르면, 그녀가 함장전 처마 아래에 누워 있을 때 매화가 이마에 떨어져 5개의 자국이 났는데, 닦아도 지워지지 않았다. 나중에 궁녀들이 그걸 신기하게 여겨서 일부러 그 모양처럼 화장을 했는데, 그것이 바로 '매화장梅花粧'이라고 했다.

10. 한나라 때의 궁전 이름이다.

11. 동창공주는 당나라 의종懿王의 딸이다. 당나라 때 소악蘇鶚의『두양잡편杜陽雜編』에 따르면, 동창공주는 진주를 꿰어 추위를 막는 주렴을 만들었다고 했다. 한편, 본문의 실내 묘사는 대부분 고대의『향염고사香艷故事』에 수록된 내용을 이용하여 장식의 화려함을 묘사하면서 동시에 풍자의 의의를 담은 것이다.

12. 이 부분은 『회진기』에서 최앵앵이 장선비와 서쪽 사랑채[西廂]에서 몰래 만날 때, 홍낭이 이불과 베개를 가져다준 일을 암시하고 있다.

13. 『장자莊子』「제물론齊物論」에서는 모장毛嬙과 여희麗姬의 아름다움을 묘사하면서, "물고기들도 그들을 보면 깊이 숨고, 새들도 그들을 보면 높이 날아오르고, 사슴과 노루도 그들을 보면 죽어라 내달린다."라고 했다. 이후로 '어입조경魚入鳥驚'은 '침어낙안沈魚落雁'과 마찬가지로 미녀의 아름다움을 대표하는 말로 쓰이곤 했다.

14. 판본에 따라서는 '가을 난초[秋蘭]'로 표기된 경우도 있다.

15. 한나라 원제元帝의 궁녀로서 칙명을 받아 흉노의 호한야선우呼韓邪單于에게 시집갔다. 흔히 명비明妃라고 불리며, 그녀의 애절한 사연은 예로부터 시인들이 자주 이용하는 소재가 되었다.

16. 곤륜산崑崙山의 선경仙境으로, 주나라 목왕穆王이 서왕모西王母를 만났다는 곳이다.

17. 『해내십주기海內十洲記』「장주長洲」 항목에 따르면, 장주는 청구靑邱라고도 하는데 이곳에 항상 천둥소리가 울리는 봉산鳳山이 있으며, 그 안에 있는 자부궁紫府宮에서 천진선녀天眞仙女가 노닐고 있다고 했다.

18. 선향동選香洞으로 된 판본도 있다.

19. 본래 당나라 때 궁정에서 쓰던 일종의 무악舞樂이다. 원나라 순제順帝 때인 지정至正 14년(1354년)에 제정한 '천마무'는 16명의 궁녀가 보살의 모습으로 분장하고서 다양한 악기의 반주에 맞춰 춤추는 것이었다.

20. 가보옥이 꿈속에서 찾아간 태허환경에서 선녀의 안내를 받아 안으로 들어갔을 때 늘어선 궁전들에 걸린 현판의 내용들이다. 이것들은 모두 남녀가 정에 빠져[癡情] 서로 원한을 맺어서[結怨] 아침저녁으로 통곡하고[朝啼 暮哭], 봄날에는 감상에 젖고[春感] 가을에는 슬픔에 잠긴다[秋悲]는 뜻을 담고 있다. '사司'는 그런 인간 세상의 남녀를 관장하는 부서部署라는 뜻이다.

21. '맑은 하늘의 달[霽月]'은 '청청晴' 자를 뜻하고 '오색구름[彩雲]'은 '문雯' 자를 암시하니, 이것은 가보옥의 하녀인 청문의 운명을 암시한 노래이다. 그녀는 성품이 거리낌 없고 직설적이어서 윗사람의 미움을 받았으며, 결국 가보옥과의 관계를 의심한 왕부인에 의해 쫓겨나지만 결백하다. 또한 그녀는 노래의 '쉽사리 흩어지네'라는 구절에서 암시된 것처럼 요절하게 된다. '정 많은 도련님' 가보옥은 그녀가 죽어서 부용꽃을 관장하는 신이 되었다는 말을 듣고 제문을 지어 영혼을 위로한다.

22. 그림 속의 돗자리를 나타내는 글자인 '석席'은 중국어 발음이 [xi]로 '습襲'과 같

다. 그러므로 이 노래는 가보옥의 시녀인 화습인의 운명을 암시한 것이다. 광대〔優伶〕
는 나중에 그녀의 남편이 되는 배우 장옥함을, 마지막 구절의 '도련님'은 가보옥을
가리킨다. 지연재의 평점評點에 따르면, 이 노래의 후반부 두 구절은 화습인이 장옥
함과 결혼하기 전에 가보옥과 잠자리를 같이하게 된다는 것을 암시한다고 했다.

23. 그림 속의 계수나무는 하금계를, 연꽃은 진사은의 외동딸인 영련을 가리킨다. '두
땅의 외로운 나무'는 2개의 '토土'와 하나의 '목木'으로 이루어진 글자, 즉 '계桂'를
암시한다. 영련은 유괴되었다가 나중에 설보차의 오빠인 설반의 첩으로 팔리면서 이
름이 향릉으로 바뀌는데, 설반의 본처인 하금계에게 모진 학대를 당한다.

24. 이것은 두 여주인공인 설보차와 임대옥의 운명을 암시한다. '베틀을 멈춘 여인의
덕'은 남편에게 내조를 잘하는 훌륭한 아내의 덕성을 가리키며, 여기서는 설보차를
찬양한 것이다. '버들 솜 읊는 재주'는 임대옥의 뛰어난 시재詩才를 빗댄 것이다. 이
밖에도 '눈〔雪〕'(설〔薛〕과 발음이 같음)과 '비녀〔簪〕'(차〔釵〕와 뜻이 같음)는 설보차를,
'숲〔林〕'과 '옥〔玉〕'은 임대옥을 암시한다.

25. 가보옥의 누나이자 '금릉십이차'의 한 사람인 가원춘 자매들의 삶을 암시한 것이
다. 그림 속의 '활〔弓〕'은 '궁궐〔宮〕'을 비유하고, '레몬〔櫞〕'〔yuǎn〕은 '원元'〔yuán〕자
와 발음이 비슷하다. 이 그림과 노래의 전반부 두 구절은 그녀가 궁중에 들어가 귀비
貴妃가 될 운명임을 말해준다. 그러나 줄곧 집안의 후견인 노릇을 하던 그녀가 43세
의 나이로 갑자기 죽자 가부賈府도 급격하게 몰락하기 시작한다. 한편, '삼춘三春'은
가영춘, 가탐춘, 가석춘 자매를, 그리고 '초춘初春'은 가원춘을 암시한다. '거창한 꿈
이 끝난다'는 것은 이 자매들이 꿈처럼 부질없는 속세의 삶을 떠나 죽게 된다는 뜻
이다.

26. 역시 '금릉십이차'의 한 명인 가탐춘이 배를 타고 천리 타향으로 시집갈 운명임을
암시한 것이다.

27. 마지막 구절의 '상湘'자가 암시하듯이, 이것은 어려서 부모를 잃고 고생하다 귀공
자와 결혼하지만, 얼마 안 가서 과부가 되는 사상운의 운명을 노래한 것이다.

28. 비구니의 몸으로 가보옥에게 은근한 정을 품었다가, 맑은 성품을 지켜 그를 멀리하
면서 절에서 외로이 지내는 묘옥의 운명을 암시한 것이다. 그러나 그녀는 나중에 악
한에게 납치되고 만다.

29. 당나라 때 심기제沈旣濟가 지은 『침중기枕中記』에는, 가난한 노盧선비가 한단邯鄲 땅
에 있는 어느 주막에서 여呂 아무개라는 늙은 도사를 만나 그가 빌려준 베개를 베고

433

잠이 들어 온갖 부귀영화를 누리는 꿈을 꾸었는데, 깨어보니 아까 주막 주인이 짓고 있던 조밥(黃粱)이 채 익지도 않았더라는 이야기가 실려 있다.

30. 성질이 포악한 남편인 손소조에게 시달림을 당하다가 1년도 채 못 되어 죽는 가영춘의 운명을 암시한 것이다. 첫 구절의 '자子'와 '계系'를 합치면 '손孫'이 된다. '중산中山의 이리'란 은혜를 원수로 갚는 사람을 비유한 말이다.

31. 기우는 집안의 운명과 덧없는 인생을 한탄하여 결국 승려가 되고 마는 가석춘의 운명을 암시한다.

32. 그림의 암컷 봉황으로 미루어보면, 이것은 왕희봉의 운명을 암시한다. 빙산은 그녀가 의지하는 재산과 권세가 쉽게 사라질 수 있는 위태로운 것임을 비유하고 있다. '일종이령삼인목—從二令三人木'에 대해서는 여러 가지 해석이 있지만 대부분 추측일 뿐 정확한 의미는 알 수 없다. 다만 '인목人木' 두 글자를 합하면 '휴休' 자가 되니, 그녀가 나중에 남편에게 버림받는 것을 암시한다고 하겠다. 훗날 가씨 집안이 기울자 그녀는 요절한다.

33. 가련과 왕희봉의 딸인 가교저('대저아大姐兒'라고도 부르며, '금릉십이차' 중 한 사람)의 운명을 암시한다. 그림은 그녀가 결국 길쌈으로 살아가는 시골 아낙이 될 것임을 암시하고 있다. 어머니가 죽은 뒤 그녀는 외삼촌 왕인 등에 의해 번왕蕃王의 첩으로 팔려갈 위기에 처하나, 위 노래에서 '은인'이라고 말한 유노파의 도움으로 구출되어 지방 부호의 아들인 주周수재秀才의 아내가 된다. '교巧'는 공교롭다는 뜻인 동시에 가교저를 의미한다.

34. 가보옥의 형수인 이환의 운명을 암시한 노래이다. 그림은 그녀가 만년에 아들 덕분에 영예를 누리게 된다는 것을 암시한다. 그녀는 남편 가주를 일찍 여의지만, 아들을 키워 과거에 합격시킨다. 하지만 부귀영화가 눈앞에 왔을 때 죽어버리니, 부질없는 명성만 남게 된 셈이다. 둘째 구절의 '난초(蘭)'는 그녀의 아들이자 가씨 집안의 자제들 중 가장 뛰어난 인물인 가란을 암시한다.

35. 가용의 아내 진가경의 운명을 암시한 노래이다. 지연재脂硯齋 비평에 따르면, 『홍루몽』 제13회의 제목은 원래 "진가경이 음란을 저질러 천향루에서 죽다(秦可卿淫喪天香樓)"인데, 그림에 들어 있는 것은 바로 이 일을 가리킨다. 또 지연재 비평에서는 진가경의 영혼이 왕희봉에게 나타나 집안일에 대해 부탁하는 장면이 들어 있는데, 그 말이 너무 슬프고 감동적이어서 조설근은 진가경과 시아버지 가진賈珍의 부적절한 관계를 묘사한 장면을 삭제했다고 되어 있다. 하지만 이 작품 제13회에서 가진이 요절

한 진가경의 장례를 지나치다 싶을 정도로 극진하게 치러준 부분에서도 가진과 그녀 사이의 관계를 어렴풋이 짐작할 수 있다.

36. '천홍일굴千紅一窟'은 중국어 발음이 '천홍일곡千紅一哭'과 같아 '수많은 미녀들이 일제히 통곡한다.'라는 뜻을 암시한다.

37. 옛날 여자들이 수를 놓다가 실을 바꿔 꿸 때 이로 실을 끊었기 때문에 입안에 실 부스러기가 남아 있어 수시로 뱉어냈는데, 이것을 가리킨다.

38. 중국어의 '천天'에는 '하늘'이라는 뜻과 '나날[日]'이라는 뜻이 함께 포함되어 있다.

39. 불교에서는 부처와 보살을 '대사大士'라고 부른다.

40. '만염동배萬艶同杯'는 중국어 발음이 '만염동비萬艶同悲'와 같아 '수많은 미녀들이 함께 슬퍼한다.'라는 뜻을 암시한다.

41. 박판은 '아판牙板'이라고도 부른다. 그중 자단목으로 만든 것을 '단판檀板'이라고 부르는데, 특히 그것은 붉은색을 띠기 때문에 '홍아판紅牙板'이라고도 부른다.

42. 명나라 때의 희곡을 가리키는 것으로, 서양의 오페라처럼 주로 주연 배우의 노래와 춤을 중심으로 하나의 이야기를 전개한다. 대개 여기에는 정해진 악보가 있으며, 작가는 원하는 주제에 따라 적절한 곡을 선택하고 거기에 가사를 맞춰 써서 극본을 만든다.

43. 정궁正宮, 중려中呂, 남려南呂, 선려仙呂, 황종오궁黃鍾五宮, 대석조大石調, 쌍조雙調, 상조商調, 월조사조越調四調를 말한다. 중국의 옛 희곡은 정해진 악보[曲牌]의 제한을 받는데, 악보마다 특정한 궁조宮調가 정해져 있다. 때에 따라서는 2개의 궁조를 섞어 쓰기도 하지만, 대개 악보에 따른 궁조의 규정은 상당히 엄격한 편이다.

44. 금과 옥은 각각 설보차와 임대옥을 암시한다.

45. 가보옥의 신세를 노래한 것이다. 여기서 '금과 옥의 인연'은 설보차와 가보옥의 관계를 뜻하고, '나무와 돌의 옛 언약'은 전생의 강주선초였던 임대옥과 신영시자였던 가보옥의 인연을 뜻한다. 이 노래에서 '눈[雪]'은 설보차를 암시하고 '숲[林]'은 임대옥을 암시하니, 사랑하는 임대옥과 짝을 맺지 못하고 위선적인 설보차와 결혼해야 하는 가보옥의 슬픔이 담겨 있는 셈이다.

46. 흘릴 눈물도 다 말라 비참하게 죽게 되는 임대옥의 신세를 노래한 것이다. '신선세계의 꽃'은 임대옥을, '티 없이 아름다운 옥'은 가보옥을 가리킨다. '물속의 달'과 '거울 속의 꽃'은 모두 이루지 못한 사랑을 암시한 표현들이다.

47. 가원춘의 갑작스러운 죽음으로 가씨 가문에 닥친 엄청난 재앙을 노래하고 있다.

48. 먼 곳으로 시집가 부모님을 비롯한 혈육들과 헤어지게 되는 가탐춘의 신세를 노래한 것이다.

49. 전국시대 초나라 양왕襄王이 운몽雲夢 땅을 여행할 때 고당高唐이라는 누각에 묵었다가, 꿈속에서 요희瑤姬을 만나 사랑을 나누었다. 이 사연은 송옥宋玉의 「고당부高塘賦」에 묘사되어 있다. 요희는 무산巫山의 신녀神女이 되었다는 전설도 있다. 한편 요임금의 두 딸은 순임금의 아내가 되었는데, 나중에 순임금이 죽자 상수湘水에 투신해 죽었다. 당시 이들이 흘린 눈물이 대나무에 묻어 얼룩이 생기는 바람에 '반죽班竹'이라는 명칭이 생겼으며, 두 여인의 영혼은 상수의 신이 되었다고 한다. 두 이야기 모두 사랑하는 사람과 헤어진 여인의 슬픔을 비유할 때 자주 인용된다.

50. 부귀한 집안에서 태어났으나 일찍 부모를 여의고, 훌륭한 신랑을 만났으나 중도에 사별하게 되는 사상운의 신세를 노래한 것이다.

51. 묘옥의 신세를 노래한 것이다.

52. 일설에 '풍진風塵'은 '연화煙花' 즉 기생 노릇을 의미하고, '항장航髒'은 더러워져서 깨끗해지지 않는다는 뜻이라고 풀이하기도 한다.

53. '중산의 이리[中山狼]'는 은혜를 원수로 갚는 양심 없는 사람을 가리킨다. 명나라 때 마중석馬中錫이 쓴 우언寓言 「중산랑전中山狼傳」(일설에는 당나라 때 요합姚合이 지은 것이라고도 하고, 송나라 때 사양謝良이 지은 것이라고도 함)에 따르면, 조간자趙簡子가 산중에서 사냥을 할 때 화살을 맞고 도망치는 이리 한 마리를 동곽선생東郭先生이 구해주었다. 그런데 나중에 이리가 도리어 동곽선생을 잡아먹으려 했다는 것이다. 한편, 명나라 때 강해康海는 이 이야기를 바탕으로 잡극雜劇『중산랑中山狼』을 창작하기도 했다.

54. 불행한 결혼생활을 하게 되는 가영춘의 운명을 노래한 것이다.

55. 천상의 복숭아와 구름 속의 살구꽃은 '부귀영화'를 비유한다.

56. '백양나무 우거진 마을'과 '단풍나무 우거진 숲 아래'는 모두 '무덤'을 암시한다.

57. 가씨 가문의 영화 뒤에 숨은 덧없음을 간파하고 인생의 고해苦海에서 벗어나 수행하게 되는 가석춘의 운명을 노래한 것이다.

58. 왕희봉의 비참한 운명과 쇠락하는 가씨 가문의 운명을 노래한 것이다.

59. 집안이 망해 골육상잔의 비극이 벌어질 때 유노파의 도움으로 위기를 모면한 가교저의 운명을 노래한 것이다.

60. '꿈속 같은 공명'은 이환의 아들 가란이 높은 벼슬에 오른 뒤에 이환이 죽게 됨을

암시한다.

61. '구슬 달린 모자(珠冠)'와 '봉황 무늬 수놓은 저고리(鳳襖)'는 고명부인誥命夫人의 복
    장을 가리킨다.

62. 이환의 신세와 가씨 가문이 몰락하게 된 원인을 노래한 것이다.

63. 진가경의 자살을 통해 가씨 가문의 법도가 무너지고 도덕이 타락한 상황을 노래한
    것이다.

64. 『홍루몽』에 나오는 4대 가족의 운명에 대한 총괄적 묘사로, 첫 2행은 녕국부와 영
    국부의 기우는 가운家運을, 다음 10행은 결국 뿔뿔이 흩어지게 되는 자손들의 운명
    을 묘사했다.

65. 중국어 원문의 '巫山之會 雲雨之樂'을 번역한 것이다. 이 이야기는 초나라 양왕이
    꿈에 무산巫山의 선녀와 연회를 즐기고 동침했는데, 다음 날 헤어질 때 선녀가 "아침
    엔 구름이 되고 저녁엔 비가 되어 나타나겠어요."라고 말했다는 데서 비롯된 것이다.

66. 불교에서는 삼계三界(욕계欲界, 색계色界, 무색계無色界)와 육도六道(천도天道, 인도人
    道, 아수라도阿修羅道, 축생도畜生道, 아귀도餓鬼道, 지옥도地獄道)가 모두 길을 잃게 만
    드는 허무한 경계라고 해서, 그것들을 '미진迷津'이라고 부른다. 속세의 중생이 여기
    에 들어가면 부처의 가르침을 저버리고 정해情海에 빠지게 된다는 것이다.


## 제6회

1. 한나라와 당나라 때 도읍이 있던 곳으로, 지금의 산시성(陝西省) 시안시(西安市)를 가
   리킨다. 그러나 여기서는 나라의 경사京師라는 일반적인 뜻으로 쓰였다.

2. 불교에서 부처는 보신報身과 응신應身, 화신化身의 3가지 몸을 가지고 있다고 여기는
   데, '보신'은 '화신'과 대비하여 '진불眞佛' 또는 '무상법신無相法身'이라고 부른다.
   그만큼 만나기 어렵다는 뜻이다. 여기서는 왕희봉을 가리킨다.

3. 옛날 건물은 대개 남향으로 짓는데, 거꾸로 북향으로 짓거나 대청 뒤쪽에서 뒤뜰을
   향하게 지은 부속 건물을 '도청倒廳'이라고 부른다.

4. 가까이에서 시중드는 하녀를 첩으로 들인 경우를 '통방아두通房丫頭'라고 한다. 이
   런 경우 대개 일반적인 첩보다 지위가 낮다. '통방'은 '수방收房'이라고도 한다.

5. 위쪽이 막히지 않은 여자용 모자로, 희곡이나 그림에서 왕소군王昭君이 흉노에게 시
   집가는 장면을 묘사할 때 쓰는 모자와 비슷하다고 해서 이렇게 부른다.

6. 옛날 부녀자들의 외투로, 오늘날 망토와 비슷한 모양이다.

7. 동전 천 전錢(북방에서는 100전)을 가리킨다.


## 제7회

1. 본문에는 이런 내용이 나오지 않는데, 이는 아마 다른 판본의 내용과 관련이 있을 것이다.

2. 옛날에는 어린 여자아이의 머리카락을 잘랐다가, 나이가 들면 우선 정수리의 머리카락을 남겨놓고 그 후에 점차 나머지 머리카락도 기르게 했다. 이것을 '유두留頭' 또는 '유만두留滿頭' 라고 한다.

3. 전설에 따르면 동해, 즉 발해渤海의 삼신산三神山에 불사약不死藥이 있다고 한다. 훗날 민간에서 영험한 약방문이나 비방秘方을 '삼신산에서 구한 훌륭한 처방' 이라는 뜻에서 '해상방' 이라고 불렀다.

4. 한 돈은 한 냥兩의 10분의 1이다.

5. 판본에 따라서는 '시서侍書' 로 표기된 것들도 있다.

6. 수월사水月寺로 표기된 판본도 있다.

7. 판본에 따라서는 '채신蔡信' 으로 표기한 경우도 있다.

8. 일종의 머리싸움을 하는 놀이기구이다. 철사로 좁고 긴 직사각형 틀을 만들고, 그 위에 9개의 둥근 고리를 끼웠다 풀었다 하는 것인데, 끼워둔 9개의 고리를 제일 먼저 풀어내는 사람이 승리하기 때문에 손놀림이 빨라야 한다.

9. '천운茜雲' 으로 쓴 판본도 있다.

10. '의숙義塾' 이라고도 한다. 옛날에 종족宗族끼리 개설하거나 개인 또는 지방 관청의 공금을 들여 개설한 학교로서 수업료를 따로 받지 않는다. 일반적으로 학교 설립을 주도한 이의 가족이나 친척, 또는 지방 유지들의 자제들을 모아 가르쳤다.


## 제8회

1. 갑술본甲戌本에는 이 회의 앞에 다음과 같은 시가 들어 있다.

　　古鼎新烹鳳髓香　오래된 솥에 진귀한 음식 새로 끓이는데
　　那堪翠罍貯瓊漿　푸른 잔에 담긴 진귀한 술 어찌 감당하랴?

莫言綺縠無風韻　고운 비단에 운치 없다 말하지 마라

試看金娃對玉郞　보게나, 어여쁜 딸이 멋진 낭군 마주보고 있다네.

2. 원문에는 '청객상공淸客相公'으로 되어 있다. '청객'은 관료나 귀족 집안에 붙어살면 서 말 상대나 놀이 상대가 되어주는 문객을 가리킨다. '상공'은 원래 수재秀才를 가 리키는 호칭이지만, 여기서는 사대부에 대한 일반적인 호칭으로 '선생'과 비슷한 뜻 이다.

3. 집안의 회계를 맡아 보던 곳이다.

4. 옛날 만주족 남자들이 문안 인사를 할 때, 왼쪽 무릎을 앞으로 굽히고 오른쪽 다리 를 뒤로 내민 채, 상체를 약간 숙이고 오른손을 아래로 내려서 하는 반절이다.

5. 가로 세로 1, 2자쯤 되는 사각형의 편지지 또는 원고지로, 글씨를 쓰거나 그림을 그 리기 편하도록 위아래와 좌우로 사각형이 그려져 있다. 여기에 쓴 글씨나 그림은 걸 어두고 감상할 수도 있고, 접어 보관하기에도 편하다.

6. 세상사에 응대하는 것이 무디면서도 담담하게 자신의 본분과 성품을 지키는 것을 가리킨다.

7. 원문의 '대황大荒'은 '대황산'을 가리키기도 한다.

8. 모직물의 일종으로 '우모단羽毛緞'이라고도 한다. 그중 가늘고 성긴 것은 '우사羽紗' 라 하고, 굵고 촘촘한 것은 '우단'이라고 부른다. 이것은 방수 기능이 있어서 비나 눈이 올 때 유용하다.

9. 웃옷의 두 섶을 겹치지 않고 중간에서 단추로 채우게 되어 있는 양식으로 '대금對襟' 이라고도 한다.

10. 수박씨나 해바라기씨, 호박씨 등에 소금과 향료를 섞어 볶아 군것질거리로 많이 먹 는다.

11. 허베이성〔河北省〕 동북쪽 탕산시〔唐山市〕 위티앤현〔玉田縣〕에서 생산되는 품질 좋은 멥쌀의 이름으로 '경미京米'라고도 부른다.

12. 얇게 썰어 말린 두부이다.

13. 장식물이나 향료 등 자잘한 물건을 넣을 수 있는 반달 모양의 작은 주머니로, 대개 꽃무늬가 수놓여 있다.

14. 황금으로 주조해 만든 괴성신魁星神의 형상으로, 순조롭게 과거시험에 급제하라는 축복의 의미가 담겨 있다. '괴성'은 본래 '규성奎星'이라고 하는데, 북두칠성 중 첫 번째 별을 가리킨다. 이 별은 학문의 운세〔文運〕를 관장하는 신으로 알려져 있다.

15. '문성'은 '문창성文昌星' 또는 '문곡성文曲星'이라고도 부르는 상서로운 별로서, 대개 학문의 운세를 주관하며 공명功名을 이루도록 도와주는 신으로 여겨졌다. '화합和合'[héhé]은 '하포荷包'의 '하荷'[hé]와 어울리는 발음을 이용해 붙인 명칭인데, 옛날 중국 민간에서 경사를 내려주는 상서로운 신으로 모시던 존재이다. '화합'에 대해서는 몇 가지 이설異說이 있다. 명나라 때 전여성田汝成이 편찬한 『서호유람지여西湖遊覽志餘』「위항총담委巷叢談」에는, 송나라 때 항주에서 정월에 제사하던 '만회가가萬回哥哥'라는 신이 있었는데, 그 모습은 더벅머리에 웃는 얼굴로 초록색 옷을 입은 채 왼손에는 북[鼓]을 들고 오른손에는 방망이를 들고 있다고 한다. 당시 사람들은 그를 '화합의 신'이라고 여겼는데, 그에게 제사하면 만리타향에 떠나 있는 이도 고향으로 돌아온다고 한다. 또 '화합'은 청나라 때 신의 지위로 올린, 당나라 때의 승려 한산寒山과 습득拾得을 가리킨다는 설도 있다.

16. 관직 이름으로, 명·청 시대의 공부工部에 설치된 영선사營繕司에 속한 관리이다. 황실의 궁정과 무덤[陵寢]을 짓고 수리하는 등의 일을 담당한다. 원래 영선사에는 정오품의 낭중郎中과 그 아래의 원외랑員外郎, 주사主事 등의 직위는 있지만 그냥 '영선랑'이라고 부르는 직위는 없다. 그런데 『홍루몽』에 서술된 내용으로 보건대 진업의 직위는 가정보다 높지 않은 것 같기 때문에, 이 벼슬은 결국 작자(또는 작자들)가 만들어낸 것이라고 하겠다.

17. '육영당育嬰堂'이라고도 하며, 버려진 아이들을 거두어 기르는 일종의 자선단체이다.


## 제9회

1. 원래는 『시경』「소아小雅」「녹명鹿鳴」의 '우우 사슴 울며, 들판의 쑥을 먹네[呦呦鹿鳴 食野之萍].'인데, 무식한 이귀가 입에서 나오는 대로 지껄인 것을 해학적으로 묘사하고 있다.

2. 대개 진秦·한漢 시대의 산문과 당송팔대가唐宋八大家의 산문을 가리킨다.

3. 명나라와 청나라 때의 과거시험에서는 대개 '사서'를 교재로 삼아 그 안의 내용을 문제로 제시했기 때문에 이렇게 말한 것이다. 즉 가정이 생각하기에는 과거시험 준비를 하는 것이 중요하지, 다른 글을 읽거나 시 쓰는 것을 배우는 것은 쓸데없는 짓이라는 뜻이다.

4. 진晉나라 때의 문인 각선卻詵은 대책對策에 대한 답을 잘해서 벼슬을 얻었다. 그는 자신이 '현량대책賢良對策'으로 천거된 인물 중 천하제일이라, 마치 계수나무 숲의 한 가지나 곤산崑山의 옥 같은 존재라고 생각했다. 이 때문에 훗날 '계수나무를 꺾는다.〔折桂〕'라는 말은 과거 급제를 비유하는 뜻으로 쓰이게 되었다.

5. 여기서는 남색의 상대를 가리킨다.


## 제10회

1. 가씨 가문의 남자들 가운데 이름자에 가정賈政, 가사賈赦, 가경賈敬 등 둥글월 문(攵, 夊)이 붙은 이들의 바로 아래 항렬이다. 이름자에 구슬 옥(玉, 王)이 들어간 항렬로 여기에 속하는 대표적인 인물로는 가진賈珍, 가련賈璉, 가주賈珠, 가보옥賈寶玉 등이 있다.

2. 옛날 남양南洋에 있던 나라의 이름으로, 오늘날 인도네시아에 속한 곳이다. 명·청 시기에는 아주 먼 땅을 가리키는 비유적인 표현을 쓸 때 이 나라 이름을 자주 이용했다.

3. 문창제군文昌帝君이 지었다고 알려진 것으로, 인과응보 등을 선양宣揚하면서 권선勸善하는 내용이다. 문창제군은 재동재군梓潼帝君이라고도 하며, 이름은 장아자張亞子이다. 도가에서는 그가 죽어서 하늘나라 문창부文昌府의 일과 인간세계의 과거시험을 비롯한 벼슬살이와 관련된 일을 관장하는 신이 되었다고 여긴다. 원나라 때 그를 '문창제군'으로 봉해주었다.

4. 제14회의 설명에 따르면 내승은 녕국부 하인들을 통솔하는 도총관都總管이다.

5. 한의사가 맥을 짚어볼 때 환자의 손등 아래 괴는 작은 베개로 '영수迎手'라고도 부른다.

6. 한의학에는 '망진望診', '문진問診', '문진聞診', '절진切診'의 4가지 진단법이 있는데, 장선생이 행한 방법은 '절진'에 해당한다. 의원은 식지와 중지, 무명지를 이용해서 진맥하는데, 중지가 닿는 요골橈骨의 신경이 돌출한 부분을 '관關'이라 하고, 거기서 손 쪽을 '촌寸', 팔꿈치 쪽을 '척尺'이라고 부른다. 양손의 6부분은 서로 다른 장부臟腑의 병 상태를 나타낸다. 예를 들어, 왼손의 촌맥은 심장을, 관맥은 간장을, 척맥은 신장을 나타내고, 오른손의 촌맥은 폐를, 관맥은 비위脾胃를, 척맥은 명문命門을 나타낸다. 맥의 형태는 대단히 다양하지만, 흔히 알려진 28종의 맥 가운데 장선생이 거론한 것은 다음 몇 가지이다. 먼저 '침맥沈脈'은 맥을 짚은 손에 힘을 가해 눌렀을

때 잡히는 것이니 병이 몸속 깊이 들어 있다는 의미이고, '삭맥數脈'은 맥박의 수가 정상인에 비해 많으니 열이 많다는 뜻이며, '복맥伏脈'은 '침맥' 보다 더 깊이 있어서 뼈에 닿을 때까지 눌러야 잡히는 것으로 몸 안에 나쁜 기운이 쌓였음을 의미한다. '세맥細脈'은 맥이 아주 가는 경우로서 대개 기가 막히거나 피가 모자란 경우에 해당한다. 본문에서 '약하게 떠 있다.'라고 번역한 '수맥需脈'은 곧 '유맥濡脈'을 가리키는데, 이것은 맥을 짚은 손에 힘을 주면 느껴지지 않고 오히려 가볍게 댈 때에만 잡히는 것이다. 이것은 대개 병의 기운에 막혀 기혈의 운행이 순조롭지 못한 경우에 나타난다.

7. 한의학에서는 인체의 오장五臟과 오행五行을 대응시켜 상생상극相生相剋의 원리를 이용해 설명하는 경우가 많다. 이 경우는 대개 간-목, 심장-화, 비장-토, 폐-금, 신장-수의 형식으로 대응시킨다.

8. '산약山藥'은 마를 가리킨다. 약재로 쓰이는 것 중에는 옛날 회경부懷慶府(지금의 허난성[河南省] 쟈오쭤시[焦作市] 근처)에서 난 것이 가장 유명하며 '회산약懷山藥'이라고 한다. '회산약'은 '백산약白山藥' 또는 '회삼懷蔘'이라고도 불린다.

9. '아교阿膠'는 산둥성[山東省] 둥아현[東阿縣]의 아정阿井에서 난 샘물에 검은 당나귀의 가죽을 넣고 달여서 만든 것으로, 상등품은 투명한 호박색을 띠며 냄새가 없다. '여피교驢皮膠'라고도 부른다.

10. 현호색玄胡素, 원호元胡, 연호延胡라고도 부르는 약초이다. 여름에 잎이 시들면 뿌리를 캐서 잔뿌리를 제거하고 끓는 물에 담가 색깔이 노랗게 되면 꺼내서 햇볕에 말렸다가 약초로 쓴다.

11. 껍질을 벗긴 하얀 연밥[蓮實]으로, 주로 푸졘성[福建省]에서 많이 나기 때문에 '건련자'라고 부른다.


## 제11회

1. 10가지 악기로 합주하는 악단을 가리킨다. 청나라 때 이두李斗의 『양주화방록揚州畫舫錄』 권11 「홍교록虹橋錄, 하下」에서, "십번고에서는 …… 피리[笛], 단소[管], 퉁소[簫], 거문고[絃], 제금提琴, 운라雲鑼, 탕라湯鑼, 목어木魚, 단판檀板, 대고大鼓의 10가지 악기를 사용한다. 그런 이유로 '십번고'라고 부른다. '번'이란 차례를 바꾸는 것[更番]을 가리킨다. …… 나중에는 성발星鈸이 더해져 악기가 10종이 넘게 되었다.

…… 만약 징[鑼] 따위를 섞어 쓴다면 '조세십번粗細十番'이 된다."라고 설명했다.

2. 저장성[浙江省] 사오싱시[紹興市] 남쪽에 있는 개울이다. 전설에 따르면 춘추시대 월나라의 미녀 서시가 이곳에서 비단을 빨았다고 한다.

3. 한나라 때 유신劉晨과 완조阮肇가 천태산天台山에 약초를 캐러 갔다가 2명의 선녀를 만나 그곳에서 반년을 머물렀다고 한다. 천태산은 지금의 저장성 티앤타이현[天台縣] 북쪽에 있다.

4. 명나라 때 탕현조湯顯祖(1550~1616)가 지은 『모란정牡丹亭』의 제35단락[齣]이다. 『모란정』은 유몽매柳夢梅와 두여낭杜麗娘의 사랑 이야기인데, 「환혼」은 두여낭이 죽었다가 다시 살아나 유몽매와 부부가 된다는 내용이다.

5. 청나라 때 홍승洪昇(1645~1704)이 지은 『장생전長生殿』의 제38단락이다. 『장생전』은 당나라 현종과 양귀비의 사랑을 소재로 한 작품이다. 이 가운데 「탄사」는 당시의 유명한 악사인 이구년李龜年이 '안사의 난'이 일어났을 때 강남땅을 유랑하면서 비파 타고 노래하며 어렵게 살아간다는 내용이다. 여기에는 현종과 양귀비의 즐거운 만남과 비극적인 이별, 그리고 당 왕조의 흥망성쇠에 대한 감회가 남겨 있다.

6. 청나라 때 진이백陳二白(1661 전후)이 지은 전기傳奇 작품이다. 이 작품은 풍임여馮琳如의 비첩婢妾인 벽련碧蓮이 수절하며 자식을 가르쳐 훗날 남편과 아들이 나란히 벼슬살이를 하게 된다는 내용이다. 지방희地方戱 가운데 『삼낭교자三娘敎子』라는 작품도 여기에서 비롯된 것이다.

7. 중병에 걸린 사람의 장례를 미리 준비하거나 혹은 미리 혼례를 치르는 등의 방법으로 액운을 물리칠 수 있다고 생각하는 미신을 반영한 말이다.


## 제12회

1. 손으로 하는 자위행위, 즉 수음手淫을 말한다.

2. 원기元氣가 상하거나 갑자기 양기陽氣가 빠진 사람을 치유하는 약제이다. 일반적인 약은 각종 약재를 배합하고 인삼은 몇 돈 정도만 쓰지만, '독삼탕'은 한 냥 또는 두 냥 정도의 인삼만을 달인다.

3. 원한과 죄과罪過로 인해 생긴 나쁜 병이라는 뜻이다.

4. '함檻'은 문턱이라는 뜻으로 종종 삶과 죽음의 경계선, 또는 부귀한 집을 비유할 때 사용된다.

# 제13회

1. 작자가 허구적으로 설정한 벼슬로, 황제의 시위관侍衛官이라는 뜻이다.

2. 상사喪事와 같은 흉한 소식을 알릴 때는 운판을 4번 치고, 상서롭고 기쁜 일을 전할 때는 3번 울렸다.

3. 명나라와 청나라 때 천문을 관측하고, 역수曆數를 정하고, 길흉을 점치며, 금기를 판별하는 등의 일을 맡아 하던 관청 이름이다.

4. 청나라 때 흠천감에 소속된 하위 기관으로, 황실과 지체 높은 귀족 집안의 혼인과 장례 같은 각종 애경사의 날짜와 시간을 골라 정하는 임무를 전담했다.

5. 승려를 불러 불경을 외고 부처님께 절을 올려 재난을 없애거나 죽은 이의 영혼을 제도濟度하는 의식을 일컬어 '배참拜懺'이라고 한다. '대비참'은 그중 하나인데, 의식을 올릴 때 '대비주大悲呪'를 외운다. '대비주'는 당나라 때 천축에서 온 승려 달마가 번역한 『천수천안관세음보살광대원만무애대비심다라니경千手千眼觀世音菩薩廣大圓滿無碍大悲心陀羅尼經』(속칭 『대비심다라니경大悲心陀羅尼經』 또는 『천수경千手經』)에 들어 있는 주문이다.

6. 도교의 종파 중 북종北宗을 일컫는 말이다. 남송 무렵 금나라의 도사 왕철王喆(1112~1170)이 창립한 것으로, 유가의 충효사상과 불교의 계율戒律, 도교의 단정丹鼎 사상 등을 융합한 교리를 가지고 있다. 다만 여기서는 일반적인 의미의 도교라는 뜻으로 쓰였다.

7. 승려나 도사를 불러 제단을 세우고 경전을 외면서 복을 기원하고 재앙을 없애거나 죽은 이의 영혼을 제도하는 의식이다.

8. 옛날에는 사람이 죽은 뒤에 윤회하여 다시 태어난다고 믿었다. 그에 따르면 죽은 날로부터 7일을 주기로 한 번씩 다시 태어날 기회가 있는데, 그때 태어나지 못하면 다시 7일을 기다려야 한다. 그러나 이 주기는 무한정 반복되는 것이 아니라 칠칠은 49일이 되는 일곱 번째가 마지막이었다. 다만 죽은 뒤부터 다시 태어나기 전까지는 그 사람이 다시 태어났을 때의 운명이 아직 정해지지 않은 상태이기 때문에, 죽은 이의 가족이 7일 간격으로 한 번씩 제단을 마련해 승려나 도사를 불러 경전을 외우고 복을 기원했다.

9. 이 지명에 대해서는 여러 가지 이설이 있으나, 대체로 '인간 세상에는 없는 아주 먼 곳'이라는 정도의 의미를 나타내는 가상의 지명으로 받아들여지고 있다.

10. 죄를 저질러 관작官爵을 잃었다는 뜻이다.

11. 국자감國子監 감생監生을 가리킨다. 감생은 원래 명나라와 청나라 때 최고 교육기관 의 학생을 가리키는 말이었으나, 나중에는 그 직위를 돈을 주고 살 수도 있었고, 반 드시 국자감에서 공부할 필요도 없었다.

12. '영번靈旛'이라고도 쓰고, '초혼번招魂幡'이라고도 한다. 영구가 나갈 때 상제가 손 에 쥐는 깃발, 또는 관 앞에 세워 죽은 이의 영혼을 부르는 기를 가리킨다.

13. 대명궁大明宮은 원래 당나라 때 궁궐의 이름이지만, 여기서는 황실의 궁궐이라는 뜻으로 쓰였다.

14. '내상內相'은 본래 한림翰林의 별칭이지만, 여기서는 태감太監에 대한 존칭으로 쓰 였다. '장궁내상'은 궁궐 내부의 일을 총괄하는 환관을 가리킨다.

15. 명나라와 청나라 때 각 관아 부서의 책임자를 가리키는 호칭이다.

16. 『청조통전淸朝通典』「예禮」「흉이凶二」에 따르면 적계 장손[嫡長子]의 아내에 대해 부 모가 입는 상은 1년으로 한다고 기간이 규정되어 있다.

17. 종이에 축원이나 기도의 내용을 적은 것으로, 승려나 도사들이 '배참拜懺'을 행할 때 불태운다.

18. '천조天朝'는 청 왕조를 가리킨다. '고수誥授'는 황제의 명에 따라 벼슬이 내려졌다 는 뜻이다. 봉건시대에 부인들은 남편이나 자손의 벼슬 품계에 따라 직위가 봉해졌 다. '공인恭人'은 본래 명나라와 청나라 때 사품 벼슬아치의 부인을 부르는 말이다. 가용은 오품관이기 때문에 '의인宜人'이라고 불러야 하는데, 작자가 풍자의 뜻을 나 타내기 위해 일부러 이렇게 표기했다. 혹자는 죽은 이를 공경하기 위해 관행적으로 실제 품계보다 높은 직위를 썼다고 설명하기도 한다.

19. 옛날 중국의 제사나 결혼식에서 음악을 연주하는 취고수吹鼓手와 상여꾼[杠夫]들은 모두 청록색 옷을 입었기 때문에 '청의靑衣'라고 불렸다.

20. 승려나 도사들이 경전을 강론하거나 술법을 행할 때 설치하는 단이다.

21. '총손冢孫'은 적장손嫡長孫이라는 뜻이다.

22. 옛날 인도에서는 인류가 사는 세계를 '사대부주'라고 불렀다. 불교에서도 이를 따 라 썼지만, 각 명칭은 문헌에 따라 다르다. 당나라 때의 승려 보광普光이 쓴 『구사론 기俱舍論記』에 따르면, '사대부주'는 남섬부주南贍部洲, 동승신주東勝身洲, 서우화주西 牛華洲, 북구로주北拘盧洲라고 했다. 명나라 때의 장편소설 『서유기西遊記』에서는 동승 신주東勝神洲, 서우하주西牛賀洲, 남섬부주南贍部洲, 북구로주北俱蘆洲라고 했다.

23. 명나라와 청나라 때 전국의 불교 관련 사무를 관장하던 최고 관청이다. 아울러 뒤

445

쪽에 언급된 '도록사道錄司'는 도교 관련 사무를 관장하던 최고 기관이다.

24. 범어梵語 'saṃghārāma'의 음역音譯인 승가람마僧加藍摩 또는 승가마란僧伽摩蘭의 약칭이다. 본래 의미는 승려들이 거주하는 정원이나 사원을 가리키는데, 여기서는 승려들의 정원이나 사원을 수호하는 신이라는 뜻이다.

25. 흔히 '오방게체五方揭諦'라고 부르는 불교의 호법신護法神이다. '오방게체'는 금광게체金光揭諦, 은두게체銀頭揭諦, 바라게체波羅揭諦, 바라승波羅僧揭諦, 마하게체摩訶揭諦를 아울러 부르는 말이다.

26. 흔히 '사치공조四値功曹'라고 부르는 도교의 신으로서 각기 연年, 월月, 일日, 시時를 주관한다. 주로 인간 세상에서 올린 기원이나 호소 등의 문건을 옥황상제에게 전하는 임무를 맡고 있다고 알려져 있다. '공조功曹'는 본래 한나라 때 주洲와 군郡의 장관을 보조하는 직책으로, 주로 공적을 살펴 기록하고 그 문서를 관리하는 임무를 띤 하급 벼슬아치였다. 중국 민간신앙에서는 '사치공조'에게 이름을 붙이기도 하는데, 예를 들면 치년신値年神은 이병李丙, 치월신은 황승을黃承乙, 치일신은 주등周登, 치시신은 유홍劉洪이라는 식이다.

27. '수륙재水陸齋' 또는 '수륙水陸'이라고도 부르는 불교 의식이다. 여기서는 불경을 외우며 부처에게 절하고 제사 음식을 나눠줌으로써 이른바 물과 뭍의 여러 귀신들을 '제도濟度'한다고 한다. 이 의식은 양나라 무제武帝 소연蕭衍(502~549 재위) 때부터 시작되었다고 알려져 있다.

28. 상을 치르는 동안 경전을 읽어 고인을 위로하는 것을 '정경正經'이라고 한다.

29. 나무나 대나무로 만든 패로서 재물을 수령하거나 내줄 때 증빙으로 삼는 것이다. 앞면에는 표식이 그려져 있는데, 중간에서 반으로 잘라 두 쪽으로 만들었다. 재물을 수령하거나 내줄 때 양쪽을 맞춰서 확인한다.


## 제14회

1. 종이의 명칭 중 하나이다. 이 종이는 질이 제법 단단하고 값이 싼데, 옛날 백성들이 관청에 제출하거나 하급기관에서 상급기관으로 보내는 문서인 정문呈文이나 상점에서 장부를 기록할 때 주로 쓰던 것이다. 여기에는 삼이 섞여 있어서 '마정문麻呈文'이라고도 불렀다.

2. 방문榜文을 쓸 때 사용하는 비교적 고급 종이이다. 대개 그 규격이 경사京師에서 팔

기 적당하게 되어 있기 때문에 '경방'이라고 불렀다.

3. 옛날 부귀한 집에서는 집안 체면을 살리기 위해 하인들이나 혹은 전문적으로 고용한 인원들로 하여금 가족들이 곡을 할 때 함께 따라하게 했다.

4. 여기에는 일반 종이뿐만 아니라 제사 지낼 때 태우는 지전紙錢과 수레, 말, 누각, 창고, 사람 등의 모양으로 잘라 만든 종이들이 포함된다.

5. 상가에서는 매일 일정한 시각에 영전에서 지전을 태우는데, 해가 저무는 시각에 태우는 것을 '황혼지'라고 부른다.

6. 관혼상제冠婚喪祭 때 쓰는 탁자 앞에 늘어뜨리는 장식 현수막이다.

7. 이 경우 대개『파지옥게문破地獄偈文』을 외운다.

8. 옛날 민간신앙에서는 저승길이 무척 어둡기 때문에 부처의 법력[佛法]으로 길을 밝혀주어야 한다고 생각했다. 이 때문에 죽은 이의 발 뒤쪽에 등불을 밝혀주는데, 이것을 '전등조망傳燈照亡'이라고 한다.

9. 보살의 이름 중 하나이다. 그는 대지처럼 참을성 있게 요동하지 않고, 비밀스러운 창고처럼 조용하고 깊이 생각한다고 한다. 불교의 전설에 따르면 그는 석가모니가 적멸寂滅한 후, 미륵이 태어나기 전의 기간 동안 '인천지옥人天地獄'에서 고난에 빠진 이들을 구제해준다고 한다.

10. 선한 사람이 죽어 영혼이 되었을 때 건너는 다리로, 이곳을 건너 내세에 복록이 풍성한 곳에 태어나게 된다고 한다.

11. '당幢'은 깃대 끝에 보주寶珠를 달고 깃대 몸체를 비단으로 장식한 깃발이고, '번幡'은 높은 장대 끝에서부터 좁고 긴 깃발을 수직으로 드리운 것을 가리킨다.

12. '삼청'은 '옥청玉淸' 원시천존과 '상청上淸' 영보천존靈寶天尊(또는 태상도군太上道君), '태청太淸' 도덕천존道德天尊(또는 태상노군太上老君)을 아우르는 칭호이다.

13. 불교 전설에 따르면, 지옥의 아귀餓鬼는 배는 산처럼 큰데 목구멍은 바늘처럼 가늘고 모든 음식이 입에 닿으면 바로 재로 변해버린다고 해서 '염구焰口'라고 부른다.

14. 『자비수참慈悲水懺』이라고도 부른다. 원나라 때 각안覺岸이 편찬한『석씨계고략釋氏稽古略』에 기록된 전설에 따르면, 당나라 때 오달선사悟達禪師가 기이한 승려를 만나 은혜를 갚기 위해 물로 그의 얼굴에 난 부스럼을 씻어주었다고 한다. 본문에 묘사된 승려들의 의식은 죽은 이의 원업冤業과 재앙을 씻어준다는 의미로 행하는 것이다.

15. '양각등羊角燈'이라고도 한다. 등불 덮개에 양 뿔로 만든 판을 아교로 붙여서 반투명하고, 비바람을 막을 수 있게 한 것이다.

16. '고등高燈'이라고도 한다. 바닥에 세워놓는 등롱燈籠의 일종으로, 긴 손잡이가 있어서 받침대에 꽂아둘 수도 있고 들고 다닐 수도 있다.

17. 청정하여 조용하고 편하게 지낼 수 있는 방이라는 뜻에서 '정주사淨住舍'라고도 부른다. 후세에는 주로 승려들이 거주하는 방이라는 뜻으로 쓰이게 되었다.

18. '명정明旌' 또는 '명銘'이라고도 한다. 붉은 바탕에 흰 글씨로 죽은 사람의 관함官銜과 성명을 써서, 대나무 깃대에 매달아 영전 오른쪽에 세워둔다. 송나라 때 주희朱熹가 편찬한『가례家禮』「상례喪禮」「입명정立銘旌」에 따르면 여기에 쓰는 천의 폭은, 삼품 이상의 벼슬아치일 때는 9자[尺], 오품 이상은 8자, 육품 이하는 7자로 규정되어 있었다.

19. 색종이나 무늬 있는 비단, 소나무 가지 따위로 장식한 임시 천막으로, 주로 경축 행사에 사용한다.

20. 발인할 때 친우들이 영구가 지나는 길가에 상을 차려놓고 제사를 올리는 것이다.

21. 여기서는 왕부王府의 일을 총괄하는 장사長史를 가리킨다. 이 직책은 한나라 때 처음 설치되었으며, 청나라 때의 친왕親王과 세자, 군왕郡王의 저택에도 그 직책을 가진 이를 1명씩 두었다.


# 제15회

1. 당나라 때 이상은李商隱(813~858)이 쓴 시「어린 한악韓偓이 즉석에서 시를 지어 송별하니 자리에 있던 모든 이들이 놀랐다. 훗날 내가 그의 시 구절을 떠올려 읊조려보니 노숙한 분위기가 있어서 절구 2수를 지어 부친다[韓冬郎卽席爲詩相送 一座盡驚. 他日余方追吟'連宵待坐徘徊久'之句 有老成之風 因成二絶寄酬 兼呈畏之員外]」(2수 중 제1수)에 들어 있는 구절로, 자식이 장차 아비보다 훌륭해질 것임을 비유한다. 원작은 다음과 같다.

　　　十歲裁詩走馬成　열 살 아이 순식간에 시를 지어내니
　　　冷灰殘燭動離情　식은 재와 잦아가는 촛불도 이별의 정에 감동했네.
　　　桐花萬里丹山路　벽오동 꽃 끝없이 우거진 단산의 산길에
　　　雛鳳淸於老鳳聲　새끼 봉황 울음소리 늙은 봉황보다 청아하구나.

2. '이輀'는 영구를 실은 수레라는 뜻이다.

3. '만두饅頭'는 무덤을 비유한다.

4. 정식 명칭은 『목련정교혈분경目連正教血盆經』이며 『여인혈분경女人血盆經』이라고도 한다. 옛날에는 여자가 출산하며 피를 흘리는 것이 상서롭지 못하다고 하여 승려를 청해 이 경전을 읽음으로써 재앙을 씻고 복을 기원하는 풍습이 있었다.

5. 당나라 때 번진藩鎭들이 살던 주州의 성 안에 다시 한 겹의 작은 성을 쌓고 절도사가 업무를 보는 곳으로 삼았는데, 앞쪽은 공무를 처리하는 '절당節堂'이고 뒤쪽은 '아성牙城'이라고 부르던 사택私宅이었다. 또한 사병을 모집하여 아내지휘사牙內指揮使로 하여금 통솔하여 아성을 지키게 했다. 오대五代 시기와 송나라 때는 번진들이 대개 자신들의 자제를 아내지휘사로 삼는 경우가 많았고, 이 때문에 이후로는 높은 벼슬아치의 자제를 '아내衙內'라고 부르게 되었다. 여기서 '아衙'는 '아牙'와 같다.

6. '수비守備'는 명나라와 청나라 때 성을 지키거나 군량軍糧 등을 담당하던 벼슬아치이다.


## 제16회

1. '육궁六宮'은 황후皇后와 비빈妃嬪들이 거처하는 궁궐이다. '도태감都太監'은 '태감들의 업무를 총괄하는 사람'이라는 뜻으로, 작자가 허구적으로 만들어낸 벼슬 이름이다.

2. '봉조궁'은 작자가 허구적으로 만들어낸 궁궐 이름이다. '상서'는 '여상서女尙書'를 가리키는데, 삼국시대 위나라에서 이런 관직을 두었다는 예가 있지만, 청나라 때는 이런 벼슬이 없었다.

3. 황후나 귀비의 형제에 대한 호칭이다.

4. 옛날 여자들이 시집갈 때 얼굴의 솜털을 실로 감아 뽑고 귀밑머리를 가지런히 다듬었는데, 이것을 '개검開臉'이라고 부른다.

5. 혜천惠泉의 샘물로 빚은 술이라는 뜻이다. 혜천은 쟝쑤성[江蘇省] 우시시[無錫市]에 있는 훼이산[惠山]의 제일봉第一峰 아래에 있는, '천하제이천天下第二泉'이라고 불리는 유명한 샘이다.

6. 원래 '안사람[內人]'은 남자가 다른 사람 앞에서 자신의 아내를 칭할 때 쓰는 말인데, 왕희봉은 일부러 이런 표현으로 조할멈을 풍자하고 있다.

7. 사람들을 모아놓고 책에 담긴 이야기를 들려주는 '평서評書'나 '평화評話', '탄사彈詞' 같은 공연 예술을 가리킨다.

8. 궁녀들의 관직 이름으로 명나라와 청나라 때 정오품에 해당하는 직위였다. 그러나 이 명칭은 대개 비빈을 가리키는 뜻으로 자주 쓰인다.

9. 비빈에 대한 호칭 중 하나이다.

10. 당나라 때는 '비전飛錢'이라고 했고, 현대 중국에서는 '회표匯票'라고 부른다. 이것은 돈을 부칠 때뿐만 아니라 채무를 상환할 때 증빙문서로 쓰기도 했다.

11. 『예기禮記』「단궁상檀弓上」에 따르면, 옛날 증삼曾參은 예의 제도를 엄격히 지켜 병환이 위독해지면 반드시 대부大夫들이나 깔 수 있는 화려하고 아름다운 대자리로 바꿔 깔게 했다고 한다. 이 때문에 후세에는 사람이 죽을 지경이 된 것을 일컬어 '대자리로 바꿔 깐다[易簀].'라고 표현하게 되었다.


## 제17~18회

1. 『홍루몽』의 초고에서는 제17회, 제18회, 제19회가 나누어지지 않았는데, 기묘본己卯本과 경진본庚辰本에서는 제19회가 나뉘어져 있었다. 그러나 작품의 첫머리[回首]에는 책의 제목과 회수, 회의 제목이 적혀 있지 않은 상태였다. 또 제17회에서 제18회까지는 여전히 나눠지지 않았고, 회수를 "제17회에서 제18회까지[第十七回至十八回]", 회의 제목은 "大觀園試才題對額 榮國府歸省慶元宵"라고 했다. 이 두 필사본에는 모두 이 회 앞에 별도의 페이지가 있고, 거기에 "이 회는 둘로 나눠야 마땅하다."라는 평어評語가 적혀 있다. 기묘본에는 가씨 집안에서 묘옥을 맞는 장면의 뒤편에 붉은 글씨로 "'말할 수 없다[不能表白].' 뒤부터 제18회의 시작이다."라고 적혀 있고, 다른 판본들도 여기에서 회를 나누는 경우가 많다. 또한 가원춘이 대관원에 들어간 부분과 너무 많은 돈을 들여 호화롭게 꾸민 데 놀라는 장면 사이에서 회를 나누기도 하고, 가보옥이 대관원을 노닐다가 대련을 다 짓고 나온 부분에서 제17회가 끝나도록 나눈 판본도 있다. 또한 본문에 들어간 대련의 내용이나 회의 제목이 판본에 따라 다른 경우도 있다.

2. 기묘본 등 몇몇 판본에는 이 문장 앞에 다음과 같은 시가 있다.

豪華雖足羨　호화로운 삶은 부러워할 만하지만
離別卻難堪　그래도 이별은 감당하기 어렵다네.
博得虛名在　부질없이 헛된 명성만 얻었을 뿐
誰人識苦甘　뉘라서 인생의 쓴맛과 단맛을 알랴.

3. 옛 건축 양식 중 '통와경산권붕식桶瓦硬山卷棚式'이라고 부르는 것이다. 이것은 용마루를 중심으로 지붕 양쪽에 통기와를 줄지어 얹되, 용마루에 별도의 기와를 덮지 않고 반원형으로 굽은 모습을 드러내는 '권붕식'의 형태로 만든 것인데, 그 모습이 마치 미꾸라지 같다고 해서 이렇게 부른다.

4. '묘안석猫眼石'이라고도 하며, 표면에 나뭇결무늬가 있는 고급 석재이다.

5. 동진東晉 때의 유명한 화가 고개지顧愷之가 당시의 명사名士였던 사곤謝鯤의 모습을 그린 일화와 관련된 말이다. 대체적으로 이 말은 가슴에 심원한 재능과 학식, 의기와 정취를 품은 훌륭한 인물을 비유하는 뜻으로 쓰인다.

6. '향로봉'은 봉우리의 모양이 향로처럼 생겼다고 해서 붙여진 이름인데, 중국에서 유명한 곳으로는 두 곳이 꼽힌다. 첫째는 황산黃山에 있는 것으로서 해발 945미터이고 향 연기처럼 피어나는 운무雲霧가 일품이다. 다른 하나는 지금의 사오싱시〔紹興市〕에 있는 것으로서, '완위산宛委山', '석장산石匠山', '옥사산玉笥山' 또는 '천주산天柱山'으로도 불린다. 이곳은 우禹임금의 무덤이 있는 회계산會稽山과 잇닿아 있으며 풍경이 아름답고 불교 사원이 많은 유람지이다. '새향로'는 향로봉에 비견될 만한 산이라는 뜻이다.

7. 종남산은 '태일산太一山', '지폐산地肺山', '중남산中南山', '주남산周南山'이라고도 불리며, 줄여서 '남산南山'이라고도 부른다. 친링산맥〔秦嶺山脈〕의 한 부분이며, 서쪽으로 산시성〔陝西省〕 바오지시〔寶鷄市〕 메이현〔眉縣〕에서 시작해 동쪽으로 산시성 란티앤현〔藍田縣〕에 이른다. 저우즈현〔周至縣〕 경내에 있는 주봉主峰은 해발 2604미터이다. 종남산은 중국 도교의 발상지로 유명하며, 전설에 따르면 이곳에서 노자老子가 윤희尹喜에게 『도덕경道德經』을 읊어 전수해주었다고 한다.

8. 당나라 때의 상건常建이 쓴 「제파산사후선원題破山寺後禪院」의 한 구절이다. 전문은 다음과 같다.

清晨入古寺　이른 새벽 옛 절을 찾아드니

初日照高林　아침 햇살 높은 숲에 비치네.

曲徑通幽處　굽은 오솔길 그윽한 곳으로 통하고

禪房花木深　선방 둘레에는 꽃나무 우거져 있네.

山光悅鳥性　산중의 풍경은 새들을 즐겁게 하고

潭影空人心　연못에 비친 그림자는 사람 마음을 비우게 하네.

萬籟此俱寂　세상 모든 소리 이곳에선 고요하기만 한데

惟餘鍾磬音　그저 종소리 편경소리 여운만 감도네.

　　여기서 셋째 구절의 '굽은 오솔길〔曲徑〕'은 '대숲 사이 오솔길〔竹徑〕'로 쓰기도 한다.

9. '취옹정'은 구양수가 폄적眨謫당해 지방관으로 있던 저주滁州(지금의 안훼이성〔安徽省〕 추현〔滁縣〕)의 낭야산(琅琊山)에 승려 지선智仙이 지은 정자로서, 그 명칭은 구양수가 지었다. '취옹'은 구양수의 자호自號이다.

10. 황제의 명에 따라 짓는 시나 문장을 가리키는데, 대개 공덕功德을 칭송하는 내용이 많다.

11. 첫 구의 '상앗대 세 개'는 물줄기의 폭을, 둘째 구의 '한줄기'는 물줄기를 암시한다. 그 의미는 제방의 버들이 맑은 물에 비쳐 녹음이 더 크고 짙어 보이고, 건너편에 핀 꽃이 풍기는 향기가 중간에 흐르는 물줄기에 양쪽으로 나뉘었다는 것이다. 이것은 물을 직접 언급하지 않으면서도 '심방'이라는 현판의 뜻과 통하도록 교묘히 안배한 대련이라 하겠다.

12. 휴식이나 정양靜養 등을 위해 이용되는 부속 건물이다.

13. '기수淇水'는 허난성〔河南省〕 북부에 있다. 『시경』 「위풍衛風」 「기오淇奧」가 대숲 안에 살면서 절차탁마切磋琢磨하는 군자君子를 노래한 데서 뜻을 빌려와, 이곳에 사는 이도 그런 풍모를 가진 이가 될 거라는 칭송의 의미를 담고 있는 말이다.

14. '수원睢園'은 한나라 때 양효왕梁孝王 유무劉武가 수양睢陽(지금의 허난성 상치우〔商丘〕)에 세운 정원으로서 '양원梁園' 또는 '수죽원修竹園'이라고도 한다. 양효왕은 문객을 대접하기를 좋아해서, 사마상여司馬相如나 매승枚乘 같은 뛰어난 부賦 작가들이 수원에 초빙되어 글을 짓기도 했다. 본문에서 이 말을 한 문객은 이곳이 대나무가 많으니 그 정원의 유풍을 이어받아 글재주와 풍류를 갖춘 인물이 사는 곳이라는 의미에서 이렇게 제사를 짓자고 한 것이다.

15. 『상서尙書』 「익직益稷」의 "簫韶九成 有鳳來儀"에서 따온 구절이다. 그 의미는 순舜임금이 만든 음악인 「소소簫韶」의 9장을 연주하면 봉황들이 소리 맞춰 울면서 춤을 춘다는 것이다. 봉황은 종종 후비后妃를 상징하니, 귀비의 성덕聖德을 노래한다는 의도에 맞는 구절이라고 할 수 있다.

16. 원문은 '관규려측管窺蠡測'으로, 그 의미는 대롱 구멍으로 하늘을 보고 표주박으로 바닷물을 되려는 것처럼, 식견이 좁다는 것이다.

17. 범성대范成大(1126~1193)의 자는 치능致能, 호는 석호거사石湖居士이며, 오군吳郡 (지금의 장쑤성 쑤저시 우현〔吳縣〕) 사람이다. 1154년 진사에 급제하여 처주지부處州

<sup></sup>知府 등을 역임했고, 임시로 자정전대학사資政殿大學士의 자격을 얻어 금나라에 사신으로 다녀오기도 했다. 훗날 참지정사參知政事까지 역임하고, 만년에 고향으로 돌아가 은거했다. 우모尤袤(1127~1194), 양만리楊萬里(1127~1206), 육유陸游(1125~1210)와 더불어 '중흥 4대 시인中興四大詩人'으로 꼽히는 그는 『석호거사시집石湖居士詩集』과 『석호사石湖詞』 등을 남겼다. 특히 만년에 지은 「사시전원잡흥四時田園雜興」은 농가의 삶과 풍경을 잘 묘사한 것으로 유명하다.

18. 당나라 때 두목杜牧의 시 「청명淸明」의 "술집이 어디냐고 물어보니, 목동은 멀리 살구꽃 우거진 마을을 가리키네〔借問酒家何處有 牧童遙指杏花村〕."라는 구절에서 따온 말이다.

19. 명나라 때 당인唐寅(1470~1523)이 쓴 「제행림춘연題杏林春燕」에 들어 있는 구절이다. 원작은 다음과 같다.

燕子歸來杏子花　제비 돌아오니 살구꽃 피고
紅橋低影綠池斜　홍교의 그림자 푸른 못에 비스듬하네.
淸明時節斜陽裏　청명절 기우는 햇빛 속에서
個個行人問酒家　나그네마다 술집이 어디냐고 묻네.

20. 당나라 때 허혼許渾이 쓴 「만자조대진지위은거교원晚自朝臺津至韋隱居郊園」에 들어 있는 구절인데, 인용된 부분은 한 글자가 다르다. 원작은 다음과 같다.

秋來鳧雁下方塘　가을이 되자 오리와 기러기 못에 내려앉는데
繫馬朝臺步夕陽　조대에 말 매어두고 석양 속을 거닐었네.
村徑繞山松葉暗　산을 두른 시골길엔 솔잎이 어둑하고
野門臨水稻花香　물가 농가의 대문엔 벼꽃 향기 풍기네.
雲連海氣琴書潤　구름이 가져온 바다 공기에 거문고와 책 윤기나고
風帶潮聲枕簟涼　바람에 실려 온 파도소리에 베개와 돗자리 서늘하네.
西下磻溪猶萬里　서쪽으로 흘러내리는 반계는 만 리나 되니
可能垂白待文王　흰머리 늘어뜨리고 문왕 기다리는 강태공 노릇 할 수 있겠네.

21. 이 대화는 동진東晉 때 도잠陶潛이 쓴 「도화원기桃花源記」의 내용을 토대로 한 것이다. 이상향에 대한 환상을 담은 이 글에는, 어느 어부가 복사꽃 떨어지는 곳을 찾아 물길을 거슬러 올라갔다가 깊은 산속의 어느 마을에 가게 되었는데, 그곳 주민들 스스로 옛날 조상 때 진秦나라의 정치적 혼란을 피해 세상과 떨어진 이곳으로 왔다고 말했다는 내용이 들어 있다.

22. '여뀌 꽃 피어 있는 강가'라는 뜻이다.

23. 다년생 식물로, 아래로 드리운 모양의 하얀 꽃을 피운다. 즙이 많은 열매는 익으면 붉은색이 되는데, 꽃받침이 열매 바깥을 감싼 모양이 등롱燈籠 같다고 해서 '금등金燈', '등롱과燈籠果', '홍고낭紅姑娘' 등으로도 불린다.

24. 전국시대 초나라의 굴원屈原이 지었다고 하는 초사楚辭 계열의 노래이다. 간신들의 참소로 쫓겨나 강호를 떠도는 시인의 울분과 충정이 환상적인 이야기 속에 묘사되어 있다.

25. 양나라 소명태자昭明太子 소통蕭統이 문객들의 힘을 빌려 편찬한 시문선집詩文選集이다.

26. 고대 목조건축에서 지붕의 용마루를 만드는 방법 중 하나이다. 이것은 지붕 양쪽의 비탈이 만나는 지점인 용마루에 별도의 기와를 얹지 않고 반원형으로 둥글게 꺾인 모습을 그대로 드러내는 것이다.

27. 바람에 흔들리는 난초와 이슬 젖은 혜초蕙草라는 뜻이다.

28. 당나라 때의 여성 시인 어현기魚玄機(844~955)의 시「규원閨怨」에 들어 있는 구절이다. 전문은 다음과 같다.

蘼蕪盈手泣斜暉　손에 가득 궁궁이 풀 들고 비끼는 햇빛 속에 눈물짓는데

聞道隣家夫婿歸　이웃집 남편 돌아왔다는 소식 들리네.

別日南鴻才北去　헤어지던 날 남쪽 큰 기러기가 북으로 떠났는데

今朝北雁又南飛　오늘 아침 북쪽 기러기 떼가 다시 남으로 날아왔네.

春來秋去相思在　봄이 오고 가을 가도 그리움은 남아 있고

秋去春來信息稀　가을 가고 봄이 와도 소식은 드물게 들리네.

扃閉朱門人不到　걸어 잠긴 대문에 사람은 오지 않는데

砧聲何事透羅幃　다듬잇돌 소리는 어이해 비단 휘장 뚫고 들어오나.

29. 원문의 '세 갈래 오솔길三徑'은 원래 은자가 숨어 사는 오두막으로 통하는 길이라는 뜻이다. 한나라 때 장후蔣詡는 고향으로 돌아가 은거하면서 가시나무로 대문을 막아놓고, 집안 대숲에 세 갈래 오솔길을 내서 오직 구중求仲과 양중羊仲이라는 두 친구만 드나들 수 있게 했다고 한다. 여기서는 일반적인 의미에서 '정원의 오솔길'이라는 뜻으로 쓰였다.

30. 다년생 식물로서 여름이면 벼 이삭 모양의 꽃을 피우는데, 처음에는 부드러운 잎에 싸여 있다가 잎이 점점 열리면서 꽃이 피어난다. 이 때문에 이 꽃이 활짝 피기 전의

모습은 '함태화含胎花'라 해서 어린 소녀를 비유하고, 활짝 핀 모습은 종종 3, 40대 여자의 풍만하고 아름다운 모습을 비유한다.

31 . 원문의 '도미酴醾'는 초여름에 진한 향기를 풍기는 꽃을 피우는 식물로서 가지가 약해 시렁을 타고 자라는 '겨우살이풀〔藤醾〕'이라는 뜻이다. 또 '잘 익은 술'을 나타내는 글자이기도 하니, 가보옥이 읊은 이 구절은 "적당히 막걸리 마시고 잠드니 꿈도 향기롭네."라고 풀이할 수도 있겠다.

32 . 이백의 시는 「등금릉봉황대登金陵鳳凰臺」를 가리키며, 「황학루」는 당나라 때 최호崔顥가 쓴 것으로 칠언율시 중 최고라고 꼽히는 작품이다.

33 . 공중에 설치하여 누각 사이를 연결하는 통로이다.

34 . 중국 전설에서 신선들이 산다고 여겨진 곳으로서 방장산方丈山, 영주산瀛洲山과 더불어 '삼신산三神山'의 하나로 꼽히는 봉래산蓬萊山을 가리킨다. 3개의 섬에 있는 이 산들은 동해東海(우리나라의 서해西海)에 있다고 믿어졌다.

35 . 소식蘇軾의 시 「해당海棠」에 "봄바람 산들산들 불어와 햇살 가득 넘실거리네〔東風渺渺泛崇光〕."라는 구절이 있는데, 이것은 달빛에 비친 해당화의 아름다움을 묘사한 것이다. 하지만 문객의 표현은 해당화만 암시할 뿐 파초와 해당을 함께 심은 의도는 제시하지 못하므로, 뒤에 가보옥의 비판을 듣게 된다.

36 . 흐르는 구름〔雲〕은 순조롭고 원만한 운수〔運〕를, 박쥐〔蝠〕는 복福을 의미한다.

37 . 소나무와 대나무, 매화를 가리킨다.

38 . 화분에 산수풍경을 장식하고 그에 어울리게 꽃과 나무를 심어놓은 것으로, 우리나라에서 흔히 '분재盆栽'라고 부르는 것과 유사하지만 그 규모가 훨씬 큰 것이 많다.

39 . 쥐가 드나들지 못하도록 비단을 발라 막은 틀이다.

40 . 장미의 일종이다.

41 . 옛날 풍속에서는 팔자에 재난이 끼었다고 여겨지는 이는 출가해서 승려가 되는 방법으로 재난을 없앨 수 있다고 여겼다. 그러나 관료나 지주 집안에서는 종종 가난한 집안의 자녀를 사서 대신 출가시키는 방법을 쓰곤 했는데, 이를 '체신替身'이라고 불렀다.

42 . 다라수多羅樹(pattra) 잎에 바늘처럼 날카로운 도구로 불교 경전을 새긴 것을 가리킨다.

43 . 북송北宋의 성리학자性理學者 소옹邵雍(1011~1077)이 『역전易傳』을 근거로 팔괘八卦의 형성에 관해 해석하면서 도교 사상을 섞어 '선천팔괘도先天八卦圖'라고 하는 세계

455

의 구조에 대한 도식圖式을 만들었는데, 이것을 통해 우주와 인간사의 변화에 대해 추측할 수 있다고 한다. 이 도식과 그것이 근거로 삼은 '상수象數'의 원리는 천지가 생겨나기 이전부터 이미 존재했다고 하며, 이 때문에 그에 대한 학문을 일컬어 '선천학先天學'이라고 한다.

44. '향관香串'이라고도 한다. 하나의 막대마다 18개 구슬 모양의 향을 꿰어 만들었기 때문에 '십팔자十八子'라고도 부른다. 이것은 가남향茄楠香을 둥근 구슬 모양으로 깎아 꿰고, 그 사이사이에 둥근 진주나 보석을 끼워 만드는데, 여름에 차고 다니면 더러운 먼지나 병균을 막을 수 있다고 여겨졌다.

45. 귀비가 타는 가마로, 나무로 만들고 황금색으로 칠한 것이다. 참고로 『청문헌통고清文獻通考』권145 「왕례王禮 21」에 따르면, 귀비가 타는 가마는 '적여翟輿'라고 부르는데, 나무로 만들어 황금색을 칠하고 자리에 왕금 비단을 깔며 8명이 멘다고 했다.

46. 소용과 채빈 모두 궁중의 여관女官 명칭이다. 이 중 '소용'은 이른바 '구빈九嬪' 중 하나이다.

47. '통탈목通脫木'이라고도 한다. 줄기에는 하얀 성분이 많아, 채색하여 얇은 조각으로 깎으면 각종 조화造花를 비롯한 장식품을 만들 수 있다. 약용藥用으로 쓰이기도 한다.

48. 옛날 귀족 집안의 정원에 조명을 밝히던 커다란 불이다. 소나무와 대나무, 갈대 등을 묶어 심지로 삼고 기름을 적셔 불을 피웠다.

49. 정전 앞쪽에 있는 지붕이 없는 평평한 대臺이다. 3면에 위로 오르는 계단이 만들어져 있다.

50. '성품을 환하게 밝혀주고 기분을 즐겁게 해준다.'라는 뜻이다.

51. '만물이 화려한 빛을 다툰다.'라는 뜻이다.

52. '화려한 모습이 조물주의 솜씨 같다.'라는 뜻이다.

53. 흔히 황제와 황후의 은택을 해와 달의 빛에 비유하는 것을 염두에 둔 표현이다.

54. 동해東海의 '삼신산三神山' 중 하나로, 여기서는 일반적인 의미의 신선세계를 가리킨다.

55. 원문의 '가선歌扇'은 여자들이 노래하거나 춤출 때 얼굴을 가리는 데 쓰던 부채이다.

56. 이 두 구절은 정원의 풀과 꽃을 가희歌姬와 무희舞姬에 비유하면서, 비유 대상과 비유하는 표현을 거꾸로 하여 나름대로 묘미를 살린 것이다.

57. '신선'은 귀비 가원춘을, '요대'는 황궁을 비유한 것이다.

58. '찬란한 빛과 상서로움이 모여 응결된 곳'이라는 뜻이다.

59. 이 구절은 『시경』「소아小雅」「벌목伐木」의 구절을 이용한 것이다. 「벌목」의 해당 내용은 다음과 같다.

　　伐木丁丁　나무하는 소리 쩡쩡

　　鳥鳴嚶嚶　새 울음소리 짹짹

　　出自幽谷　어둑한 계곡에서 나와

　　遷於喬木　커다란 나무로 옮겨가네.

60. 봉황은 귀비를 상징한다. 전설에 따르면 봉황은 대나무 열매를 먹는다고 했으니, 이를 이용해서 이렇게 묘사한 것이다.

61. 진晉나라 때의 거부巨富 석숭石崇이 금곡원金谷園을 지어놓고 손님들을 초청해 잔치를 벌이면서 각자에게 시를 짓게 하여 짓지 못한 이에게는 벌주罰酒를 세 잔씩 마시게 했다고 한다. 임대옥도 이 고사를 빌려 귀비가 각자에게 시를 짓게 한 일을 묘사하고 있다.

62. '옥당玉堂'은 비빈妃嬪의 거처를 가리키는 말이므로, '옥당의 미인'은 귀비 가원춘을 가리킨다.

63. 『백가성百家姓』의 첫 구절이다. 『백가성』은 북송北宋 때 여러 성씨들을 사언의 운문韻文으로 모아놓은 것으로, 작자는 알려져 있지 않다. 옛날 이 책은 종종 글공부를 막 시작한 어린아이들의 교재로 활용되었다.

64. 전후(?~?)의 자는 서문瑞文이고, 오흥吳興(지금의 쑤저우시에 속함) 사람이다. 895년에 상서랑尚書郎을 지냈고, 이후 중서사인中書舍人으로 승진했으나 900년에 무주사마撫州司馬로 폄적되었다. 저작으로 『주중록舟中錄』 20권이 있었다고 하나 지금은 남아 있지 않고, 『전당시』에 그의 시 1권이 수록되어 있다.

65. 전후錢珝의 시 「펼쳐지지 않은 파초 잎未展芭蕉」에 들어 있는 구절이다. 파초 잎을 펼쳐지지 않은 편지에 비유한 원작은 다음과 같다.

　　冷燭無烟綠蠟乾　식은 초에는 연기도 없고 초록색 밀랍은 말라버렸는데

　　芳心猶卷怯春寒　꽃다운 마음 아직 말려 있는 건 봄날 추위가 무서워서라네.

　　一緘書札藏何事　한 통의 편지에는 무슨 일이 담겼을까?

　　會被東風暗柝看　봄바람 불어오면 슬며시 열리겠지.

66. 전설에 따르면 남조南朝의 시인 사영운謝靈運의 시 「못가 누각에 올라(等池上樓)」에 들어 있는 "연못에 봄 풀 돋고(池塘生春草)"라는 구절은 꿈속에서 얻은 것이라고 한다. 가보옥이 지은 구절은 사영운만이 아름다운 시 구절에 대한 영감을 얻는 좋은 꿈

을 꾸는 건 아니라는 뜻이다.

67. 초록색 밀랍은 파초를, 곱게 화장한 여인은 해당화를 비유한 것이다.

68. 청나라 초기에 이옥李玉(1591?~1671)이 쓴 전기傳奇『일봉설一捧雪』중 한 마당이다. 이 작품은 명나라 때 막회고莫懷古라는 이가 '일봉설'이라는 옥 술잔 때문에 간사한 이의 농간에 걸려 집안도 망하고 본인도 목숨을 잃게 된다는 이야기이다.

69. 청나라 초기에 홍승洪昇(제11회 각주 5 참조)이 쓴 전기『장생전』의 한 부분이다.

70. 명나라 때 탕현조湯顯祖가 쓴 전기『한단기邯鄲記』중 한 부분인『합선合仙』을 가리킨다. 신선 여동빈呂洞賓이 인간세계에 내려와 노盧 아무개라는 선비를 제도濟度하여 하늘나라에 올라가 하선고何仙姑라는 선녀를 대신해 하늘나라 대문에서 꽃을 쓸게 했다는 내용이다.

71. 탕현조의 전기『모란정牡丹亭』을 개편한 작품 중 일부이다. 위 4편의 작품들 중에는 귀비가 가족을 방문하러 와서 공연하게 했다고 보기 어려운 내용들이 포함되어 있지만, 작자는 이 작품들의 제목을 통해 가씨 집안과 주요 인물의 운명을 암시하는 용도로 사용한 듯하다. 지연재脂硯齋의 평어에 따르면,『호연』은 가씨 집안의 몰락을,『걸교』는 귀비의 죽음을,『선연』은 진보옥이 가보옥을 만나러 온 일을,『이혼』은 임대옥의 죽음을 각각 암시한다고 했다.

72. 원래는『모란정』중 한 마당인『경몽驚夢』인데, 실제 공연 극본에서는『유원遊園』과『경몽驚夢』으로 나뉘었다. 이 부분은 두여낭杜麗娘이 꿈속에서 모란정에 가서 유몽매柳夢梅와 만난다는 이야기를 담고 있다.

73. 명나라 때 월사주인月榭主人이 쓴 전기『차천기釵釧記』중 두 마당이다.『상약』은 황보음皇甫吟과 사벽도史碧桃가 혼인을 약속한다는 내용이고,『상매』는 하녀 운향雲香과 노부인 장張씨가 말다툼하며 서로 욕을 해대는 이야기이다.

74. 중생들에게 삶의 고해苦海에서 벗어나기 위해 출가하여 보살의 자비를 수련하고 베풀라고 권하는 것이 마치 험한 바다에 빠진 이들을 배로 구해주는 것과 같다는 뜻이다.

75. '필정筆錠'은 중국어 발음이 '반드시'라는 뜻의 '필정必定'과 같이 〔bìdìng〕이다. 그러므로 '필정여의筆錠如意'에는 '모든 일이 반드시 뜻대로 이루어지길 바란다.'라는 뜻이 담겨 있다.

76. '유어有魚'〔yǒuyú〕는 중국어 발음이 '유여有餘'와 같으므로 '길경유어吉慶有魚'는 '경사로운 일이 넘치기를 기원한다.'라는 뜻이 담긴 말이다.

77. 다리가 3개 달린 옛날 술잔이다.

78. 옷감의 길이를 재는 단위이다. 명나라 때 낭영郎英의 『칠수류고七修類稿』에 따르면, 한 단은 원래 반 필에 해당하는데, 사람들이 그걸 모르고 한 필을 한 단과 같다고 여기고 있다고 한다.

| 가씨 가문 가계도 |

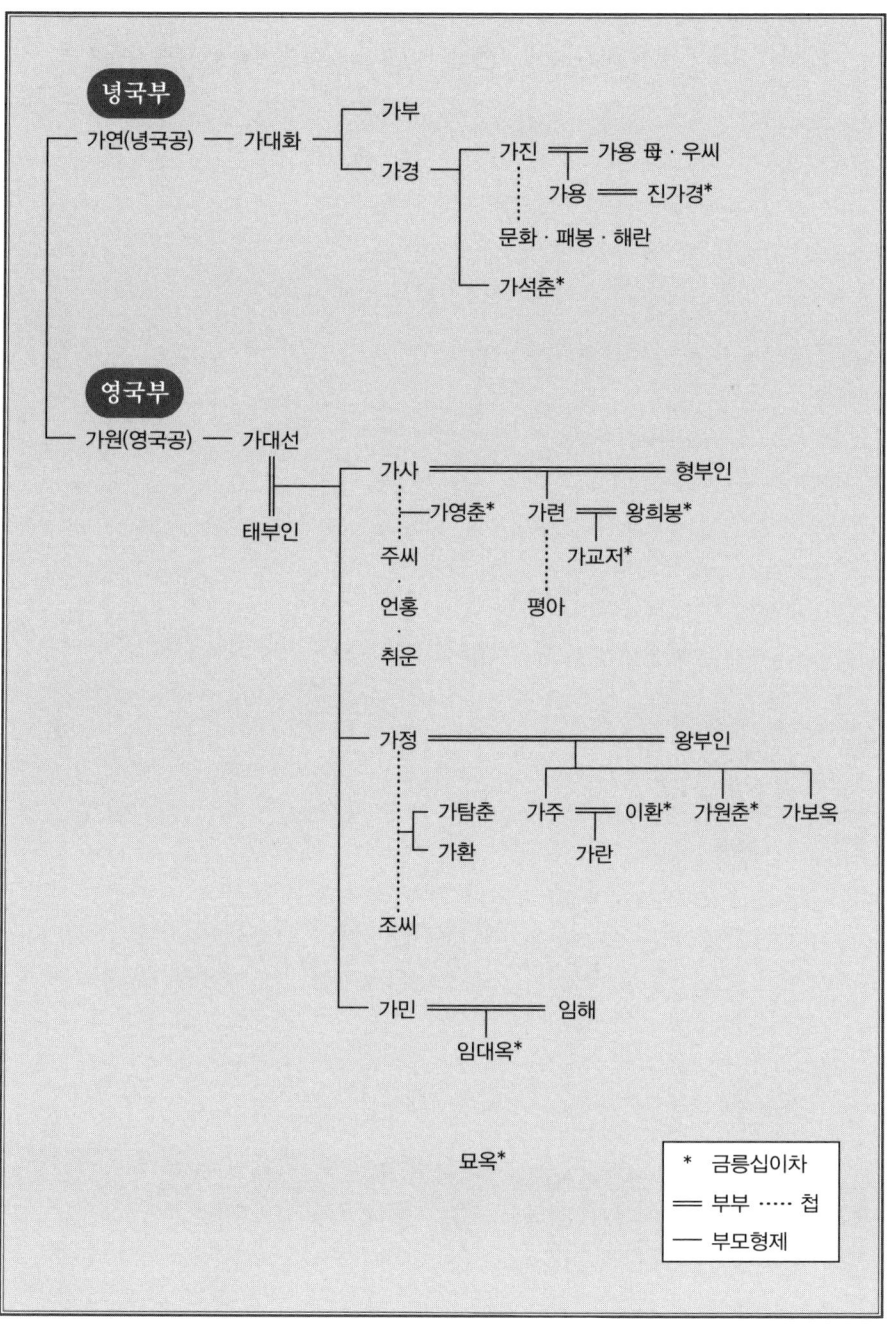

## 주요 기문 가계도

**길씨**
길웅 — 길보지(雙父) ┬ 길보자 ═ 길보 네 아들 ┬ 길보름
　　　　　　　　　└ 길고 父 ┬ 길보금　　　　└ 길믐 …… 훌둥
　　　　　　　　　　　　　　└ 길모가

**양씨**
웅운 — 양희원(雙父) ┬ 양사금
　　　　　　　　　├ 양희름
　　　　　　　　　├ 양보리
　　　　　　　　　├ 양빼 네 아들
　　　　　　　　　└ 양자웅
　　　　　　　　└ 양희웅 父 ┬ 왕이
　　　　　　　　　　　　　　└ 왕둥

**사씨**
사운 ┬ 사공문 雙父 ┬ 사배
　　　└ 사공문　　　├ 사세
　　　　　　　　　　├ 사상
　　　　　　　　　　└ 태보리

**양씨**
양부이 父 ┬ 보리
　　　　　├ 울둥
　　　　　└ 울련

**이씨**
이수웅 父 ┬ 이수종 — 이철
　　　　　├ 이문 父 ┬ 이민
　　　　　└　　　　 └ 이기
　　　　　　이씨 네 아들

**진씨**
진 ┬ 수양들
　 ├ 진강증(수양증) 父
　 └ 진웅

진웅가 ═ 진씨 네 아들 ┬ 등1
　　　　　　　　　　　├ 등2
　　　　　　　　　　　└ 등3

**웅씨**
웅씨 父 — 웅골부 아지 ┬ 개고
　　　　　　　　　　　└ 웅이지
　　　　　　　　　　　　유장지

┌─────────────┐
│ 부부 …… 결혼 │
│ ═══ — 부모자식 │
└─────────────┘

| 등장인물 소개 |

**가경**賈敬 가대화의 둘째 아들로, 큰아들인 가부가 어린 나이에 죽어 가경이 아
버지의 작위를 세습받았다. 슬하에 아들 가진과 딸 가석춘을 두었으나, 세상사에
는 관심이 없고 오로지 신선술에 열중하다가 결국 엉터리로 만든 금단金丹을 잘못
먹고 죽는다(제63회).

**가경**賈瓊 가씨 가문에서 가보옥, 가련 등과 같이 이름자에 '구슬 옥(玉, 王)'이
들어가는 항렬이지만 비교적 관계가 먼 친척으로 보인다. 이야기 안에서는 별다른
역할을 하지 않고 그저 이름만 한 번 언급된다.

**가광**賈珖 가씨 가문에서 가보옥, 가련 등과 같이 이름자에 '구슬 옥(玉, 王)'이
들어가는 항렬이지만 비교적 관계가 먼 친척으로 보인다. 이야기 안에서는 별다른
역할을 하지 않고 그저 이름만 한 번 언급된다.

**가교저**賈巧姐 금릉십이차. 가련과 왕희봉 사이에서 태어난 외동딸이다. 7월 7
일에 태어났기 때문에 양어머니인 유노파의 의견에 따라 이름을 지었다.

**가균**賈菌 영국부의 가까운 친척으로 가란과 같은 항렬이고, 어머니는 누婁씨이
다. 어려서 고아가 된 그는 가씨 가문의 서당[家塾]에 다니며 가란과 친하다. 하지
만 대담하면서 화를 잘 내는 성격으로 인해 서당에서 김영과 갈등을 일으키기도
한다.

**462**

**가근**賈芹  가씨 가문에서 가란, 가용 등과 같이 이름자에 '풀 초(艸, ++)'가 들어가는 항렬이지만 비교적 관계가 먼 친척이다. 그는 어머니 주씨가 왕희봉에게 청탁하여 수월암의 비구니와 여도사들을 관리하게 되지만 불미스러운 소문이 퍼지는 바람에 비구니와 여도사들은 모두 내쫓기고, 가근은 가씨 가문의 일에서 배제된다.

**가대선**賈代善  영국공 가원의 아들이며 아버지의 작위를 세습한다. 그의 아내가 바로 태부인이다. 큰아들 가사와 작은아들 가정, 딸 가민을 남겼으며, 그가 죽은 후에는 가사가 작위를 세습한다.

**가대수**賈代修  가씨 가문에서 가대화, 가대선 등과 같이 '대代'자 돌림의 항렬이지만 비교적 관계가 먼 친척으로 보인다. 이야기 안에서는 별다른 역할을 하지 않고 그저 이름만 한 번 언급된다.

**가대유**賈代儒  영국부 태부인의 남편 가대선 및 녕국부 가대화와 같이 '대代'자 돌림의 항렬에 속하지만 방계傍系 친척으로, 별다른 벼슬을 하지 못한 인물이다. 다만 그의 언행이 방정하고 인덕이 높아서 가씨 가문의 서당(家塾)에서 학생들을 가르치지만, 사상이나 학문은 편협하고 완고한 편이다. 일찍이 아들과 며느리를 잃고, 유일한 희망인 손자 가서를 엄격하게 기른다. 한편, 가보옥은 어려서 그가 가르치는 서당에서 공부한 적이 있고, 나중에는 그에게서 사서四書와 팔고문八股文을 배우기도 한다.

**가대화**賈代化  녕국공 가연의 큰아들이자 가부와 가경의 아버지이다. 경영절도사 세습일등신위장군을 역임했다.

**가돈**賈敦  가씨 가문에서 가정, 가경 등과 같이 이름자에 '둥글월 문(攵, 夂)'이 들어가는 항렬이지만 비교적 관계가 먼 친척으로 보인다. 이야기 안에서는 별다른 역할을 하지 않고 그저 이름만 한 번 언급된다.

**가란**賈蘭   영국부 가정의 큰아들이자 가보옥의 형인 가주와 이환 사이에서 난 아들로, 어려서 아버지를 여의고 홀어머니 밑에서 사서오경四書五經을 공부한다. 그는 자신과 가치관이 전혀 다른 가보옥을 존경하면서 항상 가르침을 청하는 공손한 조카이기도 하다.

**가련**賈璉   영국부 가대선과 태부인의 큰아들인 가사와 형부인 사이에서 태어난 아들로, 왕희봉의 남편이자 가사의 첩 주씨가 낳은 딸 가영춘의 이복오빠이다. 그는 돈을 바치고 동지同知 벼슬을 얻었으나 관청 일에는 신경 쓰지 않고 숙부인 가정의 집안에 살면서 왕희봉과 함께 영국부의 집안일을 맡아 처리한다. 무능하고 방탕하기는 하지만 가씨 집안 전체의 살림을 유지하기 위해 그 나름의 노력을 기울이기도 한다.

**가릉**賈菱   가씨 가문에서 가란, 가용 등과 같이 이름자에 '풀 초(艸, ++)'가 들어가는 항렬이지만 비교적 관계가 먼 친척으로 보인다. 이야기 안에서는 별다른 역할을 하지 않고 그저 이름만 한 번 언급된다.

**가린**賈璘   가씨 가문에서 가보옥, 가련 등과 같이 이름자에 '구슬 옥(玉, 王)'이 들어가는 항렬이지만 비교적 관계가 먼 친척으로 보인다. 이야기 안에서는 별다른 역할을 하지 않고 그저 이름만 한 번 언급된다.

**가민**賈敏   영국부 가대선과 태부인 사이에서 태어난 막내딸로, 양주 순염어사 임해와 결혼하여 임대옥을 낳았으나, 임대옥이 여섯 살 때 죽었다.

**가방**賈芳   가씨 가문에서 가란, 가용 등과 같이 이름자에 '풀 초(艸, ++)'가 들어가는 항렬이지만 비교적 관계가 먼 친척이다. 이야기 안에서는 별다른 역할을 하지 않고 그저 이름만 한 번 언급된다.

**가보옥**賈寶玉   이 작품의 주인공으로, 원래 태허환경에 있는 적하궁의 신영시

자인데 인간 세상에 영국부 가정의 아들 가보옥으로 태어났다. 입에 통령보옥을 물고 태어나며, 가씨 가문에서 가장 어른이라고 할 수 있는 태부인의 사랑을 독차지한다. 통령보옥과 가보옥은 사실상 제1회에서 제시된 대황산 무계애 청경봉 아래에 있던 신령한 돌이 영육靈肉으로 분화分化한 것이라고 할 수 있다. 신영시자로 있을 때 그는 서방에 있는 영하 강가의 삼생석 옆에 자라던 강주초(훗날 임대옥으로 환생)에 감로수를 뿌려줌으로써 '목석전맹'의 인연을 맺는다. 또한 승려로부터 받은 금목걸이를 가지고 있는 설보차와는 '금옥양연'의 인연이 있다. 이야기에서 주로 누나 가원춘(원비)의 친정 방문을 위해 조성한 대관원에서 여러 미녀들과 함께 살면서 다양한 에피소드를 만들어낸다. 그는 순결한 여성에 대해 병적인 애착을 가지고 있으며 세속의 부귀공명을 혐오한다.

**가부**賈敷  가대화의 큰아들인데, 여덟 살이나 아홉 살 무렵에 죽은 것으로 설정되어 있다.

**가분**賈芬  가씨 가문에서 가란, 가용 등과 같이 이름자에 '풀 초(艸, ++)'가 들어가는 항렬이지만 비교적 관계가 먼 친척이다. 이야기 안에서는 별다른 역할을 하지 않고 그저 이름만 한 번 언급된다.

**가빈**賈碸  가씨 가문에서 가보옥, 가련 등과 같이 이름자에 '구슬 옥(玉, 王)'이 들어가는 항렬이지만 비교적 관계가 먼 친척으로 보인다. 제71회에서 어머니와 함께 태부인의 생일을 축하하기 위해 영국부에 들어온 그의 여동생 희란은 태부인의 귀여움을 받아 대관원에 묵기도 하지만, 정작 그는 이야기 안에서 별다른 역할을 하지 않고 그저 이름만 한 번 언급된다.

**가사**賈赦  영국부 가대선과 태부인 사이의 큰아들로, 자는 은후恩侯이다. 아내 형부인과 사이에서 큰아들 가련을 낳았으며, 첩 주씨와 사이에서 가영춘을 낳았다. 또 형부인이 낳은 아들인지, 다른 첩이 낳은 아들인지는 분명하지 않으나, 둘째 아들로서 가련과 나이 차이가 많이 나는 가종賈宗이 있다. 아버지 사후에 일등

장군—等將軍의 작위를 세습하지만, 벼슬살이에 무능하고 탐욕스러우며 특히 주색
酒色을 밝힌다.

**가서**賈瑞 가씨 가문의 서당(家塾)에서 학생들을 가르치는 가대유의 손자로, 할
아버지의 엄격한 가르침에도 불구하고 탐욕스럽고 게으른 인물이다. 가대유에게
무슨 일이 있을 때 그를 대신해서 서당을 관리하기도 하지만 무성의하고 불공평한
처사로 학생들의 불만을 사고, 설반에게 아부하여 그의 행패를 눈감아주면서 그
대가로 돈을 받거나 술을 얻어먹기도 한다. 제12회에서 왕희봉에게 집적거리다 결
국 독심을 품은 그녀의 계략에 말려 상사병에 걸리게 되고, 이를 고치기 위해 절름
발이 도사에게서 '풍월보감'이라는 거울을 받았지만 절대 앞면을 보지 말라는 경
고를 어기는 바람에 결국 정욕情慾의 환상에 빠져서 일찍 죽고 만다.

**가석춘**賈惜春 금릉십이차. 녕국부 가경의 딸이자 가진의 여동생으로, 그림에
재능이 있다. 가경이 신선술에 빠져 집안일에 신경 쓰지 않고, 어머니도 일찍 세
상을 떠나 혼자 자라는 바람에 쌀쌀한 성격을 갖게 되고, 올케인 우씨와도 사이가
나쁘다.

**가아**可兒 진가경의 어릴적 이름이다. 예전에 아버지 진업이 자녀가 없어서 양
생당에서 데리고 왔다. ('진가경' 항목 참조)

**가연**賈珩 가씨 가문에서 가보옥, 가련 등과 같이 이름자에 '구슬 옥(玉, 王)'이
들어가는 항렬이지만 비교적 관계가 먼 친척으로 보인다. 이야기 안에서는 별다른
역할을 하지 않고 그저 이름만 한 번 언급되는 정도이다.

**가영춘**賈迎春 금릉십이차. 가정의 형인 가사와 첩 주씨 사이에서 태어난 딸로,
가씨 집안의 딸들 중 둘째 서열에 해당한다. 착하지만 무능하고, 유약하면서 겁이
많은 그녀는 시사詩詞에 대한 재능도 다른 자매들보다 못하고, 무른 성격으로 인
해 남에게 속는 일도 많다.

**가용**賈蓉 녕국부 가진의 아들로, 원래는 감생監生이었지만 아내 진가경이 죽은 후 아버지가 오품五品 용금위龍禁尉 벼슬을 사주었다. 나중에 호胡씨와 재혼한다. 그는 잘생기고 호리호리한 몸매를 가지고 있지만 아버지와 마찬가지로 방탕한 생활을 해서 숙모인 왕희봉, 이모인 우이저 등과 불륜 관계를 맺는다.

**가우촌**賈雨村 가화의 별호. ('가화' 항목 참조)

**가운**賈芸 가씨 가문에서 가란, 가용 등과 같이 이름자에 '풀 초(艸, ⺿)'가 들어가는 항렬이다. 일찍이 아버지를 여의고 서쪽 회랑에서 어머니와 함께 어렵게 살아가지만, 영리하고 적극적으로 생계를 꾸린다. 왕희봉에게 뇌물을 주어서 대관원에 나무 심는 일을 맡기도 하고, 가보옥에게 '아버지'라고 부르며 화분을 선물하는 등 적당한 아부도 한다.

**가원**賈源 녕국공 가연의 아우로, 그 역시 공신功臣이며 영국공의 작위를 받았다. 그가 죽은 후 아들 가대선이 작위를 계승한다.

**가원춘**賈元春 금릉십이차. 가정과 왕부인 사이에서 태어난 맏딸로, 어린 가보옥에게는 공부를 가르치고 보살펴주는 어머니 같은 존재이다. 현숙하고 재덕을 겸비한 그녀는 궁녀로 선발되었다가 나중에 현덕비에 봉해졌다. 그녀가 친정에 인사하러 올 때 가씨 가문에서는 그녀를 모시기 위해 대관원을 건축한다. 가원춘 덕에 가씨 가문은 더할 나위 없는 영화를 누리게 된다.

**가장**賈薔 녕국부 적파嫡派의 현손인데, 일찍이 부모를 여의고 가진賈珍 밑에서 일을 돕는다. 이 때문에 가진과 가용을 믿고 가씨 가문의 서당[家塾]에 이름을 걸어놓고 있기는 하지만, 날마다 닭싸움이나 도박, 계집질에만 열중한다. 나중에는 가씨 가문의 배우들이 기거하는 이향원을 관리하면서 영관과 가까운 사이로 지내지만, 배우들이 해산되고 영관이 떠난 뒤에는 그녀를 잊는다.

**가정**賈政　영국부 가대선과 태부인 사이의 둘째 아들이자 가사의 동생이며, 자는 존주存周이다. 이 작품의 주인공 가보옥의 아버지이다. 가정은 완고한 유가 사상을 고수하는 위선적인 군자의 전형으로 묘사되어 있다. 태부인에게는 효성스러운 아들이지만, 자신과 다른 가치관을 가진 아들 가보옥에게 불만을 가지고 무력으로 다스리려 하다가 종종 태부인에게 저지당한다. 벼슬살이에서는 무능하여 하인들이 그의 위세를 내세워 비리를 저질러도 묵인하며 자신의 안위만을 챙기고, 탐관오리인 가화와도 계속 왕래한다.

**가조**賈藻　가씨 가문에서 가란, 가용 등과 같이 이름자에 '풀 초(艸, 艹)'가 들어가는 항렬이지만 비교적 관계가 먼 친척이다. 이야기 안에서는 별다른 역할을 하지 않고 그저 이름만 한 번 언급된다.

**가종**賈琮　녕국부 가사의 둘째 아들로, 첩에게서 낳은 서자인 듯하지만 명확히 밝혀지지는 않았다. 이야기에서 대부분 가정의 서자인 가환과 함께 등장하지만, 줄거리 전개에서 그다지 중요한 역할을 하지 않는다.

**가주**賈珠　영국부 가정의 큰아들이자 이환의 남편, 가란의 아버지이다. 열네 살에 수재秀才에 급제할 정도로 영민했던 그는 스무 살도 채 되지 않은 나이에 병으로 요절하여 두고두고 부모에게 아쉬움을 남긴다.

**가지**賈芝　가씨 가문에서 가란, 가용 등과 같이 이름자에 '풀 초(艸, 艹)'가 들어가는 항렬이지만 비교적 관계가 먼 친척이다. 이야기 안에서는 별다른 역할을 하지 않고 그저 이름만 한 번 언급된다.

**가진**賈珍　녕국부 가경의 아들로, 아버지가 신선술에 빠진 덕분에 젊은 나이에 작위를 물려받지만, 무능한데다 방탕한 성격으로 가문의 몰락을 부추기는 인물이다. 심지어 자신의 며느리인 진가경의 장례를 지나치게 호사스럽게 치름으로써 둘이 불륜 관계였다고 의심을 받고 있으며(제13회), 처제인 우이저 및 우삼저 자매

들과의 관계도 애매하다(제64, 65회).

**가진**賈蓁  가씨 가문에서 가란, 가용 등과 같이 이름자에 '풀 초(艸, ⺿)'가 들어가는 항렬이지만 비교적 관계가 먼 친척이다. 이야기 안에서는 별다른 역할을 하지 않고 그저 이름만 한 번 언급된다.

**가창**賈菖  가씨 가문에서 가란, 가용 등과 같이 이름자에 '풀 초(艸, ⺿)'가 들어가는 항렬이지만 비교적 관계가 먼 친척으로 보인다. 이야기 안에서는 별다른 역할을 하지 않고 그저 이름만 한 번 언급된다.

**가칙**賈勅  가씨 가문에서 방계傍系의 인물로 보이며, 이야기 안에서는 별다른 역할을 하지 않고 그저 이름만 한 번 언급된다.

**가침**賈琛  가씨 가문에서 가보옥, 가련 등과 같이 이름자에 '구슬 옥(玉, 王)'이 들어가는 항렬이지만 비교적 관계가 먼 친척으로 보인다. 이야기 안에서는 별다른 역할을 하지 않고 그저 이름만 한 번 언급된다.

**가탐춘**賈探春  금릉십이차. 영국부 가정과 그의 첩인 조씨 사이에서 태어난 여인으로, 가씨 집안의 딸들 중 셋째 서열에 속한다. 총명하고 마음 씀씀이가 꼼꼼하면서도 성격이 강직하여 집안일에 뛰어난 수완을 발휘하여 왕희봉이나 왕부인에게도 인정을 받는다.

**가평**賈萍  가씨 가문에서 가란, 가용 등과 같이 이름자에 '풀 초(艸, ⺿)'가 들어가는 항렬이지만 비교적 관계가 먼 친척이다. 이야기 안에서는 별다른 역할을 하지 않고 그저 이름만 한 번 언급된다.

**가형**賈蘅  가씨 가문에서 가란, 가용 등과 같이 이름자에 '풀 초(艸, ⺿)'가 들어가는 항렬이지만 비교적 관계가 먼 친척이다. 이야기 안에서는 별다른 역할을

하지 않고 그저 이름만 한 번 언급된다.

**가화**賈化 자字는 시비時飛, 별호別號는 우촌雨村이다. 그는 본래 호주胡州의 벼슬살이를 하던 집안 출신으로서 시와 문장에 뛰어났지만, 집안이 몰락한 데다 식구들도 다 죽어 혼자만 남게 되었다. 훗날 진비의 도움으로 경사의 가씨 집안과 연을 맺고 출세가도를 달리다가 다시 좌절을 경험하고 진비를 따라 출가하게 된다. 이 작품에서 그는 진비와 함께 이야기의 처음을 열고 끝을 마무리하는 인물로 전체 이야기의 틀을 구성하는 데 중요한 역할을 한다.

**가황**賈璜 가씨 가문의 적파嫡派로서 녕국부 인물이며, 가보옥과 같은 항렬로 설정되어 있다. 가황과 그의 아내 김씨는 녕국부 골목에서 얼마 안 되는 재산을 지키며 살고 있다. 늘 녕국부와 영국부를 찾아가 문안 인사를 하며 왕희봉과 가진의 아내 우씨를 받들어 모신 덕분에 그들의 도움으로 살아간다.

**가효**賈效 가씨 가문에서 가정, 가경 등과 같이 이름자에 '둥글월 문(攵, 攴)'이 들어가는 항렬이지만 비교적 관계가 먼 친척으로 보인다. 이야기 안에서는 별다른 역할을 하지 않고 그저 이름만 한 번 언급된다.

**강주**絳珠 '강주선자' 항목 참조

**강주선자**絳珠仙子 제1회의 내용에 따르면, 원래 서방에 있는 영하 강가의 삼생석 옆에 자라던 강주초라는 풀이었다. 적하궁의 신영시자가 감로수를 뿌려준 덕분에 영생을 얻었고, 그 이후 다시 하늘과 땅의 정화를 받고 비와 이슬의 자양분을 받아 마침내 초목의 태胎를 벗고 사람의 모습으로 바뀌더니, 성실히 수련하여 여자의 몸이 되었다. 하루 종일 이한천 밖에서 놀면서 배가 고프면 밀청과를 먹고 목이 마르면 관수해의 물을 마셨는데, 신영시자가 인간세계로 내려간다는 소식을 듣고 눈물로 은혜를 갚기 위해 그녀도 인간세계에 환생하게 된다. 『홍루몽』의 주인공인 가보옥은 신영시자가 환생한 몸이고, 그의 진정한 연인인 임대옥은 이 강주

**470**

초가 환생한 몸이다.

**겸미**兼美 진가경의 어릴 적 이름.

**경경**鯨卿 자호字號 이름으로, 진종의 자이다.

**경전후** 景田侯 진가경의 장례식에 참석한 벼슬아치 중 하나로, 양양후襄陽侯의
손자이며 이등남二等男의 지위를 세습하고 경영유격京營游擊을 겸하고 있는 인물
이다.

**경환선자** 警幻仙子 '경환선고'라고도 부른다. 제5회의 내용에 따르면, 방춘산
견향동의 태허환경을 주관하는 신선으로 이한천 관수해에 살고 있다고 한다. 그녀
는 인간 세상의 사랑과 속세의 남녀들이 품고 있는 사랑의 원한과 어리석은 열정
을 관장한다. 가보옥이 꿈속에서 태허환경을 찾아갔을 때 가보옥에게 '금릉십이차
金陵十二釵'를 비롯하여 『홍루몽』에 등장하는 주요 여인들의 운명이 적힌 책자를
보여주고, 다시 「홍루몽」이라는 열두 가락으로 된 신선의 노래를 들려주었다.

**공공도인**空空道人 청경봉의 돌에 새겨진 이야기를 최초로 베껴서 인간 세상에
전한 인물로 설정되어 있다. 제120회의 설명에 따르면, 그는 청경봉에서 돌의 기
록을 두 번 보고 두 번 그 내용을 베껴 써서, 나중에 그 원고를 조설근에게 전했다.

**교저아**巧姐兒 가교저의 애칭이다.

**교행** 嬌杏 진비의 하녀로, 어느 날 꽃을 따다가 진비를 만나러 와 있던 가화와
눈이 마주친다. 훗날 가화가 현령縣令이 되었을 때 그녀를 첩으로 들였다. 교행이
아들을 낳고 나서 반년 뒤 가화의 정실부인이 죽자, 가화는 교행을 정실부인으로
삼았다. '교행'이라는 그녀의 이름은 중국어로 (jiāoxìng)이라고 발음되는데, 이
는 '요행僥倖'과 발음이 같다.

471

**구량**裘良 진가경의 장례식에 참석한 벼슬아치 중 하나로, 경전후景田侯의 손자이다. 오성병마사五城兵馬司의 책임자로 설정되어 있다.

**구아**狗兒 왕성의 아들이자 유노파의 사위, 왕판아와 왕청아의 아버지인 왕구아를 가리킨다. 그는 유노파 덕분에 영국부의 은혜를 입어 농사를 지으며 사는데, 어느 정도 살림살이가 넉넉해지자 그 은혜를 갚기 위해 나름대로 노력한다.

**궁재**宮裁 이환의 자字로, 여자는 그저 집안 살림[宮]과 길쌈[裁]만 잘하면 된다는 그녀의 아버지 이수중의 신념이 반영된 것이다.

**금가**金哥 만두암(수월암)의 주지 정허가 장안현長安縣 선재암善才庵에서 출가했을 때, 그 지역 부호 장張 아무개의 딸이다. 그녀는 원래 장안수비長安守備의 아들과 정혼한 몸이었는데, 선재암에 불공을 드리러 갔다가 장안부 지부知府의 조카인 이李아내衙內의 눈에 들어 혼약을 파기하라는 압력을 받는다. 난처한 상황에 빠진 장 아무개는 장안수비 집안과 파혼하기 위해 정허를 통해 왕희봉에게 청탁을 하고, 뇌물을 받은 왕희봉은 연줄을 이용해 그 일을 성사시켜준다.

**금천**金釧 성은 백白씨이며 옥천의 언니이다. 이들 자매는 모두 영국부 왕부인의 시녀이다.

**금향후**錦鄕侯 작위 이름. 가씨 가문과 대대로 교문이 친밀한 집안 중 하나인데, 어떤 곳에서는 금향백錦鄕伯이라고 쓰기도 한다. 그의 성명은 밝혀져 있지 않지만, 제14회에서 진가경의 장례식을 치를 때 아들 한기韓奇가 조문하러 왔다고 했고, 제55회에서는 그 집에서 잔치가 열려 왕부인이 참석했다고 했다. 제71회에는 태부인의 생일잔치에 그의 고명부인誥命夫人이 찾아와 축하 인사를 하기도 한다.

**김영**金榮 녕국부 가황의 처조카인 그는 서당의 말썽꾼이다. 인맥을 빌려 들어온 진종을 멸시하다가 가보옥의 하인 명연 일행에게 몰매를 맞기도 하고, 나중에

는 가균의 비위를 거스르는 바람에 매를 맞고 진종에게 사과해야 하는 상황에 처한다.

**남안군왕**南安郡王 『홍루몽』에는 동평군왕, 서녕군왕, 남안군왕, 북정군왕 등 4명의 가상적인 군왕이 등장하는데, 그중 하나이다. 특히 남안군왕은 북정군왕과 함께 제71회에 묘사된 태부인의 팔순 생일잔치에 방문하는 등 가씨 가문과 밀접하게 교유한다.

**내왕**來旺 영국부의 하인으로, 그의 아내는 왕희봉이 시집을 때 데려온 하녀(이름은 밝혀지지 않음)이며 왕희봉의 심복이다. 내왕댁은 왕희봉이 사채놀이를 할 때 돈을 빌려주고 이자 받는 일을 전담한다. 내왕은 왕희봉이 뇌물을 받고 관청에 손을 써서 비리를 저지를 때 심부름을 다니기도 하고, 왕희봉을 위해 바깥의 소식을 알아보고 그녀의 분부에 따라 일을 처리하기도 한다.

**냉자흥**冷子興 영국부의 집사인 주서의 사위로, 경사에서 골동품 가게를 하고 있으며 가화와 친하다. 제2회에서 그는 가화에게 영국부의 상황에 대해 비교적 자세히 설명해주는데, 이는 작품 전체에서 이야기의 실질적인 무대와 주인공들을 독자에게 미리 소개해주는 역할을 한다. 제7회에서는 골동품을 팔다가 소송이 걸리자 아내와 장모를 통해 왕희봉의 도움을 받아 문제를 해결하기도 한다.

**뇌대**賴大 가씨 가문에서 하녀로 사들인 뇌할멈의 아들이다. 태부인과 비슷한 연배로서 오랫동안 가씨 가문에서 일하며 상전들의 신임을 얻은 어머니 덕분에 영국부의 대총관을 맡아 모든 하인들을 통솔한다. 이에 따라 그 자신이 하인 신분임에도 불구하고 위세가 높아서 자기 집에 수많은 하인들을 두고 부린다.

**뇌이**賴二 녕국부의 대총관(또는 도총관)으로, 영국부의 대총관인 뇌대의 동생이다. 그의 이름은 뇌승賴升(제54회) 또는 내승來升(제14회)으로 불리기도 하는데, 이는『홍루몽』판본의 복잡한 전승 과정에서 생겨난 오류인 것으로 보인다.

**대권**戴權　환관으로서 대명궁大明宮의 장궁내상掌宮內相을 맡고 있다. 진가경이 죽자 제사에 쓸 예물을 보내고 나서 자신도 직접 조문을 하러 온다. 가진賈珍은 두 봉헌에서 그에게 차를 대접하면서, 그를 통해 호부戶部에 은돈 1500냥을 바치고 가용에게 오품 용금위 벼슬을 사준다.

**대량**戴良　영국부의 창고를 관리하는 우두머리 하인 중 하나이다. 지연재脂硯齋 비평에 따르면, 그의 이름 '대량'은 발음이 비슷한 '대량大量'을 암시한다고 했으니, 쓸데없이 통이 커서 헤프게 쓰는 인물임을 알 수 있다.

**동평군왕**東平郡王　『홍루몽』에는 동평군왕, 서녕군왕, 남안군왕, 북정군왕 등 4명의 가상적인 군왕이 등장하는데, 그중 하나이다. 일설에는 제3회에 등장하는 '동안군왕'이 동평군왕과 동일인이라고 보기도 하는데 확실하지 않다.

**마상**馬尚　진가경의 장례식에 참석한 벼슬아치 중 한 명이며, 치국공治國公 마괴馬魁의 손자로서 삼품위원장군三品威遠將軍의 지위를 세습한 인물이다.

**만허**萬虛　승록사 책임자인 승려의 법호法號이다.

**망망대사**茫茫大士　청경봉의 돌이 속세의 부귀영화를 선망하자 술법을 써서 그 돌을 작은 부채 장식 크기의 옥으로 만들고, 거기에 '통령보옥'이라는 이름을 붙였다. 이어서 묘묘진인과 함께 그 돌을 태허환경의 경환선고에게 가져다주어 속세의 가보옥이 태어날 때 그의 입에 물려 나와 속세에서 경험하게 해주었다. 또한 가보옥의 목숨이 위태로울 때 몇 차례 나타나 도움을 주기도 한다.

**명연**茗烟　영국부 섭어멈의 아들로, 가보옥의 서동書童이다. 제24~34회까지는 그의 이름이 '배명焙茗'이라고 표기되었다가 제39회 이후로는 다시 '명연'으로 쓰고 있으나, 이름을 바꾼 이유에 대해서는 밝히지 않았다. 이는 『홍루몽』 판본이 전승되는 복잡한 과정에서 생긴 오류일 것이다. 다만 연변대학교에서 나온 한국어

474

번역본을 윤문한 국내의 기존 번역본(도서출판 예하, 1990, 2쇄)에는 이 장면 다음에 나오는 배명과 가운의 대화를 통해 가보옥이 '연烟' 자를 꺼려서 배명이라고 이름을 고쳐주었다는 내용이 들어 있다. 명연은 충직하기만 한 이귀와는 달리 말썽도 자주 피우고 상전의 분부를 무시할 때도 있지만, 가보옥의 반항적인 성격을 이해하고 비호해준다. 이 때문에 이야기 속에서 가보옥은 그를 대단히 신뢰하여 사적이고 은밀한 일을 할 때는 항상 그와 함께하고, 심지어 명연이 만아와 통정한 사실을 알고도 눈감아준다(제19회).

**목시**穆蒔  제3회의 '영희당'에 대한 묘사에 따르면, 그는 영희당에 걸린 대련을 썼으며 동안군왕이라는 작위를 가진 제후이다. 일부 '색은派索隱派' 논자에 따르면 '동안東安'은 태자太子의 거처인 동궁東宮을 암시하기 때문에 '목시穆蒔'라는 이름은 강희제康熙帝 때 두 번이나 태자로 책봉되었다가 두 번 모두 폐위되어 결국 궁중에 유폐되었다가 죽은 태자 윤잉胤礽(1674~1725)을 암시한다고 주장하기노 한다.

**묘묘진인**渺渺眞人  망망대사와 함께 청경봉의 돌이 속세를 경험할 수 있게 해주었다. 제1회에서는 진비가 부귀영화의 무상함을 깨닫고 출가하도록 이끌고, 제66회에서는 우삼저의 순정을 저버리고 후회하는 유상련을 인도하여 출가하게 한다.

**묘옥**妙玉  금릉십이차. 소주蘇州의 벼슬아치 집안에서 태어났지만 어려서부터 병이 많아 결국 승려가 되어 머리를 기른 채 수행한다. 나중에 가씨 집안의 농취암에 초빙되어 가씨 집안 여인들 및 대관원의 미녀들과 교유한다.

**묵우**墨雨  가보옥의 몸종들 중 하나로, 나이도 어리고 서열이 상당히 낮은 편이다. 이야기 전개에서 역할이 아주 소소한 보조 인물이다.

**보주**寶珠  녕국부 가용의 아내 진가경의 하녀로, 진가경이 죽자 자녀가 없는 진가경을 위해 의붓딸이 되겠다고 자청하여 출상하는 날 상주 노릇을 한다. 이에 가

진은 무척 기뻐하며 집안사람들에게 이후로 보주를 '아가씨〔小姐〕'라고 부르게 했고, 그녀는 시집가지 않은 딸의 예로 진가경의 영전에서 곡을 한다.

**복고수**卜固修  영국부 가정의 청객상공淸客相公, 즉 문객門客이다. 제16회에서는 가장을 따라 소주에 가서 극단 선생을 초빙하고, 배우로 양성할 여자아이들을 사고, 악기와 분장도구 등을 장만하는 일을 도와주기도 한다. 지연재脂硯齋의 비평에 따르면, '복고수卜固修'라는 이름은 그와 중국어 발음이 유사한 '불고수不顧羞', 즉 '부끄러운 줄 모르는 철면피'를 의미한다고 한다.

**봉가**鳳哥  왕희봉의 어릴 적 이름.

**봉씨**封氏  진비의 아내이다. 본관이 대여주大如州인 봉숙封肅의 딸이다.

**북정군왕**北靜郡王  『홍루몽』에는 동평군왕, 서녕군왕, 남안군왕, 북정군왕 등 4명의 가상적인 군왕이 등장하는데, 그중 하나이다. 북정군왕의 이름은 수용水溶이며 가보옥과는 열 살 차이도 나지 않지만 겸손하고 온화한 성품을 지닌 인물이다. 가씨 가문과 대대로 교분이 깊기도 하지만 특히 가보옥에게 많은 관심과 애정을 보인다.

**빈빈**顰顰  가보옥이 임대옥을 처음 만났을 때 그녀에게 자字가 없다는 말을 듣고 장난삼아 지어준 것이다. '빈顰'은 눈썹이나 이맛살을 찌푸린다는 뜻인데, 가보옥은 "서방에 대黛라고 불리는 돌이 있는데, 눈썹 그리는 먹 대신 쓸 수 있다〔西方有石名黛 可代畫眉之墨〕."라는 『고금인물통고古今人物通考』의 구절을 거론하면서 임대옥이 눈썹을 조금 찌푸린 듯한 표정을 하고 있기 때문에 이런 자를 지었다고 설명했다. 이 때문에 훗날 대관원의 자매들은 임대옥을 부를 때 종종 '빈아顰兒'라고 했다.

**사경**謝鯨  진가경의 장례식에 참석한 벼슬아치 중 하나로, 정성후定城侯의 손자

이며 현재 이등남二等男의 지위를 세습하고 경영유격京營游擊을 겸하고 있는 인물이다.

**사史나리** '사정' 항목 참조

**사기**司棋 가영춘의 하녀로, 형부인의 하녀인 왕선보댁의 외손녀이다. 키가 훤칠하고 활달한 성격의 그녀는 자신보다 지위가 낮은 하녀들에게 거침없이 위세를 부리기도 한다.

**사월**麝月 가보옥의 하녀 중 하나로, 직설적이고 반항적인 성격은 청문과 비슷한 데가 있다. 화습인의 말을 잘 따르고, 청문과도 가끔 다투기도 하지만 금방 잊어버리고 다시 좋은 사이로 지낸다. 청문이 과격한 성격 때문에 다른 사람과 다툼이 생길 때도 나서서 도와주곤 한다.

**사정**史鼎 사상운의 숙부로, 젖먹이 때 부모를 잃은 사상운을 데려다 길러주었다. 작품 전체의 맥락에서 볼 때 이 사람은 태부인의 친정 조카인 듯한데, 그의 형은 보령후保齡侯 사내史鼐이다. 사상운의 아버지는 이들을 포함한 삼형제 중 맏이였던 것으로 보인다. 한편, 사정은 '충정후'라는 직위를 가지고 있는데, 작자(또는 작자들)가 임의로 만들어낸 듯하다.

**사후**史侯 사상운의 숙부를 가리킨다. 『홍루몽』에서 보령후상서령保齡侯尙書令을 지낸 사공史公의 후손이라고 설정된 사씨 집안은, 제4회에서 가화가 응천부에 부임했을 때 문지기가 건네준 '호관부護官簿'에서 "아방궁이 삼백 리라지만 금릉 땅 사씨 집안 하나만 해도 좁아서 못 산다[阿房宮 三百里 住不下金陵一個史]."라고 묘사한 집안이다.

**산자야**山子野 '산자山子'는 일종의 별칭으로, 그가 가산假山을 설계하는 데 뛰어나다는 것을 나타내고, '야野'는 성姓이다. 대관원의 전체적인 구조를 설계하고

건축하는 것을 총괄적으로 지휘한 인물이다.

**색공**色空　철함사 주지의 법호法號이다.

**서녕군왕**西寧郡王　『홍루몽』에는 동평군왕, 서녕군왕, 남안군왕, 북정군왕까지 4명의 가상적인 군왕이 등장하는데, 그중 하나이다.

**서약**鋤藥　가보옥의 몸종들 중 서열이 두 번째인데 장난기가 많은 인물이다. 이야기 전개에서 역할이 아주 소소한 보조 인물이다.

**서주**瑞珠　녕국부 가용의 아내 진가경의 하녀로, 진가경이 죽자 그녀도 기둥에 머리를 박고 따라 죽는다. 이에 가진은 그녀를 손녀의 예로 장례를 치러준다.

**석광주**石光珠　선국공의 손자인데, 조모 상을 치르느라 진가경의 장례식에 참석하지 못했다.

**선빙인**單聘仁　가정의 '청객상공' 즉 문객이다. 가보옥을 만나면 온갖 아부를 떠는 추태를 보이는데, 지연재脂硯齋 비평에 따르면, 그의 이름 '빙인聘仁'은 발음이 비슷한 '사기꾼〔騙人〕'임을 암시한다.

**설반**薛蟠　영국부 왕부인의 동생인 설씨 댁 마님에게서 태어난 아들이며 설보차의 오빠, 가보옥의 이종형이다. 교만하고 무식하며 여색을 밝히는 인물로 '멍청한 깡패〔獃覇王〕'라는 별명을 가지고 있다. 집안의 재산과 가씨 가문의 위세를 등에 업고 향릉을 차지하기 위해 풍연을 죽이기도 하고, 유상련에게 집적대다가 매를 맞기도 한다. 술집 종업원을 때려죽이는 바람에 사형 선고를 받고 옥에 갇히지만 설씨 댁 마님과 가정 등의 노력으로 사면을 받고 풀려나 개과천선한다.

**설보차**薛寶釵　금릉십이차. 가보옥의 이모인 설씨 댁 마님의 딸이자 설반의 동

생이다. 부유한 집안에서 태어나 용모도 아름답고 행동거지도 예의 바르며, 처세에 능하고 마음 씀씀이가 주도면밀하다. 시사詩詞에도 뛰어난 재능을 보이는 그녀는 '금릉십이차' 중 임대옥과 더불어 첫머리에 꼽히는 인물이다. 운명의 암시가 적힌 금팔찌를 차고 다님으로써 가보옥과 '금옥량연金玉良緣'의 인연이 있는 것으로 여겨진다.

**설안**雪雁 임대옥이 소주의 집에서 데려온 하녀이다. 임대옥의 또 다른 하녀인 자견과 친하게 지내면서 성심껏 임대옥의 시중을 든다. 그러나 자견의 역할이 커질수록 그녀의 존재감은 임대옥에게서 점점 멀어진다.

**소아**昭兒 가련과 왕희봉이 부리는 하인으로, 가련이 외출할 때 따라가서 시중들고 심부름을 한다.

**소홍**掃紅 가보옥의 몸종들 중 하나로, 서열이 상당히 낮은 편이다. 역시 가보옥의 몸종인 반학伴鶴과 친한 사이여서 종종 함께 바둑을 두곤 한다. 그러나 이야기 전개에서 역할이 아주 소소한 보조 인물이다.

**수용**水溶 북정군왕의 이름이다.

**신영시자**神瑛侍者 태허환경의 적하궁에 살고 있는 신선으로, 서방에 있는 영하강가의 삼생석 옆에 자라던 강주초에 감로수를 뿌려주어 강주초가 영생을 얻게 해주었다. 나중에 강주초는 성실히 수련하여 여자의 몸이 되었다가, 신영시자가 인간세계로 내려간다는 소식을 듣고 눈물로 은혜를 갚기 위해 인간세계에 환생하게 된다. 가보옥은 신영시자가 환생한 몸이고, 그의 진정한 연인인 임대옥은 강주초가 환생한 몸이다.

**앵가**鸚哥 제3회에 처음 등장한다. 당시는 임대옥이 막 영국부에 왔을 때인데, 태부인은 임대옥을 따라온 유모가 너무 늙었고 설안은 너무 어려서 자신의 이급

부록

479

하녀인 앵가를 임대옥에게 딸려주었다. 이후로 앵가는 제4회부터 제80회까지 한 번도 등장하지 않는데, 임대옥의 하녀들 중 누구를 바꾸었다는 설명도 없기 때문에 혹시 앵가와 제8회에 처음 등장하는 자견이 한 사람이 아닐까 생각하는 이들이 많다. 하지만 제97회에서는 두 사람의 이름이 한꺼번에 등장하는데, 여러 연구자들도 이 점을 지적하면서 미심쩍어하고 있다.

**앵아**鶯兒 설보차의 하녀로, 원래 이름은 황금앵인데, 설보차가 그 이름의 발음이 좋지 않다고 하여 앵아라고 바꿔 불렀다. 영리하고 손재주가 좋은 그녀는 가보옥과 설보차가 통령보옥과 금목걸이를 살펴볼 때 두 물건이 짝을 이룬다는 것을 금방 눈치챈다.

**영관**齡官 가씨 가문에서 극단을 만들기 위해 가장賈薔 등을 소주에 보내 사들인 12명의 여자아이들 중 하나이다. 주로 소단小旦 배역을 연기하며, 용모는 임대옥을 닮은 것으로 묘사된다. 정월 대보름에 가원춘이 친정을 방문했을 때는 빼어난 연기로 칭찬을 받은 적도 있고, 가장과 사이가 좋았지만 극단이 해체된 후에는 가씨 가문을 떠난다.

**오신등**吳新登 가씨 가문의 우두머리 하인들 중 하나로, 영국부 은고방의 최고 관리자이다. 대관원 건설에 참여하기도 했으며, 매년 설 무렵에는 집안에서 잔치를 열어 태부인 등을 초청하여 대접하기도 한다. 지연재脂硯齋 비평에 따르면, 그의 이름 '오신등'은 발음이 비슷한 '무성등無星 '임을 암시한다. '등 '은 약재 따위를 다는 작은 저울이므로 '무성등'은 '원칙이 없고 불공평함'을 의미한다. 사실상 영국부의 재정을 담당하는 그의 인물 설정이 이와 같으니, 영국부의 살림살이가 이후 어떻게 될지는 자명하다고 하겠다.

**오천우**吳天祐 오吳귀비貴妃의 아버지이다. 자신의 딸이 친정을 방문할 때 머물 수 있도록 화려한 별장을 건축할 정도로 집안이 대단히 부유하다.

**옥애**玉愛  가보옥이 다니던 서당[家塾] 학생의 별명이다. 제9회의 서술에 따르면 어느 집안 친척인지도 모르고 진짜 이름도 알 수 없지만, 여자처럼 예쁘게 생겨서 이런 별명을 붙여주었다고 한다.

**왕부인**王夫人  권세 높은 4대가문四大家門의 하나인 왕씨 가문에서 태어난 왕부인은 영국부 가정의 아내이자 경영절도사 왕자등의 동생, 설보차의 어머니인 설씨 댁 마님의 언니이다. 가정과 사이에서 가주와 가원춘, 가보옥을 낳았으나, 가주가 일찍 죽는 바람에 가보옥에게 애정을 쏟는다. 딸 가원춘은 궁녀로 선발되어 귀비에 책봉된다. 작품 속에서 왕부인은 말수가 그다지 많지 않지만 태부인에게 신임을 받고 있으며, 집안 살림에 대한 권한을 자신의 조카이자 가련의 아내인 왕희봉에게 맡기고 보고만 받는다. 왕부인은 종종 재계齋戒하고 염불을 하며 겉으로는 선한 인물처럼 보이지만, 몇가지 사건을 통해 냉혹한 면을 보이기도 한다.

**왕성**王成  왕희봉의 할아버지의 조카로 자처했던 이의 손자로, 유노파의 사위인 왕구아의 아버지이다. 그는 집안이 기울자 경사의 성 밖으로 이사해 살다가 『홍루몽』 이야기가 시작되기 얼마 전에 병으로 죽었다고 되어 있다.

**왕아**旺兒  영국부의 하인 내왕을 가리킨다. ('내왕' 항목 참조)

**왕인**王仁  왕희봉의 오빠이자 가교저의 외삼촌인데, 평소 의롭고 어진 것과는 거리가 먼 행실 때문에 '망인忘仁'이라는 별명이 있다.

**왕자등**王子騰  도태위통제현백都太尉統制縣伯 왕공王公의 후예로서 왕부인과 설씨 댁 마님의 오빠이자 왕자승의 형이다. 처음에 그는 경영절도사京營節度使를 지내다가 구성통제九省統制로 승진하여 변방의 업무를 감찰하고, 이어서 구성도검점九省都檢點으로 승진한다. 제95～96회에서 내각대학사內閣大學士로 승진하는데, 경사로 돌아가는 도중에 병에 걸렸다가 약을 잘못 먹는 바람에 죽고 만다. 시호諡號는 문근공文勤公이다. 왕자등은 이야기에서 그다지 크게 부각되지 않지만 가씨

가문과 설씨 가문의 중요한 후원자 역할을 한다.

**왕흥**王興 영국부의 하인으로, 이야기에서 직접 등장하지 않는다. 그의 아내가 왕희봉에게 진가경의 장례식 때 쓸 수레와 가마에 다는 그물 장식을 만들기 위해 실을 수령해가는 장면만 서술되어 있다.

**왕희봉**王熙鳳 금릉십이차. 영국부 가사의 아들 가련의 아내이자, 왕부인의 친정조카이다. 영민하면서도 냉철하고 시기심이 강한 왕희봉은 영국부의 살림을 도맡아 하면서 태부인의 신임을 얻는다. 일처리가 원만하고 뛰어난 말솜씨로 사람들의 환심을 사는 데도 능숙하지만 재물을 탐하여 고리대금을 놓기도 한다.

**우계종**牛繼宗 진가경의 장례식에 참석한 벼슬아치 중 하나로, 진국공鎭國公 우청牛淸의 손자이며 현재 일등백一等伯의 지위를 세습한 인물이다.

**우**牛**나리** 제14회에 우청牛淸이라고 성명이 밝혀져 있다.

**우씨**尤氏 녕국부 가경의 아들 가진의 계실繼室이다. 4대가문四大家門 같은 위세 높은 집안 출신이 아닌 그녀는 명목상 녕국부의 살림을 맡고 있지만 실질적인 권력은 없이 그저 가진의 뜻에 순종하는 인물이다. 별다른 능력도 말주변도 없이 그저 남의 험담이나 일삼는 인물인데 이복동생인 우이저의 혼사에 대해서도 그저 가진의 뜻대로 따르고, 이로 인해 왕희봉에게 억울한 수모를 당하기도 한다.

**운광**雲光 제15회에서 장안절도사長安節度使로 있다고 설정되어 있는데, 왕희봉의 지시에 따라 심부름을 온 내왕의 청탁을 받아 장張 아무개 집안과 장안수비 집안의 혼약을 파기하도록 도와준다.

**위약란**衛若蘭 진가경의 장례식에 참석한 벼슬아치 중 하나로, 왕손王孫의 신분이다. '교주본校注本'에서는 이 장면에서 딱 한 번 이름만 언급될 뿐이지만 경진본

庚辰本에 수록된 지연재脂硯齋 비평에 따르면 다른 역할을 하기도 했던 것으로 추측된다. 즉 제31회에서 가보옥이 잃어버린 금 기린을 사상운이 줍고 가보옥은 그 것을 사상운에게 선물하는데, 지연재 비평에서는, 지금은 사라진 옛날 원고에 따르면 그로부터 수십 회 뒤쪽에서 위약란이 활터에서 활을 쏠 때 금 기린을 차고 있는 장면이 서술되어 있다고 언급했다. 이것은 훗날 그가 사상운과 부부가 된다는 것을 암시할 수도 있기 때문에 '색은파索隱派' 연구자들은 이 인물에 대해 많은 관심을 가지고 있다.

**유노파**〔劉姥姥〕 왕구아의 장모이자 왕판아의 외할머니인 시골 노파이다. 가난한 살림에 도움을 얻을 셈으로 가씨 집안의 먼 친척이라는 명분을 내세워 영국부를 찾아가는데, 주서댁의 도움으로 왕희봉을 만나게 됨으로써 본격적인 인연을 맺게 된다. 『홍루몽』에서 그녀는 세 차례 영국부에 들어가 우스꽝스러운 행동과 해학적인 말솜씨로 태부인의 마음을 사고, 가교저의 이름을 지어주어 양어머니가 된다. 작품 전체의 줄거리에서 유노파는 별로 중요하지 않은 주변 인물이지만, 세 차례의 등장을 통해 가씨 가문과 대관원의 흥성과 쇠락을 증언하는 목격자로서 줄거리의 변화에 중요한 전환점을 보여주는 인물이다.

**유방**柳芳 진가경의 장례식에 참석한 벼슬아치 중 하나로, 이국공理國公 유표柳彪의 손자이며 현재 일등자一等子의 지위를 세습한 인물이다.

**의충친왕**義忠親王 이야기에서는 실제로 등장하지 않으며 성명도 밝혀지지 않았고, 다만 설반의 말에서 이름만 한 번 언급된다. 제13회에서 가진이 진가경의 관을 만들 목재를 구할 때 설반은 황해潢海의 철망산鐵網山에서 난 나무를 거론하면서, 그것으로 관을 만들면 만 년이 지나도 썩지 않는다고 했다. 아울러 그 나무는 원래 자신의 아버지가 구한 것으로, 의충친왕이 쓰려 했지만 그가 죄를 저질러 관작官爵을 잃는 바람에 그대로 남아 있게 되었다고 했다.

**이귀**李貴 가보옥의 유모 이씨의 아들로, 가보옥보다 나이가 많다. 가보옥을 전

담하는 몸종들의 우두머리가 되는데, 일자무식이긴 하지만 사리에 제법 밝아서 이런저런 말썽들을 잘 무마하는 능력을 보여주기도 한다.

**이수중**李守中  이환의 아버지이며 국자감좨주國子監祭主를 지낸 적이 있다. 완고한 유가 사상을 고수하며 "여자는 재능이 없는 게 덕"이라는 신념을 내세워, 집안의 딸들은 글자나 조금 알아서 이전 시기의 현숙한 여인들에 대한 전기를 읽는 정도에 그치고, 나머지 시간은 집안일에나 열중해야 한다는 가풍을 유지한다. 이 때문에 이환은 온순한 성격에 적막한 과부생활을 감내하는 전형적인 '현모양처'로 길러진다.

**이환**李紈  금릉십이차. 가보옥의 형 가주의 아내이다. 남편이 스무 살이 되기도 전에 요절하여 홀로 외아들 가란을 키운다. 아버지로부터 봉건적 여성관을 주입받아 전형적인 현모양처로 살아간다.

**임대옥**林黛玉  금릉십이차. 전생에 삼생석三生石 옆에 자라던 강주선초로, 적하궁 신영시자가 감로수를 뿌려주어 영생을 얻는다. 훗날 신영시자가 인간 세상의 가보옥으로 환생하자 그 은혜를 눈물로 갚기 위해 인간으로 환생하여 임해와 가민 부부의 외동딸로 태어난다. 일찍이 어머니를 여의고 외가인 영국부로 가서 외할머니 태부인 사씨의 사랑을 받다가, 얼마 후 아버지마저 세상을 떠나자 그대로 영국부에서 살게 된다. 병약하지만 아름다운 용모와 순결한 심성을 갖춘 그녀는 금기서화琴棋書畵와 시사詩詞에도 뛰어난 재능을 보인다. 가보옥과 '목석지맹木石之盟'으로 불리는 정신적인 사랑을 나눈다.

**임안백**臨安伯  『홍루몽』에서 설정한 가상의 작위인 듯하며, 성명은 밝혀져 있지 않다. 그의 집안은 가씨 가문과 대대로 교분이 있어서 그의 어머니의 생일에 가씨 가문에서 선물을 보내기도 하고, 자기 집에 괜찮은 극단이 왔을 때 술자리를 마련하여 공연을 함께 감상할 가까운 친지로 가씨 가문을 초청하기도 한다(제93회).

**임지효**林之孝　영국부에서 전답과 건물을 관리하는 일을 맡고 있는데, 말수도 적고 처세술도 영민하지 않는 인물이다. 일부 다른 판본에서는 그의 이름을 진지효秦之孝라고 하기도 한다. 그의 딸 임홍옥은 가보옥의 하녀로 있다가 왕희봉에 발탁되어 그녀의 수하로 들어간다.

**임해**林海　자는 여해如海이다. 관적貫籍이 고소姑蘇(지금의 쟝쑤성[江蘇省] 쑤저우[蘇州])이고, 열후의 작위를 세습받았다. 과거科擧의 최종시험에서 3등에 해당하는 '탐화探花'로 급제한 후 조정의 고위 관직을 지내다가 양주의 순염어사로 발탁되었다. 태부인의 딸인 가민과 결혼하여 아들 하나와 딸 하나를 낳았는데, 아들은 세 살 때 요절하고 어린 딸 임대옥만을 애지중지 키웠다. 하지만 임대옥이 여섯 살 때 아내 가민이 죽어서 태부인이 임대옥을 데려가 기르게 되었고, 임해도 그로부터 4년 후에 병에 걸려 세상을 떠났다(제16회).

**입화**入畵　가석춘의 하녀이다. 부모가 남쪽에 있는 관계로 오빠와 함께 작은아버지 집에서 지내다가 대관원으로 들어온다. 이후 그녀의 오빠는 술주정뱅이에 노름꾼인 작은아버지 내외를 피해 여기저기서 모은 재물을 그녀에게 맡기는데, 제74회에서 왕희봉과 형부인의 하녀인 왕선보댁 등이 대관원을 수색할 때 숨겨둔 물건들이 들통 나서 결국 녕국부로 쫓겨난다.

**자견**紫鵑　임대옥의 시녀이다. 현대의 연구자들 중에는 그녀가 원래 태부인 방에 있던 이등 하녀인 앵가와 동일인물일 가능성이 있다고 주장하는 이들이 많다. 총명하고 지혜로운 자견은 임대옥의 처지를 동정하면서 성심으로 시중을 들며, 아울러 임대옥과 가보옥의 사랑이 결실을 맺게 하려고 노력한다.

**장여규**張如圭　가화가 지부知府 벼슬을 지낼 때의 동료로, 가화의 탐욕과 백성에 대한 착취를 보조하는 부패하고 교활한 관리이다. 이 때문에 가화가 탄핵당할 때 그 역시 파면을 당하지만, 나중에 황제가 관직을 회복시켜준다는 소식을 접하고 길을 가던 도중 우연히 가화를 만나자 급히 소식을 알려준다.

**장우사**張友士  아들에게 벼슬을 사주기 위해 경사에 와 있다가, 진가경이 중병에 걸렸을 때 풍자영의 소개로 녕국부에 들어가 진가경을 진맥하고 의미심장한 처방전을 써준다.

**장자녕**蔣子寧  진가경의 장례식에 참석한 벼슬아치 중 하나로, 평원후平原侯의 손자이며 현재 이등남二等男의 지위를 세습한 인물이다.

**장재**張材  영국부의 하인으로, 이야기에서 본인은 직접 등장하지 않고 그의 아내만 몇 군데에서 잠깐 등장한다.

**전화**錢華  영국부의 구매 담당자이다. 지연재脂硯齋 비평에 따르면, 그의 이름 '전화'는 발음이 비슷한 '돈 낭비(錢(開)花)'를 암시한다.

**정승**情僧  제1회의 설명에 따르면, 원래 호칭은 공공도인이었으나, 돌에 새겨진 이야기를 읽고 깨달음을 얻어 이름을 '정승'으로 바꾸었다.

**정일흥**程日興  영국부 가정의 청객상공淸客相公, 즉 문객門客이며, 골동품 장사를 하는 인물이다. 대관원 건축에 참여한 바 있으며, 가보옥의 말에 따르면 미인도를 그리는 데 뛰어난 솜씨를 지니고 있다. 제26회에서는 설반의 생일에 연근과 수박, 철갑상어, 훈제 돼지 등 네 가지 진귀한 선물을 보내기도 한다. 훗날 가씨 가문이 재산이 몰수되는 등의 수난을 겪을 때 다른 문객들은 모두 제 갈 길을 갔지만 그는 끝까지 가정 옆에 남아 이런저런 조언을 해준다.

**정허**淨虛  만두암(수월암)의 주지이며, 지선과 지능의 스승이다.

**조천동**趙天棟, **조천량**趙天樑  가련의 유모인 조할멈의 아들들이다. 조할멈이 왕희봉에게 청탁하여, 가장 등이 극단 선생을 초빙하고 배우로 양성할 여자아이들을 사고 악기와 분장도구 등을 장만하기 위해 소주로 갈 때 따라가서 일을 돕게 된다.

**주서**周瑞　영국부의 집사로, 왕희봉이 시집올 때 데려온 하녀와 결혼했다. 그들 부부 사이에는 딸이 하나 있어서 냉자흥을 사위로 삼았고, 하삼이라는 골칫덩어리 양자가 있다. 영국부에서 봄가을로 논밭을 관리하고 한가할 때면 가진賈珍 등이 외출할 때 수행하는 등 제법 지위가 높으며, 암암리에 왕희봉의 사채놀이를 돕기도 한다.

**지능**智能　수월암의 비구니로, 어려서부터 스승을 따라 영국부를 드나들면서 가보옥, 진종과 친하게 지낸다. 성장해서 아름다운 여인이 된 그녀는 제15회에서 진가경의 장례식 때문에 철함사에 갔던 진종과 만두암에서 밀회를 즐긴다. 하지만 나중에 진종을 찾아갔다가 그의 아버지 진업에게 쫓겨나게 되고, 진종이 죽은 뒤로는 행적을 알 수 없다.

**지선**智善　만두암(수월암)의 주지 정허의 제자 중 하나이다.

**진가경**秦可卿　금릉십이차. 녕국부 가진의 아들 가용의 아내이다. 온유하고 따스한 마음씨로 태부인 등의 사랑을 받는다. 이야기 속에서 시아버지 가진과 애매한 관계가 암시되어 있으며, 젊은 나이에 요절한다. 시아버지 가진이 집안의 전 재산을 털어 그녀의 장례를 후하게 치러준 점과 제13회에서 죽어 금릉십이차 중 가장 먼저 작품에서 퇴장한 점 때문에 그녀의 위상에 대한 갖가지 의혹이 일어나게 만드는 인물이다.

**진비**甄費　자는 사은士隱으로, 성과 합쳐져서 '진사은眞事隱' 즉 진짜 사실은 숨겨져 있음을 암시한다. '진비'라는 이름은 유사한 중국어 발음을 가진 단어인 진폐眞廢[zhēnfèi], 즉 속세에는 전혀 쓸모없는 인간임을 암시한다. 그는 가화賈化와 상대적인 인물로 설정되어 '참(眞=甄)과 거짓(假=賈)의 대립과 반전'이라는, 이 소설에서 주제를 제시하는 핵심적인 틀의 기반을 제시한다. 그리고 부귀영화와 나락을 거치는 자신의 삶을 통해 이야기의 주요 무대인 가씨 집안의 흥망성쇠를 미리 암시함과 동시에 자신의 딸 영련(향릉)과 함께 전체 이야기의 시작과 마무리를

487

담당하고 있다. 제1회 꿈속에서 승려와 도사가 통령보옥을 인간세계에로 가져오게 되는 장면을 목격함으로써 신화의 세계와 현실세계를 연결하는 고리가 되고, 딸이 유괴되고 집이 불타 고생하다가 도사를 따라 출가하며 부귀영화의 무상함을 미리 보여준다. 또한 세속의 부귀공명과 탐욕에 젖어 있던 가화를 일깨우면서 가보옥의 진정한 정체를 설명해주고, 마지막으로 딸의 영혼을 태허환경으로 인도함으로써 한바탕 몽환에 지나지 않는 속세의 인연을 정리한다.

**진서문**陳瑞文 진가경의 장례식에 참석한 벼슬아치 중 하나로, 제국공齊國公 진익陳翼의 손자이며 삼품위진장군三品威鎭將軍의 지위를 세습한 인물이다.

**진야준**陳也俊 진가경의 장례식에 참석한 벼슬아치 중 하나로, 왕손王孫의 신분이다.

**진업**秦業 진종의 친아버지이자 진가경의 양아버지이다. 그의 이름은 중국어 발음이 유사한 '정얼情孽' 즉 '정이란 죄업으로 인해 생긴다.' 라는 것을 의미한다. 그는 영선랑營繕郎이라는 벼슬을 하고 있는데, 쉰 살 넘어서 진종을 얻고 얼마 후 아내가 죽었다. 진가경이 죽은 후 진업은 진종이 수월암의 비구니 지능과 어울리는 것을 알고 화병으로 죽는다.

**진종**秦鍾 자는 경경鯨卿이다. 진업이 쉰 살 넘어서 얻은 외아들이고, 진업의 수양딸 진가경의 동생이기도 하다. 준수한 용모를 타고났고 행동거지도 우아한 그는 가보옥과 함께 서당에서 공부하며 자주 어울려, 작품에서는 둘 사이에 동성애를 의심할 만한 서술이 보이기도 한다. 훗날 진가경이 죽은 후 장례를 치르기 위해 철함사에 갔다가 왕희봉이 숙소로 정한 만두암에서 비구니 지능과 밀회를 즐긴다.

**채명**彩明 왕희봉의 하녀로, 주로 장부 정리와 같은 일을 맡아서 처리한다.

**척건휘**戚建輝 진가경의 장례식에 참석한 벼슬아치 중 하나로, 양양후襄陽侯의

손자이며 이등남二等男의 지위를 세습하고 경영유격京營游擊을 겸하고 있는 인물이다.

**천설**茜雪 가보옥이 대관원에 들어가기 전에 그의 시중을 들던 시녀들 중 비교적 지위가 높다. 원앙, 화습인, 자견 등과 함께 가씨 가문에 뽑혀 들어왔으나, 가보옥의 풍로차를 유모 이씨에게 주었다는 이유로 가보옥에 의해 쫓겨난다.

**첨광**詹光 자는 자량子亮이며, 가정의 '청객상공' 즉 문객이다. 그는 섬세한 누대樓臺를 그리는 데 재능이 있어서 대관원 설계에도 참여한 바 있고, 가정이 대관원 곳곳에 이름과 대련을 지을 때 논의에 참가하기도 했다. 그는 평소 가정의 바둑 상대가 되어주기도 하고, 특히 가보옥을 만나면 온갖 아부를 떠는 추태를 보이기도 하지만 가씨 가문의 위세가 쇠락하자 미련 없이 그곳을 떠나버린다. 지연재脂硯齋 비평에 따르면, 그의 이름 '첨광詹光'은 발음이 비슷한 '점광沾光' 즉 '남의 신세를 지는 사람'임을 암시한다.

**청문**晴雯 가보옥의 하녀 중 하나로 아름다운 용모와 호리호리한 몸매를 가졌으며 눈과 눈썹이 임대옥을 닮았다. 총명하면서 개성적인 그녀는 직설적이고 반항적이면서 날카로운 언변을 지니고 있다.

**청아**靑兒 왕구아의 딸이자 유노파의 외손녀이다. 유노파를 따라 영국부에 들어갔다가 왕희봉의 딸 가교저와 나이가 비슷하여 서로 친하게 지낸다.

**초대**焦大 녕국부의 늙은 하인으로, 젊어서 녕국공 가연을 따라 서너 차례 전장에 나갔다가 죽어가는 가연을 천신만고 끝에 구해내는 공을 세운 적이 있기 때문에 녕국부의 하인들 중에서도 특별한 대우를 받았다. 가연이 죽은 후, 녕국부 후손들의 방탕함과 패륜에 분개하여 종종 술에 취해 욕을 퍼붓기도 하는데, 그럼에도 녕국부에서는 그에게 함부로 대하지 못한다. 특히 제7회에서 그가 쏟아낸 욕설 중에는 "시아비 며느리가 들러붙고, 형수가 어린 시숙과 들러붙는다."라는 내용이

들어 있어서 가진과 진가경 사이의 불륜을 암시하기도 한다.

**추문**秋紋  가보옥의 하녀 중 하나로 화습인이나 청문에 비해 지위는 낮지만 항상 가보옥 가까이에서 시중을 든다. 상전에게 충심을 다하는 순종적인 성격이기 때문에 이야기에서 여러 차례 등장하기는 하지만, 다른 인물들에 비해 강렬한 인상을 남기지 못한다.

**치몽선고**痴夢仙姑, **종정대사**鍾情大士, **인수금녀**引愁金女, **도한보리**度恨菩提  제5회에서 가보옥이 꿈에 태허환경에 갔을 때 만난 선녀들의 이름이다. 이 이름들은 그들이 각기 맡은 임무를 암시한다. 예를 들어 '치몽痴夢'은 꿈처럼 허망한 속세의 삶에 빠져 헤어나지 못하게 만든다는 뜻이고, '종정鍾情'은 사랑에 빠지게 만드는 것, '인수引愁'는 근심을 야기하는 것, '도한度恨'은 사랑의 원한에 빠진 이들을 제도濟度하는 것을 의미한다. 그들의 존재는 곧 태허환경이 인간세계의 애정사를 관장하는 신선세계임을 나타낸다.

**태부인**〔賈母〕  영국부 가대선의 부인 사史씨를 가리킨다. 금릉의 세도 높은 사씨 가문의 딸로서 가씨 가문의 증손 며느리로 들어와 그 자신이 증손 며느리를 들일 때까지 영민한 능력을 발휘하고 엄격한 법도를 세워 가씨 가문을 안정시키고 최고의 영화를 누리도록 이끈다. 노년에 들어서는 가보옥과 자매들에 둘러싸여 편안하게 지내지만, 무능하고 타락한 자손들로 인해 쇠락해가는 가문을 지켜볼 수밖에 없다.

**판아**板兒  왕구아의 아들이자 유노파의 외손자이다.

**평아**平兒  왕희봉이 결혼할 때 데려 온 하녀이자 가련의 첩이다. 매우 총명하고 선량한 그녀는 왕희봉을 도와 집안 살림을 처리하면서 냉혹한 왕희봉의 처사로 인해 생기는 문제들을 몰래 처리하기도 한다.

**포금**抱琴  가원춘의 하녀로, 가원춘이 궁중에 뽑혀 들어갈 때 데려간 하녀들 중 유일하게 이름이 밝혀진 인물이다.

**풍아**豐兒  왕희봉의 하녀로, 항상 곁에서 시중을 들며, 하녀들 중 지위가 평아보다 조금 낮다.

**풍자영**馮紫英  신무장군神武將軍 풍당馮唐의 아들로, 가보옥, 설반 등과 친하다. 녕국부 진가경이 중병에 걸렸을 때 처음 등장하여 가진에게 의원 장우사를 추천한다. 나중에는 술자리를 마련하여 가보옥과 설반을 초청하고, 그 자리에서 배우 장옥함과 금향원의 기생 운아를 소개한다. 그가 마지막으로 등장하는 제92회에서는 친구의 부탁을 받아 서양에서 들어온 네 가지 물건을 가져와서 가정에게 구입하라고 권한다.

**하수충**夏守忠  궁중의 환관으로서 육궁도태감六宮都太監이라는 직책을 맡고 있으며, 여러 차례 가씨 가문에 찾아와 황제의 어지御旨를 전달한다. 항상 말을 타고 와서 만면에 웃음을 띤 채 들어와 어지를 전한 다음에는 차도 마시지 않은 채 수하들을 이끌고 떠나는 거만한 모습을 보이며, 종종 수하를 보내 빌려달라는 명목으로 돈을 요구한다.

**한기**韓奇  진가경의 장례식에 참석한 벼슬아치 중 하나로, 금향백錦鄕伯의 아들이다.

**향련**香憐  가보옥이 다니던 서당[家塾] 학생의 별명이다. 제9회의 서술에 따르면 어느 집안 친척인지도 모르고 진짜 이름도 알 수 없지만, 여자처럼 예쁘게 생겨서 이런 별명을 붙여주었다고 한다.

**향릉**香菱  소주 사람 진비의 외동딸로, 원래 이름은 진영련이다. 기구한 팔자 때문에 세 살 때 유괴를 당해 풍연에게 팔렸으나 설보차의 오빠 설반이 풍연을 때

려죽이고 강제로 사들여 첩으로 삼아 경사로 데려와서 영국부의 이향원에서 지내게 된다. 아름다운 용모를 타고났으며 성격도 차분하고 온순하다.

**형부인**邢夫人　위세 높은 4대가문四大家門 출신이 아닌 형부인은 녕국부 가사의 아내이며 가련의 어머니이다. 우둔하고 유약한 그녀는 오로지 남편을 따르며 그의 환심을 사려는 데만 관심이 있으나, 재물에는 욕심이 많다. 또한 자녀나 하인들 중 누구도 믿지 않고 누구의 말도 듣지 않아서 인심을 얻지 못하고, 큰며느리임에도 불구하고 태부인에게 신임을 얻지 못한다. 특히 태부인의 시녀 원앙을 남편의 첩으로 들이려다 실패함으로써 더욱 집안에서 체면을 구기게 된다. 이런 상황에 대해 그녀 스스로도 불만을 가지고 있어서, 종종 왕부인만 존중하는 자신의 며느리 왕희봉과 갈등을 일으킨다.

**화습인**花襲人　본래 이름은 화진주花珍珠(화예주花蕊珠라는 설도 있음)인데, 어려서 가씨 가문에 팔려와 태부인의 시중을 들다가 나중에 가보옥의 시중을 들게 되었다. 이홍원의 시녀들 중 신분이 가장 높고, 가보옥에게 처음으로 이성과의 육체적인 사랑 행위를 경험하게 해주었다. 가보옥은 그녀의 성이 '화花'라는 것을 알고 송나라 때 육유陸游의 시에 들어 있는 "꽃향기 풍겨오니 낮이 따뜻한 줄 알겠네〔花氣襲人知晝暖〕."라는 구절을 떠올리며 이름을 '습인'으로 바꿔주었다. 왕부인의 신임을 얻어 실질적으로 가보옥의 첩실로 대접을 받는다.

**후효강**侯孝康　진가경의 장례식에 참석한 벼슬아치 중 하나로, 수국공修國公 후효명侯曉明의 손자이며 일등자一等子의 지위를 세습한 인물이다.

| 찾아보기 |

**가림벽**〔影壁〕 건축 용어. 대문이나 중문〔屛門〕 안쪽에 병풍처럼 세워서 안쪽을 가리는
역할을 하는 장식 벽으로, '조장照墙' 또는 '소장蕭墙'이라고도 한다. 개중에는 받
침대가 달린 나무판자를 잇대어 만들어서 이동이 가능하게 한 것도 있다. 이것은
조상의 영혼을 제외한 잡귀들이 집안에 함부로 들어와 재앙을 가져오는 것을 막
기 위해 설치한 것이라고 한다. 즉, 잡귀들이 들어오다가 벽에 비친 자기 모습을
보고 놀라 도망치게 된다는 것이다. 대개 이 벽에는 다양한 형태의 상서로운 무늬
가 장식되어 있다.

**가산**假山 건축 용어. 비교적 큰 규모의 중국식 정원에 기묘한 모양의 돌과 흙을 쌓아
인공적으로 만들어 감상할 수 있게 한 작은 산을 가리킨다.

**감로수**甘露水 달콤하고 맛있는 이슬.『본초강목本草綱目』「수水」「감로甘露」에 인용
된『서응도瑞應圖』에 따르면, 감로수는 신령의 정화로서 어질고 상서로운 은택을
베풀며, 연지〔脂〕처럼 응어리가 져 있고 엿〔飴〕처럼 달콤하다고 한다. 신들이 마
시는 음료수라는 뜻에서 '신장神漿' 또는 '천주天酒'라고도 부르고, 귀한 이슬이
라는 뜻에서 '보로寶露'라고도 불리는 등 다양한 별칭이 있다.

**갑문**閘門 건축 용어. 보堡나 제방堤防의 수문水門을 가리킨다. 이것은 열고 닫을 수 있
어서 보나 저수지의 수위를 조절하거나 하천에 흐르는 물의 양을 조절할 수 있다.

**강녕부**江寧府 **강녕현**江寧縣 지명. 1645년에 예친왕豫親王 다봉多鋒이 응천부應天府
(남경南京)를 점령하여 남명南明의 복왕福王을 사로잡은 후 청나라는 응천부를
강녕부로 바꾸었다. 청나라의 지방행정기구는 성省, 도道, 부府, 현縣의 네 개 단
위를 기본으로 하고, 현 아래에 이사里社와 보갑保甲을 두었다. 청나라 초기에는
강남성江南省의 치소治所가 강녕부 강녕현(지금의 난징시〔南京市〕차오양궁〔朝陽

宮〕 일대)에 있었다. 1667년에 강남성을 강소성江蘇省과 안휘성安徽省으로 나누었는데, 강소성의 치소는 소주蘇州에 있었으며, 강남성과 강서성江西省을 관할하는 양강총독兩江總督의 관서는 그대로 강녕부에 있었다.

**강운헌絳雲軒** 건물 이름. 가보옥이 시녀들과 함께 거처하는 곳이다. '강운絳雲'은 진한 붉은색 구름이라는 뜻으로 '화려한 누각의 덧없는 꿈'을 의미하는 '홍루몽紅樓夢'과 의미가 상통한다. 훗날 가보옥이 대관원 안의 이홍원에 살게 되었을 때에도 작품에 나오는 시사詩詞와 각 회의 제목에서는 여전히 그의 거처를 '강운헌'이라고 일컫는 경우가 많다.

**강주초降珠草** 신선세계의 풀 이름. 제1회에 따르면 서방에 있는 영하 강가의 삼생석 옆에 강주초라는 풀이 자라고 있었는데, 신영시자가 감로수를 뿌려준 덕분에 영생을 얻어 마침내 사람의 형상을 한 신선이 되었으니, 그가 바로 강주선자라고 했다. 이 강주초가 환생해 인간세계에 임대옥으로 태어났다.

**개평** 도박 용어. 노름이나 내기 따위에서 남이 가지게 된 몫에서 조금 얻어 가지는 공것을 가리킨다.

**걸桀** 인명. 하나라의 마지막 왕으로서 역사적으로 유명한 폭군이다. 발發의 아들이고, 이름은 계癸, 또는 이계履癸라고 한다. 엄청난 장사로 알려졌던 그는 53년 동안 왕위에 있으면서 갖가지 포악한 짓을 저지르고 주지육림酒池肉林의 향락을 일삼다가 탕湯이 이끄는 상商 부족에 의해 나라가 멸망하고, 그 자신은 쫓겨나 굶어 죽어서 남소南巢 와우산臥牛山(지금의 안훼이〔安徽〕 차오현〔巢縣〕에 위치)에 묻혔다고 한다.

**게송偈頌** 노래 형식. 범어 게타偈佗(Gāthā)의 별칭으로, 게어偈語, 게자偈子라고도 한다. 불경에서 부처의 도리를 설명하기 위해 넣은 노래 형식인데, 매 구절이 세 글자나 네 글자, 다섯 글자, 여섯 글자, 일곱 글자 등으로 구성되어 있고, 그보다 많은 글자로 된 것도 있지만 보통 네 글자로 된 것이 많다. 이 외에 승려들이 지은, 깊은 뜻이 담긴 시가詩歌를 가리키기도 한다.

**견강부회牽强附會** 성어. 이치에 맞지 않는 말을 억지로 끌이다 붙여 자신에게 유리하게 하는 것을 의미한다.

**결원사結怨司** 건물 및 부서 이름. 제5회에서 가보옥이 꿈속에서 찾아간 태허환경에서 선녀의 안내를 받아 안으로 들어갔을 때 늘어선 궁전들에 걸린 현판의 내용이다.

**겹아掐牙** 의복 용어. 옷의 무늬가 있는 테두리, 즉 레이스의 틈에 끼워 넣는 좁은 경계

494

선으로, 대개 비단[錦]이나 주단[緞]으로 만든다.

**경사**京師 지명. 원래 '경京'은 지명이고 '사師'는 도읍을 가리키는 말이었는데, 나중에는 나라의 도읍을 가리키는 일반적인 명사가 되었다. 『홍루몽』에서는 그곳이 구체적으로 어디인지 명확히 밝히지 않고 있지만, 가보옥의 조상들이 남경南京을 떠나 북쪽으로 와서 '경사'에 정착했다고 되어 있으니 북경北京을 암시하고 있는 듯하다. 그러나 이 작품에서는 의도적으로 왕조와 연대를 명확히 밝히지 않고 있으므로, 그곳이 정말 북경을 가리키는 것인지는 알 수 없다.

**경신마**敬新磨 인명. 오대五代 시기 후당後唐의 장종莊宗(923~925 재위)이 아끼던 배우로서 뛰어난 말솜씨로 유명했다고 한다.

**경영유격**京營游擊 벼슬 이름. 경영京營은 수도를 호위하는 군영軍營이고, 유격游擊은 유격장군遊擊將軍을 가리킨다. 이 관직은 한나라 때 '잡호장군雜號將軍'의 하나로 처음 설치되었다. 사실 유격장군이라는 것은 오늘날 연대장이나 대대장같이 어떤 직무를 가리키는 것이 아니라 대위나 대령 따위의 계급과 같은 것이다. 유격장군은 대략 장군보다 낮은 중간급에 해당하는 장교로 여겨진다.

**고개지**顧愷之(348~409) 인명. 동진시대의 화가로, 자는 장강長康(어릴 적 자는 호두虎頭)이고, 진릉晉陵 무석無錫(지금의 쟝쑤[江蘇] 우시[無錫]) 사람이다. 시와 부賦, 서예, 그림에 모두 뛰어났던 그는 당시 사람들에게 화절畵絶, 문절文絶, 치절癡絶의 '삼절三絶'로 칭해졌다. 당시의 재상 사안謝安(320~385)으로부터 높은 평가를 받았고 조불흥曹不興, 육탐미陸探微, 장승요張僧繇와 더불어 '육조사대가六朝四大家'로 불렸다. 오늘날까지 그의 작품이라고 전하는 「낙신부도洛神賦圖」 등의 그림은 당·송 시대의 모작摹作이다. 그 외에 화론畵論으로『위진승류화찬魏晉勝流畵贊』과『화론畵論』, 「화운대산기畵雲臺山記」가 남아 있다.

**고금인물통고**古今人物通考 책 제목. 『홍루몽』에서 가상으로 만들어낸 책 제목이다.

**고소**姑蘇 지명. 쟝쑤성[江蘇省]에 속한 도시로, 아름다운 정원이 많기로 유명하며 '동방의 베니스'라고 불릴 만큼 명성이 높은 곳이다. '소주蘇州'라고도 불리는데, 『홍루몽』에서는 임대옥의 고향으로 설정되어 있다. 소주는 명·청 시대에 고급문화와 유행을 선도하는 지역으로 간주되곤 했기 때문에 『홍루몽』에서도 가써 가문이 이곳에서 극단 선생[敎習]을 초빙하고, 배우로 양성할 여자아이들을 사왔으며, 악기와 분장 도구를 준비했다고 서술되어 있다.

**고악청**鼓樂廳 건물 이름. 장례식에서 음악을 연주하는 곳이다. 제13회에 묘사된 진가

경의 장례식 장면을 보면, 녕국부 회방원에서 거리로 통하는 대문을 활짝 열고, 그 양쪽에 고악청을 세워서 두 패의 악단[靑衣]이 시간에 맞춰 음악을 연주했다.

**골패骨牌 놀이** 노름의 한 종류. 중국에서 골패놀이는 흔히 '마작麻雀'(중국에서는 '마장麻將' 또는 '마작패麻雀牌'라고 함)을 가리키는데, 이 경우는 네 명의 참가자가 6부류 42종의 도안에 모두 144장의 패를 가지고 짝을 맞추며 진행하는 노름을 말한다. 구체적인 놀이의 규칙은 각 지역과 놀이 방식에 따라 아주 다양하다.

**공空, 색色, 정情** 불교 용어. 불교에서 색色은 인간세계에서 지각할 수 있는 모든 사물들의 형상과 성질을, 공空은 그 사물들의 덧없고 허망한 본성을 가리키는 말이다. 특히 천태종天台宗에서는 '공空', '가假', '중中'의 세 가지 깨달음, 즉 '삼제三諦' 중 '공'을 '진체眞諦'로 간주한다. 『홍루몽』에서 '정情'은 인간세계의 실정實情과 욕정慾情을 모두 포함하는 개념이다.

**공公, 후侯, 백伯, 자子, 남男** 작위 이름. 주나라 때까지만 하더라도 천자天子를 제외한 공, 후, 백, 자, 남의 작위는 지위와 권력이 비슷했고 그저 예절상의 대우에서 약간의 차이가 있었을 뿐이었다. 그러나 후세 왕조에서는 각자의 차이가 점점 뚜렷해지고 여러 등급으로 세분화되었다. 일반적으로 이런 작위는 그 집안의 대를 이은 아들에게 한 등급 낮춰져서 세습되었다. 다만 작위를 세습한 본인이 별다른 공을 세우지 못하면 극소수의 특별한 경우가 아닌 한 그 자손에게 세습되지 못했다.

**공공共工** 신神 이름. 중국 고대 신화에서 서북방 홍수의 신으로 알려져 있다. 전설에 따르면 황제족의 전욱과의 전쟁에서 승리하지 못하자 분노하여 머리로 부주산不周山을 치받아 하늘과 땅의 축이 기울게 만들었다고 하며, 결국 훗날 전욱의 군대에게 전멸당했다고 한다. 또 일설에 따르면 그는 요堯의 신하로서 환두와 삼묘, 곤과 더불어 '사흉四凶'으로 꼽혀서 유주幽州로 추방된 인물이라고도 한다. 그러나 실제로 그는 전욱시대의 비교적 강대한 부족을 이끌었던 우두머리로서 황하에 제방을 쌓아 홍수를 방비하면서 농업 발전에 기여한 인물이라고 할 수 있다.

**공령전空靈殿** 건물 이름. 태허환경 안에 있는 건물로, 제12회에서 가서가 왕희봉의 계책으로 인해 죽어갈 때 절름발이 도사가 그에게 건네준 거울인 '풍월보감'의 원래 소재지라고 한 곳이다.

**공자孔子**(기원전 551~기원전 479) 인명. 성은 자子, 씨氏는 공, 이름은 구丘, 자는 중니仲尼이다. 춘추시대 노나라 추읍陬邑(지금의 산둥[山東] 취푸[曲阜]) 사람인 그는 중국 최초의 편년체編年體 역사서인 『춘추春秋』를 편찬하고 '오경五經'을 정리

496

하는 등 유가 사상의 집대성자로서 유가의 성인으로 추앙받고 있으며, 중국 최초의 교육가로서도 명망이 높다. 제자들이 그의 가르침을 모아 엮은 『논어論語』에 그의 언행이 잘 나타나 있다.

**군방수**群芳髓  향香 이름. 제5회에서 가보옥이 꿈에 태허환경에 가서 경환선고를 따라 들어간 방에서 맡았던 향의 이름이다. 일반적으로 '군방수'는 중국어 발음이 비슷한 '군방쇄群芳碎' 즉 여러 미녀들이 비참한 최후를 맞이한다는 의미를 암시한다고 해석되곤 한다. 다만 일부 '색은파索隱派' 논자들은 '진귀한 나무〔寶林珠樹〕'가 설보차와 임대옥〔林〕, 화습인(본명이 진주珍珠라는 점에서)을 암시한다고 설명하기도 한다.

**귀성송**歸省頌  문학 작품 제목. 정월 대보름에 가원춘이 친정을 방문했을 때 가정이 감회를 표현하기 위해 「귀성송」을 지어 바쳤다고 했는데, 실제로 어떻게 지었는지는 알 수 없다.

**귀신**歸身  약재 이름. 당귀의 줄기를 가리킨다. 당귀는 쌀쌀하고 비가 많이 내리는 감숙甘肅이나 운남雲南, 사천四川의 고산지대에서 자라는 다년생 식물이다. 약재로 쓸 때는 그 뿌리를 '귀두歸頭', 줄기를 '귀신歸身', 잔가지를 '귀미歸尾'라고 부른다. 귀신은 주로 혈액을 보양하는 효능이 있다고 알려져 있다.

**금릉**金陵  지명. 남경南京을 가리킨다. '금릉'이라는 지명은 전국시대부터 있었으나 가리키는 지역은 시대에 따라 조금씩 달랐다. 처음에는 대개 오늘날의 난징시〔南京市〕에 있는 종산鍾山을 가리키는 말이었는데, 여기에서 비롯되어 지금의 난징시에 대한 별칭으로 쓰이게 되었다. 민간 전설에서는 옛날 진시황이 이곳에 왕자王者가 나올 기운이 있어 이를 억누르기 위해 황금 인형을 만들어 이곳 어딘가에 묻었기 때문에 이런 지명이 생겼다고 하기도 한다.

**금릉십이차부책**金陵十二釵副冊  책 제목. 『홍루몽』에 등장하는 주요 여성인 금릉십이차 외에 두 번째로 중요한 여성들의 운명을 기록한 책으로, '정책正冊'과 마찬가지로 그림과 시사詩詞를 통해 제시되어 있다. 실제로 『홍루몽』에서 가보옥이 펼쳐본 부분은 향릉에 관한 것뿐이지만, 그 시에서는 또한 그녀를 핍박하게 될 하금계의 존재가 암시되어 있다. 역대 연구자들은 지연재脂硯齋의 비평에 언급된 '정방情榜'을 근거로 '부책'에는 이 두 사람 외에 설보금, 우이저, 우삼저, 형수연, 이문, 이기, 추동, 평아, 영관, 교행까지 12명의 운명이 적혀 있었을 것이라고 설명하고 있다.

**금릉십이차우부책**金陵十二釵又副冊  책 제목.『홍루몽』에 등장하는 주요 여성들인 금릉십이차와『금릉십이차부책』에 수록된 인물 외에 세 번째로 중요한 여성들의 운명을 기록한 책으로, 다른 두 책과 마찬가지로 그림과 시사詩詞를 통해 제시되어 있다. 역대 연구자들은 지연재의 비평에 언급된 '정방情榜'을 근거로 '우부책'에는 청문, 화습인, 원앙, 임홍옥, 금천, 자견, 앵아, 사월, 사기, 옥천, 천설, 유오아까지 12명의 운명이 적혀 있었을 것이라고 설명하고 있다. 이들은 모두 가씨 가문의 하녀들 중 비교적 지위가 높은 이들이다.

**금릉십이차정책**金陵十二釵正冊  책 제목. 임대옥과 설보차를 비롯한 금릉십이차의 운명을 그림과 시사詩詞로 암시하는 내용이 담겨 있다. 제5회에서 처음 태허환경에 들러 이 책의 내용을 본 가보옥은 그 내용을 제대로 이해하지 못하지만, 제116회에서 그가 가사假死 상태로 영혼이 빠져나와 두 번째로 그곳에 들렀을 때에는 모든 것을 확연히 이해하게 된다.

**금사등홍칠죽렴**金絲藤紅漆竹簾  주렴 이름. 협죽도과夾竹桃科의 식물인 금사등金絲藤과 얇게 깎은 대나무 줄기를 이용해 만든 주렴으로, 쉽게 부패하지 않도록 붉게 옻칠한 것이다.

**금장**錦嶂  원래는 색채가 화려하고 아름다운 비단이나 병풍을 가리키는 말이지만, 종종 보기 좋게 아름다운 것을 묘사하는 말로 쓰인다.

**기**夔  전설 속의 신령한 짐승.『산해경山海經』「대황경大荒經」에 기록된 바에 따르면, '기'는 동해東海 7000리 안쪽에 있는 유파산流波山에 산다고 한다. 소처럼 생겼으되 몸통은 푸르고 뿔이 없으며 다리가 하나인 짐승이 있는데, 그것이 물 밖으로 나오면 반드시 비바람이 불고, 그 눈빛은 해와 달처럼 밝고 울음소리는 우레처럼 크다. 황제黃帝가 그것을 잡아 가죽으로 북을 만들고 뇌수雷獸의 뼈로 북채를 만들어 치니 그 소리가 500리 밖까지 퍼져 온 천하를 두렵게 했다고 한다. 일설에 따르면 황제는 치우蚩尤와 전쟁하다가 그것을 잡았다고도 한다. 또 '기'는 세상에 오직 세 마리밖에 없다고 하는데, 그중 한 마리는 진시황에게 죽었다고도 한다. 사실상 전설 속의 이 동물에 대해서는 생김새와 능력에 대해 문헌에 따라 기록이 다양하다.

**난새**〔鸞〕  새 이름. 전설 속에서 봉황과 비슷한 새를 가리킨다.『산해경山海經』「서산경西山經」에 따르면 이 새는 여상산女床山에 살고 있으며, 생김새는 꿩을 닮았고 오색 무늬가 있는데, 이 새가 나타나면 세상이 평안해진다고 한다.

**남송**南宋 왕조 이름. 1127년에 금나라 군대에 의해 수도가 함락되고 휘종徽宗, 흠종欽宗 두 황제가 포로로 잡혀감으로써 북송北宋이 멸망하자, 이 해에 고종高宗 조구趙構(1107~1187)가 응천부應天府, 즉 허난〔河南〕 상치우〔商丘〕에 송 왕조를 다시 세우고 임안臨安(지금의 저장〔浙江〕 항저우〔杭州〕)에 수도를 두었는데, 이를 '남송'이라고 부른다. 북송과 남송을 합쳐서 송 왕조라고 부르기도 한다. 남송은 비옥한 강남의 여건 속에서 경제와 과학기술을 발전시키고 대외적으로도 교류가 활발했으나, 군사력은 약하고 조정이 무능하고 부패했다. 이 때문에 결국 1276년, 몽고제국에 의해 당시 갓 5세였던 황제 공종恭宗이 포로로 잡히면서 멸망했다.

**남조**南朝 역사 시기. 420년에 동진東晉이 망한 후 남방에 차례로 세워진 송, 제, 양, 진陳의 네 왕조를 아울러 부르는 칭호이며, 진나라가 망한 589년까지를 가리킨다. 당시 중국은 남북이 분열된 시기로, 북방은 북제北齊, 북위北魏, 북주北周 등의 왕조가 차지하고 있었으며 이를 구별하여 '북조北朝'라고 부른다.

**남조**南調, **북조**北調 음악의 곡조. 중국 남방과 북방의 음조音調를 구별하는 용어로, 대개 장강長江을 경계로 남부의 음조를 구별할 때 쓰인다. 일반적으로 북방의 음악은 타악기가 주를 이루면서 남성적인 성격이 강하며, 남방의 음악은 관현악기가 주를 이루면서 여성적인 섬세함이 돋보이는 특징을 보인다.

**냉향환**冷香丸 약 이름. 『홍루몽』 제91회에서 설보차가 열병이 났을 때 먹은 약이다.

**녕국부**寧國府 저택 이름. 『홍루몽』에 등장하는 가상의 지명이다. 녕국공寧國公은 가씨 집안의 조상 중 한 명인 가연이 공을 세워 황제에게 받은 가상의 작위 명칭인데, 그의 저택을 녕국부라고 부른다.

**능단**綾緞 비단 이름. '능라주단綾羅綢緞'을 줄여 표현한 것이며, 일반적으로 명주로 짠 직물〔絲織物〕을 통칭하는 뜻으로 쓰인다.

**단약**丹藥 약물의 일종. 도교에서 신선술을 수련하는 이들이 단사丹砂 등의 광물을 이용해서 만든 약물이다. 여기에는 수은 등의 중금속이 많이 포함되어서 역대로 많은 부작용이 있었다. 이 때문에 당나라 때부터는 단전호흡이나 남녀 간의 성행위 등을 통한 수련법이 유행하기도 했다. 도교에서는 전자를 외단파外丹派, 후자를 내단파內丹派로 구별한다.

**단원절**團圓節 명절 이름. 음력 8월 15일을 가리키며 '중추절仲秋節'이라고도 한다. 우리나라의 추석에 해당하는 명절이다. '단원절'이란 가장 큰 보름달이 뜨는 명절이라는 뜻 외에 온 가족이 모이는 명절이라는 의미도 담고 있다.

**당唐 나라** 서기 618년에 고조高祖 이연李淵이 수나라를 무너뜨리고 세운 왕조로, 실질
적으로 애제哀帝 이축李柷을 끝으로 907년에 멸망했다. 당나라는 실크로드를 아
우르는 거대한 세계 제국으로서 중국의 고유한 문화 위에 서역西域을 비롯한 각
지역의 문화를 융합하여 독특하고 찬란한 유산을 남겼다. 이 시기를 통해 사상적
으로는 유가와 도가, 불가 사상이 서로 영향을 주고받으며 중국 고유의 사상으로
자리를 잡았고, 문학에서도 고대 중국의 시가詩歌의 정화라고 할 수 있는 근체시
近體詩가 완성되었다. 또한 '전기傳奇' 라고 불리는 최초의 문언소설이 유행했다.

**당인唐寅**(1470~1523)　인명. 자는 백호伯虎, 또는 자외子畏이며, 호는 육여거사六如
居士, 도화암주桃花庵主, 도선선리逃禪仙吏 등을 썼다. 오현吳縣(지금의 장쑤[江
蘇] 쑤저우[蘇州]) 사람으로, 상인 집안에서 태어난 그는 30세에 회시會試에 응시
했다가 사건에 연루되어 하급 관원으로 강등된 후 벼슬길에 뜻을 접고 그림을 팔
아 생계를 유지했다. 아무리 재능이 뛰어나도 뜻을 이루지 못하는 시대와 사회에
대해 거침없이 조롱과 풍자를 쏟아냈던 그는 시를 잘 지어서 축윤명, 문징명, 서정
경과 더불어 '강남사재자江南四才子' 로 불렸고, 그림에는 더욱 뛰어나서 문징명,
심주, 구영과 더불어 '오문사가吳門四家' 로 꼽혔다.

**대관루大觀樓**　건물 이름. 『홍루몽』에 나오는 가상의 정원인 대관원 안에 있는 정루正
樓이며, 정월 대보름에 가원춘이 친정을 방문한 후 '대관루' 라는 이름을 하사했
다.

**대관원大觀園**　정원 이름. 『홍루몽』에 나오는 가상의 정원이다. 이곳은 영국부의 맏딸
로서 황제의 귀비가 된 가원춘이 친정을 방문할 때 머물 수 있도록 조성된 방대한
건축물이다. 영국부와 녕국부의 원래 구역 중 일부를 떼어 합쳐서 만들었다. 화단
과 가산, 호수, 정자, 누각 등을 포함한 대관원의 전체 구조와 배치는 산자야라는
인물이 설계했다.

**대관원기大觀園記**　문학 작품 제목. 정월 대보름에 가원춘이 친정을 방문했을 때 대관
원을 보고 지으려 했다는 글이지만, 실제로 어떻게 지었는지는 알 수 없다. '기
記' 는 중국 고대의 산문 문체 중 하나로, 육조六朝시대부터 본격적으로 발전했다.
이것은 대개 어떤 사건에 대해 서술하거나 풍경, 물상物像에 대한 기록을 통해 종
종 작자의 정감과 포부, 사상을 나타내기도 하고, 건축물의 건립 과정과 구체적인
모습, 여행의 감회 등을 서술하는 데에도 이용된다.

**대련對聯**　문학 용어. 서로 짝을 이루는 두 개의 구절로, '대對', '연련聯', '대구對句',

'대자對子'라고도 부른다. 일반적으로 문이나 청사廳舍, 집 등 건축물 안팎의 기둥이나 벽에 글자를 새기거나 족자에 적어 걸어둔다. 이 경우 앞 구절의 마지막 글자의 성조聲調는 반드시 측성仄聲으로 쓰고, 뒤 구절의 마지막 글자는 평성平聲으로 써야 한다. 대련은 그 위치나 내용의 성격에 따라 문련文聯, 영련楹聯, 수련壽聯, 만련輓聯, 춘련春聯 등의 구체적인 명칭을 갖기도 한다.

**대명궁**大明宮 건물 이름. 원래 당나라 장안長安에 있던 황궁에 딸린 정원으로, 장안성長安城 동북쪽의 용수원龍首原에 위치해 있었다. 이곳은 당나라의 정치 중심지였으며, 당시 세계적으로 가장 규모가 큰 궁전 건축물들이 들어서 있었다고 한다. 하지만 『홍루몽』에서는 이것을 황궁 안에 있는 하나의 건물로 설정했는데, 제17~18회에 따르면 가원춘이 정월 대보름에 이곳에서 등불놀이를 구경했다고 서술되어 있다.

**대여주**大如州 지명. 『홍루몽』에서 진비의 장인 봉숙의 본관으로 설정한 가상의 지명이다. 지연재와 같은 옛날의 평론가들은 '대여봉숙大如封肅'으로 붙여놓았을 때 그 글자들의 의미와 중국어 발음을 함께 고려하면 '대개여차지풍속大槪如此之風俗', 즉 '당시의 이기적이고 냉담한 사회 풍속이 대개 이러하다.'라는 의미를 담기 위해 문학적 수사법修辭法을 활용해서 만들어낸 지명이라고 설명했다.

**도잠**陶潛(365?~427) 인명. 동진東晋 때의 저명한 시인 도연명陶淵明을 가리킨다. 자는 원량元亮, 호는 오류선생五柳先生이며, 당시 사람들은 그가 죽은 후 정절선생靖節先生이라는 시호를 붙여주었다. 심양潯陽 시상柴桑(지금의 쟝시〔江西〕 쥬쟝〔九江〕) 사람인 그는 쇠락해가는 벼슬아치 집안에서 태어나 팽택현령彭澤縣令 등의 말단 지방관을 지내다가 40세 무렵에 벼슬을 버리고 은거했다. 이후로 「음주飲酒」, 「귀원전거歸園田居」 등 전원생활을 소재로 한 일련의 시를 지어 전원시파田園詩派를 창시한 시인으로 꼽히게 되었고, 「귀거래혜사歸去來兮辭」, 「도화원기桃花源記」와 같은 산문을 남기기도 했다.

**도총관**都總管 직책 이름. 원래 송·요나라 때 있었던 지방관의 하나로, 명·청 시대의 순무巡撫 겸 제독提督에 해당하는 매우 높은 관직이었다. 그러나 『홍루몽』에서는 녕국부와 영국부의 하인들 중 우두머리 집사를 가리키는 직책으로 쓰였다.

**도홍헌**悼紅軒 서재 이름. 제1회에 따르면 공공도인이 청경봉의 돌에 새겨진 글을 베껴 왔을 때 처음에는 『석두기』라고 불렀으나, 나중에 자신의 이름을 정승情僧으로 바꾸고 책의 제목도 『정승록』으로 바꾸었는데, 이 책이 여러 사람의 손을 거쳐 조

501

설근에게 전해졌다고 한다. 또한 조설근이 도홍헌에서 이 책을 10년 동안 읽고 다섯 번이나 덧붙이고 빼며 고쳐 써서, 목록目錄을 편집하고 장회章回를 나누어, 제목을『금릉십이차金陵十二釵』라고 붙였다고 설명되어 있다. '도홍悼紅'이라는 말은 '아리땁고 순결한 미녀들[紅]의 비극적 운명을 애도한다[悼].'라는 뜻이다.

**동로東魯** 지명. 원래는 춘추시대의 노나라를 가리키는 말이었으나, 나중에는 노나라가 있었던 지역, 즉 지금의 산둥성[山東省] 일대를 가리키는 말이 되었다. 경우에 따라서는 이곳 출신인 공자를 가리키는 뜻으로도 쓰인다.『홍루몽』제1회에 따르면 이곳 출신의 공매계孔梅溪, 즉 공계함孔繼涵(1738~1783)이『정승록情僧錄』의 제목을『풍월보감風月寶鑒』으로 바꿨다고 한다.

**동안군왕東安郡王** 작위 이름. '군왕'이라는 명칭은 서진西晉 때부터 시작되었는데, 당·송 이래로는 친왕親王보다 한 등급 아래의 작위를 가리키는 뜻으로 사용되었다. 황실의 친척이 아닌 신하도 군왕에 봉해질 수 있었다. 청나라 때는 황실 친척에게 봉해주는 작위 중 세 번째를 다라군왕多羅郡王이라고 했는데, 이것을 줄여서 군왕이라고도 했다.『홍루몽』에서 이 작위는 허구적으로 설정된 것이다. 한편, 제3회의 동안군왕은 제11회와 제14회의 동평군왕東平郡王을 잘못 쓴 것으로 보인다는 설도 있으나 확실하지는 않다. 사실 동평군왕은 당나라 때 절도사였던 안녹산에게 봉해진 작위이기도 하다.

**동중서董仲舒**(기원전 179~기원전104) 인명. 서한西漢의 대표적인 학자이자 정치가로서 광천군廣川郡(지금의 허베이[河北] 자오창[棗强]) 사람이다. 특히『춘추春秋』연구를 중심으로 한 이른바 '금문경학今文經學'의 대가로 명성이 높았다. 그는『춘추』의 해설서 중 하나인『공양춘추公羊春秋』를 토대로 음양오행陰陽五行 및 법가法家, 도가道家 등의 사상을 융합하여 유가儒家의 윤리를 '삼강오륜三綱五倫'으로 개괄했으며, 특히 무제武帝는 그의 건의를 받아들여 유학을 국교로 승격시켰다. 그의 교육철학과 '대일통大一統' 개념, '천인감응天人感應' 이론은 후세 왕조에서도 통치이념으로 유용하게 활용되었다. 대표적인 저작으로『춘추번로春秋繁露』가 있다.

**동지同知** 벼슬 이름. 명나라와 청나라 때 지부知府를 보좌하는 정오품의 관직이다. 인원이 정해지지는 않았지만 대개 한두 명을 두었다. 주요 업무는 지방의 소금과 양곡 관리, 도적 체포, 강이나 해안 경비, 수리시설 관리, 군적軍籍 관리 등이며 동지가 업무를 보는 관청을 '청廳'이라고 했다. 그 외에 지주知州의 보좌관으로서

그 지역 안의 제반 사무를 담당하는 관직으로 주동지州同知가 있는데, 이것은 종
육품의 관직이다.

**동진**東晉　왕조 이름. 낙양洛陽에 도읍을 둔 서진西晉 왕조의 마지막 황제였던 사마업
司馬鄴이 316년에 소수민족의 침입으로 포로가 되면서 망하자, 이듬해 당시 황실
의 후예인 낭야왕 사마예司馬睿(276~323)가 건강建康(지금의 장쑤〔江蘇〕 난징
〔南京〕)에서 진晉 왕조를 다시 세웠는데, 이것을 '동진'이라고 부른다. 346년에
안서장군安西將軍 환온桓溫이 촉蜀 지역에 자리 잡고 있던 성한成漢 정권을 정벌
하여 동진은 장강長江 이남을 통일함으로써 진령秦嶺과 회하淮河를 사이에 두고
후조後趙와 대치하게 되었다. 그러나 조정의 권력투쟁이 끊이지 않고 사치와 향락
에 빠져 지내다가, 환온의 아들 환현桓玄에게 제위를 찬탈당해 국호가 초楚로 바
뀌기도 했다. 하지만 환현을 토벌하고 동진 황실을 복원하는 데 공을 세운 유유劉
裕(363~422)가 공제恭帝를 폐위하고 스스로 황제가 되어 송나라를 건립함으로써
4대에 걸쳐서 11명의 황제가 통치했던 동진은 103년 만에 멸망했다.

**두봉헌**逗蜂軒　건물 이름. 녕국부 회방원 안에 있는 건물로, 진가경의 거처였던 천향
루 남쪽에 있다.

**두약**杜若　식물 이름. 지우地藕, 죽엽련竹葉蓮 등으로도 불리는 압척초과(Commelina
ceae)의 다년생 식물로, 중북부의 비교적 낮은 지대 활엽수림의 습기가 많은 곳에
서 자란다. 이것은 약재로도 사용되는데 기혈을 다스리고, 종양을 없애고, 정력을
보충하고, 눈을 밝게 하고, 해열과 진통 효과가 있으며, 입 냄새를 없애거나 위통
및 곽란을 치료하는 등의 효과가 있다고 알려져 있다.

**등선각**登仙閣　건물 이름. 녕국부 회방원 안에 있는 누각으로, 산발치에 지어진 것이
다. 제13회에서 진가경이 죽었을 때 그녀의 영구를 안치한 곳이기도 하다.

**등월부**燈月賦　문학 작품 제목. 『홍루몽』의 이야기 내부 서술자인 대황산 청경봉의 돌
이 가씨 가문에서 구경한 정월 대보름의 화려한 장면을 기록하기 위해 지으려고
했다가 결국 짓지 않았다는 작품이다.

**망단**蟒緞　비단 이름. 망단(satin embroidery)은 이무기〔蟒〕나 용의 무늬가 들어간 비
단을 아울러 칭하는 말이다.

**맹자**孟子(기원전372~기원전289)　인명. 이름은 가, 자는 자여子輿(자거子車 또는 자거
子居라고도 함)이며 전국시대 추나라 사람이다. 저명한 사상가이자 교육가로서,
공자의 손자인 공급孔伋에게서 가르침을 받아 공자 사상을 계승하고 더욱 체계적

인 학문으로 발전시킴으로써 유가의 '아성亞聖'으로 추앙받고 있다. 그는 여러 제후국들을 돌아다니며 민본사상民本思想을 바탕으로 한 자신의 정치철학을 유세遊說했으나 당시 실정에 맞지 않다고 여겨져서 뜻을 펼칠 기회를 얻지 못했다. 그러나 그의 뛰어난 언변과 논리적 사고는 제자들과 함께 편찬한 것으로 알려진 『맹자』에 잘 나타나 있다.

**명明 나라** 왕조 이름. 1368년에 오왕吳王 주원장朱元璋(1368~1398 재위)이 원나라를 멸망시키고 세운 왕조이다. 명 왕조는 처음에 남경南京을 도읍으로 삼았지만, 성조成祖 영락제永樂帝(1402~1424 재위)가 정변政變을 통해 황제에 오른 후 북경北京으로 도읍을 옮겼다. 이후 16명의 황제를 거치며 276년 동안 존속했으나, 1644년 의종毅宗 숭정제崇禎帝(1628~1644 재위) 때 만주족 청나라에 멸망당했다. 이후 황족인 주유숭이 남명南明을 건립하고 저항했지만 청나라의 강력한 군사력에 밀려 20년도 채 안 되는 기간 동안 4명의 황제가 바뀌는 우여곡절 끝에 결국 1662년에 마지막 황제 소종昭宗 주유랑(1646~1662 재위)을 끝으로 명나라는 중국 역사에서 한족漢族이 세운 마지막 왕조로 기록되었다.

**모곡사暮哭司** 건물 및 부서 이름. 제5회에서 가보옥이 꿈속에서 찾아간 태허환경에서 선녀의 안내를 받아 안으로 들어갔을 때 늘어선 궁전들에 걸린 현판의 내용이다.

**모니원牟尼院** 절 이름. 묘옥의 스승이 거처하던 곳으로 영국부 서문西門 밖에 있다.

**목거사木居士, 회시자灰侍者** 신神 이름. 원래 '목거사'는 나무로 만든 신상神像을, '회시자'는 진흙으로 빚어 만든 승려의 상像을 희화해서 부르는 호칭이다. 『홍루몽』 제5회에서는 가보옥이 꿈에 태허환경에서 진가경과 놀러 나갔다가 미혹의 나루터인 미진에 갔을 때 경환선고가 그들에게 돌아오라고 소리치며 알려준 말에서 언급된다. 그들 앞에 놓인 깊이가 만 길에 폭이 천 리나 되는 강을 건널 수 있는 유일한 수단인 뗏목의 키를 잡는 이가 목거사이고, 삿대질을 하는 이가 회시자라는 것이다. 다분히 비유적인 분위기를 풍기는 이 명칭에 대해 '색은파' 연구자들은 목거사는 임대옥을, 회시자는 가보옥을 암시한다는 등의 다양한 해석을 한다.

**몽파재夢坡齋** 서재 이름. 영국부 가정의 서재 이름이다.

**무왕武王** 인명. 은나라 말엽 서백西伯 희창姬昌(훗날 문왕文王으로 추존됨)의 둘째 아들로, 성은 희姬, 이름은 발發이다. 형 백읍고伯邑考가 은나라 마지막 왕인 제30대 제신帝辛(별명은 주紂)에게 피살당했기 때문에 그가 부친의 지위를 계승했으며, 부친의 유지遺志를 이어 기원전 11세기 무렵에 은나라를 멸망시키고 호경鎬京

에 도읍을 둔 주나라를 건립했다. 그는 13년 동안 왕위에 있었으며 '무왕'은 그의 시호이다.

**무위**無爲 철학 용어. 선진先秦시대에 노자가 제시한 도가 사상의 핵심적 개념으로, 개략적으로 설명하자면 일체의 사물과 행위의 본질이 허무하다는 것을 마음으로 알고 집착이 없이 자연에 따라 행하는 것을 가리킨다. 이것은 철학과 정치에 모두 적용되는 것으로, 외적으로는 소극적이고 현실도피적인 개념인 것처럼 보이지만 사실은 제왕帝王과 성현聖賢의 이름으로 백성의 삶을 힘들게 했던 당시의 시대와 제도, 사상에 대한 비판적인 의미를 담고 있다.

**문왕**文王 인명. 은나라 때 주周 지역을 다스리던 제후인 계력季歷의 아들로, 성은 희姬, 이름은 창昌이다. 서쪽 제후들 중 우두머리인 서백西伯으로서 기산岐山 아래에 나라를 세우고 어진 정치로 백성들의 신망을 얻었으나, 참소를 당해 유리羑里에 유폐幽閉되기도 했다. 나중에 풀려나와 태공망太公望 여상呂尙(강상姜尙이라고도 함)을 등용하여 국력을 키웠다. 훗날 그의 아들 무왕武王이 은나라 마지막 왕인 제30대 제신帝辛(별명은 주紂)을 내쫓고 주나라를 건립한 뒤에 그를 문왕으로 추존追尊했다.

**미불**米芾(1051~1107) 인명. 원래 이름은 불黻, 자字는 원장元章, 호는 양양만사襄陽漫士, 녹문거사鹿門居士, 해악외사海嶽外史, 회양외사淮陽外史, 정명암주淨名庵主, 계당溪堂, 무애거사無礙居士, 미로米老 등을 썼다. 당나라 사람들의 복장을 흉내 내고 수석壽石을 모으는 취미가 지나쳐 당시 사람들은 그를 '미치광이[米顚]'라고 불렀다. 송나라 초기의 공신 미신米信의 후예인 그는 서예와 그림에 뛰어나고 골동품 감별에도 조예가 깊었으며 교서랑校書郎, 서화박사書畵博士, 예부원외랑禮部員外郎 등을 지냈다. 특히 '쇄자刷字'라고 불리는 그의 서예는 그를 소식蘇軾, 황정견黃庭堅, 채양蔡襄과 더불어 송나라 때의 사대四大 서예가로 꼽히게 했다. '미씨운산米氏雲山'으로 불리는 수묵산수화가 유명하다.

**미진**迷津 불교 용어. 불교에서는 삼계三界(욕계欲界, 색계色界, 무색계無色界)와 육도六道(천도天道, 인도人道, 아수라도阿修羅道, 축생도畜生道, 아귀도餓鬼道, 지옥도地獄道)가 모두 길을 잃게 만드는 허무한 경계라고 해서, 그것들을 '미진迷津'이라고 부른다. 속세의 중생은 여기에 빠지면 부처의 가르침을 저버리고 정해情海에 빠지게 된다고 한다.

**박명사**薄命司 건물 및 부서 이름. 제5회에서 가보옥이 꿈속에서 찾아간 태허환경에서

선녀의 안내를 받아 안으로 들어갔을 때 늘어선 궁전들에 걸린 현판의 내용이다.

**방계**傍系 가부장제 사회에서 시조始祖가 같은 혈족 가운데 직접적이고 주된 계통에서 갈라져 나온 친척으로, 대개 백부모伯父母와 숙부모叔父母, 생질甥姪 등이 여기에 속한다. 다만 『홍루몽』에서는 녕국공 가연과 그의 아우이자 영국공인 가원의 직접적인 자손들이 아닌 친척들을 가리키는 개념으로 쓰였다.

**방춘산**放春山 **견향동**遣香洞 지명. 『홍루몽』에서 설정한 가상의 지명으로, 이한천 관수해 안에 있다고 한다. 그 안에는 경환선고가 살고 있는 태허환경이 있다.

**방호내정**防護內廷 **자금도**紫禁道 **어전시위**御前侍衛 **용금위**龍禁尉 벼슬 이름. 녕국부 가진이 며느리 진가경의 장례식에 구색을 맞추기 위해 그의 아들 가용에게 사준 벼슬의 정식 명칭으로, 어전용금도호위御前龍禁道護衛라고도 부른다. 이것은 황궁의 용금도龍禁道에서 봉천전奉天殿까지를 지키는 핵심적인 호위부대로서 그 수장인 통령統領은 종삼품이고, 부통령副統領은 정사품, 일반적인 용금위는 정오품에 해당한다. 품계品階는 비록 그다지 높지 않지만 용금위는 일종의 황제의 사병으로서 어전금위御前禁衛 및 금의부錦衣府의 난의위鑾儀衛와 마찬가지로 황제와 대면할 기회가 많기 때문에 대단히 영예롭고 실제 권력도 많은 벼슬이다.

**백망포**白蟒袍 의복 이름. 바탕이 흰색인 망포蟒袍이며 상복喪服으로 입는다. 망포는 '화의花衣' 또는 '망복蟒服'이라고도 하는데, 핫옷〔袍〕에 이무기〔蟒〕 문양을 수놓았기 때문에 이런 명칭이 붙었다. 황제가 입는 용포龍袍와 형태는 비슷하지만 무늬가 다르며, 대개 황제의 생일과 같은 황실의 경사가 있을 때 고관대작들이 입는 옷이다.

**백작약**白芍藥 약재 이름. 백화작약白花芍藥이라고도 부르는 모장과毛茛科 다년생 식물로, 꽃이 아름다워 관상용으로도 쓰이고 그 뿌리는 약재로 사용된다. 산비탈이나 골짜기의 관목 더미나 풀숲에서 자라는데, 혈액을 보충하고 간 기능을 활성화시키며, 발열이나 땀이 많은 체질을 개선하는 등의 용도로 쓰인다.

**백출**白朮 약재 이름. 청량한 기후를 좋아하는 다년생 식물로, 그 뿌리와 줄기는 약재로 쓰인다. 비장脾臟의 기운을 더해주고, 몸에 땀이 많이 나는 것을 조질해주며, 유산流産을 방지해주는 효능이 있다고 알려져 있다.

**보령궁**寶靈宮 건물 이름. 『홍루몽』에서 황궁 안에 있다고 설정된 건물인데, 제17~18회에 따르면 가원춘이 정월 대보름에 점심을 먹고 나서 이곳에서 예불을 올렸다고 서술되어 있다. 하지만 일반적으로 보령궁은 상상 속의 도교道教 신선이 거처

하는 곳을 가리키는 경우가 많으며, 도관道觀이나 사원寺院에도 이 명칭을 붙인 것들이 있다.

**본관**本貫 족보 용어. 조상들이 살던 지방을 일컫는 것으로 '원적原籍'이라고도 한다. 우리나라에서는 일반적으로 '본관'이라는 표현을 더 많이 쓰는데, 예를 들어 '김해金海 김金씨'라고 했을 때 '김해'가 바로 본관에 해당한다.

**봉황대**鳳凰臺 누각 이름. 제17~18회에서 언급된 봉황대는 남경南京에 있는 것이며, 황학루黃鶴樓, 등왕각 王閣, 악양루岳陽樓와 더불어 '강남사대명루江南四大名樓'로 꼽히는 곳이다. 남경의 봉황대는 지금의 난징시[南京市] 평황산[鳳凰山] 위에 있다. 당나라 때 이백李白은 이곳에서 「금릉 봉황대에 올라[登金陵鳳凰臺]」라는 시를 지었다. 그 내용은 다음과 같다.

> 鳳凰臺上鳳凰游　봉황대 위에 봉황 노닐었는데
> 鳳去臺空江自流　봉황은 떠나고 빈 강만 절로 흐르는구나.
> 吳宮花草埋幽徑　오나라 궁궐의 화초는 깊은 오솔길을 덮고
> 晉代衣冠成古丘　진나라 벼슬아치들은 옛 무덤에 누웠구나.
> 三山半落靑天外　삼산은 푸른 하늘 밖에 반쯤 걸려 있고
> 一水中分白鷺洲　한줄기 강물은 백로주에 의해 중간에서 갈리는구나.
> 總爲浮雲能蔽日　결국 떠도는 구름이 해를 가렸기 때문에
> 長安不見使人愁　장안이 보이지 않아 이 몸은 시름에 잠기네.

**부**賦 문학 용어. 한나라 때 만들어진 산문 문체 중 하나로, 사마상여司馬相如와 반고班固 등이 대표적인 작가로 꼽힌다. 이 형식은 대개 특정한 주제나 사물에 대해 작가의 해박한 지식을 바탕으로 갖가지 사물이나 개념, 인물 등을 장황하게 나열하는 것이 특징이다. 최초에는 황제에게 풍자적으로 간언하기 위한 목적으로 지어졌다. 한나라 후기로 가면서 서술의 대상이 특정한 사물을 칭송하는 쪽으로 범위가 넓어지기도 했으나, 지나치게 형식화되고 작가의 지식을 자랑하기 위해 난해한 어휘와 표현들이 자주 사용되면서 점차 문인들의 관심에서 멀어졌다. 그러나 이 문체는 4-4-6-6으로 대표되는 특별한 구법句法을 제시함으로써 훗날 변려문駢儷文이 만들어지기 위한 토대를 제공했고, 중국에서 최초로 성립된, 작가의 이름을 내건 글쓰기 형식이라는 역사적 의미를 지니고 있다.

**부자**附子 약재 이름. 모장과毛茛科 식물인 오두烏頭의 잔뿌리를 가공하여 만든 것으로 주로 사천四川과 호북湖北, 호남湖南 등지에서 생산된다. 대개 6월 하순에서 8

**507**

월 상순 사이에 채취해서 굵은 뿌리와 실뿌리, 흙을 제거한 후 열을 가해 가공하여 염부자鹽附子, 흑부자黑附子(흑순편黑順片), 백부자白附片 등의 다양한 약재로 만든다. 이것은 몸에 음기陰氣가 지나쳐서 생기는 병을 치료하는 데 효과가 좋아서 가슴이나 배에 냉통冷痛이 있을 때나 여성들의 냉대하증冷帶下症 등을 치료하는 데 쓰인다.

**부평초**浮萍草  식물 이름. 개구리밥과의 여러해살이 수초이다. 또한 물 위에 떠 있는 풀이라는 뜻으로, 정처 없이 떠돌아다니는 신세를 이르는 말로도 쓰인다.

**북망산**北邙山  산 이름. '망산邙山' 또는 '북망北邙', '망산芒山', '겹산郟山', '북산北山'이라고도 부른다. 이 산은 지금의 허난성〔河南省〕 뤄양시〔洛陽市〕 동북쪽에 있는데, 한나라와 위나라 이래 왕후王侯나 공경公卿 같은 귀족들의 무덤이 많이 들어선 곳으로 유명하다. 일반적으로 저승을 비유하는 뜻으로도 쓰인다.

**비빈**妃嬪  역사 용어. 제왕帝王의 첩과 시녀를 가리킨다. '비'는 제왕의 정실부인인 후后 다음의 지위이며, '빈'은 '비'보다 지위가 더 낮다.

**사**詞  문학 용어. 당나라 말엽부터 송나라 때 완성된 운문 형식으로, 대개 민간의 노래 형식에서 비롯된 것으로 알려져 있다. 일종의 악보인 '사패詞牌'에 따라 글자 수와 성조聲調의 평측平仄을 맞춰 썼다. 처음에 이것은 노래로도 불렸을 것으로 여겨지지만, 후세로 가면서 노래하는 법은 사라지고, 읽고 감상하는 용도로만 쓰이게 되었다. 거의 모든 구절의 글자가 네 글자, 다섯 글자, 여섯 글자, 일곱 글자 등으로 규격화된 시와는 달리, 사는 한 작품 안에서도 각 구절의 글자 수에 변화가 많고, 단편의 사는 2절로 구성된 경우가 많다.

**사방침**  베개의 일종. 팔꿈치를 괴고 비스듬히 기대어 앉을 수 있도록 만든 정육면체, 또는 직육면체의 베개이다. 일반적으로 안쪽에 판자로 틀을 짜고 바깥에는 다양한 무늬가 장식된 천을 씌운다.

**상감**象嵌  공예 용어. 금속이나 도자기, 목재 따위의 표면에 여러 가지 무늬를 새겨서 그 속에 같은 모양의 금, 은, 보석, 뼈, 자개 따위를 박아 넣는 공예 기법이다. 고대부터 동서양에서 두루 이 기법을 이용했으며, 우리나라에서는 상감청자와 나전칠기에서 크게 발달했고, 오늘날에도 나전칠기, 자개농, 도자기 따위에 이용하고 있다.

**상**商**나라**  왕조 이름. 기원전 1600년에 상商 부족의 우두머리 탕湯(시호는 천을天乙)이 하나라의 걸桀을 내치고 세운 왕조로서 황하 하류의 남박(지금의 허난〔河南〕

상치우(商丘)에 도읍을 두었다. 중국 최초로 한자의 기원이 되는 문자인 갑골문을 사용하여 천문 현상과 간지干支의 시간을 기록했으며, 정교한 청동기 문명을 발전시켰다. 그러나 기원전 1046년에 제31대 왕 제신帝辛(주왕紂王)이 폭정을 일삼아 제후들과 백성들의 원망을 샀고, 게다가 동이東夷를 정벌하느라 국내의 병력이 모두 빠져나간 상태에서 주나라 무왕武王이 이끄는 반란군에 의해 수도가 함락되었다. 이때 제신 자신도 불길에 몸을 던져 죽음으로써 17대 동안 31명의 왕을 거쳐 약 600년 동안 존속했던 은상도 멸망하게 되었다.

**생生, 단旦, 정淨, 말末** 중국 전통 연극의 배역〔角色〕 이름. 중국 전통 연극에서는 여주인공을 '단旦(또는 정단正旦)', 남주인공을 '말末(또는 정말正末)'이라고 부른다. 일반적으로 '생生'은 주인공보다는 비중이 낮은 남자 배역을 가리키는데 나이와 역할에 따라 그 아래 '소생小生', '노생老生', '무생武生' 등 다양한 배역으로 나뉜다. '정淨' 역시 남자 배역 중 하나로 '화검花臉' 또는 '흑두黑頭'라고도 부르는데, 이 역시 역할에 따라 다양한 배역으로 나뉜다.

**서강월西江月** 사패詞牌 중 하나. 원래 당나라 때 배우와 기생을 교육하던 교방敎坊에서 사용하던 곡조로, 훗날 사詞를 창작할 때 글자의 수와 성조聲調의 평측平仄을 맞추는 격률格律의 하나가 되었다. 이 곡조는 「백평향白苹香」, 「보허사步虛詞」, 「만향시후晩香時候」, 「옥로삼간설玉爐三間雪」, 「강월령江月令」, 「서강월만西江月慢」 등으로도 불린다.

**서경書經** 책 제목. 『상서尙書』라고 불리는 고대의 역사 기록이다. 그러나 현재 남아 있는 것은 고대의 원래 기록이 아니라 한나라 때 복원된 것으로, 복생伏生에게 전수받아 당시의 문자인 예서로 기록했다는 29편의 『금문상서今文尙書』와 훗날 학자들이 발굴했다고 하는, 옛 문자로 된 책인 『고문상서古文尙書』가 있었다고 한다. 오늘날 전해지는 것은 동진東晉 때 매색梅賾이 구해서 황실에 바쳤다는 58편의 『금문상서』를 기초로 한 것인데, 이 역시 29편의 『금문상서』를 토대로 매색이 위조해낸 것으로 추정된다. 그 내용은 「우서虞書」 5편, 「상서商書」 17편, 「주서周書」 32편으로 이루어져 있다.

**서동書童** 하인의 하나. 옛날 서생의 공부를 도와주면서 방을 청소하고, 서적과 지필묵紙筆墨을 정리하는 따위의 잡일을 하던 하인이다. 개중에는 주인과 함께 글공부를 하는 이도 있고, 훈장의 시중을 들어주는 이도 있었다.

**서방정토西方淨土** 불교 용어. 원래 부처의 나라인 서방의 극락세계를 말한다. 다만

『홍루몽』 제5회에서는 태부인이 죽어서 영혼이 가게 되는 저승을 의미한다.

**서부해당**西府海棠   꽃 이름. 중국에만 있는 특유의 장미과 낙엽교목에 속하는 꽃나무로 운남雲南, 감숙甘肅, 섬서陝西, 산서山西, 하북河北, 요녕遼寧 등지에서 자라는데, 특히 북방의 건조한 지역, 볕이 잘 드는 곳에서 자란다. 다 자란 나무는 높이가 8미터에 이르며, 지름 5밀리미터 정도의 꽃은 겉은 분홍색이고 안쪽은 흰색에 잔털이 나 있다. 꽃이 진 다음에는 지름 2밀리미터 정도의 동그란 열매가 열리는데 주로 주황색을 띤다. 서부해당은 해홍海紅, 자모해당子母海棠, 소과해당小果海棠 등으로도 불린다.

**석두기**石頭記   책 제목. 『홍루몽』의 원래 제목 중 하나이다. 제1회에 따르면 공공도인이 청경봉의 돌에 새겨진 글을 베껴 왔을 때 처음으로 붙인 제목인 듯하다. 그러나 나중에 공공도인은 자신의 이름을 정승情僧으로 바꾸고 『석두기』의 제목을 『정승록』으로 바꾸었다고 했으며, 판본에 따라서는 이후에 오문吳雯(1644~1704, 호號는 옥봉玉峰)이 제목을 『홍루몽』이라 했다고 설명하기도 한다.

**석연년**石延年(994~1041)   인명. 자는 만경曼卿 또는 안인安仁이고, 원적原籍은 유주幽州(지금의 베이징〔北京〕일대이지만 조상 때에 송성宋城(지금의 허난〔河南〕상치우〔商丘〕남쪽)으로 이주했다. 그는 과거에는 급제하지 못했지만 진종眞宗(998~1022 재위) 때 조정의 하급 관원으로 발탁되어 나중에 비각교리秘閣校理 및 태자중윤太子中允을 지냈다. 북송 초기에 시인으로 명성을 날렸으나, 지나치게 술을 좋아해서 병으로 일찍 세상을 떠났다.

**선승**禪僧   불교 용어. 선종禪宗 불교의 승려를 가리킨다.

**선재암**善才庵   절 이름. 『홍루몽』에 나오는 가상의 절이며, 만두암(수월암)의 주지 정허淨虛가 출가한 곳이다.

**설도**薛濤(768?~832)   인명. 자는 홍도洪度, 장안長安(지금의 산시〔陝西〕시안〔西安〕) 출신의 여성 시인이다. 그녀는 촉蜀 땅에 벼슬살이를 하러 간 부친 설운을 따라갔는데, 부친이 그곳에서 죽는 바람에 가난에 시달리다가 16세에 당시 검남서천절도사劍南西川節度使로 있던 위고의 부름을 받아 가기歌妓로 생활하게 되었다. 8세 때부터 시를 지을 줄 알았다는 설도는 그곳에서 여러 벼슬아치 및 원진, 백거이, 유우석, 두목 등 당시의 저명한 문인들과 두루 교유했다. 특히 위고는 조정에 청원을 넣어 그녀에게 비서성秘書省 교서랑校書郎의 벼슬을 하사해달라고 했는데, 비록 그 청원은 받아들여지지 않았지만 이로 인해 당시 사람들은 그녀를 '여교서

女校書'라고 불렀다고 한다. 그녀가 언제 기생의 신분에서 벗어났는지는 자세히 알 수 없지만, 그 후에도 완화계浣花溪에 거처를 두고 살면서 평생 결혼하지 않았다고 한다. 『금강집錦江集』(5권)이라는 시집을 남겼다고 했으나 지금은 원본이 남아 있지 않고, 『전당시全唐詩』에 시집 1권이 수록되어 있다.

**성친송**省親頌 문학 작품 제목. 『홍루몽』의 이야기 내부 서술자인 대황산 청경봉의 돌이 가씨 가문에서 구경한 정월 대보름의 화려한 장면을 기록하기 위해 지으려고 했다가 결국 짓지 않았다는 작품이다. 제17~18회에서 가원춘이 친정을 방문하여 대관원을 보고 훗날 「성친송」을 짓겠다고 말한 내용이 서술되어 있지만, 실제로 어떻게 지었는지는 알 수 없다. '송頌'은 『시경詩經』에 들어 있는 「주송周頌」, 「노송魯頌」, 「상송商頌」에서 비롯된 운문 양식인데 그 의미에 대해서는 해석이 다양하다. 대표적인 해석으로는 첫째, 『시경』의 「대서大序」에서 설명했듯이 제왕의 성덕盛德을 찬미하여 그가 이룬 공덕을 신명神明에게 알리기 위해 만든 노래라는 것이다. 둘째, 당나라 때 공영달孔穎達(574~648) 이후로 학자들은 '송頌'과 '용容'이 서로 통하는 것으로 파악하여, 이것이 일종의 무용을 곁들인 음악으로, 주로 종묘의 제사에 쓰였다고 이해하고 있다. 후세에는 진晉나라 때 유영劉伶이 쓴 「주덕송酒德頌」처럼 운문 형식이 아니라 산문 형식으로 어떤 인물이나 사물에 대해 칭송하는 글도 '송'이라고 불렀다.

**세습삼품작**世襲三品爵 **위열장군**威烈將軍 작위 이름. 녕국부 가경의 아들이자 가용의 부친인 가진이 물려받은 작위이다.

**세습일등신위장군**世襲一等神威將軍 작위 이름. 녕국부 가경의 부친 가대화는 경영절도사를 지냈고, 세습일등신위장군의 작위를 받았다.

**소공**召公 인명. 소강공召康公, 또는 태보소공太保召公이라고도 불리는 희석姬奭을 가리킨다. 주나라 문왕의 아들이자 무왕의 동생이다. 그가 다스리던 영지는 소召(지금의 산시〔陝西〕 치산〔岐山〕 서남쪽)에 있었는데, 훗날 무왕이 그를 연燕(지금의 허난〔河南〕 북부)의 제후로 봉했다. 그는 성왕成王 때 태보太保로서 주공과 함께 섬陝 지역을 동서로 나누어 다스렸고, 주공의 섭정을 지지하며 반란 평정을 지원했다. 그의 후손들도 대대로 소공의 직위를 세습하며 조정 대신으로 활약했다.

**소상관**瀟湘館 정원 이름. 『홍루몽』에 나오는 가상의 정원인 대관원 안에 있는 별도의 작은 정원이자 저택이다. 가보옥이 가정 등과 함께 막 완공된 대관원을 둘러보다가 '유봉래의有鳳來儀'라는 제사題詞를 지어 임시로 붙여놓았던 곳인데, 정월 대

보름에 가원춘이 친정을 방문한 후 '소상관'이라는 이름을 하사했다. 훗날 이곳은 임대옥의 거처로 사용되며, 이 때문에 항상 눈물이 많은 임대옥은 시 모임[詩社] 에서 '소상비자瀟湘妃子'라는 호를 쓰게 된다.

**소주**蘇州 지명. 강소성에 속한 도시로, 아름다운 정원[園林]이 많기로 유명하며 '동 방의 베니스'라고 불릴 만큼 명성이 높은 곳이다. '고소姑蘇'라고도 불린다. 『홍 루몽』에서는 임대옥의 고향으로 설정되어 있다.

**송**宋 **나라** 왕조 이름. 960년에 후주後周의 송주宋州(지금의 허난[河南] 상치우[商丘]) 귀덕군절도사歸德軍節度使로 있던 조광윤趙匡胤(927~976)이 쿠데타를 일으켜 세운 왕조로서 '북송北宋'이라고도 불린다. 북송은 동경(지금의 허난 카이펑[開 封])에 수도를 두었는데, 1127년 금나라 군대에 의해 수도가 함락되고 휘종徽宗, 흠종欽宗 두 황제가 포로로 잡혀 감으로써 멸망했다. 이 해에 고종高宗이 응천부, 즉 허난 상치우에 송 왕조를 다시 세우고 임안臨安(지금의 저장[浙江] 항저우[杭 州])에 수도를 두었는데, 이를 '남송'이라고 부른다. 북송과 남송을 합쳐서 송 왕 조라고 부르기도 한다.

**수**隋 **나라** 왕조 이름. 581년에 북주北周의 정제靜帝(579~580 재위)가 당시 대승상大 丞相이자 상주국上柱國으로 있던 수국공隨國公 양견楊堅(541~604)에게 제위를 물려주자, 양견은 연호를 개황開皇으로 바꾸고 나라 이름을 수隋로 바꾸었다. 수 나라는 그로부터 9년 뒤인 589년에 거의 100년 동안 분열되어 있던 중국 대륙을 통일했다. 비록 38년이라는 짧은 기간 만에 멸망하고 말았지만, 시험을 통한 관료 선발 제도를 도입하고 경제와 문화, 군사력을 대대적으로 발전시켰다.

**수사**修辭 문학 용어. 원래 글을 짓는다는 의미로 쓰이던 말이지만, 일반적으로 어휘를 다듬어 꾸미거나 비유적인 표현을 쓰는 문학적 기교를 가리키는 뜻으로 쓰인다.

**수화**繡花 비단 공예 이름. '자수刺繡' 또는 '침수針繡'라고도 부른다. 바늘에 채색 실 을 꿰어 미리 설계된 꽃이나 글자 등의 다양한 문양을 수놓는 것으로, 중국에서는 이미 3000년이 넘는 역사를 가진 공예로 알려져 있다. 옛날에는 이것을 '불黻'이 라고 불렀다. 또한 후세에 대개 여성들의 의복에 사용되었기 때문에 '여홍女紅'이 라고도 불렀다. 명·청 시기에는 생산된 지역에 따라 명칭을 붙이기도 했으며 그 중 소수蘇繡와 월수粵繡, 상수湘繡, 촉수蜀繡를 '사대명수四大名繡'로 꼽았다.

**숙지황**熟地黃 약재 이름. 현삼과玄蔘科 식물인 지황의 덩어리로 된 뿌리에 술이나 사 인砂仁, 진피陳皮를 보조 약재로 섞어 여러 차례 찌고 말리는 과정을 거치면 겉과

속이 모두 윤기나는 검은색을 띠고 부드러운 질감으로 변하게 된다. 면역 기능과 심장 기능을 강화하고, 간을 보호하고, 혈당을 낮추며, 이뇨작용을 원활하게 하는 등 여러 가지 효능이 있는 것으로 알려져 있다.

**순舜** 인명. 전설상의 중국 상고上古시대에 태평성대를 이끈 현명한 군주로서 유가儒家에서 성인으로 받들어지는 인물이다. 성姓은 요姚, 씨氏는 유우有虞, 이름은 중화重華인데 역사서에서는 종종 우순虞舜으로 칭해진다. 전설에 따르면 사악四嶽의 추천을 받아 요堯가 그에게 정치를 맡겼다고 한다. 순은 사방을 순시하면서 곤鯀과 공공씨共工氏, 전두驩兜, 삼묘三苗를 물리치는 공을 세웠다. 요의 두 딸을 아내로 맞아들였으며, 요가 죽은 후 제위를 물려받아 태평성대를 이끌었고, 훗날 치수治水에 공을 세운 우禹를 발탁하여 제위를 물려주었다.

**순염어사巡鹽御史** 벼슬 이름. 명·청 시대에는 전국의 소금 전매와 관련된 업무를 감찰하기 위해 조정의 감찰기구인 도찰원都察院에 소속된 감찰어사監察御史를 파견했는데, 이렇게 파견된 어사를 순염어사라고 불렀다. 순염어사는 대개 양회兩淮, 양절兩浙, 하동河東 등지에 각기 한 명씩 파견되곤 했다.

**순장殉葬** 장례의 일종. 배장陪葬이라고도 하며, 죽은 사람이 저승에서 복을 누릴 수 있도록 무덤에 사람이나 가축, 기물器物을 함께 묻는 것을 가리킨다. 고대에는 죽은 사람의 처첩妻妾이나 하인 등을 함께 묻었으며, 인형이나 각종 재물, 기구 따위도 함께 묻었다. 진秦·한 이후로는 대개 살아 있는 사람 대신 나무나 도자기로 만든 인형을 묻었다. 물론 그 이후에도 요나라에서 황제가 죽었을 때 100여 명의 신하를 순장한 적이 있으며 금, 원, 명나라 초기까지도 순장제도가 남아 있었다. 청나라 초기에도 이 제도가 잠깐 부활했으나 강희제 때에 이르러 공식적으로 폐지되었다.

**시경詩經** 책 제목. 문자로 기록된 최초의 시가詩歌 모음집으로, 서주西周에서 춘추 시기까지 약 500년 동안의 시가 305편을 수록하고 있다. 이 책은 당시 각 제후국의 노래를 모은 『국풍國風』과 궁정에서 연회와 의례에 사용되던 노래를 모은 『대아大雅』, 『소아小雅』, 『송頌』의 네 부분으로 구성되어 있다. 한나라 때는 『시경詩經』의 최종 편집자가 공자孔子라고 여겨졌으며, 이 때문에 유교가 국교國敎로 되면서 이 책은 가장 중요한 경전 중 하나로 중시되었고, 그 내용도 대개 정치적·윤리적 교훈과 풍자를 담은 것으로 이해되었다.

**시사詩詞** 문학 용어. 중국 사대부 문학의 대표적 양식인 '시詩'와 '사詞'를 아울러 부

르는 명칭이다. ('사' 항목 참조)

**신新 나라** 왕조 이름. ('왕망' 항목 참조)

**안녹산**安祿山(703~757) 인명. 당나라 때 영주營州(지금의 랴오닝〔遼寧〕 차오양〔朝陽〕) 사람으로, 북방 이민족의 후예이며, 어릴 적 이름은 알락산軋犖山이었다. 어려서 부친을 여의고 개가한 모친을 따라 돌궐족과 생활했으며, 개원開元 초기에 돌궐족 부락이 해체되자 그곳을 빠져나와 안사순安思順 등과 의형제를 맺고 성과 이름을 안녹산으로 바꾸었다. 이후 강력한 힘을 키워 741년에는 40세의 나이로 평로군절도사平盧軍節度使가 됨으로써, 자신의 고향을 근거로 한 번진藩鎭으로 10여 년 동안 승진을 계속하여 49세 무렵에는 삼진三鎭의 절도사를 겸직하고 현종玄宗의 두터운 신임을 받았다. 그러다가 755년에는 황제 측근의 간신들을 척결한다는 명분으로 반란을 일으켜 대연大燕 왕조를 건립하고 스스로 황제가 되었으나, 시력을 잃은 상태로 2년이 지났을 때 자신의 큰아들 안경서安慶緒의 음모로 측근의 환관에게 피살당했다.

**야차**夜叉 불교의 귀신 이름. 범어梵語 'Yakṣa'를 음역한 것으로 약차藥叉, 열차閱叉, 야을차夜乙叉라고도 하며, 그 의미는 '아주 날쌔고 힘센 귀신' 또는 '깨물 줄 아는 귀신'이다. 불교의 저승세계나 민간 전설에서 야차는 조금 다르다. 불교에서 야차는 생김새가 추악하고 포악하게 힘을 쓰며 사람을 잡아먹기도 하다가 나중에 부처의 감화를 받아 불법佛法을 수호하는 신이 되어 천룡팔부天龍八部의 성원 중 하나가 되었다고 한다. 이와는 달리 민간 전설에서는 대개 흉악한 신이나 악당을 대표하는데, 그 형상이나 역할은 아주 다양하다.

**약인**藥引 한의학 용어. 정식 용어는 '인약귀경引藥歸經'이다. 어떤 약물의 효능을 질병이 있는 부위나 어떤 경맥經脈으로 이끌어주는 역할을 하는 보조 약물을 가리킨다. 또한 그 자체로 치료 효과를 높이고, 해독 작용을 하며, 약재의 맛을 순화시키고, 위장을 보호하는 등의 역할도 한다.

**양생당**養生堂 기구機構 이름. '육영당育嬰堂'이라고도 하며, 버려진 아이들을 거두어 기르는 일종의 자선단체이다. 청나라 때 조익趙翼의『해여총고陔餘叢考』권27「양제원養濟院」「육영당育嬰堂」의 '의총지義冢地' 조목에 따르면, 이런 형식의 기구는 남송南宋 때인 1247년에 자유국慈幼局을 세워 버려진 젖먹이들을 보살핀 데서 시작되었다고 한다.

**양소**楊素(544~606) 인명. 자는 처도處道, 홍농弘農 화음華陰(지금의 산시〔陝西〕에

속함) 사람이다. 북조北朝의 사대부 출신으로, 북주北周 때 거기장군車騎將軍을 지내기도 했고, 훗날 수나라 문제文帝가 된 양견과 절친한 사이였다. 이 때문에 수나라 때 어사대부御史大夫로 발탁되었으며, 진陳나라를 멸망시키는 데 공을 세운 후 월국공越國公에 봉해져서 내사령內史令에 임명되었다. 양제煬帝 때는 사도司徒에 임명되고 초국공楚國公에 봉해졌으며, 죽은 뒤에는 경무景武라는 시호를 받았다.

**양주揚州** 지명. 지금의 장쑤성〔江蘇省〕 중부, 장강長江(양쯔강揚子江) 하류의 북쪽에 위치해 있다. 이곳의 지명은 역대로 '광릉廣陵', '강도江都', '유양維揚' 등으로 바뀌어 불리기도 했다. 특히 고대 중국에서 내륙 교통의 중심 수단이었던 운하運河의 남북을 연결하는 요충지라는 특성 때문에 교역의 중심지로서 경제가 무척 발달했다. 청나라 초기에는 국가에서 전매하는 소금을 운송하고 판매하는 상인들, 특히 휘주徽州(지금의 안훼이성〔安徽省〕에 속함) 출신의 상인들이 거대한 부를 축적하여 호화로운 저택과 정원, 불교와 도교의 사원寺院 등을 건축하고 수많은 학자와 예술가들을 후원했다. 그러나 청나라 말엽 태평천국의 군대기 이곳을 점령하면서 거의 모든 유적늘은 잿더미가 되어버렸고, 육로 교통과 해상 교통이 발달된 양주의 지리적인 이점도 이전에 비해 크게 약화되었다. 현대에 들어서 상하이〔上海〕 경제권과 난징〔南京〕 도시권을 연결하는 통로이자 새로운 공업도시로 발전하고 있다.

**양천釀泉** 샘 이름. '파리천玻璃泉'이라고도 한다. 송나라 때 구양수歐陽脩(1007~1073)가 저주滁州(지금의 안훼이성〔安徽省〕에 속함)에 유배되어 태수太守를 지낼 때 그 지역 낭야산琅琊山 취옹정醉翁亭에서 자주 연회를 열곤 했는데, 바로 그곳에 있는 샘이다. 구양수는 이 샘이 돌산이 빚어낸 것이라고 여겨 '양천釀泉'이라는 이름을 붙였으며, 또 그의 「취옹정기醉翁亭記」에 따르면 "이 샘은 물이 맑고 향긋해서 술을 담그면 맛이 훌륭하다〔釀泉爲酒泉香而酒洌〕."라고 쓴 바 있다. 당시 그는 취옹정 서쪽에 의재정意在亭이라는 정자를 짓고, 이 샘물을 끌어들여 정자 안의 좁고 구불구불한 도랑을 흘러 밖으로 흐르게 하면서 그 도랑을 '구곡류상九曲流觴'이라고 불렀다. 여러 선비들과 함께 그 도랑 옆에 줄지어 앉아 시 짓기나 투호投壺, 바둑 등의 놀이를 즐기며 도랑에 술잔을 띄워 흘리며 앉은 순서대로 술을 마시곤 했다고 한다.

**얼해정천孽海情天** 건물 이름. 태허환경의 궁궐 현판에 적힌 글이다. '얼孽'이란 죄악

을 가리키는데, 불교에서는 정욕情慾을 일체의 죄악과 고난의 근원으로 파악하여 '정얼情孽'이라고 부른다. 그러므로 '얼해孽海'라는 것은 죄악의 바다에 빠져 헤어나지 못하는 인간 세상의 모습을 비유한 것이라 하겠다.

**여아국**女兒國 나라 이름. 여자들만 산다는 나라를 가리키는 일반적인 명칭이다. 이에 대해서는 당나라 때 삼장법사가 쓴 『대당서역기大唐西域記』와 소설 『서유기西遊記』, 『경화연鏡花緣』 등에서 언급되지만 그 위치나 제도, 풍속 등에 대해서는 설명이 제각각이다.

**여아당**女兒棠 꽃 이름. 『홍루몽』 제17~18회에서 가정이 서부해당西府海棠의 별칭이라고 언급한 이름이다. 그의 설명에 따르면 일반적으로 이 꽃이 여아국에서 전해진 것이기 때문에 이런 이름이 붙었다고 한다. 하지만 가보옥은 그 명칭이 꽃 모양을 보고 붙인 것에 지나지 않으며, 여아국 이야기는 잘못 전해진 이야기라고 지적한다.

**여지**荔枝 과일 이름. 중국 남부에서 자라는 아열대 상록교목常綠喬木의 열매로, 비늘 모양의 껍질이 울퉁불퉁하게 돌출되어 있고, 익으면 붉은 색이 된다. 단단한 씨를 감싸고 있는 과육은 신선할 때 반투명한 흰빛을 띠며 독특한 향을 풍긴다. 다만 저장하기가 어렵다는 단점이 있다. 여지는 식용으로 쓰일 뿐만 아니라 진통제나 심장병, 소장의 막힘을 치료하는 약재로도 쓰인다. 바나나와 파인애플, 용안龍眼과 더불어 남국의 사대四大 과일로 꼽힌다.

**연구**聯句 문학 용어. 옛날 중국에서 시를 짓는 방법 중 하나이다. 2명 혹은 그 이상의 사람들이 각자 한 구절, 또는 몇 구절을 이어서 짓는 방식으로 한 편의 시를 완성하는 것이다. 전하는 바에 따르면, 이 방법은 한나라 무제武帝(기원전 140~기원전 87 재위)가 여러 신하들과 합작하여 「백량시柏梁詩」를 지은 데에서 비롯되었다고 한다.

**연기**年紀 역사 용어. 사건이 일어난 시점을 연年, 월月, 일日로 표기하는 것을 말한다.

**연와탕**燕窩湯 음식 이름. 연와를 주원료로 하여 끓인 국이다. 연와는 바다제비〔金絲燕〕의 둥지로, 바다제비는 늦봄부터 가는 해초 및 부드러운 식물, 자기 몸의 털을 이용하여 입에서 나오는 침으로 반죽하여 집을 짓는다. 이 제비집은 진귀한 요리 재료로 쓰이며 폐를 튼튼하게 하여 기침이나 토혈吐血 등의 증상을 치료하고 여성의 피부를 윤택하게 하며, 정신을 맑게 해주는 효능이 있다고 알려져 있다.

**연유**〔酥〕 우유를 보존하기 쉽도록 진공 상태에서 농축한 것으로 하얀 옥색을 띤다. 우

유를 농축하는 기술이 개발되지 않았던 옛날에는 우유를 냄비에 넣고 가열하면서 주걱으로 휘저어 수분을 증발시키는 방법으로 만들었다.

**열후列侯** 작위 이름. 진秦나라 때는 20등급의 작위 중 가장 높은 직위를 '철후徹侯'라고 불렀다. 한나라는 진나라의 제도를 계승했으나 무제武帝의 이름이 유철劉徹이기 때문에 이를 피해서 철후를 '통후通侯' 또는 '열후列侯'라고 불렀다. 이후로 열후는 일반적으로 제후諸侯를 가리키는 말로 쓰였다.

**영국부榮國府** 저택 이름. 『홍루몽』에 등장하는 가상의 저택으로, 영국공榮國公은 가씨 집안의 조상 중 하나인 가원이 공을 세워 황제에게 받은 가상의 작위 명칭인데, 영국부는 그의 저택을 가리킨다. 영국공파는 가원의 후손을 일컫는 말이다.

**영희당榮禧堂** 건물 이름. 영국부의 중심적인 건물로, 남쪽으로 난 대청 뒤편 의문 안쪽의 커다란 정원에 자리 잡은 다섯 칸짜리의 웅장한 건물이다. 정면에는 적금으로 9마리의 용을 장식한 커다란 현판에 큰 글씨로 '영희당'이라고 적혀 있고, 그 뒤에는 작은 글씨로 쓴 "모년 모월에 영국공 가원賈源에게 써서 하사하노라."라는 구절과 "만기신한지보萬幾宸翰之寶"라는 황제의 도장에 적힌 글씨가 새겨져 있다.

**예찬倪瓚(1301~1374)** 인명. 원래 이름은 정珽, 자는 태우泰宇였으나 나중에 이름을 바꾸면서 자도 원진元鎭으로 바꿨다. 운림거사雲林居士, 형만민荊蠻民, 동해농東海農, 곡전수曲全叟 등의 호를 썼으며, 쟝쑤〔江蘇〕우시〔無錫〕사람이다. 박학하고 부유했던 그는 원나라 순제順帝(1333~1368 재위) 때 갑자기 친척과 벗들에게 재산을 모두 나눠주고, 얼마 후 전쟁이 벌어지자 고깃배를 타고 피난했다. 명나라 때는 벼슬살이를 하지 않고 평민으로 생애를 마쳤다. 시와 산수화에 뛰어났던 그는 황공망, 왕몽, 오진과 더불어 '원말사대가元末四大家'로 꼽힌다.

**오대五代** 역사 시기. '오대십국五代十國'을 줄여서 부르는 명칭이다. 907년에 당나라가 망한 뒤 중국에는 후량, 후당, 후진, 후한, 후주까지 5개 왕조와 서촉, 강남, 영남, 하동 등지를 나누어 차지한 10여 개 정권이 난립했는데, 이것들을 모두 아울러서 '오대십국'이라고 부른다. 일반적으로 '오대'라고 하면 후량부터 후주까지 5개 왕조만을 가리키기도 한다. 960년에 송나라 태조 조광윤이 왕조를 건립하고, 이어서 978년에 오월국이 송나라로 완전히 편입됨으로써 오대십국의 분열은 끝나게 된다.

**오사모烏紗帽** 모자 이름. '오사烏紗', '오사건烏紗巾', '사모紗帽'라고도 부른다. 원

부록

**517**

래 민간에서 일상적으로 쓰던 간편한 모자였다. 동진東晉 성제成帝(326~342 재위) 때 궁정의 환관宦官들이 검은색 모자[烏帢]를 쓰기 시작했고, 남조南朝 송나라 때 비로소 모양을 제대로 갖춘 오사모가 나타났는데, 이것은 수나라 때까지 줄곧 관료들의 복장으로 사용되었다. 당나라 초기에는 신분에 상관없이 모든 남자들이 쓰기도 했지만, 그 뒤로 각 왕조에서는 여전히 관료들의 복장으로 사용했다. 송나라 때는 모자 뒤쪽에 두 개의 날개를 달았으며, 벼슬의 품계에 따라 그 재질과 모양새가 달랐다. 명나라 이후로 오사모는 벼슬살이 하는 사람을 지칭하는 대명사로 쓰였다.

**오성병마사** 五城兵馬司　명나라 때의 기구機構 이름. 영락제永樂帝(1403~1424 재위)가 북경으로 수도를 옮긴 후 동서남북과 중앙의 다섯 곳에 오성병마지휘사五城兵馬指揮司라는 정육품의 관리가 지휘하는 관서를 설치해 치안과 방화防火, 하수구 및 거리 청소 등을 담당하게 했다. 지금의 북경에서 수도 경비를 맡은 군부대인 위수구衛戍區 및 치안을 담당하는 공안국公安局의 기능을 합친 기구라고 할 수 있다.

**오성병비도** 五城兵備道　벼슬 이름. '오성五城' 은 북경北京 성 안의 중성中城과 동성東城, 남성南城, 서성西城, 북성北城을 가리킨다. '병비도兵備道' 는 본래 명나라 때 각 지방[省]의 중요한 지역에 설치한 기구로, 포정사참정布政司參政이나 안찰부사按察副使를 총병처總兵處에 임시로 파견하여 문서와 중요한 사안을 처리하게 했다. 이후 각 지역의 군사 요충지에 두루 군사 장비를 관리하는 '도원道員' 을 두었는데, 이를 병비도라고 부르게 되었다. 병비도는 군사 업무를 감독 지휘하고 작전에 직접적으로 참여했다. 이 직책은 대개 안찰사按察使나 안찰첨사按察僉事가 맡았는데, 각 지역으로 옮겨다니며 임무를 수행하는 관직의 일종이었다.

**오언율시** 五言律詩　고대 중국의 시 형식 중 하나. 절구絶句와 함께 근체시를 대표하는 형식으로, 오언율시와 칠언율시七言律詩가 있다. 율시는 한 수首, 즉 한 편의 작품이 모두 8개의 구절로 이루어져 있는데, 처음 두 구절을 합쳐서 수련首聯, 다음 두 구절은 함련頷聯, 세 번째는 경련頸聯, 마지막은 미련尾聯이라고 부른다. 오언율시는 당나라 초기에 형성되었고, 각 구절은 모두 다섯 글자로 되어 있으며, 줄여서 '오율五律' 이라고도 부른다. 오언율시에서는 짝수 구절의 마지막 글자는 압운押韻을 해야 하고, 첫 구절의 마지막 글자는 압운을 해도 되고 하지 않아도 된다. 운韻으로 쓰이는 글자는 일반적으로 평성平聲의 글자를 쓰며, 하나의 작품에는 한 가지 계열의 운자韻字만을 써야 한다. 또한 모든 구절의 글자들은 일정한 규칙이

있어서, 가령 첫 구절이 '측성(또는 평성)-측성-측성-평성-평성'의 순서로 되어 있다면, 둘째 구절은 반드시 '평성-평성-측성-측성-평성(압운)'의 형식으로 써야 하는 것처럼 복잡한 규칙이 있다. 게다가 함련과 경련은 반드시 대장對仗을 이루어야 한다는 규칙이 있다. 한 구절이 일곱 글자로 되어 있는 칠언율시는 이보다 규칙이 더 복잡하다.

**오채선락반화렴** 五彩線絡盤花簾  주렴 이름. 도안圖案에 따라 주렴의 테두리에 오색실을 엮거나 꿰매고, 또는 일부 실오라기를 뽑아내거나 구부려 고정시킨 다음, 거기에 수실을 드리운 것이다. '반화盤花'는 이렇게 실을 엮거나 꿰매는 기술을 의미하는데, 대개 여성들의 옷 테두리를 장식할 때 쓰인다.

**옥당** 玉堂  일반적으로 옥으로 장식된 전당殿堂, 특히 궁전宮殿을 미화하여 표현하는 경우가 많고, 그중에서도 비빈妃嬪의 거처나 신선의 거처, 혹은 부귀한 이의 호화로운 저택을 가리키는 경우가 많다.

**옥액** 玉液  술 또는 음료수 이름. '옥액'이라는 단어는 동한東漢 때의 왕일王逸이 굴원屈原을 애도하며 쓴 「구사九思」「질세疾世」에 처음 나타나는데, 주석에 따르면 그것은 경화瓊花의 꽃술(藥)에서 정기精氣를 뽑아 만든 것이라고 했다. 이후 이 단어는 종종 아주 맛좋은 음료나 술을 비유하거나, 맑은 물, 또는 비나 이슬을 미화하는 뜻으로 사용되었다. 도가道家에서는 연단煉丹을 통해 만들어낸 액체의 약을 가리키기도 하는데, 그것을 먹으면 신선이 될 수 있다고 한다.

**온정균** 溫庭筠(812?~866?)  인명. 본명은 기岐, 자는 비경飛卿이며 태원太原의 기祁(지금의 산시〔山西〕 치현〔祁縣〕 동남쪽) 사람이다. 뛰어난 글 솜씨를 지녀 여덟 번 손을 모아 인사하는 사이에 여덟 편의 시를 썼다고 해서 '온팔차溫八叉'라는 별명을 가지고 있기도 하다. 하지만 자신의 재능을 믿고 거리낌 없이 권세 높은 귀족들을 풍자했던 까닭에 평생 과거에 급제하지 못했다. 음률音律에 정통하고 시에 뛰어나 이상은李商隱과 나란히 명성을 날렸던 그는 화려한 묘사로 규방의 정취와 감정을 읊은 작품을 많이 남겼으며, 특히 사詞 창작에서는 '화간파花間派'의 대표자로서 위장韋莊과 나란히 명성을 날리기도 했다.

**완갈산장** 浣葛山莊  정원 이름. 『홍루몽』에 나오는 가상의 정원인 대관원 안에 있는 별도의 작은 정원이자 저택이다. 가보옥이 가정 등과 함께 막 완공된 대관원을 둘러보다가 '행렴재망杏簾在望'이라는 제사題詞를 지어서 임시로 붙여놓았던 곳인데, 정월 대보름에 가원춘이 친정을 방문한 후 '완갈산장'이라는 이름을 하사했다. 하

지만 그녀의 분부에 따라 가보옥이 이곳 풍경에 관한 시를 쓰자(실은 임대옥이 대신 써준 것임), 다시 그곳의 이름을 '도향촌稻香村'으로 바꾸라고 했다(제17~18회). 이곳은 훗날 이환의 거처가 된다.

**완적**阮籍(210~263) 인명. 자는 사종嗣宗이고 '건안칠자建安七子'의 한 명인 완우阮瑀의 아들로서 진류陳留 위씨尉氏(지금의 허난[河南]에 속함)에서 태어났다. 그는 나라에서 보병교위步兵校尉를 지낸 적이 있기 때문에 완보병阮步兵으로도 불렸다. 노장 사상을 숭상하며 정치 참여에 소극적이었지만 혜강, 유영 등과 더불어 문학 창작에 공적을 남김으로써 '죽림칠현竹林七賢'으로 불렸다. 또한 특이한 인생관으로 인해 '백안시白眼視'라는 성어成語의 주인공이 되기도 했다. 대표작으로 연작시 「영회詠懷」와 산문 「대인선생전大人先生傳」 등이 있다.

**왕망**王莽(기원전 45~서기 23) 인명. 자는 거군巨君, 위군魏郡 원성元城(지금의 허베이[河北] 따밍현[大名縣] 동쪽에 위치) 사람이다. 당시 권세 높은 황실 외척으로 원제元帝 효원황후孝元皇后의 조카이면서, 그의 딸은 평제平帝의 황후가 되었다. 겸손하고 인재를 아끼는 품성으로 당시 조야朝野에 두루 명망이 높았던 그는 당시의 어지러운 정국을 바로잡으라는 하늘의 명을 받았다는 명목으로 서기 9년에 신新 왕조를 건립하여 정치 개혁을 추진했다. 그러나 변방의 소수민족에 대한 강압 정책과 강제적인 이주 정책으로 인해 전란이 끊이지 않았고, 국내적으로도 가뭄과 전염병, 황하의 홍수 등 각종 재난이 일어나 국고가 바닥나고 민생이 어지러워졌다. 이 때문에 적미赤眉와 녹림綠林의 반란과 같은 대규모 의병운동이 일어났고, 결국 서기 23년에 왕망은 장안長安을 점령한 반란군에 의해 피살되었다.

**왕야**王爺 작위 이름. 봉건왕조시대에 '왕'에 봉해진 이를 높여 부르는 호칭이다. 진秦 나라 이전까지 '왕'은 제후諸侯와 주나라 천자天子에 대한 호칭이었는데, 진시황이 천하를 통일한 후 '왕'은 작위 중 하나가 되었다. 한나라 때부터는 황제의 아들이나 형제를 왕으로 봉했으며, 위·진 시대부터는 친왕親王과 군왕郡王의 구별이 생기기 시작했다. 친왕은 황제의 아들이나 형제가 왕으로 봉해진 경우만을 가리키며, 군왕도 처음에는 같은 용도로 쓰였으나 나중에는 대개 절도사 등에 봉해진, 황족 이외의 무관과 문관을 가리키게 되었다. 이후에는 왕의 칭호를 한 글자로 쓴 경우는 친왕을, 두 글자로 쓴 경우는 군왕을 가리키는 관행이 생겼다.

**왕조운**王朝雲(1062~1096) 인명. 자는 자하子霞이고, 절강浙江 전당錢塘 출신의 여성이다. 가난한 집안에서 태어나 어릴 적에 기생집에 팔렸다가 서호西湖 일대에서

유명한 인물이 되었다. 1071년에 소식이 왕안석의 신법新法에 반대하다가 항주통
판杭州通判으로 좌천되었는데, 우연한 기회에 그녀의 춤을 보고 한눈에 반했다고
한다. 당시 12세이던 그녀는 이후로 소식의 시첩이 되었고, 소식이 호북湖北의 황
주黃州와 광동廣東의 혜주惠州로 귀양살이를 하러 갈 때도 따라가 어려운 시절을
함께했다. (소식의 정실부인 왕불은 16세에 결혼해서 27세에 죽었다.) 황주에 있
을 때 그녀는 소식을 위해 유명한 '동파육東坡肉' 요리를 만들어내기도 했다.
1094년에 소식이 혜주로 간 지 3년째 되던 해에 아이를 낳다가 죽어서 서호西湖
근처 고산孤山에 묻혔다.

**요堯**  인명. 전설상의 중국 상고上古시대에 태평성대를 이끈 현명한 군주로서 유가儒
家에서 성인으로 받들어지는 인물이다. '요堯'는 시호諡號인데, 그가 이伊라는 곳
에서 태어나 기耆의 뒤를 이어 제왕이 되었기 때문에 이기씨伊耆氏라고도 불리며,
처음 다스린 지역이 요陶이기 때문에 요당씨陶唐氏라고도 불린다. 훗날 순舜에게
제위를 물려주었다.

**요정화서**蓼汀花溆  제사題詞.『홍루몽』의 주요 무대인 대관원 안에 있는 풍경구에 적히
거나 새겨진 것이다. '요정蓼汀'이란 '여뀌가 자라는 물가 모래밭'이라는 뜻이고,
'화서花溆'는 '물가의 꽃밭'이라는 뜻이다.

**요풍헌**蓼風軒  건물 이름.『홍루몽』에 나오는 가상의 정원인 대관원 안에서 서쪽에 위
치해 있으며, 근처 연못 안에는 우향사가 있다. 그 남쪽으로 개울을 사이에 두고
추상재가 있고, 서남쪽에는 노설암이 있다. 요풍헌이라는 이름은 정월 대보름에
가원춘이 친정을 방문한 후에 하사한 것이다. 이후 이곳은 가석춘의 거처가 되며,
이 안에 있는 난향오가 가석춘의 침실이다.

**용뇌향**龍腦香  향 이름. 빙편氷片, 서룡뇌瑞龍腦, 매화뇌자梅花腦子, 매편梅片, 매빙梅
氷, 갈포라향羯布羅香, 용연향龍涎香이라고도 불린다. 이것은 열대우림에서 자라
는 교목인 아피통(Apiton)의 새로 난 가지와 잎에서 수지樹脂를 채취해 가공한 것
으로 진한 향이 특징이다. 또 약용으로도 쓰이는데 대개 안질이나 두통, 치통, 중
풍, 치질, 부스럼의 치료제로 쓰인다.

**용안탕**龍眼湯  음식 이름. '용안'을 주재료로 끓인 국이다. 용안은 중국 남부 아열대지
방에서 나는 과일로 '계원桂圓'이라고도 부른다. 익은 열매는 밝은 주황색의 얇고
딱딱한 껍질에 둘러싸여 있으며 표면이 비교적 매끈하고, 일반적인 크기의 포도
보다 조금 크다. 껍질 안쪽은 반투명의 과육이 검은색의 단단한 씨를 감싸고 있다.

용안은 진귀한 보양식품으로 알려져 있으며 다양한 방식으로 요리해서 먹거나 약으로 쓴다. 청나라 때 심금오沈金鰲가 편찬한『잡병원류소촉雜病源流犀燭』에 따르면, 용안탕은 용안과 인삼, 맥문동, 감초 등의 약재와 함께 끓이는데, 건망증이나 상체가 허할 때 쓴다고 한다.

**우禹** 인명. 전설상의 중국 상고上古시대에 하나라를 세워 태평성대를 이끈 현명한 군주로서 유가儒家에서 성인으로 받들어지는 인물이다. 그는 곤鯀의 아들인데, 성姓이 요姚, 이름은 문명文命이며, 천하에 9년 동안의 물난리가 났을 때 황하黃河의 물길을 다스리는 공을 세움으로써 순舜으로부터 제위를 물려받았다. 그의 아들 계啓가 세운 하 왕조는 장자長子에게 제위를 물려주는 세습 관행을 최초로 시작한 것으로 알려져 있다.

**우향사藕香榭** 정자 이름.『홍루몽』에 나오는 가상의 정원인 대관원 안에서 서쪽에 위치한 연못 안에 지어졌다. 사방으로 창이 나 있고 좌우로 구불구불한 회랑을 통해 육지와 연결된다고 묘사되어 있다. 우향사라는 이름은 정월 대보름에 가원춘이 친정을 방문한 후에 하사한 것이다. 이곳은 훗날 사상운이 게를 쪄서 잔치를 벌이며 해당사海棠社라는 시 모임〔詩社〕을 결성한 곳이기도 하고, 태부인이 철금각에서 술자리를 마련했을 때 배우들에게 노래 연습을 하게 한 곳이기도 하다. 해당사 모임에서 가석춘은 자신의 호를 '우향'이라고 지었다.

**운령雲苓** 약재 이름. 송령松苓, 복령茯靈과 함께 복령茯苓의 별칭이다. 소나무 뿌리에 기생하는 버섯의 일종으로, 외형은 고구마와 비슷하고 껍질은 흑갈색이지만 안쪽은 흰색, 또는 분홍색이다. 주로 중국의 운남雲南, 안휘安徽, 호북湖北, 하남河南, 사천四川 등지에서 생산된다. 복령은 예로부터 사계절 언제나 쓸 수 있는 신묘한 약으로서 각종 다른 약재와 혼합하여 쓴다. 현대의학의 연구에 따르면, 인체의 면역 기능을 강화해주고 간 기능을 강화하는 데에도 효과가 있다고 한다.

**운우지락雲雨之樂, 운우지정雲雨之情** 성어.『문선文選』에 수록된 송옥宋玉의「고당부高唐賦」서문에 따르면, 옛날 초나라 양왕襄王이 송옥과 함께 운몽대雲夢臺에 놀러가서 유독 고당관高唐觀에만 구름이 자욱한 것을 보고 그 이유를 묻자, 송옥은 그것이 '조운朝雲'이라고 하면서 그 유래를 들려주었다. 예전에 초나라 왕이 고당관에서 낮잠을 잘 때 꿈에 자청 무산巫山의 선녀라는 여인과 만나 잠자리를 했는데, 헤어지면서 그 선녀가 자신은 무산의 남쪽 산꼭대기 근처에 있으면서 아침이면 구름이 되고 저녁이면 비가 되어 아침저녁으로 양대陽臺로 내려오겠다 말했다

고 한다. 이후로 '운우雲雨'는 남녀가 만나 육체적 사랑을 나누는 것을 비유하는 말로 쓰이게 되었다.

**원소절**元宵節  명절 이름. 음력 정월 15일은 '상원절上元節'이라고 하는데, 이날 밤을 일컬어 '원소元宵', '원야元夜', '원석元夕' 등이라고 한다. 당나라 이래로 이날 밤에 등불을 구경하는 풍속이 생겼기 때문에 '등절燈節'이라고도 부른다. 한편, 옛날에는 원소절에 '탕원湯圓'을 먹는 풍속이 있었기 때문에 원소는 탕원의 별명으로 쓰이기도 한다. 탕원은 '탕단湯糰'이라고도 하는데, 찹쌀가루로 만든 작은 경단을 불에 넣고 끓여 익힌 것이다. 탕원의 내용물은 지방에 따라 다른데, 그 안에 소[餡]를 넣는 곳도 있고 아무것도 넣지 않는 곳도 있다.

**원시삼일**元始三一  도교 용어. '원시元始'는 우주 만물의 시작이라는 뜻과 더불어 도교에서 가장 높은 신인 옥청원시천존玉清元始天尊를 가리키기도 한다. 또한 도교 경전인 『운급칠첨雲笈七籤』 권49에 따르면 삼일三一이라는 것은 정精, 신神, 기氣의 세 가지가 하나로 합쳐짐을 의미하는데, 그것이 바로 '도道'에 해당한다. 또 『현강론玄綱論』에 따르면 '도'는 우주와 음양陰陽, 만물이 존재하게 하는 근본 원리라고 한다. 도교의 주요 신인 '삼청三清'은 바로 이런 '삼일'론의 중요한 상징으로 이해되고 있다. 그러나 후세에 도교 이론이 다양하게 발전함에 따라 '삼일'에 대해서도 여러 가지 설이 나타났다.

**월동문**月洞門  문 이름. 정원 안쪽의 담에 다양한 형태의 구멍을 뚫어 만든 문이다. 대체로 둥근 달 모양이 많으며, 주로 장식과 경관을 배려하여 만들기 때문에 열고 닫는 문은 달려 있지 않은 경우가 많다.

**위**魏 **나라**  왕조 이름. 220년에 조조曹操의 셋째 아들 조비曹丕(문제文帝)가 동한東漢 헌제獻帝를 밀어내고 황제가 되어 세운 왕조로서, 삼국시대에 북방과 서역을 포괄하는 광대한 영토를 차지했던 가장 강력한 왕조이다. 조비는 환관宦官과 외척外戚에 의해 좌우되던 조정 정치의 폐단을 바로잡기 위해 구품중정법九品中正法을 시행하여 일반 사대부들이 관료로 채용될 수 있는 길을 열어주기도 했다. 그러나 265년에 사마염司馬炎(236~290, 시호諡號는 무황제武皇帝)이 위나라 원제元帝 조환曹奐을 몰아내고 진晉나라를 세움으로써 짧은 역사를 마감했다.

**유영**劉伶(?~?)  인명. 자는 백륜伯倫이고, 위·진 시기 패국沛國(지금의 안훼이[安徽] 쑤이시현[濉溪縣]) 사람이다. 건위장군建威將軍 왕융王戎(234~305)의 참군參軍으로 일한 적이 있으며, 진나라 무제武帝 때 조정에 무위無爲의 정치를 강조하는

상소문을 올렸다가 무능하다는 이유로 파면되었다. 술을 좋아했던 그는 「주덕송酒德頌」이라는 유명한 글을 남겼으며, 전통적인 예법을 경멸하면서 자유분방한 삶을 살았다. 완적, 혜강 등과 더불어 죽림칠현으로 꼽힌다.

**유희이** 劉希夷(651?~?) 인명. 일설에는 이름이 정지庭芝라고도 한다. 자字는 연지延之이고, 여주汝州(지금의 허난[河南] 루저우[汝州]) 사람이다. 당나라 숙종肅宗 상원上元 연간(760~761)에 진사에 급제했으나, 일상적인 예절에 구애되지 않는 성격으로 남에게 해를 당함으로써 30세도 채 되지 않은 나이에 세상을 떠났다고 한다. 뛰어난 비파琵琶 연주가이자 시인으로 명성을 날렸던 그는 「대비백두옹代悲白頭翁」과 같이 처량한 감상에 젖은 노래와 「도의행搗衣行」과 같이 규방의 부녀자들을 소재로 화려한 묘사를 구사한 작품을 많이 남겼다.

**윤리강상** 倫理綱常 학술 용어. 유가儒家에서 정해놓은, 봉건사회에서 사람으로서 마땅히 행하거나 지켜야 할 도리를 가리킨다. 강상綱常은 군주와 신하, 부모와 자식, 남편과 아내 사이에 지켜야 할 도리를 가리키는 '삼강三綱'과 부자유친父子有親, 군신유의君臣有義, 부부유별夫婦有別, 장유유서長幼有序, 붕우유신朋友有信의 '오상五常(오륜五倫이라고도 함)'을 아울러 일컫는 말이다.

**은고방** 銀庫房 창고 이름. 녕국부와 영국부에 모두 있는 시설로, 일반적인 물건을 넣어두는 창고와는 달리 금은 같은 귀금속을 별도로 보관하는 장소이다.

**은쟁** 銀箏 악기 이름. 은으로 장식하거나 은 글씨로 음조의 높낮이를 표시한 악기이다. '쟁'은 거문고와 비슷하게 생겼으며 13개의 현弦이 있다.

**응천부** 應天府 지명. '응천'은 은나라를 세운 탕과 주나라를 세운 무왕武王이 "하늘의 명에 따르고 백성의 뜻에 응했다[順乎天而應乎人]."라고 한 『주역周易』 「혁괘革卦」의 구절에서 취한 말로, 대개 왕조를 일으킨 창업군주가 처음으로 기의起義한 곳을 가리킨다. 이 때문에 송나라 때는 지금의 허난[河南] 상치우[商丘]에 응천부를 설치했고, 명나라 때는 지금의 난징시에 응천부를 설치했다. 명나라가 수도를 북경으로 옮기고 나서, 1441년에 응천부를 남경으로 고쳐 불렀다.

**응희헌** 凝曦軒 건물 이름. 녕국부의 회방원 안에 있으며 물가에 지어진 건물이다. 가진을 비롯한 녕국부의 남자들이 연회나 도박을 즐기던 곳으로, 많은 방탕한 일들이 이곳에서 벌어졌다고 암시되어 있다.

**의문** 儀門 대문 이름. 옛날 관아나 저택의 대문 안쪽에 있는 문으로 위엄을 드러내기 위해 의례적으로 만들어 놓았으며 장식적 역할을 한다. "예의가 있으면 본받을 만

하다〔有儀可象〕."라는 뜻을 나타낸다. 일설에는 관서官署의 곁문, 즉 '이문誃門'
이 잘못 전해져서 '의문儀門'이라고 불리게 되었다고도 한다.

**의장**儀仗 어떤 의례적인 행렬에서, 대오隊伍의 앞쪽에서 드는 깃발이나 표지標識, 우
산, 무기, 부채 따위를 아우르는 말이다.

**이구년**李龜年 당나라 때의 궁중 악사樂師로서 노래를 잘 부르고 필률과 갈고 같은 악
기 연주, 그리고 작곡에도 뛰어나 현종의 총애를 받았다. 안녹산과 사사명의 반란
이 일어나자 강남 지역을 떠돌다가 죽었다.

**이정**李靖(571~649) 인명. 자는 약사藥師이고, 옹주雍州 삼원三原(지금의 산시〔陝西〕
싼위앤〔三原〕 동북쪽) 사람이다. 수나라 말엽부터 당나라 초기까지 문무를 겸비한
장군으로서 당나라 건국에 공을 세워 위국공衛國公에 봉해졌고, 태종太宗
(627~649 재위) 때는 24명의 공신으로 뽑혀 능연각凌烟閣에 그의 초상화가 그려
지기도 했다. 또한 당나라 때의 전기傳奇 소설 『규염객전虬髯客傳』의 주인공으로
도 등장하여 규염객, 홍불紅拂과 더불어 '풍진삼협風塵三俠'으로 불리기도 했다.

**이한천**離恨天 불교 용어. 불교에서 말하는 33곳 하늘, 즉 범어로 '도리천 利天
(trāyastriṁśa)'이라고 부르는 곳 중 하나이다. 도리천은 이른바 '욕계慾界'의 두
번째 하늘로 수미산須彌山 위쪽에 있는데, 중앙은 제석천帝釋天의 거처이고, 그곳
을 중심으로 사방에 각각 8개의 하늘이 있다고 한다. 중국의 민간 전설에서 이한
천은 그 하늘들 중에서도 가장 높은 곳이라고 하며, 나중에는 남녀가 생이별하여
평생 한을 품고 살게 되는 곳을 비유하는 말로 쓰였다. 『서유기西遊記』에서는 이
한천의 도솔궁兜率宮에 태상노군太上老君의 거처가 있다고 했다. 『홍루몽』 제1회
에 따르면 방춘산 견향동의 태허환경을 주관하는 신선인 경환선자가 바로 이곳
이한천 관수해에 살고 있다.

**이향원**梨香院 정원 이름. 이곳은 원래 영국공 가원이 만년에 정양靜養하던 곳이다. 설
보차와 그녀의 모친, 오빠 설반이 처음 가씨 가문에 찾아왔을 때 잠시 이곳에 머물
렀고, 나중에 그들이 다른 곳으로 거처를 옮긴 후로는 소주에서 사온 12명의 배우
들이 이곳에 머물면서 선생에게서 노래와 연극을 배웠다. 훗날 배우들을 해산시
키고 나서는 줄곧 비어 있어서, 가련의 첩 우이저가 죽었을 때 잠시 영구를 이곳에
안치하기도 했다.

**이홍원**怡紅院 정원 이름. 대관원 안에 있는 가보옥의 거처이다. 제17~18회에서 가보
옥이 부친 가정과 함께 대관원을 둘러보면서 어느 정원 풍경에 홍향록옥紅香綠玉

이라고 제사題詞를 지었다. 이곳은 훗날 가원춘이 친정을 방문했을 때 '이홍쾌록恰紅快綠'으로 바꾸었으니, 이곳이 바로 이홍원이다. 이 때문에 훗날 가보옥은 시모임[詩社]에서 자신의 호를 '이홍공자恰紅公子'라고 쓰게 된다.

**이홍쾌록**恰紅快綠 '이홍원' 및 '홍향록옥' 항목 참조

**이화춘우**梨花春雨, **동전추풍**桐剪秋風, **적로야설**荻蘆夜雪 현판 글씨. 『홍루몽』에서 가원춘이 정월 대보름에 친정을 방문했을 때 대관원의 경관景觀에 맞춰서 해당 지역의 건물에 다는 현판에 새기도록 하사해준 것이다. 이 중 '이화춘우'는 이향원의 현판에, '동전추풍'은 훗날 가탐춘의 거처로 사용되었던 서재인 재교당齋較堂의 현판에, '적로야설'은 노설암의 현판에 새겨졌다.

**인과**因果 불교 용어. 범어 'hetu-phala'를 번역한 것이다. 불교에서 선악의 업業에 따라 그에 해당하는 과보果報를 받는 것을 가리키는 말이다. 윤회를 믿는 불교에서는 과거의 '인'에 의해 현재의 '과'를 받고, 현재의 '인'에 의해 미래의 '과'를 받는다고 여기고 있다.

**인삼양영환**人蔘養榮丸 약 이름. 인삼과 복령, 당귀, 대추 등 12가지 약재를 배합한 약으로, 유명한 십전대보탕에 들어가는 약재를 기초로 특정한 약재를 더하거나 빼서 만든다. 이 약은 기혈을 보충하고 정신 안정에 효험이 있어서 종종 신경쇠약증의 보조 치료제로 쓰이며, 비장과 위장의 기능을 강화하는 작용도 하는 것으로 알려져 있다.

**임경전**臨敬殿 건물 이름. 『홍루몽』에서 나오는 가상의 건물로, 황궁 안에 있다. 제16회에서 가원춘의 부친 가정은 이곳에서 황제를 알현하고 가원춘이 봉조궁상서鳳藻宮尙書에 임명되고 현덕비賢德妃에 책봉되었다는 소식을 듣는다.

**자금관**紫金冠 모자 이름. '태자회太子盔'라고도 하며, 대개 왕자王子나 젊은 장교將校들이 쓴다. 앞쪽은 반원형에 장식을 붙인 형태이고 뒤쪽은 둥근 덮개 꼭대기에 작은 과일처럼 둥글게 틀어 올린 머리 같은 장식을 붙인다. 모자 좌우로는 긴 술[穗]을 매달아 늘어뜨리고, 뒤쪽에는 여러 개의 짧은 술을 한 줄로 나란히 붙여 늘어뜨린다.

**자단목**紫檀木 나무 이름. 아열대에서 자라는 상록교목常綠喬木으로 재질이 아주 단단하고 색깔이 적색이며, 나무 조각을 물에 담그면 금방 가라앉는다. '청룡목青龍木'이라고도 부르는 이 나무는 최고급 가구를 만드는 재료로 사용된다.

**자릉주**紫菱洲 경관景觀 이름. 『홍루몽』에 나오는 가상의 정원인 대관원 안에서 서남

쪽에 해당하는 요정화서 일대를 가리키며, 이곳에는 물가를 따라 건물들이 세워져 있다. 정월 대보름에 가원춘이 친정을 방문했을 때 이 안에 있는 철금각에 머물렀다.

**잡학** 雜學　학술 용어. 일반적으로 난잡한 학설을 가리키는데, 후세에는 주로 과거시험에 필요한 '사서四書'와 팔고문八股文 이외의 각종 학문을 가리키는 의미로 사용되었다.

**잡희** 雜戲　고대의 공연 양식. '잡기雜技'라고도 부르며, 백희百戲, 잡악雜樂, 가무희歌舞戲, 인형극[傀儡戲] 등을 포괄하여 칭하는 말이다. 이것은 짤막한 스토리가 있는 공연으로서 대개 그 안에 여러 가지 춤과 잡기를 섞어서 공연한다.

**장단** 妝緞　비단 이름. '장화단妝花緞'이라고도 한다. 남경南京의 대표적인 비단 직조품인 운금雲錦 중에서 대표적인 것으로, 베틀에 수공으로 짠 것이며 중간에 다른 색의 실을 이용하여 꽃무늬가 들어가도록 한 것이다. 명·청 시기에 황실 진상품으로 최고의 명성을 누렸다.

**장안현** 長安縣　지명. 지금의 산시성[陝西省] 시안시[西安市]에 창안구[長安區]에 해당하는 지역이다. 장안현은 기원전 687년에 진秦나라 무공武公이 두현杜縣을 설치함으로써 최초의 현이 되었으며, 이후 함양현咸陽縣으로 명칭이 바뀌었다가 한나라 때인 기원전 202년에 다시 장안현으로 바뀌어 한나라의 도읍이 이곳으로 옮겨졌다. 이후 몇 차례 이름이 바뀌기는 했지만 대체로 장안현이라는 명칭이 유지되었으며, 명나라 때는 소안부西安府 소속이 되었다.

**장재** 張載(1020~1078)　인명. 자는 자후子厚이고 대량大梁(지금의 허난[河南] 카이펑[開封]) 사람인데, 봉상鳳翔 미현郿縣(지금의 산시[陝西] 메이현[眉縣])의 횡거진橫渠鎭으로 이사해 살았기 때문에 횡거선생橫渠先生으로 불렸다. '이정二程'의 외종사촌이기도 한 그 역시 이학理學의 창시자 중 한 명으로, 주돈이周敦頤, 소옹邵雍, 정호程顥, 정이程頤와 더불어 '북송오자北宋五子'로 불렸고, 명·청 시대에는 그의 저작이 과거시험의 필독서로 간주되기도 했다. 그는 1057년 진사進士에 급제한 뒤에 숭문원교서崇文院校書 등의 벼슬을 지냈다. 저작으로 후세 사람들이 편찬한 『장재집張載集』이 남아 있으며, 시호諡號는 명공明公이다.

**장회** 章回　문학 용어. 중국 고전소설 중 장편소설에 나타나는 특별한 형식이다. 고대 중국의 장편소설은 수십 내지 수백 개의 짤막한 이야기를 연이은 형식으로 만들어지는데, 그런 이야기 토막을 '장章' 또는 '회回'라고 불렸으며, '장회'는 이들을

527

합쳐서 부르는 명칭이다. 각 회는 대개 대구對句를 이루는 두 구절의 제목으로 해당 회의 주요 내용을 보여준다. 이런 형식은 송나라 및 원나라 때의 이야기꾼들이 이야기 공연을 할 때 사용하던 대본인 '화본話本'에서 비롯되었는데, 나중에 장편소설의 형식으로 발전했다고 여겨지고 있다.

**적계**嫡系　족보 용어. 원래 가부장제 사회에서 혈연이 친자 관계에 의해 직접적으로 이어진 계통, 즉 직계를 가리키는 말인데, 직계 중에서도 첩의 후손인 서얼이 아닌 경우를 적계라고 구별한다.

**적하궁**赤霞宮　건물 이름. 『홍루몽』에 나오는 가상의 신선세계인 태허환경에 있는 건물 이름으로, 신영시자의 거처이다.

**전당**錢塘　지명. 이 지명은 기원전 22년에 진왕秦王 영정嬴政(훗날의 진시황秦始皇)이 초나라를 멸망시키고 나서 지금의 항저우〔杭州〕 지역에 전당현錢唐縣을 설치한 데서 비롯되었다. 당나라 때 나라 이름과 같은 글자를 피하기 위해 '전당錢塘'으로 바꿨으며, 이것이 지금까지도 그대로 사용되고 있다. 경우에 따라서 이 지명은 항저우를 대신하는 의미로도 사용된다.

**전대**纏帶　복식의 일종. '행전行纏'이라고도 부른다. 걸음을 걸을 때 발목 부분을 가뜬하게 하기 위해 바지 위를 발목에서부터 무릎 아래까지 돌려 감거나 싸는 천이나 띠를 가리킨다. 이 외에도 전퇴포纏腿布, 행선行膳, 사복邪幅, 양퇴裏腿, 방퇴綁腿 등의 별칭으로도 불린다.

**전서**篆書　서체書體 이름. 한자의 서체 중 대전大篆과 소전小篆을 아울러 부르는 명칭이다. 대전은 주나라 선왕宣王(기원전 827~기원전 782 재위) 때 사관史官이었던 주주가 만들어냈다고 해서 '주문籒文' 또는 '주서籒書'라고도 부른다. '대전'이라는 명칭은 진秦나라 때의 '소전'과 구분하기 위해 만들어졌다. 소전은 진나라 때 '대전'을 간략하게 정비하여 만든 글자로 '진전秦篆'이라고도 부르는데, 후세에 '전서'라고 할 때는 대개 이 '소전'을 가리킨다. 진시황 때의 승상丞相 이사李斯가 주도하여 만들었다는 이 글자는 당시에 새겨진 「낭야대석각琅邪臺刻石」과 「태산석각泰山刻石」 등의 파편을 통해 지금까지 남아 있다.

**전의**〔箭袖〕　옷 이름. 북방민족의 복식에서 유래한 것으로, 대개 팔 부분이 어깨에서 소매 끝으로 갈수록 좁아지는 형태이다. 호복胡服의 전의에는 통상적으로 소매 끝에 넓은 소매 덮개를 붙이지만, 한족의 복장에는 덮개가 없거나 상대적으로 좁은 것을 붙인다. 소매 덮개는 원래 추운 북방의 기후 속에서 노동을 하거나 말을 타고

활을 쏘는 데 편하도록 손등만 덮는 형태로 고안되었다. 이것이 중국에 전해져서 군복과 관복, 평상복에 두루 응용되었다.

**전지** 箋紙 종이 이름. 일반적으로 문서 작성에 사용되는 종이를 가리킨다. 편지지로 사용되는 '화전花箋'(또는 '신전信箋')이나 시를 적을 때 쓰는 일종의 원고지인 '시전詩箋'도 넓은 의미에서 '전지'라고 부르기도 한다. 옛날 문인들은 이런 종이를 직접 만드는 경우가 많았는데, 종이의 질이 뛰어나고 가로세로의 폭이 비교적 좁기 때문에 '전箋'이라고 불렀다.

**절구** 絶句 중국 고전시의 한 형식. 한나라 때부터 시작되어 위, 진晉, 남북조 시기에 본격적으로 형성되어 당나라 때 흥성했다. 당시에는 모두 네 구절로 한 편의 작품이 이루어졌으며, '연구聯句'라고 불리기도 했다. 근체시의 율시 중 일부를 떼어내 만들었다는 설도 있지만, 이는 대체로 잘못된 견해로 여겨지고 있다. 중국 시가 문학의 전성기인 당나라와 송나라 때는 수많은 시인들이 이 형식의 작품을 창작했다. 절구의 글자 수에 따라 한 구절이 다섯 글자로 된 오절五絶과 일곱 글자로 된 칠절七絶 두 종류로 나뉘며, 간혹 여섯 글자로 된 육절六絶 형식으로 된 것도 있다. 또한 시의 창삭 규칙, 즉 격률格律의 엄정함을 기준으로 율절律絶과 고절古絶로 나누기도 한다. 전자는 율시와 비슷하게 성조聲調의 평측平仄을 비교적 엄격히 지키고 있으며, 대장對仗과 압운押韻을 사용한다. 후자는 그런 규칙에 크게 얽매이지 않으며, 이 경우는 일반적으로 칠절보다 오절이 더 많이 쓰였다.

**정당** 正堂 관리 호칭. 원래 명·청 시대에 부府나 현縣 등 지방 행정을 담당하는 정인관正印官에 대한 호칭인데, 『홍루몽』에서는 불교에 관련된 사무를 전담하는 승록사僧錄司의 책임자라는 뜻으로 쓰였다.

**정승록** 情僧錄 책 제목. 제1회에 따르면 공공도인이 청경봉의 돌에 새겨진 글을 베껴왔을 때 처음에는 『석두기』라고 불렸으나, 자신의 이름을 '정승情僧'으로 바꾸고 그 책의 제목을 『정승록』으로 바꾸었다고 했다.

**정호** 程顥, **정이** 程頤 인명. 정호(1032~1085)의 자는 백순伯淳, 호는 명도선생明道先生이다. 그의 아우 정이程頤(1033~1107)의 자는 정숙正叔이고, 낙양洛陽 이천伊川 사람이기 때문에 흔히 이천선생伊川先生으로 불렸다. 이 두 사람을 '이정二程'이라고 한다. 이들은 북송北宋의 저명한 학자로서 이른바 '낙학洛學'이라고 불리는 새로운 학파를 창시하여 훗날 주희朱熹가 성리학性理學을 집대성하는 데 중요한 토대를 제공했다. 후세 사람들이 정리하여 편찬한 이들의 저작은 『하남정씨유

**529**

서하남정씨유서西河南程氏遺書』와 『하남정씨외서河南程氏外書』, 『명도선생문집明道先生文集』, 『이천선생문집伊川先生文集』, 『경설經說』 등이 있으며, 정이의 단독 저작으로 『주역전周易傳』이 남아 있다.

**제도**濟度 불교 용어. 불교에서 미혹迷惑한 세계에서 삶과 죽음을 되풀이하는 중생을 건져내어 삶도 죽음도 없는 열반의 언덕에 이르게 해주는 것을 가리킨다.

**제사**題詞 문체 이름. '제사題辭'라고도 쓴다. 의례儀禮에 따른 응용 문체 중 하나로, 어떤 사람이나 사물, 저작, 혹은 사건에 대해 격려하거나 기념의 뜻을 남기기 위해 쓴 글이다. 건축물에 대한 제사로는 그 글이 새겨지거나 걸리는 위치에 따라 제액題額, 제편題扁, 제문題門, 제장題墻 등으로 구분되는데, 한두 글자로 된 짧은 것에서부터 오언五言 내지 칠언七言, 또는 그 이상의 글자를 써서 대련對聯 형식으로 쓴 것도 있다.

**제수**除授 추천의 절차를 밟지 않고 임금이 직접 벼슬을 내리던 일.

**조공**朝貢 역사 용어. 옛날 번진藩鎭이나 속국屬國에서 중국의 조정에 사신을 보내 그 지방의 특산물을 바치는 것을 가리킨다. 당시 중국의 주변 나라들은 중국 황실로부터 정권을 인정받음으로써 우호관계를 유지하고 조공이라는 기회를 통해 중국과 무역을 했는데, 사실상 중국의 역대 왕조는 주변 나라에서 조공으로 바치는 물품보다 '하늘의 명을 받은 종주국宗主國'으로서 하사해야 하는 물품이 더 많았기 때문에 오히려 어려움을 겪었다.

**조설근**曹雪芹(1715?~1763?) 『홍루몽』의 원작자로 알려진 인물로, 원래 이름은 조점曹霑이고 자는 몽완夢阮, 호는 설근雪芹, 근계芹溪, 근포芹圃 등을 사용했다고 한다. 『홍루몽』 제1회와 제120회에 따르면 그는 공공도인이 가져다준 원고를 10년 동안 읽고 다섯 번이나 덧붙이고 빼며 고쳐 써서, 목록을 편집하고 장회章回를 나누어, 제목을 『금릉십이차』라고 붙였다고 설명되어 있다. 중국의 학자들 중에는 그가 『홍루몽』의 제80회까지를 지은 원작자이며, 뒤쪽 40회는 나중에 고악高鶚과 정위원程偉元이 덧붙인 것이라고 여기는 이들이 많다. 그러나 이 주장에 반대하고 다른 인물을 작자로 내세우는 이들도 적지 않다. 사실 중국 고전소설은 전통적으로 여러 사람의 손을 거치면서 조금씩 다듬어지는 것이 관례였기 때문에 '조설근曹雪芹'이라는 이름은 이 여러 사람들을 대표하는 이름이라고 보는 편이 더 타당하다.

**조제사**朝啼司 건물 및 부서 이름. 제5회에서 가보옥이 꿈속에서 찾아간 태허환경에서

선녀의 안내를 받아 안으로 들어갔을 때 늘어선 궁전들에 걸린 현판의 내용이다.

**조조** 曹操(155~220) 인명. 자는 맹덕孟德이며, 패국 초현(지금의 안훼이〔安徽〕 보주〔亳州〕) 사람이다. 그의 부친 조숭曹崇은 당시의 권세 높은 환관 조승曹勝의 양자였다. 조조는 동한東漢의 정치를 좌우하는 승상丞相으로서 위왕魏王에 봉해지면서 삼국 중 위나라의 기초를 다졌으며, 훗날 아들 조비曹丕가 황제가 되면서 조조를 위무제魏武帝로 추존했다. 북방의 둔전屯田을 개척하여 농업을 발전시키고 엄격한 법률 적용으로 호족을 억제했으며, 인재 채용에서 재능과 청렴을 중시함으로써 널리 신망을 얻었던 것으로 평가되고 있다. 뛰어난 병법가이자 정치가로서 『손자략해孫子略解』와 『맹덕신서孟德新書』 등을 저술하기도 했고, '건안칠자建安七子'를 비롯하여 동한 말엽의 저명한 문학가들의 후견인으로서 문예부흥을 주도했으며, 그 또한 뛰어난 시인으로서 많은 작품을 남겼다.

**족두리풀** 〔蘅蕪〕 식물 이름. 두 가지 의미가 있는데, 그중 하나는 전설적인 향초 이름이다. 진晉나라 때 왕가王嘉의 『습유기拾遺記』 권5 「전한前漢」 상上에는 한나라 무제武帝가 죽은 이부인李夫人을 그리워하다가 꿈에서 그녀를 만날 때 그녀에게 이향초를 받아 냄새를 맡았는데, 그 향기가 꿈에서 깨고도 몇 달 동안 코에 남아 있었다는 기록이 있다. 다른 하나는 땅바닥에 붙어 자라는 덩굴식물인 족두리풀(두형杜蘅)과 순무(무청蕪菁)를 합쳐 부르는 명칭이다. 마두령과馬兜鈴科의 식물인 두형은 토행土杏, 마제향馬蹄香, 두형규杜衡葵, 토세신土細辛, 두규杜葵 등으로도 불리는 다년생 식물로, 습한 부식토양에서 잘 자란다. 약재로 쓸 때 가래나 기침, 통증을 없애고 혈액순환을 돕는 등의 효과가 있다고 한다. 무청은 대두채大頭菜, 만청蔓菁, 제갈채諸葛菜, 반채盤菜 등으로도 불리며 뿌리는 둥근 무처럼 생겼고, 주로 식용으로 많이 쓰인다. 제17~18회에서 가보옥이 부친 가정과 함께 대관원을 둘러보며 각 건물과 풍경에 제사題詞를 쓸 때 어느 정원(훗날 설보차의 거처로도 쓰인 '형무원')에 들러 여러 가지 식물들에 대해 설명하면서 언급한 '형무'는 족두리풀만을 가리키는 듯하다.

**주** 紂 인명. 상나라 마지막 왕으로서 중국 역사에서 하나라의 '걸桀'과 함께 대표적인 폭군暴君으로 꼽히는 인물이다. 그의 정식 시호諡號는 제31대 제신帝辛이며 '주紂'는 '의롭고 착한 이를 해친다〔殘義損善〕.'라는 의미에서 붙여진 악시惡諡이다. 역사 기록에 따르면 그는 제을帝乙의 막내아들이지만 총명하고 영민한데다 아홉 마리 소를 쓰러뜨리고 대들보와 기둥을 혼자 바꿔 끼울 수 있는 힘을 가지고 있어

서 후계자가 되었다고 한다. 왕위에 오른 초기에 농경을 발전시키고 국력을 증강하여 동이족東夷族과 서이족西夷族을 물리쳤다. 또한 영토를 넓히고, 노예와 포로를 도살하는 잘못된 관행을 개혁하는 등 훌륭한 치적을 많이 쌓았다고 한다. 그러나 후기에는 화려한 녹대鹿臺를 건축하고 주지육림酒池肉林의 방탕한 사치를 일삼으면서 비간比干 같은 충직한 신하를 살해하고 기자箕子 같은 현자를 감옥에 가두는 등의 실정으로 인해 민심을 잃었고, 결국 주周 무왕武王이 이끄는 부족 연맹군에 의해 도읍인 조가朝歌(지금의 허난[河南] 치현[淇縣])가 함락되고, 그는 녹대에서 불길에 몸을 던져 죽어서 기수淇水 강가에 묻혔다고 한다.

**주공**周公 인명. 주나라 문왕의 넷째 아들 희단姬旦(또는 숙단叔旦)을 가리킨다. 그가 다스리던 지역이 주(지금의 산시[陝西] 치산[岐山] 북부)였기 때문에 '주공'이라고 불렸다. 주나라 건립 초기에 정치와 군사, 사상 분야에서 뛰어난 업적을 남겼고, 무엇보다도 무왕의 어린 아들이 왕위를 이었을 때 섭정으로 나라를 보살피면서 이른바 '삼감三監의 반란'이라는 국가적 위기를 극복하고 봉건제도를 확립함으로써 후세 왕조의 체제에 모범을 제시했다. 또한 유가 예법의 토대를 정비하여 훗날 공자가 평생토록 가장 존경했던 성인 중 한 명이 되었다.

**주단**綢緞 비단 이름. 원래는 명주[綢]와 비단[緞]을 아울러 부르는 말이며, 일반적으로 명주로 짠 직물[絲織物]을 통칭하는 뜻으로 쓰인다.

**주돈이**周敦頤(1017~1073) 인명. 자는 무숙茂叔, 호는 염계濂溪이며, 지금의 후난[湖南] 따오현[道縣] 사람이다. 북송의 저명한 철학가로서 유가 사상에 음양오행陰陽五行 이론을 융합하여 천리天理와 인성人性에 대해 설파하는 『태극도설太極圖說』과 『통서通書』 등을 지음으로써 이학理學의 창시자로 일컬어지고 있다. 시호諡號는 원공元公이다.

**주렴**珠簾 구슬 따위를 꿰어 만든 발.

**주희**朱熹(1130~1200) 인명. 자는 원회元晦, 또는 중회仲晦이고, 호는 회암晦庵, 회옹晦翁, 고정선생考亭先生, 운곡노인雲谷老人, 창주병수滄洲病叟, 역옹逆翁 등을 사용했다. 남송南宋 휘주부徽州府 무원현婺源縣(지금의 쟝시[江西] 우위앤[婺源]) 사람으로, 19세에 진사進士에 급제하여 보문각대제寶文閣待制를 지냈다. 그러나 강직한 성격으로 인해 벼슬생활은 순탄하지 않았고 만년에는 백록동서원白鹿洞書院, 무이정사武夷精舍, 악록서원嶽麓書院 등을 건립하여 학생들을 가르치는 데 전념했다. 이 과정에서 유명한 『사서장구집주四書章句集注』를 비롯하여 『태극

도설해太極圖說解』,『통서해通書解』,『서명해書銘解』,『주역본의周易本義』,『역학계몽易學啓蒙』 등 많은 책을 저술하여 이기론理氣論, 동정관動靜觀, 격물치지론格物致知論, 심성이욕론心性理慾論 등의 정밀한 논의를 통해 성리학을 집대성했다. 그 외에 제자들과의 문답을 기록한『주자어류朱子語類』가 있다. 그의 성리학은 원나라 때부터 청나라 때까지 봉건사회의 중심적 철학으로 간주되었으며, 조선을 비롯한 동아시아 전역에도 지대한 영향을 미쳤다.

**지부**知府 벼슬 이름. 당나라 때는 경사京師(장안長安)와 왕조를 건립할 때 황제의 군대가 주둔했던 지역에 특별히 '부府'를 설치했는데, 송나라 때 이르러서는 태조太祖 조광윤趙匡胤(960~975 재위)이 아직 황제가 되지 않았을 때 다스렸던 지역을 모두 '부'로 승격시키고 '목牧'이나 '윤尹'이라는 벼슬아치로 하여금 다스리게 했다. 조정의 신하가 파견되어 임시로 그곳을 다스리는〔權知府事〕경우도 있었는데, 이를 줄여서 '지부知府'라고 불렀다. 명나라 때는 지부가 비로소 정식 관직 명칭이 되어 주州와 현縣을 맡아 다스렸으며, '부'의 행정장관과 직급이 같았다. 청나라 때도 이를 따랐다.

**지통사**智通寺 절 이름.『홍루몽』에서 양주 교외에 있다고 한 가상의 절이다. 임대옥의 가정교사로 있던 가화는 그녀의 몸이 허약해져서 공부를 할 수 없게 되자 무료함을 달래려고 교외로 산책을 나갔다가 퇴락한 이 절을 발견하게 된다. 여기서 그는 "등 뒤에 재산 넉넉해도 모으는 손길 멈출 줄 모르다가〔身後有餘忘縮手〕, 눈앞에 길이 없어지니 돌아설까 하는구나〔眼前無路想回頭〕."라고 적힌 대련을 발견한다. 여기서 '돌아선다〔回頭〕'는 깨달음, 또는 불교에 귀의함을 뜻하는 불교 용어인데, 결국 이 구절은 이후 이야기에서 경사의 행정을 총괄하는 경조부윤京兆府尹이라는 높은 직위까지 올랐으나 탐욕스럽게 사리사욕을 챙기다가 벼슬을 잃고, 결국 진비를 따라 출가하게 되는 가화의 미래를 암시하고 있다.

**지호자야**之乎者也 성어. 이 네 글자는 각기 옛날 문언문文言文에서 상투적으로 사용하던 어조사語助詞이다. 훗날 별 내용도 없이 고리타분한 옛날 말투를 흉내 내서 하는 말을 가리키는 뜻으로 쓰이게 되었다.

**진관**秦觀(1049~1100) 인명. 자는 소유少游, 태허太虛, 호는 회해거사淮海居士, 한구거사邗溝居士이며, 양주揚州 고우高郵(지금의 장쑤〔江蘇〕에 속함) 사람이다. 황정견, 장뢰, 조보지와 더불어 소식蘇軾의 대표적인 네 제자를 가리키는 '소문사학사蘇門四學士'로 꼽히며, 1085년 진사에 급제하여 태학박사를 역임했다. 그러나 왕

**533**

안석의 '신법新法'에 반대하다가 내쫓겨 지방관으로 전전하다가 죽었다. 특히 북송 후기의 '완약파婉約派' 사詞의 대표적인 작가로서 「작교선鵲橋仙」 등의 걸작을 많이 남겼다.

**진국공**鎭國公  작위 이름. 원래 명나라 정덕제正德帝(1505~1521 재위)가 자신에게 봉한 작위였는데, 청나라 때는 신하들에게 봉하는 작위가 되었다. 청나라 때의 진국공은 '승은진국공承恩鎭國公'이라고도 불렀으며, 황실의 직계 가족이나 친척 관계의 귀족인 각라覺羅, 지방의 번진藩鎭에게 부여했다.

**진晉 나라**  왕조 이름. 265년에 진왕晉王 사마염司馬炎(236~290)이 위나라 원제元帝 조환曹奐을 몰아내고 세운 왕조로서 낙양洛陽에 도읍을 두었다. 280년에는 동오東吳를 멸망시키고 삼국을 통일했으나 37년 후인 316년에 한국(전조前趙)에 의해 멸망했다. 317년에 황실의 후예인 낭야왕 사마예(276~323)가 건강建康(지금의 쟝쑤[江蘇] 난징[南京])에서 진晉 왕조를 다시 세웠는데, 이것을 '동진東晉'이라고 부른다.

**진陳 나라**  왕조 이름. 557년에 진패선陳霸先(503~559)이 양나라 경제敬帝(555~557 재위)를 폐위시키고 스스로 황제가 되어 세운 나라이다. 도읍은 건강建康(지금의 쟝쑤[江蘇] 난징[南京])에 두었다. 당시 중국은 여러 해에 걸쳐서 전란이 지속되어 경제와 민생이 파탄에 이르러 있었고, 이 때문에 왕조가 세워져도 오래 지속되지 못했다. 진패선, 즉 무제武帝와 그의 뒤를 이른 문제文帝, 선제宣帝도 왕승변王僧辯과 왕승지王僧智 등 반대파를 숙청하고 북주北周의 군대를 물리치는 등 통치력을 강화하는 데 힘썼으나 한계가 있을 수밖에 없었다. 게다가 그들의 뒤를 이은 후주後主 진숙보陳叔寶는 사치와 방탕한 유희에 빠져 정치를 소홀히 했고, 결국 진나라는 589년에 수나라에 의해 멸망하고 말았다.

**진사**進士  학위 이름. 옛날에 '진사'는 천거를 받아서 벼슬살이할 수 있는 자격을 갖춘 사람을 가리키는 말이었다. 그러다가 당나라 이래로 과거제도가 시행되면서 궁정에서 치르는 최종 시험인 전시殿試에 급제한 사람을 가리키게 되었다. 다만 명나라와 청나라 때는 전시 이전에 치르는 회시會試에만 급제해도 '진사'라고 불렀다.

**진숙보**陳叔寶(553~604)  인명. 남조 진陳나라의 마지막 황제 진후주陳後主(553~604)를 가리킨다. 그는 정치를 돌보지 않고 사치와 향락에 빠져 지내다가 589년 수나라 군대가 건강建康(지금의 쟝쑤[江蘇] 난징[南京])을 점령할 때 포로가 되었고, 나중에 낙양성洛陽城에서 병으로 죽은 후 대장군 겸 장성현공長城縣公의 벼슬

을 추증追贈받았다. 시호는 양場이다.

**진시황秦始皇**(기원전 259~기원전 210) 인명. 성은 영贏, 씨는 진秦, 이름은 정政(또는
정正)이다. 조나라의 수도 한단邯鄲(지금의 허베이[河北]에 속함)에서 당시 조나
라에 볼모로 와 있던 진나라 장양왕莊襄王의 아들로 태어났고, 13세에 진秦나라의
왕위에 올라 열국을 통일한 후 39세에 황제로 자칭했다. 중국 최초의 통일국가를
다스리면서 봉건제도를 폐지하고 중앙집권적인 삼공구경三公九卿의 관료체제 아
래 군현제를 실시하면서 문자와 화폐, 도량형을 통일함으로써 중화제국의 토대를
마련했다. 한나라 이래의 역사서에서 그는 대개 분서갱유와 아방궁 및 만리장성
같은 대규모 토목건축으로 백성을 착취하고 사치를 일삼아 진나라를 단명短命한
왕조로 만든 폭군으로 서술되어 있다. 그러나 현대에 들어서는 그가 생존해 있을
때 아방궁은 기초공사만 진행되었을 뿐이고 그 밖의 궁전들도 원래 있었던 것이
라는 사실 등이 규명되면서 그에 대한 평가가 달라지고 있다.

**진회秦檜**(1090~1155) 인명. 자는 회지會之이고 강녕부江寧府(지금의 장쑤[江蘇] 난
징[南京]) 사람이다. 1115년 과거에 급제하여 북송 말엽에는 어사중승御史中丞까
지 지냈으나, 1126년 금나라에 의해 수도 변경汴京이 함락되어 휘종徽宗, 흠종欽宗
두 황제가 포로로 잡혀갔고, 이듬해에는 그도 붙들려갔다. 그곳에서 변절하여 여
진족의 귀족으로 지내던 그는 1149년에 남송 조정을 회유하라는 밀명을 받고 남쪽
으로 돌아왔다. 이후 예부상서禮部尚書를 거쳐 두 번이나 재상을 지내는 등 19년
동안 조정의 정치를 좌우하면서 악비岳飛 등 항전파抗戰派를 탄압하는 등 반민족
적 행위를 일삼아 중국 역사에서 대표적인 간신으로 악명을 날리게 되었다.

**척령향염주鶺鴒香念珠** 염주 이름. 제15회에서 북정군왕 수용이 가보옥을 처음 만난
기념으로 준 선물로, 자신이 황제에게 친히 하사받은 물건이라고 했다. 소설 안에
서는 이 염주에 대한 자세한 설명이 없다. '척령鶺鴒'은 할미새라는 작은 새의 이
름인데, 종종 형제 사이를 비유하는 뜻으로도 쓰인다. '색은파索隱派'의 억지스러
운 해석들을 논외로 친다면, '척령향염주'는 그 모양새가 향나무를 깎아 만든 염
주 알에 할미새 문양을 조각한 것임을 말한 것일 수도 있겠고, 북정군왕이 가보옥
과 형제처럼 친하게 지내자는 의미로 준 선물이라는 점을 암시하기 위해 만든 명
칭이라고도 풀이할 수 있겠다.

**천궁川芎** 약재 이름. 원래 이름은 궁궁芎藭이며, 주로 중국의 사천四川과 운남雲南,
귀주貴州 등 남방에서 많이 생산된다. 혈액순환과 진통 효과가 있는 것으로 알려

부록

535

져 있으며, 음기가 부족한 체질이나 임산부에게는 금기시되는 약재이다.

**천선보경**天仙寶境, **성친별서**省親別墅  제사題詞.『홍루몽』의 주요 무대인 대관원 안에 있는 경관景觀에 적혀 있던 것이다. 작품에 설명된 바에 따르면 '천선보경'은 대관원의 정전正殿으로 들어가는 입구의 돌로 만든 패방牌坊에 적혀 있던 것으로, 가정 등이 임시로 적어놓은 것이었으나 나중에 가원춘이 와서 보고 '성친별서'로 바꾸게 했다(제17~18회).

**천향루**天香樓  건물 이름. 녕국부의 장손 가용의 아내 진가경이 거처하던 건물로.회방원 안에 있다.

**철금각**綴錦閣  누각 이름.『홍루몽』에 나오는 가상의 정원인 대관원 안의 대관루를 기준으로 동쪽에 있는 높은 누각[飛樓]이며 '철금루'라고도 부른다. 이 건물의 위층은 영국부의 병풍이나 의자, 탁자, 꽃등[花燈] 등의 가재도구를 보관하는 창고로도 쓰인다. 정월 대보름에 가원춘이 친정을 방문한 후 이곳에 머문 바 있고, '철금각'이라는 이름을 하사했다. 훗날 이곳은 형수연의 거처로 쓰이기도 한다. 또한 이 건물은 물가에 자리 잡고 있기 때문에 태부인이 대관원에서 잔치를 벌일 때 이곳 아래층에 술자리를 마련하고, 연못 위에 있는 우향사에서 배우들에게 풍악을 연습하게 하기도 한다(제40회). 또 태부인의 생일잔치를 할 때는 가음당嘉蔭堂과 함께 손님들의 임시 휴식 장소로 쓰이기도 한다(제71회).

**첩취**疊翠  겹겹이 층으로 쌓인 짙은 초록색이라는 뜻으로, 주로 녹음이 울창한 산색山色을 묘사할 때 쓰는 표현이다.

**최앵앵**崔鶯鶯  소설의 등장인물. 당나라 때의 저명한 시인 원진이 지은『앵앵전鶯鶯傳』에 등장하는 여주인공이다. 그녀는 자신의 먼 친척인 서생 장張 아무개와 사랑에 빠지는데, 하녀인 홍낭이 둘의 사이가 맺어지도록 중간에서 도와준다. 이렇게해서 둘은 은밀하게 잠자리를 같이하게 되고 뜨거운 사랑을 나누지만, 훗날 과거시험을 보러 장안長安으로 떠난 장서생은 최앵앵의 애틋한 마음이 담긴 장문의 편지와 애정이 담긴 선물을 받고도 끝내 그녀에게 돌아가지 않는다. 게다가 그는 주변 사람들에게 요물인 그녀를 버린 자신의 결정이 훌륭한 것이었다고 자랑까지 하고 다닌다. 결국 최앵앵은 다른 사람과 결혼하게 된다.

**축윤명**祝允明(1460~1527)  인명. 자는 희철希哲, 호는 지산枝山인데, 오른손 손가락이 6개여서 스스로 지지생枝指生이라고 불렀다. 장주長洲(지금의 쟝쑤[江蘇] 쑤저우[蘇州])의 학자 집안에서 태어난 그는 시문과 서예 ― 득히 광초狂草 ― 에 뛰

**536**

어났다. 시를 잘 지어서 당인, 문징명, 서정경과 더불어 '강남사재자江南四才子'로 불리기도 했으며, 특히 당인과 우의가 깊어 여러 가지 일화를 남기기도 했다.

**춘감사**春感司, **추비사**秋悲司　건물 및 부서 이름. 제5회에서 가보옥이 꿈속에서 찾아간 태허환경에서 선녀의 안내를 받아 안으로 들어갔을 때 늘어선 궁전들에 걸린 현판의 내용들이다.

**충정후**忠靖侯　작위 이름. 작자(또는 작자들)가 임의로 만들어낸 것인 듯하다.

**치우**蚩尤　신神 이름. 중국 상고上古시대 구여족九黎族의 우두머리로, 그의 신분에 대해서는 옛날의 천자天子라거나 제후諸侯라는 설에서부터 서민에 지나지 않았다는 설까지 여러 가지 이견이 있다. 어쨌든 중국 역사에서는 대략 4600년 전에 황제黃帝가 염제炎帝와의 전투에서 승리한 후 지금의 허베이〔河北〕 쥐루현〔涿鹿縣〕 지역에서 치우와 전투를 벌였는데, 이 전투에서 치우는 전사하고 동이족東夷族과 구여족 등이 염황족炎黃族에 편입됨으로써 오늘날 중화中華민족을 이루는 최초의 집단이 형성되었다고 여겨지고 있다. 민간 전설에서 그는 8개의 다리와 3개의 머리, 6개의 팔을 가지고 있으며, 머리는 구리와 쇠로 되어 있어서 창칼에 상처를 입지 않는 전쟁의 신으로 여겨지기도 했다.

**치정사**癡情司　건물 및 부서 이름. 제5회에서 가보옥이 꿈속에서 찾아간 태허환경에서 선녀의 안내를 받아 안으로 들어갔을 때 늘어선 궁전들에 걸린 현판의 내용이다.

**칙조녕국부**勅造寧國府　현판 글씨. 『홍루몽』에 나오는 가상의 저택인 영국부의 정문 위 현판에 적힌 글이다. 그 뜻은 '황제의 칙명에 따라 지어진 녕국공의 저택이자 공무公務를 처리하는 곳'임을 나타낸다.

**타구**〔痰盒〕　그릇 이름. 가래나 침을 뱉어 담는 그릇으로, 뚜껑이 달려 있다.

**탕**湯　인명. 전설상의 중국 상고上古시대에 하나라를 세워 태평성대를 이끈 현명한 군주로, 유가에서 성인으로 받들어지는 인물이다. 제곡帝嚳의 아들 설契의 14대 자손으로 성은 자子, 이름은 이履, 또는 천을天乙이다. 하나라 말엽 상족商族의 우두머리로서 어진 정치로 백성의 지지를 얻어 폭군 걸桀을 내쫓고 상나라를 건립하고 박亳 땅에 도읍을 정했다. '탕'은 원래 그의 시호인데, 종종 '성탕成湯'이라고도 불린다.

**통령보옥**通靈寶玉　옥 이름. 『홍루몽』에서 만들어낸 신화의 산물이다. 가보옥이 태어날 때 입에 물고 태어난 이 옥의 앞면에는 "통령보옥通靈寶玉. 잃지도 잊지도 말지니, 신선의 수명은 영원하도다〔莫失莫忘 仙壽恆昌〕."라는 글이, 또 그 뒷면에는

537

"첫째, 사악한 악령을 없애고〔一除邪崇〕 둘째, 사랑으로 인한 병을 고치고〔二療冤疾〕 셋째, 재앙과 복을 깨닫게 한다〔三知禍福〕."라는 글이 새겨져 있다.

**퇴화**堆花  비단 공예 이름. 미리 설계된 도안에 맞춰 얇은 종이를 오린 다음 몇 가지 공정을 거쳐서 그 위에 주단綢緞을 바르고, 다시 그것을 접거나 채색 그림을 그려 넣는다. 이렇게 만들어진 조각들을 다시 전체적인 도안에 맞춰서 이어 붙이면 꽃송이나 꽃무늬 등이 돌출된 형태로 표현된다.

**팔보**八寶**를 박은 장식**〔墜角〕  머리 장식 이름. 이 장식의 구체적인 모양과 용도에 대해서는 이설異說이 있지만, 일반적으로 짧은 머리를 땋을 때 그 위에 붙이는 장식이며 좌우로 짝을 이루는데, 한쪽에 각기 4개씩 모두 8개로 이루어진 것이라고 여기고 있다. 일설에는 그것이 하나로 길게 땋은 머리 끝부분에 다는 4개의 큰 진주에 달린 부속품이라고 한다. 또 일설에는 8개의 다리를 가진 게 모양의 머리장식이라고 하기도 한다. 하지만 이것은 청나라 때 조회복朝會服에 걸치는 꿴 구슬〔朝珠〕과 같은, 장식물의 끄트머리에 달린 작은 물건을 가리킨다고 보는 편이 더 적당하며, 매달 수 있는 고리가 달린 금붙이에 진주나 옥 따위의 보석을 박아 넣은 형태라고 할 수 있다.

**패방**牌坊  건축 용어. 원래는 어떤 사람의 덕행을 널리 알리기 위해 세운 기념비적인 건축물을 가리키는 말로, 대개 2개의 기둥 위쪽에 가로로 된 현판을 걸고 거기에 덕행의 내용과 관련된 글자를 새긴 것이다. 다만 『홍루몽』에서도 그랬듯이 이것은 종종 '패루牌樓'를 가리키기도 한다. 패루는 2개, 또는 4개의 기둥을 나란히 세우고, 그 위에 처마 형태의 장식을 얹은 후, 그 중앙에 편액을 붙인 형태로 지어진다. 이것은 대개 거리의 요충지나 명승지에 세워져서 편액에 그곳의 지명을 새겨놓게 된다.

**펠트**  직물 이름. 양털이나 그 밖의 짐승 털에 습기나 열, 압력을 가하여 만든 천으로, 주로 신이나 모자, 양탄자 따위를 만드는 데 사용된다.

**편액**匾額  액자의 일종. 종이나 비단, 널빤지 따위에 그림을 그리거나 글씨를 써서 방 안이나 문 위에 걸어놓는 액자를 가리킨다. 이것은 종종 절이나 누각, 사당, 정자 따위의 입구 위쪽, 처마 아래에 걸려서 그 건물의 이름을 알려주는 현판과 같은 역할을 하기도 한다.

**포하청**抱廈廳  건축 용어. 건축물을 전후좌우 사방으로 접합시킬 때 좌우측에 있는 것을 '협옥挾屋', 앞뒤로 있는 것을 '대루對壘'라고 부르는데, 한 건물의 일부분만 앞

뒤로 돌출된 것을 '귀두옥龜頭屋'이라고 부른다. 귀두옥은 송나라 때부터 유행했다고 한다. '포하'는 원 건물의 앞뒤에 돌출되도록 붙인 작은 건물을 가리킨다. 그 건물이 일반적인 방이 아니라 대청의 용도로 쓰일 경우 '포하청'이라고 부른다.

**풍로차**楓露茶  차茶 이름. 정식 명칭은 '풍로점차楓露點茶'이다. 이것은 단풍나무의 어린잎을 따다가 시루에 넣고 쪄서, 거기서 나온 증기를 받아놓은 것이다. 대개 따뜻한 물에 타서 차를 대신해 마시거나 술에 타서 마시기도 한다.

**풍월보감**風月寶鑒  책 제목. 『홍루몽』의 원래 제목 중 하나이다. 제1회에 따르면 공공도인이 청경봉의 돌에 새겨진 글을 베껴왔을 때 처음에는 『석두기』라고 불렀으나, 나중에 자신의 이름을 정승情僧으로 바꾸고 그 제목을 『정승록情僧錄』으로 바꾸었다고 했다. 이어서 동로東魯 땅의 공매계孔梅溪, 즉 공계함孔繼涵(1738~1783)은 그 책을 『풍월보감』이라고 불렀다고 설명되어 있다.

**하**夏**나라**  왕조 이름. 기원전 21세기 무렵에 우禹의 아들 계啓가 세웠다고 하는, 중국에서 가장 오래된 왕조로서 '하후씨夏后氏'라고도 부른다. 일반적으로 부족연맹 형태의 초보적인 국가였을 것으로 여겨지는 하 왕조는 도안都安(지금의 산시[山西] 샤현[夏縣] 북쪽)에 도읍을 두었으며, 제왕과 제후가 지역을 나누어 다스렸던 것으로 여겨진다. 하 왕조는 최초로 세습에 의해 왕위가 전승되었다고 알려져 있으며, 14대에 걸쳐서 17명의 군주[后]가 439년 동안 통치했으나, 걸桀이 왕이 되어 폭정을 일삼다가 기원전 1600년에 상나라 탕湯에게 망했다고 한다. 후세에는 '하夏'를 중국의 대명사로 간주하여 중국인들은 '화하족華夏族'이라고 자칭하곤 한다.

**학관**學館  학교 또는 학사學舍. '벽옹辟雍'이나 '학궁學宮'의 의미로 쓰여 국자감國子監처럼 황실에서 세운 교육기관을 가리키기도 하지만, 개인이나 가문에서 설립한 비교적 작은 규모의 교육기관을 가리키기도 한다.

**한유**韓愈(768~824)  인명. 자는 퇴지退之이고 하양河陽(지금의 허난[河南] 명현[孟縣]) 사람이며, 흔히 한창려韓昌黎라고도 불렀다. 유종원柳宗元(773~819)과 함께 '고문운동古文運動'을 주도하여 사대부 집단이 중국의 정치와 문화에서 주도적인 지위를 확보하는 데 중요한 토대를 제공했으며, 이에 따라 명나라 때는 '당송팔대가唐宋八大家' 중 가장 뛰어난 인물로 꼽히기도 했다. 대표적인 저작으로 『한창려집韓昌黎集』이 남아 있다.

**한**漢**나라**  왕조 이름. 기원전 206년에 고조高祖 유방劉邦이 세운 왕조로서 서기 9년에

왕망王莽이 정변을 일으켜 신나라를 건립할 때까지 유지되었다. 그러다가 서기 25년에 한나라 왕조의 후예인 유수劉秀가 신나라를 무너뜨리고 다시 한나라를 건립했으니, 그가 광무제光武帝이다. 역사에서는 전자를 전한前漢(또는 서한西漢), 후자를 후한後漢(또는 동한東漢)으로 구분한다. 후한은 서기 220년에 마지막 황제인 헌제獻帝가 강압에 의해 조조曹操의 아들 조비曹조에게 제위를 물려줌으로써 역사에서 사라지게 된다. 조비는 이후 나라 이름을 위魏로 바꾸었고, 사후에 문제文帝라는 시호를 받았다.

**함방각**含芳閣　누각 이름.『홍루몽』에 설정된 가상의 정원인 대관원 안의 대관루를 기준으로 서쪽에 있는 비스듬한 누각[斜樓]이며, 정월 대보름에 가원춘이 친정을 방문한 후 '함방각'이라는 이름을 하사했다.

**해당춘수도**海棠春睡圖　그림 제목. 명나라 때 그림과 서예, 시로 유명했던 당인唐寅(1470~1523)의 작품으로 아름다운 여자가 해당화 아래에서 잠들어 있는 모습을 그린 것이라고 하지만, 지금은 실물이 남아 있지 않다. 전하는 바에 따르면, 당나라 현종이 고력사高力士와 궁녀들을 시켜 술이 덜 깬 양귀비를 부축하여 침향정沉香亭으로 데려오게 했다. 당시 양귀비는 화장도 지워지고 머리카락은 흐트러져 있어서 제대로 절을 올릴 수 없었는데, 그 모습을 본 현종은 웃으면서 "양귀비가 취한 것이 아니라 그저 해당화(양귀비를 비유한 것임)가 잠이 부족했다."라고 말했다고 한다. 따라서 이 제목은 일종의 선정적인 그림을 대표한다고 할 수 있다.

**행궁**行宮　역사 용어. 옛날에 황제가 경사京師 이외의 지역에 나갔을 때 머물던 궁전이다.『홍루몽』의 대관원 안에 있는 행궁은 가원춘이 친정을 방문할 때 머물도록 지어진 것이다.

**행엽저**荇葉渚　경관景觀 이름.『홍루몽』에 나오는 가상의 정원인 대관원 안에 있으며 추상재 근처, 우향사 연못가에 위치해 있다. 태부인이 대관원에서 두 차례 잔치를 베풀 때 이곳에서 배를 타고 형무원으로 갔다고 서술되어 있다. 또 제59회에서 앵아가 임대옥의 거처인 소상관으로 갈 때 버들 제방을 따라가다가 버들가지를 꺾어 바구니를 엮었다고 서술되어 있다. 이곳에는 버드나무뿐만 아니라 살구나무도 심어신 것으로 묘사되어 있기 때문에,『홍루몽』에 언급된 '행엽저'나 '유엽저柳葉渚'는 모두 이곳과 동일한 곳으로 보인다.

**향부자**[香附米]　약재 이름. 하남河南 활현滑縣에 자라는 대표적인 사초과莎草科 식물인 위향부衛香附의 뿌리를 데치거나 쪄서 말려 약재로 쓰는데, 생으로 말려서 돌

에 갈아 잔털과 껍질을 제거한 것을 '향부자'라고 한다. 이것은 막힌 기혈을 뚫어 주고 진통 작용을 한다고 알려져 있다.

**허무정적**虛無寂靜  철학 용어. '허적虛寂' 또는 '청정淸靜'과 같이 마음이 고요하게 흔들림이 없는 경지를 가리킨다. 『회남자淮南子』 「숙진훈俶眞訓」에서는 "정신이 가려지지 않고 마음에 걸리는 것이 없이 탁 트여서 아무 일도 없는 듯이 편안하고 담담한 상태에서 청정하게 대한다면 권세와 이익에도 유혹당하지 않을 것〔若夫神無所掩 心無所載 通洞條達 恬漠無事 無所凝滯 虛寂以待 勢利不能誘也〕"이라고 했다. 이 용어는 도가뿐만 아니라 불교에서도 자주 쓰이는데 그 의미는 대체로 비슷하다.

**허유**許由  인명. 이름을 '허요許繇'라고도 쓰며, 자는 무중武仲(또는 도개道開)이고, 양성陽城 괴리槐里(지금의 덩펑〔登封〕 치산〔箕山〕에 속함) 사람이다. 요순堯舜시대인 기원전 2155년 무렵에 태어났다고 알려져 있는데, 요堯가 그에게 제위를 물려주려 하자 영수潁水에 귀를 씻고 산속에 은거해버렸다고 한다. 나중에 그곳에서 죽어 기산箕山에 묻혔다.

**현종**玄宗  인명. 당나라의 황제로서 본명은 이융기李隆基(685~762)이며, 당명황唐明皇이라고도 불린다. 태평공주太平公主와 함께 정변을 일으켜 위황후韋皇后를 살해하고 자신의 부친 이단李旦을 황제로 내세웠으니, 그가 바로 예종睿宗이다. 이어서 712년에 제위를 물려받아 연호年號를 개원開元으로 고치고 탁월한 정치력을 발휘하여 당나라 경제를 발전시키고 영토를 확장함으로써 최고의 전성기를 구가하게 했다. 그러나 후기에는 향락에 빠져 양귀비와 염문을 뿌리고, 양국충 등의 간신을 중용함으로써 안녹산과 사사명의 반란을 초래하여 결국 756년에 제위에서 물러났다. 시호는 현종지도대성대명효황제玄宗至道大聖大明孝皇帝이다.

**형무원**蘅蕪苑  정원 이름. 대관원 안에 있는 정원 중 설보차의 거처로 삼은 곳이다.

**혜강**枯康(224~263)  인명. 자는 숙야叔夜이고 초군譙郡 질현銍縣(지금의 안훼이〔安徽〕 쑤이시현〔濉溪縣〕)에서 태어났다. 위나라에서 중산대부中散大夫를 지냈기 때문에 혜중산이라고도 불린다. 빼어난 미남자로 명성을 날리기도 했지만, 뛰어난 거문고 연주가이자 시인인 그는 유가 예법이나 신분 질서에서 벗어나 자연과 교유하는 삶을 주장하여 죽림칠현竹林七賢의 정신적 지도자 중 하나가 되었다. 「성무애악론聲無哀樂論」, 「여산거원절교서與山巨源絶交書」, 「금부琴賦」, 「양생론養生論」 등의 글을 남겼다.

**호로묘**葫蘆廟 사당 이름. 『홍루몽』에 나오는 가상의 사당이다. 이 작품에서 이야기의 틀을 구성하는 데 중요한 역할을 하는 등장인물인 진비의 집이 바로 그 옆에 붙어 있다고 되어 있다. 또 다른 중요 인물인 가화는 이 사당에 살고 있다가 진비와 인연을 맺게 된다. 훗날 어느 삼월 보름에 호로묘의 중들이 실수로 이 사당을 불태우게 되는데, 그 바람에 곁에 붙어 있던 진비의 집을 포함한 많은 집들이 불타버리게 된다.

**호료가**好了歌 노래 제목. 제1회에서 화재로 집을 날리고 딸 영련마저 유괴를 당해 실의에 빠진 진비에게 속세의 부귀영화나 혈연 등이 모두 부질없음을 일깨워주기 위해 절름발이 도사가 부른 노래의 제목이다. '호好'는 '좋다, 잘됐다, 훌륭하다'는 뜻이고 '료了'는 '끝났다, 깨닫다'라는 뜻을 함께 담고 있다. 그러므로 '호료'는 속세의 부귀영화에 연연하여 그것을 이루려고 안달하지만 그 모든 것이 순식간에 덧없이 끝나버린다는 것을 깨달아야 한다는 의미를 담고 있다고 할 수 있다.

**호부**戶部 관서 이름. 이부, 예부, 병부, 형부, 공부와 더불어 중앙 행정기구를 대표하는 육부 중 하나로, 백성들의 호적戶籍과 토지, 세무, 재정財政 등을 관장하는 기관이다. 청나라 때는 그 안에 남당방南檔房, 북당방北檔房, 사무청司務廳, 독최소督催所, 당월처當月處, 감인처監印處 등의 부서를 두어 업무를 분담하게 했다. 그 아래 지방 관서로 14개 청리사淸吏司와 팔기봉향처八旗俸饗處, 현심처現審處, 반은처飯銀處, 연납처捐納處, 내창內倉 등의 기구를 두었다. 호부의 장관長官은 호부상서戶部尚書인데, 종종 지관地官, 대사도大司徒, 계상計相, 대사농大司農 등의 별칭으로도 불렸다.

**홍불**紅拂 인명. 본래 이름은 장출진張出塵이며 수나라의 대신 양소楊素를 모시던 기녀이다. 늘 붉은 먼지떨이(紅拂)를 들고 곁에서 시중을 들었기 때문에 사람들이 홍불기, 또는 홍불녀라고 불렀다고 한다. 역사서에는 그녀에 대한 기록이 거의 없지만, 당나라 때의 전기傳奇 소설 『규염객전虯髯客傳』에서 그녀는 이정과 부부 사이라고 묘사되어 있다. 어느 날 양소와 더불어 천하의 대세를 논하는 청년 이정에게 한눈에 반해서 그가 묵고 있는 여관으로 직접 찾아가 그에게 몸을 허락하고 함께 도망쳤다는 것이다. 이후 전장을 함께 누비며 고락을 함께하던 그녀는 이정이 70세 되던 640년에 먼저 세상을 떠났고, 이후로 이정도 몸이 쇠약해져서 649년에 세상을 떠났다고 한다.

**홍루몽**紅樓夢 노래 제목. 태허환경의 경환선고가 지은 노래로, 서곡序曲, 맺음곡(收

尾]을 포함해서 14가락[曲]으로 되어 있다. 이 노래의 본론에 해당하는 12가락의 가사는 임대옥과 설보차를 비롯한 금릉십이차의 운명이 암시되어 있다.

**홍향록옥**紅香綠玉　제사題詞. 제17~18회에서 가보옥이 부친 가정과 함께 대관원을 둘러보며 각 건물과 풍경에 제사를 쓸 때 어느 정원에 이르러 지은 것이다. 이곳은 훗날 가원춘이 친정을 방문했을 때 '이홍쾌록'으로 바꾸었으니, 바로 가보옥의 거처인 이홍원이다. 이 때문에 훗날 가보옥은 시 모임[詩社]에서 자신의 호를 '이홍공자怡紅公子'라고 쓰게 된다.

**화두**話頭　불교 용어. 선종불교禪宗佛敎에서 승려가 참선하며 연구해야 할 어떤 문제에 대한 답을 암시하거나 일깨우기 위해 제시하는 말로, 종종 한두 구절의 성어成語나 옛말, 조사祖師의 말에서 이루어진 공안公案의 하나가 이용된다.

**환온**桓溫(312~373)　인명. 자는 부자符子이고 초국 용항龍亢(지금의 안훼이[安徽] 화이위앤현[懷遠縣]에 속함) 사람이다. 동진의 명장으로 여러 차례 혁혁한 전공을 세웠으며, 특히 촉蜀 땅에 자리 잡은 성한成漢 정권을 정벌하고 세 차례에 걸쳐 북벌을 감행하여 위세를 떨쳤다. 만년에는 13년 동안 조정을 좌지우지하면서 황제 자리를 찬탈하려 하기도 했으니 병으로 세상을 뜨면서 실패로 끝났다.

**황기**黃芪　약재 이름. '황기黃耆'라고도 하며, 주로 내몽고內蒙古, 산서山西, 흑룡강黑龍江 등지에서 많이 자란다. 기혈을 보충하고 염증을 치료하며 면역을 강화하고 혈압을 낮추는 등 다양한 효능이 있는 것으로 알려져 있으나, 음기가 부족한 체질을 가진 사람에게는 금기시되는 약재이다.

**황백**黃柏　약재 이름. 운향과芸香科 식물인 황벽 나무의 껍질을 말린 것이다. 쓰고 찬 성질이 있어서 해열 및 상처의 독을 제거하는 효과가 있다고 알려져 있다.

**황번작**黃幡綽　황번작黃旛綽이라고도 쓴다. 양주涼州(지금의 간쑤[甘肅] 우웨이[武威]) 사람이며 30세에 당나라 궁중 악사로 들어갔는데, 뛰어난 유머 감각과 말재주로 현종에게 여러 가지 풍간諷諫을 하여 신임을 얻었다고 한다. 안녹산과 사사명의 반란이 일어났을 때 반란군에게 사로잡혀 안녹산을 위해 공연하기도 했으나, 반란이 평정된 뒤에 현종은 그의 죄를 묻지 않고 석방시켜주었다. 일설에는 만년에 강남 지역을 떠돌다가 죽어서 곤산崑山에 묻혔다고도 한다.

**황학루**黃鶴樓　시 제목. 당나라 때 최호崔顥(704?~754)가 쓴 시이다. 전문은 다음과 같다.

　　昔人已乘黃鶴去　옛사람은 이미 황학을 타고 떠났고

此地空餘黃鶴樓　이곳에는 덧없이 황학루만 남아 있구나.

黃鶴一去不復返　황학은 한 번 떠난 후 다시 돌아오지 않고

白雲千載空悠悠　흰구름만 천년 동안 허공에 유유히 떠다니네.

晴川歷歷漢陽樹　맑은 강에는 한양의 숲 또렷하게 비치고

芳草萋萋鸚鵡洲　앵무주에는 향긋한 풀만 무성하네.

日暮鄕關何處是　날은 저무는데 고향은 어디인가?

烟波江上使人愁　안개 일렁이는 강가 풍경은 나그네를 시름겹게 하는구나.

**황해**漢海　지명. 이에 대해서는 '고증파考證派' 논자들 사이에 다양한 의견이 있으나, 대체로 『홍루몽』에 나오는 가상의 지명이라고 여겨지고 있다.

**회방원**會芳園　정원 이름. 녕국부의 정원으로, 그 안에 천향루, 응희헌, 등선각, 두봉헌 등의 건물이 있다. 『홍루몽』 안에서 이 정원에 대한 묘사는 그리 자세하지 않다. 정원 서북쪽에 연못이 있어서 그 물가에 건물들을 지었고, 동남쪽에는 가산이 있어서 산발치에 정자를 지어놓았다는 정도만 알 수 있을 뿐이다.

**회진기**會眞記　문학 작품. 당나라 때의 저명한 시인 원진이 지은 『앵앵전鶯鶯傳』의 별칭이다. 원래 제목이 『전기傳奇』였는데 나중에 다른 책들에서 인용하면서 『유문기遺文記』, 『회진기』로 제목이 바뀌기도 했다. 장張 아무개라는 서생과 최앵앵 사이의 만남과 사랑, 배신의 과정을 묘사한 이 작품은 훗날 금나라 때 동해원이 연극 형태로 가공하여 『서상기제궁조西廂記諸宮調』를 만들었고, 이것을 원나라 때 왕실보가 당시의 연극인 잡극으로 가공하여 『서상기西廂記』를 지어서 오늘날까지 널리 유행하고 있다.

**후당**後唐　왕조 이름. '오대五代' 시기의 왕조 중 하나로, 923년에 장종莊宗 이존욱(885~926)이 낙양洛陽을 도읍으로 하여 건립했다. 이 해에 후당은 후량을 멸망시키고 중국 북방을 통일했는데, 전성기 때의 후당은 대략 지금의 허난〔河南〕과 산둥〔山東〕, 산시〔山西〕, 허베이〔河北〕와 산시〔陝西〕의 대부분, 그리고 간쑤〔甘肅〕와 안휘이〔安徽〕, 닝샤〔寧夏〕, 후베이〔湖北〕, 쟝쑤〔江蘇〕의 일부분을 다스리고, 쓰촨〔四川〕 지역을 10년 동안 다스리기도 해서 '오대'의 왕조 중 가장 영토가 넓었다. 후당은 14년 동안 3개의 성姓에 4명의 황제가 자리를 이으며 다스렸다. 마지막 황제인 이종가는 934년에 정변政變을 통해 황제가 되었으나, 937년에 서란〔契丹〕과 결탁한 석경당의 군대에 의해 낙양이 함락되자 자살하고 말았다.

**훈족**勳族　역시 용어. 봉건왕조에 큰 공훈을 세워서 대대로 높은 벼슬살이를 하는 가문

을 가리킨다. '훈벌勳閥' 또는 '훈문勳門'이라고도 한다.

**휘종**徽宗 인명. 북송의 황제로서 본명은 조길趙佶(1082~1135)이다. 1100년에 제위에 올라 25년 동안 자리를 지켰으나 도교를 신봉하고 사치스러운 생활을 하며 채경, 주면 등의 간신을 중용하여 백성의 삶을 곤경에 빠뜨렸다. 이로 인해 방랍의 반란이 일어나는 등 나라가 전체적으로 어지러워졌다. 결국 1126년에 당시의 수도 변경汴京(지금의 허난〔河南〕 카이펑〔開封〕)을 점령한 금나라 군대의 포로가 됨으로써 북송이 망하게 된다. 이후 서인庶人으로 신분이 강등된 채 10년 가까이 고생하다 죽어서 그곳 풍속에 따라 화장된 후 영우릉永祐陵(지금의 저장〔浙江〕 사오싱〔紹興〕에 있음)에 묻혔다. 시호는 성문인덕현효황제聖文仁德顯孝皇帝이다. 한편, 뛰어난 화가이자 서예가이기도 했던 그는 황제로 있을 때 중국 역사상 그 어느 때보다 예술가들을 우대했던 것으로도 유명하다.

**흑칠죽렴**墨漆竹簾 주렴 이름. 얇게 깎은 대나무를 이용해 만든 주렴으로, 쉽게 부패하지 않도록 검게 옻칠한 것이다.

## | 가부賈府와 대관원 평면도 |

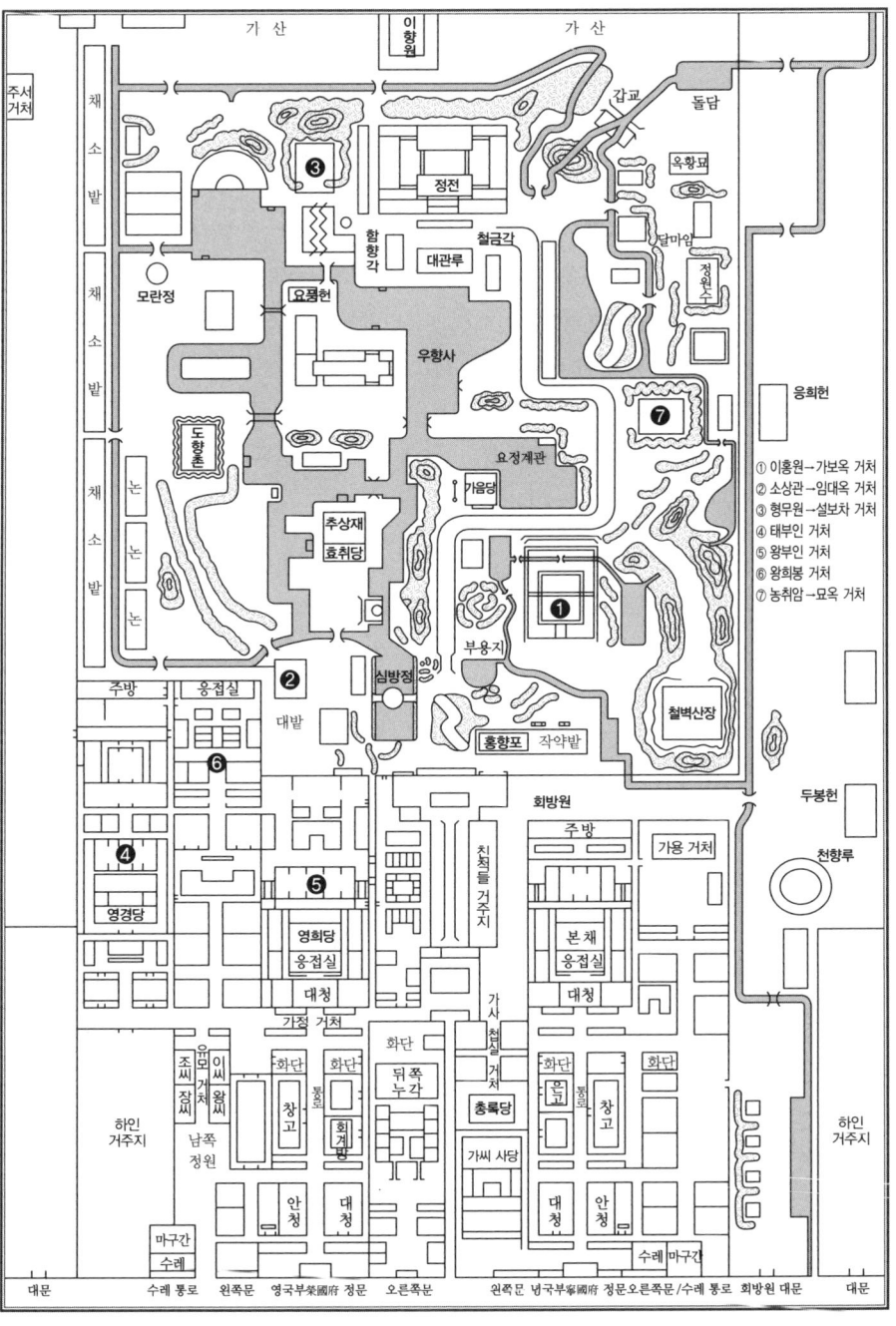

① 이홍원→가보옥 거처
② 소상관→임대옥 거처
③ 형무원→설보차 거처
④ 태부인 거처
⑤ 왕부인 거처
⑥ 왕희봉 거처
⑦ 농취암→묘옥 거처

| 연표* |

| 회차 | 연차 | 계절/월일 | 주요 사건 | 참고 |
|---|---|---|---|---|
| 1 | 1 | 여름 | 가보옥 출생. | 진영련(향릉), 설보차, 화습인, 청문 3세. |
| | | 8월 15일 | 진비, 잔치를 열어 가화 초청. | |
| | 2 | 8월 16일 | 가화, 과거시험을 보러 경사로 출발. | 제4회에서 가화는 영련이 5세에 유괴되었다고 했으나 잘못임. |
| | | 1월 15일 | 진영련 유괴됨. | |
| | | 3월 15일 | 호로묘 화재 진비의 집 소실. | |
| | 3 | ? | 진비 출가. | |
| 2 | 5 | ? | 가화, 대여주지부로 승진. | |
| | | 이튿날 | 가화, 교행을 첩으로 들임. | |
| | 6 | ? | 교행, 가화의 아들을 낳음. | 임대옥 5세. |
| | | ? | 가화, 벼슬을 잃고 임대옥의 가정교사가 됨 | |
| | 7 | ? | 교행, 가화의 정실부인이 됨. | 설안 10세. |
| | | ? | 임대옥의 어머니 사망. | |
| | | ? | 냉자흥이 가화에게 가씨 가문에 대해 이야기함. | |
| | | ? | 설반, 풍연을 때려죽이고 향릉을 빼앗음. | |
| 3 | | 다음 달 2일 | 임대옥, 경사로 출발. | |
| | | 겨울 | 임대옥, 영국부에 들어가 가보옥과 처음 만남. | |
| 4 | 8 | 봄 | 가화, 설반의 살인 사건을 멋대로 판결. | |
| | | ? | 설보차, 영국부에 들어감. | |
| 5 | | ? | 가보옥, 꿈에 태허환경에 들어감. | |
| 6 | | | 가보옥, 화습인과 처음 관계를 맺음. | |
| | | 초겨울 | 유노파, 처음 영국부에 들어감. | |
| 7 | | 이튿날 | 가보옥, 진종과 처음 만남. 초대가 술에 취해 주정을 부림. | |

---

\* 이 연표는 가보옥이 태어나면서 이야기가 시작된 첫 해를 기점으로 하여 주요 사건을 날짜별로 정리한 것이다. 다만 『홍루몽』은 판본의 전승 과정이 복잡하기 때문에 연월일과 계절에 대한 기술이 정확하지 않고 뒤섞이거나 잘못된 부분도 적지 않다. 특히 제80회 이후로는 연월일에 대한 서술이 거의 없다. 이 때문에 날짜의 경우는 간혹 문맥을 바탕으로 추측한 것도 있어서, 하루 이틀 정도의 오차가 있을 수도 있음을 밝혀둔다.

| | | | | |
|---|---|---|---|---|
| 8 | | 이틀 후 | 가보옥, 설보차를 만나 통령보옥과 금목걸이를 살펴봄. | |
| | | | 임대옥, 설보차를 찾아옴. | |
| | | | 가보옥, 천설을 내쫓음. | |
| | | 이튿날 | 진종, 태부인에게 인사함. | |
| 9 | | 이틀 후 | 가보옥, 진종과 함께 서당에 감. | |
| | | 9월 초 | 명연, 서당에서 난동을 부림. | |
| 10 | | 이틀 후 | 장의원이 진가경의 병에 대해 설명. | |
| 11 | 9 | 이튿날 | 녕국부, 가경의 생일. | |
| | | | 왕희봉과 가보옥, 진가경에게 병문안을 함. | |
| | | | 가서, 왕희봉을 희롱. | |
| | | 12월 2일 | 왕희봉, 진가경에게 병문안을 감. | |
| 12 | 10 | 12월 5일 | 왕희봉, 계책으로 가서를 농락. | |
| | | ? | 가서, 사망. | |
| | | 늦겨울 | 임대옥, 아버지의 병이 깊어져 가련과 함께 양주로 돌아감. | |
| 13 | | 가을 | 진가경 사망. | |
| | | | 임대옥의 아버지 임해 사망(9월 3일). | |
| | | 사흘 후 | 가진, 가용에게 용금위 벼슬을 사줌. | |
| | | 이튿날 | 왕희봉, 녕국부에서 진가경의 장례 주관. | |
| 14 | | ? | 임해의 사망 소식이 전해짐. | |
| 15 | 11 | ? | 진가경의 영구 발인. | |
| | | | 가보옥, 북정군왕 수용 알현. | |
| 16 | | ? | 진종, 만두암에서 지능과 밀회. | |
| | | 11월 | 영국부 가정의 생일. | |
| | | | 가영춘, 현덕비에 봉해짐. | |
| | | | 진종, 병으로 몸져 누움. | |
| | | 11월말 | 임대옥과 가련, 영국부로 돌아옴. | |
| | | 12월 | 진종 사망. | |
| 17 | 12 | 봄 | 가보옥, 가정을 따라 대관원에 들어가 제사(題詞) 지음. | |
| | | ? | 임대옥, 가보옥과 다투고 향 주머니를 가위로 자름. | |
| | | 이튿날 | 묘옥, 영국부에 들어감. | |
| 18 | 13 | 10월말 | 대관원의 공사 끝남. | |
| | | 1월 15일 | 가원춘, 친정 방문. | |

홍루몽 1

1판 1쇄 발행  2012년 12월  5일
1판 6쇄 발행  2025년  6월 25일

지은이    조설근
옮긴이    홍상훈
펴낸이    임양묵
펴낸곳    솔출판사

총괄이사  박윤호
편집      윤정빈, 임윤영
경영관리  백승은

주소      서울시 마포구 와우산로29가길 80(서교동)
전화      02-332-1526
팩스      02-332-1529
블로그    blog.naver.com/sol_book
이메일    solbook@solbook.co.kr
출판등록  1990년 9월 15일 제10-420호

ISBN     978-89-8133-616-5 (04820)
         978-89-8133-623-3 (세트)

• 잘못된 책은 구입한 곳에서 바꿔드립니다.
• 책값은 뒤표지에 표시되어 있습니다.